中國語言文字研究輯刊

二五編

許學仁 主編

第18冊

《大正藏》異文大典
（第十一冊）

王閏吉、康健、魏啟君 主編

花木蘭文化事業有限公司

國家圖書館出版品預行編目資料

《大正藏》異文大典（第十一冊）／王閏吉、康健、魏啟君
主編 -- 初版 -- 新北市：花木蘭文化事業有限公司，2023〔
民 112 〕
目 2+302 面；21×29.7 公分
（中國語言文字研究輯刊　二五編；第 18 冊）
ISBN 978-626-344-439-3（精裝）
1.CST：大藏經　2.CST：漢語字典
802.08　　　　　　　　　　　　　　　　112010453

ISBN-978-626-344-439-3

中國語言文字研究輯刊
二五編　　第十八冊　　　　　ISBN：978-626-344-439-3

《大正藏》異文大典（第十一冊）

編　　　者　王閏吉、康健、魏啟君
主　　　編　許學仁
總 編 輯　杜潔祥
副總編輯　楊嘉樂
編輯主任　許郁翎
編　　　輯　張雅淋、潘玟靜　美術編輯　陳逸婷
出　　　版　花木蘭文化事業有限公司
發 行 人　高小娟
聯絡地址　235 新北市中和區中安街七二號十三樓
　　　　　　電話：02-2923-1455 ／傳真：02-2923-1452
網　　　址　http://www.huamulan.tw 信箱 service@huamulans.com
印　　　刷　普羅文化出版廣告事業
初　　　版　2023 年 9 月
定　　　價　二五編 22 冊（精裝）新台幣 70,000 元　　版權所有・請勿翻印

《大正藏》異文大典
（第十一冊）

王閏吉、康健、魏啟君　主編

目

次

誂

能：[乙]2393 發是慮。

洮：[乙]2218 汰般若。

眺

胱：[三][宮]2060 魄至乃。

趒

逃：[甲]2018 形性若。

挑：[三][宮]2060 脫或可。

跳

踔：[甲]1736 擲難可，[三][宮][聖][另]1453 躑不，[三][宮]389 躑難。

趠：[聖]1509 小渠尚。

掉：[三][宮]、桃[石]1509 戲習故，[三][宮]1478 尻行不，[元][明]31 疑結，[元][明]152 著他方，[元][明]626 擲虛空。

拋：[三][宮]627 擲空中。

挑：[宮]1422 入白衣，[三][宮]461 置虛空。

眺：[甲]2129 蟲子也。

透：[宮]1998 頌云。

覜

頫：[三]2102 仰。

頫

頮：[甲]1736 故論。

糶

標：[三]211 賣家物。

糴：[甲]2083 粟粟既，[三][宮]2122 賣曲心。

帖

點：[三][宮]1462。

褋：[三][宮]1430 新者上，[另]1428 若緣若。

段：[乙]2263 了。

貼：[甲][乙][丙]、怗[丁]、貼[戊]2187 合第三。

怗：[甲]1921 釋如向。

卷：[甲]1273。

拈：[聖]1429。

鈷：[宋]、貼[元][明][甲]951 金如法。

玷：[宋]、貼[元][明]1007 金亦得。

恬：[甲]1918 然心定，[三][宮]2060 然大安。

條：[甲][乙]2263 題。

帖：[三][宮][聖]1579 塞之如。

怗：[宮]1804 故二爲，[甲]、貼[乙]2087 像即時，[甲]2035 勅付史，[明]2076 自非用，[明][宮]2122 初四重，[三][宮]2060，[三][宮]2060 然安靜，[三][宮]2060 然無驗，[三]2122 前爲八，[宋][明][宮]2060 翔，[宋][元][宮]、貼[明]1421 式叉摩，[宋][元][宮]、貼[明]1454 新，[宋][元][宮]、貼[明]1458 或用線，[宋][元][宮][另]、貼[明]1435 四角不，[宋][元][宮]1458 之時得，[宋][元][宮]2060 衆敬憚，[宋][元][甲]1100 四壁上，[宋]2061 追至。

貼：[宮]2025 眾寮前，[甲]下同 1715 合第三，[明]、裸[聖]下同 1428 著新者，[明]、怗[甲]2053，[明]、怗[聖][另]1459 在當肩，[明][乙]1276 膝坐也，[明]1421 上，[明]1435 衣，[明]1435 作鉤，[明]1442 時得惡，[明]1451 而自受，[明]1453 緣臥具，[明]1459 葉持，[明]2053 像病即，[明]2076 茶與，[三][宮]、安牒[聖]1428 障垢處，[三][宮]、牒[聖]1428 障垢膩，[三][宮]2122 像上痛，[三]2102 戶以誑，[原]966 於諸尊。

緤：[三][宮]、殜[聖]1425 法者佛。

葉：[三][宮]1428 見已往。

怡：[聖]1421 四角不。

帙：[乙]、帖藏公[甲][乙][丙]2173。

狀：[甲]2249 少僧宗。

怗

怗：[甲]1721 合也四，[甲]1870 是身如，[聖]、帖[甲]1733 前爲五，[元]1451 顛倒任。

恬：[三][宮]790 安今日，[三]1。

貼：[宮]1998 雖未能，[明]1451 緣苾芻。

怡：[三][宮]2060 便往開，[三][宮]2060 然神逝，[三][宮]2060 然恬靜，[聖]2157 然而薨。

貼

帖：[丙]973 一百八，[甲]1728 文

二，[甲]1728 文二觀，[甲]1728 文二引，[甲]1728 文又爲。

怗：[甲]1728 文二，[甲]1728 文問，[甲]1775 之以事，[宋][宮]2103 成文斯，[宋][元][甲]1100 四大藥，[宋][元]1005 龍心。

跕

砧：[三]1032 字口中。

僣

潛：[甲]2087 王制奢，[元]2154 號永安，[原]1890 同。

替：[甲]1805 濫矜謂，[三]2103 舞堂鍾。

偕：[甲]2068 號關中，[三][宮]2122 號關中。

鐩

鑊：[甲][乙]2309 湯湧沸。

錢：[甲]2068。

鐵

鈍：[三][宮]1546 之刀以。

斧：[三]1339 何冶所。

鑊：[甲]1733 腳餓鬼，[明]1486 湯鐵，[宋][元]1 甕中熱。

钁：[宮]1462 傷地殺。

鎧：[宮]1804。

鐃：[宋][元]2087 罪人踞。

錢：[甲]1806 白鑞鉛，[明]2063 薩羅等，[聖]1435 鉢爲貿，[另]1443 木等箱。

熱：[三][宮]2121 臼擣。

銅：[宮]2122 丸飲，[三][宮][久]1486 柱火。

畏：[三][宮]2121 熱故攀。

纖：[甲]2266 團表此。

獄：[宮]2123 床或抱。

越：[宋]、鉞[元][明]643 斧破頭。

針：[三][宮]1644。

鍼：[乙]2408 末裏。

咕

咕：[甲]1782 毘。

飻

飧：[宮]1492 教人貪。

餘：[宋][宮]、饕[元][明]403 心。

饕

饗：[三][宮]1545 以爲香。

飲：[三][宮]606 常鬪諍。

汀

丁：[宋][元][丙][丁]865 以。

汀：[甲]2128 的反孔。

听

聽：[甲]2036 其論事，[明]2110 爾而笑。

欣：[甲]2036 然而笑。

桯

橝：[宮]2060 摧折日。

廳

聽：[三][宮]2059 事。

聽

彼：[三]1340 法故亦。

恥：[聖]292 諸佛及。

聰：[宮]2058 辯利，[甲]1828 邪見之，[甲]2261 受彌勒，[三][宮]1509 者，[三][宮]2123 若水大，[聖]446，[宋][元]、聽而不明聰敏未善[明]2087 而不明，[乙]1775 者，[元][明]639 法師，[元][明]309 復有意，[原]、聰[甲]1782 慧者，[原]1744 慧利根，[原]2339 律師止。

當：[三]1808 捨已更。

得：[明][甲]1177，[三][宮][聖]380 聞法已，[三][宮][聖]1425 主不，[三][宮]1425 見房舍，[三][宮]1425 受生穀，[三][宮]1425 左敷，[三][宮]1435 木上食，[三][宮]2121 復現神，[三]220 受正法，[三]1425，[聖]201 法衆或，[乙]2092 東吳之，[元]1462 汝去答。

淂：[元]847 聞大乘。

德：[宮]532 經四者，[宮]1810 各自解，[和]293 政萬方，[甲]1816 者而可，[明]321 牟尼法，[明]707 却後七，[三]193 遠，[三][宮]1421 我以汝，[三][宮][聖]1425 一年與，[三][宮]583 時閻羅，[三][宮]2060 風規互，[三][宮]2103 者如市，[三][宮]2122 慶有發，[三][宮]2122 之，[三]607 者諦見，[三]2060，[聖][另]285 安住説，[宋]1428，[元][明]1392 衆，[元]1425 僧得此，[元]1428 言要莫，[元]2103 入道斷，[元]2122 肉眼看，

[原]2230 者謂誡。

諦：[元][明]279 受。

放：[三][宮]1435 與出。

敢：[甲]2434 與大日。

告：[明]1435 諸比丘。

根：[三]1340 若此復。

觀：[宮]278 聞一切，[三][宮]848。

許：[甲]1841 遮於八。

境：[宮][甲]1911。

沮：[三][宮]2102 成。

聚：[聖]1441。

聆：[宮]2074 心領昔，[三][宮]263 妙響見。

能：[甲]、聽[甲]1718 我說喻，[原]1851 聞無壅。

諾：[宮]2078 之即爲。

七：[甲]1735 十四頌。

取：[聖][另]1459 服。

然：[甲]2410 法血。

忍：[宮]1435 某甲某，[三][宮]1435 某甲作。

孺：[三][宮]2060 先。

若：[三][宮]1428 自煮若。

僧：[三][宮]1428 與那那。

聲：[甲]2362 聞此甚。

聖：[三][宮]338 衆之德，[聖]1509 受或言，[聖]1509 者作是，[另]1509 法。

受：[三]1331 審詳行。

數：[宮]268。

順：[甲]1816 聞能生。

說：[甲]1816 者但隨，[三][宮]1421 受。

所：[甲]1736 故隨好。

體：[宋][宮]2121 許如是，[元][明]624 亡身命。

望：[三][宮][聖]395 遠視以。

聞：[甲]2266 者正邪，[甲]2349 此南閣，[三][宮]1425 不應許，[三][宮]2123 經。

顯：[甲]2222 二能人，[乙]1736 法或有。

學：[宋]233 此般若。

驗：[乙]1724 二衆。

意：[宋][元]1453 者僧伽。

應：[明]1539 墮負若，[三][宮]1428 在比丘，[三][宮][聖]1435 斷男，[三][宮]1421 作器，[三][宮]1425 與出家，[三][宮]1428 畜迦那，[三][宮]1428 浣彼浣，[三][宮]1428 喚來謫，[三][宮]1428 以皮，[三][宮]1435，[三][宮]1435 作向作，[三][宮]2122 以樹葉，[三]1440 踝上二，[聖][另]1442 許僧伽，[另]1428 熏彼不，[宋][元][宮]1435 打橛安，[宋][元][宮]1435 去七夜。

於：[三][宮]1421 阿那頻。

輒：[明][宮][聖]224 却一却。

制：[甲]1216 受用貪。

恣：[三][宮]1467 汝所問。

總：[甲]2266 叡者諸。

廷

庭：[宮]2108 之上策，[甲]2255 維釋教，[三][宮]2103 其勅殿，[三]

[宮]2122 道，[三][宮]2122 中雖有，[三]2145 從此而，[宋][元][宮]2103 之敘肅。

　　俇：[三][宮]2102 不近人。

　　延：[明]2122 尉范延，[元][明]2153 寺譯出。

　　迂：[宮]2060 也。

　　足：[元]2061 尉評王。

莛

　　芒：[宮]2053 無以發。

　　逆：[聖][另]1442 結爲。

　　廷：[宋][元]2103 楹。

　　莛：[宋][宮]、[聖]1442 打斫於。

　　筵：[宋][元]2061 撞發聲。

亭

　　亨：[甲]2339 義苑疏。

　　寧：[宋][元]1092 夜反勃。

　　平：[三]2123 等。

　　其：[甲]1782 中取水。

　　寺：[明]2076 越明年。

　　庭：[三]1 七重七。

　　停：[三]152 側，[三][宮][聖]1435 車道中，[三][宮]322 筆愴如，[三][宮]1546 住而不，[三][宮]1550 心者無，[三]1 充滿圓，[三]200 住時，[宋][元]2063，[宋]2060 然獨悟，[元][明]329 等轉故。

庭

　　避：[三]112 是。

　　殿：[甲]2039 奏曰妾。

　　定：[宋]、錠[元][明]212。

　　鋌：[三][宮]686。

　　錠：[宮]433。

　　宁：[三][宮]2122 四五。

　　廷：[三][宮]2103 以先君，[三][宮]2104 遂使殊，[三][宮]2122 履屢不。

　　莛：[三][宮]2104 楹亂其。

　　亭：[另]1428，[乙][丙]2092 飛空幻。

　　頭：[明]1988 東覘西。

　　序：[甲]2087 宇荒涼。

　　延：[明]2108 闕但天，[明]2108 之敘肅，[三]2108。

　　逸：[甲]1267。

　　遮：[甲]2130 尼那摩。

停

　　安：[三]192。

　　保：[三]、亭[聖]125 迦葉當。

　　瞑：[三][宮]721 故多生。

　　淳：[三]2060 不擾榮，[三]2145 至機穎，[原]1849 淨圓智。

　　定：[甲]1929 心得諸。

　　復：[三]203 飢急。

　　高：[宮]1425 至三月，[宋][宮]2060 住王寺。

　　留：[三][宮][甲]2053。

　　亭：[宮][聖]278 七日而，[宮][聖]278 不降雨，[宮][聖]278 空影現，[宮]278 虛空，[宮]309 至泥洹，[宮]309 追憶往，[宮]656，[宮]721 應作如，[宮]1425 截淨染，[三]190 舉動得，[三][宮]742 路，[三][宮]2121 止，

[三][宮]2122，[三]190 下垂過，[三]1331 傳鬼，[三]2122 毒更無，[聖][另]1428 遂彼諸，[聖][另]1428 作衣不，[聖]125，[聖]125 今當，[聖]125 我當先，[聖]125 左右便，[聖]200 當與汝，[聖]211 屍三日，[聖]211 數日更，[聖]512 如少水，[聖]1425 時宗親，[聖]1425 是故我，[聖]1425 者舉不，[聖]1428 息時提，[聖]1509 等故名，[聖]1547 故不常，[聖]下同 1437 是衣，[另]下同 1428 息唯，[宋]223 蚊，[宋]1013 等，[元][明]742 宿。

云：[甲]1735 捨彼喜。

住：[三][宮][另]1458 若教授，[元][明]468 猶如流。

淳

淳：[三][宮]2122 淵澄海。

亭：[宋][宮][聖]、停[元][明]278 其底。

停：[三][宮]2122，[三][宮]2122 淵澄鏡，[宋][宮][聖]318 中表清，[宋][宮]664 清淨無。

源：[明][宮]414 流派別。

霆

電：[三]192 動天地，[三][宮]397 如是觀，[三][宮]1581 聲鼓貝，[三]192 霹靂聲，[三]2137 等通如，[聖][石]1509。

侹

挺：[三][宮]2122 直無所，[宋][元][宮]2123 直無所，[元][明]2123 直無所。

挺

拔：[三][宮]2122 劍直進。

遍：[乙]2309 五天受。

鋌：[三]、鋋[宮]2060 先遣數，[元][明]2060 雇賊入。

搥：[甲]1731 金成一。

鋌：[三][宮]2103 眼類井，[三][聖]643。

埏：[明]2145 法師。

扇：[元][明][乙]1092 勿吹當。

特：[三]、庭[甲]1332 人無等，[三][宮]1442 人所樂，[三]192 既生母。

體：[宮]721。

侹：[三][宮]732 正直便，[三][宮]581 直無所，[三][宮]2121 然不動，[元][明]2121 直猶如。

梃：[宋]、鋌[元][明]190 嗚呼我，[元][明]2121 直無。

脡：[三]、頲[宮]732 直不復。

挺：[元][明]184 直。

珽

珪：[三]2103 而立。

梃

挺：[宋][元]、埏[明]2145 作。

艇

莛：[宋]、筳[元]1，[宋]、筳[元]

1 被褥沙。

頲

鼪：[甲]2128 下汀頂。

通

包：[甲]2204 十方竪，[三]2110 以成萬。

逼：[宮]606 流日月，[甲][乙]2391，[甲]1733 五能入，[甲]1813 惱他人，[甲]1813 請亦應，[甲]2266 惱身心，[甲]2434 而自殆，[乙]2249 故彼沒，[乙]2391 實，[知]2082 也。

徧：[元][明]157 王復有。

遍：[宮]1808 夜不同，[甲]1782，[甲]1828 三界等，[甲][乙][丙]1098 皆供養，[甲][乙]1724 喻言，[甲][乙]1816 至佛所，[甲][乙]2259 知乎答，[甲][乙]2263 諸有爲，[甲][乙]2328 一切有，[甲][乙]2408 數耳，[甲]850 印，[甲]975 覆大千，[甲]1736 色，[甲]1775 現十方，[甲]1816 地第九，[甲]1816 説故，[甲]1828 處三，[甲]1839 彼師所，[甲]1839 無是第，[甲]1851 策以何，[甲]1958 心淨即，[甲]2006 攝了無，[甲]2128 也，[甲]2255 破一切，[甲]2261 三能變，[甲]2266 惑復天，[甲]2266 行思數，[甲]2266 一切處，[甲]2266 緣三世，[甲]2274 有故可，[甲]2290 于，[甲]2301 十方何，[甲]2337 義無邊，[甲]2339 行三迴，[甲]2400 智法者，[甲]2837 於法，[三][宮]1605 計我我，[三][宮]263 聞至，[三][宮]310 智法王，[三][宮]338 虛空照，[三][宮]656 學，[三][宮]2059，[聖]190 知若有，[聖]1721，[聖]1723，[石][高]1668 無所不，[宋][元]1595 達眞如，[乙]1821 一切心，[乙]1822 除此三，[乙]2223 十方故，[乙]2261 計名下，[乙]2397 色心云，[乙]2404 一乘三，[乙]2408 乎然，[元][明]624，[原]2270 聲瓶兩，[原][甲]1851 爲眼所，[原]1818 禮今，[原]1851 不説依，[原]2339 徹窮極。

變：[三][宮]1451，[宋][明][宮]279 無不周。

別：[甲]2434 二諦也。

逋：[甲]2035 爲隣，[三][宮][甲][乙][丙]2087 論反，[元][明]2102 諒理均。

常：[原]1849 離此。

成：[甲]2371 體。

出：[甲]2214。

此：[宋]211 移山住。

達：[三][宮]1646 證皆是，[三][宮]2060 樊許。

逮：[甲]1781 覺之。

但：[甲]1705 約。

道：[丁]2244，[宮]2122 除色斷，[宮]384 甘露法，[宮]609 自在我，[宮]744 神足悦，[宮]1558 歸依諸，[宮]1592，[宮]2047 利周，[宮]2059，[宮]2059 經律，[宮]2060 練智論，[宮]2060 氣天地，[甲]1733 下具果，[甲][乙]1816 障令修，[甲][乙]1822 緣三性，[甲][乙]2219 以，[甲][乙]

2397，[甲]1733 向楞伽，[甲]1763，[甲]1816 成雖，[甲]1816 業智見，[甲]1822 名故如，[甲]1851 人趣入，[甲]1851 説一切，[甲]1851 問曰此，[甲]1851 細法，[甲]1863，[甲]1863 非，[甲]2035 滅盡我，[甲]2073 賢及居，[甲]2084 不，[甲]2163，[甲]2223 同即此，[甲]2227 中是宿，[甲]2250 菩，[甲]2250 約生五，[甲]2261 昔劫初，[甲]2261 亦異乃，[甲]2262 一時受，[甲]2263 無爲耶，[甲]2266 達位及，[甲]2266 果名一，[甲]2266 若，[甲]2296，[甲]2339 問何故，[甲]2837 是故説，[明]150，[明]1227 合子盛，[明]1550 苦速，[明]2088 人傅毅，[明]2149 無礙六，[三]26 趣覺趣，[三]2123 所攝一，[三][宮]1545，[三][宮]324 慧亦不，[三][宮]1443 果求寂，[三][宮]1490 爲入法，[三][宮]1551，[三][宮]1558 境，[三][宮]1559 解願智，[三][宮]1562 五趣，[三][宮]1563 從有漏，[三][宮]2060 明利，[三][宮]2103 崑崙蓬，[三][宮]2108，[三][聖]643 過踰沙，[三][乙]2087 遠近仰，[三]158 德王如，[三]185 斷，[三]1331 有大小，[三]1579 或有行，[三]2063 而已跡，[三]2103 理又道，[三]2103 以，[三]2103 義由者，[聖]397 法是，[聖]125，[聖]1546 能盡漏，[聖]1548 或若一，[聖]1721 十二部，[聖]1733 名善擇，[聖]2157 前十八，[石]1668 緣三聚，[宋][宮]下同 602，[宋]186 雖住一，[宋]481 暢明慧，[宋]1545 所依，[乙]2194 但阿，[乙]2249 被故文，[乙]2249 戒禁取，[元][明]152 教化之，[元][明]821 教化衆，[元][明]2102 緣皇澤，[原][甲]2196 今據勝，[原]1776 過也己，[原]2339 果，[原]2339 理説融，[原]2339 證獨勝。

得：[甲][知]1785 用之若，[甲]2266，[三][宮]2121 達三藏。

遞：[甲]2290 相影現。

遁：[甲]2339 倫等皆。

墮：[甲][乙]1822 於三世。

爾：[乙]2263 譯即體。

二：[甲]、可[乙]1821 釋應知。

返：[己]、註曰詮云改通作返字 1830 前二故，[原]2318 率爾。

分：[甲]、通[甲]1781 方便竟。

負：[三]2149 内外學。

根：[甲][乙]2227 令他歸，[三]384 清徹。

過：[宮]1451 時阿，[甲]2255 十二年，[甲]2262 俱有二，[甲][乙]1830 十地斷，[甲][乙]1866 謂地前，[甲][乙]2250 以此證，[甲]1804 五結輕，[甲]1828 也現量，[甲]2204 諸餘人，[甲]2255 十二年，[甲]2273 非過符，[甲]2281 能別故，[甲]2801 四明化，[三]1616 相故是。

好：[聖]1458 披衣服。

互：[乙]2263 四智據。

晝：[明]、畫[甲]1119 夜念誦。

會：[乙]2263 仁王經。

慧：[甲][乙]1821 解脱。

及：[元][明]1545 後難云。

兼：[乙]2249 中有即。

角：[甲]2255 龜毛常。

近：[甲]2217 分惠多，[甲]2250 於五戒，[宋][元]1562 說餘法，[乙]2249。

進：[甲]2195 入偏說。

空：[明]1451 漸令孔。

了：[三][宮]292 故以是。

力：[甲][乙]2259 自在能，[三][宮]397 叵思議，[三][宮]616 助益衆。

漏：[甲]1736 有漏無。

滅：[甲]、遍[甲]1851 解脫便，[甲][乙]1821 果心但，[甲][乙]1822 依九地。

明：[三][宮]403 慧者功。

㽵：[原]2339 解解比。

且：[甲][乙]1821 據少分。

鮞：[甲]2128 傳文中。

遒：[三]2110 舉晉。

取：[甲]2195 凡聖也。

若：[甲]、云[乙]2261 立論，[宋]、答[元][明]2110 言。

善：[甲][乙]1822 二地如。

施：[乙]895。

十：[三]1 婆羅門。

識：[甲][乙]2263 緣遠境。

士：[宋][宮]2060 玄素偏。

適：[三][宮]2103 執此爲，[三][宮]2104 執此爲，[元][明]210 利安如，[原]1775 性故非。

釋：[甲]2250 正理論。

誦：[甲]1805 經亦須，[三][宮]

[聖][石]1509 利憶持，[三]2060 諸經聲，[三]2145 其文。

速：[甲][乙]1821 運名。

隨：[甲]1736 緣，[甲]1775 母，[甲]1828 多利益，[元][明]1458。

遂：[甲]1816 有四乘，[乙]2249 存經部。

同：[宮]2112 況在諸，[甲]1717 詮，[明]1810 防止作，[三]、固[宮]2122 身皆痛。

統：[乙]2376 攝悉皆。

退：[甲]1724 說多世。

唯：[甲]1736 染阿陀。

爲：[甲]2261 迷悟境。

違：[甲]1841 故雖知。

謂：[原]1858 之妙盡。

聞：[明]2060 雅傳師。

無：[甲]2263 迷事分。

仙：[乙]1736 還歸取。

限：[乙]2263 助伴也。

行：[宮]342 過有依。

修：[聖]2157 語默。

須：[宮]2122 十力之。

旬：[宋][宮]221 盡得是。

業：[甲][乙]1822 果不知，[甲][乙]1822 三種此，[甲]1821 名法也。

義：[甲]1929 大。

引：[原]2263。

勇：[宮]2122 三年重。

踊：[三][宮]279 菩薩金。

用：[甲]2300 勢也故。

遊：[三]209 不能得。

愚：[原]2264 迷勝義。

曰：[甲]2249 果有二。

約：[甲]2396 始終。

樂：[宋][元]2060 博義窮。

運：[甲]1851 通故名，[甲]1929
用不同，[甲]2339。

直：[原]2339 顯緣起。

至：[甲]1736 名法身。

智：[甲][乙]2263 遙知依。

周：[甲]2214 同爲一。

足：[甲]1929 第一弟，[甲]2337
一現神，[三][宮]403 故謂神，[三]193
力更存，[三]221 不自貢，[三]950，
[三]1339 而無疑。

冂

門：[甲]2128 内會意。

曰：[甲]2128 從人也。

同

阿：[宮]2059 閉密室，[宮]2122
絳色巖，[明]1451 前諸苾。

百：[明]2076 歲老人。

本：[明]1428 意取復。

閉：[甲]2231 有情界，[甲]2299
方。

別：[甲]2266 種一前，[原]2263
句義同。

並：[三][宮]2105 日月不。

成：[甲]2183 卷並顯。

詞：[甲]2195 也所以。

伺：[宮][甲]1804 求他慢，[宮]
1451 起同坐，[乙][丁]2244 其相熟，
[元]2121 受富樂。

丹：[原]2248 局。

當：[宮]1911 對首懺，[明]2076
等閑況。

導：[甲]2181 論抄。

道：[甲]2266 治耶者，[甲]2301
上用，[原]1737 斷。

得：[甲][乙]1822 我釋宗，[甲]
1733 念不退，[甲]1811 觀看道，[甲]
1821 性法俱，[甲]2305 並生訓，[甲]
2317 律儀之，[聖]1733 第四地，[乙]
2385 十，[乙]2394 自在之，[乙]2396
彼。

等：[甲][乙]2249 如何。

定：[甲][乙]1822 及境，[甲]1795
故但言。

洞：[石][高]1668 應雜亂，[原]、
門[甲]2223 八大菩，[原]2225 八大
菩。

動：[乙]1822 也若通，[原]2410
悉曇八，[原]973 事法若。

而：[甲]2039 居一日，[三]1 住
露遮。

二：[甲]2157 帙計三。

非：[甲]1705 二乘若。

鋒：[甲]1709 懸流。

夫：[甲]2400 受悦是。

個：[明]220 所護念。

共：[甲][乙]1909 住結業，[甲]
1722 到寶所，[明]2076 一月，[三]
[宮]1425 覆別覆，[聖][另]1458 知，
[聖][另]1463 房。

固：[甲]1733 治一障，[甲]2052
焉法師，[甲]2299 之但評，[明]5 知

佛不，[三][宮]2102 弘孝於，[宋]2103 乃即欲，[乙]2376 等無差。

鍋：[三]199。

國：[宮]1799 先令成，[甲]1065 娑嚩賀，[甲]2035 主尚，[元]190 說法也。

合：[甲][乙]1866 作舍不，[甲]2250 者新婆，[甲]2269 可知後。

何：[元]2016 唯是無，[元]2123 伴命終。

荷：[明]2088 頂骨有。

圂：[甲]2337 氏義典。

回：[甲]1863 例唯小。

即：[甲]1735 理，[甲]1736 涅槃通。

間：[丙]1141 會說法，[宮]1554 蘊攝故，[宮]1912 彼禪門，[甲][乙]1822 類，[甲][乙]2394 畫者此，[甲]1733 出世勢，[甲]1782 贊曰下，[甲]2266 道方斷，[明]1562 時現有，[乙]2087 座謂之，[原]1744 類三十。

將：[三][宮]1451。

皆：[三]186 俱作。

淨：[元][明]2060 利。

局：[甲]2266 前後若。

句：[甲]2266 品分轉，[三][宮][丙][丁]848 大因陀。

俱：[乙]1736 時而有。

開：[甲]2335 會之位，[甲]2261 明三景，[甲]2299 之便成，[乙]2192 演眞言，[乙]2215 一分，[元]2016 悟則法，[原]2339 總三世。

了：[甲]1820 畜之生。

類：[乙]2309 此心亦。

立：[乙]2309。

門：[甲][乙]1822 因，[甲][乙]1821 異句，[甲]1965 問衆生，[甲]2270 是同喩，[乙]2227 不難故，[原]1851 曰退人。

名：[甲]2305 名意根。

目：[甲]、因[乙]2261 故復言，[甲][乙]1822 書字，[甲][乙]1822 蘊婆，[甲]1709 第一處，[甲]1851 論中無，[甲]2128 上傳文，[甲]2266 上或，[宋][明]954 前，[乙]1816 三法等。

內：[甲][乙]1866 前始教，[甲][乙]2263 所慮詫，[甲][乙]2328 是方便，[甲]2035 預譯經，[甲]2263 其趣，[甲]2266 談外爲，[乙]2261 既有，[乙]2376 於牛跡。

朋：[三][聖]1579。

齊：[明]2087 其後尊。

豈：[原]2362 勞開卷。

前：[聖]2157 錄出大。

冉：[甲]1225。

日：[甲]1733 順行也，[甲]1781 勝求更，[宋]1191 乘船在。

如：[甲]952 上，[甲]952 上唵嚕，[甲]2312 上六謟，[甲]2312 上十觸，[三][宮]1476 上若居，[原]1840 前說此。

潤：[甲]1828 損即類，[甲]2263 行。

商：[元]2087 去就相。

似：[甲]1736 故二用。

是：[甲]1784 君父體，[甲]2195 金光明。

殊：[三]2125 尼則。

順：[明]1442 邪違正。

司：[宮]1453 佛法至，[甲]2128，[甲]2339 眞如是，[三][宮]2102 也若聖，[三][宮]2108 文寺丞，[三][宮]2108 文寺議，[聖]2157 賓寺亟。

四：[甲]1719 教實智，[元][明]2016 無爲熏。

隨：[甲]2263 也出第。

所：[甲]2195 行畢竟，[乙]1822 類命一。

通：[甲]1735 迴向亦，[甲]1736 果海疏，[明]1810 僧諫隨。

童：[甲]2128 眞地。

銅：[三][宮]1452 蹄畜亦。

圖：[宮]1998 資。

罔：[宮]656 不乎天，[三][宮]2060 惑。

爲：[甲]2195 之如。

謂：[三]653 之在彼。

聞：[丙]2163 臨道場，[宮]1592 等念已，[甲]2337 知，[甲]1733 信不壞，[甲]1736 法者深，[甲]1828 利養乃，[甲]1828 如，[甲]1828 思生得，[甲]2068 見者，[甲]2299 之，[甲]2305 説相，[甲]2339 大衆部，[甲]2339 説，[甲]2362 舍那佛，[甲]2396 此教此，[三]2145 故採，[聖]1512 隨彼衆，[乙]2249 文，[原]1829 法教誡。

問：[甲]1781 若然者，[甲]2281 上卷初，[甲]2299 受變，[甲][乙]1822 此論准，[甲][乙]1822 答有作，[甲][乙]1822 其外道，[甲][乙]1822 受得故，[甲]1512 是布施，[甲]1700 處豐德，[甲]1721 有佛性，[甲]1736 疏二與，[甲]1780 者諸，[甲]1816 單言一，[甲]1816 經文有，[甲]1816 能斷經，[甲]1816 若以無，[甲]1816 於中不，[甲]1821 疑，[甲]1828 有相取，[甲]1863 無，[甲]2036 一直性，[甲]2039 其居士，[甲]2195 也答彌，[甲]2214 疏十九，[甲]2217 攝一切，[甲]2253 前旣言，[甲]2259 有積聚，[甲]2266，[甲]2266 地種同，[甲]2270 解同品，[甲]2281 會例難，[甲]2299 名故知，[甲]2299 如下文，[甲]2299 文，[甲]2339 補亡飾，[甲]2339 頗有從，[甲]2339 若爾此，[甲]2339 無明三，[甲]2870 貧富貴，[三][宮]1546 曰誦前，[三]425 學是曰，[三]2060 緣共來，[宋][元][宮]1558 癡闇唯，[乙]1816 初三自，[乙]1834 爲療治，[乙]2249 意就同，[乙]2261 疏，[乙]2296 二義趣，[乙]2309 上下諦，[乙]2394 祕密方，[元][明]1649，[元]1211 觀自在，[原]、問[甲]1781 疾二辭，[原]2248 開，[原]2168 僧延昌，[原]2208 感，[原]2271，[原]2339 不然今，[原]2339 答解釋。

無：[原]、無[甲]2006 等匹休。

相：[甲]2290 故云云。

詳：[宮]1458 樂者，[三][宮]1458。

向：[甲]2274 辨三支，[明][甲]

1177 世間心，[明]309 於自然，[三]
[宮]1547 墮苦諦，[三][宮]2122 腰細
腳，[三]1442 前問，[聖]1509 一事無，
[石]1509 便以壽，[乙]1822 是隨信，
[元][明]384 時發願。

　寫：[三][宮]2053 文錄奏。
　行：[乙]2218 者○文。
　旬：[元]、—[明]1087 娜句捨。
　也：[甲]2299。
　依：[三]2125 斯了論。
　以：[甲][乙]2263 名同。
　異：[甲]、各[乙]2396 體而法，
[甲]2266 即是，[三][宮]2104 無同，
[乙]、同體異[乙]2228 名云云，[乙]
1736。

　因：[宮]1799 故同外，[宮]1566
前遮又，[宮]2112，[宮]2121 生釋種，
[甲]、同[甲]1851 用眞識，[甲]2196
立二空，[甲]2299 豈，[甲]2317 得等
流，[甲]2323 大疏中，[甲]2339 車而
無，[甲][乙]2317 色香味，[甲][乙]
1822 此失自，[甲][乙]1822 類等五，
[甲][乙]2261，[甲][乙]2261 復，[甲]
1512，[甲]1512 虛空龜，[甲]1709 有
隨一，[甲]1719 前，[甲]1731 法身
土，[甲]1736 妄而顯，[甲]1775 以往
反，[甲]1816，[甲]1816 凡，[甲]1816
梵行者，[甲]1816 流支羅，[甲]1816
生故，[甲]1828 集生緣，[甲]1851 分
別一，[甲]1863 有眞如，[甲]1886 所
作自，[甲]2196 得那羅，[甲]2196 時
常相，[甲]2250，[甲]2261 存神鬼，
[甲]2261 皆緣法，[甲]2266，[甲]2266

此也，[甲]2266 地名生，[甲]2266 定
散則，[甲]2266 句義，[甲]2266 可如
所，[甲]2266 名別別，[甲]2266 起此
心，[甲]2266 色界有，[甲]2266 修爾
故，[甲]2266 喻亦，[甲]2269 可解
○，[甲]2270 等七，[甲]2270 喻外
無，[甲]2273 非有此，[甲]2273 喻亦
有，[甲]2274 必無異，[甲]2274 既決
定，[甲]2274 異皆貫，[甲]2274 於合
結，[甲]2274 喻，[甲]2274 緣答覺，
[甲]2281 喻故今，[甲]2281 喻外無，
[甲]2290 今論釋，[甲]2290 其體一，
[甲]2290 緣，[甲]2299 此見墮，[甲]
2299 煩惱，[甲]2299 前評也，[甲]
2299 妄想爲，[甲]2299 中方便，[甲]
2305 故，[甲]2339 位最極，[甲]2339
陰有人，[甲]2397 本覺取，[甲]2400
緣同緣，[明]2059 聲發而，[三][東]
643 人相故，[三][宮]1598 爲顯不，
[三][宮]285 聽受經，[三][宮]374 五
塵因，[三][宮]636 化生是，[三][宮]
671 不同不，[三][宮]1488 我受之，
[三][宮]1522 縛作勝，[三][宮]1545
取一緣，[三][宮]1546 從身口，[三]
[宮]1546 緣生，[三][宮]1558 此失
不，[三][宮]1562 法故其，[三][宮]
1595，[三][宮]2102 樂感樂，[三]159
緣自境，[三]193 共白佛，[三]945 見
見性，[三]1563，[三]2060 疾，[三]
2063 移白山，[三]2125，[聖]1536 親
教若，[宋][宮]768 説佛經，[宋][元]
1562 離間，[乙]1822，[乙]1821 緣於
境，[乙]1816 於苦果，[乙]2261 彼攝

又，[乙]2261 前説別，[乙]2261 種名之，[乙]2350 外道一，[乙]2376 緣亦無，[原][甲]1782 講次制，[原]1840 異喩有，[原]2196 是釋，[原]2270，[原]2273 喩，[原]2339 果德者。

音：[宮]、同上下同三三[明][甲]901 上下同。

引：[宋][元][宮]、同上八上聲引八[明]848 上。

用：[甲]、詞[乙]2250 句同依，[甲]1735 也若就，[甲][乙]1822 一世受，[甲]893 部尊遍，[甲]893 次下，[甲]1225 樓閣眞，[甲]1268，[甲]1736 此消，[明][乙]、結[甲]1225 金剛橛，[明]2154 舊重編，[三][宮][甲]901 前護身，[三][宮]2108 此器故，[三]202 歡喜佛，[三]2125 淨法又，[聖]1440 故三欲，[乙]1276 大蟲肉，[乙]1821 前破豈，[乙]2157 舊重編，[乙]2296 巧故，[乙]2408 儀中卷，[原]1141 我已略，[原]1960 一切藥。

由：[甲]2339 小亦大。

有：[甲][乙]1821 句義。

雨：[三]205 時起吹。

與：[三][宮]410 共歸趣，[元][明]2106 之又曰，[原]1863 八住已。

圓：[丙]2397 也若約，[甲][乙]2397 教別教，[甲]1709 是眞修，[甲]1736 教中初，[甲]1913 喩，[甲]2339 教，[甲]2434 接通二，[乙]2408 座及，[原]2339 果普因。

曰：[甲]1733 眼也十，[甲][乙]2092 土中上，[甲]1816 又，[甲]2128

山綺反，[甲]2196 刹土及，[甲]2266 是善染，[甲]2274 是聲故，[元]2153。

月：[宮]2034，[甲]2262 諸并衆，[甲]1839 有故者，[甲]2239 雖名觀，[乙]2296 云何以，[原]2262 喩他雖，[原]2216 蘇愛，[知]1579 增長。

周：[宮]1425 意故不，[宮]2060 號山，[甲]、-[乙]2087 颭，[甲][甲]2426 集諸物，[甲][乙]957 迴向，[甲][乙]1744 今標寄，[甲][乙]2087 遊來至，[甲]850 法界無，[甲]1775 緣施中，[甲]1861 阿闍世，[甲]2087 垣異門，[甲]2362，[甲]2434 屋也門，[明]2103 凡聖分，[三][宮]288 現亦自，[三][宮]309 處靡所，[三][宮]403，[三][宮]425 一切是，[三][宮]2034 世在京，[三][宮]2102 乎衆所，[三][宮]2102 四時之，[三][甲]1102 法界，[三]76 處清淨，[三]291 虛，[三]2110 廣凡度，[三]2145 乎群生，[三]2154 在小乘，[聖]2157，[聖]2157 本長壽，[聖]2157 覩貨邏，[聖]2157 性經二，[另]1453 住，[宋][宮]2060 詞敬稱，[乙][丙]2777 覆故能，[乙]1775 故經曰，[乙]2157 入藏録，[乙]2223 大日位，[乙]2263 遊西域，[乙]2397 一肘圓，[元][明]2016 法界微，[元][明]2060，[原][甲]1781 而，[原]2301 盡故取，[原]2339，[原]2339 故云大。

諸：[甲]2255 見道斷。

助：[聖]2157 宣梵本。

自：[甲]1828，[甲][乙]1822 餘心所，[甲]2266，[甲]2400 他願修，

[三]125 知足然，[聖][甲]1733，[聖][甲]1733 前可見，[另][倉]1522 生衆淨，[乙]1821 分眼見，[乙]1822 分眼見，[乙]2408 餘如。

周：[甲][乙][丙]2394 畢已復，[甲][乙]2397 法，[甲]2274 云。

彤

丹：[甲]2231 赤形三。
彤：[宮]2122 曰涉。

炯

洞：[明]221 然以爲，[三][宮]376 然而出，[三][宮]415 然如，[三][宮]729 然洋銅，[三][宮]1537 然或在，[三][聖]643 然乃至，[三]220 然欲以，[元][明]152 然。
炯：[明]1428 然大。
烱：[明]639 然紅焰，[三][宮]385 然金色。
烟：[宋]196 然概天。
煙：[三]198 然，[宋][宮]415 然諸比。

童

畜：[聖]1437 女爲衆。
幢：[三][宮]1546 佛然燈，[三]193 無導令。
德：[三][宮]1421 女及。
董：[宋]2153 眞所。
端：[甲]1799 子未發。
兒：[甲]2300 乎能如。
黑：[甲]2400 色。
男：[甲]895 及女於。

年：[三]2060 少出家。
生：[甲]1735 眞名故。
太：[元][明]310 子説此。
僮：[宮]221 男行至，[宮]234 眞發説，[宮]263 眞，[宮]263 眞所作，[宮]263 子時也，[宮]741 蒙人，[三][宮]1545 以於佛，[三][宮]1442 僕無辛，[三][宮]1458 女若媒，[三][宮]1545 僕等，[三][宮]1545 子日月，[三][宮]下同 1545 點慧第，[三]2153 子經一，[聖]157 子，[聖]340 子甚爲，[聖]381 眞曰我，[聖]397 男童，[聖]1425 女，[聖]下同 639 子言過，[石]1509 眞行不，[宋]、瞳[元][明]152 子付使，[宋]901 子髮髻，[宋][宮]324 子曰，[宋][宮]397 眞菩薩，[宋][宮]901 女搓此，[宋][宮]下同 620 子調和，[宋][元][宮]305 男童，[宋][元][宮]1559 子，[宋]152 子對曰，[宋]152 子後至，[宋]643 男像手，[宋]643 子時白，[宋]643 子形諸，[宋]901，[宋]901 子坐此，[宋]1341 女阿難，[宋][元][宮]1544 賢寂靜。

瞳：[甲]2255 上亦近，[三]682 子眼終，[三]1097 子天女，[三]1646 子及，[元][明]681 子眼終，[原]1072 人上觀。

意：[甲]2266 少年義。
音：[甲]2128 首謂諸，[三]1339 幢花彼。
眞：[宋][元]895 子若念。
種：[宮]263 皆是佛。
重：[甲][乙]2391 吽迦吒，[明]

309 眞行功，[三][宮]2103 有平罍，[乙]2393 聲婆字，[元]1441 女。

詷

詞：[甲]2266 者釋。

僮

憧：[明]154 豎執炬，[宋]157 使僕從。

幢：[三]1424 相須加。

僕：[宋][元][宮]1548 使穀帛。

童：[宮]1545 僕捶打，[宮]263 聲僮，[宮]1548 使穀帛，[明]1 僕而爲，[明]191 僕，[三][宮][聖]下同 292 不捨母，[三][宮]1545 僕等難，[三][宮]1648 女摩觸，[三][宮]下同 1425 子棄塚，[三]2149 迦葉解，[聖]639 僕，[宋][元][宮]1476 使人等，[宋]1 使皮，[元][明]6 左面屬。

億：[甲]2196 里二百。

僵：[知]2082 事繫御。

銅

剛：[三][宮]2053 相輪二。

鋼：[明][和]261 鐵長十，[明]729 若膿血，[聖]1266 木。

金：[三][宮]1442 塵此七。

鉛：[三]956 或。

鉗：[三]397。

鐵：[三][宮]2121 丸從毛。

同：[乙]2391 伕等法，[元][明]185 棄國如，[知]598 爪也。

鍮：[乙]2092 摹寫雀。

銀：[三]193 鐵金塗，[宋][明]

2122 器珠貝，[乙]2263 金如次。

鍾：[宋][元][宮]、鐘[明]2122 磬可受。

潼

潊：[三]2154 譬喻經。

橦

潼：[三][宮]2060 人。

瞳

童：[甲]1778，[甲][乙]1211 人上觀，[聖]606 因于內，[原]904 中放大。

腫：[三][宮]606 淚出遙。

重：[三]、童[宮]1591 人壞。

捅

較：[宮]2041 之聲鼓。

桶

筒：[三]1336 中七。

箭：[三]1332 柱陰上。

物：[原]2339 是極微。

筒

箇：[甲]1988 一日云，[甲][丙]2227 見，[甲][乙]1822 一穴息，[甲]2194 則直今，[乙]2218 不。

簡：[甲]2039 直難虧，[甲]2266 同品下。

筋：[宋][宮]721 中。

銅：[宋]190 身體洪。

箭：[明][宮]1462 法者用，[明]

1425，[明]1425 諸比丘，[三]、箭[宮]
1464 乃命盡，[三][宮]1462，[三][宮]
[另]1453 用槽末，[三][宮][石]1509
則直出，[三][宮]1442 等事時，[三]
[宮]1442 作一，[三][宮]1455 床足綿，
[三][宮]1462，[三][宮]1462 法者不，
[三][宮]1462 飲入過，[三][宮]1543 及
餘什，[三][宮]1546 上開則，[三][宮]
2123 埋地中，[三][聖]1427，[三]125
尼師壇，[三]1440 者以是，[三]1441
盛作，[三]下同 1440，[聖]1459 不合
用，[宋][元][宮]1454 床脚量，[元][明]
[聖]643 諸，[元][明]212 鑰，[元][明]
278 密清，[元][明]643 但見諸，[元]
[明]643 放已，[元][明]643 腹如，[元]
[明]643 下垂至，[元][明]643 狀如累，
[元][明]721 燒咽，[知]1441 世尊聽。

統

包：[三]2145 極十道。

充：[聖]1851 法界無。

純：[宮]516 大。

絃：[甲]1783 攝之義。

該：[甲]1733 攝爲六，[甲]1813
十方僧，[聖]1851 於，[原]1851 攝口
意。

紇：[甲][乙][丁]、統舊作統夾註
[甲][丁]2092 曰爾。

紘：[三][宮]2102 紐至若。

紀：[三][宮]2060。

繼：[甲]2339 續皆隨，[三][宮]
2103 承洪緒。

綾：[聖]2157 大義斯。

流：[甲]1851 攝假人，[元][明]
2106。

繞：[宮]2122 沙門釋，[甲]1718
而家之。

施：[甲]2296 三。

綏：[三][宮]2045 化領閣。

通：[明]2110 理無，[乙]2218 論
信解。

往：[甲]1705 者統也。

謂：[乙]1821 攝一切。

依：[甲]2299 略下云，[甲]2300
沙門法。

緣：[甲]2173 例一卷，[甲]2214
未歸本，[甲]2217 總，[甲]2299 略上
卷，[甲]2299 略云信，[甲]2299 略云
一，[甲]2299 群聖之。

綜：[三]2145。

總：[甲]2036 以收稱，[三][宮]
2121 御三萬，[三]2060 略舊宗。

筩

銅：[明]1463 聽畜復。

桶：[明]1463 埋地。

筒：[甲]1804 戒八十，[明]1440
中持去，[三][宮]、角[聖]1451 盛鹽
自，[三][宮]1808 俱夜羅，[三][宮]
1443 床足綿，[三][宮]1457 漱聽許，
[三]193 拔箭，[三]1441 依止受，[三]
2122 令寫經，[宋]125 六物之。

簫：[宮]1670 吹火氣。

痛

愛：[三][宮]398。

病：[宮]397 不，[宮]607 命，[宮]811 能爲無，[宮]901 處一心，[甲]1778 失明，[甲]1072 即，[甲]1085，[甲]1246 者取石，[甲]1333 者以，[甲]2053，[甲]2068 心貫髓，[甲]2196 惱六心，[甲]2255 但求良，[明]1435 起滅觀，[三]212 中之苦，[三]220 惱咸得，[三][宮][甲]901 處以，[三][宮]221 者所受，[三][宮]606 也，[三][宮]721 苦若蟲，[三][宮]737 或致死，[三][宮]1508 何以故，[三][宮]1545 逼迫如，[三][宮]1546 逼切，[三][宮]1646 苦死苦，[三][宮]2122 杖而死，[三][甲]1181 人頭患，[三]53 悉著身，[三]55 極苦，[三]125 更不造，[三]125 生死惱，[三]153 目者不，[三]186 處所，[三]198 船破海，[三]199 甚酷苦，[三]221 以受，[三]1354 若有背，[聖]1435 陰是想，[聖]1509 惱衰壞，[宋][元][宮]2122 緣第五，[宋][元]1435 作是念，[乙]1246 或半身，[乙]1775 患之生，[知]384 加其身。

瘡：[三][宮]2122 病也以。

當：[三]20。

毒：[三]1 辛酸萬。

度：[三]125 心無。

惡：[三]153 音聲身。

痕：[甲]2039 俗云提。

患：[元][明]125 不。

疾：[三]186 自見其，[三]202 默然還，[三]2122 百歲諸，[元][明]125 得，[正][明]161 父。

盡：[三][宮]729 三世戒。

疽：[三][宮]813 癩若得。

苦：[三]375 得受安，[聖]278 我當悉。

漏：[三][宮]638 心盡心。

亂：[甲]1805 心痛惱。

慮：[三][宮]2109 刑害之。

滿：[三][宮]374 受大苦。

疲：[三][宮]1547 勞因痛。

破：[聖]125 極患疼。

奇：[聖]380 哉彼闍。

強：[宋][元][宮]2122 以何因。

傷：[三][宮]415 衆生故。

攝：[宮]1543 三根少。

身：[宋][元]、－[明]603 痛痛相。

瘦：[三][宮]1488 醫藥怖。

疼：[明]1094 牙痛脣，[三][宮]2122 復有諸，[三]202 嚏。

通：[甲]2249 也次於。

慟：[甲]1792 哭往救。

爲：[三][甲]、病[甲]1229 書之立。

痒：[甲]2128 痒音弋。

癢：[聖][另]342 不入色。

猶：[宋][宮]582 難量沙。

樂：[三]125 痛於。

濁：[三][宮]2122 由積惡。

慟

悼：[元][明][宮]377 悲泣供。

動：[明]1450 傷感其，[三]201 號泣而，[聖]383 絕而作，[聖]1509 一園，[元][明]513 舉聲大。

歎：[三]、難[宮]2059。

痛：[明]152 尤甚。

異：[三][宮]2060 顏狀如。

偷

波：[明]1441 羅遮界。

偙：[丁]2244 音斗。

盜：[甲]1736 鈴欲人。

儉：[乙]2227 鬼魅諸。

倫：[宮]2121 羅國合，[三][宮]2122。

飲：[三][宮]2121 王水用。

渝：[甲]1298 二合。

瑜：[宋][宮]1464。

楡：[明]1161 阿偷。

遮：[明]1435。

鍮

鉢：[三]26 邏騫。

錢：[三][宮]1545 猶嫌其。

輸：[明]1217 石像身。

偷：[三]、瑜[聖]189 石之鼓。

塗：[宮]493 銅也身。

瑜：[甲]2130 波應云。

投

拔：[三]202 已復上。

扳：[乙]2092 井植棗。

杓：[甲][乙]908 供養加。

撥：[甲][乙]2391 頭端彈。

布：[聖]211 地懺悔。

持：[三]5 火蛇，[三]1336 鉢無多。

處：[甲]2193 心表敬。

措：[甲]2837 筆作。

供：[甲]2408 之本命。

穀：[三][宮]2122。

假：[宋][元]2122 一滴水。

教：[宋][宮]、救[元][明]826 心以是。

救：[三][宮]1571 眾病，[三]158 無趣無。

況：[甲]1736 也。

沒：[甲]2207 死生天，[明][宮]606 于，[三][宮]2121 地從是，[三][宮]309 身自歸，[三]44 於地，[三]186 命，[三]202 彼不還，[聖]1595 身火中，[宋]374 大海爾，[元]125，[元]167 沈深水。

沒：[甲]1736 水今以。

牧：[宋]、放[宮]626 手乃到。

起：[乙]1822 非如餘。

殺：[三][宮]2028 人聚或。

設：[三]、救[宮]2121 藥，[元][明]391 槃作禮，[原]2408。

攝：[原]、[甲]1744 道稱爲。

收：[三]200 弓問彼。

受：[甲]2087 杖而去。

授：[宮]2122 苦火永，[甲]1830，[明]309 地接足，[三][宮]2122 夜宿梁，[三]2121 藥爲説，[聖][另]285 石如，[聖][另]1442 擲莐絮，[乙]2174 金剛菩。

搖：[乙]2391 珠先以。

提：[甲]2052 終無得。

頭：[明]2103 陀，[明]2103 陀僧

淨，[三]2149 陀乞食，[三][宮]2103 陀上鳳，[三]125 摩地獄，[三]2145 陀道人，[元][明]2102 陀林，[元][明]2154 陀。

校：[甲]2748 寶塔及，[三]2145 弘通奉。

役：[宮]2122 剡之。

置：[三][宮]2122 餘中。

擲：[石]1509 著火中。

捉：[丙]1753 正直進，[宮]2121，[宮]2121 請二師，[宮]2123 之以湯，[甲]1804，[甲]1805 後生淫，[甲]2125 命何因，[甲][己]1958 心臨終，[甲]1007 於有龍，[甲]1238 魅鬼作，[甲]1804 破者不，[甲]2073 獲一僧，[甲]2087，[甲]2255 分別性，[三]、[宮]2122 之數日，[三]125，[三][宮]2123 之擲於，[三][宮]724 即便割，[三][宮]1425 杖放地，[三][宮]1442 城門王，[三][宮]2121 之手足，[三][宮]2122 彼罪人，[三][宮]2122 出戶外，[三][宮]2122 衣而去，[三]118 捭，[三]190 與彼剃，[聖][另]1459，[宋][宮]345 餘患佛，[宋][元]、作[明]190 佛以爲，[元][明]2059 之數日。

繪

踰：[三][宮]300 繕那地。

頭

氷：[三]643 啄腦罪。

尺：[三][宮]1509 人人有。

除：[三][宮]2122 鬢髮而。

道：[明]761 凡夫，[明]761 凡夫墮。

地：[明]1425 一一移，[三]2125 慇。

頂：[丙]865 以口著，[丙]973 戴五智，[丁]1199 左成，[宮]2122 虎，[宮]1428 王種，[甲][乙]2390 又云功，[甲]994 至足身，[甲]2128 上，[甲]2748 藥王在，[明][聖]26，[三][宮][石]1509 上有，[三][聖]26 則以，[三][聖]190 趺如是，[三]418 上入阿，[三]1082 腦胸脇，[宋]、冠[元][甲][丙][丁]866，[宋][元][宮][聖]1536 令永於，[乙]1100 上，[乙]1909 痛苦難，[乙]2263 語云汝，[乙]2408 下，[元][明]2060 上帝聞，[原]1862 禮致敬，[原]2409 髮中以。

豆：[甲]2130 王譯曰，[三][宮]268 離婆多，[三][宮]2042 須菩提。

鬪：[元][明]721 處因貪。

段：[甲]2271 也簡。

頓：[元]、頰[明]2110 九。

額：[甲][乙]2390 橫安三，[甲]2261 上有一，[聖]200 而生出。

耳：[宮][聖]341 目等種。

髮：[宮]2048 法服周，[甲]2075 披，[三]1485 被三寶。

房：[三]、捉[聖]158 舍幢麾，[三]158。

飛：[宋]190 鴈從波。

腹：[甲]1792 大如。

故：[明]1669 有婆多。

顧：[三][宮]384 喚言男，[三]

[宮]2121 髮與千，[聖]983。

海：[甲]2196 中有浮。

頰：[甲]2401。

頸：[丙]2231 上爲其，[甲][乙]2309 荷遲，[甲]893 諸灌頂，[三][宮]1464 行入室，[三][宮]2122 頭復墮，[三]984。

徑：[三]1 向阿須。

頸：[明][和]261，[三][東]643 相者自，[三][宮][聖]613 却向令，[三]643 令起遍，[聖]1549 有痛不。

顆：[三]190 女我盡。

賴：[三][知]26 華爲我，[聖]125。

類：[甲]1833 同合而。

領：[甲]2035 陀五納。

樓：[三]984 賴吒南。

鹿：[三][宮]2121 孚乳遂。

面：[明]220 相周圓。

目：[三]196 勿妄顧。

男：[元][明]2123 兒皆以。

頗：[明]397，[三]94 向我說。

頃：[宋][宮]1690 羅剎及。

上：[明]1463 生瘡若。

身：[三][宮]2121 人不知。

頤：[原]2408 也其二。

首：[明]2076 師曰，[三][宮]623 當知天，[聖]375 髮便欲。

疋：[三]154 其主恒。

水：[明]125 而住如。

所：[元]200 末帝收。

投：[三]1552 藍子等，[宋][元]2061 然。

陀：[三][宮]414 利花那，[三]721 花遍於。

我：[宋][宮]2040 首。

顯：[宮]1509 集諸善，[甲]2217 能滿一，[甲]2812 起非一，[甲][乙]2261 藍等名，[甲]1717 然者，[甲]1821 相應，[甲]2255 部執不，[甲]2262 五十九，[甲]2390 圓忍願，[三][宮]1559 陀十摩，[三]193 縱恣，[三]1331 高明此，[聖]223，[聖]354 居，[乙]、頭[乙]1744 波若無，[乙]1821 起，[乙]2231 點其野，[原]2196 處也此，[知]1785。

相：[乙]2385 拄大小。

項：[三][宮][聖]1463，[三][宮]1463 而行諸，[三]26 便食從，[聖]26 額耳牙，[宋]194 善生牢。

須：[明]1478 其食亦。

鬚：[三]、－[宮]2121 髮即墮，[聖]211 髮自墮。

顏：[三][宮][聖][另]1451 一無言，[三][宮]258 目不暫，[三][宮]1549 光明諸，[聖]1435 羅是婆。

頤：[甲]1999 睡不怕。

以：[宮]1428 面禮足。

願：[明]224，[三][乙]1092 或乞此，[三]152 無，[聖][另]281 初發意，[另]613 使心不，[元]2016 非我所。

掌：[甲]1156。

中：[三][宮][聖]223 見佛聞，[聖][石]1509 見佛聞。

足：[三]2121 南首。

凸

凹：[宋][宮]1435 胸人象。

惡：[宮]1425 臍作如，[三]1339
諸根不。

失：[元][明][宮]614 腹五十。

亞：[聖]1451 向內置，[聖]2157
若。

禿

本：[三]26 從他活。

兔：[宮]1425 梟無有，[宮]1425
梟應。

鶹：[三]212 梟。

委：[元][明]461 儓心。

一：[三][宮]2122 角可牽。

突

空：[宋]1428 吉羅不。

蔑：[甲]1268 者我悉。

受：[聖]1462 吉。

特：[三]2088 起雕鏤。

埃：[宮]、淶[聖][另]1435 伏。

挨：[明]221 之，[三][宮]2121 大
象踏，[三][宮]2121 各散還，[三][宮]
2123 沙門答，[三]362。

笑：[甲]2128 彌骨堂。

夷：[明]2042 羅國優。

捼

深：[乙]2263 二。

探：[乙]2263 大師本，[乙]2263
本疏深，[乙]2263 護法本，[乙]2263
教實，[乙]2263 論疏意。

茶

茶：[宮]469 去字時，[宮]618，

[宮]660 羅子皆，[甲]、奈[乙]2261
國，[甲]853 地也，[甲][乙]2391 羅
本位，[甲]850 字以安，[甲]904 麼折
羅，[甲]1306 羅唯願，[甲]1830 國建
至，[甲]2128 音曷如，[甲]2250 此
云，[別]397 步闍，[明]191，[明]264
若餓鬼，[明]1428 鹽嵐婆，[明]1579
緊捺洛，[明]2153 羅經一，[明][宮]
278，[明][宮]278 男女身，[明][宮]
371，[明][宮]1545 藥叉鬼，[明]100
二是目，[明]157 等令其，[明]212 鬼
衛護，[明]264 若毘舍，[明]278 等悉
於，[明]310 華爲癡，[明]310 利花
及，[明]397 王皆與，[明]620，[明]
725 惡形生，[明]848 羅所，[明]955
羅，[明]1000 羅并見，[明]1019，[明]
1052 等飲人，[明]1069 利印密，[明]
1254 藥叉等，[明]1336 者其形，[明]
1341 迦羅眼，[明]1435，[明]1435 女
羅剎，[明]1442 羯吒布，[明]1442 衆
圍繞，[明]1458 半託迦，[明]1458 羯
吒布，[明]1458 羅形如，[明]1521 毘
舍闍，[明]1545 藥叉邏，[明]1562 等
所受，[明]1579 緊捺洛，[明]2042 山
我百，[明]2131 此云大，[明]2131 此
云生，[明]2131 及薜，[明]2131 沙和
多，[明]2131 山如來，[明]2131 一頭
名，[明]下同 620 身根以，[明]下同
2042，[三]、恭[宮][甲][丙]2087 建那
補，[三]、茶等諸神等[聖]200 等爲
佛，[三]220 緊捺洛，[三][宮]620 蹲
踞，[三][宮]664 跋帝婆，[三][宮]
2060 羅禮佛，[三][宮][聖]440 自在

王，[三][宮]278 乾闥婆，[三][宮]279 王所謂，[三][宮]639 瞻仰兩，[三][宮]639 終不供，[三][宮]665 哩枳俱，[三][宮]1425 二名阿，[三][宮]1442 羯吒，[三][宮]1451 國彼諸，[三][宮]1452 幡牛王，[三][宮]1552 勒叉亦，[三][宮]2034，[三][宮]2040 鬼神之，[三][宮]2042 山那羅，[三][宮]2053 等，[三][宮]2053 月三，[三][宮]2060 國東境，[三][宮]2066 國住經，[三][宮]2122 來，[三][宮]2123 梨地獄，[三][宮]2123 饒財珍，[三]1 神，[三]125 從南方，[三]157 餓鬼毘，[三]157 滿天，[三]187 上聲字，[三]220 緊捺洛，[三]220 利花美，[三]279 王得滅，[三]279 王親近，[三]310 野那仙，[三]397，[三]397 亦一切，[三]402 象，[三]721 羅花有，[三]1132 羅法晝，[三]1336，[三]2087 僧伽藍，[三]2087 唐言，[三]2087 月三十，[三]2088 國南印，[三]2125 國凡有，[三]2125 羅著泥，[三]2125 信度西，[三]2125 一千頌，[三]2154，[三]2154 茶音，[三]2154 大，[三]2154 羅經龍，[聖][另][甲]1721 鬼下重，[宋]220 羅，[宋]220 羅惡獸，[宋]1130 羅家押，[宋][宮]、蓬[元][明]2053 城城北，[宋][宮]660 羅童子，[宋][宮]2122 饒財珍，[宋][明]310 現似沙，[宋][明]1129 阿引羯，[宋][明][宮]262 鬼蹲踞，[宋][明][宮]620 痛急驚，[宋][明]157 等毘，[宋][明]1130 羅，[宋][元][宮]698 羅，[宋][元][宮]660，

[宋][元][宮]660 羅等亦，[宋][元][宮]660 羅子六，[宋][元][宮]660 羅子起，[宋][元][宮]847 散泥六，[宋][元][宮]1442 羅踐佛，[宋][元][宮]1442 羅世羅，[宋][元][宮]1458 羅家若，[宋][元][宮]2085 羅㤑，[宋][元][宮]2087 國恭御，[宋][元][甲]1037 羅三，[宋][元][聖]643 諸吉遮，[宋][元][聖]190 等，[宋][元]220 利花奉，[宋][元]220 利花遙，[宋][元]865 羅集已，[宋][元]1056 羅受，[宋][元]1056 羅受灌，[宋][元]1123 羅諸位，[宋][元]1167 羅者云，[宋][元]1171 羅法或，[宋][元]2087 城周二，[宋][元]2087 國西印，[宋][元]2154 羅等經，[宋]220 羅家補，[宋]865 羅左邊，[宋]1167 羅經，[宋]2061 蓼陟之，[宋]2061 毘收舍，[宋]2154 羅依法，[乙]1239 三，[乙]1929 無字，[乙]2393 羅阿闍，[元][明]190 羅刹毘，[元][明]190 書隋，[元][明]293 若毘舍，[元][明]310 華色貌，[元][明]377 毒苦切，[元][明]397 迦鳩槃，[元][明]1546 若過二，[元][明]1546 蛇尼那，[元][明]2042 山當作，[元][明]2122 洲第八，[元][明]下同 310 乾闥婆，[元]1092 緊那羅。

查：[宋][元][宮]、茶[明]下同 278 王於能。

搽：[元][明]190 太子或。

低：[聖]1435 子尼。

多：[丙]1184 羅正對，[甲]2217 羅文欲。

伽：[明]1336 伽伽。

恭：[甲][乙][丁]2244 城西北，[甲]2244，[三][宮][甲][丙]2087 建那補，[聖]2157 毘。

軍：[甲]1238 眾印七。

莽：[甲]1141 囉，[甲]2135，[乙]1200。

拏：[甲][乙][丙]1141 攞其形，[甲][乙]2228 伽多耶，[甲]2081 羅，[乙]1069 覽勢典，[乙]2385 吉尼印。

芩：[三]196 有五十。

塗：[明]212 炭流轉，[三]2103 炭，[三]1458 不若言，[三]2145 炭含厚。

陀：[甲]2290，[甲][乙]2223 羅左邊，[甲]1268 羅花，[甲]2130 山譯曰，[甲]2217，[甲]2218 羅華散，[甲]2401 羅中，[甲]2434 羅，[甲]2434 羅法教，[甲]2434 羅教者，[甲]2434 羅之大，[乙]2397 羅一。

葉：[甲]2230 槃哆。

吒：[甲]2392 利護身，[乙][丙]877 茶底，[乙]1069 利金剛。

徒

輩：[聖]1723 皆愛身。

彼：[甲]1227 眾言大，[明]310 眾眷屬，[元][明]379 眾眷屬。

表：[明]2122 眾。

除：[三]292 去不淨。

從：[甲]1830 義如叙，[明]2145 王謐護，[宋]2145 關。

從：[丙]2163 等之所，[丙]2163 皆云雖，[丙]2163 留，[丙]2164 悉集道，[丁]1958 何者若，[宮]263 虛妄於，[宮]809 爾也阿，[宮]2058 今以後，[甲]1706 然也又，[甲][乙][丁][戊][己]2092，[甲][乙]1822 為覺，[甲][乙]2296 正法非，[甲][乙]2391 珍和上，[甲]1782 顛倒起，[甲]1921 繁無益，[甲]2087，[甲]2128 南反顧，[甲]2129 吹謂之，[甲]2135，[甲]2250 黨有釋，[甲]2259 盡心力，[甲]2266 分別解，[甲]2266 設劬勞，[甲]2270 斗反汰，[甲]2299 眾，[甲]2299 眾佛不，[甲]2401 此，[甲]2434 道路天，[甲]2434 真起用，[甲]2792 眾之中，[明]721 叫喚，[明]1450 加愛念，[明]1545 眾復次，[明]2060 矣有，[明]2123 捐無益，[三]152 眾就樹，[三]1579，[三][宮]270 十方來，[三][宮]553 五，[三][宮]2102 所排輒，[三][宮]2104 傳通不，[三][宮]2122 眾見杅，[三]86 務泥犁，[三]152 自然也，[三]377 眾一時，[三]2060 千餘乘，[聖]279 置他方，[聖]279 眾，[宋][宮][乙]2087 行以進，[宋][宮]2060 誨示，[宋][明][宮]2122 可恃恩，[宋]212 風去火，[宋]220 口說天，[宋]1129 眾圍繞，[宋]2063 屬甚多，[乙]1239 皆反，[乙]2227 施功勞，[元][明]212 在途出，[元][明][宮]231 口說大，[原]1895 情事理，[原]2309 白馬西。

待：[三][宮][聖]1451 從遊。

獨：[甲]1860 不聞正。

度：[宋]、踱[元][明]152 跌不得。

後：[三][宮]2122 費設耳，[乙]
2263 故依燈。

眷：[三]2063 屬不肅。

陵：[三][宮]2103 喻達。

奴：[宮]820 使衣裁。

上：[三]984 拯反祁。

使：[甲]2095 識佛心，[乙]2087
減千人。

士：[原]1858 莫不躊。

侍：[甲]2053。

釋：[乙]2261 已論文。

俗：[甲][丙]2089。

隨：[元][明]2122 從於是。

唐：[知]、徒載徒戴[宮]741 載
學名。

桃：[甲]2128 到反前。

徒：[宋]、從[宮]2059 軍隴上。

途：[和]261 跣而往，[甲][乙]
1929 羅漢聖，[明][和]261，[三][宮]
2122 住足因，[三]2149 步生不，[原]
1840 皆非宗。

屠：[三][宮]616 飢寒病。

塗：[三][宮][聖]397，[三]152 步
尋厥，[元][明][乙]1092 邑。

圖：[宋]1336 先生不，[元][明]
2104 法樂以。

陀：[丙][丁]848 跋難陀，[元][明]
99 跋難陀。

往：[宋][宮]2103 相思，[原]
1818。

位：[聖]2157 三千雖。

徙：[宮]2034，[甲]2067 家焉或，
[甲]2223 陀河繞，[甲]2128 移反顧，

[明][丙][丁]1199，[明][甲][丙]1214，
[明][乙]、從[甲]1225 麼，[明][乙]
1110，[明]2102，[明]2103 倏，[明]
2131 多摩，[明]2131 繩時舍，[三]
[宮]2102 伏膺而，[三][宮]2122 作之
所，[三]1585 蒼龍於，[三]2103 質王
浮，[三]2149 住玉華，[宋][元]2061
步，[元][明]1139 皆，[原]2362 次博
陵。

虛：[明]1988 消信施。

擲：[三][宮]376 著他方。

衆：[甲]2006 之際遍，[三][宮]
[甲]2053 千餘人，[三][宮]2053 六千
餘。

走：[明]1225，[明]1450 衆而告。

途

處：[甲]2230 也，[甲]2230 也於
輪。

從：[甲]1778 四教二。

道：[宮]1958 只恐現，[三]100 安
隱從。

定：[甲]1782 中安和。

金：[宮]2060 八苦由，[宋][宮]
397 路而有。

來：[甲]2006 卻著。

路：[三][宮][甲]2053 伏惟皇。

迷：[元]2016 競起空。

逆：[甲]2299 次第竝。

器：[三]159 而行其。

人：[甲][乙]1929 解釋未。

善：[乙]2381 輕苦亦。

速：[甲]2250 得出。

徒：[甲]1512 或先擧，[甲]2195 學小從，[明]2059 啓齒施，[三][宮]1571，[原]2248 律是小。

塗：[宮][甲]1804 故成論，[宮][聖]425 路見佛，[宮]722，[宮]1998 且，[宮]2053 路覓人，[宮]2103 未光周，[甲]893 邑反二，[甲]1698 開章耳，[甲]1718 故言從，[甲]1735 更有諸，[甲]1792 身脫一，[甲]1886 生人道，[甲]2266 亦名相，[明]、逢[宮]1459，[明]722，[明]722 崖，[明][宮]722 如火燒，[明]202 我以人，[明]2053 數丈故，[明]2059 果報於，[明]2060 之日月，[明]2103，[明]2110 等語復，[明]2123，[三][宮]1459 逢難緣，[三][宮][聖]285 薰，[三][宮][聖]627 路濡首，[三][宮]627 路見一，[三][宮]1507 而同歸，[三][宮]1545 婆羅門，[三][宮]2053 久嬰痾，[三][宮]2053 路費損，[三][宮]2060，[三][宮]2060 苦，[三][宮]2060 所資皆，[三][宮]2060 亦不生，[三][宮]2103 何必躬，[三][宮]2103 一致而，[三][宮]2121 路飢渴，[三][聖]172 悲，[三][聖]210 從邪徑，[三]76 路高下，[三]154 恐不相，[三]187 必有可，[三]193，[三]212 者備，[三]945 必不能，[三]984 熙尼，[三]2103 報又云，[三]2125，[三]2154 有道存，[聖]754 得無勞，[聖]1721 爲三苦，[另]1721 修羅或，[宋][明]945 詢問盲，[宋][明]945 中獨歸，[宋][元][宮]2053 險遠又，[宋][元]2061 於彼

岸，[乙]1822 由不能，[乙]1909 報所以，[乙]1909 備嬰，[乙]1909 長沸是，[乙]1909 從今日，[乙]1909 斷除衆，[乙]1909 或在八，[乙]1909 劇報皆，[乙]1909 可，[乙]1909 之異轍，[乙]1909 重罪，[元][明]945 成狂因，[元][明]2060 然臂爲。

義：[甲]2195 理依之。

余：[元][明]1034 何反。

餘：[甲]2266 二是假。

遠：[宮]765 是故汝。

走：[乙]1736 而異獲。

作：[宮]768 中爲賊。

涂

法：[甲]2183 師撰。

屠

及：[三][宮]1451 雞猪捕。

徒：[三][宮]2122，[聖]99 主往詣。

塗：[明]2059 炭澄公。

圖：[甲][乙][丁][戊][己]2092 一所工，[乙][丁]2092 儀一躯。

宰：[乙]1909 殺爲業。

猪：[宮]2122。

搽

突：[宮]721 馳走常，[三][宮]737，[三][乙]1092 佛菩薩。

嵞

塗：[三][宮]2103 山頂生。

塗

除：[甲]895 其室中。

從：[三][宮]1428 足跟足。

度：[三][聖]291 己體現。

墮：[三][宮]2104 地僞妄。

堊：[三][宮]、惡[聖]1421 灑所住，[三][宮]539 飾彩畫。

關：[三]1568 既開眞。

零：[三]、冷[宮]1428 香著末。

隆：[三][宮]2103 青揚善。

泥：[甲]2393 治於上，[明][甲][乙]1000 其壇待，[明][甲][乙]1110 其地竟，[三][宮]、一[甲]895 復用茅，[三][宮][聖]1421 地，[三][宮]1425 房爲蛇，[三][宮]1425 土是名，[三][宮]1435，[三][甲][乙]1261 作，[三]190 其上以，[三]1093 呪塗之。

趣：[三]211 無生死，[宋]374 中而諸。

深：[乙]2408 意未。

濕：[元][明]2122 氣之所。

室：[甲]911 極令細。

隨：[聖]1421 自拔良。

茶：[宮]2102 炭揮手，[宮]2102 炭我金，[宋][元][宮]2122 炭之殃。

徒：[三][宮][聖]1428 跣破足，[三][宮]1428 跣足破，[三][宮]2102 非但，[石]1509 而問世，[宋][宮]、途[元][明]2103 雖十三。

途：[宮]279 輪轉苦，[宮][聖][另]1459 能不失，[宮]309 當自，[宮]309 者無識，[宮]500 終而復，[宮]847 八難七，[宮]2060 遠請乃，[宮]2112 而跣，[甲][乙]924 免離九，[甲]1722 次說二，[甲]1729 約果愛，[甲]1733 苦，[甲]1733 造善求，[甲]1735 同歸得，[甲]1735 同歸故，[甲]1765 二宮光，[甲]1811 正因殺，[甲]1913 答會竟，[甲]2053 既遠不，[甲]2053 又求祥，[甲]2217 亦不應，[明][甲]901 植於佛，[明]731，[明]2060 但靈廓，[明]2060 香申明，[明]2102 弟子昔，[明]2102 靡薄苦，[明]2102 中之，[三][宮]2058 無量佛，[三][宮]2103 禁淨通，[三][宮]618 無亂，[三][宮]2034 慈，[三][宮]2034 生天人，[三][宮]2034 宜應，[三][宮]2060 藏送曰，[三][宮]2060 求其宗，[三][宮]2102 同歸未，[三][宮]2103 競開夜，[三][宮]2103 無復遺，[三][宮]2103 在生逆，[三][宮]2121 自生自，[三][甲]、徒[宮]2053 驗之聖，[三]5 稱歎斯，[三]156 路得無，[三]156 路飢渴，[三]186 路侍從，[三]192 馬還得，[三]212 愛苦常，[三]212 從邪徑，[三]231 者而說，[三]1568 扶疏有，[三]2145，[三]2145 而已耶，[三]2149 宜應，[聖][另]1459 中，[聖]200 不如先，[乙]1876 名爲普，[元][明][甲]2053 水盡至，[元][明]658 徑，[元][明]1982 永絕名。

屠：[宋][宮]376 割。

圖：[甲]973 畫圍繞，[甲]1008 拭其壇。

唾：[三][宮]2104 爲醴泉。

陰：[三][宮]2109 淪歷惡。

用：[甲]1248 眼竟。

污：[三][宮]606 或見矸。

澤：[聖]227 香衣服。

圖

圖：[甲][乙]2250 同市緣。

國：[宮]2053 史此蓋，[甲]2196 法異故，[宋]2060 域同闕，[宋]2154。

簡：[乙]2263 之燈有。

面：[高]1668 像喜樂，[甲][丙]2164 一帳著。

區：[明]2103 雲祥。

色：[三]2104 雖事言。

昇：[宮]2108 握鏡始。

徒：[甲]2006 人意滯。

途：[甲]2367 不如面。

屠：[三][宮]2059 之主或，[三][宮]2102 所興浮，[三][宮]2103 所興今。

塗：[三][宮][聖]515 畫，[三]1005 瓶替之，[三]2087 瑩未周，[原]1150。

團：[宋]2145 度日月。

圍：[宮]848 作勤勇。

圓：[宮]848，[宮]2122，[甲]2266 形號曰，[甲][乙]973 寫梵字，[甲][乙]2207 云風者，[甲]2036 任於舊，[甲]2394 位而布，[三][宮]2122 猶如，[乙]2393 衆形像，[元][明]2145 義若忘，[原]、門[甲][乙]2397 中復有。

土

埃：[三][宮]2121。

安：[甲]1709 道場海。

北：[宮]2122 俗常懼。

本：[宮]428 無如來。

塵：[甲]1717 具六。

城：[三][宮]223 或以己。

出：[宮]2112 稱，[甲]1724 石山如，[甲]1246 細，[甲]1736 名而有，[甲]2397 方處是，[三][宮]288 力勢菩，[聖]、土[聖]1733 在花藏，[聖]1788 淨方三。

處：[宮]1425，[甲]1731 耶解此。

川：[三][宮]1513 如其總。

此：[原]1851 中有三。

大：[甲]1705 衆二他，[明]2123 富人儻，[三][宮]1421 地平。

地：[甲]1708 別行釋，[三]、住[宮]403 出入，[三][宮]263 甚多乃，[三][宮]2121 圍屋三，[三]125 普，[原]1722 四。

等：[甲][乙]2218 合，[甲][乙]2434 文即釋，[甲]1512 也汝那，[甲]2195，[甲]2266 寶隨意，[甲]2266 波羅蜜，[甲]2266 三界故，[甲]2266 雖是諸。

典：[三][宮]638 七寶主。

杜：[甲]2879 地者狐。

度：[甲]1736 僧徒依，[三][宮]2123 三昧經，[三]2110 經云八。

堆：[三]212 或臥石。

二：[甲]1751 已修中，[甲]1731，[甲]1731 即諸佛，[甲]1731 舍那迹，[甲]1736 攝，[甲]1786 無由淨，[明]698 作壇或，[元]2061 顯正依。

方：[甲]1723 塔現爲，[甲]1731 也多佛，[三][宮]2059 咸云已。

工：[宮]2122 猶有篆，[甲]1781 無疾之，[甲]2128 骨反葉，[三][宮]585 上妙醫。

垢：[石]1509 佛亦如。

古：[甲][乙]1287 風諸寺，[聖]2157。

國：[丙]2778，[甲]、土[甲]1781，[甲]1775 清淨階，[甲]1775 之相故，[甲]2195 名寶生，[明][聖]223 至一佛，[三][流]360 便速得，[三][宮]681，[三][宮]657，[聖][石]1509，[聖][石]1509 菩薩道，[聖][石]1509 中乃，[石]1509 清淨上，[石]1509 至一佛。

護：[三][宮]635 無。

火：[明]2131 輪金輪，[三]201 用覆其。

教：[甲]1717 不同中。

界：[三][宮]403 不煩，[三][宮]657 百億須，[三][宮]657 所有比，[三][宮]657 嚴淨聲，[三][宮]1509 有佛名，[三]183 華林園。

淨：[原]1781 成上佛。

境：[甲]2075 豐熟寇。

居：[乙]2396 出過三。

立：[甲]2035 豐樂女，[甲]1816 淨等通，[甲]1816 中云若，[甲]1863 瑜伽等，[甲]2395 八，[聖]1462 地及取，[乙]1211 來至道。

門：[原]2410 〃〃。

木：[乙]1736 石安知。

泥：[乙]1723 知水不。

年：[甲]2255 爲摩迦。

七：[甲]1778 故文中，[宋]411 三寶，[元]2109 書京邑。

去：[丙]2286 本朝舉，[三][宮][知]266 衆求國，[三]1466 突吉羅，[三]2088 吐蕃約。

三：[另]1453。

剎：[宮][聖]416 中，[三][宮]656，[乙]1796 行如來。

山：[宮]2123 臺也，[甲]1731 二處一，[甲]2195 對餘凡。

上：[丙]2092 氣和，[丙]2163 四，[宮]279 以入一，[宮]310 奉獻大，[宮]318，[宮]2045 耶奢，[宮]2060 泥兩，[宮]2122，[甲]、土[甲]1799 木精怪，[甲]、下[乙]2092 鞞，[甲]1735 亦爲攝，[甲]2128 地無冰，[甲]2128 或毛者，[甲]2128 爲霾詩，[甲]2128 也從土，[甲][乙]1833 至何理，[甲][乙]1751，[甲][乙]1816 現八十，[甲][乙]2227 瓶下至，[甲][乙]2434 二本，[甲]994 如法作，[甲]1512 有是衆，[甲]1728 則利別，[甲]1731，[甲]1731 不見法，[甲]1731 亦是色，[甲]1735 經即以，[甲]1736 分權實，[甲]1775 福慶所，[甲]2036〇昌生，[甲]2120 兮以表，[甲]2128 坣污也，[甲]2128 之精也，[甲]2129 石砂參，[甲]2129 義，[甲]2239 乃至，[甲]2250 義譯云，[甲]2266 等緣隨，[甲]2412 不二，[明]312 不離故，[明]1545 性聰慧，[明][宮]414 悉入一，[明]70 滿之若，[明]100 名摩竭，[明]156 攝諸衆，[明]310 功德，[明]413 海，[明]647 彼有世，[明]2041 不，[明]2059，

[明]2122 俗謂之，[三][宮]457 築城復，[三][宮]459 界悔過，[三][宮]1563 下故名，[三][甲]1227 落地者，[三]101 何如地，[三]1440 和泥此，[三]2110 屋有坊，[聖]1763 地二遠，[聖]2034 翻傳以，[另]1442 塊遙擲，[宋]、去[甲]2087 雖，[宋][宮]385 塵，[宋][宮]2102，[宋][元][甲]、上聲[明]、－[乙]972 二十八，[宋][元]223 不應住，[宋][元]682 是阿若，[宋][元]1007 其中心，[宋][元]1425 無罪，[宋]279 悉在其，[宋]810 發意之，[元]220 諸花，[元][明]425 尊母字，[元][明]821 華蓋便，[元][明]1509 甚，[元][明]2154 異經今，[元]62 一佛大，[元]220 各有如，[元]381，[元]425 地城名，[元]1435 草木等，[元]2040，[元]2060 擊疊而，[元]2121，[原]1851 妙平等，[原]2339 料簡二，[知]598 靜亦等。

尚：[甲]1963 不能盡，[三]418 當承事。

身：[明]894 眞言。

生：[宮]384 使彼大，[甲]1201 鹽蝶苦，[甲]1709 得自在，[明]263 棄國捐，[三]212 皆由一，[三]1604 名身業，[另]1509 四大不，[原]1819 安樂而。

十：[宋][元]1242 佛及菩。

士：[德]1562 業增上，[宮]817 色已平，[宮]263 諸佛世，[宮]425 衆不自，[宮]461 亦俱等，[宮]2034 國王所，[甲]1727 統，[甲]1730 者是明，[甲]895 男女失，[甲]1708，[甲]1729 方名善，[甲]1731 各，[甲]1733 輪，[甲]1742 爲所依，[甲]1805 樗蒲故，[甲]2128 所以負，[甲]2128 爲瓦之，[甲]2207 了反文，[明]125 人豐熟，[明]1191 星火星，[明]2034，[明]2034 領公遠，[明]2087 俗曰其，[明]2103 無二統，[明]2123，[三][宮]606 又斯雖，[三][宮]656 爾時世，[三][宮]1506 家法女，[三][宮]263，[三][宮]635 如彼寶，[三][宮]693，[三][宮]810 顯出於，[三][宮]1546 族姓居，[三][宮]2060，[三][宮]2103，[三][宮]2104 淪惑，[三][宮]2122 人説之，[三][宮]2122 俗以，[三][聖]170 不知厭，[三]97 十，[三]152 豈不難，[三]154 清寧四，[三]154 如師子，[三]220 品第八，[三]1543 翼從者，[三]2060 匪此難，[三]2063 人皆事，[三]2087 俗相傳，[三]2087 俗曰，[三]2087 俗曰其，[三]2087 俗諸有，[三]2106 俗乞願，[三]2122 大功非，[三]2122 俗有少，[三]2145 化物方，[三]2149 民四名，[三]2149 行僧祐，[聖]310 或名悦，[另]285 而自然，[宋][明]969 無猜，[宋]1674 國王一，[宋]2137 聚則不，[乙]、仕[丙]2134 霄，[乙]2087 恐難成，[乙]2376 之講，[元]436 名最勝，[元][明]、[宮]2122 俗無佛，[元][明]271 無刺有，[元][明]626 者是菩，[元][明]2122 俗博，[元][明]2149 雜華夷，[元]221，[元]1454 若和牛，[元]2108 而趣超，[元]2154 其年未。

世：[乙]2163 無有惡，[乙]2263 化導，[原]1818 事必知。

事：[三][宮]221 未化眾。

水：[宮]2060 作沙門，[甲]2089 搖動玄。

所：[甲]2195 在國實。

田：[原]1775 之所宜。

禿：[三][宮]、作[知]384 梟牛馬。

吐：[甲][乙][丁]2092 谷渾國，[明]1336 治赤白，[三]982 奴邑，[元][明]2059 遺芬再，[原]2126 突軍容。

亡：[甲]2128 口反聲。

王：[宮]1690 少樂生，[宮]2121 眾生聞，[甲][乙]2391 長者以，[甲][乙]2397，[甲]2039 擇吉日，[甲]2128 幼聲，[甲]2217 文，[甲]2410 榮盛此，[明]、宮]2040 名清淨，[明]162 王處所，[明]220 終不中，[明]2041 者白，[明]2145 神通菩，[三]125 無有，[三][宮]263，[三][宮]440 華通佛，[三]153 爲五欲，[三]397 刹利婆，[宋][元]361 之，[宋]2154 嚴淨經，[元]2122 常傳有，[元]428 名無毒，[元]516 境界廣，[元]1435 有聚落，[元]1559 富樂平，[原]1141，[原]1203 多諸災，[原]2196 凋荒法，[中]440 佛南無。

冤：[三][宮][聖]1425。

五：[甲]1816 中現自，[原]2248 即結文。

小：[甲]、小[乙]1816 體發願。

嚴：[乙]2397 下品悉。

玉：[甲][乙]2207 者以其，[三][宮]2122 潤三者。

云：[甲][乙][丁]2244 堅園林，[甲]853 皆如金，[甲]1731 不得容，[甲]1830 田所生，[甲]1839，[甲]2068 道經不，[三][聖]176 清淨如，[聖]2157 聖賢繼，[乙]1816 果。

在：[三][宮]2102 使持節。

者：[甲]1851 教化眾，[甲]2299 十地菩，[宋][宮]2103 還是昔，[宋]1161 諸眾生。

真：[原]2216 梵語云。

正：[甲]2214 平等無，[原]2436 並。

直：[甲]1816 佛爲說。

止：[宮]374 一切凡，[宮]2059 故傳述，[甲]2217 訓，[甲]2274 云乎說，[宋]246 石山及。

中：[三][宮]263 諸聲聞，[三][聖]158 中。

主：[宮]278 及王京，[甲]1512 以真如，[甲]2792 有律十，[三][宮]2122 匠無益，[三]2146 王所問，[聖]2157 公。

左：[聖]2157 僉云有。

器：[乙]2263 也凡應。

吐

叱：[甲]2039 王父伊，[甲]2039 喜以，[聖]1723 也今取，[石][高]1668 然而尊。

出：[三][宮]2122 舌二三。

杜：[原]2196 女根故。

咄：[宮]1483 之取一，[宮]425 水滅熾，[甲]1077 出黑，[原]1238 之

即失。

法：[元][明]721 餓鬼。

苦：[宋]99 盡離欲。

去：[三][宮]2122 還視盆。

呿：[三][宮]402 二佉佉，[三]1336 摩羅阿。

上：[原]、土[甲]1781 疏而助。

睡：[三][宮]729。

土：[三][丙]982 貨羅等，[三][宮]1425 無罪若，[三][甲]2125，[三]2087。

唾：[明]721 蟲云何，[三][宮]2121 竟。

泄：[原]2266 棄大小。

坐：[聖]2157 味幽深，[宋][元]643。

兎

鹿：[甲]1828 隨我後。

免：[明][宮]665 浮海必，[明]1521 以身，[元][明]672 毫與隙，[元][明]681 角無。

勉：[聖]125 餓，[聖]125 吾手卿。

牛：[甲]1709 等有角。

色：[甲]2322 故。

莬：[宮]2122 行菩薩，[甲]2087 王親奔。

禿：[三]1425 梟。

菟：[德]1563 羊牛隙，[甲]2087，[聖]375 身象身，[聖]397 身止住，[宋][宮]、免[元]2122，[宋][宮]2122 毫上塵，[宋]374 角從方，[宋]374 角是無。

菟：[宮]2122 也春秋，[甲]1709 角故無，[甲]1709 角畢，[甲]1709 角非無，[甲]1709 角故，[甲]1709 角無分，[聖]375 角龜毛，[聖]375 牛馬之，[聖]1509 身自炙，[聖]375 角從方，[聖]375 馬何以，[聖]397 爲仙人，[聖]397 梟及以，[聖]566 猫諸野，[聖]1579 角石女，[聖]1585 角等非，[聖]1585 角等應，[聖]1585 角非異，[聖]1617 角等何，[石]1668 角無，[宋][明][宮]2122 自來馴。

置：[甲][乙]1772 兎縛象。

衆：[三][宮]2123 梟身。

兔

兔：[甲]2128 頭與頭，[宋][元]2061 問。

勉：[三][宮]1523 苦二行，[三]152 爲良，[聖]125 汝身使。

逸：[三][宮]1674 耽欲亦。

莬

兎：[乙]2309 等物隱。

衆：[三]、土[宮]2122 梟身。

菟

㲚：[甲][乙]1709 樓。

兎：[甲]1512 角無體，[三]2145 斯首斯。

湍

遄：[三]190 疾身體。

渧：[聖]210。

制：[三][宮][聖]627 江波。

搏

博：[宮]1483 喉吹問，[宮]2123 虎而説，[三]198 掩利人。

搏：[宮]1998 天，[宮]2122 耶大賢，[宮]2123 牛之，[甲]1805 食此方，[甲]2036 賜，[甲]2250 手，[明]1545 空中散，[明]1664 聚是中，[三][宮]1509 海令水，[三][宮]2122 鹿不能，[三]2103 之不得，[宋]1510 取謂一，[宋]1510 取中觀，[宋][明]2122 飯不大，[宋][元][宮]1544 如沙，[宋][元]2110 膚，[宋]1510 取中觀。

博：[宮][甲]1998。

揣：[三][宮]397 食修受，[三][宮]1521 等道路，[三][聖]99 食觸，[三]1 食搏，[聖]26 食，[聖]26 食麤細，[聖]26 食齊整，[聖]823 如須彌，[聖]1421，[宋][宮][另]下同 1435 著泥洹，[宋][宮]下同 1435，[宋][元][聖]99 食衣，[宋][元][聖]125 食或大，[宋][元]1 食觸食，[宋][元]99 泡沫，[知]1441 時作糞。

傳：[博]262 撮飢贏。

摧：[甲]1736 握故譯。

段：[元][明][宮]614 肉衆鳥。

榰：[聖]125 若須彌。

扶：[明]2076 桑日那。

傅：[宋][知]741 令如粉。

構：[宮]、揣[另]1435 飯食諸。

摶：[明]2053 飈颯至。

團：[三][宮][聖]423 萬，[三][宮][聖]1425 若人多，[三][宮][聖]1425 食者比，[三][宮][聖]1437 飯食應，[三][宮]1551 相著義，[三][宮]2042 誑惑愚，[三][宮]2122 食光，[三][宮]2122 五七日，[三][宮]2122 增長支，[三]1466 食突吉，[聖]1437 飯食應。

飲：[三][宮]1581 食如是。

蕈

鱒：[甲][乙][丙][丁]2092 羹。

團

搏：[三][宮]721 住在胎，[三][宮]721 作肉搏，[三]1440 泥未竟，[宋]、搏[元][明]1341 食，[宋]、搏[元][明]1341 食故，[宋]、搏[元][明]1341 食是其，[宋]、搏[元][明]1341 食者彼，[宋][明]、搏[元]1341 食或麁，[宋][元]、搏[明]、揣[宮]310 不愛不。

揣：[三][宮][聖]1460 著內衣，[三]201，[聖]200 圓可愛。

摶：[三]、揣[宮]310 多怨憎，[三][宮]、搏[聖]1421 泥爲佛，[三][宮]1455 圓整而，[聖]1441 突吉羅，[宋][元]、搏[明]、揣[聖]200 時彼長，[乙]1723 增長支。

丸：[三][宮]606 又以洋。

圍：[宮]681 熱去鐵，[宮]2060 圓如蓋，[甲]951 釘結方，[甲]1715 花摩訶，[聖]1442 入逝多，[東]721 及青黃，[元]2059 丸，[元][明]2016 融煮迸。

用：[甲]1920 圓。

圓：[宮]1454 形，[甲]1733 無障礙，[三][宮]620 大小上，[三][聖]190

厚寬廣，[三]1 滿無有，[三]24 如車輪，[聖]1452 隨意應。

愽

愽：[乙]1744 又大河。

彖

彖：[聖]1859 耳言彖。

推

扠：[三]108 我佛言。

拆：[三][宮]2122 斥至梁。

持：[元][明]212 瓦石。

除：[三][宮]810 懈怠垢。

吹：[宋]211 獎其有。

搯：[甲]2196，[三][宮]2045，[元][明]626 身。

催：[甲]2255 初中有，[原]1205 伏若欲。

摧：[甲]1736 伏故釋，[甲][丁]、碓[乙][戊][己]2092 像出之，[甲]911 壞曼荼，[甲]1030 棄時日，[甲]1111 黑色明，[甲]1705 色至於，[三]、崩[宮]1442，[三][宮]2060 集本末，[三][宮]2060，[宋][元]721 母令墮，[原]2369 邪萬人。

堆：[宮]2121 大地獄，[甲]1864 皁者衆，[三][宮]2121 此，[三][宮]2121 有大石。

難：[甲]2266 女，[甲]2266 之云。

輕：[甲][乙]1822 尋無有。

權：[甲]2259 度構畫，[甲]2299 云以二，[甲]2299 之便無，[甲]2299

之即無，[三][宮]2103 攀緣爲，[乙]2157 經一卷。

捨：[原]、攝[原]1818 取也所。

攝：[宮]1519，[甲]1828 前六度，[原]1818 取者。

誰：[宮]2102 之來世。

唯：[宋]、惟[元][明]945 垂哀愍。

惟：[宮]2087 舉酋豪，[甲]1718，[甲]1733 此二俱，[甲]1778，[甲]2296 之於無，[甲][乙]2263 支語，[甲]1718 則有既，[甲]1832 在因即，[甲]1973 如來報，[甲]2068 噉香蜜，[甲]2266 聽教似，[甲]2362，[甲]2367 佛在鹿，[甲]2376 汝在前，[三]125 胸喚呼，[三][宮]2034 權方便，[三][聖]210 佛法要，[聖]26 觀明見，[聖]613 汝身爲，[聖]2157 實即無，[宋][元]1562 慈尊當，[元]222 求本末，[原]、[甲]1744 於佛請，[知]384 苦由。

性：[乙]2157。

尋：[三][宮]676 求時於。

押：[甲]2314 十。

雅：[宋][元]2061 之體翰，[原]1796。

揚：[甲]1715 彌勒。

移：[宮][聖]272 乾去濕。

擁：[宮]2060 殿下所，[三][宮]2060 前英歎，[三][宮]2060 盛。

猶：[乙]2362 如煥法。

願：[三]397。

雜：[甲]2286，[乙]2396。

攉：[元][明]622 六度不。

指：[甲][乙]2317 瑜伽六。

椎：[宮]1559 合若人，[甲]1728 應有地，[甲]1775 其病原，[明]309 尋邊幅，[明]1425 若拍，[三][宮]、槌[聖]1442 胸告曰，[三][宮]721 搗令平，[三][宮]593 胸懊，[三][宮]1435 胸令去，[三][宮]1451 髻之流，[三][宮]2122 試之，[三]643 胸號泣，[聖]1723 打七，[宋][宮]2042 汝身骸，[宋][元][宮]1425 手捉，[元][明]2103 試之果，[元][明]2122 胸向天，[元]1425 若抱若，[原]1212 左手把。

准：[甲]2266 而擴之。

隤

頽：[博]262 落柱根，[三][宮][聖]1463 毀。

頹

頓：[宋][元][宮]2060 儻。

汎：[明]2060 齡一已。

隤：[甲]1718 落譬滅，[三][宮]2103 壞，[三]264 落柱根，[元][明]1579。

癀：[三][宮]1482 筋脈。

積：[宮]1912 從上至，[明]2059 久遊閣，[明]2060 滅纏有，[明]2087 其異執，[宋][元]2061 金剛。

願：[聖]1452 毀如。

頹

頽：[三]1328。

癀

頽：[宋]、頹[宮]1435 不能男。

癲：[三][宮]1428 或。

腿

睫：[乙]2394 上。

退

避：[甲]2371 失更不。

遲：[聖]1562，[宋][元][宮]、違[明]1558 失正念。

麁：[原]1308 井八東。

逮：[甲]2214 心灌頂。

怠：[三][聖]475 故禪定。

道：[宮]1546，[三][宮]2060 僧潛匿。

得：[明]1546 不得退。

遏：[三]152 邪崇眞。

犯：[宮]405 沒樂聲。

艮：[原]1308 井井。

歸：[三][宮]1421。

過：[宋][元]100 失善根。

還：[福][膚]375 一則，[宮]224，[甲]1828 不能盡，[甲]2254，[甲]2339 不退説，[明]345 想於諸，[明]1584 中修者，[三][宮]1634 墮不能，[三][宮]425 墮聲聞，[三]125，[三]196 是時，[三]211 於是，[三]1340 散如，[乙]2263 起疏云，[元][明]227 者是故。

迴：[宮]2121 引四種。

即：[甲]2371 位耶餘。

進：[甲]2269 二文，[三][宮]425

上首智，[元]309 轉行精。

遷：[甲]1761 生死豈。

留：[原]1308 十七退。

迷：[宮][聖]397 轉。

滅：[甲]1708 釋曰。

起：[三]618。

去：[三][宮]435，[三][宮]644，[三]143，[三]196 於時阿，[三]1485。

却：[明][和]261 還以是，[三][宮]813 坐一面。

捨：[原]1822 非得爲。

身：[明]2076 入衆雲。

失：[三][宮]1523 淨轉變。

是：[甲]2434 祕奧云，[三][宮][聖]354 我所愛，[三][宮]637 所可無，[宋][宮]675 事何以。

貪：[三][聖]397 心爲衆。

天：[三][宮]1611 次第入。

通：[宮]1548 不住是，[甲]1828 而言有。

違：[甲]1733 失也四，[三][宮]397 失神通，[三][宮]653 沙門法。

限：[甲]1771 數二飛。

現：[元][明]1522 心故。

消：[三][宮]451 散各起。

形：[明]1525 生天中。

迅：[甲]1782 辨三應。

已：[甲]1823 棄捨故。

異：[宋][宮]、即[元][明]630 座而坐。

遇：[元]721 已若。

早：[三][宮]606 還者謂。

追：[宮]1551 變心熱，[三][宮]

309 尋分別，[三][宮]2041 佛頓止。

作：[明]310 微妙味。

娧

悦：[原]、－[甲]1098 妙好三，[原]1098 澤香芬。

吞

嗒：[宮]500 然。

答：[甲][乙]1816 也三重。

滴：[明]2076 巨海始。

居：[乙]2092 今。

美：[甲]1964 食口。

命：[甲]1289 二丸命。

天：[三]988。

無：[三]、不[宮]2121 忍恥愧，[元][明]234 食又。

屯

長：[聖]1563 聚相依。

此：[宮]2060，[三][宮]2060 難飢餒，[聖]2157 赴闉數，[聖]2157 負留難。

伅：[明]2145 眞般舟，[明]2145 眞陀羅，[明]2149 眞所問，[三]2149 眞陀羅，[宋][元][明]2150 眞陀羅，[元][明]2034 眞，[元][明]2149 眞陀羅，[元][明]2151 眞陀羅。

封：[三][宮]2060 赴闉各。

毛：[石]1509 崙摩甄，[宋][元][宮]、守[明]1421 門者信。

瞢：[三]397 三者毀。

迍：[三][宮]2102 則，[三][宮]2103 否相隨，[三][宮]2103 及若。

豚

狗：[三][宮]397 羣鹿鷹。

豕：[三]606 之屬設，[三]1341 中生已。

鈍

純：[元]1435。

鈍：[明]1435 餅閻浮。

乇

僤：[三][宮]2066 其。

吒：[甲]2348 次帝須。

托

侂：[三][宮]397 次。

拂：[甲]1987 子。

拓：[甲]2006 妙門易，[甲]2006 如，[元][明]2103 跋元魏。

提：[甲]2006 起皆是。

挓：[甲]1805 腥臊。

託：[宮]1799 根境以，[甲][乙]1239 跨以右，[甲]1238 跨以，[甲]1239 胯右上，[甲]1248 腰上其，[甲]2006 人挭拾，[甲]2039 生于此，[甲]2039 焉可笑，[三][宮]721 知識諸，[三][宮]2122 右手亦，[三][聖]1579 石跳躑，[三]2149 跋鮮卑，[宋][元]1057 次以右，[宋][元]1057 豎五，[元][明]2016 內發解。

駄：[甲]2036 駝負經。

招：[甲]1238 跨。

柘：[甲][乙]1239 跨右手。

托

託：[甲]2039 汝家家。

拖

把：[甲]1268。

杜：[三]、一[甲]1356 羅禰三。

犯：[甲]1267 鉢。

施：[宮][聖][石]1509 字門入，[三]100 魚鼈黿，[聖]224 張海邊，[宋]、陀[元][明]984 羅願雨。

陀：[宋][宮][聖]、[元][明]1425 著肩上。

柁：[元][明]、施[西]665 訶怛喇。

拕：[三][宮]1442 師曰。

拕

抱：[三][宮]2104 真人三。

地：[明][宮]603 恚相恚，[聖]1435 曳革屣。

放：[甲]2300 光天人。

施：[宮][聖]、柂[元]223 字門入，[明]603 不拕。

他：[三][宮]1425 覆肩上。

拖：[宮]299 撲。

託：[甲]2039 迴軒輊。

陀：[丁]2244 那訶羅，[甲]1828 南義三，[三][宮]1602 南伽他，[三]1545 南頌皆，[宋][元][宮]、檀[明]2122 那波羅。

柂：[甲]1828 南，[甲]1828 南此云，[甲]1828 耶名親，[甲]下同 1828 南，[明]1094 婆拕，[三]、棺[宮]1594

南頌，[三][宮][聖][另]765 南曰，[三]
[宮][聖][另]765 南曰，[三][宮][聖]
[知]1579 南曰，[三][宮][聖]765 南
曰，[三][宮]278 字時入，[三][宮]310
那平等，[三][宮]765 南曰，[三][宮]
1536 南曰，[三][宮]1539，[三][宮]
1539 南頌，[三][宮]1562 梨經告，
[三][宮]1579，[三][宮]1579 南，[三]
[宮]1579 南曰，[三][宮]1579 耶住清，
[三][宮]1594 南，[三][宮]1602 南教
謂，[三][宮]1602 南曰，[三][宮]1606
南曰，[三][宮]1648 爲得善，[三][宮]
2059 自安隱，[三][宮]下同 1536 南頌
初，[三][宮]下同 1579 南諸佛，[三]
985 跂瑟侘，[三]985 引末達，[三]
1397 句八，[三]下同 1579 南曰，[聖]
1602，[宋][元]、[明]985 大仙，[宋]
[元][宮]1539 南頌後，[元][明][宮]
1629 已，[元][明]1579 南曰。

咃：[石]、吒[高]1668 南頌總，
[石]、咤[高]1668 南大總。

呭

哆：[三]643 面皺語。

他：[宮]721 食糞餓，[甲][乙]
1098，[三][宮][聖][石]1509 字門入，
[三][宮][另]410 迦多阿，[三][宮]下
同 370 禰二十，[三]1341 競，[元][明]
1336 婆抐留。

咃：[明]1336 禰。

太：[三]、太[宮]221 卒不能。

陀：[三][宮]410 彌二十，[三]25
隋言。

咃：[甲][乙]1098 摩，[三][宮]
1435 陀。

託

詫：[乙]850。

記：[宮]1462 生目揵，[宮]2060
雖未見，[甲]2266 境，[甲]2270 差別
發，[明]2145 生之，[三][宮]2060 可
謂師，[聖]1595，[宋]1537 爲親族，
[宋][宮]、吒[元][明]443 麻反，[原]、
原本註曰唐論作説 2339 非聲聞。

繼：[三]202 餘命大。

訖：[甲]974，[甲]1102 怚囉二，
[甲]1735 故還在，[甲]2036 質周氏，
[明][乙]1086 灑二合，[明]1591 境生
不，[三][宮]1591 後時自，[三]2145
有無度，[乙]1822 有非。

任：[甲]1728 化。

説：[宮]227 阿毘，[宮]1442 迦
此大，[甲]1709 質生喻，[甲]2266
然，[甲]2299 彌陀二，[甲]2339 事
顯法，[三][宮][聖]222 言也菩，[三]
193 是事理，[乙]2778 衆疑以。

他：[甲]1120 二合。

拓：[甲][乙]894 之此是，[明]
2103 跋行恭，[明]2122 心神然，[三]
[宮]2122 神感聖，[元][明]2059 跋壽
西。

托：[甲][乙]1799 風風質，[甲]
1103 又以右，[甲]1103 作此印，[甲]
1973 佛本願，[甲]2017 此因縁，[甲]
2266 故意説，[明]1450 生餘，[明]
1636 母胎生，[明]2103 牧母生，[明]

2123 右手亦，[三]1559 胎心次，[三]
2059 跋燾，[三]2063 樹下功，[元]
[明]203 右手亦。

駞：[三][宮]2104 駝來便。

現：[宋][元][宮]2121 生王宮。

異：[三][宮]2102 人畜隨。

緣：[甲]1828。

諨：[甲]2128 也説文。

祐

祐：[甲]2128 非傳文。

脫

安：[宮]385 處過者。

拔：[明]1442 觀知世。

北：[甲]2255 地論人。

辯：[三]1019 地藏。

此：[乙][丁]2244。

道：[甲]2371 緣不定。

度：[宮]656，[三][宮]403 知見
品，[三]754 衆生如。

段：[甲]1851 得故花。

斷：[三][宮]721 生死縛，[三][宮]
1425 命。

奪：[三][宮]402 三苦，[三][宮]
1437 取波夜，[聖][知]1579 者答依。

墮：[宮][另]1428 作若患。

服：[宮]398 寶，[三][宮]637 十
方中，[聖]、脫下[宮]1428，[聖]1509
衣隨意。

縛：[三][宮][聖]1509 無所有，
[原][乙]1775 一門本。

觀：[宮]616 故隨心。

脫：[宋]1982 道十力。

即：[甲][乙]2261 諸漏及。

既：[宮]263 所可講，[三][宮]
2058 不如，[三][宮]2123 至，[三]201
爲身命，[另]765 衆苦邊。

腳：[聖][另]1459 者於孔。

解：[宮]309 門法諸，[宮]384 故
現有，[甲]1733 次徵，[甲]2317 靜
慮，[甲]2317 及定道，[明]220 有情
顛，[明]1547 汝梵志，[三][宮][西]
665 不可爲，[三][宮]1462 罪，[聖]
125 人，[聖]1464 宿罪殃，[聖]1543
又世尊，[聖]1582 有三種，[聖]1788
贊曰恒，[宋]32 是。

淨：[甲]1851 義體無。

救：[三][宮]382 一切衆。

離：[三]1332 生死苦。

昧：[三][宮]397。

門：[三][宮][聖]292 三昧正。

免：[三][宮]2060 難乃惟，[乙]
1822 鴿身過。

能：[甲]2266 證得有。

訖：[三]25 了彼等。

切：[甲]2196 智障無。

闕：[三][宮]1425 無此。

如：[聖]1458 如衒有。

銳：[元][明]2121。

若：[甲]1821 不現前。

射：[宮]1548 方便術，[三][宮]
[聖]1548 脫智，[三][宮][聖]1548 亦
如是，[聖]1548 方便。

設：[三]397 布施已，[元][明]172
有此藥。

勝：[博]262 皆得深，[宮]732 二十，[宮]659 脫世間，[宮]674 云何差，[甲][乙]2259 處遍處，[甲][乙]2391 者魔即，[甲]2266，[明]1153 冤敵悉，[三]99 苦法，[三]1340 摩那婆，[三][宮][聖]425 功德，[三][宮]263，[三][宮]588，[三][宮]1607 名求解，[三][宮]2104 潁當時，[三]356 亦無所，[聖][另]1543 已脫當，[聖]1818，[另]285 門猶如，[宋][宮]649 復令解，[宋]356 無所念，[元][明]1549 彼已思，[元][明][宮]614 此死者，[知]1579 道者謂。

時：[三][宮][聖]1579。

說：[敦]1960 禪定得，[宮]310 以憐愍，[宮]633 無作無，[宮]721 化一切，[甲]1735 文一從，[甲][乙][丙]1184 法音行，[甲][乙]1709 所得功，[甲][乙]2219 文，[甲]1112，[甲]1828 境智證，[甲]1851 盡苦道，[明]198 邪信勇，[明]205 美色，[明]375 觸因無，[明]627 佛言舍，[明]1507 一切如，[明]1552 隨信行，[明]1562 正智何，[三][宮]481 眾生其，[三][宮]2043，[三][宮]2123 是心口，[三][宮]263 設有願，[三][宮]294 之藏正，[三][宮]397 經論汝，[三][宮]403 隨，[三][宮]458 不起念，[三][宮]585 真諦之，[三][宮]618 諸惡趣，[三][宮]815 一切法，[三][宮]1509 義深語，[三][宮]2122 獲得四，[三]375 以是義，[三]1015 令一切，[三]1534 修多羅，[聖]1546 道起四，[聖][另]302 眾

語言，[聖]475 法門如，[聖]1595 眾生三，[聖]1763，[宋]1545 各以自，[宋][宮]276 亦不，[宋][宮]222 智慧善，[宋][宮]397 善男子，[宋][宮]816 以三，[宋][元][宮]1548 猶豫重，[乙]1816 凡夫疑，[乙]1816 如觀戲，[元]264，[元][明]403，[元][明]411 煩惱羅，[元][明]810 有何結，[元][明]2016 法華經，[原]1776 爲法供，[原]2196 爲十住。

統：[三][宮][別]397。

凸：[三][宮]1428 出蓮華。

退：[甲]2759 於衆苦。

蛻：[明][宮]387 皮，[三]374 故皮，[三]374 皮爲死，[元][明]190 於故皮，[元][明]385 皮樂。

晚：[甲]2299 莊嚴即，[聖]1763 耶僧亮。

腕：[甲][乙][宮]1799 骨髓。

曉：[甲]1744 故稱長，[甲][乙]1929 諸三論。

邪：[原]1724 欲無明。

有：[宮]1566 故縛則。

歟：[乙]2250。

悅：[宮]425 無餘罣，[宮]721 已於四，[明]222，[聖]292 三昧暢。

諸：[聖]310 者隨向。

駝

駱：[博]262 駝或生，[三][宮]1451 駝形佛，[三][宮]2122 駝，[三][宮]2122 駝狐狗，[三][宮]2122 駝來。

駝：[宋][元]1242 駝形同。

騾

駱：[三][宮]1476 駝無能，[三][宮]2053 駝其所，[三]86 駝。

佗

佗：[丙]862，[乙]2244 縛膩摩。
詫：[三][宮][聖]586。
陀：[甲]2035。

陀

阿：[丙]2227 那法而，[丁]2244 利柯，[高]1668 帝跋多，[高]1668 哆抧槃，[宮]397，[宮]397 何，[甲]1335 羅婆地，[甲]1909 行佛南，[甲]2130 隣尼經，[甲]2230 上囉合，[明]374 那伊帝，[明]1354 羅尼章，[三]2088 羅炬，[三][宮]1509 那中，[三][宮]2121 那笈多，[三]99 羅毘迦，[三]984 瞿縷陀，[三]1332 羅那帝，[三]1340 浮底，[三]1485 秦言無，[聖]157 羅尼阿，[聖]2157 隣尼目，[另]1451，[元][明]384 波魔那，[元][明]984 死陀羅，[元][明]1336 利蛇婆，[元][明]2154 賢王經。

啊：[三][宮]1646 等字貫。
跋：[三]2153 羅於楊，[宋][元][宮]1464 同字耳。
陂：[宋][元]2155 菩薩經。
波：[三][宮]1425 那如是。
茶：[三][宮]721 羅屠兒。
池：[宮]721 流河次，[宮]2121

娑比，[甲]2130，[三][宮][聖]397 次名天，[三][甲]1335 舍，[三]985 國，[三]1348 三十六，[聖]1462 者廣説，[石]1509。

持：[三][宮]1539 堅最爲，[三][宮]1595 訶那三。
裰：[三][宮]、明註曰南藏作墮 2122 脱畫状。
怛：[甲][乙]2396 羅即是。
達：[甲]1709 羅帝也，[三][宮]1428 羅飯佛。

地：[宮]397 八襄咕，[甲]2128 羅也薩，[三][宮][聖][另]1451 迦羅怗，[三][宮]721 稻次名，[三]190 目多華，[三]201，[三]987 漚究隸，[三]2145 出百句，[三]2154 譯單本，[聖]125 比丘是，[聖]125 闍比丘，[聖]1421 比丘常，[聖]2157 羅造顯，[宋][宮]895 囉木或，[宋][明][甲][乙]921 尾二合，[元][明][丙][丁]866 迦，[元][明]2034 三部十。

逗：[原]1818 善解一。
度：[三][宮]1509 阿羅呵，[三][宮]1521 三藐三。

多：[甲]2130 羅摩弗，[甲]2266 羅尼於，[甲]2289 羅尼宗，[明]671 林，[明]1331 羅阿，[三][宮]327 刹中者，[三][宮][聖]1464 優婆夷，[三][宮][石]1509，[三][宮]1425 羅呪若，[三][宮]1435 阿羅漢，[三]1 翅舍欽，[三]190 羅葉往，[聖]224 羅鬼神，[聖]310 阿伽陀，[宋][元][宮]1808 會五條，[元][明]1256。

伽：[明]1435 等乾草，[三]1331。

供：[甲][乙]2390 物者便。

海：[甲]923 羅尼。

呵：[三][宮]632 竭阿羅，[元][明][宮]632 竭。

訶：[宮]224 那含阿。

洹：[三]375 精舍聽。

居：[聖]1435 會何等。

陵：[元][明]2034 羅尼經。

羅：[甲]2130 越國應，[三][宮]1435 提舍四，[三]1 羅高，[宋][元]1 羅山不，[乙]2408 野可。

摩：[三][宮]2034 弟子復。

那：[宮]386 羅摩睺，[明]397 羅摩睺，[明]310 羅等，[明]386，[明]386 羅摩睺，[明]397 羅摩睺，[明]397 羅生大，[三]、[宮]657 羅摩睺，[三][宮]657 羅摩，[三][宮][聖]223 羅摩睺，[三][宮][聖]754 羅一，[三][宮][聖]1428，[三][宮]223 羅摩，[三][宮]223 羅摩睺，[三][宮]408 羅摩，[三][宮]479 羅或復，[三][宮]657 羅摩，[三][宮]848，[三]99 羅聚落，[三]下同 310 羅等供，[聖]1462 蘇那尼，[元][明]671 羅摩睺，[元][明]397 羅摩睺，[元][明]945 羅樂。

捼：[甲]1965 能乙反。

尼：[明]2154 邪舍，[三][甲]901，[三]201 果膚如。

泥：[原]2271 此云所。

婆：[明]1335 呵離毘，[明]1421 夷爲欲。

阮：[宋][宮]、陀[元][明]1505 展轉相。

蛇：[宮][聖]383，[明]1336 蛇那慕，[三]、池[宮]2121 端正巨。

施：[宮]1509 羅國，[三][聖]、世[宮]481 君二萬，[聖]125，[聖]2157 耶唐云，[原]、施[甲][乙]1306 主，[原]、施[乙]1796 是，[原]1771 然燭明。

隨：[丁]2244 訛也夫，[聖]1421 圍入，[另]1509 是佛意。

他：[丙]862 齒木十，[宮]263 美香晝，[宮]374，[宮]379 婆訶，[宮]400 二合引，[宮]440 佛南無，[甲]1781 阿伽度，[甲]2266 中言識，[甲][乙]850 等，[甲][乙]850 曰，[甲]923 曰，[甲]982 讚諸星，[甲]997 即說偈，[甲]2130 私耶者，[甲]2130 者香摩，[甲]2250 唯自，[甲]2261 摩，[甲]2266 中說心，[甲]2339 佛，[甲]2339 功德故，[明][宮]1443 曰，[明]316 俱胝百，[明]316 衆恭敬，[明]1086 夜弭，[明]1450 而說頌，[明]1636 所得或，[三]1341 阿伽多，[三][宮]、昆用 545 羅國一，[三][宮]489 化自在，[三][宮]2040 比丘，[三][宮][聖][石]1509 字即知，[三][宮][石]1509 天人得，[三][宮]300 曰，[三][宮]397 達摩却，[三][宮]408 阿，[三][宮]415 到於第，[三][宮]479 阿伽度，[三][宮]587 得毘婆，[三][宮]833，[三][宮]1461 翻出此，[三][宮]1462 毘婆舍，[三][宮]1488 毘婆舍，[三][宮]1509 阿，[三][宮]1509 等，[三]

[宮]1509 那由他，[三][宮]1523 空，[三][宮]1545 故無量，[三][宮]1545 羯磨説，[三][宮]1546 羅陀人，[三][宮]1546 如來所，[三][宮]1559 中説，[三][宮]1562 理故彼，[三][宮]2053 梵文訛，[三][宮]2121 在胎令，[三][聖]190 阿，[三][乙]1092 上儞，[三]1，[三]24 阿伽度，[三]99 賣，[三]190，[三]190 羅去，[三]190 那〔，[三]190 陀羅陀，[三]203 阿伽陀，[三]984 邏莎干，[三]1162 而讚頌，[三]1331，[三]1598 中諸瑜，[三]2125 斯乃復，[聖]26 大臣，[聖]26 利象愛，[聖]26 王，[聖]190 阿伽，[聖]190 阿伽度，[聖]200 羅是我，[聖]371 羅花摩，[聖]626，[聖]953 羅火加，[聖]1440 尼五種，[聖]1509，[聖]1509 梨能，[聖]1509 是我大，[聖]2042 子制於，[宋][宮]397 那瞿摩，[宋][宮]1451 而陳謝，[宋][明][宮]400 行乃以，[宋][聖]190 阿，[宋][乙]1200 引，[宋][元][宮]1451 曰，[宋][元][宮]2122 曰，[宋][元][宮]765 無問自，[宋][元][宮]1435 尼以是，[宋][元][宮]1451 烟，[宋][元][宮]1459，[宋][元][宮]2121 在胎令，[宋][元][宮]2122 更爲授，[宋][元]2061 乃將紙，[宋]190 阿伽度，[宋]190 若祁富，[乙]850 已，[原]1744 大，[原]1851 那識八。

吒：[明][甲]901 去音。

壇：[三][宮]1660 那波羅。

檀：[宮]397 摩呋六，[宮]1546

那，[三][宮]2123 那波羅。

坦：[乙][丁]2244 洛。

逃：[宮]721。

提：[三]26 國往詣，[三]26 未生怨，[三]1336 五婆羅。

茶：[和]293 羅，[甲]2168 羅經一，[甲]2414 羅花，[三][甲]1101 羅等雜，[乙]912 羅持珠，[乙]2394 羅亦名。

挓：[丁]2244 羅夜叉，[三][宮]1559 以生爲，[宋][宮][西]、柁[元][明]665。

咃：[三]1 伽陀餘。

沱：[明]125 含比丘。

柁：[宮]1545 耶阿遮，[明]310 那波羅，[三][宮]295 字時入，[三]468 制點耽，[三]985 車夜阿，[三]985 枳喇挐，[三]1364 囉陀。

跎：[宋][元]901 跋達囉。

駄：[三][宮]272 須菩提，[三][宮]1545 羅國西，[三][乙][丙]848 喃一達，[三][乙]1075，[三]2153 跋陀羅，[宋][元]264 毘吉利。

馱：[東]643 名功，[甲]1709 義如上，[甲]1742 羅國名，[明]158 如來令，[明]663，[明]1450 耶，[三][宮]2034 耶舍譯，[三][甲][乙]970 耶蒲，[三]982 龍王，[乙]2777 者肇曰。

駝：[三][宮]2122 之氣，[三]2122 竹林時。

鮀：[三][宮]2102 之媚色。

暹：[三]1 支多羅。

耶：[明]2123 尼人生，[三][宮]

2123 尼有此。

呬：[宮]1435 波耆。

伊：[三]1331 字首安。

吒：[甲]2130 譯曰八。

咤：[甲]2223 天也塵，[石]、咤[高]1668 南大總。

質：[三]100 女算。

沱

流：[甲]1735 天童迎，[乙]1736 者即僧。

陀：[三][宮][聖]1537，[元][明][甲]901 屈邊者。

柂

抱：[聖]1788 耶我如。

地：[宋][宮][聖]664。

施：[三]1336 比知呵。

檀：[明]310 那波羅。

拖：[另]下同 1442 于時。

扡：[三]985 大聲鄔，[聖]310 那便增，[聖]1458 處曬穀，[宋]1095 縒麊可。

陀：[三]1016 多瞿諦，[元][明]985 鞞多茶。

柮：[三]184 架九者。

砣

砥：[甲]1828 迦此云。

跎

跋：[宮][聖]1462。

陀：[三][宮][聖]1463 來到佛，[三][宮]1451 跋蹉因。

詑

佗：[明]893 娑駄。

詫：[明]、託[甲]1080 沃刈諦，[三][乙]1092 魖賈反，[三]1092 誐跢倏。

誐：[三]1092 誐跢。

記：[元][明]951 誐。

託：[甲][乙]1250 也，[甲]850 迦詫，[甲]1828 故無依。

陀：[甲]1782 羅尼辨，[三][乙]1092。

駄

純：[三][宮]2122 地可。

怛：[乙][丙]873 波那夜。

大：[三][聖]375 佛侍者。

但：[乙]1258 娜沫思。

地：[乙]867 駄。

弟：[乙]867 駄。

多：[甲]908 南引。

馱：[元]1243 曩三合。

默：[宮]2034 耶舍秦。

娜：[甲]2219。

駍：[聖][另]1435 充滿來。

談：[甲][乙]901。

陀：[煌]262 波羶襧，[宮]389 觀察衆，[明]2122 漢言，[三][宮]278 跋陀，[三]278 跋陀，[三]1283 羅尼者，[宋][宮][甲][乙][丙][丁]848 字形或，[宋][元]848 喃一係，[元][明]278 跋陀羅。

馱：[三]、但宋本混用 375 天眼見，[三][宮]279 如來承，[三][宮]

1562 都八，[三][宮]1563 羅山朅，[三][宮]下同 1442 耶及餘，[元][明]下同 375 比丘即。

駄：[三][宮]下同 310 如來應。

駝：[宋][元]1451 索迦一。

馱

陀：[三][宮][博]262。

駄

跋：[三][宮]847 泥三十。

馳：[丙]982 藥叉住，[三][甲][乙][丙]、－[丁]1146 夜。

達：[明]1153 吽。

大：[宮]下同 2043 長老見，[甲]1775 為始得，[三][宮]374 佛。

地：[明]954 囉。

弟：[乙]867 馱阿，[乙]1069 引毘。

多：[甲]2397 今第六，[明]954 南阿鉢，[三][甲]972 沒。

馱：[元]2058。

那：[甲]1112 引捨野。

捺：[原]975 迦馱迦。

驅：[三]1341 摩。

陀：[甲][乙]2397 後漢代，[明]1646 四亦，[三][宮]2040 首祇入，[三][乙]1092 上嘯六，[三]1015 扇多譯，[三]2153 於道場，[聖]2157 波，[乙]2394 印身相。

馱：[元][明]375 言世尊。

駝：[甲]2250 此云堂，[三][宮]2053 馬還，[三][宮]2122 鞍轡謂。

橐

囊：[甲]、橐音托來註[宮][甲]1912 使風具。

驏：[宮]2087 駝卑小。

馳

馳：[甲]、[乙]1796 奢。

駝

馳：[宮]1425 走向水，[宮]2053，[三]154 經第五，[三]154 載瓦器，[三]643 步初，[宋][元][宮][聖]1442 馬待至。

驢：[三][宮]2122 驟牛馬。

馬：[宮]1451 口或中。

蛇：[聖]1425。

駞：[聖]、[甲]1723 有作駱。

陀：[三]984 龍王慈。

橐

蠹：[甲]2128 省聲音。

鼉

鼈：[三][宮]2085 水性怪。

龜：[三]186 之首。

蛇：[宮]606 及。

柝

岸：[宮]2034 廣羅英。

坼：[三][宮]263 唯一男。

杵：[甲]2039 形或作。

析：[宋]、杵[宮]2103。

唾

　　唾：[聖]1537 生。

　　埵：[三][宮]882，[三][宮]370 唎
阿。

　　栜：[三][宮]、筏[聖]2042。

　　呵：[三]99 突目佉。

　　淚：[元][明]606 在前諦。

　　睡：[宮][另]1442 寐見彼，[三]
[宮]2122 蟲風吹，[宋]、埵[明]643
者自有，[元]1331 呪不。

　　吐：[明]629 膿血惡。

淟

　　唾：[三]203 糞穢不，[宋][明][宮]
616 汗垢肪。

　　淫：[宮][甲]1805 者羯磨。

W

洼

往：[聖]953。

窐

衰：[三][宮]2060 隆固爲。

黿

鼉：[三]682 毛及與。

瓦

耳：[甲]2129 反避俗。

凡：[宮][聖][另]1442 鐵身，[宮]
2103 今猶，[宮]2122 官龍宮，[宮]
2122 官寺沙，[宮]2122 坏間破，[宮]
2122 瓶若木，[甲]1775 礫盡寶，[甲]
2362 塔未解，[三][宮]1463 鐵所作，
[三]2049 解，[聖]1451 器庫中，[宋]
[元][宮]1424 木作四，[原]、凡[乙]
1744 師見過。

蓋：[三][宮]606 之塗治。

見：[宮]607。

九：[甲]2120 鷗。

瓶：[甲]893 礫等物，[三][宮]
1620 等諸分。

其：[甲][乙]894 器所謂。

死：[宮]1443 器中多。

丸：[明]2103 此又未。

兀：[三][宮]1459 頭爲制。

甩：[甲]2128 爲之短。

袜

栢：[三][宮]2060 額布裩。

鞁：[宋][宮]901 過右，[宋][宮]
901 絞肚。

襪：[三][宮]1428 或作。

嗢

唱：[甲]2087 祇羅國，[聖][另]
1451 逝尼，[另]1451 逝尼國。

呾：[宮]665 尸羅叱，[元][明]848
蘗。

路：[甲]2135 喇馱。

曼：[乙]2223 陀南奇。

溫：[明][乙][丙]857，[三]985 獨
亭喻。

殟：[三][宮]1597 柁南諸。

襪

韤：[明]1686 等，[三][宮]2060

遇同進，[三][宮]2103 遇。

轐

嚩：[甲][丙]1209 哩二合，[三]、嚩無鉢反[丙]982 囉拏二。

鞹：[甲]1175。

襪：[三][乙]1244 以灑引，[宋][元]、[宮]742 澡水已。

哇

蛙：[三][宮]2103 哥聽之。

喎

唱：[甲]970 不斜善。

咼：[宮][博]262 斜不厚，[宮]694 斜脣不，[明]721 口復見，[明]721 口望救，[宋][元][宮]、[聖]1451 遊歷事。

嵗

威：[明]、葳[宮]2103 紆高。

外

本：[元][明]2016 質有無。

彼：[聖]1428 自稱言。

辨：[乙]2249 心爲因。

別：[丙]2190 金，[甲][乙]1822 有境就，[甲]2262 説乃有，[甲]2270 無別合，[甲]2281 遮失之，[甲]2287 更，[明]2122 同前不，[原]2262 假名依。

不：[甲]1921 觀得是，[甲]1921 則請。

床：[三][宮]1546。

寸：[元][明]2059 外非意。

大：[聖]2157 國將四。

等：[原]2248。

多：[甲][乙]2391 四供養，[明]1602 資具或。

而：[乙]2263 具發心。

法：[甲]1719 之名昔，[三][宮]656 無所著，[聖]1509 法中攝，[宋][元][宮]1548 境界智。

凡：[三][宮]739 經書無。

非：[甲]2255 道爲道，[甲][乙]2309 外境也，[甲]2250 道遍身，[三][宮]657 道尼揵，[三][宮]1548，[乙]1822 道説如，[原]1863。

分：[三][宮]656 別無識。

伏：[明]26 怨敵是，[三]125 怨緣彼。

供：[甲]2217 者外香。

裏：[三][宮]607 處大便。

還：[甲]904 相叉仰。

閣：[甲]2017 十界具。

後：[甲]2397 之。

及：[乙]2396 一切佛。

解：[甲][乙]1822 別有形，[甲][乙]1929 更轉增，[甲]1828，[甲]1828 思擇作，[甲]2263 難也無，[甲]2339 言無，[乙]2261 違理，[乙]2263，[原]1744 無漏體，[原]2317 按模倣。

介：[元][明]2059 意雖學。

久：[乙]1816 遇。

絶：[三][宮]2040 人。

林：[甲]1735 無不破。

門：[明]1450 多諸象。

內：[宮][聖]1453 遊行無，[甲]2196 嚴今，[甲][乙]2397 供菩薩，[甲]908 無置位，[甲]1088 塵色聲，[甲]1717 入等，[甲]1736 方便者，[甲]2261 人多難，[明]1423 解，[三][宮]743 自思惟，[三][宮]1509 見麁不，[三][宮]2104 乖太祖，[三][宮]2108 津梁家，[三][宮]2123 時彼珠，[三]201 不宜自，[三]212 通者是，[石]1509 虛空以，[宋]945 湛明入，[乙]1723 病應爲，[乙]2390 若修降，[乙]2391 縛二風，[原]851 縛風鉤，[原]1141 第一分，[原]2241 四供彼。

前：[甲]2314 三十，[三][宮]1507 遇優波，[三]161 而令縛，[三]1058 若欲降。

上：[甲]1736 更加息，[乙]2396 七。

身：[甲]1828 者名之。

升：[甲]2067 此説法，[乙]2376 飯有限。

昇：[甲]1775 降之。

聲：[甲]2266 是常其，[原]2271 是常其。

時：[明]、內[宮]1544 時名無。

是：[甲]1922 來故離。

叔：[原]2196 云相下。

殊：[甲]1721 道謂見，[甲]2299 浪加耶，[明]1450 乃居中，[三][宮]2102 方聰敏。

水：[宮]606 風，[宮]901，[宮]1537 所攝濕，[甲][乙]1822 別有器，[甲]1728 復有街，[甲]2087 而穴之，

[明][宮]2122 氣鬼神，[三]1566 法爲生，[三][宮][聖]292 所災或，[三][宮]1470 國不，[三][宮]1545 海此八，[三][宮]2122，[三][聖]125 像金色，[三]190 鐵圍山，[三]1548 汁及餘，[三]2122 冷風來，[三]2122 隨，[聖]613 境界以，[聖]1441 道食不，[聖]1562 諸色故，[另]1451，[宋]1，[元][明]99 門，[知]1441 道來爲。

他：[三][宮]272 力。

太：[宮]2103 丁治三，[三][宮]2109 丁治三。

蚖：[三]212。

往：[三]203 餘無所。

臥：[甲]2068 疾少時。

下：[乙]、內[乙]2317 造色在。

小：[宮]657 道。

邪：[三][宮]534 道興隆。

心：[三][甲]951 畢無成。

行：[甲]1735 不依善。

義：[原]2262 委細解。

永：[三][宮]2102 沈之俗。

又：[三]211 由來無。

於：[原]1700 相也謂。

餘：[甲]2814 觀故瑜。

怨：[三][宮]410 敵守護。

中：[甲]2301 道名無。

衆：[三]201 典極爲。

作：[甲]1735 念麁分。

剜

刓：[三]2122 其。

挽：[宮]620 取女根，[宮]620 於

頂上，[聖]200 眼施鷺。

　　豌：[三][宮]374 豆乾時。

豌

　　登：[聖]1425 豆九粟。

灣

　　污：[甲]2323 水規宣。

丸

　　凡：[宮]1543 執縷放，[甲]2128 聲下落。

　　鉤：[三][宮][另]1428 燒爛五。

　　見：[三]1435 藥在一。

　　九：[明]1544 縷盡便，[明]2145 自息謂，[聖]1428 鹽樓，[另]1451 作孔此，[元]100 大地土，[元]721 虫其觸，[元]1227 三金鍱，[元]2103 累十。

　　縷：[三][宮]1425 時若作。

　　瓦：[元]2122 從地獄。

　　尤：[元]237 如微。

刌

　　刻：[宋]167 絶之爲。

汍

　　汎：[甲]2128 瀾上胡。

岏

　　岏：[宋]、[元]2103。

完

　　充：[宮]2045 目。

　　兒：[三]732 等耳有。

　　壞：[元][明][聖]397 破若有。

　　皃：[宋][宮]292 具無缺，[宋][宮]556 堅中多。

　　貌：[宮]263 具。

　　貌：[宋]1331 具者悉。

　　齊：[三][宮]2053 整法令。

　　肉：[甲][乙]1833 心即從，[甲]1813 身女害，[甲]2317 煩惱識。

　　阮：[宋][宮]、院[元][明]2060 韜女也。

　　宛：[三]2063 具瓦官。

　　先：[甲]2255 汝。

　　最：[甲]2183 珍仁録。

玩

　　琬：[三][宮][聖]1537 鳩教山。

　　翫：[宮][聖]278 好之物，[甲]1924 將爲眞，[明]2131 以爲至，[三][宮]309 習本願，[三][宮]309 習不，[三][宮]2103 清虛既，[三][聖]291 習無上，[聖]278 種種寶，[宋][宮]309 不，[元]、願[乙]1092 修法。

　　現：[甲]2035 好即脱。

　　玪：[宮]2102 文之麗。

紈

　　丸：[原]1776 於高頂。

挽

　　梡：[明]893 五穀謂，[原]920 呪經一。

　　垸：[乙]2394。

頑

顧：[三][宮]630 無所問。

規：[三][宮]2102 巾稱之。

頍：[三]362 健欲令。

頊：[三][宮]2104 俗多迷，[宋]483 佷不與。

詮：[原]1776 假以名。

顏：[原]2196 佛處故。

宛

充：[甲]1781 大，[甲]1813 慈悲外，[甲]1813 飢同攝，[甲]1813 數若彼，[甲]2337 滿虛空。

惡：[宮]721 轉如是。

寂：[甲]1735，[甲]2396 然亦是。

恐：[三][宮]541 見棄捐。

疏：[原]2408 用之。

死：[明]293 在他手。

完：[宮]2060 是一物，[宮]2122 轉不自。

惋：[宋][明][宮]、寃[元]、明註曰宛南藏作寃 665 胸欲破。

婉：[宮][聖][另]1428 轉在地，[宮]664 轉光明，[宮]2059 然若舊，[甲]1772 轉表菩，[甲]1733 轉，[明]220 而旨，[三][宮]2123 動宮商，[聖]643 轉遶光，[聖]643 轉於衆，[聖]1428 轉，[宋][流]365 轉葉間，[宋][宮][久]397 轉，[宋][宮][聖]613 轉入琉，[宋][宮]2040 轉蛹生，[宋][宮]2122 轉益深，[宋][元][宮][聖]613 轉吹諸，[宋][元][宮]1546 轉遊戲，[宋]1092 轉于地，[宋]1161 轉右旋。

綩：[宋][元][宮]1546 轉遊戲。

踠：[三][宮]1421 轉于地，[宋]262 轉腹行。

虛：[甲]1267 然至莫。

窓：[甲]2128 也對也。

苑：[甲]1735，[甲]2217 然文，[宋][元][宮]2060 同前夢，[宋][元]2061 陵，[宋]2103 以釁深。

挽

拔：[明]2121 骨後若。

劖：[三][宮]721 而打。

扼：[聖]1547 犁如是。

勉：[宮][聖]425 之是曰，[宮]606，[宮]607 頭髮破，[三][宮]2058 而出之，[知]266 拔癡憂。

謀：[三]202 他兒今。

抛：[宋][宮]1421 薄領痛。

晚：[三]212 行而。

輓：[明]、打[宮]1503，[明][甲]989 引多訖，[明][乙]1092 諸有情，[明]152 車，[明]721，[明]721 出其舌，[明]721 床敷或，[明]721 摸之處，[明]721 其筋地，[明]721 曳若以，[乙][丙]2092 歌詞朝。

曉：[三][宮]2121。

援：[三]203 弓射佛。

枕：[三][宮]721 臥敷手。

捉：[宮]1509 樹頭以。

盌

盃：[甲]2006 盛雪明。

㼝：[三]2149 盌酌用。

梡：[宮]2122 見諸男，[三][宮]2122 非時飲，[三][宮]2122 手巾及，[三][宮]2122 我亦不，[三][宮]2122 中得舍，[三][宮]2122 中盛滿，[宋][宮]2122 釘令文。

琓

琬：[三][宮]2060 道張朝。

菀

施：[三]186 園以國。

苑：[宮]2060 之英秀，[甲]2128 珠叢云，[三]186 囿其處，[元][明]397 浴池衣。

脘

腕：[原]920 骨。

院：[丙]2392 四指在。

惋

駃：[三]202。

恨：[三][宮]1507 若爲象。

慨：[甲]2128 慨上換。

死：[宮]2122。

剜：[三]375 手比。

宛：[三]1463 轉於地。

婉：[三]1336 約美妙。

梡：[明]、怨[明]202 一婆羅，[三]374 手比丘。

怨：[三]2122 苦聲，[聖]1463 歎已與。

婉

府：[宋]、俯[元][明]、宛[宮]2103。

腹：[宮]1435 轉擲物。

娭：[甲]1802 也前後。

絶：[宮]2053 清虛實。

統：[另]1428 轉還相。

宛：[甲]1964 轉覬茲，[明]1435 轉犯者，[明]1435 轉擲物，[明]1450 轉譬如，[明]2122 轉平任，[三]187 轉于地，[三][宮]1545 轉而戲，[三][宮]272 轉如善，[三][宮]378 轉自擗，[三][宮]2040 轉，[三][宮]2040 轉迴遑，[三][宮]2059 轉，[三][宮]2102 而，[三][宮]2103 轉響桴，[三][宮]2121 轉腹行，[三][宮]2121 轉號咷，[三][宮]2121 轉其上，[三][宮]2122 轉灰，[三][宮]2123 轉此相，[三][宮]2123 轉其，[三][宮]2123 轉土，[三][宮]2123 轉眼中，[三][宮]下同 2121，[三][宮]下同 2121 轉靡知，[三][甲]1227 轉紺，[三]26 轉糞中，[三]187 轉發大，[三]220 轉右旋，[三]263 轉忖度，[三]263 轉在地，[三]643 轉自撲，[三]2121 轉見是，[三]下同 643 轉腹，[三]下同 643 轉腹行，[三]下同 643 轉自撲，[宋][宮]2123 綣相著，[乙]895 轉焰，[元][明]452 轉流出，[元][明]187 轉遊戲，[元][明]664 轉見是，[元][明]2122 轉低。

統：[宋]2145 巧而不。

跪：[元]、宛[明]2122 轉腹，[元]、宛[明]2122 轉其上。

腕：[三]193 手柔弱。

怨：[三][宮]2122 動宮商。

琬

婉：[乙][丙]2092 文舉無。

菀

免：[三]、兔[宮]2060 羅。

椀

梡：[乙]1796 蓋合之。

捥：[甲]2128 反上聲。

盌：[宮]1804 等十誦。

碗：[明][甲]901，[明][乙]994 乳粥，[明]2076 作聲夾。

腕：[三]2154 奮發不。

垸：[丙]973 亦安壇。

枕：[三]1428 與食根。

晚

後：[三]143 臥早起。

監：[宮]1451 田問。

今：[甲]2006 又覺饑。

免：[宮]332 女。

勉：[宋][元][宮]269 但當。

婆：[三]1642 及於帝。

脫：[甲]2130 行摩尼，[甲]1813 四而出。

曉：[三][宮]2104 登即下，[三][宮]2104 又重發，[三][宮]2122 即，[三][宮]2122 捨去寶，[聖]2157 劉李傳，[宋][宮]2122 還蒲州。

晼

苑：[三][宮]2053 過之者，[三][宮]2103 風過氣。

輓

挽：[乙]2092。

綰

管：[宮]2059 五衆既。

綜：[三]2122 達於是。

綩

純：[宮]310 綖妙物。

統：[甲]2084，[甲]1813 此中有，[甲]1813 攝故爲，[甲]2084 法師上，[甲]2084 攝此洲。

婉：[三][宮]620 綩相著，[宋][明][宮]、宛[元]2122 綩相著。

萎：[宋]1。

跧

宛：[明]1636 轉，[三][宮]2122 轉。

綩：[宋][宮]、宛[元][明]2122 轉眼中。

万

不：[乙]1796 物之因。

成：[甲]、了[甲]1839。

方：[宮]2103 念故，[甲]1709 爲億此，[甲]1782 能了說，[甲]1839 成比量，[甲]2035 山李長，[甲]2036 等千條，[甲]2196 美也隋，[明]2043 比丘皆，[三][宮]374 者所謂，[三][宮]2058 羅漢亦，[聖][另][甲]1721，[聖]953 鬼魅族，[宋]784，[乙]2092 侯醜奴，[乙]2157 奢述。

力：[明]201 身。

十：[三][宮]2121 里志願。

卍：[明]2103 字千輻，[明]190字。

屵

卍：[宮]279，[宮]279 字相，[宮]279 字依寶，[甲]2290 字等是，[明]1096 字西國，[三]、屯[宮]279 字名吉，[三]、萬[宮]279 字，[三][宮]279 字相輪，[三]279 字金，[元][明]279 字等相。

卍

田：[丙]2286 若漢。

万：[宮]672 字師子，[宋][宮]、卍[明]671 德處及。

萬：[甲]2036 庵顏公，[明]2076 字背，[三][東]643 字卍，[三][宮]276 字師子，[三][宮]2034 字經一，[宋][宮]901 字，[宋][元]945 字涌出，[宋][元][宮]399 字大人，[宋][元][聖]643 字令女，[知]579 字七。

忨

翫：[三][宮]656 習不捨。

萬

安：[三]2059 石後至。

白：[宋]、百[宮]2122 餘里棄。

百：[宮]2121 端三，[宮]455 歲，[宮]657 分乃，[甲]1999 里都無，[甲]2300 里鵬玉，[甲]1260，[甲]1512 川歸海，[甲]1709 萬行願，[甲]1728 機之徒，[甲]2261 數人時，[明]385 四

千垢，[三]278，[三][宮]2121 端一身，[三][宮]2122 億日月，[三]2110，[聖]2157 餘卷今，[宋]210 物，[元][明][聖]224 億菩薩，[元]2122 歲受飢。

比：[明]205。

等：[三][宮]635 有億千。

反：[宮]2087 餘里靜。

梵：[宮]1703 行以布。

方：[丁]1958 難行之，[宮]761 願現前，[宮]278 梵天在，[宮]279 那由他，[宮]901，[宮]1549 端喜，[宮]1592 偈修多，[宮]1592 四千，[宮]2060 計天寺，[宮]2121 餘人中，[宮]2122 彭祖皆，[甲]953 遍則終，[甲]1709 矣又賢，[甲]2266 諸有情，[明]1129 獲壽一，[三][宮]279 宮殿樓，[三][宮]453 時閻浮，[三][宮]618 來是戒，[三][宮]1463，[三][宮]2104 恨不追，[三][宮]2121 羅漢一，[三]187 八十由，[聖]1199 遍當獲，[聖]1462 乃至海，[另]1721 德作大，[宋][宮]403 菩薩得，[宋][元][宮]2103 畝望山，[宋]377 律儀一，[宋]632 佛已起，[宋]1982 恒沙等，[乙]2397 不，[乙]1796 物莫不，[乙]2070 餘，[乙]2408 天眷，[元][明][宮]403 天悉以，[元][明]185 神侍衛，[元][明]1656 倍勝自，[元][明]2060 村中田，[元]1463 億金錢，[元]2122 像，[元]2123 阿僧祇。

佛：[明]1509 世作轉，[三][宮]598 國滿中。

功：[甲]2214 德。

貫：[甲]1969 構屋六。
果：[甲]952 行悉皆。
劫：[甲]2339 乃至合。
六：[明]2122 國連。
麻：[甲][乙]2207 名醫別。
邁：[宋]2145 日而不。
莫：[甲]1765 境去來。
乃：[乙][丙]2777。
千：[甲]1742 億那由，[甲]2881，[明]1462 供衆僧，[三][宮][聖]425 里梵志，[三][宮]263 劫未曾，[三][聖]643 由旬七，[三]190 衆聲聞，[三]2060，[聖]643 戶虫，[聖]1462 衆生即。
前：[甲]1736 類不異。
切：[宮]2102 邪滅矣，[聖]410 八千及。
十：[宮]507 戶戶有，[甲]1172 四千十，[甲]2425 蹦繕那，[明]2106 歲時中，[明]2106 歲時雖，[聖]125 種九萬，[宋]125 戶比丘。
天：[三][宮]790 民請自。
卍：[宮]2122 字處色，[甲]1799 字涌出，[明][甲][乙]901 字光焰，[明]190 字莊嚴，[明]613 字衆相，[明]643 字印中，[明]1097 字香印，[明]1097 字印俯，[明]2103 字左右，[明]2122，[三][宮]1522 字胸出，[三][宮]2122 字處猶，[三][宮]2122 字於胸，[三][宮]2122 字之相，[三]643 字印相，[元][宮]579 數以此。
五：[三]2103 苦競來。
物：[甲]1881 像本空。

下：[三]125 民改行。
藥：[甲][乙][丙]2231 草，[乙]2396 物所須。
業：[三][宮]2122 泉人，[宋][明]2108 則雖死。
一：[三][甲]1097 遍所須。
億：[乙]1736。
有：[甲]1512 相而體，[原]2410 法王出。
之：[甲]2239 云。
衆：[乙]1909 苦若如。

腕

胲：[三][宮]1546 膿血汗。
脚：[宮]901 内向肩。
胯：[三]寬[宮]1435 上繫縷。
脫：[乙]2408。
捥：[聖]1579 釧臂釧，[聖]1425 乃至一，[聖]1579 釧臂釧，[聖]1579 揮戈。
挽：[甲][乙]1073 上皆作。
宛：[明][乙]1092 轉若加。
挽：[三][宮]1428 捉衣者。
脘：[甲]1156 右押左。
椀：[宮]721，[聖]190 來是時，[聖]190 指脛釧，[聖]1425 若截小。

翫

既：[三][宮]2103 翫小道。
儞：[甲]1268 或。
說：[原]2263 五種差。
說：[聖]225 翫而今。
玩：[丙]866 最上喜，[明]156 翫遠離，[三][宮]2102 崇無用，[三][宮]2122 前後數，[三]152 佛經，[乙][丙]2092 精奇車，[元][明]840 故曰大，[元][明]210 習邪見，[元][明]309 而不捨，[元][明]309 之，[元][明]468 詐現求。

習：[聖]2060 彫飾文。

現：[明]2123 要。

學：[乙]2087 人以功。

厓

陀：[甲]2129 也從人。

汪

潢：[三][宮]1425 水中，[三][宮]1435 池水中。

江：[聖]1428 水若渠。

洗：[宋][宮]、洸[知]384。

洋：[三]2103 沖深莫。

住：[宮]1425 水當看。

注：[宮]1428 水若有，[明]1425 水洗手，[宋][明][宮]2122 水。

侹

匡：[聖]190 怯行無。

亡

不：[三][宮]2060 疲開悟。

出：[聖]、云[另]1442 是故汝。

姐：[三][宮]2121 讓國與。

二：[宋]1331 者無量。

己：[甲]1709 相修無。

忘：[甲]1717 泯不二，[甲]1718

我爲本，[甲]1736 情相。

劫：[元][明]152 肉晨。

盡：[甲]1921 者億。

立：[宋][元][宮]1451 龍白佛，[元]222 是爲十。

六：[元]1616 故佛爲。

母：[三][宮]2121 背立阿。

去：[三]152 舅入處，[宋][元]1424 者物著。

三：[甲]1830，[另]1721 無復累，[宋]下同 1082 箇。

喪：[三][宮]1488 之，[三]125 菩薩行，[原]1851 名爲無。

上：[甲]2128 財物則。

失：[宮]1546 國富貴，[宋]172 太子不。

士：[甲]1709 說，[宋][元][宮]2103 匿而免。

世：[宮]1647，[三]153 王及人，[原]2317 能所。

市：[乙]1306 不起境。

死：[宮]2025 而亡故，[三][宮]1451 次翻，[三]2063 寡居鄉，[石]1668 義能令。

巳：[甲]、育[甲]2193 六弊病，[甲]1512 詮不名，[甲]1921 失正念，[甲]2128 王注云。

土：[甲]2128 昉反下。

王：[甲]1709 說聽，[甲]2128 登反韻，[三]152 女既歸，[聖]1421 失寶物，[原]1828 果亦亡。

網：[三][宮]2103 之疑蓋。

妄：[宮]1799 故，[三][宮]1470，

[宋]1670 其冥自。

忘：[宮]687 本志惠，[甲]1735 言象內，[甲]1735 緣故後，[甲][乙]2254 失餘八，[甲][乙]2296 慮，[甲]1735，[甲]1735 假說依，[甲]1735 言故約，[甲]1735 證理達，[甲]1736 皆悉自，[甲]1736 躯求法，[甲]1736 三輪故，[甲]1736 失，[甲]1736 言者可，[甲]1736 庸鄙紹，[甲]1737 修離言，[甲]1775 盡歡法，[甲]1784 十三略，[甲]1789 也三和，[甲]1852 慮絶豈，[甲]1909 身爲法，[甲]1937 終則圓，[甲]2039 之國不，[甲]2053 除去一，[久]1488，[明]2016 言迷之，[明]99 失不愛，[明]125 失財寶，[明]146 其，[明]192 天地，[明]606 失財物，[明]2053 緣俯應，[明]2102 體盡畢，[三]209，[三][宮]1562 失又見，[三][宮][甲]2053 小小衣，[三][宮][聖][石]1509 亦不失，[三][宮][聖]224 一句一，[三][宮][西]665 身弘正，[三][宮]221 悉失其，[三][宮]222 失不墮，[三][宮]224 是比失，[三][宮]270 失所在，[三][宮]272 正見之，[三][宮]285 失已衆，[三][宮]403 失降伏，[三][宮]665 身濟物，[三][宮]765 失正念，[三][宮]1435 沒破僧，[三][宮]1509 失當在，[三][宮]1513 倦勤也，[三][宮]1552 失，[三][宮]1646，[三][宮]1817 瑕，[三][宮]2034 身利物，[三][宮]2059 身，[三][宮]2060 達爲本，[三][宮]2060 疲弘務，[三][宮]2103 封而爲，[三][宮]2104，[三][宮]2122 地獄無，[三][宮]2123 失讐恨，[三][聖]、志[宮]222 失神通，[三][聖][宮]1509 是，[三]23 失之佛，[三]125 失轉輪，[三]154 失兒，[三]192 失非方，[三]212 失是故，[三]291，[三]291 道者指，[三]291 失猶如，[三]418 之佛告，[三]2145 身之誓，[聖][石]1509，[聖]222 失無上，[聖]222 失至于，[聖]224 佛語須，[聖]224 失復，[聖]224 雖有是，[另]1442，[宋]、毀[元][明]152 行，[宋][宮]754 國嗣是，[宋][明]187 憍陳，[宋]2145 靜尋遺，[宋]2145 通覺應，[乙][丙]2092 家捐生，[乙]1723 身殉法，[乙]2261 懷益物，[元][明][宮]2059 身十一，[元][明]425，[元][明]2059 身誦經，[原]2241。

望：[甲]1512 詮。

無：[甲]2826 虛妄心，[三][丙][丁]866 桂反，[乙]866 可反含。

息：[甲]1736 則迥出。

言：[三][宮]2104 姚生一。

一：[宋][元]154 得生天。

已：[丁]2187 猶在三，[甲]1736 疏離慳，[甲]1783 假也不，[甲]1830 故螺髻，[甲]1830 何故餘，[甲]1851 果德出，[甲]1851 情契實，[甲]2299 名有餘，[三][宮]263 時，[三][宮]2060 是非論，[三]2145 更生經，[聖]1723 次五頌，[宋][宮]2060 後集録，[乙]1821 斷也若，[原]1819 號振三，[原]1858 沒街巷，[原]2317 果不生。

曰：[甲]1736。

云：[宮]2122 載，[甲]1709 故即六，[甲]1709 詮勝義，[甲]1709 相故佛，[甲]1881 言就言，[甲]2792 有盧山，[三][宮]2060 前謂曰，[三][宮]2103 滅如惜，[三]2149 是公述，[聖][另]1443 殁其夫，[聖]224 心有所，[聖]2157 躯若必，[聖]2157 五人俱，[宋]、忘[元][明]2103，[乙][丙]2777 身心乎，[乙][丙]2777 於分別，[元][明]2106 悶素。

之：[甲]1733 猶如破，[三]201 者至。

止：[甲]2128 也説文，[宋][元]2060 龍泉漸。

卒：[明][宮]2122 義熙中，[三]2145 子纂襲。

王

不：[另]1721 釋今昔，[宋][元]99，[元]1451。

長：[宋][元]125 者豈異。

臣：[三][宮]1451 依命初，[另]1451 我且觀，[宋][宮]2040。

持：[三]198 前共諍。

次：[乙]2391 左南小。

促：[三][宮]2122 縛洗浴。

大：[甲]1736 乘勝。

旦：[甲]2230。

當：[聖]790 當識此。

等：[三][宮]2122 大臣工，[三]25 悉皆起。

帝：[甲]1705 爲五帝，[明][聖]225 釋矣故，[三][宮]、一[聖]410，

[元][明]156 釋前立，[元][明]156 釋言我，[知]384 釋將我。

二：[甲]1784 義則令，[三][宮][聖]1595 家具足，[聖][另][甲]1733 家具足，[宋]2121 諸釋一，[元]1425 家二狗。

法：[甲]2229 根本一，[甲]2826 故東方，[聖]1。

佛：[聖]1 塔思慕，[聖]200 所求索，[元][明]2122 出家並。

父：[宮]263 慧難解，[三][宮]2122 即請師，[三]192 爲。

高：[宮]1451 光淨無。

告：[三]25 語彼等。

工：[三][宮]2060 人繕改，[三][宮]2122 書而不，[宋]2122 等不治，[元]159 今所受。

光：[明]1336。

國：[三][宮]2040 阿，[三]397 名善意，[聖]1425 位。

華：[宮]402 捨其自。

皇：[甲]2036 之教密，[甲]2036 之凶暴，[明]2103 后若斯，[明]2122 護持世，[三][宮]638 后太子，[三][宮]2122 聖人歟，[三]152 帝釋四，[三]152 神器明，[乙]2092 子又除。

或：[宋][元]2121 聞勅令。

即：[甲]2087 諸仙侶，[三][聖]172 便請之，[乙]2385 當用布。

己：[宋][宮]2103 體大仁。

經：[三]2149。

居：[三][宮]1425 四天下。

俱：[三]23 圍遶從。

君：[三][宮]2122 時有小。

匡：[明]2060 宗鄴下。

狂：[聖]2157 經。

來：[明]2122 勅臣作。

量：[三][宮]721 如是妨。

羅：[宮]664 難陀龍。

門：[宮]2040 王見此。

母：[宮]414 常於長，[明]310 園林如，[三]172 烏曰宜，[三]200。

年：[宋][宮]2034 甲午佛。

女：[三]982 威德具，[原]1239。

其：[三][宮]2123 面色不。

全：[宋][元]、令[甲]950。

人：[明]2121 墮大地，[三][宮]895 變四大，[三][宮]2112 大域中，[宋]279 此上過。

壬：[甲]2168 歌一部，[聖]2157 子二年，[乙]2174 名例立。

汝：[甲]997 說此。

三：[宮]2058 出家學，[宮]278 佛，[宮]507 受，[宮]1546 所居宮，[宮]2078 曰夫三，[宮]2103 名雖一，[宮]2121 即召千，[甲]1736 日，[甲]2130 波陀梨，[甲]2190 如來也，[甲]2339 從所破，[甲]2397 此則大，[明]1593 路，[明]1644 善見樹，[明]2110 世紀云，[明]2145 經一卷，[三]2103 子既得，[三]1 不要論，[三]395 者經典，[宋][宮]1442 所呪願，[宋][元][宮]1462 以三月，[宋][元]671 論末世，[宋][元]2034，[宋]2122 曰今論，[乙]2391 經云我，[元]2122 名曰光，[元][明][宮]2053 仲妙於，[元][明]

847 服王服，[元]227 舍利如，[元]638 教匿態，[元]639 無堪抗，[元]1227 王煙生，[元]1435 捉若賊，[元]1451 衣服栦，[元]2060 經，[元]2103 父子十，[原]2339 諦善知。

僧：[宮]1435 聞臭不。

上：[甲][乙]2394 大蓮華，[甲]2239 如來文，[明]719 事若有，[明]310，[明]2151 聞以女，[明]2154，[三][宮]656 眾行，[三][宮]2121 如人屈，[三]2103 徵士，[三]、天[聖] 99 天日日，[聖]446 所敬佛，[宋]、藏[元][明][甲]901 小女法，[宋][聖]、出眾山上[元][明]125 王面如，[宋]2034 宗二部，[乙]2396 如來般，[中]440 佛南無。

神：[三][宮][聖]371 夜叉鳩，[聖]663 那羅延。

生：[丙][丁]848 三昧時，[宮]374 亦復如，[宮]2112 之蓬廬，[甲]2266 所問諸，[甲][乙]1822 八戒，[甲][乙]2394 供養，[甲]1782 淨信正，[甲]1789 生死者，[甲]2035 業力水，[甲]2212 位局在，[甲]2399 義釋意，[明]2016，[明]318 弘慈心，[明]801 催伺命，[明]1450，[明]1450 乃至五，[明]1451 作大，[三]25 一息名，[三][宮]2103 王力拔，[三][宮][聖]278，[三][宮][聖]379 者無攀，[三][宮]425 若干月，[三][宮]443 如來，[三][宮]1521 出神嶽，[三]193 當審覺，[三]682 色界處，[聖]1462 先要若，[聖]2157 郭子儀，[聖]2157 經，[宋][元]

[宮]1451 宜自決，[宋]125 種所問，[宋]381 無所倚，[乙]2261 詣下欲，[乙]2394 三昧起，[元]、至[明]1647，[元][明][宮]310 何謂爲，[元][明]376 名字不，[元][明]664 境界越，[元][明]1421 乃免，[元][明]1451 應於此，[元][明]1521 皆所歸，[元][明]1521 者，[元][明]2121，[元]374 不能及，[原]、至[聖]1763 五種涅。

勝：[甲]1736。

聖：[甲]2300 者夏殷，[三][宮]2121 即勅侍。

時：[三]196 乘天車。

士：[宮][聖]397，[宮]374，[宮]1451 咸持國，[三][宮]2103 文殊師，[三]153 善哉，[三]2145，[宋][元]2104 河西名，[宋]2122 生大悲。

世：[三][宮]310 尊王現，[三]125，[三]440 佛南無。

太：[三]125 子報曰，[聖]200 子比丘。

坦：[三]2110 便驚云。

天：[宮]2122 經説，[和]293 及王夫，[甲]997 祕密主，[甲][乙]1822，[甲]1708 得無生，[甲]1775 得不，[甲]2299 子問般，[明]201 所尊敬，[明]293 所聽受，[明]321 身色光，[三][宮][聖]397 告諸天，[三][宮]286 無欲界，[三][宮]638 轉輪聖，[三][宮]721 唯愛我，[三][宮]721 諸天女，[三][宮]2103 爲域中，[三][宮]2108 爲願首，[三][宮]2122 忉利此，[三][宮]下同 620 手持梵，[三]1 皆謂我，

[三]193 請佛至，[三]264 迦陵頻，[聖]663 及餘眷，[聖]586 中亦不，[聖]663 及無量，[宋][宮]310 於今者，[宋][元]2040 兄弟左，[元][明]1 言天王，[元][明]573 種種多，[元][明]2026 四輩大，[元][明]2123 宮。

童：[原]2410 子經一。

土：[宮]、明註曰王流通本作土 279 衆生海，[宮]310 太子適，[宮]664 不可思，[宮]2040 無威神，[宮]2043 起八萬，[宮]2108 久無太，[甲]2035 供世傳，[甲]2128 云歆謂，[甲]2362 所逼迫，[明]99 善，[明]337 名呵當，[明]673 縱廣百，[明]2016 也寶積，[三][宮]2060 汲引天，[三]682，[三]2122 分我經，[聖]225 參正，[聖]379，[宋]224 皆，[元][明]425，[元]203 聞之亦，[元]264 藥上，[元]2122 國中有，[原]、土[甲]1782 欣謂欣。

汪：[甲]2035 謵獎文。

亡：[甲]2039 云初萱，[甲]2296 迭遷，[宋][宮]534。

徃：[三][宮]2123 因緣佛。

往：[甲]、至[丙]2087 淳風遐，[元][明]193 惡道觀。

旺：[甲]1969 人皆尊。

位：[甲]1709 臣聽受，[甲]2895 資變化，[三][宮]565 出，[三]193 我當殺。

五：[宮]1421，[宮]1451 怖二無，[宮]1549 婆利，[宮]2103 阿育者，[甲]1848 心所相，[甲]1735 位之身，[甲]1805 百問，[甲]2168 瑜伽觀，

[甲]2207 藏定魂，[明]501 施設供，[宋]99 五欲不，[宋]2154 經序記，[元][明]2149 師子潼，[元]2122。

下：[明]159 坐金剛，[三][宮]410 一切諸，[宋]1 聲摩。

心：[甲][乙]1244 能滿衆，[甲][乙]2309 所緣以，[元][明][宮]1656 心願未。

性：[宮]309 下先當。

玄：[三][宮]2060 將。

牙：[明]1153 爪者不。

言：[丙][丁]848 救世者，[明]310 我見須，[三]190 曰大王，[三][宮]2042 喚使來，[三]205 譬如海，[三]2122 一切。

羊：[元]2122 一。

因：[三][宮]2122，[三]171 呼一。

用：[三][宮]2122 國內若。

有：[明]125 見彼，[三][宮]721 修施戒，[乙]1822 豈非取。

又：[三]2043 所作優。

與：[明]1425。

玉：[宮]279 作樹根，[宮]669 所在之，[宮]2060 之季，[宮]2103 門金科，[宮]2103 之宗下，[宮]2108 泉博士，[宮]2122 公共造，[和]293 砌壘其，[甲]2168，[甲]2339 互飛風，[甲][乙]2425 女寶伽，[甲]853 以嚴飾，[甲]1068 色黃青，[甲]1983 毫光，[甲]2036 行符勅，[甲]2087 母曰子，[甲]2128 從翫省，[甲]2128 使發光，[甲]2129 俱反顧，[甲]2129 樸也非，[甲]2399 宮殿於，[明]721 金光明，

[明][宮]425 女等而，[明]375 如今所，[明]721 王領國，[明]1450 增長色，[明]1656 樹忍辱，[明]2087 將往佛，[明]2104 汝過之，[明]2131 瑩千輪，[明]2149 稚遠，[明]2154 經同本，[三][宮]721 金剛，[三][宮][聖]1462 女法師，[三][宮]310 以為其，[三][宮]329 女識，[三][宮]329 女識乾，[三][宮]329 女言汝，[三][宮]453 女中最，[三][宮]721 以為寶，[三][宮]901 樹，[三][宮]2060，[三][宮]2103 京而凝，[三][宮]2103 形飛天，[三][宮]2112 京仙宇，[三]1 女共於，[三]101 女已得，[三]178 所願難，[三]192 女形，[三]192 心，[三]721 毘琉璃，[三]1982 手，[三]2059 笥弟子，[三]2060 豐，[三]2102 又，[三]2106 泉以為，[三]2110 慚其暉，[三]2110 房視，[三]2110 烏垂，[三]2123 女來以，[三]2145 像前見，[三]2149 華宮寺，[宋][宮]646 寶網鈴，[宋][宮][明]294 自，[宋][明][宮]397 鬘天女，[宋][元][宮]721 色毘琉，[宋][元]2061 裝瓊樹，[宋][元]2088 大塔七，[宋][元]2153 泉寺弘，[宋]721 波頭摩，[宋]1982 手普接，[宋]2103 及金人，[乙]2218 其石漸，[元][明]158，[元]186 曰，[原]1992 女拋梭，[原]1776 女。

曰：[明]524 正受境，[三]99，[原]2425 正。

在：[甲]2035 廬山與，[元]54 舍國有。

者：[明][甲]995 作此觀，[三]26

汝謂異。

正：[宮]374 令事梵，[宮]374 善哉善，[宮]721 所應若，[宮]2040 位領閣，[宮]2122 時，[甲]1736 釋後解，[甲]2128 法人也，[甲][乙][丙]2003 勅既行，[甲]1735 心故三，[甲]1736 甚驍武，[甲]1736 自述云，[甲]1805 法宜尊，[甲]1805 明中初，[甲]2039 教早入，[甲]2128 言阿迦，[甲]2128 也食龍，[甲]2129 也謂，[明]2110 得無漏，[明]220 都而心，[明]293 國而得，[明]310 住彼岸，[明]376 法是時，[明]620 力士，[明]1428 殺父惡，[明]1442 所歡言，[明]1450 法化世，[明]1450 欲科罰，[明]2016 法何者，[明]2034 宗録，[明]2121 作是言，[明]2123 正懸一，[三][宮]278 心得，[三][宮]310 法而説，[三][宮]625 行寂靜，[三][宮]721 處其中，[三][宮]2060 妙思滔，[三][宮]2103 位斯及，[三][宮]2122 夫，[三]99 位受，[三]190 安其彼，[三]682 位及營，[三]682 智常觀，[三]1602 書算計，[三]2149 翻經律，[聖][另]279 道六通，[聖]2157，[聖]2157 齋經一，[宋][宮]、五[明]382 法諸婆，[宋][元][宮]1650 風化譬，[宋][元]201 等積寶，[宋][元]2034 起八萬，[宋]152 者是我，[宋]272 言大師，[宋]1341 治中能，[宋]1670 言善哉，[宋]2059 母夜夢，[宋]2106 而，[宋]2121 遂詣，[宋]2122 得相比，[宋]2153 法念處，[乙]2092 儀同之，[元][明]209 意故

用，[元]26 人所捉，[元]231 菩薩摩，[元]984，[元]1332 子葬送，[元]1451，[元]2088 疊石爲，[元]2109 在位五，[元]2110 聿修萬。

之：[甲]1724 者判彼，[聖]211 曰乃往。

至：[甲]1698 十方非，[甲]1708 得性空，[甲]1708 法樂忍，[甲]1708 天上正，[甲]2082 所王起，[明][宮]221 阿迦膩，[明]2040 及，[明]2123 助供即，[三]、一[甲]2087，[三][宮]425，[三][宮]606 宮具爲，[三][宮]1462 恣心轉，[三][宮]2122 軍將至，[三][宮]2123 德益之，[三][乙]1092，[聖]1462 生兒我，[聖]1670 言當，[聖]2157 奉，[聖]2157 雖，[乙]912 去垢，[元][明]397 處遮障，[元][明]5 乃受，[元][明]329 亦願大。

志：[宮]694 能作一。

中：[三][宮]2122 欲得親，[三]202 大健鬪，[森]286 積聚衆。

衆：[聖]125 隨時所。

珠：[明]305 莊嚴。

主：[丙]973，[宮]272 奪失火，[宮]549 聞佛世，[宮][聖][知]1579 能於，[宮][聖]2034 虛空藏，[宮]272 來相侵，[宮]310 者彼妙，[宮]402 勤加擁，[宮]444 我盡精，[宮]448 佛南無，[宮]649 隨喜故，[宮]664 領最爲，[宮]664 能令天，[宮]824 者説安，[宮]1442 衆所瞻，[宮]1451 靈，[宮]1474 過日中，[宮]1546，[宮]1799

以上化，[宮]2074 北，[宮]2121 四天
下，[和]293 恭敬供，[甲]1735 菩薩
位，[甲]1736 如日普，[甲]1912 四季
故，[甲]2095 恩而重，[甲]2219 也梵
云，[甲]2266 立不，[甲]2266 通因
果，[甲]2300 菩薩偈，[甲]2870 大，
[甲][乙][丙][丁]865 自然總，[甲][乙]
[丙]1098 各并眷，[甲][乙][丙]2003
相如總，[甲][乙][丙]2381 爲羯磨，
[甲][乙][丙]2397 即是大，[甲][乙]
867 毘首羯，[甲][乙]1821 天唯一，
[甲][乙]2207 劫初人，[甲]893 使者
心，[甲]895 説三萬，[甲]895 誦念
其，[甲]895 眞言主，[甲]923 如對
目，[甲]1110 等驚怖，[甲]1122 固縛
禪，[甲]1201 以不順，[甲]1227 以諸
龍，[甲]1718 從佛口，[甲]1731 經云
三，[甲]1733 意欲，[甲]1736 勢力
無，[甲]1782 四他方，[甲]1802 名曰
威，[甲]1828 第，[甲]1925 故現三，
[甲]1957 即是前，[甲]1969 以寧，
[甲]2036 猶有抗，[甲]2092 孫皓宅，
[甲]2164 大臣，[甲]2193 言若，[甲]
2222 恩德亦，[甲]2223 護念衆，[甲]
2230 所説眞，[甲]2396 乃至佛，[甲]
2397 賞功罰，[明]882 從自心，[明]
896 六十四，[明]2131 而共輦，[明]
[和]293 第六佛，[明][聖][甲][乙]983
執刀與，[明][乙][丙]1209 禮淨，[明]
154 在諸梵，[明]190 從其人，[明]
190 偸食烏，[明]193 名堅金，[明]
228 來菩薩，[明]278 帝釋無，[明]
310 告諸，[明]397 見彼，[明]414 徐

行從，[明]493 人民，[明]721 釋以
柔，[明]721 言此阿，[明]882 大明
曰，[明]1187，[明]1421 典領國，[明]
1442 報曰彼，[明]1509 法委任，[明]
1562 者如王，[明]1579，[明]1594 示
行種，[明]2040 四子，[明]2087 甚珍
異，[明]2122 人，[明]2122 土，[明]
2122 聞遣工，[三]1982 王人王，[三]
[宮]、[另]1442，[三][宮]228 與欲界，
[三][宮]638 化五道，[三][宮]657 治
諸城，[三][宮][甲]895 足下面，[三]
[宮][聖][另]1451，[三][宮][聖]1581
以善方，[三][宮][另][石]1509 尚自
滅，[三][宮][另]1428 善好不，[三]
[宮][另]1442 師子於，[三][宮]272 爾
時復，[三][宮]376 國王阿，[三][宮]
386 心大歡，[三][宮]477，[三][宮]
493 人民與，[三][宮]649 世尊能，
[三][宮]692 王侯，[三][宮]720 名曰，
[三][宮]721 迭互相，[三][宮]721 領
或爲，[三][宮]721 牟修樓，[三][宮]
721 如天王，[三][宮]721 於鏡壁，
[三][宮]721 至此林，[三][宮]837 於
衆得，[三][宮]848，[三][宮]1435 約，
[三][宮]1443 尊者，[三][宮]1451 是
故不，[三][宮]1477 庫藏好，[三][宮]
1509 是義如，[三][宮]1521，[三][宮]
1656，[三][宮]2034 姚興厚，[三][宮]
2034 姚興遙，[三][宮]2034 澤被撫，
[三][宮]2045 別善惡，[三][宮]2059
自暢獻，[三][宮]2060 不望其，[三]
[宮]2102，[三][宮]2104 傾，[三][宮]
2108 有所不，[三][宮]2121 不與他，

[三][宮]2121 中爲太，[三][宮]2122 常行忍，[三][宮]2122 以天智，[三][宮]2122 種種宮，[三][甲][乙]970 釋提桓，[三][甲][乙]2087，[三][甲]950，[三][甲]955 先應印，[三][聖]99 第一長，[三][聖]99 三十三，[三][聖]190 出世法，[三][聖]190 次名寶，[三]24 如是勅，[三]99 常爲人，[三]120，[三]125 大臣長，[三]125 唯願世，[三]152 隣國靡，[三]154，[三]158 刹佛名，[三]163 今此坐，[三]184，[三]186 門吏見，[三]192 能移金，[三]193 名爲大，[三]201 所讃少，[三]202 所受，[三]202 統臨四，[三]212 且欲求，[三]246 修不可，[三]246 一切聖，[三]318，[三]375 大臣長，[三]455 建立七，[三]681，[三]682 而生於，[三]1033 自支分，[三]1243 能，[三]1257 名作此，[三]1331 此神主，[三]1341 功德亦，[三]1509 事我等，[三]1611 像不成，[三]2110 問，[三]2122 釋言當，[三]2145 既契宿，[三]2153 所行檀，[聖]279 或名，[聖]2157 下五部，[聖]26 是王謂，[聖]271 殺生者，[聖]279 在空中，[聖]285，[聖]566 亦復乞，[聖]639 號堅固，[聖]639 師子吼，[聖]953 輪王佛，[聖]1451，[聖]1723 貴庶宗，[聖]2157 瑜伽，[宋]201 宮智能，[宋][宮]402 倍加付，[宋][明]184 墮地便，[宋][明]1331 名曰迦，[宋][元][宮]、生[明]、明註曰生南藏作主 2122 非法，[宋][元][宮]、生[聖]318 於四方，

[宋][元][宮]387 如師子，[宋][元][宮]445 如來東，[宋][元][宮]447，[宋][元][宮]1506 受者若，[宋][元][宮]1547 因彼故，[宋][元][宮]2045 約勅獄，[宋][元][宮]2103 報檄破，[宋][元]212 以巾覆，[宋][元]993 如是言，[宋][元]1185 大臣，[宋]125，[宋]414 大智難，[宋]1459 及兵力，[宋]2061 嗣位院，[西]665，[乙]2425 教依之，[乙][丙][丁]2092 故柱國，[乙][丁]2244，[乙]895 及結唎，[乙]966 其印如，[乙]966 四隅四，[乙]1239 同至佛，[乙]1709 一切聖，[乙]1796，[乙]1821 臣等別，[乙]1909 一曰迦，[乙]1978，[乙]2207，[乙]2207 今，[乙]2228 佛部，[乙]2250 人身象，[乙]2391，[乙]2391 世間迦，[乙]2391 西方一，[乙]2396，[乙]2396 領，[乙]2397 故曰祕，[乙]2782 舍城耆，[元][明]、王若[三]99 須珍寶，[元][明]63 無上大，[元][明]379 阿闍世，[元][明][丙][丁]869 瑜伽於，[元][明]152 梵志覩，[元][明]231 領娑婆，[元][明]278 大衆圍，[元][明]414，[元][明]474 阿閦如，[元][明]681 轉輪四，[元][明]1335 拔留那，[元][明]1426 或捉或，[元][明]1427 或捉或，[元][明]1484 菩薩從，[元][明]1537，[元][明]2060 弘福思，[元][明]2087 今已寂，[元][明]2108 之制，[元]190 而說偈，[元]201 身毛皆，[元]205 無異四，[元]228 帝釋，[元]374，[元]397 者於佛，[元]539 共爲法，[元]553 曰

此，[元]665 心所愛，[元]895 然後所，[元]1008 過，[元]1421 大，[元]1435 爲地主，[元]1451 既被將，[元]1451 所都處，[元]1451 有，[元]1451 曰若，[元]2060 臨白馬，[元]2102 僧孺答，[元]2121 見惡相，[元]2121 喜問所，[元]2122 侯家五，[原]1149 者以南，[原]2196 今文略，[原]1858 道性自，[原]2236 於諸。

子：[宮]262 子臣民，[明]156 命重不，[三]1545 無，[元][明]2122 經云若。

足：[甲]1708 似。

尊：[甲][丙]1210 説。

坐：[元]639 位及城。

网

所：[甲]2129 人治在。

枉

打：[宮]1451 殺害女。

杜：[宮]2122 不可受。

杆：[甲]2128 法相謝。

拄：[三][宮]2122 相録來，[聖]、往[另]1509 他，[聖][另]1442 被賊，[聖]1 無，[聖]1723 作，[宋]、[元]196 尊於時，[宋][宮]403 因，[宋][宮]606 於他人，[宋][元][宮]1451 打賊曰，[宋][元][宮]1451 見殺害，[宋][元]125 設有，[宋][元]196 尊及比，[宋][元]2122 濫反報，[宋][元]2122 殺麴儉，[宋]810 諸佛等，[宋]2122，[宋]2122 法劫奪，[宋]2122 殺，[宋]2122 追來不。

狂：[宮]1451 不免禁，[甲][乙]1239 死得壽，[甲]2362 爲援據，[三][宮]1595 坑。

詿：[三][宮]1442 事豈避，[三]643 說是，[宋][宮]、拄[元]606 耳仁有。

任：[甲]2263 會解釋。

衽：[甲][乙]2194 反字書。

在：[明]1593 時節等，[明]2122 諸官公。

拄：[聖]125 諸人民。

住：[三][宮]、往[知]598。

注：[聖]26 屋造立。

柱：[宮]2121 濫五家，[甲]1710 遭衰患，[三][聖]125 若，[宋]2122 殺善人。

拙：[甲]1881 受。

作：[聖]200 民衆時。

罔

岡：[宋][宮]2103 叢穢要。

網：[三]、剛[聖]291 普周一。

幻：[三][宮]746 惑或喜。

内：[甲]2837 知姓位，[宋]945 陳習唯。

囚：[宋][元][宮]、組[明]2103 見徒悉。

同：[甲]2036 聖德罪，[三]2102 季俗無，[元]2102 極之情。

惘：[三][宮]820 然是吾，[三][宮]2121 然，[宋]、誷[元][明]2106，[元][明][另]790 然唯佛，[元][明]167 然失，[元][明]2106 然無計，[元][明]

2121 然失。

網：[甲]952 心具足，[三]、囚[宮]2122 所得殆，[三]2146 經二卷，[三][宮]2102 不可，[三][宮]2102 滋彰刀，[三][宮]下同 292 清淨中，[三]2145 童子經，[三]2145 有劇，[三]2146 六十二。

謂：[甲]1913 聖意故，[三][宮]1425 於，[宋][元][宮]495 三尊亦，[元]945 爲罪是，[元][明]1 人不爲，[元][明]826 下，[元][明]1579 於其種。

無：[三][東]643 不悉備。

因：[宮]1460，[甲]2006 測其旨。

用：[甲]2128 罔然無。

圓：[甲]1778。

徍

彼：[三]1375 諸業障。

後：[三][聖]125 當展轉。

經：[甲]2266 引圓。

徑：[三]125 趣斯處。

性：[原]1778 貧亦應。

住：[甲]2193 有有功，[甲]2266 於彼法，[三][宮]2121 其前，[宋]225 到前曰。

作：[聖]225 問訊疾。

坐：[宮]2122 尋之石。

往

彼：[宮]721 詣於鈴，[元]125 詣彼城。

徧：[明]220 十方。

遍：[三][宮]848 十方隨。

不：[三][宮]2121 還證得。

叱：[元][明]1339 呵。

出：[三][宮]、住[聖]1421 聽受時。

從：[宮]2060 何，[三][宮]225 不能書，[三][聖]375 三者聽。

待：[宋]397 先咎悉。

到：[三]1331 彼住處，[聖]1435 祇。

而：[三]2122 趣石。

法：[甲]2281 爲爲不，[三]1440 不定此，[三]1463 時有比，[聖]305 到諸佛，[聖]376 如，[聖]1462 海。

反：[三][宮]1428 語索過。

非：[三][宮]397 於彼娑。

赴：[三][宮]1428 彼食。

復：[三][宮]2122 昔毘婆。

共：[三]1 鬭所謂。

何：[宮]2078 天界也。

後：[三][宮]625 當得五，[三]125 王快可，[元]2066 相州林。

乎：[三]311 如實。

即：[三]2121 爲，[元][明]2103 赴逐。

佳：[甲]2255 今所據，[明]721，[三][宮]2121 羅村餘，[聖]1462 羅村餘，[宋][元]2066，[元]2122。

近：[宮]2060，[三]212 彼。

經：[甲][乙]2263 一大無，[甲]2073 預學流，[甲]2250 何處，[三][宮]2028 過止住，[三][宮]2103 生七世，[三][宮]2121 生死受，[原]1863

無違若。

　　徑：[明]、俓[宮]826 到一大，
[三][宮]221 詣高，[三][宮]2121 詣，
[三][聖]125 至王所，[三]2121 去此
不，[宋][元]1425。

　　具：[三][宮]1425 白世尊，[三]
[宮]1428 到佛所。

　　來：[三][宮]、－[聖]1428 去彼
不，[三][宮][聖]1421 到已飲，[三]
[宮]398 悉知之，[三][宮]1425，[聖]
[另]1435 喚，[宋][元]99 方便善。

　　兩：[三][宮]1428 村中間。

　　流：[甲]2263 未決定。

　　律：[宮]398 教諸兩，[元][明][宮]
398 教緣知。

　　尼：[三][宮]1425 詣不信。

　　去：[甲]1733 唯斷滅，[甲]2337
來，[三][宮]730 到，[三][宮]1425 到
已如，[三][宮]2121 遇國王，[三][聖]
1440 若來是，[元][明]201 當供天。

　　却：[三][宮][知]414 住於一。

　　然：[三][宮]2122 收。

　　任：[宮]2060 備見聖，[甲]1728
俓遇賊，[三][宮][聖]381 說菩薩，
[三][宮]2121 便，[三]125 至阿闍，
[聖]125 逆流，[宋]住[元][明][聖]26
彼爲我。

　　若：[宮]1425 宿君若。

　　生：[宮]279 詣一切，[宮]1547，
[甲]1983 只自去，[甲]1736，[甲]1969
更有不，[明]1532 大，[三][宮]313 其
剎者，[三]211 如，[三]1579 善趣一，
[聖]371 詣娑婆，[聖]1462 師子國，

[宋][元][宮][聖]765 決定無，[宋][元]
[宮]2041 林六入，[宋]365 生極樂，
[宋]397 波羅奈，[元][明]1579 我於
斯，[元]1808 彼所懺，[原]1851 成，
[原]2126 故名生。

　　昇：[三][宮]687 生天上。

　　使：[三]203 請佛佛。

　　始：[三]2110 從歡喜。

　　世：[三][宮]2122 僧有似。

　　仕：[三][宮]2103 漢。

　　事：[三][宮][聖]754 事明了。

　　王：[甲]、往[甲]1782，[三]23 住
須彌。

　　枉：[甲]2012 服大乘，[甲]2036，
[明]1216 他世，[明]2102 以方直。

　　位：[甲]1731 生若爾。

　　昔：[三]211 迦葉佛。

　　相：[甲][乙]2263。

　　信：[甲]1922 其名云。

　　行：[宮]310 詣佛所，[甲]2035
天竺求，[甲]2300 彼師處，[三][宮]
1428 佛言聽，[三][宮]2122 告貴請，
[聖]210 吉處爲。

　　性：[甲]1833 至我受，[甲]2035
姑蘇依，[甲]2068 同往之，[甲]2192，
[甲]2317 者至無，[甲]2339 教化令，
[明]200 過去波，[三]292 嚴治國，
[聖][甲]1733 分初二，[宋][元][宮]
2103 相習，[宋]187 請，[乙]2370 一
時在，[元]2122 栴檀林，[原]1776，
[原]920 臨頂即。

　　休：[聖]613 反至十。

　　仰：[宋][宮]384。

伊：[甲]2128 焰反。

已：[明]、已往[宮]2122 當三。

詣：[三][宮]1452 世尊，[三][宮][聖]1425 阿難所，[三][宮]1425 王舍城，[三]100 於彼曠，[三]196 白佛我，[聖]1428，[聖]1428 世尊所，[聖]1435 穩便樹。

應：[三]1644 生寒冰。

與：[宮]2121 佛寺中。

語：[三][宮]1435 若遣使。

在：[宮]310 茂陵之，[宮]721 趣如是，[宮]1428 僧中偏，[三]202 生出家，[三]480 於昔日，[宋][元]73 而施與，[元]1050 波羅奈，[元]2016 無遮止。

則：[甲]1958 生阿彌。

者：[三]、捨[聖]1440 僧應差。

征：[三][宮]768 伐大國，[三][宮]1499，[三][宮]2122 將取世。

直：[甲]1909 趣泥洹。

至：[宮]374 佛所欲，[三][宮]1428 夷國時，[三][宮]1435 大名梨，[三][宮]1435 東方詣，[三][宮]1435 婆羅門，[三][聖]26 野林中，[三]203 其住處，[乙]1723 過去至。

種：[三][宮][聖]2042 之時香。

主：[甲]1579 他。

住：[宮]286 爲作證，[宮]288 來其菩，[宮]676，[宮]721，[宮]1451 雞足山，[宮]1547 不可除，[宮]1809 世尊所，[宮][聖][另]1522，[宮][聖]1442 彼二龍，[宮]224 至彼間，[宮]263，[宮]263 常以一，[宮]263 就嗅悉，

[宮]278，[宮]278 修滿足，[宮]309 二，[宮]335 叉手白，[宮]351 至四方，[宮]402，[宮]425 業進大，[宮]461 第七梵，[宮]602，[宮]761 何處一，[宮]1425，[宮]1425 頭，[宮]1425 者有阿，[宮]1428 王舍城，[宮]1435 未捨迦，[宮]1451 之處他，[宮]1509 而死是，[宮]1549 生老病，[宮]1549 行人二，[宮]1571 定欲見，[宮]2025 持意湯，[宮]2121 大婦處，[甲]2035 往見有，[甲][丙]2397 須，[甲][丁]1830 三行不，[甲][乙]1822 劣地受，[甲][乙]1822 親承威，[甲][乙]2394，[甲]950 於某處，[甲]1122 成所作，[甲]1512 名爲過，[甲]1735 皆言普，[甲]1735 因，[甲]1736，[甲]1782 於佛法，[甲]1786 偏真此，[甲]1805 尼寺緣，[甲]2008 新州國，[甲]2244 成就或，[甲]2244 祈請祭，[甲]2266 故梵云，[甲]2269 惡趣云，[明]165 或以神，[明]1428 修羅吒，[明]1443 耶自生，[明][丙]2087 從伐臘，[明][宮]397 王家瞿，[明][宮]1648 惡趣婬，[明]1 是，[明]24 居吒奢，[明]99 彼爲作，[明]99 詣佛所，[明]99 尊者，[明]166，[明]204 稽首叩，[明]310 在虛，[明]346 昔爲菩，[明]375 至其所，[明]402 彼法座，[明]402 於彼，[明]411 餘處，[明]579 不應作，[明]682 彼宮，[明]721 彼塔所，[明]885 佛菩提，[明]896 不定或，[明]997 兜率天，[明]1418 本界中，[明]1421 往者突，[明]1425 某甲家，[明]1450 彼

王，[明]1450 田農所，[明]1450 遊戲時，[明]1458，[明]1458 又，[明]1462 至頭頂，[明]1608 義則不，[明]1636 是時有，[明]1647 安隱處，[明]2076 後謂衆，[明]2123 白狗子，[三]156 還者，[三]185 樹，[三]192 力士生，[三][宮]397 彼他化，[三][宮]461 白佛言，[三][宮]1489 是時世，[三][宮][聖][另]1443 行住坐，[三][宮][聖][另]1458 看恐，[三][宮][聖][另]1543 不有無，[三][宮][聖]278 不，[三][宮][聖]425 道佛所，[三][宮][聖]425 佛前，[三][宮][聖]626 今當入，[三][宮][聖]1435 若無應，[三][宮][聖]1464 白衣，[三][宮][聖]1549 行增上，[三][宮][聖]1552 故起他，[三][宮][聖]1579 於彼名，[三][宮][乙][丙]866，[三][宮]263 供養，[三][宮]263 始至于，[三][宮]269 對不起，[三][宮]310，[三][宮]324 於彼行，[三][宮]397 之處至，[三][宮]398 得無受，[三][宮]403 本欲應，[三][宮]433 世亦如，[三][宮]461 十方佛，[三][宮]504 問曉道，[三][宮]606 啓，[三][宮]625 作大寶，[三][宮]630 後世，[三][宮]657 城邑聚，[三][宮]748 食欲，[三][宮]817 白言仁，[三][宮]1421，[三][宮]1421 此聚，[三][宮]1421 宿時彼，[三][宮]1421 王舍城，[三][宮]1421 現受欲，[三][宮]1425 白衣家，[三][宮]1425 世尊所，[三][宮]1425 是名請，[三][宮]1428 阿蘭若，[三][宮]1428 比丘戒，[三][宮]1428 翅婆羅，[三][宮]1428 陶師家，[三][宮]1435 憍薩羅，[三][宮]1442 竹林充，[三][宮]1443，[三][宮]1520 成就如，[三][宮]1543 信世尊，[三][宮]1547 若生若，[三][宮]1549，[三][宮]1549 彼起欲，[三][宮]1549 問依痛，[三][宮]1549 於中知，[三][宮]1558 圓德，[三][宮]1579 一切惡，[三][宮]2043 苦林食，[三][宮]2060，[三][宮]2060 靜林講，[三][宮]2060 寺名大，[三][宮]2121 彼國思，[三][宮]2121 父邊畏，[三][宮]2121 須彌山，[三][宮]2122 從乞水，[三][宮]2122 建，[三][聖]26 如是處，[三][聖]125 日月前，[三][聖]158 處隨身，[三]6 耶迦葉，[三]22 在後妄，[三]26 策慮地，[三]26 摩竭國，[三]98 住便愛，[三]99 常獲福，[三]99 石主釋，[三]99 爵鞞羅，[三]125 即，[三]154 啓受有，[三]154 三界廣，[三]186 奉敬從，[三]186 恭敬，[三]186 護人中，[三]186 侍，[三]186 問曰誰，[三]193 邪，[三]201 迦葉所，[三]201 趣於甘，[三]202 看之見，[三]210 定，[三]279 神之所，[三]311 彼數數，[三]606 察群在，[三]606 其人邊，[三]628，[三]682 於密嚴，[三]1015 暴披，[三]1101 問決諸，[三]1344 無護，[三]1408 妙高山，[三]1470 上師從，[三]1582 梵處從，[三]2060 大禪定，[三]2103，[三]2122，[三]2122 圖精舍，[三]2145 故有所，[聖]、注[甲]1733 求，[聖]222 還於世，[聖]1470 一者爲，[聖][另]

285 雨大甘，[聖]223 一由，[聖]223 於須菩，[聖]224 彼間諦，[聖]285 生，[聖]291 古，[聖]425 到，[聖]425 反五處，[聖]425 化之是，[聖]425 救，[聖]425 來周旋，[聖]425 宿之所，[聖]425 詣佛稽，[聖]643 大王殿，[聖]643 女所是，[聖]1421 地處不，[聖]1421 佛言不，[聖]1421 求飲水，[聖]1421 聽至，[聖]1443 竊聽共，[聖]1462 象屋中，[聖]1465 至佛所，[聖]1549 但欲教，[另]285 時曾以，[另]1428 時耶舍，[另]1428 天觀寺，[另]1435，[另]1435 施設言，[另]1442 勝音，[石]1509 淨佛國，[宋][宮]309 還故爲，[宋][宮]414 寶城變，[宋][宮]656，[宋][宮]2102 不夷，[宋][元]、待[元][明]2042 明日明，[宋][元][宮]221 善男子，[宋][元][宮]414 世，[宋][元][宮]1421，[宋][元][宮]1428 琉璃王，[宋][元][宮]1428 入房語，[宋][元][宮]1432，[宋][元][宮]1435 取有比，[宋][元][宮]1520，[宋][元]41 杖林山，[宋][元]154，[宋][元]398 察如，[宋][元]484 來觀看，[宋][元]632，[宋][元]1425，[宋]26 趣彼食，[宋]26 至處世，[宋]186 佛即澡，[宋]186 欲亂道，[宋]205 度之便，[宋]2102 之至不，[乙][丙]2381 法界引，[乙]850 於十方，[乙]897 於西北，[乙]1723 二，[乙]1723 位故居，[乙]1723 因發心，[乙]1796 隨意以，[乙]2393 東方一，[元]212 至世尊，[元][明][聖]425 見六，[元][明][乙]1092 之處，[元]

[明]199，[元][明]212 不安汝，[元][明]221 者亦如，[元][明]285 彼道品，[元][明]385 而不經，[元][明]1428，[元][明]1579 是諸，[元][明]1579 諸惡趣，[元][明]2060 酒，[元]228 趣即一，[元]1425 檀越家，[元]1428 問言，[元]1566 諸趣，[元]2060 視如其，[原]2347 彼方或，[知]266 反耆年，[知]266 還不著，[知]384 禮敬問，[知]418 白佛佛。

注：[甲][乙][丙]2227 字數滿，[甲][乙]2390 而用之，[甲]1780 如此問，[元][明][宮]2059 疏云明。

柱：[宮]2059 秀而道。

走：[三][聖]643 追之時。

作：[三][宮]1490 彼土，[三][宮]2104 祷，[三][宮]2122，[三]311 無礙住，[宋][宮][聖]1509 皆能成。

惘

悵：[三][宮]2060 然曰弟。

獨：[明]2149 乃著論。

罔：[甲]2039 然，[三][宮]2103 僧深訾，[三][宮]351 受，[三][宮]1425 然還到，[三][宮]2103 君天地，[三][宮]2103 迷，[三][宮]2103 彌甚莫，[三][宮]2104，[三][宮]2108 君之罪，[聖]211 不解即，[宋][宮]、囚[元][明]2103 值容養，[宋]185 然不知，[元][明]495 人民施，[元][明]2103 乃云墮。

調：[三]、罔[宮]2103 君之罪，[三]2103 已深祚，[元][明]2103 以昏。

由：[宋]202 塞不能。

蝸

蚋：[乙]2070 命終之。
罔：[宋][宮]314 蛇等。

網

調：[原]2130 布摩得。
父：[聖]288。
縛：[甲]1201。
蓋：[甲]2337 等從無。
罔：[聖]318 普宣最。
剛：[三][宮]1435。
綱：[高]1668 隨順隨，[宮]882
二合，[宮]2034 經一卷，[宮]2053 者
接武，[宮]2103 宏張，[宮]2112 而飛
步，[甲]2073 以開皇，[甲]1828，[甲]
2015 不可去，[甲]2191 春林開，[甲]
2211 諸人受，[明]1602 故，[明]883
二，[明]1187，[明]1582 身心寂，[明]
1582 是名除，[明]2060 初啓隨，[明]
2103 目而示，[明]2106 潛於宅，[明]
2131 目緬想，[明]2131 繩也隋，[明]
2149 戒等疏，[明]2149 經二卷，[三]
[宮]2034 紀將四，[三][宮]2034 一部
二，[三][宮]2053 包挫殊，[三][宮]
2053 亦爲妨，[三][宮]2060 布此遺，
[三][宮]2060 返道之，[三][宮]2060 健
羨，[三][宮]2060 衆又固，[三][宮]
2102，[三]2088 又斷天，[宋][宮]764，
[宋][宮]1451，[宋][宮]2060 以東歸，
[宋][宮]2122 者四面，[宋][明][宮]
2102 於宇宙，[宋][明][宮]2122 潛於

宅，[宋][明]1582 是名爲，[宋][元][宮]
2108 維萬國，[宋]1288，[宋]2103 自
陷重，[宋]2125 漏律云，[元]1，[元]
[明]、經[明]2154 六十二，[元][明]
[宮]2060 清肅有，[元][明][宮]2102
是以仁，[元]2061 不量涯，[元]2102
彌，[原]1065 二合無。

鋼：[三][宮]2102 弋不射。
冠：[三][宮][甲][乙][丁]848 慧手
持。
惑：[聖]663 能作如。
搝：[三][宮]1435 作。
經：[宮]2122 慈欣出。
羂：[三][宮][聖]341 大怖畏。
絡：[宮]1435 佛言以。
慢：[三]125 結皆悉。
茅：[三][宮]607 中墮。
納：[宮]671 分別，[和]293 次有
佛，[甲][乙]1816 受種種，[甲]1033
上右旋，[甲]1211 歸，[甲]1724 皆已
除，[甲]1742 分布而，[甲]2129 靺謂
如，[甲]2135 誐，[聖]1537 繧，[另]
1442 靺小名，[原]、[甲]1744 得名爲。
難：[三]186 虛空之。
內：[宮]606 轉成愚。
能：[和]293 光明放。
尼：[和]293 以覆其。
紐：[宮]669 密四者。
旗：[三]、幡[宮]271 豎立百。
囚：[宮]269 投深淵。
人：[三]2060 遂祕不。
肉：[三][宮]1464 知當奈。
繩：[三][宮]721 所縛愛。

繩：[三]2110 茹毛之。

受：[三][宮]288 而覆之。

搜：[三][宮]2103 羅庶善。

敗：[三][宮]741。

罔：[宮]、曰[聖]425 盡衆懈，[宮]292 除去臭，[宮]292 衆塵勞，[宮]330，[甲]1828 於彼況，[三][宮]322 而以安，[三][宮]387 法門，[三][宮]1488 心，[三][宮]1548 欲忍欲，[三][宮]1585 他故矯，[三][宮]2060 便以法，[三][宮]2060 有歷年，[聖]292 以普平，[聖]210 莫密於，[聖]278，[聖]292 截生死，[聖]639，[宋][宮]、綱[明]2060 又，[宋][宮]225 用受是，[宋][元]2146 經晉，[元][明]2060 乃作二。

惘：[聖]125。

輞：[和]293 悲心廣，[三][宮]1486，[三][甲][乙]1092 刃畫火，[三]643 雨刀從，[宋][元]643 地獄十。

詷：[原]1862 心得大。

細：[宮]681 密嚴佛，[宮]2122 未易能，[甲]1030 帶委蕤，[甲]2397，[三]192 柔軟足，[三][宮]2123 雲覆上，[三]1165，[聖]663 顯耀安，[聖]675 亦滅一，[另]1721 故者第，[石]1509 人皆沒，[宋]212 覆，[元][明][宮][聖][另]310 草，[原]1890 九，[原]2339 如一極。

約：[甲]1782 分明莊，[原]2339 法陳彰。

珍：[明]187 寶蓋以。

輞

柔：[宮]1670 爲車。

網：[甲]1736 轉輪王，[甲][乙]966 以爲金，[明]2121 地獄十，[三][宮]444 佛南無，[三][宮]2121 無量諸，[三]951 刃周畫，[宋][元][宮]、明註曰輞南藏作網 1521 眞琉璃，[宋][元][宮]2040 轉輪相。

調

詞：[聖]2157 上。

罔：[明]1579，[三]2110 之甚極，[三][宮]2060 上帝勃，[三][宮]2103 國家終，[三][宮]2103 寺稱平，[三][宮]2104 上太宗，[三]220，[三]945 不止飛，[三]2103 之極也，[宋][明]945 誣。

惘：[宋][宮]487 二。

網：[甲]1782 不，[宋]、罔[元][明]2060 帝心覆。

魍

魍：[三][宮]410 魅所持。

妄

安：[宮]721 見丘聚，[宮]1562 情擅立，[甲]1735，[甲]2266 立眞如，[明]220 生歡喜，[三][宮][聖]224 消去便。

惡：[甲]1705 取二乘，[三][宮]1463 語二者，[三][宮]2053 之罪玄。

法：[甲]1851 執於中。

果：[三][宮]267 想，[乙]1796 生戲論。

忌：[甲][乙]862 三業現。

濟：[三][宮]、望[聖]481 以慧斯。

矯：[三]2112 云老子。

竟：[甲]1700 自貢高。

淨：[三][宮]708 想爲身。

競：[三][宮]2103 佛亦防。

空：[敦]262 法堅受，[和]293，[甲]2339 者斷煩，[甲]2870 受，[三][宮]310 諸法生，[三][宮]485 等增長，[聖]278 其心無，[另]613 見屬諸，[宋]220 性不變，[宋][宮]671 顛，[宋]722 橫執染。

狂：[聖]376 想於如。

誑：[三][宮]1509 法中又，[三][宮]1562 語破壞，[元][明]1509 不實無。

令：[甲]1080 服。

亂：[三][宮]1470 起。

盲：[三]311 想自作，[聖]278 莫能惑。

名：[三]2112 若是至。

念：[甲]1828，[三]、忘[宮][聖]1549 自計吾。

俊：[三]17 語。

弄：[宋]382 自在故。

起：[甲]2313 分別故。

棄：[甲]1782 贊曰此，[元][明]271 妄想界。

妾：[甲][乙]2194 心隨所，[明]1610 想於中，[明]1613 於他詐，[三][宮]2122 所施必，[宋]721 顛倒求。

青：[甲]1884 色凡應。

任：[原]2339 細簡釋。

如：[甲]1736，[甲]2287 之教理。

實：[三]2110 之情見。

亡：[甲]1876 則藥，[原]、[甲]1744 慮絕，[原]1851，[原]2254 失中間，[原]1776 對不可，[知]384 犯。

網：[三][宮]、望[另]281 悉爲我，[三]1485 悉爲我。

忘：[敦]262 無有餘，[燉]262 見網，[宮][聖]1425 語，[宮]419 占近麕，[宮]588 信何所，[宮]2053 之心少，[宮]2123 故識想，[宮]下同 1425 語波羅，[甲]、忌[乙]2263 根，[甲]1709 失顛倒，[甲]1788 失，[甲]1828 念起我，[甲][丙]973 生分別，[甲][乙][丙]2381 捨，[甲][乙]1796 故尚智，[甲][乙]1822 增益也，[甲][乙]2263，[甲]957，[甲]1258 傳授，[甲]1728 語是質，[甲]1733 失菩提，[甲]1733 想不相，[甲]1744 所樂便，[甲]1782 憶邪，[甲]1789 轉爲智，[甲]1805 勞故雖，[甲]1816 念六，[甲]1828 念散亂，[甲]1828 念諸天，[甲]1828 失法行，[甲]1863 善根阿，[甲]1921 想，[甲]1921 罪背，[甲]1924 識自然，[甲]2010 絕境界，[甲]2266 有疏本，[甲]2748 本大解，[明]、空[宮]1672 鄙惡若，[明]1602 想熏習，[明]2016 却，[明]2016 所有虛，[明]310 失隨逐，[明]2122 法斷除，[三]229 心生我，[三][宮]221 諸法三，[三][宮][聖]278，[三][宮]288 有，[三][宮]309 言說於，[三][宮]310 失法，[三][宮]329 誤，[三][宮]350 止，[三][宮]397 如嬰

兒，[三][宮]425 捨，[三][宮]476 念惡慧，[三][宮]721 於林中，[三][宮]729 取非物，[三][宮]799 念不習，[三][宮]1425 見徹善，[三][宮]1435 若聞，[三][宮]1443 謂賊遂，[三][宮]1443 語語皆，[三][宮]1451 生煩惱，[三][宮]1509 不樂世，[三][宮]1509 無作以，[三][宮]1515 福於何，[三][宮]1522 說智異，[三][宮]1546 世言是，[三][宮]1552 受名失，[三][宮]1554 取補特，[三][宮]1592 者，[三][宮]1646 念少智，[三][宮]2059 歸披衿，[三][宮]2060 經行慶，[三][宮]2102 理信目，[三][宮]2103 化，[三][宮]2103 起多疑，[三][宮]2121 必有利，[三][宮]2122 喜談數，[三][宮]2123 懷彼此，[三]21 念不兩，[三]116 遺財，[三]125，[三]125 貪在眠，[三]158 念眾病，[三]186，[三]198 舉持直，[三]198 念欲可，[三]201 稱量前，[三]226 必有，[三]587 念者皆，[三]1341 失正念，[三]1471 語他事，[聖][甲]1733 憶念所，[聖]1425 稱得過，[聖]1425 聞妄疑，[聖]1460 語波逸，[聖]1463 稱是醫，[聖]1512 想心法，[聖]1552 語或身，[聖]1733，[聖]1733 顯真故，[聖]2157 言妖事，[另]1721 想而生，[另]1721 傳，[另]1721 生死故，[另]1721 想之失，[宋][宮]、惡[元][明]1442 念常起，[宋][宮]276 思想念，[宋][宮]1425 語非波，[宋][宮]1579 計自在，[宋][元][宮][聖]1462 可辱光，[宋][元]99 不虛是，

[宋]1 耶答曰，[宋]682 分別恒，[乙]912 惑，[乙]1200 念闕法，[乙]2263 失若成，[乙]2263 由來何，[乙]2296 四句心，[元][宮]2103 之災二，[元][明]309 獨步三，[元][明]309 眾生，[元][明]425 斷於貪，[元][明]658 識供養，[元][明]2045，[元][明]2103 言今日，[原]、[甲]1744 失，[原]、[甲]1744 失正法，[原]2196 二爲他，[原]1776 是其念，[原]1776 相緣觀。

望：[宮][聖]425 想，[宮]225 疾，[宮]342 想猗，[宮]810 想於諸，[宮]2122 願以杖，[甲]1717 於顯祕，[三][宮]309 想貪求，[三][宮]384 斷想盡，[三][宮]403 想是非，[三][宮]403 想之著，[三][宮]425 想普布，[三][宮]459 想求報，[三][宮]481 想無爲，[三][宮]565 想謂沙，[三][宮]585 想愚騃，[三][宮]656 想無所，[三][宮]810，[三][宮]1425 聞以奴，[三][宮]2123 見入於，[三][知]266，[三]174 傾，[三]186 想音，[三]212 想是，[聖][石]1509 想不復，[聖]425，[聖]425 想，[聖]425 想其至，[宋][宮]342，[宋][元]1075，[宋]384 想已，[元][明]403 想則曰。

爲：[三][宮][石]1509 見舍利，[三][宮]223 見舍利。

委：[甲]2266 誑他爲，[甲]1828 決定意，[甲]2195 授與，[三]1005 言背信，[聖]2060 銷。

無：[甲]1922 解而自，[甲]2434 念而有。

悉：[三][宮][聖][另]342 從是生。

想：[三][宮]821 念堅著。

心：[三][宮]1666 念則。

虛：[三][宮]895 施。

言：[三]210，[宋][元][宮]2028 僞此輩。

要：[宮]1703 心也，[甲][乙]1822 謂，[甲]2261。

已：[甲]2299 非境非。

欲：[甲]1733。

早：[甲]1775 計之識。

至：[三]26 言乃至。

字：[宋]375 語不見。

忘

安：[三]2112 身非是。

怠：[原]1862 所爲事。

忽：[宮][聖]292 習諸菩，[三][宮]2122 也我家。

恚：[元][明]26。

忌：[內]2163，[甲]970，[甲]1239 聰明，[甲]1717 本，[甲]1717 者下明，[甲]1736 加論釋，[甲]1921 疲，[甲]2036 父母之，[甲]2120 榮辱潔，[甲]2261 則所修，[甲]2290 染淨齊，[聖]1425 者餘人，[乙]2194 筌在慧，[乙]2194 言莫以，[原]1862 興起諍。

可：[乙]1821 倍修增。

令：[三][宮]282 誤時菩。

念：[明]2122 二者當。

去：[三][宮]221 失一句。

忍：[甲]1912 何況於。

喪：[甲][乙]2296 魚是故。

巳：[甲]1733 私生喜。

亡：[宮]761 相以離，[宮][聖]222 失法慈，[宮]224 想何以，[宮]2122 失一切，[甲]1736 如楔出，[甲]1828 四句是，[甲]1912 唯遍造，[甲][乙]2254 失中間，[甲][乙]1822 則命，[甲]1736，[甲]1736 此是取，[甲]1736 若人相，[甲]1736 戲論自，[甲]1736 言言非，[甲]1744 今且依，[甲]1795 方爲解，[甲]2018 果或非，[甲]2362 失前生，[甲]2426 慮絕遍，[甲]2748 乃可謂，[明][聖]225 失一句，[明]212 西若生，[明]2059 形殉道，[明]2154 死畏立，[三]223 此，[三][宮]2103 率由舊，[三][宮][聖]425 失忽，[三][宮][聖]425 失是曰，[三][宮][聖]1428，[三][宮]381 失開化，[三][宮]397 供養諸，[三][宮]581 命日促，[三][宮]585 失亦無，[三][宮]606 失，[三][宮]732 二者命，[三][宮]740 其，[三][宮]741 失前功，[三][宮]817 失，[三][宮]1451 倦攞五，[三][宮]1599 境界增，[三][宮]1606 四句是，[三][宮]2060 返加又，[三][宮]2103 其百非，[三][宮]2122 失讎，[三]184 其功，[三]192 貪恚得，[三]193 失其善，[三]198 法證法，[三]291，[三]945 失先心，[三]1331，[三]1441，[聖]125 計彼提，[聖]125 失遂成，[聖]125 一人爲，[聖]425 失至道，[聖]626 失道徑，[宋][宮]425 失度無，[宋][宮]2060 覺觀息，[宋][宮]2103 功之士，[宋][元][宮]263 失正法，[宋][元][宮]638，[宋]196 失修敬，[乙]1736 心方契，

[元][明]361 其功也，[元][明]2145 第二住，[原]1852 爲眞會，[原]1858 言體，[原]2196 人法今，[原]2416 六即七。

妄：[丙]917 失但下，[宮]2008 能所俱，[宮]309 失復次，[宮]618，[宮]633 失道心，[甲]1795，[甲]1813 念而說，[甲][乙]2263 往日門，[甲][乙]2309 語五離，[甲]895 言綺語，[甲]1115 喜怒一，[甲]1512 謂爲實，[甲]1816 故明記，[甲]1816 語等釋，[甲]2266，[甲]2266 念等，[甲]2266 失，[甲]2362，[甲]2426 心若起，[甲]2792 説邪法，[甲]2837 念不生，[甲]2837 念而有，[甲]2870，[甲]2907 菩提心，[明]1598 失法，[明][宮]1428 誤文不，[明]352 失精進，[明]949 緣皆不，[明]1579，[明]2028 捨或與，[明]2122，[三][宮]600 寂然調，[三][宮]1451 失未必，[三][宮]1452 念故俱，[三][宮]1490，[三][宮]1548 無失正，[三][宮][聖]416 念無別，[三][宮][另]1428 有如是，[三][宮][另]1541 念亂，[三][宮]221 坐臥左，[三][宮]263 宣，[三][宮]275 失，[三][宮]278 不懈不，[三][宮]309，[三][宮]310 分別增，[三][宮]345 也吾及，[三][宮]403 傳語不，[三][宮]570 二者其，[三][宮]721 失復攝，[三][宮]1503 誤者犯，[三][宮]1557 爲人故，[三][宮]1562 失者煩，[三][宮]1579 念類，[三][宮]1581 法八者，[三][宮]1581 具足者，[三][宮]1587 念十九，[三][宮]1606 念意，[三][宮]1646 憶散心，[三][宮]2045 舉動輕，[三][宮]2102 心形報，[三][宮]2102 行彌非，[三][宮]2102 之理，[三][宮]2102 作哉若，[三][宮]2103 仁於，[三][宮]2122 失宿命，[三][宮]2122 也語久，[三]1 明欲設，[三]112 因緣止，[三]125 相有三，[三]138 失七也，[三]186 捨二曰，[三]198 意想欲，[三]291 想求，[三]631 其本意，[聖][甲]1733 想二忘，[聖][甲]1763 有即體，[聖]125 失具足，[聖]278 思惟幻，[聖]613 失得此，[聖]1428 佛言當，[聖]1463 不行菓，[聖]1585 天，[聖]1602 失，[聖]1733 德是意，[聖]1788 想既滅，[宋][宮]1605 倍復增，[宋][宮]223 三昧攝，[宋][宮]329 等之故，[宋][宮]329 失清白，[宋][宮]384 一字一，[宋][宮]397 不，[宋][宮]656 失，[宋][宮]1581 失正念，[宋][宮]2060，[宋][聖]125 第六十，[宋][元][宮]2045 所造短，[宋][元][宮]2123 捨二，[宋]1 不習禪，[宋]211 是爲奉，[宋]418 捨，[宋]1341 失念食，[宋]2103 伏時不，[乙]1796 不異之，[乙]1796 誤安置，[乙]2296 情空有，[乙]2795 佛言聽，[元][明]221，[原]、[甲]1744，[原]、[甲]1744 造稱曰，[原]1212 語清，[原]1855，[原]2317 心言悉，[知]598 何況受，[知]1441 失諸比。

忘：[原]2208 又如嘉。

望：[宮]2121 東當其，[甲][乙]1736 證修，[甲]1736 於，[三][宮]570

是爲一，[三][宮]2111，[三]373，[三]1011 於道，[聖]2157 者知便，[宋][宮][聖]425 失無能，[宋][元][宮]2053 經，[乙]1723 其機或。

未：[甲]1736 無分別。

無：[宋]2059 前。

想：[三][宮]888。

小：[甲]2157 安般經。

心：[甲]1969 也，[元][明]2016 與無同。

已：[元][明]125 失。

應：[甲]2266 無故者，[原]1851 不成言。

込：[甲]2001 功是誰。

志：[宮]1670 耶而忘，[宮]2060 心口年，[宮]2087 其兼濟，[宮]2121，[甲]2039 機，[甲]2250 失憶念，[甲]2362 念何名，[明]1648 爲更起，[明]2103 蹈顏生，[三][宮][聖]481 講奉清，[三][宮][知]266 念，[三][宮]627 亦無所，[三]193 不失，[另]281，[乙][丁]2244 艱辛，[元]2103 弘隘之。

望

處：[元][明]203 求長壽。

斷：[另]1435 而得是。

對：[甲][乙]2263 三性雖，[甲]1823 解。

俯：[宋][元][宮]、瞰[明]2053 海莫測。

堅：[甲]、重[乙]1816 引解天，[甲][乙]2192 持，[甲]2362 上所住，[聖]1509 成大事。

結：[三][宮]459 請召三。

立：[聖]376 斷忍割。

列：[乙]2263 二乘成。

懇：[宋]820 不求還。

生：[乙]2263 自類相。

聖：[甲]1830 別故，[甲][乙]1821 離染地，[甲]1816 彼爲勝，[乙]1822 法處也，[乙]1822 雖非是。

雖：[甲]2195 初解可。

亡：[甲]2207，[另]1721 之故言，[宋][聖]99 財而出。

妄：[宮]589 想於諸，[甲]1736 見如人，[明]342 想求度，[三][宮][聖]292 想一時，[三][宮][聖]318 想此乃，[三][宮][聖]816 見處於，[三][宮]221 見持諷，[三][宮]274 想無所，[三][宮]292 想，[三][宮]292 想無著，[三][宮]403，[三][宮]425 施不捨，[三][宮]477 佛與正，[三][宮]638 想不如，[三][宮]656，[三][宮]1507 見結使，[三][宮]1509 有所得，[三][宮]2122 前久處，[三]196 斷前受，[三]342 想生，[三]2121 意已絕，[宋][宮]656 受其報，[宋][明]211 止即於，[元][明][宮]310，[元][明][聖][另]342 想不墮，[元][明][聖][另]342 想故世，[元][明]221 見欲除，[元][明]342 想有我。

忘：[三][宮]285 捨益加，[三][宮]2122 於江湖，[三]185 其功今，[三]212 西玉女，[聖][另]790 敬事其，[聖][另]790 其報事，[聖]292 果實度，[宋]1982。

唯：[甲]2276 於異品。

無：[甲][乙]2219 別。

嬈：[三][聖]125 意偏。

要：[宋]、忌[元][明][流]360 勝故專。

淫：[甲]2128 之所生，[甲]2128 之所生。

婬：[明]26 如是愛，[明]210 意，[三][聖]210 無所欲，[三]211 意已絕，[宋][元][宮]、淫[明]2121，[元][明]26 如是愛。

有：[三][宮]2059 求名利。

與：[甲][乙]1822 無爲非。

欲：[三][宮]1562 生故由。

約：[聖]1788 父母所。

正：[乙]1821 緣自諦。

證：[聖]1818 佛經令。

至：[甲]2367 八地聞，[乙]1796 也吠囉。

重：[甲]2299 不二理。

危

厄：[丙]1214 害者應，[宮]374 害王於，[甲]2193 故云安，[甲]2378 遍惱一，[甲]2898 臨危急，[三][宮]403 難往就，[三][宮]627 懅衣毛，[三][宮]1503 當得智，[三][宮]1509 難故如，[三][宮]2121 光明也，[三][宮]2121 群臣將，[三]1 難，[三]186 難詣其，[三]201 懼心云，[三]203 思欲相，[乙]1086 怖難，[元][明]1451 即於屛，[原]1744 難馥法，[原]2361 沒於五。

范：[乙]、尼[丁]2244 會非一。

跪：[三]1463 坐不中。

花：[甲]2244 今世有。

回：[甲]2036 以清。

禍：[三][宮]721 或言吉。

絕：[三][宮]459 其，[聖]272。

免：[三]、厄[聖][另]342 者乃爲，[聖]272 脆如焰，[聖]1579 難暫時，[另]1721。

滅：[聖]272 矣是故。

明：[甲]2006 萬事休。

尼：[聖]2157 棘無竭。

色：[甲][乙]2185 授命意，[甲]1733，[三]、厄[宮]2122 漏剋朝，[三][宮]2122，[三]220 蘊方促，[三]1507 之形無，[三]1563 故有，[三]2110 吞瑯琊，[聖]425 人身在，[聖]1421 嶮處亦，[聖]1562 就安攝，[另]1721 假詆必。

殺：[石]1509 害今。

失：[三][宮]2122 身滅命。

跳：[元][宮][聖]341 故畏退。

兔：[另]1453 嶮之處。

峗：[三]2110 渾沌檮，[三][宮]2103 左傳允。

僞：[甲]1782，[三][宮]656 脆身。

狹：[甲]1733 徑欲進。

先：[宋]1300 宿一星。

中：[聖]224 害爾時。

威

愛：[乙]1909 佛南無。

藏：[甲]2396 世界不，[甲]1816 照作地。

成：[宮][聖]425 音佛所，[宮]285

神無極，[宮]443 如來南，[甲]1893，[甲]997 德辯無，[甲]2299 速疾龍，[明]293 德王次，[明]2034 儀經一，[三][宮]384，[三][宮]445 如來東，[三][宮][聖]425 三昧定，[三][宮]285 無極大，[三][宮]1559 力於餘，[三][宮]1595 德恒依，[三][宮]2102 直應命，[三]2145 德等凡，[三]2145 實相通，[聖]291 欲得詣，[聖]613 力智慧，[宋][宮]446 佛南無。

持：[乙]2425。

處：[明]989 德龍王。

感：[三]201 德所，[宋]2110 奉勅於，[知]266 逼加菩。

功：[三][宮]1521 德。

廣：[明]310 目。

或：[聖]225 神巍巍，[聖]639 力動大。

減：[宋]1493 神從坐。

戒：[宮]1435 德是事。

誠：[宮]598 詣安明。

精：[宮]2048 靈。

力：[明]2122 則高昇。

律：[甲][乙][丙]2381 儀三千，[甲][乙]2317 儀體已，[明]220 儀語無，[乙]2381 儀十重，[原]2196 儀開善。

滅：[甲]、威[甲]1782 加護故，[甲]1921 儀示十，[甲]2792 是一切，[三][宮]425 佛寶愛，[三][宮]2122 厭妖牝，[三]99 勢自然，[聖]279 神力故，[聖]291 光，[聖]1509 德甚大，[原]1780 患意在，[知]1785 也能令。

戚：[甲]1782。

神：[三]956 力防禦。

盛：[和]293 德王如，[甲]1782 由嗔恚，[甲]2130 經，[甲]2168 佛頂經，[三][宮]263 德超越，[三][宮]443 力如來，[三][宮]2034 一部一，[三][宮]2103 業，[三][聖]26 力安隱，[三]1033 德熾，[聖]190 德甚大，[聖]310 儀等無，[聖]376 神天而，[聖]1425 儀若起，[另]1435 德顏色，[另]1435 相成就，[宋][宮]278，[宋]186 普，[乙]852 怒王，[元][明][宮]443 如來南，[原]、盛[甲][乙]1796。

是：[宮]1521 德是阿。

熟：[三][宮]1579。

我：[聖]834 燈如來。

務：[三]2059 沙門遇。

咸：[宮]433 無量，[明][甲][乙]901 侍佛所，[聖]1509 德故。

依：[三][宮]278 力故一，[三][宮]1523 儀所作。

醫：[三]2125 旦至進。

以：[甲]1742 神力故。

意：[甲]2219 入疏云。

種：[乙]2228 儀除。

成：[甲][乙]2396 非化二。

透

邁：[三][宮]2103 迤色麗。

委：[聖]271 迤是沙。

隈

偎：[三]1342 法門以。

猥：[宋][明]1。

葳

威：[宋]、威蕤[元][明]2145 民
譽。

峵

隈：[三][東]643 之處糞。

悢

畏：[甲][乙][丙][丁][戊]2187 不
能復。

椔

根：[甲]2129 郭璞注。

微

傲：[甲]2266 放逸，[三]2110。
跋：[甲]974 一。
半：[乙]1796。
彼：[甲]853 屈三指，[明]1621 定
非實，[三][宮]1592 塵相永，[三][宮]
810 邪見若，[三]194 信施故，[聖]26
少方便，[聖]1548 護人云，[元]1451
笑當必。
徹：[甲]、少[甲]、一[乙]2087 霜
無雪，[甲]1781 骨，[甲]2261 者正爲，
[甲]2266 然花嚴，[甲]2266 遠，[明]
623 夫專稱，[三]2145 入微者，[原]
2339 不由他，[原]2339 通自，[原]2339
行布教，[原]2431 雲官可。
塵：[甲]1705 分四大。
成：[甲]2266。
誠：[乙]1736 感悟不。

懲：[甲]1816 惡。
怛：[甲][乙]、怛[丙]、丙本傍註
曰怛怛縛略出經作微怛鑁、金剛頂經
作怛嚩麼 862 怛嚩。
大：[三]99 塵爾時。
得：[宮]309 不照明。
定：[原]2339 此世不。
吠：[三]982 二合引。
改：[三][宮]1428 服尋父。
故：[明]1562 劣故諸。
後：[甲]952 屈竪頭，[聖]1421 行
乃可，[聖]1462 聲善憶。
候：[三][宮]2122。
徽：[宮]2074 年中有，[甲]2039
緒又馳，[甲]2219 音永絶，[明]、徵
[宮]2103 音令穎，[三][宮]2034 二部
二，[三][宮]2102 實曉庸，[三][宮]
2103 雕金寫，[三][宮]2103 婉義難，
[三][宮]2122 廣州記，[三]2034，[三]
2060 轍開皇。
穢：[乙]2397 土顯形。
機：[三][宮]2103 析理怡。
既：[另]1721 細無常。
假：[甲][乙]2261 三從實。
漸：[甲][乙]1822 也論，[甲][乙]
1816 勝命施，[甲][乙]1822 不覺第，
[甲]1723 能，[原]1829 欲故名。
教：[宮]411 妙甚深。
教：[原]2339 仍權但。
金：[宮]721 塵於虛。
經：[聖]663。
聚：[甲][乙]1822 攝持。
老：[甲]1792 終朝。

贏：[乙]1822 劣故不。

離：[聖]1595 細煩惱。

妙：[甲]、最妙[丙]917 妙，[甲]1861 久修因，[元][明]433 帳，[元][明]606 行乃至。

散：[宋]374 妙天花。

深：[敦]262 妙諸佛，[甲]2006 細，[三][宮]477 妙救護。

使：[原]1073。

姝：[元][明]310 妙容。

殊：[三][宮]454 妙第一。

數：[聖]1549 妙想。

水：[乙]2249 中擊發。

微：[宮]229 塵數蘊。

唯：[明]1592 思量色，[明]1459 知將欲。

惟：[明]184 學聖智，[明]185 學聖智，[三][宮]2058 入于三，[三][宮]2060 現執紙。

幃：[甲]1828 薄工。

尾：[甲]1000，[三][甲]972 輸，[乙][丙]873 微一，[原]2409 羅。

細：[聖]1721 故在後，[乙]2397 勿令心。

現：[三][宮]591 笑。

言：[甲][丙]2163 無顯雖。

嚴：[三][宮]263 妙巍巍，[聖]1463 供如是。

疑：[甲]1816，[三][宮]1521 畏。

嶷：[元][明]2103 有威。

欲：[甲]2266，[明]2131 名爲。

徵：[丁]1831 答，[宮]1570 圓相於，[宮]2040 遺法將，[宮]2059 異恒

體，[宮]2108 以身敬，[甲]、[乙]2174，[甲]、最[甲]1816 微細習，[甲]1816，[甲]1828 破前中，[甲]1833 理不應，[甲]1848 列中疏，[甲]1962 矣既叙，[甲]2878 犯不覺，[甲][丁]2244 非也，[甲][乙]1822 因非是，[甲][乙]1833 疏主小，[甲]893 那羅，[甲]1717 對赴以，[甲]1782 同作樂，[甲]1816，[甲]1816 隱故對，[甲]1830 斷之所，[甲]1830 名無癡，[甲]1830 細常行，[甲]1832 五根根，[甲]1833 三事至，[甲]2036 表讚揚，[甲]2067 三年發，[甲]2067 驗乎乃，[甲]2266，[甲]2266 乃至廣，[甲]2266 義別文，[甲]2837 責猶如，[明]2076 入內賜，[三]、一[宮]2103 嗣世人，[三]2145 此經之，[三][宮][聖][另]1458 伽蟲所，[三][宮]2102 故夫凶，[三][宮]2102 理歸指，[三][宮]2102 敍繁絲，[三][宮]2102 引孝道，[三][宮]2121 柯，[三][宮]2122 祥言訖，[三][乙]1076 二合矩，[三]99 伽羅牟，[三]882，[三]1003 惹耶第，[三]1585 闡法王，[三]2102 備詳典，[三]2122 廣州記，[三]2145 防之宜，[三]2145 曠濟神，[三]2145 且於希，[三]2145 所以爲，[聖]1763 之也智，[宋][宮]2103，[宋][宮]2122 世俗墳，[宋][元][宮]1562 其，[宋][元]1102 一，[宋]2122 不同漢，[乙]1736，[乙]1098 覩微，[乙]1833 解亦應，[乙]2296 誰敢達，[元][明]224，[元][明]1356 耶，[元][明]2103 不期在，[原][甲]1825 其，[原]1072 上音

二，[原]1098 三鉢哩，[原]1744 者報必。

徵：[甲]2266 言。

致：[乙]913 迦法應。

最：[甲]2204 妙諸總，[石]1509 妙佛。

煨

灰：[三][宮]2111 爐今既。

燒：[三][宮]724 雞子燒。

薇

微：[甲]2006 班台星，[三]、一[宮]2059 有道德，[三][宮]2059 山創寺，[三]1007 波迦沙。

巍

高：[甲]2006 科酬。

然：[甲]1782 迥出巍。

魏：[聖]222 巍聖德，[聖]754 巍第，[聖]2157 筆受。

諸：[明]1521 巍姝妙。

口

門：[甲]2128 音韋。

曰：[甲]2128 音韋豕。

為

成：[三][宮]724 膿血何。

摩：[明]721 天女衆。

求：[三][宮][聖][另]790 知來今。

偽：[三][宮]813 二以律。

謂：[三][宮]813 舍利弗。

無：[明]721 因離智，[三]721 病苦若。

行：[甲]1934 虧應得。

也：[聖][另]790 難屈也。

以：[明]813 六。

猶：[明]721 老所壞。

曰：[三][宮]785，[聖]790 狗獵池。

韋

韛：[三][宮]2123 囊盛尿。

車：[甲]2129 反切韻。

大：[甲]2128 也宊弱。

革：[三][宮]2122 囊盛屎，[三]2122 囊，[元][明]2123 囊裏諸。

婁：[甲]2160 之晉傳。

年：[聖]2157 九月八。

皮：[三][宮]616 囊盛屎。

毘：[三][宮]1521 舍首陀，[宋]374 提夫人。

事：[知]2082 孝諧説。

壽：[甲]2052 雲起等，[聖]2157 琮問琳。

圍：[宮]1632 陀經典，[三]、違[宮]2122 豈，[三][宮]2060 陀論莫，[三]1 蓋厚泥。

違：[宮]2121 陀法中，[甲]2130 陀應云，[聖]200 陀經説，[石]1509 羅摩菩，[宋][宮]1435 提希子。

偉：[甲]2053 文休見。

葦：[三][宮]2102 帶逸民，[宋][宮]、革[元][明]619 囊若言，[宋][元]2122 以自緩。

遠：[甲]2068 學宗莫。

桅

挽：[宋][元]、梔[明]1340 生熟。

梡：[三][宮]1435 處柂樓。

唯

徹：[甲]1736 第一義。

除：[甲]1821 有一法。

但：[甲][乙]2250 一果，[甲]1735 有假名，[甲]1821 據餘，[甲]2196 嘆化若，[甲]2274 見四塵，[甲]2274 諸因於，[甲]2358 在，[三][宮]1646 有修慧，[乙]2328 有情所。

等：[甲]2266 識唯取。

獨：[甲]2826 有淨土。

爾：[甲][乙]1822 以勝故。

非：[甲][乙]2317 無表依，[甲]2253 是因文，[乙]2261 有識，[原]2317。

復：[元][明]1608 有報陰。

管：[三]、惟[宮]1442 額者賢。

恒：[甲]2263 無記故。

喉：[甲]1965 中擡聲，[原]1278 鼻若鷹。

懷：[甲]1828 兼物故。

喚：[三]1301 猶虎口。

見：[宋]1562 見所。

焦：[宋][宮]901 烟與。

皆：[甲][乙]1822 是法念，[甲]2266 是假立。

進：[元][明]2016 即得禪。

經：[甲]、得[原]1700 退失以。

離：[三]1562 有因緣，[三]157 除過去，[三]761 心分別，[聖]1595 佛一人，[元]1425 願大德。

名：[乙]2309 與義二。

明：[甲]、明[乙]1822 光，[甲][乙]1822 攝自性，[甲][乙]1822，[甲][乙]1822 顯正，[甲][乙]1822 意緣如，[甲]1736 是善惡，[乙]2263 修惑也。

品：[甲]2339 是一名。

其：[甲]、其[乙]908 粳米屈。

且：[甲]1928 摩訶止，[甲]2299 是。

權：[甲]2006 以一機。

然：[原]2339 行布一。

若：[三]154 見聽許。

深：[明]1636 般若波。

實：[甲]1763 唯一矣。

是：[甲]2305 眞實非。

誰：[明]1562 是意識，[聖]1582 是眾生，[聖]158 不於此，[宋]、准[宮]2103 須自咎，[乙]1822 令焰滅。

順：[三]1593 思惟義。

思：[甲]1828 准應知。

寺：[甲]2035 在淨土。

速：[明]2016 將心法。

睢：[甲]2036 願大慈。

雖：[德]1562 爲益他，[宮]1509 有己身，[宮]1552 有依果，[甲]1821 互相依，[甲]2274 取合境，[甲][乙]1822 説斷樂，[甲][乙]2254 性不同，[甲][乙]2261 除許離，[甲][乙]2434 小欲懈，[甲]1512 明眞如，[甲]1723 言示現，[甲]1736 就前五，[甲]1763 復非一，[甲]1763 一往於，[甲]1775 明衆行，[甲]1960 能所説，[甲]2266

心心所，[甲]2274 得，[甲]2305 有二門，[明]375 能自知，[明]1523 等示現，[明]2087 植麥豆，[三]、惟[宮]1546，[三]1545 瓶爲因，[三][宮]1562 是苦因，[三][宮]2123 出入復，[三][宮][聖]1579 聰慧者，[三][宮][聖][石]1509 説諸法，[三][宮]374 具，[三][宮]721 有髮毛，[三][宮]1463 自，[三][宮]1509 佛有是，[三][宮]1509 有化華，[三][宮]1545 有因白，[三][宮]1552 法智，[三][宮]1562 明有情，[三][宮]1562 顯彼過，[三][宮]1579 墮其中，[三][宮]1592 有説一，[三][宮]1646 不能憶，[三][宮]2122，[三][宮]2122 見法柱，[三][宮]2122 令下，[三]153 以刀斧，[三]203 是道人，[三]209，[三]374 具求有，[三]1558 遮彼事，[三]1562，[三]2063 專到縁，[三]2145 受福不，[聖]1579 度一身，[聖]211 得分那，[宋][元]1562 是，[乙]2261 煩，[元][明]惟[宋][宮]676 有下劣，[元]2016 在一念，[原]2196 舉諸説，[原]2250 少分染，[原]2339 是心識。

隨：[聖]1523 逐塊如。

推：[宋][宮]1442 我一人，[元][明]1451 求於正。

妄：[原]1936。

帷：[宋][元][宮]、惟[明]1462 除魚骨。

惟：[丙]1211 願聖者，[丙]2092 洛，[丙]2092 試坐禪，[丙]2092 桃湯，[宮]476 願如來，[宮]480 還供養，[宮]485 名字所，[宮]681 識現離，[宮]1536 伺受則，[宮]1544 對他有，[宮]1544 修所斷，[宮]1545 是異熟，[宮]1545 無入出，[宮]1546，[宮]1546 有無色，[宮]1546 願大王，[宮][三]雖[知]353 佛世尊，[宮]271 除菩薩，[宮]275 修一般，[宮]301 願世尊，[宮]302 見佛行，[宮]305 是，[宮]305 願世尊，[宮]332 佛至眞，[宮]340 仁降止，[宮]401 天中天，[宮]402 從分別，[宮]402 佛作證，[宮]402 無一事，[宮]415 生大希，[宮]434 王如來，[宮]476 舍利子，[宮]481 從虛無，[宮]481 顛倒立，[宮]481 族姓子，[宮]485 除我身，[宮]544 願世，[宮]572 道深慧，[宮]600 歸依佛，[宮]618 彼已度，[宮]618 説長無，[宮]618 一心，[宮]668 可仰信，[宮]676 佛如來，[宮]745 佛能知，[宮]813 願世尊，[宮]833 有皮骨，[宮]1421 在於色，[宮]1459 除病等，[宮]1459 少解義，[宮]1462 除，[宮]1483 有八關，[宮]1487 佛當以，[宮]1530 依許可，[宮]1542 伺法，[宮]1542 伺法無，[宮]1544 伺無尋，[宮]1546，[宮]1546 此名，[宮]1546 佛能非，[宮]1546 觀白骨，[宮]1546 空行問，[宮]1546 生依果，[宮]1546 是本得，[宮]1546 是一法，[宮]1546 一經中，[宮]1546 有一，[宮]1546 自體，[宮]1559 有四種，[宮]2008 一佛乘，[宮]下同 402 願諸佛，[宮]下同 1442 補破衣，[宮]下同 1544 一究竟，

[宮]下同 1545 汝能説，[宮]下同 1545 説諸業，[宮]下同 1545 有所，[宮]下同 1545 有擇滅，[宮]下同 1545 緣自地，[宮]下同 1545 暫有云，[宮]下同 1545 作同分，[宮]下同 1546 掉相應，[宮]下同 341 有名説，[宮]下同 376 除阿薩，[宮]下同 402 除先世，[宮]下同 402 願大悲，[宮]下同 402 願世尊，[宮]下同 416 除宿殃，[宮]下同 416 當想佛，[宮]下同 630 乞加哀，[宮]下同 649 除食受，[宮]下同 649 除丈夫，[宮]下同 653 我乃知，[宮]下同 1539 能離染，[宮]下同 1544 不善三，[宮]下同 1544 伺，[宮]下同 1544 伺無尋，[宮]下同 1545 是非學，[宮]下同 1545 依，[宮]下同 1545 於補特，[宮]下同 1546，[宮]下同 1546 除，[宮]下同 1546 龍，[宮]下同 1546 是離道，[宮]下同 1546 説一界，[宮]下同 1546 説一人，[宮]下同 1546 説知苦，[宮]下同 1546 退憶法，[宮]下同 1546 有一界，[宮]下同 1546 與，[和]1665 眞言法，[甲]1717 對二諦，[甲]1789 佛地爲，[甲]1789 説不去，[甲]1789 心心外，[甲]1789 自心現，[甲]2092 有石壁，[甲]2196 願至分，[甲][丙]1141 此起世，[甲][丙]2003 我獨尊，[甲][乙]2261 是無漏，[甲][乙]2309 爲發趣，[甲][乙]2394 願法王，[甲]951 持此法，[甲]997 願慈悲，[甲]997 願如，[甲]997 願世尊，[甲]997 願爲我，[甲]1115 願慈悲，[甲]1178 我能救，[甲]1698 仁須菩，

[甲]1727 已千生，[甲]1735 但是有，[甲]1735 一故故，[甲]1735 約法空，[甲]1736 願天尊，[甲]1786 婬罪得，[甲]1789 色轉變，[甲]1789 心起諸，[甲]1789 心所現，[甲]1789 自心量，[甲]1795 是設像，[甲]1795 一諸法，[甲]1839 等欲，[甲]1839 簡別者，[甲]1884，[甲]1969 爾怠墮，[甲]1969 專書史，[甲]1973 心本具，[甲]2006 丞相無，[甲]2017 以三，[甲]2036 余與師，[甲]2196 願至一，[甲]2376 願當生，[甲]2782 勝義觀，[別]397，[別]397 願演説，[明]、[宮]下同 1545 有漏通，[明]、唯從[甲]2087 征伐田，[明]、唯願惟垂[甲]893 願尊者，[明]190 求解脱，[明]190 一女今，[明]212 佛，[明]220，[明]220 願如來，[明]220 願世，[明]220 願世尊，[明]220 願聽許，[明]261 願開示，[明]310 願世尊，[明]312 除清淨，[明]316 現神境，[明]316 一，[明]316 一相智，[明]374 願大德，[明]400，[明]400 説最上，[明]424 汝等樂，[明]721 親近富，[明]843 願世尊，[明]1128 願如來，[明]1545，[明]1545 事佛不，[明]1604 心光，[明]1636，[明]2060 蔬菜衣，[明]2076，[明]2122 忍能止，[明][丙]1214 願哀，[明][丙]1277 願大天，[明][宮]1545 有微妙，[明][宮]668 願如來，[明][宮]1458 除過量，[明][宮]1458 除一事，[明][宮]1458 得麁罪，[明][宮]1459 齊五六，[明][宮]1459 求脱三，[明][宮]1462

除，[明][宮]下同 1545 造作復，[明][甲][乙]1276 願大菩，[明][甲]893 開西門，[明][甲]893 有臘月，[明][甲]951 改屈二，[明][甲]951 一想佛，[明][甲]951 願聖衆，[明][甲]951 樂世法，[明][甲]1177 有如來，[明][乙]1092 除，[明][乙]1092 此三昧，[明][乙]1209 現於擬，[明][乙]1225 願，[明][乙]1260 願如來，[明]99 願世尊，[明]190 有色如，[明]202 願父母，[明]210 道是，[明]220，[明]220 除宿世，[明]220 願，[明]220 願大慈，[明]220 願大德，[明]220 願大仙，[明]220 願如來，[明]220 願世尊，[明]220 願聽，[明]220 願爲説，[明]261 願，[明]261 願哀愍，[明]261 願世尊，[明]310 願，[明]310 願世尊，[明]311 除世間，[明]316，[明]316 教汝當，[明]316 母最初，[明]316 如來所，[明]316 慎密亦，[明]316 以善法，[明]316 專想，[明]374，[明]374 願如來，[明]375 爲法，[明]397，[明]397 除過去，[明]397 佛坐於，[明]397 皮，[明]397 生產處，[明]397 悕如來，[明]397 有天人，[明]397 有一事，[明]397 願，[明]397 願説彼，[明]400 有一子，[明]415 出，[明]424 壞此身，[明]424 取一滯，[明]524 願，[明]595 餘七日，[明]598 迦葉，[明]660 除如來，[明]719 願宣説，[明]719 願演説，[明]721，[明]721 除帝，[明]721 除親眴，[明]721 除如來，[明]721 除善業，[明]721 此爲樂，

[明]721 滅於不，[明]721 汝有力，[明]721 善逝諦，[明]721 樹色現，[明]721 説一分，[明]721 我獨見，[明]721 以，[明]721 有此處，[明]721 有道路，[明]721 有法能，[明]721 有骨在，[明]721 有善業，[明]721 欲界中，[明]759 願演説，[明]764 向不背，[明]843 願世尊，[明]866 一堅，[明]893 具一事，[明]895 願尊者，[明]896 佛教本，[明]896 信辟支，[明]896 召請不，[明]999 願世尊，[明]1128 願菩薩，[明]1153 願速説，[明]1195 有，[明]1428 願聽許，[明]1450 佛能斷，[明]1450 願每日，[明]1450 願世尊，[明]1450 願知時，[明]1453 願大德，[明]1458 獨一身，[明]1458 於此説，[明]1459 得揩踝，[明]1545 伺若爾，[明]1545 二門忍，[明]1545 佛多修，[明]1545 四念住，[明]1545 種性，[明]1545 住威儀，[明]1545 住無記，[明]1554 見性餘，[明]1562 四念住，[明]1570 躝諸妄，[明]1595 識道理，[明]1644 此園有，[明]1644 筋骨相，[明]1644 少家在，[明]1644 四寸其，[明]1680 願大慈，[明]2059 勤希風，[明]2060 吳郡陸，[明]2076 空棺，[明]2076 謢他兼，[明]2076 我，[明]2087 習佛經，[明]2087 修施奉，[明]2102 道革群，[明]2102 一性殷，[明]2103 差離合，[明]2122 除宿殃，[明]2123 有心在，[明]下同、[宋][元]混用 682 惑亂爲，[明]下同 375 有一子，[明]下同 680 一味，[明]

下同 1545，[明]下同 1545 至梵世，
[明]下同 1559 應，[明]下同 375 見
其終，[明]下同 375 能，[明]下同 375
毘佛略，[明]下同 375 爲最上，[明]
下同 375 我法中，[明]下同 375 現一
身，[明]下同 375 依是二，[明]下同
437 願世尊，[明]下同 660 此眞實，
[明]下同 682 此佛刹，[明]下同 682
有識心，[明]下同 721 持，[明]下同
721 除光明，[明]下同 721 除蓮花，
[明]下同 721 除天子，[明]下同 721
除眼觸，[明]下同 721 除飲食，[明]
下同 721 觀化天，[明]下同 721 筋皮
骨，[明]下同 721 取其手，[明]下同
721 説少分，[明]下同 721 爲財利，
[明]下同 721 畏罰心，[明]下同 721
行彼處，[明]下同 721 學戒法，[明]
下同 721 以目視，[明]下同 721 有殘
骨，[明]下同 721 有大苦，[明]下同
721 有根境，[明]下同 721 有苦樂，
[明]下同 721 有内心，[明]下同 721
有心念，[明]下同 721 有一法，[明]
下同 721 有濁，[明]下同 721 願天
王，[明]下同 721 樂欲樂，[明]下同
1428 除一供，[明]下同 1450 願世尊，
[明]下同 1450 願聽我，[明]下同
1545，[明]下同 1545 成就，[明]下同
1545 有梵世，[明]下同 1559 阿，[明]
下同 1559 不遮爲，[明]下同 1559 此
二餘，[明]下同 1559 假名立，[明]下
同 1559 三謂惑，[明]下同 1559 有壽
於，[明]下同 1559 有一主，[明]下同
1559 於字，[明]下同 1596 阿梨耶，

[明]下同 1692 有無爲，[明]下同 2087
此幼稚，[明]下同 2087 贍部洲，[明]
下同 2087 施鹿林，[明]下同 2087 十
六里，[明]下同 2087 我子母，[明]下
同 2087 餘故，[明]下同 2087 餘故
基，[明]下同 2087 置佛像，[三]、
[宮]1459 僧伽聽，[三]、[宮]1536 善
士邊，[三]、[宮]下同 1545 説無漏，
[三]、以下混用[宮]266 論寂然，[三]
12 伺三摩，[三]24 無臺閣，[三]26 願
世尊，[三]99 有一門，[三]163 願慈
悲，[三]185 見無婬，[三]187 閻浮
之，[三]187 證此更，[三]262 願決
衆，[三]262 願世尊，[三]263 垂大
哀，[三]279 願仁，[三]375 願如來，
[三]398 修大乘，[三]401 世尊光，
[三]817 爲分別，[三]1031，[三]1332
願尊仙，[三]1335 願導師，[三]1545
除一生，[三]2149 叙大意，[三][丙]
930 願聖者，[三][宮]、下同但元明
混用 294 得此一，[三][宮]、准[聖]
1563 色，[三][宮]286 有諸如，[三]
[宮]327 隨逐聲，[三][宮]347 願悲愍，
[三][宮]410，[三][宮]415 除一切，
[三][宮]415 願如今，[三][宮]479 鳴
於法，[三][宮]485 聲中示，[三][宮]
487 願十方，[三][宮]622 勅阿難，
[三][宮]649 有共聽，[三][宮]1428 願
大德，[三][宮]1428 願説戒，[三][宮]
1442 他住他，[三][宮]1442 願世尊，
[三][宮]1458 一重若，[三][宮]1511
念故又，[三][宮]1521 獨有世，[三]
[宮]1530 有一相，[三][宮]1537 行後

三，[三][宮]1537 有第三，[三][宮]1542 伺或無，[三][宮]1542 是，[三][宮]1545 長一字，[三][宮]1545 除五結，[三][宮]1545 噉果或，[三][宮]1545 佛種智，[三][宮]1545 感色心，[三][宮]1545 見苦所，[三][宮]1545 可信亦，[三][宮]1545 是迷事，[三][宮]1545 說自果，[三][宮]1545 未至定，[三][宮]1545 無漏彼，[三][宮]1545 無漏十，[三][宮]1545 言癡，[三][宮]1545 有四義，[三][宮]1545 與不還，[三][宮]1545 與上上，[三][宮]1545 在第四，[三][宮]1546 除近佛，[三][宮]1546 有不共，[三][宮]1546 有一法，[三][宮]1551 無教，[三][宮]1559 道於等，[三][宮]1562，[三][宮]1562 名福業，[三][宮]1562 聞思所，[三][宮]1562 有四瞋，[三][宮]1566 願世尊，[三][宮]2043 有五百，[三][宮]2121 願此志，[三][宮][甲][乙]901 燒安悉，[三][宮][甲][乙]901 現半身，[三][宮][甲][乙]901 有二呪，[三][宮][甲]2053 不愧古，[三][宮][甲]下同 901 起大慈，[三][宮][聖][另]340 願世尊，[三][宮][聖]285 志大哀，[三][宮][聖]1462，[三][宮][另]1451 願，[三][宮][乙][丙]876 願諸如，[三][宮]225 闇，[三][宮]225 諸法，[三][宮]231 求佛智，[三][宮]262 願世尊，[三][宮]266 天中天，[三][宮]285 大海受，[三][宮]285 復欲聞，[三][宮]285 學佛道，[三][宮]285 欲願愍，[三][宮]286 除大悲，[三][宮]

286 願聞善，[三][宮]294 願如，[三][宮]307 願世尊，[三][宮]308 願世尊，[三][宮]314，[三][宮]318，[三][宮]318 佛今當，[三][宮]318 宣衆人，[三][宮]323 世尊我，[三][宮]323 天中天，[三][宮]324 未，[三][宮]324 願世尊，[三][宮]334 佛以善，[三][宮]338 當依附，[三][宮]339 除一人，[三][宮]341 聖是依，[三][宮]341 願說之，[三][宮]354 願世尊，[三][宮]376 有清素，[三][宮]378 世尊住，[三][宮]379 菩薩衆，[三][宮]379 說菩薩，[三][宮]381 佛世尊，[三][宮]384 佛照我，[三][宮]384 願指授，[三][宮]386 願如來，[三][宮]392 沙門當，[三][宮]397 善男子，[三][宮]402 佛清淨，[三][宮]402 佛一人，[三][宮]402 見釋迦，[三][宮]402 願釋師，[三][宮]410 斷，[三][宮]410 願聽許，[三][宮]411 除惑不，[三][宮]415 有大名，[三][宮]416 獨世尊，[三][宮]420 樂佛法，[三][宮]423 佛如來，[三][宮]423 生清淨，[三][宮]423 願世尊，[三][宮]424 心造作，[三][宮]425 念安，[三][宮]444 願世尊，[三][宮]449 願演說，[三][宮]458 佛肯者，[三][宮]459 垂恩慈，[三][宮]461 畏大火，[三][宮]476 願，[三][宮]480 願如是，[三][宮]480 願生天，[三][宮]485 除佛身，[三][宮]485 信利益，[三][宮]486，[三][宮]507 天爲上，[三][宮]513 王衣冠，[三][宮]518 願大神，[三][宮]522 有頭面，[三]

[宮]541 守，[三][宮]553 無此梌，[三]
[宮]574 有，[三][宮]579 我爲上，[三]
[宮]591 願，[三][宮]613 願世尊，[三]
[宮]617 佛良醫，[三][宮]617 見光明，
[三][宮]618 二種無，[三][宮]618 要
五部，[三][宮]632 爲説，[三][宮]635
世尊志，[三][宮]635 思樂聞，[三]
[宮]638 道能名，[三][宮]656 當攝一，
[三][宮]670 願爲説，[三][宮]671 是
自心，[三][宮]671 心妄分，[三][宮]
673 有善心，[三][宮]673 子滅時，
[三][宮]675 如聞，[三][宮]675 識眞，
[三][宮]675 是名用，[三][宮]675 是
識體，[三][宮]675 是心觀，[三][宮]
675 有一切，[三][宮]676 伺三摩，
[三][宮]676 有，[三][宮]676 於佛地，
[三][宮]676 願世尊，[三][宮]679 法
身差，[三][宮]681 仁爲上，[三][宮]
681 願世尊，[三][宮]695，[三][宮]
699 願世尊，[三][宮]730，[三][宮]
736，[三][宮]742 佛教誡，[三][宮]
749 願尊，[三][宮]767 天中天，[三]
[宮]779 得多求，[三][宮]783 願世尊，
[三][宮]816 世尊何，[三][宮]824 除
一人，[三][宮]825 願世尊，[三][宮]
827 見原恕，[三][宮]834 餘皮骨，
[三][宮]869 願説三，[三][宮]1421 勤
治齒，[三][宮]1421 親知應，[三][宮]
1425 野干主，[三][宮]1425 有食，
[三][宮]1425 願世尊，[三][宮]1428
願世尊，[三][宮]1434 標一羯，[三]
[宮]1435 願，[三][宮]1435 願世，[三]
[宮]1442，[三][宮]1442 除於如，[三]

[宮]1442 此事實，[三][宮]1442 打一
十，[三][宮]1442 大迦多，[三][宮]
1442 待大迦，[三][宮]1442 待鈹決，
[三][宮]1442 獨一身，[三][宮]1442
降少雨，[三][宮]1442 片許寧，[三]
[宮]1442 汝能知，[三][宮]1442 世尊
及，[三][宮]1442 聽説此，[三][宮]
1442 鄔陀夷，[三][宮]1442 一福田，
[三][宮]1442 一刃乃，[三][宮]1442
一侍者，[三][宮]1442 有筏多，[三]
[宮]1442 有希，[三][宮]1451 願大王，
[三][宮]1458，[三][宮]1458 除善來，
[三][宮]1458 有女言，[三][宮]1459
此令尼，[三][宮]1459 日夜六，[三]
[宮]1462 鬼不可，[三][宮]1462 見，
[三][宮]1462 婆伽婆，[三][宮]1467
願聽，[三][宮]1470 純直不，[三][宮]
1489，[三][宮]1489 得有爲，[三][宮]
1490 爲成就，[三][宮]1503 爲利他，
[三][宮]1505 當恐畏，[三][宮]1506
三相續，[三][宮]1530 以不作，[三]
[宮]1536 此諦實，[三][宮]1536 餘皮
筋，[三][宮]1537 能離殺，[三][宮]
1537 眼識相，[三][宮]1537 一切有，
[三][宮]1539 能了別，[三][宮]1539
有對法，[三][宮]1539 緣無記，[三]
[宮]1542 伺謂，[三][宮]1542 是，[三]
[宮]1542 是心集，[三][宮]1542 無，
[三][宮]1542 一切修，[三][宮]1545，
[三][宮]1545 不淨，[三][宮]1545 長
養自，[三][宮]1545 當斷者，[三][宮]
1545 得下下，[三][宮]1545 分別共，
[三][宮]1545 服水，[三][宮]1545 染

污慧，[三][宮]1545 是害他，[三][宮]1545 是善性，[三][宮]1545 說，[三][宮]1545 說根本，[三][宮]1545 說三十，[三][宮]1545 四，[三][宮]1545 通三界，[三][宮]1545 無覆無，[三][宮]1545 一根或，[三][宮]1545 一經，[三][宮]1545 一刹那，[三][宮]1545 一生從，[三][宮]1545 異生於，[三][宮]1545 有黑業，[三][宮]1545 有漏，[三][宮]1545 有漏緣，[三][宮]1545 有如來，[三][宮]1545 有十二，[三][宮]1545 有四何，[三][宮]1545 於根本，[三][宮]1545 欲界，[三][宮]1545 欲界無，[三][宮]1545 欲色界，[三][宮]1545 緣所除，[三][宮]1545 住聖種，[三][宮]1545 住意識，[三][宮]1546，[三][宮]1546 報眼無，[三][宮]1546 長一點，[三][宮]1546 定唯，[三][宮]1546 分別苦，[三][宮]1546 觀己身，[三][宮]1546 見，[三][宮]1546 立不善，[三][宮]1546 勝，[三][宮]1546 說染污，[三][宮]1546 說五結，[三][宮]1546 說與無，[三][宮]1546 我是實，[三][宮]1546 以修道，[三][宮]1546 有，[三][宮]1546 有智或，[三][宮]1546 願世尊，[三][宮]1546 在內道，[三][宮]1550 苦謂餘，[三][宮]1550 無爲善，[三][宮]1550 業是以，[三][宮]1550 緣欲界，[三][宮]1551 說學此，[三][宮]1552 信也彼，[三][宮]1554 有俱生，[三][宮]1559，[三][宮]1559 不能遮，[三][宮]1559 空爲餘，[三][宮]1559 六識境，

[三][宮]1559 三藏梵，[三][宮]1559 生則，[三][宮]1559 外四界，[三][宮]1559 依自地，[三][宮]1559 應此能，[三][宮]1559 有非，[三][宮]1559 有一一，[三][宮]1559 與修道，[三][宮]1562，[三][宮]1562 伺起位，[三][宮]1562 等流性，[三][宮]1562 淨無表，[三][宮]1562 染心名，[三][宮]1562 十得遍，[三][宮]1562 俗智五，[三][宮]1563 此能觀，[三][宮]1563 名具戒，[三][宮]1563 有二十，[三][宮]1563 餘下品，[三][宮]1579 他勸非，[三][宮]1589 有識則，[三][宮]1595 是有一，[三][宮]1598 假立相，[三][宮]1598 有爾所，[三][宮]1612 分別，[三][宮]1624 在瓶等，[三][宮]1630 於異品，[三][宮]1641 有七苦，[三][宮]1646 是地物，[三][宮]1646 有一諦，[三][宮]2034 一主終，[三][宮]2043 食牛乳，[三][宮]2053 我皇重，[三][宮]2060 識，[三][宮]2060 識味德，[三][宮]2060 識想，[三][宮]2060 曰承大，[三][宮]2104，[三][宮]2104 道至極，[三][宮]2104 置佛寺，[三][宮]2108 拜起又，[三][宮]2108 寂唯，[三][宮]2122 三寶勝，[三][宮]2122 善信爲，[三][宮]2122 太武，[三][宮]下同 1442 仁獨得，[三][宮]下同 1462 除病者，[三][宮]下同 1542 二十法，[三][宮]下同 1545 除勇迅，[三][宮]下同 1545 此法者，[三][宮]下同 1545 伺地伺，[三][宮]下同 1545 伺是有，[三][宮]下同 1545 斷結，[三][宮]下

同 1545 法類智，[三][宮]下同 1545 見所斷，[三][宮]下同 1545 解脱，[三][宮]下同 1545 離染得，[三][宮]下同 1545 起淨定，[三][宮]下同 1545 染汚心，[三][宮]下同 1545 三，[三][宮]下同 1545 捨唯留，[三][宮]下同 1545 聖者，[三][宮]下同 1545 聖者有，[三][宮]下同 1545 世變壞，[三][宮]下同 1545 是愛答，[三][宮]下同 1545 屬苦諦，[三][宮]下同 1545 説十想，[三][宮]下同 1545 説以慧，[三][宮]下同 1545 四部通，[三][宮]下同 1545 問無色，[三][宮]下同 1545 無記隨，[三][宮]下同 1545 無漏故，[三][宮]下同 1545 修世俗，[三][宮]下同 1545 眼根及，[三][宮]下同 1545 業能，[三][宮]下同 1545 依法立，[三][宮]下同 1545 以觸處，[三][宮]下同 1545 意業爲，[三][宮]下同 1545 有，[三][宮]下同 1545 有漏復，[三][宮]下同 1545 有四蘊，[三][宮]下同 1545 有有，[三][宮]下同 1559 於一坐，[三][宮]下同 1563，[三][宮]下同 1563 初刹那，[三][宮]下同 1563 對作，[三][宮]下同 1563 厚八洛，[三][宮]下同 1563 去來故，[三][宮]下同 1563 染，[三][宮]下同 1563 身語業，[三][宮]下同 1563 説有二，[三][宮]下同 1563 有三頌，[三][宮]下同 1563 欲界人，[三][宮]下同 1566 見，[三][宮]下同 330 願如來，[三][宮]下同 341 空有名，[三][宮]下同 354 願世尊，[三][宮]下同 376 除必死，[三]

[宮]下同 376 施如來，[三][宮]下同 376 願大智，[三][宮]下同 386 欲自，[三][宮]下同 402 願世尊，[三][宮]下同 416，[三][宮]下同 477 受斯水，[三][宮]下同 478 願世尊，[三][宮]下同 512 願大王，[三][宮]下同 579 願世尊，[三][宮]下同 620，[三][宮]下同 639 是人尊，[三][宮]下同 671 心當如，[三][宮]下同 678 除生清，[三][宮]下同 730，[三][宮]下同 765，[三][宮]下同 822 除一人，[三][宮]下同 823 願教，[三][宮]下同 1421 知貪受，[三][宮]下同 1442，[三][宮]下同 1442 除佛教，[三][宮]下同 1442 佛知時，[三][宮]下同 1442 合多與，[三][宮]下同 1442 見一尼，[三][宮]下同 1442 摩竭魚，[三][宮]下同 1442 商主一，[三][宮]下同 1442 狎習傭，[三][宮]下同 1442 有一知，[三][宮]下同 1442 願，[三][宮]下同 1458 著下裙，[三][宮]下同 1461，[三][宮]下同 1462 此人不，[三][宮]下同 1462 見偸蘭，[三][宮]下同 1462 見有肉，[三][宮]下同 1462 有此一，[三][宮]下同 1462 願哀愍，[三][宮]下同 1462 作淨語，[三][宮]下同 1506 有色陰，[三][宮]下同 1536，[三][宮]下同 1536 伺想則，[三][宮]下同 1537 有，[三][宮]下同 1537 願聽許，[三][宮]下同 1539 緣色故，[三][宮]下同 1544 欲界繫，[三][宮]下同 1545，[三][宮]下同 1545 成，[三][宮]下同 1545 成就四，[三][宮]下同 1545 成就現，

[三][宮]下同 1545 除第九，[三][宮]下同 1545 除聞思，[三][宮]下同 1545 此二身，[三][宮]下同 1545 此根，[三][宮]下同 1545 伺若依，[三][宮]下同 1545 伺無尋，[三][宮]下同 1545 大種心，[三][宮]下同 1545 第三立，[三][宮]下同 1545 二初位，[三][宮]下同 1545 非因計，[三][宮]下同 1545 見所斷，[三][宮]下同 1545 能，[三][宮]下同 1545 乳性肥，[三][宮]下同 1545 三界見，[三][宮]下同 1545 贍部洲，[三][宮]下同 1545 生一法，[三][宮]下同 1545 十一支，[三][宮]下同 1545 食等壞，[三][宮]下同 1545 是無覆，[三][宮]下同 1545 是一世，[三][宮]下同 1545 是有色，[三][宮]下同 1545 受三歸，[三][宮]下同 1545 受一有，[三][宮]下同 1545 說此二，[三][宮]下同 1545 說離喜，[三][宮]下同 1545 說善靜，[三][宮]下同 1545 說緣過，[三][宮]下同 1545 說諸根，[三][宮]下同 1545 說作意，[三][宮]下同 1545 四念住，[三][宮]下同 1545 貪相應，[三][宮]下同 1545 爲過去，[三][宮]下同 1545 未，[三][宮]下同 1545 我見之，[三][宮]下同 1545 無記心，[三][宮]下同 1545 無漏，[三][宮]下同 1545 無漏道，[三][宮]下同 1545 無漏經，[三][宮]下同 1545 無障，[三][宮]下同 1545 無障欲，[三][宮]下同 1545 五地繫，[三][宮]下同 1545 行善士，[三][宮]下同 1545 修所，[三][宮]下同 1545 修所成，[三][宮]

[宮]下同 1545 一定者，[三][宮]下同 1545 一刹那，[三][宮]下同 1545 一謂心，[三][宮]下同 1545 一緣得，[三][宮]下同 1545 依聖施，[三][宮]下同 1545 依五種，[三][宮]下同 1545 依於意，[三][宮]下同 1545 有苦受，[三][宮]下同 1545 有離於，[三][宮]下同 1545 有漏，[三][宮]下同 1545 有漏故，[三][宮]下同 1545 有四此，[三][宮]下同 1545 有四問，[三][宮]下同 1545 有微妙，[三][宮]下同 1545 有五無，[三][宮]下同 1545 有一耶，[三][宮]下同 1545 有一種，[三][宮]下同 1545 有有，[三][宮]下同 1545 有自性，[三][宮]下同 1545 於處定，[三][宮]下同 1545 於現在，[三][宮]下同 1545 餘七有，[三][宮]下同 1545 欲界受，[三][宮]下同 1545 欲界厭，[三][宮]下同 1545 緣初靜，[三][宮]下同 1545 願世尊，[三][宮]下同 1545 在第四，[三][宮]下同 1545 在欲，[三][宮]下同 1545 住意識，[三][宮]下同 1545 作如是，[三][宮]下同 1546，[三][宮]下同 1546 法念處，[三][宮]下同 1546 佛世，[三][宮]下同 1546 以染污，[三][宮]下同 1546 有一種，[三][宮]下同 1546 尊者舍，[三][宮]下同 1551 廣果，[三][宮]下同 1551 苦謂餘，[三][宮]下同 1551 有漏其，[三][宮]下同 1559 佛，[三][宮]下同 1559 聚集爲，[三][宮]下同 1559 滅，[三][宮]下同 1559 十二分，[三][宮]下同 1559 無流釋，[三][宮]

下同 1559 有二智，[三][宮]下同 1562 慚與，[三][宮]下同 1562 總取境，[三][宮]下同 1563，[三][宮]下同 1563 除異熟，[三][宮]下同 1563 加行所，[三][宮]下同 1563 金剛喩，[三][宮]下同 1563 苦集類，[三][宮]下同 1563 名邪語，[三][宮]下同 1563 攝順眞，[三][宮]下同 1563 是化生，[三][宮]下同 1563 是男子，[三][宮]下同 1563 釋所，[三][宮]下同 1563 說色識，[三][宮]下同 1563 說四種，[三][宮]下同 1563 無覆無，[三][宮]下同 1563 五根五，[三][宮]下同 1563 現四境，[三][宮]下同 1563 修斷後，[三][宮]下同 1563 意地故，[三][宮]下同 1563 有二，[三][宮]下同 1563 有六何，[三][宮]下同 1563 有體前，[三][宮]下同 1563 於自部，[三][宮]下同 1563 在無色，[三][宮]下同 1563 執與因，[三][宮]下同 1563 自悟道，[三][宮]下同 1598 取上品，[三][宮]下同 1598 有眞，[三][宮]下同 1628 隨自意，[三][宮]下同 1641 有根塵，[三][宮]下同 1644 七日在，[三][宮]下同 1644 有刀仗，[三][宮]下同 1646 佛能解，[三][宮]下同 1646 有如來，[三][甲、一乙]1056 觀念大，[三][甲][乙]901 願世尊，[三][甲][乙]950 願說從，[三][甲][乙]1092 願如來，[三][甲][乙]1145 願尊者，[三][甲][乙]1200 願攝受，[三][甲][乙]下同 915 願十方，[三][甲]901 不至心，[三][甲]989 願聽許，[三][甲]1009 願世尊，[三]

[甲]1039 願世尊，[三][甲]1101 願諸佛，[三][甲]1125 願哀愍，[三][甲]1135 願世尊，[三][甲]1167 願如來，[三][甲]1227 願慈，[三][甲]1227 願演說，[三][甲]1228 願如來，[三][聖]99 王知，[三][聖]125 向明之，[三][聖]375 具威儀，[三][乙]1092 除酒肉，[三][乙][丙]873 願諸如，[三][乙]950 願世尊，[三][乙]953 願，[三][乙]1008 願世尊，[三][乙]1022 願，[三][乙]1076，[三][乙]1092 法無我，[三][乙]1092 觀讚聲，[三][乙]1100 願聖者，[三][乙]1133 願世尊，[三][乙]1261 願世尊，[三]20，[三]22 大王他，[三]24 不能至，[三]24 除阿耨，[三]24 得眼見，[三]24 多金銀，[三]24 見烟出，[三]24 經七日，[三]24 留一神，[三]24 論微妙，[三]24 能取得，[三]24 壽十歲，[三]24 應天，[三]24 有，[三]24 有此名，[三]34 願世，[三]39 願大王，[三]43 大王處，[三]60 世尊可，[三]64 世尊夜，[三]78 加大恩，[三]99，[三]99 願哀，[三]99 願廣說，[三]99 願世尊，[三]99 願爲解，[三]99 願演說，[三]99 願尊者，[三]100 有染污，[三]125，[三]125 願垂濟，[三]125 願梵志，[三]125 願如，[三]135 道可依，[三]137 諸賢者，[三]148 佛爲解，[三]152，[三]152 道可宗，[三]152 燈無，[三]152 佛教，[三]152 經是寶，[三]152 善可念，[三]152 上，[三]152 十善矣，[三]152 爲身命，[三]152 爲斯

類，[三]152 以投大，[三]152 有歡喜，[三]152 願世尊，[三]154，[三]154 當身，[三]154 佛説之，[三]154 舍利弗，[三]154 爲良輔，[三]154 志無爲，[三]159 願慈尊，[三]159 願如，[三]159 願如來，[三]159 願十方，[三]159 願世，[三]159 願世尊，[三]159 願説之，[三]163 願父王，[三]170 決要云，[三]170 願世尊，[三]172 望，[三]176 願天尊，[三]179 白骨在，[三]184 取傘蓋，[三]184 原之願，[三]185 哀從定，[三]187 垂見哀，[三]187 此人死，[三]187 我獨，[三]187 有菩薩，[三]187 有最勝，[三]187 願世尊，[三]190 欲，[三]190 願垂神，[三]190 願大王，[三]190 願諦聽，[三]190 願父王，[三]190 願領納，[三]190 願仁者，[三]190 願聖子，[三]190 願聽許，[三]192 取汝眞，[三]192 畏五欲，[三]192 以汝等，[三]193 佛世所，[三]193 佛於吾，[三]193 告示其，[三]193 觀福德，[三]193 一事，[三]193 有滅無，[三]193 樂無爲，[三]194 有一存，[三]195，[三]196 垂救濟，[三]196 識我父，[三]198，[三]199 從命大，[三]199 仁者我，[三]199 我憶念，[三]201 我命代，[三]202 聖知時，[三]203 願爲我，[三]212 依於聖，[三]212 願如，[三]212 願世尊，[三]245 佛一人，[三]262，[三]262 願如來，[三]262 願世，[三]262 願世尊，[三]262 願説之，[三]291 察諸十，[三]291 世遭，[三]297 願久住，[三]311 能坐地，[三]361 世尊説，[三]361 爲説經，[三]374 垂聽，[三]374 增長若，[三]375 願，[三]375 願哀，[三]375 願大德，[三]375 願大王，[三]375 願如來，[三]375 願世尊，[三]375 願爲我，[三]397 修，[三]398 説深，[三]398 樂善法，[三]401，[三]422 於宮內，[三]627 大迦葉，[三]627 諸當受，[三]643 果樹在，[三]643 願大王，[三]643 願世尊，[三]656 願世尊，[三]682 願見開，[三]784 行道善，[三]865 願世尊，[三]865 願一切，[三]918 諸天衆，[三]984 此大孔，[三]1005 願，[三]1005 願世尊，[三]1033 願聖者，[三]1037 願世，[三]1056 願，[三]1093 除五辛，[三]1139 願，[三]1202 願某甲，[三]1332 奢叉，[三]1332 我能救，[三]1334 除宿業，[三]1335 爲，[三]1340 以具，[三]1341 除如來，[三]1341 教在家，[三]1341 一無迴，[三]1341 願世尊，[三]1344 願世尊，[三]1354 除宿殃，[三]1363 願哀愍，[三]1425 願世尊，[三]1428 願世尊，[三]1440，[三]1440 除胡跪，[三]1440 有下四，[三]1441 此僧能，[三]1532 如是見，[三]1534 有如是，[三]1545 是非學，[三]1546 是凡夫，[三]1546 願世尊，[三]1559 佛世尊，[三]1559 無流道，[三]1582 願，[三]1644 除阿難，[三]1644 無逼樂，[三]1667 是一心，[三]2040 願世尊，[三]2103，[三]

2106 在人故，[三]2110 改佛字，[三]2110 寂乃照，[三]2149，[三]2149 識論十，[三]2149 有佛名，[三]2153 無三昧，[三]2154 識普決，[三]下同 264 見哀愍，[三]下同 1341 得四禪，[三]下同 1545 苦法智，[三]下同 1644 無逼樂，[三]下同 291 佛之子，[三]下同 643 願慈愛，[三]下同 1300 好鬥諍，[三]下同 1301，[三]下同 1545，[三]下同 1545 能知二，[三]下同 1545 眼根及，[三]下同 1545 有擇法，[三]下同 1545 緣現在，[三]下同 1563 四，[三]下同 1603 爾，[三]下同 1644 餘，[聖]1552 一口業，[聖][另]790 濟人命，[聖]310 然天主，[聖]514 守一，[聖]754 然世，[聖]1552 果實，[聖]1602 憶念不，[聖]2157 佛力之，[宋]、[宮]下同 1545 有息地，[宋]379 有二食，[宋]1027 開西門，[宋]1340 不退，[宋]1341 除一者，[宋]1341 佛能度，[宋]1341 有黑，[宋]1345 假名，[宋][宮]286 除諸佛，[宋][宮]653 有臭氣，[宋][宮]824 教一人，[宋][宮]901 改開二，[宋][宮]221 世尊諸，[宋][宮]274 念，[宋][宮]294 得，[宋][宮]303 除如來，[宋][宮]318 如來說，[宋][宮]397 思戒定，[宋][宮]410 說於斷，[宋][宮]423 大悲者，[宋][宮]476 妙吉祥，[宋][宮]480 一種患，[宋][宮]481，[宋][宮]481 歸如來，[宋][宮]481 以道品，[宋][宮]485，[宋][宮]485 信，[宋][宮]574 有如，[宋][宮]649 喜得法，[宋][宮]653 除阿羅，[宋][宮]666

除四菩，[宋][宮]676 是識故，[宋][宮]815，[宋][宮]901 改，[宋][宮]901 改二食，[宋][宮]901 改二頭，[宋][宮]901 改少屈，[宋][宮]901 改以二，[宋][宮]901 開前後，[宋][宮]901 宿殃不，[宋][宮]901 以，[宋][宮]1489 除如來，[宋][宮]1490 除如來，[宋][宮]1530 緣欲，[宋][宮]1546 能見不，[宋][宮]2060 識論等，[宋][宮]下同 1530 除一喻，[宋][宮]下同 275 以方廣，[宋][宮]下同 653 有向，[宋][宮]下同 671 自心見，[宋][宮]下同 1530 有定所，[宋][宮]下同 1530 有識，[宋][宮]下同 1530 有轉依，[宋][明]、混用[宮]476 舍利子，[宋][明][宮]1545 說我見，[宋][明][宮]1545 問一剎，[宋][明][宮]1490 願世尊，[宋][明][宮]1530 願如來，[宋][明][宮]1539，[宋][明][宮]1545 謗物體，[宋][明][宮]1545 緣自相，[宋][明][乙]1092 觀世音，[宋][明][乙]1092 開東門，[宋][明][乙]1092 是，[宋][元]、唯願須[宮]1425 願尊者，[宋][元]、惟[明][宮]1542 伺或無，[宋][元]190 願大仙，[宋][元]1545 伺無尋，[宋][元]2061 甘露之，[宋][元][宮]、作[明]1462，[宋][元][宮]318 重散說，[宋][元][宮]1490 說菩薩，[宋][元][宮]1545 是道，[宋][元][宮]1562 欲及初，[宋][元][宮]1595 有識更，[宋][元][宮]225 有諸德，[宋][元][宮]314 生人天，[宋][元][宮]314 我世，[宋][元][宮]318 華開合，[宋][元][宮]318

説斯義，[宋][元][宮]376 諸菩薩，[宋][元][宮]433 有外道，[宋][元][宮]613 見一像，[宋][元][宮]671 願，[宋][元][宮]784 盛惡露，[宋][元][宮]901 此法門，[宋][元][宮]1544 伺無尋，[宋][元][宮]1545 不還者，[宋][元][宮]1545 説四沙，[宋][元][宮]1545 無，[宋][元][宮]1545 修無漏，[宋][元][宮]1546 見苦斷，[宋][元][宮]1546 以修道，[宋][元][宮]1546 與無學，[宋][元][宮]1593 識微言，[宋][元][宮]1630 悟他，[宋][元][宮]1644 骨是其，[宋][元][宮]2060 有夜松，[宋][元][宮]2102 足下，[宋][元]153 願仁者，[宋][元]220 爲救，[宋][元]262 垂給與，[宋][元]375，[宋][元]1058 菩薩，[宋][元]1092 然修誦，[宋][元]1545 一故説，[宋][元]1560 於自相，[宋]163 有一男，[宋]187 此爲上，[宋]220 然世尊，[宋]245 佛所知，[宋]398，[宋]398 族姓子，[宋]643 此白毛，[宋]643 佛獨入，[宋]643 有我等，[宋]901 改二頭，[宋]901 改開二，[宋]901 舉腕下，[宋]901 以白粉，[宋]1339，[宋]1340 除信解，[宋]1341 除菩薩，[宋]1341 除諸佛，[宋]1341 有空名，[宋]1341 有至誠，[宋]1343 願世尊，[宋]1344 爲住如，[宋]1344 在虛空，[宋]1534，[宋]2061 確鄉，[宋]2061 識論或，[宋]下同 264 有如來，[宋]下同 643 有一，[宋]下同 1341 發阿耨，[宋]下同 1341 有音，[西]1496 願如，[乙][丙]1833，

[乙][丙]2092 有寺四，[乙]850 願婆誐，[乙]1110 願布施，[乙]1110 願擁護，[乙]1238 願流，[乙]1816 自聖智，[乙]1822 遮餘聖，[乙]1909，[乙]1909 願大衆，[乙]1909 願一切，[乙]2309 願世尊，[元]2016 願濡首，[元][宮]656 道，[元][明]220 願如來，[元][明]433，[元][明]644 願，[元][明]821 願敷演，[元][明][宮]1542 是心幾，[元][明][宮]1545 一雜緣，[元][明][宮]614 涅槃善，[元][明][宮]1544 欲界繫，[元][明][乙][丙][丁]848 願衆聖，[元][明]26 願世，[元][明]125 願渡，[元][明]158 願世，[元][明]172 願天尊，[元][明]228 願菩，[元][明]228 願一切，[元][明]258 願，[元][明]263 見，[元][明]264 願世尊，[元][明]400 願，[元][明]411 願受我，[元][明]423 願如來，[元][明]515 有煖火，[元][明]598 願世尊，[元][明]656 願世尊，[元][明]656 尊一一，[元][明]697 願如來，[元][明]787 願世尊，[元][明]821 願人尊，[元][明]848 願聖天，[元][明]1340 願，[元][明]1425 願世尊，[元][明]1425 願爲我，[元][明]1494 願尊者，[元][明]1579，[元][明]1579 二爲緣，[元][明]2102 一神何，[元][明]2122 願，[元][明]2122 願大王，[元][明]2122 願世尊，[元][明]2122 願說之，[元][明]下同 384，[元][元]1545 一謂事，[元]515 林泉等，[元]670 願爲解，[元]1443 願，[元]2122 有一刹。

爲：[甲]1735 證信而，[甲]1912 有二遠，[甲]1735，[甲]1735 第十，[甲]1735 一品闕，[明]220 常安住，[明]261 心，[宋]220 作是念。

維：[宮]278 摩醯首，[三]、唯喻維渝[聖]125 喻比丘，[三]1440 持正法，[三]下同 1644 能至其，[元][明]1336 徧佛第。

謂：[明]424 見死苦，[明]1558 離貪。

信：[甲]1863 大乘佛。

性：[宮]1598 是假立，[甲]1736 有眞如，[甲]1828 差別辨，[甲]2249 知苦聖，[三][宮]1550 無教者，[宋][元][宮]1545 是無覆，[元][明][宮]1545，[元][明][宮]1562 取相應。

須：[三]、雖[宮]2122，[三]、惟[宮]1459 有三種。

雅：[甲]2128 麴也左。

要：[甲]2261 有一者。

遺：[三][宮]745 有死在，[原]1743 昇兜率。

已：[甲]2299 是種子。

以：[三][宮]285 觀見品，[三][宮]2122 此三千，[聖]125 願當受。

亦：[甲][乙]1866 準此知。

意：[甲]2250 縁有苦。

猶：[三][宮]2122 難陀有。

有：[甲][乙]1822 情遍獨，[甲]1736 地前或，[明]1558 尋伺後，[三]1644，[三][宮]1545 伺地覺，[三][宮]1545 諸異生。

於：[元][明][宮]374 一闡。

餘：[宮]670 佛及餘。

喻：[甲]1841 望宗果。

喻：[甲]1839 爲多言，[甲]1839 因中。

喻：[甲]2273 既助因，[甲]1795，[三][宮]1520 明。

云：[甲][乙]1709 一時矣。

只：[原]2126 隨寺別。

只：[甲]2299 是結，[甲]2299 爲欲申，[甲]2299 應，[甲]2339 是引文，[甲]2299 是一乘，[甲]2299 是一道，[甲]2299 指說處，[甲]2339 一佛乘，[甲]2339 二乘索，[甲][乙]2288 從一門，[甲][乙]2309 七日耶，[乙]2381 制小。

稚：[甲]1736 約佛既。

住：[明]1513 此處有，[聖]210 滅不起，[宋]1558 近事得。

佳：[甲]1816 清淨身。

佳：[甲]1512 應有，[甲]1512 應有。

准：[甲]1816 正法，[甲]1841 此斯釋，[乙]2157 祐記將，[乙]2249 有，[乙]2249 正理師，[原]2339 義寂解，[原]1840 有不成，[原][甲]1851 依彼義。

准：[甲]1839 此釋前，[甲]2249 此答文，[乙]2259 不善法，[原]2196，[原]1696 道安法，[原]1774 論有五。

准：[宮]1591 斯是實，[已]1830 二，[甲]1709 起信論，[甲]1709 是出家，[甲]1709 專給施，[甲]1782 位可知，[甲]1816 此應判，[甲]1816 在有

爲，[甲]1816 知今此，[甲]1863 深密經，[甲]1873 第八地，[甲]2250 防現故，[甲]2250 聖居故，[甲]2266 五右，[甲]2270 因明總，[甲]2273 所立，[甲]2299 此可知，[甲]2299 知言忘，[甲]2305 義亦爾，[甲]2339 入菩薩，[甲]2392 安腰，[甲]1003 通修降，[甲]1700 依梵本，[甲]1708 此等經，[甲]1709 是世尊，[甲]1709 所知障，[甲]1709，[甲]1821 皆不起，[甲]1830 取後得，[甲]1863 佛性論，[甲]2035 俱舍立，[甲]2255 色，[甲]2261 前者，[甲]2266 此下界，[甲]2270，[甲]2290 一心量，[甲]2299 加十二，[甲]2339 是伏斷，[甲]2400 眞實經，[甲]1709 外事相，[甲]1863 此即是，[甲]1830 有現不，[甲]2274 喻也問，[甲]1830 自一識，[甲]1912 也，[甲]2266 標擧瑜，[甲]2339 不善望，[甲][丙]1958 此乃是，[甲][乙]2261 經論又，[甲][乙]2394，[甲][乙]2394 爲中人，[甲][乙]1822 此二智，[甲][乙]1822 五所證，[甲][乙]2254 此，[甲][乙]2254 知因亦，[甲][乙]2259 彼論文，[甲][乙][丙]2227 然釋曰，[三]2125 斯淨瓶，[三]1424 稱後三，[三]1545 佛應，[三]1562 説最勝，[三]1562，[三]2154 此僧純，[三][宮]2060 客到其，[三][宮]2122 於如是，[三][宮]1443 知飲食，[三][宮]1563 如上説，[聖]香 0983，[聖]983，[聖]1788 有所依，[聖]1733 想可説，[聖]1851 義判之，[聖]1733 就法立，[聖]1562

能知自，[宋]2122 北，[宋][元]1057，[宋][元]1582 觀法相，[乙]1822 斷義名，[乙]2296 此文既，[乙]2391 意和上，[乙]2394 五淨居，[乙]2396 彼圓教，[乙]1821 地，[乙]1822，[乙]1833 俱舍正，[乙]2296 三師成，[乙]1831 以人天，[元]1007 願世尊，[元][明]、惟[宮]下同 1545 一踰繕。

準：[甲]2339 犢子爲，[甲]1733 此地中，[甲]1828 此，[甲]1828 論上文，[甲]1828，[甲]1828 無共者，[甲]2274，[甲][乙]1822 兩解不，[甲][乙]1822 共相作，[明]1809 疑。

昨：[乙]2391 香房説。

帷

唯：[宋][元][宮]2102 屏爲隔。

惟：[宮]2122 忽於，[宮]2122 席妙音，[甲]2299，[三][宮]2103 之部，[宋]2145 墐戶注，[宋][宮]2060 辰辯説，[宋][宮]1451，[宋][元][宮]2060 屏罔設，[宋][元][宮]2060 筵發明。

惟

怖：[宮]1548 覺觀，[宮]1548 覺觀。

遲：[三]196 疑不。

垂：[元][明]2125 通哲勉。

槌：[甲]2290 場等文。

碓：[三]152 首血流。

佛：[元][明]664 舍利功。

怪：[三]2060 曰此小。

懷：[三]2103 疑此，[三][宮]2121

哀，[乙]1822 慳恪若。

恚：[三]、[宮]1478 怒蹲踞。

惠：[乙]2795 四不繫。

冀：[丙]2120 聖心，[丙]2120 聖心。

焦：[三][宮]1591 心縱使。

進：[宋]401 然究竟，[宋]401 然究竟。

懼：[三][宮]2104 過由於，[宋][宮]、瞿[元][明]2123 國時國。

量：[甲]1709 不可稱，[三]1564 推求如，[三][宮]2043 生死畏。

難：[乙]2157 所問蹙。

念：[明]191 在王宮，[三]1 此那陀。

遭：[宋]332 後受禍。

情：[三]2060 欲。

如：[三]189 是已至，[三][宮]2043 此事是。

善：[三]186 彼。

誰：[宋]1546 誰知此。

順：[三][宮]1548 生邪見。

雖：[三]2106 同學，[三][宮]2060 遠條暢，[三][宮]2122 出入常，[聖]675 依隨順。

推：[甲]2249 云有學，[原]1778 三乘。

推：[甲]1719 忖答也，[甲]1784 理之，[甲]2376 我當，[三]202 罪福命，[三][宮]2103 我清峻，[三][宮]606 計之皆，[三][宮][知]353 如來，[三][知]353 世尊非，[聖]1763 五事雖。

微：[明]220 正語正。

唯：[丙]2092 王，[敦]450 當一心，[宮]263 具分別，[宮]329 王極貧，[宮]624 怛薩阿，[宮]687，[宮]1506，[宮]2008 論見性，[宮]2034 舌不灰，[宮]2060 有此經，[宮]2060 於三三，[宮]2121 欲福，[宮]271 除兩足，[宮]355 依實際，[宮]670 説不來，[宮]1703 觀俗慧，[宮]1998，[宮]2040 願大仙，[宮]2060 斯南岳，[宮]2123 穢俗之，[宮]451，[宮]2060 像居殿，[宮]310 願開示，[宮]397 願聽許，[宮]451 佛世尊，[宮]2060 四分一，[宮]2060 在，[宮]2041 有九故，[宮]279 願聞善，[宮]355 盡欲瞋，[宮]2121 念我，[宮][聖]310 然十力，[宮][聖]379 廣演説，[宮][聖]676 依此一，[宮]下同 0304 見金色，[宮]下同 0671 是虛妄，[和]261 願世尊，[甲]1736 大涅槃，[甲]1736 五，[甲]2006 多與兒，[甲]2006，[甲]1735 有，[甲]1735 願下結，[甲]1750 願下明，[甲]1792 在母胎，[甲]1928 明三法，[甲]2012，[甲]2017，[甲]2036 出家不，[甲]2270 己義令，[甲]952 垂願爲，[甲]1163 願大慈，[甲]1736 往非來，[甲]2006 此一事，[甲]2006 心，[甲]2006 有如如，[甲]952 垂如來，[甲]1751 願爲我，[甲]1789 五天竺，[甲]1789 心所現，[甲]1789 有微妙，[甲]1789 造惑業，[甲]1789 是事因，[甲]1918 欣善法，[甲][乙]901 佛與佛，[甲][乙]867 一金剛，[甲][乙]

2397，[甲][乙]2397 眞言法，[明]645 願世尊，[明]1463 正欲打，[明]2060 重佛，[明]2122 皇帝積，[明]2122，[明]2131 願世尊，[明]2154 念陛下，[明]1428 復拔劍，[明]1525 念薄忘，[明]1534 喜下劣，[明]1604 故義知，[明]2122 斯戒本，[明]2122 越致道，[明]2102 孝子爲，[明]433 魔官，[明]1340 有如來，[明][聖]下同 0476 尊者等，[明]下同 0683 念先世，[明]下同 1546 是無爲，[三]5 人，[三]156 王福德，[三]156 願大師，[三]156 諸佛菩，[三]186 哀從定，[三]186 覩人禮，[三]186 滅塵勞，[三]186 重道德，[三]190 願大王，[三]196，[三]196 空苦樂，[三]196，[三]203 願尊者，[三]991 食蘇酪，[三]1331 留頼，[三]1532 是虛妄，[三]2063 體率由，[三]2110 大蓄域，[三]2145 八輩難，[三]2145 扣膺津，[三]2145 念品也，[三]2145 宣法相，[三]2149 明二十，[三]2154 獨譯呪，[三]2154 識言乖，[三]26 觀明見，[三]99 聖知時，[三]158 覩虛空，[三]190 願沙門，[三]201 有此香，[三]375 有如來，[三]796 念一方，[三]999 願，[三]1096 願世尊，[三]1336 此國難，[三]1340，[三]1340 有如來，[三]1340 願世尊，[三]1394 弟子德，[三]2145 正說曾，[三]2149 有一，[三]158 視我等，[三]267 願世尊，[三]291，[三]425 避捨去，[三]992 願如來，[三]1011 是，[三]1331，[三]1331 願世尊，[三]1340

願世尊，[三]2088，[三]2088 遙望，[三]2103，[三]2149 諸雜論，[三]2154，[三]156，[三]157 除天輪，[三]187 有如來，[三]187 願沙，[三]187 願善逝，[三]382 願如來，[三]1331 願，[三]2088 以河國，[三]2106 勤法，[三]2154 惟編經，[三]、帷[宮]2060 留衣鉢，[三]1 是爲快，[三]26 願說之，[三]196 罪深必，[三]264 垂給與，[三]375 受上妙，[三]2145 佛難值，[三][宮]263 願大聖，[三][宮]397 仁說之，[三][宮]403 有佛樹，[三][宮]430 當念受，[三][宮]434 天中天，[三][宮]500 忍者所，[三][宮]510 原其罪，[三][宮]514 恃水穀，[三][宮]586 得虛妄，[三][宮]588 因，[三][宮]598 屈今是，[三][宮]624 怛薩阿，[三][宮]671 心諸陰，[三][宮]672 除識起，[三][宮]1462 願世尊，[三][宮]1509 願大智，[三][宮]1509 願見愍，[三][宮]2034 部法聚，[三][宮]2059 此道從，[三][宮]2060 常坐，[三][宮]2060，[三][宮]2102 濟物而，[三][宮]2102 斯發，[三][宮]2102 有周皇，[三][宮]2102 照所惑，[三][宮]2103 觀釋氏，[三][宮]2103 恃台輔，[三][宮]2103 斯爲政，[三][宮]2103 五世四，[三][宮]2103 與裴貞，[三][宮]2104 佛一道，[三][宮]2121 惡是，[三][宮]2121 自剋奉，[三][宮]2123 佛至，[三][宮]2123 念老病，[三][宮]300 心量得，[三][宮]374 有如，[三][宮]374 愚求之，[三][宮]374 願大，

[三][宮]379，[三][宮]379 有諸佛，
[三][宮]387 願如來，[三][宮]431 除
五逆，[三][宮]460 願大聖，[三][宮]
467 是和合，[三][宮]468 阿羅羅，
[三][宮]565 願，[三][宮]586 願今，
[三][宮]587 有菩薩，[三][宮]623 與
阿難，[三][宮]624，[三][宮]624 願聞
之，[三][宮]656 空無相，[三][宮]671
願世尊，[三][宮]674 願悲愍，[三]
[宮]714 至第八，[三][宮]839 心識觀，
[三][宮]841 除聲聞，[三][宮]1541 心
幾心，[三][宮]1546 佛一人，[三][宮]
1552 一種隨，[三][宮]1579 不加行，
[三][宮]1579 得現法，[三][宮]1579
住他世，[三][宮]1596 有名所，[三]
[宮]1625 出此因，[三][宮]1633 色實
有，[三][宮]2060 佛陀無，[三][宮]
2103 多闕有，[三][宮]2103 二初謂，
[三][宮]2103 佛爲尊，[三][宮]2108
聖之風，[三][宮]2121 彼山澤，[三]
[宮]2123 斯福利，[三][宮]263 願大
聖，[三][宮]374 有諸菩，[三][宮]377
有香花，[三][宮]534 有此人，[三]
[宮]626 願發遣，[三][宮]670 有微心，
[三][宮]672 此更非，[三][宮]672 心
所現，[三][宮]672 有，[三][宮]815 有
高臺，[三][宮]2060 法檢心，[三][宮]
2060 紀也故，[三][宮]2060 覺清涼，
[三][宮]2060 母，[三][宮]2060 斯壞
處，[三][宮]2060 有國子，[三][宮]
2060 有弘教，[三][宮]2060 餘數人，
[三][宮]2103 伯喈作，[三][宮]2103
長善陽，[三][宮]2103 寂有感，[三]

[宮]2103 留臺，[三][宮]2103 一，[三]
[宮]2103 有一名，[三][宮]2104 彭祖
之，[三][宮]2121，[三][宮]263 説今
何，[三][宮]263 願如來，[三][宮]411
願世尊，[三][宮]593 涉險道，[三]
[宮]664 除，[三][宮]672 心捨離，[三]
[宮]672 願無上，[三][宮]681 願大明，
[三][宮]744 天中天，[三][宮]830 願
如來，[三][宮]1425 願世尊，[三][宮]
1579 有淨金，[三][宮]2060，[三][宮]
2103 此至極，[三][宮]2103 公逸宇，
[三][宮]2103 希勅，[三][宮]2104 佛
一人，[三][宮]387 願如來，[三][宮]
672 求所證，[三][宮]673 見光明，
[三][宮]2104 生於，[三][宮][西][宮]
665 願爲説，[三][宮]309 道爲務，
[三][宮]586 求法利，[三][宮]662 願
世尊，[三][宮]754 垂哀愍，[三][宮]
1523 法自，[三][宮]2103 耳與目，
[三][宮]2121 佛照我，[三][宮][甲]
[乙]848 大牟尼，[三][宮][甲][乙]848
願世尊，[三][宮][別]397 除宿業，
[三][宮][聖]268 願爲，[三][宮][聖]
272 願大師，[三][宮][聖]664 願大王，
[三][宮][聖]754 願世尊，[三][宮][聖]
790 有聖人，[三][宮][聖]1579 四攝
事，[三][宮][聖]272 呵責治，[三][宮]
[聖]272 思戒定，[三][宮][聖]397 爲
不定，[三][宮][聖]397 願世尊，[三]
[宮][聖]411，[三][宮][聖]545 願佛
世，[三][宮][聖]586 願世尊，[三][宮]
[聖]664 願世尊，[三][宮][聖]380，
[三][宮][聖]397 行惟，[三][宮][聖]

268 願説之，[三][宮][聖]272 是一心，
[三][宮][聖]421 除燃燈，[三][宮][聖]
545 彼長者，[三][宮][聖]639 願大王，
[三][宮][聖]639 除佛世，[三][宮][聖]
1541 心一分，[三][宮] [聖][另]790
得，[三][宮] [聖][另]1435 有一，[三]
[宮] [聖][另]717 依一增，[三][宮]
[聖][另]310 智所能，[三][宮][聖][石]
1509 説迴向，[三][宮][聖][石]1509
有，[三][宮][聖]下同 0397 佛悉除，
[三][宮][聖]下同 0626 加哀受，[三]
[宮][石]1509，[三][宮][石]1509 欲一
種，[三][宮][西]665 願，[三][宮][西]
665 願世尊，[三][宮][西]665 願善逝，
[三][宮]下同 0387 不能，[三][宮]下
同 0387 願如來，[三][宮]下同 0425
見愍念，[三][宮]下同 0433 從命耳，
[三][宮]下同 0509 此母一，[三][宮]
下同 0669 得菩薩，[三][宮]下同 0669
願解説，[三][宮]下同 0754 願爲説，
[三][宮]下同 1421 是爲快，[三][宮]
下同 2060 九有儒，[三][宮]下同 2060
上統法，[三][宮]下同 2060 釋一門，
[三][宮]下同 2060 心尚，[三][宮]下
同 2060 一食不，[三][宮]下同 2060
有斷繩，[三][宮]下同 2103 佛一法，
[三][宮]下同 2103 高俗猶，[三][宮]
下同 2103 貴於道，[三][宮]下同 2103
願無上，[三][宮]下同 2103 注老子，
[三][宮]下同 0374 毘佛略，[三][宮]
下同 0374，[三][宮]下同 0374 有一
子，[三][宮]下同 0387 一種乃，[三]
[宮]下同 0627 天中天，[三][宮]下同

0633 願隨所，[三][宮]下同 0639 一
相彼，[三][宮]下同 0664 願垂聽，
[三][宮]下同 0671 假名實，[三][宮]
下同 0671 是一法，[三][宮]下同 0671
是一切，[三][宮]下同 0671 願如來，
[三][宮]下同 0671 願世尊，[三][宮]
下同 0671 自心見，[三][宮]下同 1579
除諸佛，[三][宮]下同 2103 釋氏，
[三][宮]下同 0671 心無外，[三][宮]
下同 0677 是聖人，[三][宮][知]266
願世尊，[三][宮][知]266 仁，[三][聖]
158 以華合，[三][聖]190 二百五，
[三][聖]125 願，[三][聖]227 願大，
[三][聖]157 有天上，[三][聖]157 願，
[三][聖]157 願今者，[三][聖]157 願，
[三][聖]158 以華合，[三][聖]627 加
愍哀，[三][聖]125 願世，[三][聖]下
同 0397 除五逆，[三][西][宮]665，
[三]下同 0836 一字所，[三]下同 1331
願世尊，[三]下同 0264 汝能證，[三]
下同 2103 無迦葉，[三]下同 0264 有
諸佛，[三]下同[宮]2060 取牛十，[三]
[乙]1092，[三][乙]1092 願聖者，[三]
[乙]1092，[三][乙]1092 願如來，[聖]
211 汲汲我，[聖]285 佛子菩，[聖]
291 雨道寶，[聖]341 願説之，[聖]
481 願如來，[聖]627 爲作救，[聖]
639 除諸佛，[聖]643，[聖]643 願世
尊，[聖]663 願現在，[聖]675 是常
常，[聖]2157 格義九，[聖]2157 格義
九，[聖]2157 摩騰，[聖]310 願如來，
[聖]341 願世尊，[聖]481 常修精，
[聖]627 願，[聖]639 除世師，[聖]639

有世間，[聖]643 願救我，[聖]660 除如來，[聖]663 願慈悲，[聖]1443，[聖]1562 一業差，[聖]1563 於，[聖]1617 見自性，[聖]379 願世尊，[聖]375 願如來，[聖]643 有寂心，[聖]663 願世尊，[聖]675 是如來，[聖]823 願善逝，[聖]190 此法非，[聖]397 願世尊，[聖]1788 願世尊，[聖][另]765 生怯劣，[聖][另]675 有一種，[聖][另]675 願世尊，[聖]下同 0627 族姓子，[聖]下同 0515 願如來，[宋]945，[宋]1331，[宋]1982 神光蒙，[宋]99 作是念，[三]、－[宮]657 曰如來，[宋]264 願世尊，[宋]945 垂大慈，[宋][宮]、願[元][明]626 決其疑，[宋][宮]2121 本國與，[宋][宮][聖]371 願世尊，[宋][宮][西]665 願世尊，[宋][宮][西]665 願天女，[宋][宮][知]598 佛垂恩，[宋][宮]263 願正士，[宋][宮]342 察，[宋][宮]397 願救濟，[宋][宮]431 願如來，[宋][宮]447 願加哀，[宋][宮]593 願大師，[宋][宮]744 願世尊，[宋][宮]809 宜雖爾，[宋][宮]2060 客僧見，[宋][宮]2060 逃，[宋][宮]2060 正檢外，[宋][宮]2121，[宋][宮]2121 之曰斯，[宋][宮]下同 836 垂悲愍，[宋][明][宮]848 演說，[宋][明]683 念過去，[宋][明]969 願，[宋][明]971 願天尊，[宋][明]1081 願證知，[宋][元][宮]、雄[明]2103 武曾不，[宋][元][宮]268 願說之，[宋][元][宮]310 願大慈，[宋][元][宮]397 佛世尊，[宋][元][宮]397 願如來，[宋][元][宮]660 願如來，

[宋][元][宮][聖]310 願世明，[宋][元][宮][聖]660 父母妻，[宋][元][宮][聖]660 起正念，[宋][元][宮][聖]1617 見自性，[宋][元][宮]310 願爲，[宋][元][宮]397 願，[宋][元][宮]397 願如來，[宋][元][宮]397 願世尊，[宋][元][宮]397 願聽我，[宋][元][宮]660 此眞實，[宋][元][宮]1483 願世尊，[宋][元][宮]1488，[宋][元][宮]1562 設何方，[宋][元][宮]2103 像末不，[宋][元][宮]2103 閻茂始，[宋][元][宮]2103 有梁之，[宋][元][宮]2121 若言其，[宋][元][宮]2121 越致道，[宋][元]154 先故墮，[宋][元]187 願拔濟，[宋][元]187 願如來，[宋][元]220 不生怖，[宋][元]951 日月蝕，[宋][元]1092 求無上，[宋][元]1092 願求一，[宋][元]1106 獨一身，[宋]99 作是念，[宋]264 願世尊，[宋]945，[宋]945 垂哀愍，[宋]945 垂大悲，[宋]945 願如來，[宋]1331，[宋]1982 神光蒙，[宋]2123 諸女外，[乙]2397 願慈悲，[乙][丙]2092 大夏門，[乙]1132 願一切，[乙]1796，[乙]2782，[元][明]、－[聖]643 有一，[元][明]、[聖]375 願臨顧，[元][明]、[聖]643 正路開，[元][明]467 名字虛，[元][明]645 以一食，[元][明]1340，[元][明][東]643 嗽淤泥，[元][明][宮]614，[元][明][甲][乙]901 改二手，[元][明][甲][乙]901 改開二，[元][明][甲][乙]901 改以二，[元][明][甲][乙]901 好，[元][明][甲][乙]901 烏樞沙，[元][明][甲][乙]901 須好心，[元][明]

[甲]901 足不同，[元][明][聖]481 道可恃，[元][明][聖]481 覩度世，[元][明][聖]514 恃善耳，[元][明][聖]643，[元][明][聖]643 不見佛，[元][明]157，[元][明]274 求利養，[元][明]275 學般若，[元][明]356 佛勿以，[元][明]379 除，[元][明]479 名字字，[元][明]509 多然燈，[元][明]564 求佛智，[元][明]635 法王世，[元][明]658 可心知，[元][明]658 知貪欲，[元][明]671 自心見，[元][明]1035 得食乳，[元][明]1340，[元][明]1340 除彼諸，[元][明]1340 除諸佛，[元][明]1340 還於此，[元][明]1340 行惡，[元][明]1340 以驚恐，[元][明]1340 有是事，[元][明]1340 有疑惑，[元][明]1341 有如來，[元][明]1345 願，[元][明]1495 有口言，[元][明]2060 眞聖之，[元][明]下同 643 此爲快，[元][明]下同 671 是心分，[元]643 見佛色，[元]660 此眞實，[元]670 妄想外，[知]266 當説之，[知]266 佛，[知]266 天中天，[知]266 願加哀。

帷：[三][宮]2059 靖燿四，[三][宮]2103 之。

圍：[三]190 陀論及。

爲：[三][宮]2122 帝先交，[宋][宮]534。

維：[宮]223 越致是，[宮]1464 三佛欲，[甲][乙]2381 我假名，[明]152 呼車匿，[明]204 衞佛時，[明]416，[明]629 摩羅波，[明]2060，[三][宮]223 越致行，[三][宮]223 越致一，[三][宮]1462 羅衞國，[三][宮]1464 羅越那，[三][宮]1464 越致聲，[三][宮]2060 闍茂始，[三][宮]2103，[三][宮]2103 單闕仲，[三][宮]2121 衞佛，[三][宮]2121 闍是時，[三]196 摩羅三，[三]199 衞神通，[三]223 越致地，[三]1331 師尼字，[三]1331 耶離國，[三]2121 闍女於，[三]2145 者當不，[聖]1462 衞佛壽，[宋][元][宮]223，[宋][元]2145 樓延神，[乙]2192 摩經。

位：[三][宮][聖]1562 作是念。

聞：[三][宮]2108 佛道二。

無：[宮]401 戒無所。

悟：[三]2145 苦空厭。

想：[三][宮]1435 女人若。

性：[宮]309 澹泊無，[宮]1598 此義似，[甲]1706 其皆一，[甲]1816，[甲]2250 紙婆子，[三][宮]721 如向所，[三][宮]1547，[聖]1721 者隨順。

雅：[宋][元]2145 諸行布。

依：[三][宮]671 下中上。

以：[三][宮]2103 僧，[三][宮]2108 僧等。

益：[甲]1723 梵天菩。

憶：[宮]1596 位滅此，[元][明][宮]614 念欲等。

議：[三]125 世界，[三]125 云何爲，[聖]397，[宋][宮]1509 知微妙，[元][明][聖]397。

欲：[明]2122 徹誠遂。

願：[明]2103 天元皇，[三][宮][甲]2053 皇帝皇，[三][宮]638 屈尊，

[乙]2397 大牟尼。

中：[三]、唯[宮][石]1509 佛能知。

種：[甲]2266 然今此。

轉：[三]、輕[聖]190 不漏其。

准：[甲]2266 然七隨，[三][宮][聖]639 自心行，[三]2145 之悉可，[原]1840 恐文，[原]1840 爲遮前。

作：[宮]、唯[聖]1462 除鐶作。

幬

韋：[元][明]332 囊裏諸。

帷：[三][宮]1521 帳柔軟，[三]152 帳寶，[宋][宮]、圍[元][明][甲]901。

圍

國：[甲]2068 鹿超出，[三][宮]2103 内咸稟，[三]1427 城時，[宋][宮]、團[元][明]397 目夜叉，[宋][元]2110 仁被四。

回：[甲]2035 三十。

迴：[乙]2092 遶城至。

繚：[三]1 遶有園。

輪：[三][宮]2060 五千餘。

曲：[甲]1708 斯涅槃。

收：[三][宮]1435。

圖：[甲][乙][丁]2244 盧有，[甲]853 之，[三][宮]2060 坐登講，[宋][元][宮]2122 之須臾。

團：[宮]848 以青蓮，[甲]1821 有蟲顯，[甲]2128 反字鏡，[甲]2337 一積一，[三][宮]1458 更無，[三][宮]

2102 澤見生，[三][宮]2122 内兵莫，[宋][元]1461 輪別住。

韋：[明]、國[聖]1462 陀書，[明][聖]100 陀如是，[明]703 陀典，[明]1191 陀典籍，[明]1450 陀之中，[明]下同 1462 陀書婆，[三][宮]310 陀及呪，[三][宮]231 紐天或，[三][宮]1435 陀經亦，[三][宮]2059 陀，[三][宮]2059 陀論風，[三]187 陀論，[三]187 陀論三。

爲：[三][宮]304。

違：[聖]310 遶在前，[聖]1441 遶第一。

闈：[明]1421 遶往到，[宋]125 遶往詣。

圉：[元][明]2059 裏。

園：[宮]721 歡喜心，[宮]2053 今現有，[甲]1828 事三山，[甲]1918 跳透求，[明]173 遶出詣，[明][宮]721 地一切，[明]721 遶毘留，[明]721 遶之於，[明]1428 遶而爲，[明]2122 内方得，[三][宮]445 世界妙，[三][宮]1644 隔地獄，[三]2122 内任之，[聖]691 中諸獨，[聖]1733 山餘名，[宋]、團[宮]721 十名，[宋]721 遶娛樂，[元][明][宮]721 衆生何。

圓：[甲]2397 乳海金，[明]1214 壇誦眞，[三][宮]721 山頂復，[三][宮]1562 七千半，[乙]850 九重虛，[元][明]1092 括量一。

匜：[石]1509 深塹七。

周：[甲]1828 盡下三，[甲]2067 以爲外。

爲

哀：[宮]309 一切衆。

礙：[原]2271 爲。

八：[元]2122 難得一。

苞：[甲]2195 含三大。

寶：[甲]1782 說，[三]2122 印手菩，[原]1098 地七寶。

卑：[甲]2128 下精育。

被：[三][宮][聖][另]1428 繫縛將。

備：[甲]2371 十住斷。

輩：[三][宮][聖]1425 分作。

必：[宮]656 淨泰佛，[聖][另]1458 羯恥那。

邊：[甲]2830 期。

便：[明]1450 立名號。

遍：[明][甲]1177 如來一。

別：[甲]2253 所依體。

並：[宮]2059 究其幽。

不：[甲][乙]1821，[甲]2266 爲證此，[甲]2266 約體，[甲]2266 正隱字，[明]1339 佛告阿，[三][宮]485 清淨佛，[宋][元]474 二誠見，[乙]2261 詮義故，[元][明]1616 離末問，[原]1238 作衰害。

常：[丙]2396 是毘慮。

超：[三]415 世間。

瞋：[乙]2397 處觀之。

臣：[宋][元]606。

稱：[甲]2305 實常曰。

成：[丙]1132 本尊便，[甲][己]1830 欲聞聲，[甲][乙]1929 聖故教，[甲][乙]2263 因，[甲]1736 第三者，

[甲]1736 因緣，[甲]1799 無上，[甲]2183 六卷凝，[甲]2223 等持，[甲]2229 染是名，[甲]2263 相違若，[三][宮]2123 屎尿本，[三]155，[宋][明][甲]1077 線一呪，[乙]2263，[乙]2263 因何犯，[原]1858 聖者聖，[原]2248 五謂。

承：[三]、－[宮]624 其。

持：[原]1743 復以法。

出：[三][宮]2122 現二十。

處：[三][宮]223 第一義。

慈：[三][乙]1092 悲實語。

此：[明]1462 隨本佛，[三]1532 明何義，[原]1780 之四用。

從：[宮]1508 癡從癡，[甲][乙]1823 此第六。

存：[甲]1780 三無性。

答：[宮]1546 已行者，[甲]2434 表示不，[三][宮]1425 我，[原]、[甲]1744 五住常。

代：[甲]1909 歸依，[甲]1909。

但：[三][宮]1435 遮是病。

當：[甲]2035 指，[甲]2434 明正因，[明]1450 嚴飾上，[三][宮]828 聽許我。

道：[三][宮]2102 大道，[乙]2218 證據今。

得：[宮]1425 懶身，[甲]2266，[乙]1723 三乘，[乙]1821 涅槃。

德：[三][宮]2103 孤哉自。

地：[聖][甲]1733 望前已。

等：[甲]1736 離除見，[甲]2223 外道，[三][宮]461 已身亦，[三][宮]

1526 二一者，[三]125 頗有是，[聖]310 者是事，[聖]1509 自重輕。

定：[甲]1780 是二今，[甲]1830 也觀待，[乙]1830 解而影，[乙]2263 遍計所，[原]1833 而有行。

對：[甲]1736 治障故。

多：[三][宮][聖]1465 佛說好，[三]1582 令眾生。

惡：[宮]374，[三]375 蛇毒耶。

而：[宮]414 說深法，[宮]1443 妄語，[甲]、與[乙]2259 智所，[甲]909 等引，[甲][乙]1822 違王勅，[甲]1723 顯今從，[甲]1733 作迴向，[甲]1742 現其身，[甲]1775 天在人，[甲]1896，[甲]2266 生互相，[甲]2266 住文樞，[甲]2814，[明]2108 損，[三]660 說菩薩，[三][宮][聖]613，[三][宮]2103 誇誕，[三]221 轉法輪，[乙]1830 邪見等，[原]1700 作多分。

發：[三][宮]816 阿耨多，[乙]1816 最。

法：[乙]1796 體所以。

非：[甲][乙]1822 欣行此，[甲]2266 一第八，[甲]2273 能立，[元][明]99 不放逸。

分：[甲]1736 三，[甲][丙][丁]1141 兩邊。

佛：[宮]657 號曰華，[甲]2339 百劫初。

復：[宮]310 從何出，[宮]675。

各：[甲]2309 別處從，[三][宮]2121 持寶珠，[原]、有[原]1818 七門第。

更：[甲]1733 若爲耶。

宮：[宮]1571。

古：[甲]2261 句句有。

故：[宮]481 持人諸，[甲]2195 說授准，[明]2123 智者，[三][宮]588 菩，[宋]220 佛十力，[乙]1822 二十雖，[乙]1978 稽首頂，[乙]2261 緣生意。

管：[原]2339。

廣：[聖]1721 廣也眾。

何：[明]2103 稱知。

後：[甲]2266，[乙]2249 說離殺。

呼：[三][宮]1463 不犯如。

慧：[三][宮]397 業知，[元][明]2154 遠法師。

或：[宮]674 我或曰。

惑：[宋][元][宮]1521 利養佛。

及：[甲][乙]1821 修幾地，[甲]1816 名此名，[甲]2035 非信帝，[甲]2195 第三，[甲]2263 異釋非，[三][宮]1509 十方諸，[三]101 我我不，[乙]2263。

即：[宮]1804 淨主名，[甲]1822 初也，[甲]2266 是無漏，[聖]227 得大利，[聖]1462 主此是。

既：[甲]1792 與索。

加：[甲][乙]1705 如實智。

假：[明]310 神足力。

見：[甲]2075 自在皆，[三][宮]2122，[三]945 空若空，[元][明]2087 侵掠自。

將：[甲]2262 當如何。

教：[三]、殺[宮]2123 亦。

解：[甲]2217。

今：[三][宮]374 當承佛，[三][宮]1451 作何事，[三]375 當承。

盡：[甲]1851 法智知。

九：[甲][乙]1821 欲爲暫，[原]2339 去來世。

局：[甲]1709 讀者悉，[甲]1731，[甲]1731 異今望，[甲]2266 定所攝，[甲]2270 唯聲體，[甲]2299 權智耶，[乙]2317，[原]2339 限無有。

句：[甲]2266 釋，[甲]2299 見諦。

可：[三][宮]2060 出水淵，[三][宮]2121 憂文殊，[原]2416。

空：[宋]1509 大以是，[原]1721 行處。

離：[三]99 恩愛。

力：[甲]1736 尊貴增，[甲]2266 優，[甲]2366 爾答如，[聖]1733 護也三，[乙]2249 牽引資，[乙]2261 略釋妙，[原]2339 不令作。

令：[三][宮]387 衆生轉，[三][宮]2122 四衆説，[三]604 護行知，[聖]183 一切衆，[聖]410 衆生滅。

漏：[甲][乙]2263 法自性，[甲]2312 之門，[三]1485 果，[三][宮]1545 及諸，[聖]1541 心不，[乙]1821 爲性十，[原]1851 解脱。

論：[甲]2266 入法。

馬：[甲]2219 地唯此，[聖]、一[另]1442 業彼有。

滿：[三]1455 隨意人。

祕：[宋]、爲祕[明]374 藏如來。

勉：[甲]1735 能現二。

名：[宮]374 善不如，[宮]387 實相若，[宮]1799 親證故，[甲]、九[乙]1821，[甲]1763 施命也，[甲]1782 體故此，[甲]2196 時也法，[甲]2255 實不足，[甲]2263 窮生死，[甲]2266 眼異此，[甲]2266 之爲總，[甲]2300 伏羲吉，[甲][己]1958 善知識，[甲][乙]1822 不，[甲][乙]2250 預流不，[甲][乙]2254 有因文，[甲][乙]2261 詔，[甲][乙]2263 牽引因，[甲]1698 金剛際，[甲]1709 義實相，[甲]1717 體用理，[甲]1718 無學別，[甲]1724 種智此，[甲]1736，[甲]1736 菩提今，[甲]1744 慈治打，[甲]1813 因緣又，[甲]1816 八亦，[甲]1816 境界不，[甲]1816 生喜，[甲]1816 説相三，[甲]1823 淨大毘，[甲]1851 法寶十，[甲]1863 非，[甲]1863 如來藏，[甲]1913 頓頓，[甲]1918 想後成，[甲]2035 即法華，[甲]2196 己利諸，[甲]2219 義云，[甲]2223 空又不，[甲]2229 寶光虛，[甲]2250，[甲]2250 師法了，[甲]2250 一生所，[甲]2255 礙是物，[甲]2263 主非所，[甲]2266 初餘修，[甲]2266 麁如，[甲]2266 下品梵，[甲]2266 因云何，[甲]2266 正，[甲]2266 之此方，[甲]2271 差別有，[甲]2274，[甲]2305 神本或，[甲]2312 自證分，[甲]2371 止一心，[明][宮]374 四苦集，[明]310 法界究，[明]310 佛道本，[明]397 精進不，[明]997 菩薩第，[明]1537 受蘊謂，[明]1579 正論，[三][宮]、爲名[聖]1509 不共法，[三][宮][聖]278 法

幢燈，[三][宮][聖]278 第三無，[三][宮]270 同行不，[三][宮]376 如來最，[三][宮]397 喜如真，[三][宮]839 安慰而，[三][宮]1425 撿挍若，[三][宮]1425 異分小，[三][宮]1470 恭，[三][宮]1488 性，[三][宮]1509 淨施淨，[三][宮]1536 上士不，[三][宮]1581 自性願，[三][宮]1646 思惟，[三][聖]375，[三]125 識食所，[三]212 梵志，[三]375 破戒何，[三]1582 天眼善，[聖]99 牟尼通，[聖]272 自業，[石]1509 破復次，[石]1509 空，[石]1509 菩薩，[石]1509 菩薩於，[石]1509 知色如，[石]1509 諸法性，[宋][元][宮]1563 處處能，[乙]1822 體而言，[乙]2426 緣覺三，[元][明]1509 菩薩摩，[原]、[甲]1744 三千大，[原]、[乙]1744 無始無，[原]2208 頓義同，[原]1858 得也是。

明：[甲]2410，[三]1532 何義遮，[乙]1736 有門毘，[原]、[乙]1744 方便不。

冥：[三][宮]2102 醻録男。

牧：[甲]1924 小促長。

乃：[甲]1705，[甲]1782 至有情，[甲]2300 破空見，[甲]2434 正也云，[石]2125 禮聖，[原]1829 類同故。

內：[甲]2415 契當，[原]2339 種。

能：[三][甲]895 己利衆，[三]201 洗除盡，[宋][元][聖]210 今世利。

念：[三]2122 甘露法。

鳥：[甲]1921 俱遊寂。

判：[甲]2263 法輪。

披：[明]2108 法衣不。

品：[甲]2195 化者是。

平：[三][宮]657 等眼。

普：[三][宮]585 供養如。

七：[明]245 難日。

其：[宮]2080 變通乃，[甲]1775，[明]2053 國就彼，[三][宮][聖]1443 勢分，[三][宮]2060 噉施成，[乙][丁]2092 狐魅熙。

豈：[三]657 異人乎。

器：[三]2151 量弘普。

前：[三][宮]1558，[乙]1724。

勸：[三]152 難云故。

請：[明]2076 老僧開，[三]192 洗摩足。

求：[宮]895 世樂求，[三][聖]476 床座無。

去：[聖]125 者後悔。

然：[乙]2218 法寶佛。

如：[宮]221 如是，[甲]1723 親聞法，[甲]1736 曠野今，[甲]1912 鉤恣起，[明]220 他説我，[明]461 金色菩，[明]1636 泥聚，[三][宮]1559 證若由，[另]1721 落今將。

入：[三]1485 百佛。

若：[甲]2434 是言不，[甲][乙]2254 微笑今，[甲][乙]2261 法通體，[甲][乙]2263 別爲四，[甲]1733 天，[甲]1863 分，[甲]1965 一日一，[甲]2195 諸聲聞，[甲]2263 取支故，[甲]2266 中根者，[甲]2271 是，[甲]2271 同喻同，[甲]2305 得淨心，[甲]2317 實身業，[甲]2782 作人天，[甲]2837

善若惡，[三]26 作聖人，[三][宮]1521 遮一切，[三][宮]1425 覆屋泥，[三][宮]1435 欲破僧，[三][宮]1548 外觸身，[三][宮]1552 異爲，[宋][聖]1509 無生相，[乙]2397 大乘通，[乙]2812 未生相，[原][乙]2263 彼定心，[原]853 欲普爲，[原]2271 許有我。

三：[三][宮]1544 曲穢濁。

色：[甲]1709 心廣初，[甲]1834 聚俱非，[三]1590 聚俱非。

善：[三][宮]1458。

上：[甲]1733 首故是。

身：[甲]1736 爲種無，[三][宮]2121 是爲苦，[原]1829 爲血罐。

生：[三][宮]1563 勝樂或，[三]956 王，[元][明]26 子故彼。

勝：[原]、－[甲][乙]1098 依止。

施：[三]65 安樂身，[三]125 之處福。

時：[三][宮]2122 龍怪漢。

使：[三][宮]1428 他剃髮。

事：[宋][元]1603 名作意。

是：[甲]2075 懺悔以，[甲]1000 瑜伽觀，[甲]1736 大篆李，[甲]1736 下疏，[甲]2006 偏位臣，[明]、爲是[宮]482 邪邪者，[明]220 定量故，[明]220 退失一，[明]269 三昧，[明]1571 定量銳，[三]、－[宮]1548 自損他，[三][宮]384 菩薩遭，[三][宮]401 智慧力，[三][宮]544 禍之門，[三][宮]1452 野干子，[三][宮]1632 盜汝亦，[三][宮]2123 苦器憂，[三]125 老地何，[三]202 優婆夷，[三]375 大王我，

[三]375 非，[三]1435 比丘尼，[三]1532 遮彼見，[宋]374 非有無，[乙]1822 樂引教，[元][明][聖]223 行般若，[原]1819 火也諸。

首：[三]2034 大隋晉。

受：[宮]1571 人受用，[三][宮]1562 境緣受，[三]1536，[宋][元]603 意計是，[宋][元]603 作，[宋]1694 意計是，[乙]2391 大阿闍，[元][明]201 女人。

書：[三]2103 石函。

屬：[甲]1851 小大中，[甲]2266 第二根，[甲][乙]2288 眞論，[甲]2217 順世心，[三][宮]1551 他非我，[宋]374 地獄極，[乙]1736 第二一。

述：[己]1830 理言率。

說：[宮]1509 得道故，[明]220 他說，[明]670 何等法，[三][宮][聖]625 顯示其，[三][宮]385 餘者爾，[三][宮]585 爲師子，[聖]224 如是說，[宋][元][宮]502 年少比，[原]、[甲]1744 倒答然。

私：[元][明]1425 受用故。

四：[三]419 四一爲。

頌：[甲]2128 文含多。

所：[甲]1842 許，[三][宮][聖]1602 依處。

騰：[甲]1705 今事謂。

替：[甲][乙]1250 汝墮阿。

通：[乙]1736 二乘者，[乙]2261 兩疏。

王：[聖]421 慧根慧。

危：[三]212 失是故。

威：[甲]2214 三界，[明][乙]
1225。

唯：[甲]1795 他，[甲]1912，[甲]
1912 頓方名，[甲]2266 善精淨，[三]
190，[乙]1821 釋此，[元][明]158 善
男子。

惟：[甲]1735 艱前解，[甲]1828
二果性，[明]896 欲隨，[明]199 歡喜。

違：[宮][甲]1912 現文文，[甲]
[乙]2263 損故名，[甲]1813，[甲]1828
教失於，[甲]2075 諍又云，[甲]2837
決須斷，[三][宮][聖][另]285 無動，
[三][宮]618 人子不，[宋][明][宮]2121
菩薩以，[乙][丙]2810 損故三，[原]
2268 理難疏。

偽：[三][宮]322 而信，[三][宮]
322 詐者不。

偽：[甲]2035 農師舜，[甲]1805
經者一，[明]663 空聚，[明]673 是菩
提，[三]2151 門經一，[三]2154 錄中
復，[三][宮]2102 興造無，[三][宮]271
有善莊，[三][宮]1458 濫，[三][宮]
1545 性故難，[三][宮]1598 名薩其，
[三][宮]2060 篤信案，[三][宮]2121 小
書舉，[三][宮]2123 若廣言，[三][宮]
2123 身居，[三][聖]125 猶盲無，[三]
99 相規利，[三]99 誘愚夫，[三]125
幻法最，[三]186 珠非，[三]193 稱悦
人，[三]193 神變現，[三]311 無所有，
[三]682 而非實，[三]2154 將爲，[聖]
[甲]1763 人根多，[聖][甲]1763 形不
立，[宋][明][宮]2122 怪相或，[宋][元]
2112 注本注，[宋]221 得脱此，[元]

[明]2060，[元][明]2103 見狼，[原]
1776 故。

位：[甲]1735 因後一。

畏：[甲]2244 大力大。

謂：[丙]2812 鬪諍劫，[宮]660 之
爲樂，[宮][聖]1579 契經體，[宮][聖]
1549 味味曉，[宮]374 在涕唾，[宮]
672 調伏種，[宮]1912 日出之，[宮]
2108 未可且，[和]293 供養故，[和]
293 色相圓，[甲]1735 練治心，[甲]
1736 我今乃，[甲]2128 授記也，[甲]
[丙]2812 觀待此，[甲][丙]2812 齊等
流，[甲][丙]2812 真如本，[甲][乙]894
晨朝起，[甲][乙]1736 無知，[甲][乙]
1796 籍此衆，[甲][乙]1822，[甲][乙]
1822 嚴心者，[甲][乙]1866 法界自，
[甲]871 空無相，[甲]874 六根，[甲]
893 部尊主，[甲]952 説教法，[甲]
1698 具足多，[甲]1717 眷屬次，[甲]
1717 王者正，[甲]1728 火難卒，[甲]
1735，[甲]1735 不怖空，[甲]1735 供
具田，[甲]1735 例前解，[甲]1735 生
死涅，[甲]1735 欲表，[甲]1736，[甲]
1736 法性心，[甲]1736 堅肉時，[甲]
1736 解，[甲]1736 冥契，[甲]1736 能
持故，[甲]1736 鳥卵，[甲]1736 其性
平，[甲]1736 殺父母，[甲]1736 實，
[甲]1736 世界即，[甲]1736 疏，[甲]
1736 顯不，[甲]1786 佛是説，[甲]
1789 餘，[甲]1792 目連本，[甲]1823
厭捨故，[甲]1918 生生四，[甲]1925
離離者，[甲]2006 之抽，[甲]2015 之
祕藏，[甲]2218 空不見，[甲]2228 授

本誓，[甲]2255 眾生雖，[甲]2262 軌範可，[甲]2266 緣，[甲]2401 内心觀，[甲]2782 見聞等，[甲]2787 犯初篇，[甲]2787 開無過，[甲]2792 三塗純，[甲]2813 發起謂，[甲]2823 伏二障，[甲]2823 所詮差，[明]228 甚難爲，[明]1050 我夫我，[明]1505 名色因，[明]1539 同類或，[明]1985 爾是箇，[明][甲]997 慢過慢，[明]37 何，[明]125 捨離於，[明]125 欲爲大，[明]220 諸有情，[明]221 離，[明]221 菩薩摩，[明]221 無有，[明]309 菩薩，[明]310 沙門及，[明]374 我説不，[明]459 菩薩聲，[明]459 爲貧，[明]656 有形有，[明]657 諸佛未，[明]754 十事禁，[明]754 喜心何，[明]1428，[明]1428 強，[明]1450 被風雨，[明]1450 苾芻應，[明]1458 二事此，[明]1536 根本證，[明]1545 避論文，[明]1553 苦憶不，[明]1602 欲引生，[明]2060，[明]2123 閻王現，[明]2131，[明]2154 事周還，[三]310 正念佛，[三]1096 授於無，[三][宮]381 大慈彼，[三][宮]1442，[三][宮]1539，[三][宮]2122 八王日，[三][宮][聖]1552 窓牖爲，[三][宮][聖]225 之色是，[三][宮]292，[三][宮]310 不吉時，[三][宮]403 心法若，[三][宮]415 世尊之，[三][宮]585，[三][宮]606 定意始，[三][宮]606 失數，[三][宮]1539 無爲外，[三][宮]1555 契經説，[三][宮]1563 三因一，[三][宮]1595 無量菩，[三][宮]1598 彼所依，[三][宮]1648 遠，[三][宮]2060 法師

等，[三][宮]2122 殺，[三][宮]2122 生苦人，[三][宮]2122 天曹閣，[三][甲]951 求佛果，[三][甲]1003 菩提心，[三][甲]1003 三世無，[三][聖]211 梵志，[三]1 梵行，[三]125 比，[三]202 甘肥教，[三]603 道弟子，[三]895 正見正，[三]951 令成就，[三]951 族真，[三]999 彼人分，[三]1058 此解脱，[三]1544 四攝，[三]2102 獨善之，[三]2103 爲道止，[三]2108 道法之，[三]2125 圓整著，[聖]26 病衰頼，[聖]475 我等涅，[聖]1721 失中更，[聖]1763 六趣也，[宋][元]2053 體，[宋]1694 道弟子，[乙][丙]2777 我言唯，[乙][丙]2778 凡修善，[乙][丙]2810，[乙][丙]2810 懷忿者，[乙][丙]2810 善不善，[乙]1736 現見有，[乙]2376 或有眾，[乙]2391 空無相，[乙]2782 大般若，[乙]2812 五識身，[元][明][甲][乙]895 目睛妙，[元][明]2016 如來所，[原]1796 於寶中，[原]1854 是第一。

聞：[甲]1736 師子吼，[聖]211 説法欣。

問：[甲][乙]2390 次第布，[三]291 如來法。

我：[宮]681 説佛告。

烏：[甲]2130 也第二，[元][明]152 乎答曰。

無：[宮]672 生廣説，[甲]1830 因緣，[甲][乙]1822 違汝宗，[甲]1724，[甲]1727 住聖既，[甲]1736 侍，[甲]1799 聞何怪，[甲]1828 真實性，[甲]1912 縱次師，[甲]1925 喜佛智，[甲]

2006 變易欲，[甲]2281 答過若，[甲]2281 過疏意，[甲]2362 不平等，[明]1571 體若，[明]278 煩惱業，[明]474 行大慈，[明]1566，[三][宮][聖]586 入道梵，[三][宮]376 數名泥，[三][宮]476 極善乃，[三][宮]656 一法志，[三][宮]1545 二，[三][聖]125 有，[聖]1547 有而有，[宋][宮]1509 一名字，[宋][明]99，[宋][明]672 譬如虛，[宋]268 明，[元][明][宮]310 黨是，[元][明]2016 妙生酥，[元][明]2016 所證般，[原]2339 非。

五：[乙]2261 名復謂。

勿：[甲][乙]2263 謂牽引。

悉：[宮]2122 枕右脇，[三][宮]425 不可保，[三]78 竪淚即，[聖]278 歡喜佛。

仙：[宮]1451 布舊云。

限：[甲]2303 迴小。

相：[甲][乙]2261 名彼依，[甲]2214 法，[甲]2261 一部由，[三][宮]1443 籌議欲，[三][宮][知]598 囑累受，[三][宮]2121，[乙]2261 法師法，[乙]2261 有財他。

向：[三][聖]125 彼，[三]68 佛。

象：[三][宮]670 馬車，[三][宮]1562 等言解，[三]2088 師子之。

笑：[三][宮]2122 作塔山。

心：[明]670 量，[三]158 令一切，[乙]2232 堅固云。

行：[三][宮]1488 已復。

形：[宋][宮]309 而不可。

修：[甲]1717 善行者。

羞：[三]186 恥虛妄，[元][明]6 慙而自。

焉：[宮]1912 能測畜，[甲]2039 時南，[明]2149 後周經，[三][宮]1507 感結受，[三][宮]2103 虛非同，[原]1776 有眼外。

言：[甲][乙]2250 二三無，[三]1532 應正，[另]1721 無非有。

一：[三][宮]1488 中劫穀，[三]1485 中劫又。

衣：[元][明]189 服者或。

依：[甲]2266 緣所起，[原]1842 無非依。

遺：[明]2076 薪不續。

已：[三][宮]588 得總持，[原]2299 弟子故。

以：[甲]1736，[甲]2266 事應不，[甲]2299 第一義，[甲]2301 本識爲，[甲]2304 一力者，[甲]2412 敬愛也，[明]2131 圓通由，[三][宮]268 供養，[三][宮]322 受實，[三][宮]1646 虛空疲，[三]150 非常爲，[三]186 驂駕徹，[三]192 何勝德，[三]193 施纆，[三]212 靮繫破，[三]291 幻化普，[另]1428 虛詐利，[宋]374 如是大，[乙]2227 當部等，[元][明]2122 此追之，[元][明]2122 見追倩，[原]1289 說諸方，[原]1776 爲土究，[原]1778 佛道此。

亦：[三][宮]、－[聖]223 菩薩魔，[聖]224 無所，[另][石]1509 菩薩魔，

[石]1509 菩薩受。

異：[甲]1863 離垢眞，[聖]1859 陳謂有。

意：[甲]1828 制伏所，[甲]2261 自害虛，[甲]2266 界名身，[甲]2274 盡理説。

應：[甲]2266 等事心，[三]375 受畜不，[三]950 滅諸障。

由：[甲]1816 常益有，[甲]1830 不説，[甲]2195，[三][宮]1817 膏油力，[原]1858 神御故。

有：[丙]897，[宮]263 聲聞斷，[宮]1559 分若有，[宮]1646 中又隨，[宮]2047 怪乃爾，[甲]1735，[甲][丙]2812 二十句，[甲][丙]2812 染心非，[甲][乙]1822 二謂善，[甲][乙]1822 因斷與，[甲][乙]2309 三因又，[甲][乙]2396 二義一，[甲][乙]2396 四親近，[甲]1736 障故，[甲]1796 種子即，[甲]1816 善攝第，[甲]1821 四十五，[甲]1846 此不覺，[甲]1929 四意一，[甲]2035 男，[甲]2082 人喚孫，[甲]2195 了義爲，[甲]2250 二説寶，[甲]2250 各別處，[甲]2837 學者取，[明]1450 布施者，[明]1554 六種謂，[三]57，[三]193 瑞應，[三][宮][聖]1509 何所作，[三][宮]627 床，[三][宮]638 字耳，[三][宮]657 眞菩，[三][宮]1509 魔來壞，[三][宮]1521 志幹耳，[三][宮]1530 成熟所，[三][宮]1595 增有垢，[三][宮]1646 樂云何，[三][宮]2060 學侶復，[三][宮]2122 魚怪漢，[三]186，[三]193 改異，[三]202 飛輪

來，[三]1532，[三]2146 七卷別，[聖]1 何義若，[聖]125 明光明，[聖]1721 四初誡，[宋][元][宮]1521 得諸地，[乙][丙]2778 諸佛法，[乙]1736 此難今，[乙]1822 苦因及，[乙]2263 化身耶，[元][明][宮][石]1509 堅相火，[元][明][宮]374 故，[元][明][宮]656 道，[元][明]585 盡乎報，[元][明]671 六時何，[元][明]1428 三如法，[原]、[甲]1744 所染豈，[原]1778 往來生，[原]1796 三分初。

又：[三][宮]1646 貪樂財，[原]2264 去來世。

於：[甲]1717，[甲]1736 一念相，[甲]2035 潙山世，[甲]2195 烏頭聚，[明]1545 外壽，[明]642 一切，[明]1191 師若有，[明]1579 根本所，[明]1587 色陰乃，[明]1595 龜魚等，[明]1596，[三][宮]822 菩提生，[三]99 正法律，[三]1339 行者但，[宋]223 菩薩摩。

餘：[明]1536 識等思，[明]1547 涅，[明]1571 無病因，[三]193 滅身諸，[原]1764 習是名。

雨：[三][宮]2123 大雨七。

與：[宮]1442 相見必，[甲]2266 種何別，[甲]2311 諸衆生，[甲][乙]1821 前因何，[甲][乙]2250 三無記，[甲][乙]2259 慢見，[甲]1709 性善，[甲]1821 愛或一，[甲]1823 無漏作，[甲]1828，[甲]1873 本不起，[甲]1873 修生因，[甲]2035 眞覺爲，[甲]2263 依他爲，[甲]2266 名等身，[甲]2266

有，[甲]2266 正，[甲]2274 異品下，[甲]2337 此不同，[甲]2402 弟，[明]310 無量百，[明]1443 白王既，[明]1451 善賢作，[明]1458 重，[明]1546 變化心，[明]1810 僧所舉，[三][宮]、－[聖]1428 說法長，[三][宮]656 汝分別，[三][宮]1428 汝作，[三][宮]1428 汝作覆，[三][宮]1435 女人，[三][宮]1435 女人說，[三][宮]1435 檀越請，[三][宮]1435 我作學，[三][宮]1464，[三][宮]1464 比丘食，[三][宮]1464 說法世，[三][聖]125 梵，[三]125 說施法，[三]170 怨，[三]202 俱生受，[三]202 汝，[三]1564 有爲法，[三]2103 其人同，[三]2103 未說，[乙]1736 跋合則，[乙]2263 第六識，[乙]2263 現行爲，[元][明]1439 某甲作，[原]905 三世惡。

語：[三][宮]2121 幾羅婢。

欲：[和]293 求菩提，[甲]1920 利益他，[三][宮]415 重宣此，[聖]1488 欲調伏，[原]1700 得。

喻：[宮][甲]1912 增減。

原：[三]125 本致此。

緣：[宮]1559 法故復，[甲][乙]2263 名境後，[明]1547 緣盡智，[三][宮]2108 顧問既，[聖]1763 則生云。

願：[原]1818 八地寂。

曰：[甲]1786 非空以，[甲]2006 白淨本，[甲]2217 衆生命，[明]293，[三][宮]374 雜穢不，[三][宮]403 處處隨，[三][宮]425，[三][宮]425 忍辱在，[三][宮]425 智慧是，[三][宮]544 辯意長，[三][宮]586 往益佛，[三][宮]1646，[三][宮]1646 僧，[三][宮]2109 西域大，[三]1 我之所，[三]193 知時大，[三]202 麨提此，[聖]1509 定亦名，[乙]2782 世親位，[元][明][宮]374 持戒，[原]1966 大慈大。

約：[甲][乙]2250 境界，[甲]1700 不可說，[甲]109733 成三德，[甲]1805 夏至日。

云：[甲][乙]2263 隨轉小，[甲]1792 報恩經，[三][宮]1451 末田地，[三][宮]2122 廣，[另]1721 一切智。

蘊：[宮]1542 十二攝。

載：[三]2154 將爲未。

在：[宮]267 彼爲諸，[三][宮]1509 第四，[聖]2157 僞録。

則：[甲]、爲[甲]1781 其師也，[甲]1736 癡無想，[三][宮][聖]1421 曲流然，[三][宮]397 利無量。

召：[原]2387 請辭。

者：[宮]1912 理，[甲]1816 本少有，[甲]2266 所對治，[甲]2299 無沒識，[三][宮]589 有爲若，[三][宮]761 欲捨者，[三]98 念不淨，[三]150 病瘦。

眞：[明]310 實是爲。

正：[甲]2223 破近成，[三][宮]1581 果略說，[原]1862 受令諦。

證：[三]1529 成可患。

之：[甲]1828，[三][宮]374 祕藏善，[三][宮]2060 梗正皆，[三]374 涅槃槃，[聖]397 寂靜光。

知：[甲][乙]1909 六根衆，[甲][乙]1909 作，[三][宮]2060 命已不，[三]1559 有不。

執：[乙]2434。

指：[甲][乙]2296 虛無牟。

至：[宮]1810 伴，[甲]1736 散善分，[宋][宮]292 菩薩釋，[乙]1723 毀滅一，[乙]2261 難不齊。

致：[甲]2358 矛楯説。

置：[甲]2035 十五採。

中：[三][宮]1435 迦留陀。

諸：[甲]1736，[元][明]1579 斷雖無。

自：[甲]1828 性都無，[三][宮]1452 唱讀共，[聖]、事[甲]1733 義，[原]2410 身中，[原]2339 體。

總：[甲]、相[乙]2261 三句三。

尊：[甲]2192 對也但，[三]125 第一其。

作：[甲]2323 第爲是，[甲][乙]1822 所緣緣，[甲]1799 長年過，[甲]2219 次也周，[甲]2266 上品之，[甲]2305 蛇者喻，[明][甲]1101 供養第，[明]1450 象子踐，[三][宮]2121 肉山以，[三][宮][聖]606 城在中，[三][宮][聖]1428 云何善，[三][宮]1428，[三][宮]2121 國王已，[三][宮]2121 沙門行，[三][聖]375 汝今云，[三]361 善者少，[聖]664 男身，[聖]1428 非非威，[乙][丙]903 曼茶，[乙]1724 三車復，[原]1065 菩薩相。

成：[乙]2397 三世諸。

違

背：[甲][乙]2263 此文破，[乙]2263 唯識之。

差：[甲]2823 也。

乘：[聖][甲]1733 前詞故。

遲：[甲][乙]2219 鈍性於。

達：[甲]2266 越不順。

達：[甲]1828 明處等，[甲]1735 境，[甲]1782 四彼此，[甲]1828 至而似，[甲]2128 也，[甲]2128 也玉篇，[甲]2130 多跋陀，[甲]2195 一乘，[明]2087 阻此心，[三][宮]481 無明是，[三]201，[三]2154 國化也，[聖]1509 前語故，[聖]1763 所以有，[宋][元][宮]481 以精進，[乙]2186 犯亦無，[原]、達[甲]1781 萬法皆，[原]1778 非此非。

逮：[三][宮]585 不見塵，[三]186，[三]193 行善者，[元][明]1536 正理果。

定：[甲]2281 作法。

奪：[三]202 命明日。

返：[甲]2274 宗，[原]1840 名曰相。

逢：[甲]2250 故由心。

負：[三][宮]1421 便白王。

過：[甲]2270，[原]1840 者此非，[原]1840 如佛弟。

還：[甲]2271 用他，[明][聖][甲][乙][丙][丁]1266，[三][宮][甲]901 價其像，[三][宮][甲]901 其價香。

許：[聖][另]1463 者可向。

患：[甲]1708 誠。

建：[甲]1851 立定實，[三][宮]2121 提歷大，[三]194 正法，[聖]2157 誓當親。

揵：[宋][宮]、鍵[元][明]397 陀天像。

進：[元]1579 分別謂。

立：[甲]2271 要。

連：[宮][甲]1805 讀閉戶，[三][宮]2060 正勅莫，[三]212 尼園中，[元][明]1562 故睡位，[元][明]1646 所以者，[元]1566 又無譬。

遼：[甲]2036 戾百家。

六：[甲]、違六細註[丙]2397 此六相。

迷：[宮]278 失菩薩，[甲][乙]1822 見道強，[乙]1822 見道強，[乙]1822 論意故。

逆：[宮]1509 故既得，[甲][丙]2381 父母五，[甲]1733 行，[三][宮]2121 布施家。

棄：[甲]2036 像必停，[甲]2195 四依深。

遣：[甲]1280，[甲]1512 於不住，[甲]1709 文字相，[甲]2266 故亦對，[甲]2266 有情假，[甲]2270 所聞之，[甲]2273 之敵者，[甲]2274 者今，[明]2131 人必有，[三][宮]1466 法犯二，[三][宮]1810 一事失，[聖]285 彼行是，[石][高]1668 故八者，[宋][元]1562 然增長，[宋]1562 後釋別，[乙]1822 趣義故，[原][甲]1851 之畢竟，[原]2271 比量云。

譴：[三][宮]2103。

親：[宮]2008。

染：[甲]1924 用依熏。

速：[明]210 可絶五。

通：[宮]262 我當爲。

韋：[丙]2396 陀梵志，[甲][丁][戊]2187 提以下，[明]374 陀天迦，[明]663 馱天神，[明]1646 陀等爲，[三][宮]1435 舍種首，[三][宮]1566 陀有作，[三][宮]1646 陀等經，[三][宮]1646 陀等世，[三]2034 陀風雲，[聖]1509 是名菩，[元][明]375 陀天迦，[元][明]664 馱天神。

唯：[元][明]1562 經吾當。

圍：[明][和]261 陀增長，[三][宮]2121 繞亦爾，[三]201 和上語，[聖]1509 誰可信，[宋][元]韋[明]1646。

爲：[宮]657 此四法，[甲][乙]2263 此世他，[甲][乙]2263 失者因，[甲]1728 戒垢謗，[甲]1736 空答，[甲]1736 有遮小，[甲]2787 事二彼，[明]1545，[明]1459 本要期，[明]1559 何以故，[明]1562 經説以，[明]1669 無有，[三]154 果如意，[三]1340 靜絶，[三]1646 害善，[宋][元][宮]1483，[乙]1736 即，[乙]1909 善戒唯。

言：[三][宮][另]、－[倉]1509 言辭柔，[聖]1421 言罪若。

依：[甲]2339。

遺：[丁]1831 故非破，[甲]2266 論說六，[明]2103 教，[三]152 殃咎隣，[三][宮]586 失佛，[三][宮]815 失如是，[三][宮]2102 有，[聖]、違[聖]1733 行過次，[原]1840 也然隨。

以：[甲]2273 現量合。

異：[甲][乙]2309 義衆多。

意：[甲]2284 故又爲。

義：[甲]2270 名爲多，[甲]2281 全無。

應：[甲]1821 理此，[甲]2266 文，[甲]2266 文義，[甲]2266 疑若。

遠：[丙]2231 無，[甲][乙]1239 衆，[甲][乙]2163 不假疏，[甲]1512 故云無，[甲]1832 初之，[甲]1863 決定例，[甲]1863 聖説有，[甲]1921 故名爲，[甲]2266 本計，[甲]2266 諦觀故，[甲]2270 處先，[甲]2276，[甲]2339 出五百，[甲]2339 久居，[甲]2426，[金]1666 故不，[明]1595 離菩薩，[明]2123 法不親，[三]1529 法中方，[三][宮]2102 江而，[三][宮]329 我今於，[三][宮]590 法謗比，[三][宮]619，[聖][甲]1733 難以相，[聖]278 離一佛，[石]1509 離師，[宋][宮]1558 界三無，[乙][知]1785 緣實相，[元][明][甲]901 其人於，[原]2339 而到聲。

越：[乙]2227 同加威。

運：[聖]1579 二因。

遭：[甲]2195 燋穀之。

造：[甲]2195 此釋得，[甲]1828 根之四，[甲]2266 作或時。

遮：[甲]1863 入大乘，[甲]2217 凡位上，[甲]2271 難云，[元][明]272 逆教，[原]2339 也。

正：[三][宮]2060 出要是。

至：[宮]619。

逐：[宮]1522 相堅繫。

追：[三][宮]1546 世現見，[聖]1463 返覆。

墜：[三]37 背亦爲。

隋

塿：[元][明]145 次作佛。

維

編：[三]2034 之冀廣。

淮：[甲]2339 上。

繼：[元][明]2053 絶紐者。

羅：[三]553 耶梨國，[元][明]2034 摩兒經，[元]2059 摩經。

毘：[明]1435 耶離國，[宋]474 耶離及。

紙：[三]2110 之婦是。

紐：[三][宮]1559 婆種子。

雖：[甲][乙]2259 似違論，[甲]2006 總同時，[三]2103 曰一合，[三]2110 摩竭慈，[宋][宮]2060 志節終。

唯：[三][宮]2121 一弟，[三][宮]2122 衞，[聖]200 那共立，[聖]225 耶利四，[聖]2157 摩爲一，[宋][宮][聖]310 衞佛時，[宋][元]、惟[明]2087 佛在衆。

惟：[甲]2301 者飲，[明]2103 京甸攝，[三]、唯[聖]1440 衞，[三][宮][聖]1421 衞佛，[三][宮]343 越，[三][宮]826 衞佛時，[三][宮]2040 羅閲城，[三][宮]2059 羅衞，[三][宮]2060 武服道，[三]23 緩諸鬼，[三]125 先天上，[三]185 樓勒北，[三]185 睒，[三]193 佛往昔，[聖]222 上下及，

[聖]512 羅，[聖]1425 羅衞國，[聖]1435 羅衞國，[宋][元][宮]2121 衞佛從，[宋][元][宮]2121 衞佛時，[元]、唯[明]309 顏菩薩，[元][明]309 顏菩薩。

耶：[三][宮]2121 者阿難。
夷：[三]184 衞國未。
遺：[甲]1733 口食四。
雜：[三]2149 問往返，[原][甲]1851 此食。

撝

揮：[三][宮]2034 科域令。
授：[甲]1841 況復大。
僞：[三][宮]2108 今此爲。
指：[甲][乙]1246 示。

闈

闈：[三]99 陀經典。
閣：[甲]2087。
閭：[三][宮]2053 父旣學。
闈：[三][宮]1451 綺帳。
圍：[甲][乙]2396 山結集，[甲]2053 所以災。

尾

遲：[甲]2128 反。
房：[原]1308 五四二。
吠：[三][乙][丙]1076 嚧引遮，[乙]867 尾。
癈：[乙]850 瑟挐。
和：[甲]893 中間皆。
火：[三]2145 之歲十。

毛：[聖]、尾娜恒囉二合[丙]1266 娜翼迦，[宋][元]2122 紛然而，[乙]2408 之形云。

尼：[甲][乙]1072 揭嚲二，[甲][乙]1110 吽，[甲]974 始瑟吒，[甲]2299 上自坐，[明]954 囉耶娑，[明]1243 枳囉，[明]1283 舍羅夜，[明]1376 部底三，[明]1683，[三][甲]1253 怛哩十，[三]1257 羅花以，[乙][丁]2244，[乙]2376 國東西。

毘：[甲]1068 秖羅娑，[三][宮][甲]901 嚕大，[三][甲]1024 嚕吉帝。

微：[甲]1000。
味：[乙]1069 引囉。
勿：[明][甲]1175 微吉。
休：[三][宮][甲]901。

委

安：[甲]2035 王孟公，[三]1579 靜慮。
垂：[三]186 地鼻涕。
橫：[三][宮]1647 在地如。
竟：[三]2063 文理不。
餧：[元][明]2123 厄窮死。
識：[甲]2006 水母何。
妄：[宮]2102 離所生，[甲]2313 曲也無，[原]1796 有所説。
忘：[宋][宮]、妄[元][明]2060 親施。
透：[三][宮]2103 浪迹遇，[三]2125 隨。
萎：[明]2076 悴人欲，[三][聖]99 地不能，[三]26 頓獨無，[宋][元]

[宮]、憔[明]2121 悴困切，[乙]1821
歇故不。

痿：[明]99 篤爾時，[三]198，
[三]2110 頓而死，[元][明]99 篤晨
朝，[元][明]100 困時釋。

倭：[甲][丁][戊]2187 國上宮。

悉：[甲]2299 考，[三][宮]1545 知
彼諸。

香：[宋][明]1331 湯藥。

秀：[三][宮]2103 於中田。

着：[三]190 地而彼。

知：[三][宮]2059 可。

姿：[甲]2128 曲也説。

洧

隨：[宋][元][宮]2122 州官人。

萎

安：[宋]、委[元][明]199 臥於空。

薦：[三][宮]721 此第四。

婆：[宮]1545 歇時滅。

委：[宮]1650 悴王心，[甲]1771
三身體，[甲]1772，[甲]2129 聲言草，
[聖]1509 色好且。

痿：[三]、委[聖]210 若華零，[三]
[宮]721 黃咳逆，[三][宮]1425 黃知
而，[三][宮]1425 黃諸比，[三][宮]
1442 黃如世，[三][宮]1545 羸行步，
[三]1301，[聖]613 黃當觀，[元][明]
[甲]901 黃眼黃，[元][明]1331 黃。

偽

訛：[三][宮]392 作比丘。

爲：[宋][元]、與[明][宮]397 銅
鐵白。

偉

傳：[宮]2053 器但恐。

律：[宋][宮]2060 少共。

瑋：[三][宮]2121 國内遠，[宋]
2145 化千條。

暐：[三][宮]2121。

韙：[元][明]2060 其言。

搐

揣：[三][宮]1558 觸羊身。

堘

埒：[三]2145 經。

葦

籌：[宋][元][宮]2123 作籌度。

心：[宮]263 悉俱合。

猥

獷：[三][乙]、猪[甲]2087 暴語
言。

狼：[三]361 於財。

隈：[明]1425 處是名，[三][宮]
1435 處以刀，[三]22，[元][明][聖]
125 之處補，[元][明]310 處。

煨：[甲]2128 迴反廣。

狎：[三][宮]2102 其小識。

鬚：[三]212 髮并及。

瑋

偉：[三]201 可觀彼，[三]374 老

則衰，[三]375 老，[三]2034 讀書一，
[宋]、韋[明]2151 尋讀一，[元][明]
2058 聰明點。

璋：[甲]2128 也説文。

暐

眒：[三]、－[宮]2103 然群下。
暉：[甲]2073 曄妙。
輝：[三]152 曄要請。

痿

瘦：[三][宮]2060 之疾運。
委：[三][宮]1650 篤王聞。
萎：[三][宮]263 黃身體，[三][宮]
1425 悴佛知，[三][宮]1452 黃無力，
[三][宮]1452 黃以緣，[三][宮]1452
黃有何。

煒

暐：[三]2145 曄而秀。
偉：[三][宮]2122 絕世，[三][宮]
2122 曜造像，[宋][宮]263 曄。
暐：[三]152 曄宮人。
緯：[三][宮]2122 絕宋齊。
曄：[三]203 以何業。
燁：[三][宮][聖]514 恃水滅。

偽

傍：[甲]1728 寶又如。
便：[宮]1425 現姿媚，[三][宮]
2122 説空。
二：[宋][元]2154 未分且。
假：[甲]2305 論。
空：[宮]1489 故等一，[明]99 正

智正。
誑：[三][宮]2121 存。
其：[甲]2362 釋麁。
曲：[三]99 質直心。
素：[宋][宮]、弊[元][明]2121 諂
佞枉。
妄：[甲]2305 惡習所。
危：[三]、脆[宮]267 猶泥錢，
[聖]425 輒得如。
爲：[宮][聖]1543，[宮]1545 素
恒纏，[甲]1709 無有，[甲]2035 之人
雜，[甲]2204 不實譬，[三][宮]322 詐
性以，[三][宮]2060 鄭降日，[三][宮]
[聖]625 器增長，[三][宮]286 詐誑無，
[三][宮]606 懈累劫，[三][宮]653 現
親厚，[三][宮]703 誑，[三][宮]1549
盡身姦，[三][宮]1606 斗，[三][宮]
2060，[三][宮]2122 通之王，[三][宮]
2123 苦器陰，[三][甲][乙]2087 邪書
千，[三]192 隨順是，[三]2154 疑此
應，[三]2154 疑今亦，[聖]613 觀，
[聖]170 亂之人，[聖]271 珠不和，
[聖]425 之患是，[聖]613，[聖]1509
情，[聖]1549 者出要，[聖]1581 攀緣
事，[聖]2157 沙門經，[聖]2157 四百
二，[聖]2157 造以濫，[宋][宮]2060
亂地僧，[宋][元][宮]2103 主外無，
[宋]1632 唯有智，[宋]2154 皆編入，
[元][明]220 身見普，[元]1537，[知]
741 説迷惑。
魏：[三][宮]2122 司空李，[乙]
2092 來朝。
虛：[宮]2112 也然則。

彥：[宮]2045。

疑：[甲][乙]2288 論次德。

佐：[三][宮]2104 輔尤不。

煒

暐：[三]、耀[宮]403 暐皆蔽，[三]152。

緯

縛：[乙]2394 之南置。

縷：[甲]1717 三類和，[甲]2129 也二字，[原]、縷[甲][乙]1796 說今且。

噚：[甲]850 之南置。

蘧

遽：[三]、筵[宮]2060 守繩床。

未

本：[宮]1455 放與我，[甲]1731 來得不，[甲]1799 覺心源，[甲]2036 必盡知，[甲]2274 欲至如，[元][明]201 知將來，[原]2339 悉犢子。

不：[宮]263 遭值，[宮]2026 除，[甲]1999 惺七佛，[甲]2250，[甲]2281 遁其難，[甲][乙]1822 得婆沙，[甲][乙]1822 及願智，[甲][乙]1866 成位相，[甲][乙]2261 盡理有，[甲]1512，[甲]1722 得說窮，[甲]1722 免二見，[甲]1841 然其義，[甲]1912 答未見，[甲]1961，[甲]2039，[甲]2068 見昔始，[甲]2183 定，[甲]2183 詳見第，[甲]2250 得上界，[甲]2250 盡理也，[甲]2250 盡難於，[甲]2250 現觀已，[甲]2263 出悲定，[甲]2266 合故在，[甲]2271 了知自，[甲]2312 明答餘，[甲]2339 說五十，[甲]2801 了三摩，[明][甲]1177 能休大，[明]1435 五衣鉢，[明]2016 亡何由，[明]2076 審是何，[三]1548 曾侵惱，[三][宮][聖][另]1509 信教令，[三][宮][聖]376 究竟盡，[三][宮][聖]1562 足信依，[三][宮][聖]2042 以一惡，[三][宮][另]1435 久佛以，[三][宮]221，[三][宮]613 蒙潤唯，[三][宮]721 通暢或，[三][宮]1435 聽我等，[三][宮]1435 煮不應，[三][宮]1509 淨佛世，[三][宮]1536，[三][宮]1536 見如是，[三][宮]1565 去現去，[三][宮]1646 盡又佛，[三][宮]2060，[三][宮]2102 息甫信，[三][宮]2104 發心者，[三]1 免此患，[三]118 止，[三]184 悉知至，[三]185，[三]185 度者吾，[三]196 如我已，[三]196 聞勸人，[三]1564 生法亦，[三]2122，[三]2154 當，[聖][另]1435 聽我等，[聖][石]1509 純淑，[聖]310 度者其，[聖]1428 未滿二，[聖]1435 來聽法，[聖]1509 佛前受，[聖]1509 聞故，[聖]1721 得悟今，[聖]1763 聞理雖，[另]1435 久欲手，[石]1509 純淑答，[宋]1546 知欲知，[乙]1110 得出次，[乙]2396 明圓佛，[元][明][宮]374 能知尋，[元][明]6 爲恐，[元][明]278 曾卒疾，[元][明]377 足一旦，[元][明]814 曾想我，[元][明]1435，[元][明]1485 變故第，[元]1435 學欲學，[原]、[甲]1744 盡受根，[原]1858

盡是所，[原]2271 舉因喻，[原]2396
起力用。

財：[三][宮]1470 可作某。

成：[甲]1816 悟，[甲]2219 佛道
不，[三][宮]657 熟若聞。

初：[明]2016 學何以。

當：[三][宮]1502 來佛是，[聖]
1552 來修非，[乙]1909 受苦者。

等：[甲]2266 取定愛，[甲][乙]
1822，[甲][乙]1822 說戒相，[甲]
1724，[甲]2195 二中各，[甲]2271 成
時是，[甲]2299 了義是，[原]2299 開
善光。

定：[甲]1724 決定令。

非：[明]1435 竟非，[明]2103 遠
大之，[三][宮]2060 受請何。

夫：[宮]374 遍者不，[宮]1451 備
或以，[宮]2122 斷煩惱，[甲]1512 知
何時，[甲]2128 捻名舊，[甲]2837 入
道多，[明]261 曾有昔，[明]1451 生
怨王，[明]2103 暢遠途，[明]2151 久
半，[宋]125 起道意，[元][明]2102 有
能，[元]1579 開發處，[元]1644 盡求
死，[元]2122 及。

恭：[宮]2060 足歸賞。

故：[原]2292 得體法。

果：[宋][元]1483 用可寄，[元]
[明]1522 集已集。

禾：[甲]2128 秀者也，[甲]2128
別也從，[宋]2122 明或於。

黑：[甲]1736 堪化人。

火：[明]1458 具人。

今：[甲]1736 得，[乙]2249 生無
容。

近：[乙]2261 到生有。

舉：[甲]1700 發心。

來：[丁]1831 世故說，[宮]1435，
[宮][甲]1912，[宮][聖][另]1543 命終，
[宮]1425，[宮]1425 至之間，[宮]1435
臥我不，[宮]1470 已不得，[宮]1547
生餘處，[宮]1559 下於七，[宮]1810
起若都，[宮]2034 勘定即，[甲]952 開
蓮華，[甲]1512 明眞，[甲]1736，[甲]
2214 開蓮也，[甲][丙]、一[乙]2163 化
乎，[甲][乙]1822 得爲，[甲][乙]1822
起下地，[甲][乙]1866 修串習，[甲]
[乙]1929 入見諦，[甲][乙]2376 末世，
[甲]923 敷蓮華，[甲]1007，[甲]1512
出時處，[甲]1512 故信爲，[甲]1709
從虛妄，[甲]1733 法新生，[甲]1782
正，[甲]1816 發分二，[甲]1816 解故
發，[甲]1816 離智障，[甲]1816 名住
極，[甲]1828 生人間，[甲]1828 至此
故，[甲]1851 生下地，[甲]2195 來之
間，[甲]2223 到彼岸，[甲]2261 答曰
五，[甲]2261 分明說，[甲]2266 世亦，
[甲]2266 遠行故，[甲]2299 有遮斷，
[甲]2434 立，[明]293 至中間，[明]
1450 出，[明]1459 方可爲，[明]2103
日，[三]157 劫成阿，[三][宮]1452 到
世尊，[三][宮][聖]1545 化事果，[三]
[宮]224 至中道，[三][宮]281 辦，[三]
[宮]285 所更所，[三][宮]1425 受具
足，[三][宮]1429 作法如，[三][宮]
1435 唱言非，[三][宮]1451 至舊居，
[三][宮]1546 至禪定，[三][宮]1546 至

是也，[三][宮]1547 來爲名，[三][宮]1547 生餘，[三][宮]1566 現前能，[三][宮]1566 住此義，[三][宮]1579 知義得，[三][宮]1584 得法從，[三][宮]1595 得向得，[三][宮]1808 清淨無，[三][宮]2060 之爲述，[三][宮]2060 轉依作，[三][宮]2122 知此物，[三]1 受誨，[三]42 至，[三]204 到戶，[三]212 遭此難，[三]385 踐跡，[三]397 入涅槃，[三]895，[三]2063 好憑是，[聖]190 至此大，[聖]1549 生前境，[聖][另]1548 生未出，[聖]26，[聖]99 灌頂已，[聖]99 來世成，[聖]125 至比，[聖]224，[聖]225 得明度，[聖]285 得察動，[聖]643 至佛上，[聖]1425 入瞿曇，[聖]1440 竟來從，[聖]1451 答曰今，[聖]1462 成阿那，[聖]1462 至，[聖]1509 曾得摩，[聖]1509 成，[聖]1509 盡答曰，[聖]1542，[聖]1579 造立，[聖]1595 離欲，[另]1458 至苾芻，[另]1548 得當未，[宋][宮]384 至佛告，[宋][元][宮]265 應菩，[宋][元][宮]2085 得備聞，[宋][元][宮]2122 曾有經，[宋]99 得須陀，[宋]310 消菩薩，[宋]833 曾有此，[宋]1647 必得成，[乙][丙]2227 生果故，[乙]2092 沽，[乙]2092 游中土，[元]2016 必動廉，[元]2145 近積罪，[元][明][宮]374 至中路，[原]、來[甲]1828，[原][甲]1851 欲界受，[原]1776 不，[原]1829 至現在，[原]1899 觀聽得，[原]2196 之前，[原]2248 置三壇，[原]2339 際問唯，[知]1579 隱未斷。

良：[明]1442 久之間。

昧：[元][明]2103。

迷：[甲]2814。

米：[宮]1559 亡履，[宋]2121 久，[乙]1724 必不生，[原]2339 以爲三。

魔：[甲]1733 尼同諸。

末：[德]1562 度迦種，[丁]2244 陀那，[宮]1804 陳説三，[宮][甲]1804 者若論，[宮][甲]1912 得道即，[宮]269 復還本，[宮]299 來世見，[宮]1451 久之間，[宮]2060，[宮]2078 田地尊，[宮]2078 學之相，[宮]2102 覩斯響，[宮]2103 言以爲，[宮]2103 云，[宮]2122，[甲]1706 得，[甲]1805 磨食彼，[甲]1816 周極故，[甲]1829 麁色散，[甲][乙]2249 斷位於，[甲][乙]2387 羅木者，[甲]952 娜寧上，[甲]1333 和冷水，[甲]1512 知何等，[甲]1728 可成四，[甲]1733 後，[甲]1763 釋之貪，[甲]1781 得免病，[甲]1781 後守護，[甲]1786 辨今此，[甲]1805，[甲]1805 利夫人，[甲]1816 説等者，[甲]1816 終滿，[甲]1821 熟或熟，[甲]1828 後翻前，[甲]1828 説世間，[甲]1829 説世間，[甲]1830 得之退，[甲]1851 諸佛菩，[甲]1887 成福智，[甲]1912 來至佛，[甲]2039 靺鞨至，[甲]2128 反，[甲]2128 反相背，[甲]2128 詳其音，[甲]2183 皆稱盧，[甲]2255 宗既妙，[甲]2261 見正文，[甲]2261 盡理會，[甲]2266 成立佛，[甲]2266 來非皆，[甲]2266 位即與，[甲]2266 心一，[甲]2299 修得正，[甲]2339 多十婆，

[甲]2366 利唯酒，[甲]2817 證果而，[明]2016 歸本自，[明][宮]2122 受交廢，[明][甲][乙]1225 字戒當，[明]169 盡爾時，[明]380 得度者，[明]721 虫藏集，[明]1435 聽受布，[明]1544 來答十，[明]1568 變故不，[明]1636 久住菩，[明]2060，[明]2060 還呉郡，[明]2060 收者咸，[明]2076 契師祇，[明]2087 曾有，[明]2103 成乎自，[明]2103 令食九，[明]2103 説若始，[明]2110 曾攀，[明]2122 盡卷一，[明]2125 睇是中，[明]2131，[明]2131 安一，[明]2145 由見也，[明]2154 周長想，[三]、來[宮]671 世亦爾，[三][宮]337 復有菩，[三][宮]1579 法時生，[三][宮]1597 那所依，[三][宮]2060，[三][宮]2122 求飲漿，[三][宮][德]1563 起三災，[三][宮][甲][乙]901 唎摩，[三][宮]638 有人，[三][宮]1435 迦山安，[三][宮]1505 都盡也，[三][宮]1509 説，[三][宮]1509 所説阿，[三][宮]1545 得故，[三][宮]1817 論未，[三][宮]2060 漢桓帝，[三][宮]2060 後通恐，[三][宮]2060 入空中，[三][宮]2060 學亦開，[三][宮]2102 得道宗，[三][宮]2102 悔亮其，[三][宮]2102 由則分，[三][宮]2103 形凡而，[三][宮]2108 彌，[三][宮]2108 焉既懷，[三][宮]2121 懈後生，[三][宮]2121 云何阿，[三][宮]2122 輸馱，[三][甲]1333 和酒若，[三]6 後得證，[三]152 爲王説，[三]220 香燒香，[三]883 特囀二，[三]

945 法中宣，[三]1007 的及糭，[三]1105 羅引野，[三]1367 迦知迦，[三]2104 伽失於，[三]2122 世後，[三]2145 措手向，[三]2145 學庶幾，[三]2149 閲正經，[三]下同 456 城當入，[聖]1442 移本處，[另]1443 得見諦，[另]1459 生已招，[宋]、不[元][明]607 久母便，[宋]、來[宮]2102 久所，[宋]671 生於色，[宋][宮]2060 賓戒日，[宋][明]、失[宮]671 如輪轉，[宋][明]2154 學令緝，[宋][明]196 利瞿曇，[宋][元]、秣[明]201 香以塗，[宋][元]1567 住住時，[宋][元][宮]1459 成女傷，[宋][元][宮]1547 那若思，[宋][元][宮]2122 其衡，[宋][元]1579 能積，[宋][元]2108 爽一乘，[宋][元]2149 足，[宋][元]2154 卒而匠，[宋]263 爲成就，[宋]313 也爾時，[宋]674 曾聞衆，[宋]1033 加娑囀，[宋]2060 啓莊嚴，[宋]2061 到臨川，[宋]2149，[乙]1736 人壽無，[乙]1830 自解，[乙]2174 有立成，[乙]2393 有脱鬘，[元][明]、來[宮]626 而報其，[元][明][宮]2122 香者兜，[元][明]152 爲孤兒，[元][明]618，[元][明]1563 觀彼人，[元][明]2103 尊呂德，[元]125 曾瞻覩，[元]1341 致比，[元]1567 見不離，[元]1579 來一，[元]1579 有，[元]2016 學是人，[元]2053 踰於寰，[元]2060 還嶺表，[元]2061 盡大遍，[元]2061 知別奏，[元]2104 是，[原]、奉[乙]2408，[原]、木[甲]1248 和油塗，[原]1744 明如來。

沫：[甲]1736 知令知。

莫：[三]2154 悉梁天。

木：[宮]1644 盡求死，[宮]1548 斷乃至，[甲]1201 著地牛，[明]1443，[明]1546 來世修，[三]2110 生根精，[聖]1763 生之，[宋]2103 必接光，[元]1585 潤時必。

難：[三][宮]1509。

其：[聖]1428 受戒人，[原]2248 必是法。

求：[宮]1421 以何物，[宮]1804 聞令聞，[宮]2074 通昇知，[宮]2102 體之，[甲]1861 爲典據，[甲]2266 戒作白，[甲][乙]2218 都不可，[甲]1512，[甲]1724 定已定，[甲]1724 入正性，[甲]1736 住唯識，[甲]1816 知佛地，[甲]1912，[甲]2087 證菩提，[甲]2130 願乾提，[甲]2263 欲證純，[甲]2266 來或瑜，[甲]2266 然，[甲]2266 至定中，[甲]2339 希未，[明]1804 出寶未，[三]、未既求以[聖]190 已即，[三][宮]1488 受，[三][宮]607 所思欲，[三][宮]1548 度欲界，[三][宮]1559 得無聲，[三][宮]1648 修行覺，[三][宮]2121 覓莫知，[三][宮]2122 出苦海，[三][宮]2122 降雨誌，[三]1440 斷從多，[三]1458 成物應，[聖]26 離欲命，[聖]1509 受持戒，[宋]、不[元][明]1421。

去：[宮][聖][另]279 來及現，[宮]1545 不爾故，[甲][乙]1822 體有不，[甲][乙]1822 也正理，[甲]1805 色法無，[甲]2337 又未來，[三][宮]1563 來必成，[宋]、失[元][明][宮]374 輪迴三，[乙][丁]2244 其反詐，[乙]1821 非定成，[乙]2263。

如：[和]293 能知菩，[三][宮]397 來遍見。

入：[甲]1816 成就。

甚：[明]220 爲希有。

生：[甲]1732 是證法，[甲]2266 引演祕，[甲]2270 解信受。

失：[三][宮]1562。

示：[甲]1724 教爲會，[甲]1782 諸定，[甲]2261 曾不說，[三]2110，[聖]291 之有也。

束：[甲]2434 爲悟諦，[聖]1509 去去時。

巳：[聖]1509 生，[原]1203 畢且開。

四：[聖][另]1543 至。

宋：[甲]1731。

天：[宮]616 曾所，[明]199 必心歡，[元]1579 入上。

罔：[元][明]2110 知克就。

味：[宮]1506 成是謂，[甲]1361 著心，[甲]1719，[甲]1783 別，[甲]2266 定以此，[三][宮]288 四目名，[三][宮]476 皆消盡，[三][宮]1559 生時及，[三][宮]2060 喪我何，[三][宮]2060 通被略，[三]1548 喜是名，[元][明]616 有餘。

無：[宮]397 出，[甲]1863 盡用亦，[甲]2261 盡故，[甲]2336 明，[三][宮]636 脫者，[聖]200 聞知如，[原]1833 窮失。

悉：[乙]2232 爲指南。

香：[宮]1425 塗處得。

邪：[乙]2309 見之始。

已：[甲]1828 依，[三][宮]1539 斷其體，[三][聖]1579 生惡不，[聖]2157，[元]1579 離者計，[原]1825 有已則，[原][甲]1829 滅者謂。

亦：[甲]2230 漏盡者，[甲]2261 轉依者，[乙]1821。

永：[甲]1709 無分段，[甲]1765 究竟止，[甲]1925 盡結使，[甲]2381 得無生，[明]1450，[明]2131 除，[三][宮]1458 施若不，[三][宮]2122 滅沒時。

有：[宋][元][宮]2045 久頃男。

又：[明]2104 盡善也。

於：[三]157 來世於。

欲：[甲]2006 曉洗清。

樂：[甲]1823，[甲]2255 熊折，[甲]2266 能，[原]1816 聞凡夫。

者：[甲]2748 勸供，[明]1598。

志：[三][宮]1549 盡是故，[另]1543 盡復次。

中：[甲]2255 謂不去，[甲]2299 妙故但。

朱：[宮]1432 行若干，[甲]2129 反切韻，[甲]2244 作末，[宋]810 曾修，[元]374 遇如是。

主：[甲]2195 分明之，[甲]2261。

子：[甲]1828 至。

自：[甲]2053 此已前。

卒：[宮]1571 有生者。

位

倍：[甲][乙]2231 數福聚，[甲][乙]2397 勝劫雖，[甲]1709 劣自受，[甲]1830 方名不，[甲]2195 數爾時，[甲]2263 即一切，[三][宮]2102 速即。

必：[甲]1709 俱故從。

別：[石]1558 差別名。

處：[三][宮]、法[聖]278 善知分。

從：[甲]1709 此說斷，[甲]2287 不二祕，[甲]2313 法相，[原]2244 而行，[原]2339 第四住。

但：[甲]1781 以衆香，[甲]1830 中起善。

德：[甲][乙]2219 也與，[甲]1733 就前中，[甲]1733 六有，[甲]1733 中初一，[三]、謂[宮]2103 峻，[乙]1724 國出，[乙]1821 增進，[乙]1821 增進異，[原]、德[甲][乙]1832，[原]1781 阿難不。

地：[宮]1799，[三][宮]2102 兼崇高。

低：[甲]1007 各燒自，[三]192 愚癡處，[聖]1721，[乙]2394，[元][明]1097 若隱形。

段：[乙]2263。

法：[甲]2196 故還退，[甲][乙]1822 雖即等，[甲]1839 者即是，[甲]2249 顯其，[三][宮]244，[乙]1823 或從護，[乙]2263 名學法，[乙]2309 中此，[乙]2391 已，[乙]2396 差別故，[乙]2408 印明，[原]2339 攝盡一。

泛：[原]法[原]、法[甲]1821 釋法名。

佛：[原]、位而[乙]1796。

供：[乙]1816 依華嚴。

故：[甲]1816 答者。

何：[甲]1737 次各取。

河：[甲]2195 菩薩。

恒：[甲][乙]2263 唯一種。

後：[甲][乙]2250 文惠暉，[甲]1929 十，[甲]2266 別起道，[明]1458 有流泄，[原]1831 別起道。

化：[甲]1717 齊於本。

會：[甲]1735 二趣佛。

佶：[乙]1816 即此位。

皆：[宋][元]1545 除其自。

經：[甲][乙]1822，[原]2395 名同歸。

徑：[三][聖]125。

俱：[甲][乙]1822 爾時亦，[甲]1733 具一乘。

力：[明]2103 獨高道。

立：[甲]2266 者意云，[甲][乙]2259 已知根，[甲]1736 下釋法，[甲]1828 是相似，[甲]2217 相違者，[明]901 以，[明]1562 心彼諸，[明]2102 意理，[宋][元]1545 受輕安，[宋]1563 正生位，[乙]1775 國優劣，[元][明]1585 見分所，[元]901 前著四，[元]1579 髮毛爪。

斂：[甲]1735 念者標。

列：[乙]1736 分布。

祿：[宮][聖]754 寒意猶。

滅：[明]1559 中所有。

品：[甲]2367 也若如，[乙]2249 依上地。

剖：[三]2060 判冷然。

泣：[甲]2870 無量菩，[三][宮]2102。

切：[甲]2328 初發心。

佉：[甲]2250 別分折。

仁：[三]152 尊榮高。

任：[甲][乙]1822 時未圓，[甲]1782 運，[甲]2255 也疏主。

僧：[明][宮]1558 是妙。

身：[三][宮][聖]288 因所受。

時：[甲]2263 必離掉，[三][宮]1562 捨故名，[乙]2263 知以前。

示：[甲]1735 大憂大。

仕：[乙]2408 師曰，[元][明]1331 官自然。

釋：[甲][乙]2263 也。

俗：[甲][乙]1816 諦故説，[三][宮]1442 出家於，[原]2196 住。

徒：[三]2060 三千雖。

爲：[宮]1912 名爲得，[宮]2034 穆王聞。

味：[甲]1718 調熟。

謂：[甲][乙]2263 信慚愧，[甲]1733 三四二，[三][宮]2104 典，[三]1586 能。

五：[甲]2261 若作前。

伍：[甲]2073 常於寒，[甲]2266 曲直無，[宋][元][宮]2103 彈曰潘。

相：[甲][乙]1866 倍前準，[甲]2269。

信：[甲]1782 五念六，[甲]1816 證得遍，[甲]2217 也，[甲]2328 樂求解，[明]2016 十地一，[原]2205 行〇

十，[原]1744 極此故。

行：[甲][乙]1866 故知前，[甲]1717 相攝道，[甲]1733 四，[三][宮]2122 求道遙。

性：[甲]1733 故云菩，[甲]1828 是說癡，[乙]2263。

伊：[甲]2128 反。

依：[甲]1911 分之令，[甲]1920，[甲]2262 既明前，[甲]2263 後之二，[甲]2313 言也依，[原]2196 德總爲。

已：[甲]2266 任運自，[乙]1816 能住忍。

以：[甲]、似[甲]1816 等流果，[甲]2400 無緣大。

苡：[宮]2060 講筵四。

異：[三][宮][聖]1539 生非成，[原]961 寶珠故。

意：[乙]2192 若，[乙]2249 近行云。

義：[甲]1828 故由此，[甲][乙]1929 勝。

憶：[乙]1796 想執取。

欲：[明]1571 已有體，[三][宮][聖]1579 又諸菩。

者：[明]1669 自家宣。

征：[三][宮]2060 勅猛在。

之：[甲]2263 中非所。

中：[甲]2263 非無此。

主：[聖]1537 能起彼，[聖]1617 境即毘。

住：[宮]1598 中久已，[宮]223 實際有，[宮]286 是，[宮]476 者終不，

[宮]866 但抄金，[宮]1595 由此道，[宮]1595 圓淨菩，[宮]2108 群僚于，[宮]2123 修道敬，[甲]、－[甲]1816 全無心，[甲]1709，[甲]2266 無相圓，[甲][乙][丙]1056 勝解行，[甲][乙]1866 若依俱，[甲][乙]1929，[甲][乙]2328 方顯此，[甲][乙]2393 入曼荼，[甲]1709 云除滅，[甲]1718 耶法華，[甲]1729 辯瓔必，[甲]1731 是所化，[甲]1732 中修二，[甲]1733 二入一，[甲]1733 令其修，[甲]1736 則，[甲]1763 終心斷，[甲]1782 本性，[甲]1782 故三自，[甲]1782 無餘之，[甲]1816，[甲]1816 後離障，[甲]1816 說歡喜，[甲]1816 有此三，[甲]1816 欲入見，[甲]1828 地心後，[甲]1828 天住者，[甲]1828 中身見，[甲]1830 此意相，[甲]1851 中無後，[甲]1873，[甲]1921 之惑無，[甲]1965 立七種，[甲]2130 處釋翅，[甲]2214 彼，[甲]2214 了知得，[甲]2231 等者明，[甲]2261 二眞法，[甲]2266 菩薩轉，[甲]2266 應無漏，[甲]2266 中煩，[甲]2305 五位之，[甲]2313 那知，[甲]2335 十梵行，[甲]2337 乃至，[甲]2337 菩薩法，[甲]2397 三觀竝，[甲]2397 之階漸，[甲]2400 金剛甘，[甲]2434 故約六，[甲]2434 猶號行，[明]221 於禪布，[明]293 入，[明]1509 法性如，[明]1610 見，[明]1636，[明]2102 寂之方，[三]2145 外迹顯，[三][宮]1563 一生所，[三][宮][聖]1579 四者不，[三][宮]263 語舍利，[三][宮]305 故

四謂，[三][宮]309 云何第，[三][宮]1470 不受人，[三][宮]1530 說名涅，[三][宮]1545 若阿羅，[三][宮]1558 生漸漸，[三][宮]1562 各三機，[三][宮]1562 善根相，[三][宮]1562 未來實，[三][宮]1562 增長皆，[三][宮]1563 常，[三][宮]1579 入定無，[三][宮]1595 菩薩第，[三][宮]1660 習應解，[三][甲]1100 各各，[三]193，[三]1003 現前地，[三]1485 中發大，[三]1559 故說名，[三]1562 竟有何，[三]1563 而般涅，[三]2033，[三]2060，[聖]1595 地，[聖]279 現菩，[聖]1199 頂上散，[聖]1562 地味等，[聖]1563 對法諸，[聖]1585 斷義雖，[聖]1723 在果窮，[宋][元][宮]2102 帝王參，[宋][元]1603 思煩惱，[宋][元]1604，[宋]866 師即隨，[乙]1715 處二，[乙]1821 假立爲，[乙]1830 通十，[乙]1772 立優波，[乙]1821 由此種，[乙]2215 地耶答，[乙]2231 斷此義，[乙]2249 預流果，[乙]2250 現量所，[乙]2297 汝以要，[乙]2397 本位，[原]851 故名淨，[原]1744 門斷惑，[原]1796 猶如淨，[原]2196 聞慧十，[原]2339 不退自，[原]2339 五十二。

族：[宮]2040 與諸。

佐：[三]1300 貫身瓔。

作：[甲]2270 性義或，[甲]1839 宗隨緣，[乙]2192 葉六名，[乙]2192 種種行。

坐：[甲]1225。

味

本：[乙]1796 無餘食。

味：[甲]974 談迦嚕。

嘗：[三][宮]1546 身所更。

等：[原][乙]2263 也而菩。

法：[元][明]26 種種豐，[元]99 莊嚴堂。

肥：[聖][另]1435 我。

吠：[明]1225 引囉，[乙]852 室羅。

患：[三]375 輪迴三。

漿：[宮]1458 若甜者。

進：[三]664 充益身。

經：[三][宮]2122 足一千。

空：[甲]1786 舌遍嘗。

理：[甲]2196 也是法。

美：[乙]2207 廣韻曰。

昧：[宮]843 怛囉二，[宮]1549 欲穢露，[宮]1958 染又復，[宮]2060 情，[宮]2123 經云佛，[甲]1828 三味，[甲][乙]2194 勇於生，[甲]1719 爲枝，[甲]1736 成澆薄，[甲]1736 見空即，[甲]1736 七，[甲]1828 故非也，[甲]2067 經六卷，[甲]2266，[甲]2266 斷然明，[三][宮]273 證法眞，[三][宮]2121 象王，[三]1284 甜食食，[三]2149 菩薩造，[聖]425 見，[宋]676 相當知，[宋][元][宮]2121，[宋]309 之法有，[乙]850 衆圍繞，[乙]1736 起即，[元][明]26 法謂忿，[元][明]2016 眞空而。

門：[三][宮]、聞[聖]1509 此解脫。

咪：[甲]974 舍惡。

米：[三]1257 白檀薰。

末：[三][宮]1646 汝言得，[三]291 等無應，[宋][元][甲]、未[明][乙]1092 治加持。

念：[明]228 三摩地，[宋]108。

求：[宮]279 亦不求。

趣：[三]100 若復不。

色：[宋]25 彼等人。

上：[明][宮]1466 覆飯突。

生：[宋][聖]271 悉和集。

食：[三][宮][聖]376 也但著。

水：[三]1 出凝停。

尾：[乙]1184 引。

未：[宮]1545 淨四靜，[宮]618 歡不得，[宮]2122 後經三，[甲][乙]914 咮羅，[甲][乙]1822 極相擾，[甲]1735 為，[甲]1816 等者若，[甲]1930 度者令，[明]1559 滅説名，[明][乙]950 生貪著，[明]1541 粗已定，[三][宮]616 是名思，[三][宮]732 消食大，[三][宮]1436 咽食食，[三][宮]1437 咽食食，[三][宮]1521 堅牢故，[三][宮]2102 消鄙惑，[聖][另]1431 去比丘，[宋][元]1562 故又言，[宋]1545 非淨雖，[宋]1579 苦故當，[元]1463。

文：[甲]1828 三但是。

物：[宮]374 若一物，[三][聖]375 若一，[三]1 具足其。

相：[原][甲][乙]2219 一味。

養：[原]1851 次第説。

曜：[宋][宮]2122。

咏：[明]1648 生識是。

詠：[明]2103 遺典三。

樂：[甲][乙]1866。

朱：[宋]1660 相彼二，[元]1340 著是業。

咮：[明]1617 有義無。

珠：[明]293 摩尼微，[明]312 如來。

饌：[三]1331 之屬而。

字：[三][宮]1435 不足。

畏

礙：[明][乙][丙]870 大城還，[元][明]186 光，[元][明]656 慧。

畢：[宋][宮]、異[元][明]443。

怖：[甲]1736，[甲]1782 故得，[三][宮]2121 或歡，[三][宮]657，[三][宮]657 當墜大，[三][宮]657 起退沒，[三][宮]657 住佛法，[三][宮]657 墜深坑，[三][宮]1428 作如是，[三]360，[三]375 寇賊或，[宋][明][甲]1077，[元][明][宮]397 今為汝。

長：[甲][乙]2309，[三][宮][聖]381 益從無，[聖]279 故如濟。

愁：[宮]1509 寧捨一。

惡：[石]1509 獸在道，[原]1775 猶。

法：[聖]790 法禁良。

艮：[乙]2408 不動。

鬼：[三][宮]2111 神用教，[聖]1544 轉。

果：[聖]201 報。

忽：[三][宮]523。

護：[三][宮]2121 不用鬪。

界：[宮]292 清淨無，[三][宮]381 無盡則，[三][宮]657 縛，[三][宮]1521 肉髻相。

恐：[三]201 大熱惱。

苦：[三][宮]721 不畏不。

愧：[聖]1440 心故恚。

量：[三][宮]278 能度諸。

喪：[原]2248 五陰斯。

是：[宮]721 施若以，[明]1608 分別我，[元][明][甲]901 處皆。

衰：[三][宮]、襄[聖]379 無歡喜。

思：[宮]410 後世常，[甲][乙]2397 而，[三][宮]323 想無有，[三][宮]606 想是謂，[聖]157 復作是，[聖]227 三昧性，[乙]2219 以常生，[元][明]721 欲復勝。

兇：[元][明]1435。

悋：[甲][乙]1822 乃至廣，[聖]1462 是故失。

爲：[甲][乙]1821 如契經，[甲]2266 等不共。

慰：[三][宮]1523 勝故或。

謂：[明]1547 懼堪受，[明]461 生死願。

異：[宮][聖]1428 忍行破，[三][宮]2123 即爲作，[三][宮]425 以莊嚴，[三]1509 如佛説，[乙]2425 故華嚴。

意：[三]440 佛南無。

有：[明]670，[三]、者[甲]1333 諸惡鬼。

重：[宮]374 死二俱。

衆：[明][聖]663。

胃

腸：[宮]511 空。

腹：[三][宮]1562 衝喉變。

冐：[三][甲][乙]1200 地薩怛。

帽：[丙]、胃[丁]2089 三。

胃：[宮]1458 雨住或。

男：[甲]2129 脾府也。

脾：[明]2102 肺骨血，[三][宮]721 穿破虫，[三][宮]721 頭。

腎：[三][宮]1548 大腸小。

謂：[甲]1512 聲教爲，[三][宮][聖]397 波利諸，[宋][元]220 大腸小。

胄：[甲]2036 仁義折。

尉

慰：[甲]2263 亦取各，[明]1428 次往返，[三][宮]2103 二三，[三]2103 候無警，[聖]2157，[原]2001 源拍。

鬱：[元][明]2152 持名樂。

渭

滑：[宮]2122 南山豹。

濟：[三][宮]2103 混淆魔。

洛：[宮][久]1452 州太平。

謂：[宋][宮]、目[元][明]657 多伽闍，[宋][元][宮]2122 陽之恩，[宋]2149。

濁：[甲][乙]1796 之法云。

愲

帽：[甲]1830 他者顯。

蔚

欝：[三][宮][甲]2053 彼河圖，[三][宮]276，[三][宮]1521 茂猶如，[三][聖]643 扶，[三][聖]643 至三界，[聖][另]310 遍山好。

慰

乘：[甲]1782。

告：[甲][乙]1822 王言王。

愍：[明]231 菩薩安。

譬：[甲]1828 喻須地。

尉：[明]1331，[三][宮][甲]901 多摩伽，[三][宮]2121 王典治，[三]1331 多羅摩，[聖]1421 喻言汝。

懃：[原]2431 懃載勅。

隱：[元][明][宮]374。

隱：[三][宮]305 之處何，[宋][元][宮]305 心有言。

喻：[原]1781 聲聞之。

至：[乙]1723 主是時。

衛

護：[明]165 園苑者，[三]192 如人畏。

會：[三][宮]1435 糞掃鉢，[三][宮]1435 水囊鉢，[三][宮]1435 者有，[三][宮]1471 三者當，[元][明]1435 鉢漉水，[元][明]1435 莫牽，[元][明]1435 作迦絺，[元][明]下同1435 者有施。

漸：[丙]2397 護諸佛。

請：[三][宮]500 即興壽。

侍：[三][宮]2040 疾而不。

術：[三][宮]、衞也[甲]2053 訛。

位：[三][宮]1681 心入聚。

魏：[甲]2039 滿亡命。

擁：[三]1362 護我某。

御：[三]196。

越：[明]1509 人以大，[三][宮][聖]512 大城之，[三][宮]656 福度一，[三][宮]656 訖周遍。

逐：[元][明]1331。

餧

賤：[元][明]1331 人。

餒：[宮]2122 長，[明]2102 獸庶超，[三][宮]279 與寒，[三][宮]2103 沈痾之，[三][宮]2060 者志好，[三][宮]2087 艱辛一，[三][宮]2102 獸或靜，[三][宮]2103 盜跖莊，[元][明]2110 在其。

飼：[三][聖]178 餓虎者。

殪：[元][明]2059 者度。

謂

謗：[甲]1828 言無母，[三][宮]1545 初日。

報：[甲][乙]2309 欲界者。

彼：[甲][乙]1822。

別：[三][宮]1443 此齊幾。

猜：[三]、疑[宮]2122。

詔：[甲]1782 不。

常：[甲]1804。

初：[甲][乙]1822 無始。

除：[三][宮]1562 自界三。

辭：[甲]1733 又。

從：[甲][乙]1822 第二。

但：[甲]1828，[甲]2266 有二果。

得：[宮]397 我是優，[宮]656 菩薩摩，[甲]1863 阿，[甲]1816 天親論，[甲]2239 大我之，[三][宮]1545 色愛盡，[三]1564，[乙]1821 涅槃涅，[元]220 自。

等：[三][宮]403 爲四一，[三][宮]481 爲四因。

調：[宮]310 蹇陀達，[宮]866 寶珠等，[甲]1813 持此戒，[甲]1512 如，[甲]1782 伏，[甲]2128 也，[甲]2193 佛身中，[甲]2255 伏是四，[三][宮]2123，[三][宮]309 意入無，[三][宮]1536 彼成就，[三][宮]1606 於不散，[三][宮]2111 達多爲，[三][聖]1595 勝士，[三]158 一切，[聖]1548 如實人，[元][明]1579，[元][明]2110 覆護饒。

惡：[明]721 比丘。

法：[甲]1705 實智欲。

非：[三]2150 前後異。

分：[甲]2266 別智。

復：[甲]2263 色蘊，[三]1579 於世間。

告：[三][宮]461 舍利弗。

謵：[宋][元]2154 其髣髴。

給：[甲]1287 大黑神。

歸：[三][宮]2121 婦曰子。

何：[聖]1462 有戒有。

許：[甲]1736 彼身極，[宋][元]1458。

護：[三][宮]821 於善法。

魂：[宋]1545 初靜慮。

或：[明]1541 無記苦，[三]2149 孔壁所。

及：[甲]1828 即以。

即：[甲]1717 四等即，[甲]1736，[甲]2323 存依圓。

記：[三][宮]416 衆生生，[乙]2297 世俗。

見：[乙]2092 王是夷。

諫：[三][宮]263 世尊。

解：[元][明]1566 脫時名。

淨：[甲]2362 心掉舉。

具：[宮]2121 雨而雨，[乙]1796 一切色。

俱：[甲][乙]1822 生後果，[甲]1821 從一切。

可：[三][宮]322 恐。

課：[聖]1562 彼或樂。

理：[甲]1775 之教導，[甲]1816 決定不，[甲]1816 世出世，[甲]2217，[甲]2255 教二不，[甲]2266 即，[甲]2266 如世尊。

良：[宮]1703 如來。

量：[三][宮][甲]2044 問一知。

論：[宮]657 念處於，[宮]1585 三事體，[甲]2339 等是雙，[甲]1733 釋離一，[甲]1786 今云不，[甲]1828 別辨章，[甲]2263 染淨法，[甲]2270 但有宗，[甲]2277 文云有，[甲]2287 幻即幻，[甲]2362 於大乘，[三][宮]1562 如瓶水，[三][宮]305 入諸法，[三][宮]1545 雖不正，[三][宮]1563 於六中，[三][宮]1595 比丘比，[三]2108 祭典尚，[聖]1763 正義以，[聖][甲]1733 云自我，[聖]1509 心二念，[聖]1818 法身常，[宋]1563 前説四，[乙]2296 等先發，[元][明][宮]402。

滿：[宋]1545 即前。

名：[甲]1736 練治下，[明]1425 不，[三][宮]741 發菩薩，[三]125 第二末，[聖][另]342 爲菩薩。

明：[宮]843 聲聞乘，[甲]1719 下破汝，[另]1721 四微亦。

難：[甲]1735 行同事。

能：[宮]1578 趣入行。

涅：[甲]2266 此釋本。

謂：[甲]2128 犀牛一。

其：[聖]189 衆生。

起：[三]2059 藥王。

且：[宮][聖]340 諸菩薩。

輕：[三][聖]1441 有餘無。

請：[宮]882，[宮]1483 僧，[宮]1503 王難賊，[甲]1735 後學思，[甲]1735 問佛境，[甲]1763 因果，[甲]2128 忍謂請，[明]489 眞，[三][宮]415 宣説，[三][宮][甲][丙]2087 其母曰，[三][宮]1451 八，[三][宮]2121 快見曰，[三][宮]2122 於現身，[三][聖]1441 彼先未，[三]94 世尊棄，[聖]2157 門人曰，[聖][甲]1763 即是廣，[聖]1763 往給，[宋]、諸[元][明]1566 所作因，[宋]1545 界差別，[宋][元]2061 講止觀，[宋]626 阿闍世，[宋]627 軟首，[元]1595 自性因，[元]2016 聞法界，[元][宮]2122 王助供，[元][明]1579 若貧乏，[元]1425 呼是賊，[元]1451 曰我，[元]1579 哀愍故，[元]2103 苦惱，

[原]2248 師又受。

詮：[宮]2060，[原]2359 可專一。

如：[宮]1552 善愛果，[甲]1736 前，[三][宮]1545 契經説，[三][宮]1552 一時生。

若：[三]、一[宮]1545 僧破已，[聖]1541 除。

設：[丁]1831 因有無，[聖][甲]1733 佛淨土，[原]2262 於無上。

深：[甲]1782 隱心理。

實：[乙]1796 獻也經。

識：[宮]1595 相及見，[三][宮]1541 滅智非，[三][宮]1542 受想思，[三][宮]1596 無有能，[三][宮]1648 知相如，[聖]1541 識入處，[聖]1563 無間，[宋][元]1545 欲界見。

示：[三][宮][聖]1509 須菩提。

事：[宋][元][宮]292 爲十積。

是：[甲]2219 所知法。

誰：[三][宮]1549 德田是，[三][宮]1571 言此智。

説：[宮]223 修，[宮]1553 分別慧，[甲]1718 貪愛二，[甲]2266 一切文，[甲][乙]2254 業異熟，[甲]1709 次五，[甲]1733 梵音有，[甲]2250 此釋爲，[甲]2271，[甲]2274 大有句，[甲]2284 生滅門，[甲]2312 空，[甲]2391 先自身，[久]1486 諸香莊，[明][宮][聖][另]1563 除生體，[三][宮]1558 中般乃，[三][宮]1563 因緣謂，[三][宮]376 不食而，[三][宮]848，[三][宮]1543 味身如，[三][宮]1545 即前所，[三][宮]1545 聖道如，[三][宮]1550 有

對更，[三][宮]1640 涅槃，[三][宮]1646 有我即，[三]100 如法聚，[三]1515 耶第一，[三]1532 依乞食，[三]1646 心常在，[聖]1763 離法之，[聖][另]342 初發意，[聖][另]1458 令衆心，[聖][另]1458 以事處，[聖]210 我智愚，[聖]231 世法不，[聖]279，[聖]1552 彼次第，[聖]1670 脫人道，[聖]2157 救焰口，[另]1428 爲犯不，[乙]957 餘諸字，[元][明]680 大地大，[元][明]1579，[原]1861 一切有，[知]1579 依因生，[知]1579 於空無。

誦：[宮]225 常苦謂，[宮]1596 文字如，[甲][乙]957 佛眼密，[甲][乙]1210 吽字三，[甲]972 早，[甲]1735 別須用，[甲]2387 軍荼利，[明]1056，[三][宮]1443 禪思獨，[三][宮]2059，[三]1039 初中後，[聖]1451 是婆羅，[原]2408 金剛薩，[知]1441。

隨：[甲][乙]1822 去來，[甲][乙]1822 生欲界，[乙]1736 方便爲，[元][明]602 生死行，[原][甲]2266 尋伺有。

體：[元][明]309 衆相光。

唯：[甲][乙]2309 翻念立，[原]1821 修所斷。

爲：[丙]2777 之，[丙]2810 獸主等，[博]262 今釋迦，[博]262 是邪見，[博]262 檀波羅，[宮]586 菩薩失，[宮][甲]1912 此二上，[和]293 猶如大，[和]1665 滿月圓，[甲]1735 寂靜慮，[甲]1735 六決定，[甲]1735 行體問，[甲]1735 衆生既，[甲]1912 簡濫故，

[甲]1969 方便實，[甲]1973 遠公，[甲][丙]2810 究竟圓，[甲][乙][丙][丁]1141 無生，[甲][乙]1866 諸劫相，[甲][乙]2207 第一德，[甲][乙]2263 提謂等，[甲]893 欲增加，[甲]897 於高下，[甲]1040 諸欲清，[甲]1119 發如是，[甲]1361 身資具，[甲]1705 有受者，[甲]1718 已取六，[甲]1722，[甲]1722 攝因歸，[甲]1722 時節不，[甲]1722 因緣亦，[甲]1735，[甲]1735 此十，[甲]1735 道即計，[甲]1735 能，[甲]1735 染法所，[甲]1735 沈，[甲]1735 信悲慈，[甲]1735 已下顯，[甲]1735 遊戲是，[甲]1735 緣無，[甲]1735 增勝廣，[甲]1736 出離也，[甲]1736 非色者，[甲]1736 佛得亦，[甲]1736 令衆生，[甲]1736 六十釋，[甲]1736 隨緣住，[甲]1736 無明從，[甲]1736 希有，[甲]1736 小乘謂，[甲]1736 眼者是，[甲]1736 智寶故，[甲]1736 諸常想，[甲]1792 化在，[甲]1811 如佛阿，[甲]1828 七，[甲]1828 緣現在，[甲]1912 調，[甲]1912 他判相，[甲]1921，[甲]1929 一切法，[甲]2017 無成之，[甲]2270 能立破，[甲]2270 能緣，[甲]2394 勝仁者，[甲]2775 傳，[甲]2775 宣說傳，[甲]2810 從一時，[明]、諸[聖]1544 預流，[明]220，[明]316 名色謂，[明]316 未來世，[明]323 上土如，[明]1517，[明]1545 決定無，[明]1562 劣名爲，[明][和][內]1665 勸發一，[明][和]1665 修習之，[明][甲]997 下，[明][甲]997 於下，[明][甲]1177

謝：[三][宮]1579 立論。

修：[三][宮]1646 禪定力。

須：[乙]1796 根在東，[乙]1796 住於世，[原]1818 上品禮，[原]2322。

續：[三]2150 尋在要。

訓：[原]2248 無妨暫。

言：[甲][乙]2261 即，[甲]2219 佛明見，[明]125 三痛云，[三][宮]1562 樂喜無。

一：[甲]1736 勸及，[甲]1736 真理即，[乙]1830 斷世間。

以：[甲][乙]1822 退失百，[甲]1736 遷流者，[甲]2195 聲聞辟，[甲]2217 自受用，[甲]2274 立於宗。

亦：[甲]2207 縱橫行。

異：[甲]2082 平生所，[甲]2266 唯十時。

詣：[甲]1782 佛所，[明]165 應施，[明]955 運爲也，[聖]279 坐道場。

意：[甲]1821 處中妙。

翼：[聖]227 當得水。

譯：[三]2151 雜譬喻。

議：[宋][元]2108，[元]2102 矣公云。

因：[三][聖]375 聽正法。

應：[甲]2266 助難至，[三]、一[聖]125 施設者，[三][宮]656 趣道門。

用：[三]129 智慧無。

猶：[甲]1733 如大海。

有：[明]848 阿字門，[明]2108 浮圖即，[三][宮]374 外色亦，[三]

[宮]1594 薩迦耶，[三][宮]1646 實語軟，[聖]272 娑羅樹。

又：[甲]1828 字。

污：[乙]2397 修。

於：[甲]1829 青瘀等，[三][宮]411 諸在家，[宋][元][宮]1443 此法中。

餘：[三][宮]1552 色界非。

語：[宮]1598 聲即是，[甲]2337 其別也，[甲][乙]1822 闡陀文，[甲][乙]2070 弟，[甲]1512 貪欲煩，[甲]1873 有者但，[明]2076 亦無出，[三]、說[宮]1547 留枝不，[三]、諮[聖]125 比丘言，[三][宮]302 伏一切，[三][宮]1435 居士言，[三][宮][聖]1425 其婦言，[三][宮]282 若那，[三][宮]338 離垢施，[三][宮]574 堅固女，[三][宮]657 離憂曰，[三][宮]816 釋提桓，[三][宮]1451，[三][宮]1579 於如來，[三][宮]2121 彼鬼言，[三]22 言卿何，[三]125 之然諸，[三]184 吾等神，[聖]626 文殊，[聖]1435 言是比，[乙]2227 夜叉爲，[乙]2404 口也，[乙]2408 是無畏，[原]1830 善心亦。

緣：[甲]2266 異生受。

曰：[甲]1736 滌除萬，[甲]2207 之獸走，[明]2087 因明考，[三][宮][知]741 善權何，[三][宮]403 忍辱所，[三][宮]741 正道何，[乙]2087 僧迦舍，[元][明]1549 意行。

云：[甲]、曰[乙]2390，[甲]1736，[甲]2214 已上祕，[甲]2219，[甲]2219 實相智，[甲]2266 何名爲，[甲]2268

簡別遮，[甲]2412 大智故，[甲]2434，[三][宮]1435 爲小小，[原]1796 與知者。

讚：[甲]1735 可知大，[明]279 知諸制，[明]293 名，[三][宮]1459 最姊妹，[原]2196 得果有。

則：[甲]1744 因果一，[聖][另]1721 平等大。

增：[三][宮]389 長憍慢。

詐：[甲]1846 現寂。

者：[甲][乙]1822 續善根，[甲]1783 力用也，[甲]2192 奇特如，[三]125 彼非我，[原]1987 如今一。

證：[宮]1558 能證故，[甲]2255 衆緣，[明]1602 四證淨，[三][宮]1543 不攝設。

知：[聖]223。

治：[甲]1733，[乙]1822 持及遠，[乙]2397 若見諸，[原]1796 甘露妙。

智：[甲][乙]1822 被餘障，[甲][乙]1822 苦中。

種：[甲]1863 三因三，[聖]1562 有爲無。

諸：[宮]345 見道功，[宮]1545 有學者，[宮][甲]1805 部即僧，[宮][聖]1537 我多聞，[宮][聖]1539 有一類，[宮][聖]1579 住補，[宮][聖]1602 失念者，[宮][乙]866，[宮]222 根異根，[宮]288 十種之，[宮]310 一切法，[宮]657 如來空，[宮]657 一切語，[宮]721 出家人，[宮]1514 熟内已，[宮]1545 色界中，[宮]1558 心有根，[宮]1562 彼相應，[宮]1646 因緣故，

[甲]1813 無主物，[甲]2266 如來到，[甲]2266 有境法，[甲]2362 此，[甲][乙]1822，[甲][乙][丙]1866 分別情，[甲][乙]1821 欲界沒，[甲][乙]2309 初禪器，[甲]952 欲成就，[甲]1700 地前菩，[甲]1709 法，[甲]1709 前蘊等，[甲]1709 實，[甲]1717 佛，[甲]1721 大乘經，[甲]1736 法從緣，[甲]1781 仁者是，[甲]1782 書寫等，[甲]1786 衆生心，[甲]1816，[甲]1851 餘説於，[甲]2261 教聞，[甲]2261 有學有，[甲]2261 鑽乳，[甲]2266，[甲]2266 菩薩六，[甲]2266 事四名，[甲]2266 意，[甲]2270 有情隨，[甲]2299 法常清，[甲]2299 天有八，[甲]2305 一切助，[甲]2337 此地智，[明]424 最上細，[明]1562 未來法，[明]125 比丘有，[明]158 度生死，[明]220 菩薩摩，[明]384 菩薩摩，[明]1552 滅智，[明]1579 佛世尊，[明]1579 相名分，[明]1604 奢，[三]1579 於生時，[三][宮]、－[石]1509 善，[三][宮]222，[三][宮]244 出見一，[三][宮]285 法自然，[三][宮]676 外六處，[三][宮]765 有一類，[三][宮]1537 無漏，[三][宮]1545，[三][宮]1545 苦類智，[三][宮]1545 有敬有，[三][宮]1545 有所化，[三][宮]1545 增長煩，[三][宮]1562 已生復，[三][宮]1566 耳鼻舌，[三][宮]1579 虛空，[三][宮]1596 佛法愛，[三][宮]1604 福智由，[三][宮]1604 三輪不，[三][宮][聖]397 菩薩心，[三][宮][聖]649 王治境，

[三][宮][聖]660 貪欲者，[三][宮][聖]1585，[三][宮][知]353，[三][宮][知]598 法界住，[三][宮]288 情無作，[三][宮]305 名字故，[三][宮]309 佛智慧，[三][宮]342 佛世尊，[三][宮]403 通慧本，[三][宮]461 音譬如，[三][宮]493 四事，[三][宮]639 佛菩薩，[三][宮]1442，[三][宮]1442 苾芻應，[三][宮]1451 苾芻於，[三][宮]1452 是陶師，[三][宮]1489 地獄色，[三][宮]1520 聲，[三][宮]1521 菩薩各，[三][宮]1521 菩薩修，[三][宮]1530 來朝者，[三][宮]1531 菩薩摩，[三][宮]1539 近，[三][宮]1542 善聲處，[三][宮]1544 愛敬云，[三][宮]1544 五，[三][宮]1545，[三][宮]1545 煩惱障，[三][宮]1545 戒禁取，[三][宮]1545 染污心，[三][宮]1545 思等思，[三][宮]1545 異生離，[三][宮]1548，[三][宮]1548 法智比，[三][宮]1549 垢著彼，[三][宮]1552 得等問，[三][宮]1553 無礙道，[三][宮]1554 疑貪瞋，[三][宮]1562 畢竟無，[三][宮]1562 無爲法，[三][宮]1571 世事是，[三][宮]1579 由此故，[三][宮]1595，[三][宮]1596 佛一切，[三][宮]1604 菩薩大，[三][宮]1606 取爲已，[三][宮]1628 同法等，[三][宮]1646 觸因緣，[三][宮]2104 門徒並，[三][宮]2121 天帝釋，[三][聖]125 比丘我，[三][聖]291 十力之，[三]1 有沙門，[三]16 弟子事，[三]26 大木，[三]26 天來會，[三]44 如來至，[三]

99 天帝，[三]125，[三]158 菩薩摩，[三]194 所生種，[三]220 善現言，[三]375 菩，[三]657 佛無上，[三]1341 法是可，[三]1440 親，[三]1441 比丘等，[三]1532 外道等，[三]1545 法捨意，[三]1562 如種非，[三]1563 欲界諸，[三]1598 佛所作，[聖]1536 顯趣向，[聖]1539 欲界繫，[聖][另]765 別，[聖]225 常行等，[聖]288 諸佛之，[聖]425，[聖]1509 輕賤，[聖]1509 人來割，[聖]1509 人語如，[聖]1509 檀，[聖]1537，[聖]1539 色無色，[聖]1544 根未來，[聖]1562 善心此，[聖]1562 欲界，[聖]1563 初所起，[聖]1564 爲生死，[聖]1579 大風飄，[聖]1595 般若大，[聖]1602 染污及，[聖]1721 苦諦是，[聖]1733 行是前，[聖]1763 相假名，[另]1543 法外彼，[宋][宮]305 見他過，[宋][宮]624 爲如故，[宋][元][宮]1545 從預流，[宋][元][宮]1558 能起得，[宋][元]1424 自恣等，[宋][元]1602 修彼對，[宋]1585 果色量，[醍]26 大天，[乙]1864 佛圓滿，[乙]1736 聲聞成，[乙]1796 囉是無，[乙]2227 天說者，[乙]2396 凡夫，[元][明]26 外結人，[元][明]288 行無所，[元][明]1563 五根中，[元][明]1567 五蘊品，[元]2016 於眼中，[原]、諸[甲][乙]1796 佛第一，[原]1780 聖無煩，[原]2339 種子隨，[原]1774 大般若，[原]2327 禪，[知]598 佛教而，[知]598 十善布，[知]1579，[知]1579 地等諸，[知]1579 法王由，[知]1579

眼耳等，[知]1579 已獲，[知]1581 無明行。

作：[三]1442 自作教，[宋]、爲[宮]403 也阿差。

濊

濊：[甲]2128 沱音達。

憒

快：[三][宮]2121 四十一。

魏

此：[明]721 言雜地，[明]1522 云天親。

晋：[宮]2008，[宋][元][宮]2122 沙門朱。

媿：[明]2154 世録。

士：[宮]2122 太和中。

巍：[三][宮]2122，[宋][宮]1608 都鄴安。

僞：[三][宮]2059 國。

餵

餒：[三][宮]2122，[原]、餒[甲]2006 魚餵。

温

火：[聖]1428 室中若。

涅：[甲][乙]2390 哩底方。

煥：[原]2410 動無礙。

濕：[宮]2121，[甲]2084 便信此，[甲]2266 等用如，[甲]2035 西北至，[甲]2087 泉其水，[甲]2087 暑風俗，

[甲]2087 暑人貌，[甲]2274 等用者，[三]2060 熱雨，[原]2131 縛拏此。

祖：[三]、袒[宮]2059。

嗢：[三][宮]2122 唐言新，[三]985 摩，[原]1308 沒。

畏：[三][宮]1547 生卵生。

瘟：[明]2122，[三]1331，[三]1331 山海之，[三]1331 疫毒之，[元][明]984 疫。

習：[三]20 故知新。

浀：[明]2110。

煖：[三]、沈[宮]1525 水等一，[三][宮]1425 無罪若，[三][宮]1428 水屋時，[宋]、暖[元][明]157 皆使滿。

煴：[三][宮]2060 五日方，[三]1441 水和之，[宋][宮]、煖[元][明]895 煙火光，[宋]374 熱者求。

熅：[宮]1425 室樹下，[三][宮]1428 水天雨，[宋][宮][聖]1425 水典知，[宋]105。

蘊：[甲]2270 處界等，[元][明][宮]443 習於彼。

正：[甲]1733 念增明。

殟

熅：[三][宮]263 灰。

溫

涅：[甲]2266 雖無加。

蘊：[甲]2748 積此理。

文

本：[甲]1913 十章前，[甲]2195

相違以，[乙]2263 難知何，[乙]2263
雖無。

不：[甲][乙]2259 立食文。

處：[宮][甲]1912 成之説，[三]
[宮]1458 説設。

辭：[三][宮]638 不志大。

此：[甲]2400 准思。

大：[宮]2122 宣佛法，[甲]2196
意必然，[甲][乙][丁]2092 覺三寶，
[甲]1736 意後已，[甲]1816 利樂相，
[甲]1816 正所廣，[甲]1828，[甲]2039
王聞是，[甲]2219 是廣五，[甲]2266
如次四，[甲]2266 同文義，[甲]2274，
[甲]2299 經二十，[甲]2299 也成實，
[甲]2400 讚其文，[三][宮]2059 業會，
[三]44 鮮明，[三]2110 人無上，[三]
2146 乖，[三]2149 同別，[聖]2157 而
温潤，[聖]2157 同是初，[宋][宮]2059
教未暢，[乙]1724 法等故，[乙]2391
字四，[原]2248 異今記，[原]1776 也
假使，[原]1863 法華會，[原]2220 歡
喜自。

等：[甲]、等云云[乙]2263 念慧，
[甲]2290。

度：[甲]2255 爲三昧。

而：[甲]1246 案吉凶。

乏：[三]2145 斯一部。

法：[甲]2217 證，[三]1433。

反：[明]2102 者不欲。

方：[原]1696 天子問。

分：[甲]2371 當德門，[原]、分
[甲]2006 明草木。

夫：[甲]1816 初二句，[甲]2266

謂士夫。

服：[元][明]、文飾飾文[宮]810
飾重座。

父：[丙]2381 佛成無，[宮]425 攝
善權，[宮]1457 鳩死樹，[宮]2034 叔
高帝，[甲]2270 即是惡，[甲]2409 闍
〃〃，[甲]2410 祖，[甲]1512 且境中，
[甲]1723 法輪有，[甲]1733 也文中，
[甲]1832 常能，[甲]1863 立，[甲]2270
是即惡，[三][宮]2060 祖之生，[三]99
還，[聖]224 佛是優，[聖]371 與，[聖]
1547 沙門斷，[另]1459 作法應，[宋]
211 佛爾時，[乙]2397 示之乃，[原]、
久[甲]2196 登十地，[原]1721 凡有
六，[原]1774 答云其，[原]2216 蝦蟇
蟒。

更：[甲][乙]2263 無説一，[乙]
2263 何不説，[原]2263 非今證。

故：[甲]、但作本文 2266 演祕
云，[甲][乙]2263 二云智，[甲]1783，
[甲]2217 文私云。

乎：[原][乙]2259 答云云。

火：[甲][乙]2376 羅國誦，[三]
212 選擇淨，[聖]272 日月八。

即：[宮][甲]1884。

家：[甲][乙]1821 又正理，[甲]
[乙]1822 何爲正，[乙]1821 滑等四。

价：[三]2103 辭趣翩。

簡：[甲]1805 下。

見：[乙]2249 而於欲。

交：[甲]1030 背稍去，[甲]2128
綵繁數，[明]288 諸行等，[聖]354 沙，
[宋][宮]2034 王。

教：[宮]2112 逾顯至。

節：[甲]850 次第開。

今：[甲]2266 考金七。

經：[三][宮]1504。

久：[宮]2122 解義及，[宮][甲]2044 以示後，[宮]1808 廣説若，[甲]、人[乙]2173，[甲][乙]1833 之言釋，[甲]1816 法，[甲]1816 攝依初，[甲]1816 顯名句，[甲]2204，[甲]2266 作久，[三][宮]2102 自難均，[三][宮]2122 稽留停，[三]2110 遠大之，[聖]2157 詞並用，[宋][宮]2103 猶，[宋][明]2122 之，[乙][丙]1833 誤爲文，[元][明]2102 滯尋文，[原]1289 精雲山，[原]1776 行疲惱，[原]1782 不受理。

句：[三][宮]1462 陀達多。

理：[甲]1736 者已如。

論：[甲]2249 擇滅唯。

曼：[明][甲]1175 殊常爲，[明][甲]1175 殊羯磨，[明]1521 陀羅華，[三][宮][石]1509 陀羅花，[三][宮]1509 陀羅花，[元][明]223 陀羅華。

門：[甲]1928 之欠剩，[甲][丙]2397 異名三，[甲][乙]1822 中有，[甲]1775 互顯，[甲]2299 第四重，[甲]2299 中世諦，[原]1825 理也，[原]2431 之法治。

名：[甲][乙]1822 便，[甲][乙]1822 初也正，[甲][乙]2250 而立亦，[甲]1918 字涅槃，[甲]2400 也。

銘：[三]2059 時莊。

牟：[明]440 尼佛侍，[明][石]1509 尼佛無，[三][宮]1550 尼相故，[聖][石]1509 尼佛共，[聖]1509 佛本爲，[知]384 尼佛今。

目：[三][宮]2104 如雲。

乃：[甲]2274 云謂若。

念：[三]2123。

攴：[甲]2128 音普卜。

臍：[甲][乙]2390。

千：[石]1509 字般若。

欠：[甲]、朱云文[乙]2392 名入室，[甲]1065 觀自在。

犬：[甲]2128 作倏亦。

人：[甲]1782 未知中，[甲]2195 槃，[甲]2299 初解顯，[明]1513 有三種，[三][宮][乙]895 是第一，[三]2154 皇帝黃，[乙]2263 欺後釋。

入：[乙]1816 復二初。

上：[甲]、文云云細註[甲]2195 亦開元，[乙]2263 眞妄相。

聲：[乙]2397 字實相。

失：[甲]2266 然無歸，[甲]2266 光，[三]2145 旨或粗。

史：[三][宮]2104 記法師。

示：[原]、示[聖]1818 處易知。

事：[甲][乙]2263 證之耶，[甲]2299 寄相是，[乙]2263 等正量。

是：[甲]2230。

勢：[甲][乙]2261 中三護。

釋：[甲]2217 云是因，[甲][乙]2250 爲善，[甲][乙]2254 自性斷，[甲][乙]2263 佛應有，[甲][乙]2263 皆在，[甲][乙]2263 者第八，[甲][乙]2263 者隨增，[甲]2217 讀故經，[甲]2239

者難，[甲]2263 明，[甲]2263 十八圓，[甲]2263 也難云，[乙]2263 上述欲，[乙]2263 此義應，[乙]2263 二念捨，[乙]2263 釋除後，[乙]2263 消文後，[乙]2263 依，[乙]2263 歟彼分，[乙]2263 源出瑜，[乙]2263 者演祕，[乙]2263 者變土。

受：[甲]1828，[原]2248 日可爲，[原]1851 中無作。

疏：[甲]2277 云論此。

說：[乙]2263 也非相。

說：[甲][乙]2263 云又取，[甲]2263 此是，[甲]2263 以周遍，[乙]2263 云云二。

天：[甲][乙]901 藏我身，[甲][乙]1816 上以生，[甲]2266 是梵言，[甲]2290 隔不應，[三][宮]2122 胄素與，[三][宮]2053，[聖]2157 並使搜，[乙]1816 即是無。

圖：[三]2110 來鳥。

亡：[甲]1723 兩反魎。

未：[乙]2397 問。

尥：[明]2087 佛坐。

紋：[宮]2040 不明顯，[宮]2121 精進純，[三][宮]1507 迹現於，[三][宮]1507 刻鏤金，[三][宮]2053 及瓶，[三][宮]2060，[三][宮]2060 間發彪，[三][宮]2060 理如，[三][宮]2060 如菩薩，[三][宮]2060 屋上見，[三]1 繡，[三]2088，[三]2103 彩煥，[三]2110 鳥足之，[三]2123 或在毛，[宋][宮]2060 石四段，[宋][宮]2121 繡所成，[宋][宮]2123 成見天，[宋][宮]2123 相師

見，[宋]2060，[宋]2088 後人，[宋]2110 雜，[元][明][宮]614 明直三。

聞：[甲]2035 物屬中，[甲]1735 由多善，[三][宮]1433，[三][宮]1462 解義，[三][宮]1598 我所思，[三][宮]2060 奉行四，[宋][宮]2103 命引狩，[乙]1724 具列然，[元][明][甲]951，[元][明][乙]1092 持藏三，[元][明]309 者清淨，[原]2196 慧次一。

扙：[宮]、交[聖]481 飾是，[宮]481 飾謂是。

問：[元][明][宮]1546。

五：[甲]2266 六十。

下：[甲][乙]2259 云，[甲]2281 云如難。

孝：[宋][元]、武[明]、父[宮]2103 誕載於。

校：[三][宮]309 飾住，[三]212 飾外何。

序：[宋][元][宮]1499。

宣：[原]1764 説菩。

言：[甲]1816 皆解無，[甲]2263 顯俱有，[三]2034 三分獲，[三]2106 同在一，[乙]1821 既不遮。

也：[甲]、矣[乙]2263，[甲]2195 分身出，[甲]2196 又爲時，[甲]2266 今謂此，[甲]2299，[乙]2263。

矣：[甲]2254 界品次，[甲]2271，[甲]2412 義釋，[甲][乙]2397 若金剛，[甲]2254 此是訓，[甲]2254 定春，[甲]2290，[甲]2299 初一是，[甲]2412，[甲]2412 悲想天，[甲]2412 乘者運，[甲]2412 此西，[甲]2412 佛部，[甲]

2412 利牙出，[甲]2412 是本有，[甲]
下同 2254 准此等，[乙]2254，[乙]
2263 定可攝，[乙]2397 今謂此，[乙]
2397 是草木，[乙]下同 2254，[乙]下
同 2254 律儀得。

亦：[甲]1735 顯三復，[原]2208
在第七。

意：[甲][乙]1822，[甲]2263 耶。

義：[甲]2195 殘若望，[甲]2195，
[甲]2254 莫知論，[甲]2266 故婆沙，
[甲]2271 亦不分，[甲]2371 多釋境，
[甲]2434，[三][宮]2122 外書不，[聖]
1456。

譯：[乙]996。

又：[丙]2092 攝齊北，[宮][甲]
1912 若言下，[宮][甲]1805 下斥，
[宮]1912 略列菩，[甲]1706，[甲]1778
二一明，[甲]1828，[甲]2089 場准勅，
[甲]2128 帝母薄，[甲]2128 作詔俗，
[甲]2254 依有漏，[甲][乙][丙]1833
類離識，[甲][乙]1821 同顯宗，[甲]
[乙]1822 正理論，[甲][乙]2263 云然
立，[甲][乙]2296 云一切，[甲][乙]
2328 何，[甲][乙]2390 云行者，[甲]
1709 具如前，[甲]1717 二初正，[甲]
1736，[甲]1736 斷現故，[甲]1736 四
一正，[甲]1736 以爲體，[甲]1782 不
二法，[甲]1782 十方，[甲]1816，[甲]
1816 答初問，[甲]1816 牒，[甲]1816
分二初，[甲]1816 分爲四，[甲]1816
可知無，[甲]1816 是略，[甲]1821，
[甲]1821 屬下將，[甲]1821 應言由，
[甲]1828，[甲]1828 分有四，[甲]1828

名者四，[甲]1828 無邪欲，[甲]1828
以意解，[甲]1828 由三緣，[甲]1833
初標言，[甲]1839 於此中，[甲]1847
是三轉，[甲]1912 二先立，[甲]1918
云正直，[甲]2128 從馬作，[甲]2128
從羽作，[甲]2128 灰塵曰，[甲]2128
玉也，[甲]2128 瘑同臾，[甲]2128 佳，
[甲]2128 作塊同，[甲]2128 作鈁，[甲]
2183 護國抄，[甲]2195 非錯又，[甲]
2195 假説也，[甲]2195 無過，[甲]2204
諸愚夫，[甲]2217 有順逆，[甲]2255
俗破性，[甲]2261 若云同，[甲]2266
光記一，[甲]2266 演祕，[甲]2266 亦
復如，[甲]2266 與雜，[甲]2271 彼九
因，[甲]2274 字，[甲]2277 云問如，
[甲]2299 五種戒，[甲]2299 一義云，
[甲]2299 云遍喻，[甲]2313 今言所，
[甲]2323 既票實，[甲]2337 若約境，
[甲]2339 竝曰若，[甲]2412 説破有，
[甲]2434 更有，[甲]2434 萬加季，
[甲]2434 云如來，[甲]2434 證其廣，
[明]1669 云何通，[明]2103 頗，[明]
2110 蓋盈溢，[明]2131 孔雀，[明]
2154 殊五體，[三][宮]322 微妙然，
[三][宮]1424 言應到，[三][宮]2102
不然矣，[三]474 菩薩有，[聖]1818 二
第一，[宋][元][宮]1558 遍淨天，[宋]
[元]1546 應如是，[宋][元]2045 爲，
[乙]1822 有前，[乙]2376 聲聞僧，
[乙]1736 明約行，[乙]1816 即此中，
[乙]1816 中離小，[乙]1822 引造無，
[乙]2192 云凡，[乙]2192 云佛自，
[乙]2249 解脱，[乙]2249 意顯也，

[乙]2261 廣百論，[乙]2397 可，[乙]2397 云然此，[乙]2408 云灌頂，[元]895，[元][明]1546 應如是，[元][明]2016 具顯，[元]1521 深威儀，[原]、又[甲]1700 三一，[原]、又[甲]1782 妙吉祥，[原]1936 云理本，[原]1818 三第，[原]1887 一事中，[原]2196 明三過，[原]2248 夕方，[原]2259 何暇更，[原]2408 如。

欲：[宮][甲]1912。

喻：[甲]2339。

元：[明]2076 徽至院，[明]2112 始内傳。

曰：[聖]1563。

云：[甲]2301 云問常，[甲]1717 本譬，[甲]1736 彌餘，[甲]1736 佛子菩，[甲]1736 五重但，[甲]1736 先，[甲]2128 從木厥，[甲]2128 從手持，[甲]2128 從手延，[甲]2214 疏十二，[甲]2266 緣此後，[甲]2412，[甲]2412 莊嚴經，[三]1424 云有一，[原]2337 三昧業。

丈：[宮][甲]1805 六七許，[甲]2035 殊今住，[甲]2036，[明]1462 所說佛。

杖：[乙]2261 自。

者：[甲]2266 義蘊云。

正：[三][宮]318 法王四。

之：[丙]2163 書等請，[宮]1808 非明了，[宮]1808 如上如，[甲]2271 若因外，[甲]2339 但，[甲][乙]2223 亦爲二，[甲][乙]2249，[甲]、原本甲

本冠註曰下六邊染者不信‧懈怠‧放逸‧失念‧散亂‧不生知此除惛沈掉擧 2266 中即無，[甲]1708 五忍從，[甲]1816 有二初，[甲]1912 後故，[甲]2128 從木從，[甲]2128 一名也，[甲]2212 不出因，[甲]2262 也言我，[甲]2266 鈔云然，[甲]2266 辭故樞，[甲]2266 此則，[甲]2266 身識所，[甲]2266 文，[甲]2266 文如上，[甲]2266 餘業者，[甲]2274 非所要，[甲]2274 能有性，[甲]2299，[甲]2305 一對約，[三]1340 時以大，[三][宮]2103 弘，[三][宮]2122 卦也乃，[聖]1763 第三明，[聖]2060 御世多，[乙]2296 初時以，[乙]2394 置之若，[元][明]2122 斯亦神，[原]2196 主意存。

支：[宮]1461 所顯與，[甲]1735 分爲五，[甲][乙]1822 不同例，[甲]1736 因縁具，[甲]1782 等缺不，[甲]2266 持受種，[甲]2266 生果識，[甲]2266 是無學，[甲]2266 相，[甲]2266 以欲顯，[甲]2274 如上卷，[宋][元][宮]2103 梁劉孝，[宋][元]2122 慧太，[元][明]2125 藻粲粲。

志：[元][明]2060 類淵海。

中：[甲]2006 所載甚，[甲]2195 〇除佛。

字：[甲]、字文[乙]2396 由，[聖]1602 身及依。

左：[三][宮]2103 僕射齊。

作：[三][宮]1808 句違順。

々：[甲]2266 免故也。

蚊

蛾：[宮]1648 蚋等無。

蜂：[三]201 翅而除。

蛟：[宋]、蚤[宮]1509。

蛺：[三]26 蚊種龍。

蚑：[三][宮]624。

咬：[宋][元][乙]1200 經六月。

蚤：[三][宮]1558 母隱在。

紋

交：[三][宮]452 絡時諸。

絞：[宋]、文[元][明]89 飾香熏。

摎：[三]1332 項使病。

綾：[聖]1463 疊花如。

文：[三][宮]1425，[乙]1736 此不同。

裝：[三][宮]2040 飾即離。

聞

礙：[宮]278 法障供。

諸：[宮]1428 佛說法。

闇：[三][宮]288，[三][宮]1559 二義起。

暗：[宮]730 一阿含。

白：[三]211 王王感。

彼：[甲]2263 熏習故。

閉：[宮]1435 王宮，[乙]1705 諸門以。

闡：[宮]263 說得立，[宮]1521 無礙四，[甲]2036 於洙泗，[聖]222 是謂樂。

常：[三]211 老如特。

賜：[宮]2108 傲慢君，[元]2122 大秦廣。

得：[明]440 彼佛名，[三]192 捨離於，[聖]663。

鬪：[明]205 之必散，[明]1647 仗被服，[三][宮]2029 諍訟，[三][宮]2122 喚呼，[聖]2157 瓶中鎗，[聖]2157 提奢此，[元]158 資用得。

法：[甲][乙]1866 一切佛。

佛：[元][明]193 如。

故：[三][宮]339。

關：[甲]2263 實，[聖]1763 眾生惑。

觀：[三][宮]2122，[元][明][宮]1562 等所成。

國：[三]1301 旋還返。

會：[元]2145。

及：[宋][元]2123 身餘力。

間：[德]1563 已皆入，[宮]1432 疑罪大，[宮][另]1435 舍，[宮]397 無聞，[宮]401 所說者，[宮]445 迹世界，[宮]1428 舍利弗，[宮]1442 我告尚，[宮]1451 默然不，[宮]1545 異生成，[宮]1545 有死，[宮]1579 具足聞，[宮]1595 思慧各，[宮]1595 無上菩，[宮]1596 菩薩無，[宮]1596 者，[宮]1611 故二者，[宮]1629 性故或，[宮]2060 有異香，[宮]2121 而歎息，[宮]2122 不費尊，[甲]1763 果向以，[甲]1112，[甲]1174 如是人，[甲]1721 必起謗，[甲]1721 是藥，[甲]1724 法本爲，[甲]1724 昔於波，[甲]1755 水禽之，[甲]1782，[甲]1816 無，[甲]1828 第八住，[甲]1839 三，[甲]1969

斷故也，[明]598，[明]1646，[明]2131，[三]、開[宮]1548，[三]15 善降諸，[三]150 善行得，[三]186 有一媒，[三][宮]、間立[聖]1552 名地界，[三][宮]1545 異生由，[三][宮]2053 有僧訶，[三][宮][聖][另]310 常知一，[三][宮]266，[三][宮]280 所有現，[三][宮]458 當，[三][宮]626 文殊師，[三][宮]721 因此失，[三][宮]1490 等如如，[三][宮]1537 沙門及，[三][宮]1579 積集若，[三][宮]1597 熏習攝，[三][宮]1608 思亦復，[三][宮]1628 勇發，[三][宮]1629 勇發，[三][宮]2060 有括訪，[三][宮]2103 英雄而，[三][宮]2121 長者，[三][宮]2121 有三，[三][宮]2121 之修福，[三][宮]2122 有人言，[三][甲]951 出諸妙，[三][聖]120 事七者，[三]99 獨住故，[三]150 比丘色，[三]194 聲響愚，[三]198 每樂不，[三]263 最勝説，[三]1579 種種戲，[三]1597 等熏習，[三]1597 所熏意，[三]2059 上，[三]2060 而超然，[三]2088 故無可，[三]2106 空中樂，[三]2112 知同徹，[三]2121 俱在遊，[三]2149 尚，[三]2154 多有一，[聖]279 佛説法，[聖][另]285 致是任，[聖][另]1435，[聖]310 大仙説，[聖]419 便受内，[聖]754 何以故，[聖]1462 律如人，[聖]1464 法亦難，[聖]1536 此語向，[聖]1546 聲而已，[聖]2157 得徹聖，[聖]2157 謹具委，[另]1442 東門，[宋]、奸[元][明]、姦[宮]374 邪惡法，[宋]220 般若聲，

[宋][宮][知]、同[元][明]266 會者悉，[宋][宮]585 斯等類，[宋][宮]2122 佛當下，[宋][元][宮]2121 之，[宋][元]99 佛所説，[宋][元]150 難，[宋][元]1340 之或當，[宋][元]1598，[宋]206，[宋]220 異生於，[宋]225 者當守，[宋]554 醍醐之，[宋]642 佛告堅，[宋]660 此法門，[宋]816 柔軟音，[宋]2061 睿宗潛，[宋]2121 亦受五，[乙][丙]1222 召即來，[乙]2092 逼禪，[乙]2309 所發性，[元]91 世尊所，[元]378 聞是法，[元][明]461 説亂，[元][明]2145 道至於，[元]125 天語已，[元]1509 無知無，[元]1579 受用諸，[元]2122，[原][甲]2196 義辯異，[原]1763 佛法嚴，[原]1771 人。

簡：[三][宮]2122 略知機。

見：[敦]365 空中有，[宮]2103 微去，[甲][乙]1709 佛説菩，[甲]1718 共不共，[甲]1799 妄隔根，[三]660 已不驚，[三][宮]743 莫言，[三]76 佛王者，[元][明]1331 亦難得。

皆：[甲][乙]2309 無自性，[三][宮]2049 信大乘。

戒：[元][明]1579 所餘別。

經：[原]1856。

開：[丙]2396 此法，[宮][聖]651 即知，[宮]483 法，[宮]618，[甲]2207 況餘處，[甲]2299 一因一，[甲][乙]2396 此法，[甲][乙][丙]938 方便慧，[甲][乙][丙]2396 一切法，[甲][乙]2362 無作四，[甲]1173 心地已，[甲]1728 聲故勸，[甲]1733 機説法，[甲]

1735 如上一，[甲]1736 大，[甲]1755 曉，[甲]1771 善聞惡，[甲]1781 法身，[甲]1786 悟，[甲]1828 四門一，[甲]1912 雙非復，[甲]1918 此大藏，[甲]2036 長生之，[甲]2067 之謂弟，[甲]2119 罽賓，[甲]2120 傳譯，[甲]2196 衆生問，[甲]2214 戒及餘，[甲]2239 之法體，[甲]2250 香自無，[甲]2255 偈爲三，[甲]2261，[甲]2395 持三藏，[甲]2396 深祕，[明]847 解譬如，[明]1377 宣，[三][宮][聖]1579 法義具，[三][宮]397 天上甘，[三][宮]2027 解斷一，[三][宮]2060 三論學，[三][宮]2102 金石洞，[三][宮]2103 寶蓋之，[三][宮]2103 妙音中，[三]211 甘露如，[三]1331 策之者，[聖]425 柔和猶，[聖]225 明度書，[聖]294 不能深，[聖]397 解脫亦，[聖]1581 覺亦復，[聖]1851 解不由，[石]1509 諸法實，[宋]、間[宮]1505 是說，[宋]1517 故是故，[宋]2145 若開易，[宋]2149 興於，[乙]1796，[乙]1796 佛所說，[乙]1709 既，[乙]2261 舍利弗，[乙]2397 自心佛，[元]2016 相故名，[元][明][宮]397 諸論說，[元][明]329 捨心，[元]1982，[原]1773 金口演，[原]1780 爲三乘，[原]2339 三顯一，[原]2395 教在諸。

可：[甲][乙]2328 思修三。

空：[甲]1969 性是三。

羅：[甲]2410 菩薩。

攞：[宋][明]、欏[元][宮]402 婆婆十。

閭：[甲]2128 巷以禮。

罵：[三]100 是已默。

滿：[甲]2068 諸國。

麼：[宮]1998 鐘聲披。

門：[宮]223 若受若，[甲]1873 即得證，[甲]1973，[甲]1512 中生信，[甲]1721 恒護佛，[甲]1728 品得益，[甲]1728 品功德，[甲]2214 之法開，[甲]2339 隙内炎，[明][甲]997 包攝出，[明]824 是經者，[三][宮]、間[另]1435 處令還，[三][宮][聖]1421，[三][宮]356 但欲聞，[三][宮]1509 是安隱，[三]99 而，[聖]99 婆羅門，[聖]1425 是事便，[聖]1509 若受，[聖]2157，[宋][宮]310 法答言，[宋][宮]1421 已，[宋][元]、問[宮]1521 相得修，[宋]1425 斷事若，[宋]1435，[乙]1866 等六或，[乙]2397 二十伊，[元][明]384 空三昧，[知]741。

蒙：[敦]262 佛音聲，[甲]1000 本已還，[三][宮]656 聖尊教。

名：[三]2063 也。

明：[甲][乙]1736 一，[甲]1828 用所謂。

能：[三][宮]299 知各各。

朋：[三][宮]414 邪師論。

親：[三][宮]2122 往言訖。

闚：[宮]1452 以緣白，[甲]1709 義類應。

如：[敦]367 是經已，[甲]2195 是說。

聲：[甲]2035 之以爲，[聖][甲]1763 爲難異，[宋][宮]624 其音了，

[元][明]1579 受持精。

授：[三][宮]2122 還同佛。

説：[三]99 聞，[原]2248 小即但。

四：[甲]1912 門稍異。

雖：[宮]411 所説法。

隨：[宋][元][宮]1428 疑白如。

遂：[三]1443 驚怖走。

聰：[甲]1958 如是。

聽：[宮]416 經，[三][宮]743 耳，[聖]221 二聲意，[聖]1442 法已即。

同：[丙]2286 其梵本，[甲][乙]2263，[甲]1512 其所得，[甲]1512 前二佛，[甲]1512 下地色，[甲]1828 分死等，[甲]1828 疑彼所，[明]2123 其義各，[乙]1822 應無漏，[乙]2254 舊解，[原]1856 於夢，[原]2271 彼世間，[原]2339 立此宗。

王：[聖]1 如來於。

文：[宮]1912 是已入，[甲]1735 上法故，[明]2108，[明]2154 然三寶，[三]2060 至如，[三][宮]2053 唯增悚，[三][宮]2104 者必當，[三][聖]210 學積聞，[三]2154 罕有其，[聖]1428 達多觸，[聖]2157 經一卷，[另]1428，[另]1428 陀羅達，[乙]1736 贍學通，[元][明]658 異字能。

問：[丙]2164，[宮]760 經皆歡，[宮]310 孔，[宮]310 之生怖，[宮]1425 已自相，[宮]1509 上種種，[宮]1521 地相得，[宮]1703 此義至，[甲]、聞[甲]1781 答以，[甲]1728 諸法門，[甲]1778 大乘以，[甲]1512 言實有，[甲]1700，[甲]1724 慧依理，[甲]1733 義無折，[甲]1736 當念彼，[甲]1736 説法果，[甲]1775 也，[甲]1781 得佛國，[甲]1781 疾文殊，[甲]1795 菩薩行，[甲]1805 第六既，[甲]1816 有不宜，[甲]1816 證無相，[甲]1839 安立敵，[甲]2035 一律師，[甲]2187 仍，[甲]2261 對治法，[甲]2266 幾，[甲]2376 外道惡，[明]201 説如是，[明]125，[明]136 法，[明]316 垢雜染，[明]380 一時佛，[明]754 聖教曠，[明]1450 六師種，[明]1450 已命，[明]1521 復次是，[明]1554 異生無，[三]、間[宮]1505 涅槃教，[三]1582 正，[三]2122 鍾聲兼，[三][宮]338 者悉解，[三][宮]601，[三][宮]1545，[三][宮][甲]895 事畢即，[三][宮][聖][另]790 到，[三][宮][聖][另]790 高遠不，[三][宮][聖]224 怛薩阿，[三][宮][聖]419 阿彌陀，[三][宮][聖]1509 猶未足，[三][宮][乙]2087 可知，[三][宮]322 而説之，[三][宮]385 如來説，[三][宮]403 當頒，[三][宮]458 怛薩阿，[三][宮]458 之是何，[三][宮]606，[三][宮]639 不思議，[三][宮]649，[三][宮]657 諸佛，[三][宮]700 略説詎，[三][宮]760 經但當，[三][宮]810 無言是，[三][宮]1428 能説自，[三][宮]1443 是家人，[三][宮]1488 他罪莊，[三][宮]1488 樂論聞，[三][宮]1509 般若波，[三][宮]1509 惡口罵，[三][宮]1523 不為，[三][宮]1545 説授，[三][宮]1546 已瞋恚，[三][宮]2060 不以，[三][宮]2060 難叙命，[三][宮]2121 之曰汝，

[三][宮]2122，[三][聖]1441 言不憶，[三][知]418 者不疑，[三]97 三，[三]99 世尊住，[三]99 已不知，[三]99 已往詣，[三]101 比丘色，[三]101 便爲人，[三]101 有道眞，[三]123 不知爲，[三]212 爾，[三]220 書寫受，[三]625 者，[三]1013 其義快，[三]1340 陀羅尼，[三]1427 而，[三]1549 以彼因，[三]1644 帝釋説，[三]2122 邊方道，[三]2122 經文説，[三]2122 曰姻，[三]2154 無本與，[聖]1537 密護根，[聖][甲]1723 等後彼，[聖]170 作瑕穢，[聖]189 者汝可，[聖]1509 般若波，[聖]1549 云何天，[聖]1763 耶正皆，[聖]2157 佛十四，[石]1509 帝釋深，[石]1509 之謂爲，[宋]101 佛報，[宋]1545 婆羅門，[宋][宮]310，[宋][宮]657 是法故，[宋][宮]1451 名者尼，[宋][宮]2060 西秦有，[宋][元]1011，[宋][元][宮]221 者皆非，[宋][元][宮]1464 當爲沙，[宋][元][宮]1521 問曰菩，[宋][元][宮]2060 遊歷篇，[宋][元]26 若如來，[宋]125 流聞四，[宋]186 世億姟，[宋]1341 已，[乙]1715 即釋上，[乙]2261，[乙]2391 此四大，[乙]2434 若謂離，[元]220 書寫受，[元][明]220，[元][明][另][石]1509 之故言，[元][明]626 怛薩阿，[元]172 香皆大，[元]2016，[原]2248 大小並，[原]1803 取捨如，[原]2208 深義緣，[知]418，[知]418 經大歡。

無：[明]293 一義觸，[明]1692 愧恥。

閑：[甲]2195，[甲]2300 之，[宋][元]2154 善通梵，[知]418 寂三昧。

聞：[宮]263 服佛法。

相：[甲]1828 自下明。

修：[三]194 心是福。

學：[明]418 是。

熏：[三][宮]1646 爲天花。

尋：[宮]2034。

言：[三][宮]2103 策係告，[乙]2261 聲時唯。

晏：[元][明]721 然而住。

仰：[乙][丙]2092 激電。

疑：[三][宮][另]1435。

以：[元][明][宮]374。

因：[甲][乙]1822 隨分解，[甲]1965 者在前，[甲]2266 隨順通，[聖]1763 聲而聞。

音：[三][宮]1521 聲中得。

應：[石]1509 是相佛，[原]1721 又如一。

用：[乙]2309 也基師，[乙]2391 此説云。

有：[明]2103 父有，[三]212 衆生解。

于：[三]152 隣國。

語：[三][宮]2122 已。

欲：[明]225 見之稍。

遇：[甲]1732 次三頌。

圓：[甲]1736 所成慧，[甲]2128 讜言顧。

緣：[甲][丙]2218 二乘，[甲][乙]1822 香。

則：[三]1440 鼓聲是。

之：[甲]1912 法華是，[乙]1816 故因此。

知：[明]2076 道眞誦。

值：[三]362 我曹比。

自：[甲]1799 性於無。

作：[甲]2274 性因波，[甲]2274 性因既，[甲]2274 性因耶。

閡

關：[甲]2120 鄉里俗。

蝨

蚊：[三][宮]2122 虻比於，[三][宮]2122 虻壽螫。

剠

剎：[明]984 闍山王。

鍐：[丙]1056 十二阿。

扨

扠：[另]1435 鉢食諸。

挍：[聖]1475 面目。

教：[明]261 爲蛇所。

押：[三][宮][聖]1428，[三][宮]1543 身言此，[三]1470 面目二，[三]1547 摸床同，[元][明]220 摩光明。

牧：[聖]1425 鉢此。

收：[三][宮]392 淚而止，[聖]663，[聖]1436 鉢食應，[另]1435 鉢食佛。

收：[聖]1423 鉢食應，[聖]1425 鉢食爲，[宋]、投[元][明]200。

吻

勿：[三][甲]1124 微一。

煦：[宋][明][宮]、照[元]2112 所詮寒。

穏

經：[三]2145 故仍前。

隱：[甲][乙]1929 道中行，[甲]1929，[甲]1929 故名停，[三][宮]2103 處安置。

隱：[甲]2001 全。

穩

隱：[甲]1828 修。

隱：[宮][甲]1799 前則世，[宮]1509 彼，[宮]1509 道，[宮]下同 1509 世間故，[甲][乙]2185 快樂，[甲]904 法者用，[甲]1220 悉雲集，[甲]1828 行攝行，[甲]2250 涅槃文，[甲]2266 義演不，[明]2131 於是世，[明]2131 亦不作，[三][宮]1451 棄唾水，[三][宮]1509 者菩，[三][宮]2053 并得觀，[三][乙]1092 三昧耶，[三]190 無有差，[三]2125 已然後，[乙]1238 寂靜令，[乙]1239 善男子。

種：[三]199 安得無。

汶

故：[甲]2400 能得諸。

岷：[元][明]2060 蜀脫落。

役：[三][宮]2060 中路逢。

問

阿：[宮]1459 婆羅門，[宮]2121，

[明]1428 房內何，[宋]2149 慧經第，[宋]721 凶頑不，[元][明]1435 如佛，[元]2125 難事若。

闍：[甲]2266 昧等心，[三]100 共住。

白：[三][宮]228 法上，[三][宮]1435 佛佛語，[聖]224 佛言持。

報：[三][聖]125。

不：[三]2123 於我。

參：[明]2076 馬祖如。

次：[宮]1509 欲使菩。

答：[宮]598，[甲][乙]2309 今舉真，[甲]2266 圓成實，[三]99 長者言，[三]1549 此非譬，[三][宮]565 曰賢者，[三][宮]1546 曰無處，[聖]1859 書已遠，[元]1425 言何道。

得：[乙]2309 無間定。

闍：[甲]2337 世王族。

對：[明]2060 曰既覩。

罰：[原]、罪[原]2196 祥皆取。

方：[甲]1736 若言方。

佛：[三][聖]1440。

復：[三][宮][聖]585 梵天其，[三][宮]810 天子不，[三][聖]1441 二比丘。

告：[甲]1736 比丘此。

闍：[甲]1512 即牒後，[甲]1512 上偈。

共：[明]1435 汝滿二。

固：[甲]1736 明賢首。

故：[甲]1736 云爲是，[明]810 以何信。

呵：[甲]2128 也。

何：[甲]1799 所依，[甲]1842，[甲]1863 定經二，[甲]2227 反合掌，[甲]2266 已說心，[元][明]1548 空定相，[元][明]1459 狀方還，[元]1579 生色界。

河：[明]721 錯。

間：[宮]657 如是行，[宮]1505 我有怨，[宮]1509 言如是，[宮]1536 言世尊，[宮]1540 謂除眼，[宮]1545 此器世，[宮]1646 異答異，[甲]1781 出也就，[甲]2266，[甲]2266 意云如，[甲][乙]1822 答論，[甲][乙]1822 上地無，[甲][乙]1822 少多，[甲]893 前後恒，[甲]1708 著味善，[甲]1723 文殊告，[甲]1724 始自，[甲]1733 於中初，[甲]1735 就如來，[甲]1735 明十地，[甲]1735 行在前，[甲]1750 白毫者，[甲]1805 誤心迷，[甲]1805 中必取，[甲]1816 非是餘，[甲]1828 故時時，[甲]1830 變易生，[甲]1830 之，[甲]1839 一因謂，[甲]1851 觀空斷，[甲]1998 以爲不，[甲]2015 難皆悉，[甲]2035 僧俗皆，[甲]2082 有，[甲]2217 耶但智，[甲]2219 名也又，[甲]2250 所以，[甲]2266 意頗有，[甲]2266 雜，[甲]2266 自說隨，[甲]2274 意，[甲]2339 八種皆，[甲]2339 即修前，[甲]2399 自然，[甲]2434 法相，[明][宮]1545 如是，[明]1428 言大德，[明]1545 多名身，[明]1545 輪王眼，[明]1545 亦爾有，[明]1546 曰若離，[明]1552 何故初，[明]1604 如是利，[明]2112 經宋文，[三][宮][甲]2053 有

一字，[三][宮][聖]1547 不，[三][宮]1506 從食所，[三][宮]1536 世是何，[三][宮]1546 者定初，[三][宮]2060 榛梗猛，[三][宮]2066，[三][宮]2122 投者並，[三][甲][乙][丙]1056 斷，[三]42 其人言，[三]985 道俗大，[三]2151 言美色，[聖]、[宮]1425 覆不覆，[聖]1425 亦如是，[聖]1509 菩薩發，[聖]2157 持經得，[宋][宮]1463 佛大小，[宋][元][宮]665，[宋][元]2061 重之如，[宋]2122 耆婆我，[乙]2261 相爲實，[乙]2394 師地弟，[乙]2408，[乙]2408 印也火，[元][明]335 禮事諸，[元][明]649，[元][明]1425 比丘住，[元]221 五陰是，[元]1442 主人應，[元]1602 學勝利，[元]2059 所從來，[原]1775 耳肇曰，[原]2006，[原]2408 看諸。

簡：[甲][乙]1822 多少是，[甲]1828 定心如，[甲]1924 在，[甲]2227 其地隨，[甲]2266 超一二，[甲]2271 何眞答。

教：[明]99 持，[三][宮]、門[另]1458 者若，[三][宮]1458 曲問。

皆：[原]920 悉一音。

逈：[甲]2068 著黃。

局：[乙]2249 天眼天。

句：[甲]2262 即惠解，[原]2264 答文。

覺：[明]293 海啓請。

開：[甲]1828 後第二，[甲]1828 後後對，[甲]1795 示，[甲]1828 後二正，[甲]1828 後後開，[甲]2035 無畏

三，[甲]2261 建立法，[甲]2298 轍而不，[甲]2299 此二門，[甲]2336，[明]2076 曰當斷，[明]但不明 170，[三]159 眞佛乘，[三][宮]1808 若有犯，[三]2060 義門既，[三]2106 解明年，[聖]1509 須菩提。

論：[明]2103 曰夫膏。

閻：[甲]2067 後不知，[三][宮]397 婁叉婆，[宋]2153 經一卷。

門：[宮][甲]1805 明之答，[宮]1552 具，[宮]2121 何以地，[宮]2122 更言是，[宮]2122 言，[甲]1721 時節也，[甲]1830 不放逸，[甲]1830 故次說，[甲]1833，[甲]1887 如上所，[甲]2195 玄贊義，[甲]2339 以顯此，[甲][丙]1823 俱許無，[甲][乙]2263 略説三，[甲]1709 先陳果，[甲]1721，[甲]1736 以爲，[甲]1763 也若言，[甲]1781 也前既，[甲]1782 次鶖子，[甲]1805，[甲]1821 於八衆，[甲]1828 遍破隨，[甲]1828 但了，[甲]1828 得證眞，[甲]1828 廣辨第，[甲]1828 中七作，[甲]1830 觸依，[甲]1830 次答此，[甲]1830 返詰雖，[甲]1830 可知，[甲]1830 也，[甲]1830 有，[甲]1913 人曰聲，[甲]1928，[甲]2006，[甲]2128 也從言，[甲]2157 菩提經，[甲]2157 陀羅尼，[甲]2195 也，[甲]2250 有一增，[甲]2259 云眼耳，[甲]2261 起居安，[甲]2261 至年，[甲]2262 八七六，[甲]2266 起因如，[甲]2281 差別若，[甲]2290 曰下問，[甲]2299 中以中，[甲]2434 以能治，[明]1199 持明者，[明]

1548 斷一切，[明][宮]1545 何故名，[明]1 訊，[明]1299 學伎，[明]1340 是中何，[明]1443 實訶責，[明]1507 道人道，[明]1546 曰若爲，[明]2131 中一月，[三][宮]1545 數數分，[三][宮][別]397 三向中，[三][宮]381 句精進，[三][宮]585 也白曰，[三][宮]637 是爲三，[三][宮]1513 疑情遂，[三][宮]1523 以何，[三][宮]1536 何緣是，[三][宮]1545 由斯，[三][宮]1546 故作此，[三][宮]1548，[三][宮]1562 四者一，[三][宮]2048 求，[三][宮]2053 藉出至，[三][宮]2060 不，[三][宮]2060 二載薄，[三][宮]2060 侶蓋衆，[三][宮]2104 非夫契，[三]99 義即，[三]1340 菩薩行，[三]1341 印已若，[三]1506 可説三，[三]2145 竺道生，[聖][甲]1733 故攝十，[聖][另]1431 波逸提，[聖][另]1543 竟諸見，[聖]376，[聖]1442 苾芻曰，[聖]1562 三無色，[聖]1763，[聖]1763 答兩問，[聖]1763 乃驚以，[聖]1763 以爲寶，[聖]2034 經二卷，[聖]2157 除鬼病，[聖]2157 經一卷，[宋][元]1563 行者何，[宋][元][宮]2060 分析曾，[宋]1545 云何名，[宋]1550 彼幾行，[宋]2122 其故，[乙]1822 也但言，[乙]1866 真如既，[乙]2249 同，[乙]2261 何故煩，[元]2016，[元][明]22 入無孔，[元][明]1536 何緣，[元][明]1545 定，[元]26，[原]1776 分別一，[原]1829 問解中，[知]384 佛言何。

悶：[丁]1831 即有，[甲]2266，[甲]2266 絶若餘，[甲]2266 由觸，[原]2408 闇〃〃。

夢：[三]2110 於莊周。

名：[宋][宮]269 佛何謂。

明：[甲]2035 身爲處，[甲]1821 不相應，[原]1829 施體。

難：[甲][乙]1822 大德也，[甲]2274 意，[三]375 何以故。

内：[甲]2270 曰聲無。

求：[聖]172 無。

闕：[高]1668 觀止輪，[三][宮]2102 利競之。

人：[宮]616 諸樂願，[宋]、大[元][明]1435。

日：[聖]225 如是爲。

尚：[元]488 言寶授。

身：[甲]1816 之果隨。

聲：[元][明][宮]532 便即起。

時：[元]220 現在此。

是：[甲]1987 曹山作。

釋：[明]2122 論云。

受：[三][宮]263 經典。

順：[宮]1545 云何此。

説：[甲]2266 云何故，[三][宮][聖]1509 曰能如，[三][宮]1437，[聖]99 如世。

司：[丙]2120 道久沐。

所：[三]125 汝是何。

同：[丙]2218 歟明果，[宮]1579 集來乞，[甲]、同問[乙]1816 文中，[甲][乙]1822，[甲][乙]1822 不同名，[甲][乙]1822 等述可，[甲][乙]1822 短長，[甲][乙]1822 意以種，[甲][乙]

1822 於虛空，[甲][乙]2328 一佛性，[甲][乙]2396 餘教以，[甲]1700 次善現，[甲]1700 何故不，[甲]1719 故得以，[甲]1731 云，[甲]1733 本願釋，[甲]1816 佛位及，[甲]1816 勝時，[甲]1816 兄總，[甲]1816 亦不願，[甲]1828 即瞋不，[甲]1851 響應故，[甲]1929 曰何故，[甲]2244 道遇自，[甲]2266 二乘人，[甲]2299 而答云，[甲]2299 而諸草，[甲]2299 二云上，[甲]2299 即自答，[甲]2299 天天答，[甲]2305 若言竝，[甲]2317，[甲]2367 大意，[三][宮]1424 單白羯，[三][宮]2122 並欸稱，[聖]1454 主，[聖]1512，[聖]2157 相酬披，[宋][元]2041 不來之，[宋][元]1545 何故復，[乙]1871 顯示大，[乙]2218，[乙]1816，[乙]1821 總發，[乙]1822 餘，[乙]2249 時能造，[乙]2394 三事，[元]1340 如是修，[元][明]1571 世俗非，[元]1092 觀世音，[原]1764 佛性令，[原]1776 佛成就，[原]1282 之有何，[原]1829，[原]1840 似喻過，[原]1849，[原]2219 訓汝也，[原]2266 體，[原]2339，[原]2339 涅槃疏。

調：[宋][元]、網[明]、門[宮]2102。

謂：[甲]2035 曰十力，[三][宮][甲]2053 法師曰。

文：[甲]1816 答四果，[甲]2204 意即是。

聞：[宮][石]1509 住不住，[宮]223 菩薩，[宮]263 智慧吾，[宮]279

能説問，[宮]398 無放逸，[宮]486 諦聽諦，[宮]598，[宮]671，[宮]1421 言汝作，[宮]1559 云何世，[宮]1604 故問，[宮]2060 偏所顧，[宮]2103 緯玉則，[宮]2104，[宮]2123 鍾開覺，[甲][丙]2087 法教流，[甲][乙]2087 衆賢當，[甲]970 是事世，[甲]1512 何者，[甲]1718 如文二，[甲]1724，[甲]1735 但言觀，[甲]1782 説已亦，[甲]1816，[甲]1816 地前地，[甲]1816 又彼義，[甲]1816 自利利，[甲]1913 經漸名，[甲]1920 亦無得，[甲]1969 佛本是，[甲]2087 告諸臣，[甲]2087 咸來，[甲]2196 如是，[甲]2218 諸佛菩，[甲]2261 經，[甲]2339 法迴心，[甲]2748 其義趣，[明]220 此中甚，[明]1442 已即與，[明][宮]2060 飛移兼，[明][宮]2103 遠振常，[明]212 意故衆，[明]220 甚深義，[明]220 書寫，[明]220 書寫受，[明]225 聞之必，[明]261 此經觸，[明]310 已諸比，[明]379 我時阿，[明]585 何謂隨，[明]588 云何，[明]624 佛佗眞，[明]893 諸明王，[明]1545 鹽喻經，[明]1545 應一耳，[明]2076 遷化答，[明]2087，[明]2087 風範語，[明]2122 頻贈香，[明]2123 諸地獄，[三][宮]222 過去當，[三][宮]2060 開張衢，[三][宮]2060 轉高陳，[三][宮][聖]1462 三，[三][宮][聖]1509 是深般，[三][宮][聖]1549 不取彼，[三][宮][乙]2087 者驚骸，[三][宮]224 佛如是，[三][宮]234 仁即應，[三][宮]278 自遠而，[三]

[宮]294 清淨法，[三][宮]327 爲衣食，[三][宮]343，[三][宮]379 於眞理，[三][宮]384 說無盡，[三][宮]461 空正慧，[三][宮]606 於是頌，[三][宮]624，[三][宮]639 如法語，[三][宮]653 此事以，[三][宮]656 如來至，[三][宮]657 之法亦，[三][宮]744 求請佛，[三][宮]1421 汝等何，[三][宮]1425，[三][宮]1435 修姤，[三][宮]1451 是已告，[三][宮]1462，[三][宮]1489 文殊師，[三][宮]2040 乃因餘，[三][宮]2053 芳聲從，[三][宮]2059 今與家，[三][宮]2059 遣使并，[三][宮]2059 若，[三][宮]2060 陳隋唐，[三][宮]2060 加復器，[三][宮]2060 頻贈香，[三][宮]2060 深知神，[三][宮]2060 五湖馳，[三][宮]2060 依勅散，[三][宮]2060 於，[三][宮]2060 彰，[三][宮]2060 周遠及，[三][宮]2060 轉，[三][宮]2103 悲怛于，[三][宮]2103 令望察，[三][宮]2104 後皇姑，[三][宮]2121 之祇域，[三][宮]2122 復有，[三][宮]2122 其事時，[三][宮]2122 所由，[三][甲][乙]2087 遐被法，[三][甲][乙]2087 欲來論，[三][甲][乙]2087 諸土俗，[三][聖]26 已，[三][乙]2087 失墜虛，[三]1，[三]14 是便對，[三]22 諸外異，[三]26，[三]99 尊者阿，[三]125 法，[三]125 事因緣，[三]154 指示樹，[三]157，[三]212 何法輒，[三]212 一句之，[三]291 於此清，[三]292 慧決衆，[三]419，[三]985 西，[三]1340 如來教，[三]1348 甚深義，[三]2063 云誰，

[聖]221 我當於，[聖][石]1509，[聖]26 彼大衆，[聖]26 瞿曇此，[聖]225 曰闍士，[聖]397 如來如，[聖]1425，[聖]1425 言汝長，[聖]1435 能得者，[聖]1548 住一彈，[聖]1763 可得聞，[石]1509，[宋]、間[宮]656 可雖不，[宋]301 普，[宋][宮]2059 道八百，[宋][元]1428 此比丘，[宋]1340 於我帝，[乙]1709 經名後，[乙]1822 義故，[元][明][宮]1545，[元][明][聖][另]310 諸佛事，[元][明]99 經如是，[元][明]203，[元][明]223 是深，[元][明]272 法二者，[元][明]310 最勝願，[元][明]2145 長集，[原]2001 絕學謂，[原]2208 之生信，[原]2248 故曰如。

問：[丙]1002 皆答。

相：[宋][元][宮]1425 訊時不。

向：[丙]2163 法門則，[甲][乙]2390 明師何，[甲]1816 相應三，[甲]2068 汝，[甲]2261 緣色等，[三][宮]1432 彼言汝，[三]682 金剛藏，[聖]1733 下，[聖]2157 佛經同，[宋][宮]1435 曰何故，[宋]26 頂法及，[戊][已]2089 本配寺，[元][明]1566 如論偈。

言：[明]220 是心爲，[三]、[聖]375 以何義，[三][宮]382 文殊師，[三][宮]1425 汝實，[三][宮]1428，[三][聖]375 十住菩，[三]2060 曰時將，[元]374 佛皆默。

闍：[甲]1111 薩。

也：[甲]1792 佛本意。

以：[甲]1830 別境問，[乙]2328 即法相。

因：[甲]1816 何故不。

用：[乙]2263 之其座。

有：[聖]1435 若比丘。

又：[甲]1828 其身雖，[三]375 言如是。

語：[三][宮][聖]1428 守籠，[三][宮][聖]1428 言長老。

淵：[聖]2157 致衆咸。

緣：[宮]671。

遠：[甲]2036 那講主。

曰：[明]2076 到遮裏，[明]2076 請師別，[三][宮]585 云何梵，[三][聖]99 一説一。

閱：[宮][甲]1805 城大臣，[三][宮]2104 幽。

責：[三][宮]1458 輒便遮。

周：[宮]2059 經多明，[甲]2130 炘蜜多，[甲]2128 利此云，[三][宮][甲]2053 亦從寂，[乙]2157 錄編爲。

諸：[宮]2121 晝夜。

鍐：[原]2409。

作：[三][乙]1092 皆答若。

周：[甲]2274 云此文。

摳

樞：[甲]997 陀那尼，[乙]913 三昧誦。

翁

父：[三][宮]2122 母並在。

公：[宮]2122 聲呼曰，[三]152 斗量賣，[三][宮]、[聖]1425 説偈言，[三][宮]2122 説偈言，[三][宮][石]1509 而舞有，[三][宮]1425 阿母阿，[三][宮]1425 及和上，[三][宮]1425 時諸小，[三][宮]1425 頭，[三][宮]1463 羊爲陀，[三][宮]2121 不達道，[三][宮]2122，[三][宮]2122 當命過，[三][宮]2122 可百餘，[三][宮]2122 身，[三][宮]2122 問云，[三][聖]211 不達道，[三]171 頭白如，[三]211 命不終，[聖][另]790 生，[聖][另]1442 便伺人，[宋][元][宮]、父[明]2123 聲復是。

鳥：[三][宮]2122 説偈言。

蝛：[元][明]2121。

勜

徹：[三][宮]2059 幽凝提。

瓮

瓮：[甲][乙]2296 亦應分，[三][宮]1425 頭印，[三][宮]1451 齒木澡，[宋][元][宮]1602 若言亦，[元][乙]、盆[甲]901 中總相。

盆：[宮]1462 骨以下，[甲]1333 受五，[三][宮]1442 在處安，[三][宮]2121 中酒，[聖]613 乃至大，[元][甲]901 即取壇。

盂：[三][甲]901 用柳枝。

瓦：[三][宮]1425 瓶器物，[乙]2092 之影恒。

瓷：[三][宮]721 金師因。

甕：[丙]2092 百餘口，[宮]1425 上著器，[宮]1435 却瓨滅，[三][宮]1425 先，[三][宮]1442 瓶，[三][宮]2121，[三]25 觸象項，[三]25 鐵瓮鐵，

[乙][丙]2092 注屠兒，[乙]2092 子人皆。

瓬：[三][宮]1428，[三][宮]1428 著上開，[三][宮]1435 瓮中。

甕

盆：[宋][宮]2121 八銀。

瓮：[宮]2121 中鬼聞，[聖]375 其觸尾，[宋][元]1092 瓶鉢一。

瓬：[三][宮]1428 中。

甕：[明]1435 草木皮。

瓾：[三][宮]1442 聲蓬聲。

鼺

蝛：[宮]263 不瘤不。

倭

和：[甲]2207 名乎能，[乙]2207 名曰爾。

倭：[甲]2207 也曲。

捼

挼：[三][宮]1458 令碎投，[三]1482 四不觸。

撾

棒：[三]211 繫著象。

鞭：[三]201 打飢渴。

摘：[三][甲]1039 子上山。

柱：[三]211 杖良善。

摘：[宋]152 捶。

踒

傴：[三][宮]2123 僂人。

我

阿：[原]1890 藍伽藍。

愛：[甲]2814 等執故。

白：[甲]2255 象降神。

般：[甲]2300 涅槃後。

彼：[甲]1709 資具此，[甲]1958 國者莫，[甲]2274 失，[明]708 有無有，[三][宮]1425 穿牆間，[三][宮]1509 彼以爲。

表：[甲]1736 慢愛有。

病：[甲]1781 本。

不：[三]50 住不無，[三]1633 是難則。

常：[三][宮]1462 因此觀，[三]375 等觀。

成：[甲][乙]1822 畢竟無，[甲]1735 義矣四，[三][宮]272 佛國土，[三]299 等過，[三]1566，[宋]1191 今說最，[元][明]628 誠心敬，[元][明]1562 畢竟無，[元]375 於爾時，[原]1851 實，[原]2271 立遠。

乘：[甲]、學[甲]2261 一師何，[甲][乙]1821，[甲][乙]1822 便別諍，[甲][乙]2309 者依一，[甲]2219 不可得，[甲]2273 不立極，[甲]2317 次執我，[甲]2401 之釋，[三]273 何況沙，[乙]2190 顯云聞，[原]1859 我即，[原]2216 之釋種。

持：[宮]847 令法種。

初：[乙]2393 今爲汝。

此：[宮]2045 作兒兼，[甲]2195 既。

從：[甲]2128 也顧野。

大：[三][宮]536 無。

但：[三][宮]、我但[聖]606。

得：[宮]1662 一切福，[三][宮][西]665 見解我。

地：[元][明]1425 某甲和。

等：[三]585，[原]、及[原]、爲[原]、－[甲]1203 一。

定：[甲]2266 法愛等。

俄：[甲]2036 病頭風，[甲]2039 埋此處。

誐：[甲][乙]1037。

鵝：[明]1648 鳥。

耳：[三][宮]2121 獼猴見。

二：[甲]2266 分釋所。

發：[乙]2192 是中。

法：[甲][乙]2261 我所，[甲]2261，[聖]1512 法故也。

非：[三]99 不隨時。

飛：[聖]、－[三]125 在舍衞。

風：[甲]1828 性我亦。

夫：[元][明]2122 作於婦。

佛：[宮]402 我是彼，[三]220 戒蘊，[三][宮]1435 結同戒，[另]1428 法中能，[宋][元][宮]2121 言大王，[宋]374 言彼婦，[乙]2263 意也今，[元][明][宮]397 說無量，[元][明]656 言世人，[元]453 所，[元]2123 如是說。

復：[三]26 更有五。

根：[乙]2218 耶是能。

宮：[元]191 宮中來。

故：[甲][乙]1822 及色違，[三][宮]1809。

好：[三][宮]2121 婦兒。

何：[宮]1646 因故苦，[甲]2266 義故入，[三][宮]2122 物應問。

和：[甲][乙]2194 師呼和，[元][明]1331 沙。

後：[三][宮]1566 亦不違。

華：[甲]1846 説三界。

或：[甲][乙]1250 心眞言，[甲][乙]1821 約此説，[甲]1816 所化衆，[甲]1816 執別，[甲]1828 隨行時，[甲]2262 無分別，[明]375 若惡心，[三][宮]2123 以惡業，[三][宮]479 未來諸，[三][宮]2122 萬一自，[聖]953 來爲今，[另]1509 等著何，[石][高]1668 非外道，[宋]、[元][明][宮]224 無所畏，[宋][元]125 弟子中，[原]2408 以此法。

惑：[甲]1698 三事即，[三]56 彼言。

及：[元][明]309 人壽命。

即：[三]375 復語言，[另]1428 語夫言。

己：[三][宮][聖]376 及衆生，[三][宮]1581 者則以。

家：[甲]2217 云神作，[三][宮]1442 出俗爲，[原]2271 相違因。

假：[三][宮]1425 令汝得。

見：[三][宮]606 如毛塵，[三]1 受戒受。

戒：[宮]1551 已先説，[宮]1808 不讚歎，[甲]1811 故四示，[甲]1828 所引戒，[甲]2266 品云犢，[三]203 信因緣，[三][宮]270 名比丘，[三][宮]

397 正法能，[三]24 其頂生，[三]721 入受樂，[三]1441 眾多作，[聖]1429 等喜樂，[宋]220 所無常，[乙]2263 所緣互，[乙]2381 白諸佛，[乙]2381 所得當，[元][明]26 說想多，[元][明]204 一切空，[原]1775 也法中。

今：[甲]2337 爲此時，[三][宮]657 世尊說，[三][宮]754 能令汝，[三][宮]1425 欲報恩，[三]203 向所以，[聖]99 皆悉已，[聖]1421 等當云。

敬：[乙]2408 禮敬禮。

空：[甲]1736 次。

來：[三]643 滅後欲。

禮：[三]26 足。

利：[三][宮][聖][另]310 益世間，[聖]1421 縫成諸，[元][明]310 或復證。

漏：[原]2271 法而爲。

秘：[甲]1724 成佛來。

滅：[宮][聖]1462 法中慎，[明]1646 語取是，[石]1509 心故當。

民：[宋]1521 如法求。

能：[明]397 以清淨，[聖]190 我眾智，[聖]1442 施半兩。

寧：[宋]197 見乃當。

哦：[甲]1065 羅我。

其：[甲]2075 髓，[明]397 眷屬，[三][宮]385 屈伸時，[三]192 命。

祇：[三][宮]1507 戲言相。

前：[明]1442 所制不。

強：[三]192 弓智慧。

求：[三]1082 最勝驗。

然：[甲]2217 而有不，[三][宮]606 本空無。

嬈：[三][宮]2121 狗而。

人：[三][宮]1425 者汝可，[三][宮]1451 等不。

戎：[宋]1571 在爲燎。

如：[宮]310 今不求，[聖]26，[宋]383 來此不。

汝：[甲]2274 執言簡，[三]1568 今說空，[三][宮]666 身是彼，[三][宮]1428 作如是，[三][宮]2058 之左眼，[三][宮]2122 邊佛告，[聖][另]1435 一如與，[聖]178 現至誠。

入：[甲]2261 我所及。

若：[明]1650 處。

殺：[明]120 於無量。

身：[三][宮]414 非陰生，[石]1509 何以故，[宋][宮]1509 見實有。

神：[三][宮][石]1509 復次是，[另]1509 不可得。

生：[元][明]397 忍於。

施：[甲]1700 者有其。

食：[聖]1488 時。

時：[三]99 有我。

實：[甲]2266 性，[元][明]374 若法是。

識：[宮]1585 法二見，[甲]2266 等五支，[甲]2266，[甲]2266 故名根，[原]2264 等五支。

氏：[甲]2266 謂族類。

是：[宮]1435 邊莫別，[明]158 今日捨，[明]333 長夜，[三][宮][聖]625 等說所。

釋：[甲]1512 此土安。

手：[三][宮]374 足清淨，[三][宮]1648 常施與，[三][宮]2122 五拘。

水：[三][宮]638 不得前。

說：[甲][乙]2186 法也毘。

四：[甲]1929 顛倒是。

俗：[甲]1736 下解妨。

所：[三][宮]309 從來處。

體：[原]2271。

天：[甲]2261 魔所。

外：[明]225 無宜坐。

王：[宮]1670 意當，[三][宮]2122 心自非，[三]190 言大王，[三]212 太子女。

忘：[三][宮]270 失來久。

爲：[宋][宮]223 得大利。

吾：[宮]2058 前行尋，[明]125 貫針，[明]152，[明]397 曹教，[明]624，[明]629 等欲共，[明]2076 道不從，[三][宮]1489 少說，[三][宮][聖]376 般泥洹，[三][宮]534 等毀辱，[三][宮]606 治罪衆，[三][宮]1421，[三][宮]1421 宣此意，[三][宮]2121 不堪任，[三]125 有法作，[三]152 身是四，[三]152 身是也，[三]172 語卿知，[三]185 受此厄，[三]1331 當將護，[宋][元]2047 前行答，[乙]2092 共叙哀。

無：[甲]1828 常者此，[原]1768 常果。

物：[宋][元][宮]1451。

悟：[宋]161 自還。

咸：[明]293 皆親近。

相：[甲]2262 亡四不，[乙]1796 耶對如。

校：[甲]1973 此身從。

形：[元][明]656 以無我。

性：[甲]2018 執或亡。

崖：[甲]1775 謂之耳。

依：[三][宮]1611 此所說。

宜：[三][宮]2060 偏敬其。

儀：[明]633 醜陋人。

已：[三][宮]1451 當施與。

義：[甲][乙]1736 經中說，[甲][乙]1822 常住實，[甲][乙]1822 即是無，[甲]1782 不可屈，[甲]1816 曾，[甲]1828 根，[甲]1828 所發言，[甲]1828 應無所，[甲]2266 者佛果，[甲]2269 識者猶，[甲]2270 爲真我，[甲]2274 皆名自，[甲]2281 豈呼非，[甲]2305 故，[明][宮]1602，[明]212 無著，[明]1515 如來藏，[明]1603，[三][宮]650 者我是，[三]20 非我而，[聖]1723，[宋][宮][聖]1585，[乙]1816 唯能斷，[乙]1822 也指同，[乙]2408 唯供，[元][明]2145 之在己，[原]2271 應。

議：[宋][宮]、義[元][明]721 名爲空。

用：[甲][知]1785 若併是。

猶：[宋]26 爲諸年。

有：[三]202 幾時住，[三]375 入出諸。

於：[宮]1428 如是見，[宮]1521 中有陰，[宮]2122 今忽來，[甲]1736 我等中，[甲]1816 不在內，[三]201 信故現，[三][宮]1579 他所，[三]100 家中事。

願：[三]1579 無常苦。

樂：[乙]2309 無量我。

云：[甲]2249 恒於自。

哉：[甲]1709 今，[明]497 受不摩，[明]885 法等金，[明]885 自在相，[三]152 斷我繫，[三]205，[三]362 助汝曹，[聖]178 布施與，[宋][宮]322 空爲居，[乙]2157 生人伏。

在：[三][宮]2121 在所生。

者：[宮]310，[甲]1254 之手作，[三][宮][另]1435 我等便，[聖]223 具足四，[乙]1821 據此説。

之：[甲]1778 齊，[三]1339 想自陳。

執：[甲]2270 生五唯。

中：[三][宮]494 諸弟子。

衆：[宋]26 等衆多，[元]223 見。

諸：[三][宮]657 癡冥法。

自：[三][宮]1425 得是法。

沃

惡：[宮]1577 焦呑。

浂：[聖]279 田彼有，[宋]1092，[宋]1092 身心清。

減：[宮]644 燋山故。

淚：[乙]2157 宿誠廢。

沒：[宋][元]193 使悦。

默：[甲]2207 焦萬流。

妖：[三]193 咒惑菩。

浧：[宋][宮]381 自然爲。

臥

床：[元][明][宮]374 離生死。

墮：[宋]374 非起非。

敷：[明]1454 具若坐，[三][宮]1458 具咸應，[三]201 者，[聖]1428 具諸居。

呵：[聖]1470 五者欲。

即：[宮]2060 床枕失。

具：[明]125 及所安。

眠：[三][宮]397 不安九，[三][宮][聖]1425 説高床，[三][宮]1425 我獨爲，[三][宮]2058 我當經，[三][宮]2122 處足知，[三]99，[三]100 厭，[乙]2391。

滅：[甲]1828 名坐以。

仆：[元]2122 耶輸陀。

起：[三]211 呻吟恒。

棄：[明]375 灰土棘。

虹：[三][宮]2060 龍魚水。

褥：[三]226 醫藥悉。

師：[甲]2087 傍有窣。

竪：[原]2248 次第量。

睡：[三][宮]1435 聞人聲。

宿：[三][宮]1458 事不寂。

行：[元]263。

狀：[聖]1475 不得教。

作：[三]98 具。

坐：[三][宮]1428 具宿十，[聖]1421 空中如，[宋]125 梵志當。

座：[三][宮]1428 具佛言，[三]125 備具是，[宋]374 其床兩。

偓

齷：[三][宮]2060。

握

出：[宋]、掘[元]2103 伸之隨。

掘：[宮]2060 手忽然，[甲]1912 摩善哉，[甲][乙]2385，[甲][乙]2392 右大指，[甲]861 右手，[甲]1030，[甲]1200 大指爲，[甲]2035 之得金，[甲]2053 極而撫，[甲]2391 而指，[甲]2400 或云慈，[甲]2400 力之端，[明][聖]1441 搦不出，[宋][甲]1069 大指爲，[宋][元][宮]2122 之珍，[乙]1239 四指仍。

擴：[甲]1782 故遊貧。

捻：[三][乙]1092 大。

屈：[丙]1222 即成，[甲]、掘[乙]966 爲拳地，[甲][乙]2385 左母指，[甲][乙]2390 空指直，[三][宮]2122 節，[乙]2391 合名。

振：[宋][宮][甲][乙]、扼[元][明][丁]866 腕。

挃：[三]186 十三正。

幄

握：[宋][宮]、握[元][明]2122 籌計利。

帳：[三][宮]2103 之策欲。

渥

泥：[宋][宮]1509 所獲必，[原]、[甲]1744 合時可。

涯：[甲]2214 恐不當。

注：[宮]397 毘婆車。

齷

握：[三][宮]2122 齷齪。

圬

治：[三]、汙[聖]1 此非三。

污

行：[甲]2290 分於此。

巫

筮：[三][宮]2041 卜或因，[三]2145 師。

誣：[宋][元]2103 臣諫。

覡：[甲]1912 謂陰神。

座：[宋][宮]2059 師對曰。

洿

淬：[三][宮]1549 沙彼以。

誇：[三][宮]2060 拙羨巧，[三][宮]2122 拙羨巧，[三]150 念墮非。

潦：[甲]2036 擬廣於。

染：[三][宮]2121 猶水精。

污：[三][宮]606 視其骨，[三][宮]2121 泥土沙，[三][宮]2121 豈可於，[三][宮]2122，[三]2145 心猶鏡。

屋

癡：[甲]2261 宅衆人。

房：[宮]1425 隨事應，[甲]2254 室等，[三][宮]1421 牽出，[三][宮]1810 宿七在，[三][宮]2121，[聖]1428 無主自，[乙]2092 相望衣。

富：[宮][知]1581 宅未住。

居：[甲]2317 恒，[萬]26 舍及床，

[知]384 舍非材。

空：[三]1528 與花二。

窟：[甲]1276 宅被火，[乙]2393 上竝。

袤：[三][宮][甲]2053 可坐千。

尼：[宮]2122 中穢物。

屏：[宮]1435 蓋藏各。

屈：[甲]974 四面懸，[明][甲][乙]1276 蔓草和，[宋][宮]2122 山修習。

室：[丙]1202，[甲]2195 宅金銀，[三][宮]263 宅若在，[三][宮]381 作行則，[三]5 舍車乘，[三]945，[三]2060 相望索，[聖][另]1463 上是名，[元][明]1462 如是三。

沃：[甲]1000 計引。

星：[三][宮]2122 祠果乘，[乙]2408 光者一。

崖：[三][宮]2029 不能自。

衣：[乙]2092 隨逐。

有：[甲]2068 覆其。

宅：[三]1331 之中。

之：[三]375 宅。

至：[三][宮]1432 上覆蓋，[宋]2085 字嚴麗。

座：[甲]2250 簷下即。

烏

島：[甲]2128 學反詩。

呼：[三]1332 吐。

馬：[聖]1428 鳥時諸，[宋][元][宮]2103 去風路。

鳴：[甲][乙]2174 瑟尼沙，[明]1336 奴破三，[三][甲]1007 唵二合，[三]2122 呼那須。

鳥：[宮]387 角鵄同，[宮]721 鵄雕鷲，[宮]2058 爾時尊，[甲]1806 雀比，[甲]2128 悔反不，[甲]1178 蘇，[甲]1799 玄皆了，[甲]1912 隨啄吞，[甲]2035 盧博迦，[甲]2128 蓋反梵，[甲]2128 骨反下，[甲]2128 瓜反説，[甲]2128 郭璞曰，[甲]2128 侯反説，[甲]2128 迴反考，[甲]2128 喙也經，[甲]2128 見反者，[甲]2128 沒反舊，[甲]2128 育，[甲]2129 耕反下，[甲]2129 公反蝮，[甲]2129 加反切，[甲]2129 絞反今，[甲]2129 外反謂，[甲]2266 或，[甲]下同 2129 見反又，[甲]下同 2128 固反顧，[甲]下同 2129 定反切，[明]99 欲來食，[明]721，[明]721 十，[明]721 有金剛，[明]1425 逐鳴諸，[明]1442 飛騰而，[明]1521 鵲鴟梟，[明]1549 鷲呪降，[明]1562 莫迦，[明]1644 鵄鵰鷲，[明]1690 常懷諸，[明]2076 銜一紅，[明]2103 猶未翔，[三][宮][聖]1452 從空飛，[三][宮]397 一，[三][宮]427 鳴，[三][宮]721，[三][宮]721 食，[三][宮]1425 無來，[三][宮]1486，[三][宮]1509 鷲野干，[三][宮]1509 挑其眼，[三][宮]1546 等是也，[三][宮]2104 鵲亦有，[三][宮]2104 吻噬終，[三][宮]2123 至知友，[三][宮]下同 2123 飛來，[三][聖]125 鵲，[三][聖]125 鵲鴻鵠，[三]375 競逐，[三]607 八七日，[三]607 鵲衆鳥，[三]987 不羅利，[三]

2149 王經或，[宋][宮]310 蠅蛻，[宋][宮]1509 逐之貧，[宋][宮]2122，[宋][宮]2122 語云急，[宋][明]311 而生迦，[宋][明]1170 摩女天，[宋]26 以毛嚴，[宋]1336 乾吒，[宋]2151，[宋]2151 事經一，[乙][丙]2092 場，[乙]2092 頭，[乙]2394 及狐竝，[元][宮]721 鶉雕鷟，[元][明][宮]2123 中來，[元][明]2122 金盤代，[元][明]2122 鵲狐。

鄔：[明]1450 陀夷見。

爲：[甲]2129 皎，[乙]1796 陀那是。

鄔：[三][宮]2053 闍衍那，[三]220 波，[乙]1821 波婆沙。

嗚：[三][宮]2060 咽由斯。

陽：[甲]1700 波索迦，[三][甲]1080 波難馱。

塢：[甲][丁]2244 跛末娜。

象：[宮]1509，[三]201 越鞼。

梟：[三][宮]721 鶉狐狗。

寫：[甲]1304 名位設。

焉：[宮]731 卑次草，[宮]2060 耆已西，[甲]2035 見理欲，[甲]2089 耆國，[三][宮]2060 迴後，[三][宮]2103 善，[三][宮]2112 有夫葬，[三]2121 爲斯語，[三]2152，[聖]2157 耆摩，[宋][宮]2060 合心性，[宋]2059 合纂有。

油：[甲]951 麻各皆。

淤：[元][明]、象[聖]99 泥中大。

爵：[三][宮]397 多羅僧。

鄔

那：[明]1450 波離足。

嘔：[甲]1821 陀南此。

烏：[甲][乙]2087 波毱多，[甲][乙]2087 波釐阿，[三][乙]1075，[宋][元][宮]1545 波索，[宋]1103 波斯迦，[宋]1442 波難陀。

陽：[甲]850 姹。

嗚

嗚：[宮]2025，[宮]2122 亦鳥也，[甲]1178 呼深可，[甲]1333 處呪之，[甲]2128 噎，[甲]2128 噎上屋，[明]162 呼嗟歎，[明]383 呼苦哉，[明]1425 若，[明]1435 說邪語，[三][宮]1425 徹好面，[三][宮]1509 呼得母，[三]440 闍光明，[聖]1451 呼此，[宋][元]205 呼。

舐：[三][甲][乙]2087 足摩踵。

烏：[甲][乙]901 樞沙摩，[三][丙]1211，[三]1332 睺睺睺，[三]1335 呵羅地。

誣

經：[宮]2108 佛法遂。

誑：[甲]1512 聖言故。

謀：[三][宮]2122 爲廢立，[宋][元][宮]2122 謗。

輕：[宮]2103 謗之甚，[甲]2787 言犯之，[聖]210 罔人清。

訴：[三]211 應當得。

誤：[甲]1708 聲七深。

謠：[三][宮]2060 自滅總。

鎢

鎢：[甲]2128 銷音。

无

天：[宋]、夫[元][明][宮][甲][乙][丙][丁]866 我反袪。

先：[甲]2261 表。

元：[甲]2255 康明云。

毋

母：[宋]1272 娑多藥。

王：[三]211 哀愍別。

無：[明]2122 傷也此。

吾

彼：[甲]1909 我同善，[甲][乙]1909 我心生，[甲]1909 我故好，[乙]1909 我心生。

告：[宋]196 欲從兄。

今：[三]156 當爲王。

苦：[甲]1731，[甲]1969 覆多矣。

立：[三][宮][聖]481 以轉法。

菩：[明]2121 本不強，[宋]196 佛名汝。

善：[宮]784 以四等，[甲]1782 行次四，[甲]2036 弗得而，[明]2110 所聞也，[三]184 自當之。

身：[三]474 是也。

王：[甲]2035 同坐吾。

文：[甲]2035 今所有。

我：[甲]2036 鄉羽衣，[甲]2036

而，[甲]2286 朋懇，[明]152 裸之重，[明]152 身，[明]153 於處處，[明]172 本非奴，[明]314 今說，[明]314 今問汝，[明]627 今尋後，[明]821 當少，[明]1435 欲使水，[明]2076 莫識此，[明]2123 齎去著，[明]2123 是鬼中，[明]2154 若著筆，[三][流]360 於此世，[三]154 等悉見，[三]220，[三][宮]544 爲王以，[三][宮]745 不能答，[三][宮]263 說之一，[三][宮]606 不久爲，[三][宮]810 身又彼，[三]159 今爲汝，[三]184 本願成，[三]186 終不起，[三]187 今看樹，[三]196 身何如，[原]2431 身相傳。

無：[三][宮]221 我亦不。

五：[宮]396 道五十，[甲][乙]2070，[甲]2036 祖出入，[明]384 曾作畢，[明]398 等，[三][宮]627 眼不淨，[三][宮]671 則以現，[三][宮]1545 左右不，[三][宮]2102 已有所，[三][宮]2122 所欲，[三][宮]2122 姉以，[三]193 分壽捨，[三]2112 書者喪，[聖]1509 我心故，[聖]225 受，[聖]481 我，[聖]1509 我心及，[另]1721 子者，[乙]1709 濁轉增，[元]186 不貪欲，[元]2016 百歲非。

言：[三][宮]582 日三浴。

與：[三][宮]397 今所說。

欲：[聖]125。

珠：[三]2121 糞可施。

吳

昊：[甲]2120 遊巖至。

商：[三][宮]2103 太。

唐：[三]2150 孫氏傳。

矣：[宋][元]2059，[元]2059。

異：[甲][乙][丁]2092 國沙門，[乙][丙]2777 本云爲。

昃：[甲]2128 月盈則。

炙：[三][宮]2103 兩娛心。

足：[明]2034 録及三。

梧

桐：[三]2059 表於房。

枳：[甲]2196 羅此云。

無

八：[聖][另]1543 道種未。

拜：[甲]2266 約法士。

被：[元][明]159 瞋無報。

必：[甲][乙]2263 起身識，[甲]2195 觀音不。

辨：[甲]2255 之。

幷：[甲]2266 間二道，[甲]2250 想天者。

並：[甲][乙]2250 是婆沙，[甲]2266 據論語。

不：[博]262 擯出，[宮][聖]1595 異亦無，[宮][知]266 有漏，[宮]223 色非可，[宮]227 受則非，[宮]278，[宮]278 所染著，[宮]374 貪著，[宮]397 增減即，[宮]603 色，[宮]810，[宮]810 雙無，[宮]1505 結也世，[宮]1506 福不動，[宮]1509 能動無，[宮]1646 知見亦，[宮]2103 德不報，[宮]2121 愛以，[宮]2121 欲無求，[甲]、

無[甲]1782 生故此，[甲]1735 可説耶，[甲]1795 違，[甲]1973 盡謂之，[甲]2255 生等者，[甲][乙][丙]2249 能演説，[甲][乙]1821 明利故，[甲][乙]1822 攝，[甲][乙]1822 誤失得，[甲][乙]1866 二之，[甲][乙]2263 如第八，[甲][乙]2263 順因義，[甲][乙]2391，[甲][乙]2404 生理，[甲]1000，[甲]1203 動尊安，[甲]1705 二方便，[甲]1731 礙淨，[甲]1733 礙中初，[甲]1733 倒八念，[甲]1735 殊一示，[甲]1736 二，[甲]1763 變，[甲]1763 惑不除，[甲]1763 可救因，[甲]1775，[甲]1775 盡無閡，[甲]1775 深大則，[甲]1775 生滅菩，[甲]1775 心故平，[甲]1775 諍善業，[甲]1786 染，[甲]1804，[甲]1816 住經文，[甲]1911 成今亦，[甲]1911 見覺云，[甲]1922 異故有，[甲]1922 證憐愍，[甲]2075 顛倒是，[甲]2191 識，[甲]2195 喻門外，[甲]2211 斷行方，[甲]2217 應怖而，[甲]2253 退墮法，[甲]2255 及一今，[甲]2255 見與可，[甲]2255 染而染，[甲]2274 別者疏，[甲]2339 常不異，[甲]2410 間斷等，[甲]2837 取相此，[別]397 依句是，[明]220 退屈不，[明]212 想著，[明]220 退屈不，[明]225 敗無不，[明]225 忘守眞，[明]229 破壞無，[明]293 退，[明]310 迷惑，[明]318 著漏盡，[明]352 清淨自，[明]504 聽施言，[明]586 動業，[明]660 違越唯，[明]1428 犯者最，[明]2076 能知無，[明]2076 語保福，[明]2087 止，[明]

[三]291 滅處眞，[三]291 清，[三]322 色界恐，[三]374 放逸是，[三]374 貪著不，[三]375 變如來，[三]375 遮，[三]474 明與恩，[三]481 合有法，[三]643 傾搖觀，[三]1011 得，[三]1331 定夜臥，[三]1335 虛妄若，[三]1485 二，[三]1485 二一合，[三]1532 可，[三]1564 縛亦無，[三]1564 有何，[三]1564 作作時，[聖]1539 學心亦，[聖][甲]1733 窮盡也，[聖][另]1435 難道路，[聖][另]1543 悔，[聖]26 施無施，[聖]157 畏有樂，[聖]170 敬多貪，[聖]200 有厭足，[聖]223，[聖]223 起無，[聖]272 有一切，[聖]397 堅牢無，[聖]397 有怨不，[聖]475 動如來，[聖]586 垢性不，[聖]790 不，[聖]1425 病，[聖]1428 蟲見蟲，[聖]1428 犯而不，[聖]1428 犯者最，[聖]1428 犯自，[聖]1509 分別，[聖]1509 相非世，[另]1428 犯不應，[石]1509，[石]1509 壞實智，[石]1509 解如是，[石]1509 能爲作，[石]1509 疲，[石]1509 生即是，[石]1509 生以是，[石]1509 實以是，[石]1509 增減須，[宋][宮]1509，[宋][宮]1509 生際，[宋][元]224，[宋][元]1489，[宋]186 念善者，[宋]211 所得於，[宋]220，[宋]310 退轉緣，[宋]374 變不生，[宋]627 離塵亦，[宋]746，[乙]1822 變有變，[乙]2192 異亦復，[乙]2263 能立不，[元][明][宮]310 轉移無，[元][明][宮]374 變若言，[元][明][聖]223 錯謬法，[元][明][聖]223 生是名，[元][明][石]1509 應悔惜，[元][明]186 厭志性，[元][明]221 眼耳鼻，[元][明]658 謇吃辭，[原]、無不[甲]1775，[原]2362 滅是滅，[原]1079 遷貧苦，[原]1201 動金剛，[原]2271 遣過遮，[原]2378 滅戒品，[知]418 瞋恚心，[知]418 有能中，[知]598，[知]598 亂一切，[知]598 言聲眞，[知]1581 二平等。

茶：[明]1336 彌伽比。

差：[甲]1709 別故文。

塵：[原]853 垢義加。

乘：[甲]2266 上道心，[甲]2266 前之難，[聖]1788 能説及。

持：[三][宮]640 上妙而。

充：[宋][宮]、統[元][明]2103。

初：[甲]1828 間章後。

除：[甲][乙]1909 五怖畏，[甲]1733 障大悲，[甲]1909 五怖畏，[乙]1909 五。

處：[聖][甲]1733。

垂：[甲]1784 應説故。

此：[甲]2400 是一切，[甲]2400 用蓮花，[甲]2400 中用印。

次：[宮]1546 施設有。

從：[甲]2250 退。

大：[甲]2274 乘自許，[三][宮]387 闇有光，[宋]1694 有。

道：[聖]1548 我思惟。

得：[明]325 鬭諍前。

德：[甲]1735 救初句，[明]225 量用是。

等：[甲]901 香花飲，[甲]2266 即應破，[三][宮]1610 者故知。

定：[原]1841 有言作。

斷：[甲]1778 生死病。

惡：[甲]2412 穢觸染，[聖]1428
智教令。

而：[宮]656 不定志，[明]2103
赫赫之，[三][宮]588 求泥洹，[三]
[宮][聖][另]342 常不斷，[三][宮]433
不宣，[三]20 憂，[三]2122 能除斷。

爾：[甲]、論[原]1778 其正要，
[三]1604 不住則。

二：[宮]657 想世，[甲]1709 煩
惱故。

乏：[三][宮]1462 食眾僧，[三]
[甲]、之[宮]2053 主原野。

法：[聖]1562 法可說。

方：[聖]26 惡語言。

非：[宮]519 常苦空，[宮]1551
漏無報，[甲][乙]1822 種義種，[甲]
1775 我是名，[甲]2230 情毒者，[甲]
2250 無始來，[甲]2426 法，[明]997，
[明]221 從中出，[明]223 義如是，
[明]310 聞凡夫，[明]1453 病並隨，
[明]2016 暫無況，[三][宮]374 有邊
際，[三][宮]1548 學定云，[三][宮]
1558 常觀一，[三][宮][聖]1442 金翅
所，[三][宮][聖]1562 常及苦，[三]
[宮]588 我故法，[三][宮]632 往啓亦，
[三][宮]1425 惡意，[三][宮]1458 住
處者，[三][宮]1545 常等四，[三][聖]
99 我是故，[三][聖]178 有，[三]1 想
此是，[三]99 寡女有，[三]159 等倫，
[三]192 常動搖，[三]1525 誑他心，
[三]1548 悔法除，[聖]1579 展轉，[石]

1558 常和合，[宋][宮]、－[聖]376 有
是，[宋][宮]656 未來身，[乙]2263 我，
[元][明]639 瞋想，[元][明]721 所我
如，[原]1851 有非無，[原]2339 彼菩
薩，[原]2406 生起因，[知]598 人非
身。

分：[明]945 別今於。

夫：[明]1462 慈者悲，[原]、[甲]
1744 如來出。

扶：[甲]1786 殘習幻。

佛：[甲]1863 性煩惱，[原]1780
乘爲實。

浮：[甲]2035 生至是。

復：[甲]1512 生疑若，[聖]1549
有義在。

根：[三][宮]1551 極少成。

供：[宮]1548 恚究竟。

垢：[宮]761 垢處，[明]、垢無
[宮]397 膩臭穢，[中]440 垢去佛。

故：[宮]1509 心故不，[明]1545
所緣故。

光：[聖]410 明黑闇，[聖]627 極
大聖，[宋][宮]443 邊明王，[元][明]
[宮]374 明六者，[元]1341 因緣故，
[原]1203 海錄外。

鬼：[甲][乙]1239 神。

果：[甲]1828 事三趣。

還：[甲]1828 數九次。

何：[宮]2102 能，[甲]1736 定始
終，[三][宮]1509 由得。

恒：[三]2063 新。

乎：[甲]1969 根其所。

花：[原]1251 點即蓮。

回：[三][宮]2060 金玉幽。

或：[甲]2299 言三論，[三][宮][聖]231 復。

及：[甲][乙]1832，[三]374 婆羅門，[三]375 婆羅，[乙]1823 隨應者。

集：[三]1442 次第而。

既：[甲]2274 帶似理，[聖]278 上道是，[原]2208 諸行者。

兼：[三]156 數，[三]2154 福增因，[聖]2157 製序見。

見：[宮]2103 李姓何，[三][宮]440 邊願功，[三][宮]1515，[三]2088 憂遇近，[聖]675 異，[聖]222 所。

角：[三]682 角等。

皆：[甲]2274 之言是。

界：[三][宮]1545 色界。

今：[聖]200 有人。

盡：[甲][乙][丙]1866 窮法界，[三]193，[宋][宮]1553 證思惟。

經：[甲]1778 我法中，[三][宮]1552 生故聖，[三][宮]1562 意説。

九：[宮]1548 喜共味，[宮]2122 空旬日，[甲]1709 所擁滯，[三][宮]1552 色現在，[三]1505 種中此，[聖]1463 隱吾大。

就：[甲]1816 分別智，[甲]2261 常等。

絶：[三][宮]2060 言非言。

覺：[甲]1863 明，[甲]1863 因果故。

丂：[三]212 然。

可：[宮]231 離我我，[三][宮]1425 知男子。

克：[甲]2261 實亦是。

空：[宮]1581，[甲]1929，[甲]2219 亦不可，[甲]2255 始得明，[甲]2298 亦爲是，[三][宮]627 無所依，[三]1568 諸法皆，[聖]222 以虛無，[乙]1736 爲因亦。

苦：[甲]2218 亦不然，[甲]2262 漏無受。

況：[甲][乙]1822 經妄立。

來：[宮]2102 來也不。

了：[宋]374 見無明。

離：[三][宮][聖]1602，[三][宮]1602 生或已，[三][乙][丙]930 蘊界處。

立：[甲]、不列[乙]2263，[甲][乙][丙]2163 威，[甲][乙]1822 四。

量：[甲]1873 其心之，[明]1336 量此陀。

聾：[元][明][宮]374 因緣故。

漏：[明]1552 漏是一。

每：[甲]2250 色處文，[宋][元][宮]2104 詞又轉，[乙]2393 所不有，[乙]2393 相形唯。

靡：[甲][乙]1831 際疎，[三][宮][聖]639 能壞，[三][宮]813 不通。

滅：[乙]1978 有對故。

愍：[元][明]2103 辜。

名：[甲]2266，[原]2208 名體機，[原]2270 能。

明：[宮]1548，[甲]1799 見也二。

摩：[三]657 訶羅闍。

謨：[甲][丙]973 佛，[三][宮]1507 十力世，[三][宮]2053 彌勒如，[宋]

[元][宮][甲]2053 彌勒如。

莫：[宮]2008，[明]2076 染著亦，[三][宮]397 疑早懺，[三][宮]2034 是過乃，[三][宮]2122 嫌恨我，[聖][另]790 犯，[聖]211 過，[聖]1723 方名上，[原]2248 聞植深。

牟：[甲][乙][丙]862 東，[甲]2337 識三藏，[三]1 尼坐烏。

母：[明]152 懼，[元][明]152 以穢行，[元][明]152 令得去。

暮：[聖]397 經多。

內：[三]125 外而領。

能：[明]1631 偈言，[三][宮]1642 此業。

念：[甲]2246 向達。

其：[甲]2263 諸外道，[元][明]606 央數大。

起：[三]1660 瞋恚得。

氣：[三]2110 清天太，[宋]2110 上三天。

千：[宮]351 想不想。

前：[乙]2249 諸聚若。

切：[甲]2837 相也是。

取：[甲]1816 究盡此。

去：[甲][乙]2263 一重難，[三]2053 取義涉，[原]2409 處更見。

然：[宮]1488 兩舌教，[甲]1706 謂，[三][宮]397 能令諸，[乙]1775 也主我。

人：[三][宮]606，[三]1646 能生異。

鎔：[宋]2061 之。

如：[明]310 薪之火，[三]338 有

婬怒，[宋][宮]1505 恚戒。

若：[宮]1565 常與聲，[三][宮]1548 報是名，[三]1485 二無別，[元]223 取無。

灑：[甲][乙]2390 淨衣次。

三：[甲]1736 間道斷，[三]1553 想，[元][明]1545 爲非親。

色：[甲][乙]2309 等五種，[甲]1829 能除色，[甲]2266 無色無，[甲]2266 也或轉，[甲]2362 厭足加，[元][明]656 離色度。

善：[甲]1715 機發故。

上：[甲]2266，[原]1764 義上來。

捨：[宮]1458 羞。

生：[宮]674 邊，[和]293 迷醉，[甲][乙]2296 滅無常，[甲]1579 有，[甲]2266 漏心應，[元][明]1443 淨信復，[元]2016 有生論。

聖：[甲][乙]2296 問等失。

失：[三]374 去耶是，[乙]1736 濕性將。

施：[丙]2777 不普以。

時：[甲]1333 虛空藏。

世：[甲]2266 計者恐，[甲]2299 諦空爲，[甲]2337 間自在，[三]158 間乃至。

是：[博]262 名無，[甲]1835 修證修，[甲]2036 佛性話，[甲]1816 染心說，[明][甲]997 無異行，[三][宮]654 無分別，[三][宮]1546 有覺有，[聖]1579 想定由，[乙]2394 三重之。

受：[宮]1424 戒場不。

疏：[乙]2249 中不名。

述：[乙]2249。

誰：[三][宮]2121 能脫之。

說：[乙]2309 離義第，[原]1851。

斯：[三][宮]272 有是處。

死：[宮]317 眼目口，[宮]397 上菩提，[宮]1548 漏解脫，[甲]2339□色身，[甲][乙]1832 生中間，[甲][乙]2397 邊際或，[甲]2434 佛，[甲]2879，[明]225 滅盡時，[三][宮]721 等大惡，[三][宮]1508 所知故，[三][宮]1545 有屍骸，[三][宮]2045 兩目，[三][宮]2121 入三惡，[三]1 想無常，[三]607 說所聞，[三]682 有復生，[聖]26 不死比，[聖]222 本無所，[聖]224 所從，[聖]291 生之，[聖]1425 屬如，[聖]1428 漏智證，[聖]1509 有作者，[聖]1548 而生已，[聖]1549 有俱相，[聖]1763 故名為，[元][明]210 痛，[元][明]2016 垢清淨，[知]1579 差別欲。

頌：[原]、-[乙]2263 練根幷。

所：[宮]1501 有違犯，[明]598 著不住，[三]945 明佛言，[三][宮]636 有，[三]682 能害所，[聖]816 生，[元][明][宮]224 從中得，[元][明][宮]310 喻佛土。

他：[甲]2299 礙故菩。

天：[丙]1076 曼茶羅，[德]26 諍經第，[宮]387 數千年，[宮]702 上法王，[宮]721 惱汝等，[宮]1562 昇見上，[甲]1736 性繫珠，[甲]2255 主息心，[甲]1065 動，[甲]1512 有二佛，[甲]1763 意樹也，[甲]1775 本為色，[甲]1782 定主故，[甲]1863 性等，

[甲]1909 勝佛南，[甲]2196 合說名，[甲]2299 身不礙，[三][宮]1562 別有因，[三]190 人扶，[三]192 攝受師，[三]192 雲雨香，[三]199 上之導，[聖]224 有盡，[聖]425 蓋慈無，[聖]481 有界粗，[聖]1440 往不見，[另]1721 善法也，[宋][元][宮]446 悅佛南，[乙]966 有是處，[元][明]639 大夜叉，[原]1764 人相故，[原]2196，[原]2339 妙音除，[知]266 數百千，[知]384 日月。

同：[甲]、[乙]2390 此印權。

亡：[甲]2837 言言。

王：[宮]387 彗星三。

為：[宮]813 惡趣其。

唯：[宮]1544 伺或樂。

惟：[宮]671 心而不。

為：[宮]374，[宮]1549 辯何事，[宮]1559 憂，[宮]1799 戲論，[宮]1912 礙，[宮]2111 雙未免，[甲]1735 其性第，[甲]2204 有體法，[甲]1805 九句此，[甲]1828 除二種，[甲]2035 病忽聞，[甲]2036 上老子，[甲]2255 我述義，[明]945，[明]1582 上義無，[明]220 法皆非，[明]222 他，[明]309 所為分，[明]310 有邊際，[明]476 障礙福，[明]1331 憂毒氣，[明]1566 過，[明]1595 變異身，[三]397 緣生無，[三]1462 蓮花有，[宋]375 常若使，[宋][明]1191 礙之所，[宋][元]220，[乙][丙]2777 心以心，[原]1778 迦葉。

未：[甲]1733 足，[甲]1973 易也遂，[三][宮]374 歸故未，[三][聖]361

央無般，[三]1044。

謂：[明]1544 有見於。

文：[甲]1732 不明了，[甲][乙]1822 理後有，[乙]2261 釋將八。

聞：[三]2042 勝福業。

我：[甲][乙]2263 法實無，[三][宮]323 因緣當。

蕪：[三][宮]1464 夷羅母，[三][宮]2060 昧至理，[三]2103，[三]2106 沒良由。

五：[明]468 障礙，[三][宮][聖]1549 陰苦觀，[聖]231 分別者。

舞：[聖]1451 不歡悅，[乙]2391 華臺上。

勿：[三]375 為利根，[三][宮]389 得暫替，[三]374 為利根，[三]1340 留遲如。

杌：[元][明]721 樹如毒。

物：[和]293 邪耳目。

務：[甲]1805 道中有。

悉：[元][明]309 無所損。

繫：[三][宮]1539 色界繫。

先：[丙]2249 聲聞部，[甲]1828 明流轉，[甲]1925 明三世，[甲]2239，[甲]2253 從此生，[甲]1709 亂鬼神，[甲]1781，[甲]1782 或觀諸，[甲]1813 說苦行，[甲]1924 所熏力，[甲]2196 生滅理，[甲]2230 放逸出，[甲]2313 奪而言，[三]2146 所出故，[三][宮]616 滅憂喜，[三][宮]653 得涅槃，[三]宮1509 以供養，[三][宮]2103 窮日，[聖][甲]1763 信於二，[聖]1463 來者隨，[聖]1763 去耶，[聖]1763 叙

師子，[宋][元]397 不作念，[宋]639 歸信不，[乙]1821 解脱道，[原]2248 求聽能，[原]1773 習慈定，[原]1776 別歎如，[原]1776 舉二後，[原]1776 舉三邪，[原]2271 生至其。

閑：[聖]1441 閑時居。

顯：[甲]2299 義言定。

相：[甲]2195，[甲]2266 故名為。

心：[三][宮]2103 豈，[聖]158 忘失無。

行：[三]1545 者如前，[三][宮]1555 應無苦。

性：[甲]2273 同品定。

異：[宮]1810 復應問。

言：[甲]2073 顧弘，[甲]2305 七情者，[甲]2305 體實。

也：[三][宮]1548 非境界，[聖]425。

一：[甲]1778 定相豈，[聖]223 相所謂，[另]1543 解脱未，[乙]2296 相故名，[元]2016 記如素。

已：[明][宮]1550，[宋][明]374 亦非畢。

以：[三]375 是事故，[原]2196 四。

亦：[甲]、無[甲]1718 所可照，[原]1840 法自相，[原]2339 有似有。

益：[原]2250 心位命。

異：[甲]2263 與相違。

逸：[三][宮]2104 懷悼致。

意：[三][宮]397 識不取。

億：[乙]1736 數難思。

因：[甲]2276 不。

殷：[三][宮]2122 上是故。

永：[宋][元][宮]2045 已學道。

由：[甲]2339 獲故。

友：[宋][聖][宮]310 難失壞。

有：[宮]384 著識法，[宮]671 人，[宮]671 爲世間，[宮]754 言，[宮]1435 漏心從，[甲]2012 四生六，[甲]2370 漏之中，[甲][丙]2397 限義即，[甲][乙]1822 勢諸經，[甲][乙]2219 爲離倒，[甲][乙]2219 實，[甲][乙]2219 心可得，[甲][乙]2263 文釋論，[甲][乙]2317 漏問若，[甲]1717 翻次，[甲]1731 三土唯，[甲]1736 故合爲，[甲]1736 體故略，[甲]1828 不同變，[甲]1851 是義云，[甲]1863 性同即，[甲]1863 諸乘差，[甲]2087 刊落昔，[甲]2249 轉變之，[甲]2250 所有，[甲]2255 漏意識，[甲]2266 漏等者，[甲]2266 實用以，[甲]2266 爲無爲，[甲]2273 體自一，[甲]2274 非我現，[甲]2281 不名有，[甲]2299，[甲]2337 名之教，[甲]2371 始云事，[甲]2408 曼茶，[明]1571 第，[明][聖]1549 異彼或，[明]261 漏無，[明]566 所求能，[明]1539 覆無記，[明]1539 內念等，[明]1544 覆無記，[明]1544 尋無伺，[明]1545 餘勢云，[明]1562 覆許十，[明]1562 所待可，[明]1563 漏慧名，[明]1616 法空十，[明]2016 終長懷，[三][宮]656 未來身，[三][宮]1545 嫉故如，[三][宮][聖]421 爲如是，[三][宮][石]1509 爲法，[三][宮]288 相而覺，[三][宮]310 悉採供，[三][宮]384 善惡受，[三][宮]671 名，[三][宮]1437 漏心從，[三][宮]1521 二定有，[三][宮]1546 邊地獄，[三][宮]1579 今有便，[三][宮]1648 異，[三][宮]2102，[三][宮]2122 我心，[三][聖]375 四大無，[三]14 更因緣，[三]375 無常見，[三]2034 經字，[聖]1435 殘，[聖]1442 犯，[聖]1509 法相者，[聖]1539 覆，[另]1428 恭敬，[宋][元]220 變無，[乙]2261 分別故，[乙]1832 漏從質，[乙]1833 不定已，[乙]2263 漏六無，[元][明]220 分限見，[原]、有[甲]1781，[原][乙]2263 因用故，[知]384 盡菩薩。

又：[甲][乙]2261 字有先。

于：[宮]309 神通常，[宮]2060，[三][宮]384 外時，[三]193 外，[三]291，[宋][宮]222 孔譬如。

於：[甲]1781 不能故，[明]202 行時，[明]278 量佛證，[明]288 數億劫，[明]1450 耳猶如，[明]1652 迷心及，[三]375 外三，[宋][宮]761 怨親及。

魚：[甲]2270 反去聲。

與：[宮]425 倫大聖，[宮]744 苦別如，[甲]1735 間解脫，[甲]2261 四衆遊，[甲]2266 此二義，[甲]2266 心睡眠，[甲]2266 樂者謂，[三][宮]309 眼。

元：[宮]345 始立茲，[宮]810 其寂，[宮]2060 輟講待，[宮]2060 一，[宮]2108，[甲][乙][丙]973 一體，[甲]1709 二十三，[甲]1733 與此經，[甲]1821 至，[甲]1830 始來第，[甲]2128 不是字，[甲]2339 傳鈔二，[甲]2290

是，[明]、無慶無邊[宮]263 慶諸菩，[明]、源[宮]2112 之理立，[三]1169，[三]2125 心設令，[三][宮]425 是曰持，[三][宮]285 是忍度，[三][宮]285 虛空尚，[三][宮]381 德之本，[三][宮]403 求諸度，[三][宮]425，[三][宮]425 不可盡，[三][宮]425 純，[三][宮]425 所因由，[三][宮]481，[三][宮]481 宣布諸，[三][宮]1451 不與何，[三][宮]1458 心同乘，[三][宮]1458 由尊者，[三][宮]1458 衆，[三][宮]1459 由帝釋，[三][宮]1459 由敬師，[三][宮]2034 見吳錄，[三][宮]2102 慈悦天，[三][宮]2103 始天尊，[三][宮]2104 嗣，[三][甲]2125 是踵斯，[三]159 不，[三]193 又知苦，[三]606 是謂爲，[三]606 因其形，[三]945 生滅，[三]1982 虛假，[三]2103 造化縹，[三]2110 功克舉，[三]2149 興極聖，[聖]285 無央數，[聖]1859 君聞之，[宋]、淵[元][明]635 府衆經，[宋][宮]、已[元][明]402 下當有，[宋][宮]2034 定見道，[宋][宮]2034 注並見，[宋][明][宮]425 心念是，[宋][元]945 第五顚，[乙]2394 六甲云，[元]、[明][聖]125 本，[元][明]2103 太無，[元][明][宮]403 元勸助，[元][明][宮]477，[元][明][宮]2041 二暑景，[元][明]309 本是故，[元][明]425 無所違，[元][明]618 匠孱焉，[元][明]2060 方改前，[元]869 時無，[原]1744 未來後，[原]1782，[原]1796 含藏薩，[原]1832 不起，[原]1840 有異能，[知]266 諦如是。

原：[三]125 本吾昔，[三]125 其本末，[宋][宮]425 是曰持，[元][明]565 逮。

源：[三][宮]266 則謂爲，[三]291，[聖]627 不失本。

緣：[甲]2195 熟令其。

苑：[甲]2339 主引論。

樂：[宋][元]2112 上天三，[元][明]375 常入於。

云：[甲][乙]1736 各，[甲]1863 定性但，[三]2154 乳王經，[三]2154 優，[聖]2157 優婆離，[元][明]100 少偈。

允：[甲]2039 容皇后，[甲]2400 經云云。

蘊：[甲]2250 爲應有。

在：[甲]1782 實女何。

者：[甲]2263 以心爲，[甲]2305 別名意，[甲]2312 豈可相，[甲]2313。

正：[宮]585 有量智。

之：[甲][乙]1822 間道，[甲]1705 有前後，[甲]1851 始佛性，[甲]2271 不定七，[三][宮]660，[三][宮]746 斷絶何，[聖]1463，[聖]1851 相説爲，[宋][宮]309 量弘誓，[原]2196。

支：[甲]2068。

知：[宮]2060 惻答曰，[宋][元][宮]310 諸，[乙]1724。

智：[明]2016 所成刀，[三]83 慧。

置：[乙]2263 諸定言。

中：[三][宮][聖][石]1509。

衆：[甲]1965 生，[三]1569 外曰破。

呪：[元][明][甲]901 淨水一。

諸：[三][宮]403 所，[三][宮]1425 過患，[三][宮]1542 色界見。

注：[聖]190 羅摩往。

字：[甲]1816 已後頗，[原]2261 名不言。

足：[聖]310 窮盡。

尊：[三][宮]477，[元]227 佛時。

作：[甲]1851 由情名，[甲]2266 無我觀。

蜆

蟆：[甲]1239。

禍

福：[甲]2084 與君。

偶：[三][宮]588 之福，[三][宮]588 之福何。

蕪

無：[三]、一[宮]2104，[三][宮]1502 陀曇無，[三][宮]2102 陋鄙，[聖]2157 函帙莊，[宋][元][宮]2122 湖妻得。

蔗：[甲]1805 等三種。

五

[元]1581 者。

八：[甲][乙]1821 云頗有，[甲]2266 十八，[明]656，[明]2103，[三][宮]1548 除色染，[三][宮]223，[三][宮]1543 心四色，[三][宮]2122 戒十善，[三]2034 部二百，[乙]1830 貪唯喜，[元][明]1435。

百：[宮]1644 百年壽，[三][宮]

263，[聖]1547 種是九，[聖]1428 百結人，[聖]1464 百阿羅。

必：[乙]1821 趣四，[乙]2261 梵云難，[乙]2263。

兵：[三][宮]2040 衆時王。

並：[宮]1562 受三無。

不：[丁]1831 説以現。

丑：[明]2122。

出：[丙]2397 智五佛，[甲]1782。

此：[三][宮]2102 皆殊時。

刀：[三][宮]639 兵毒藥。

坻：[三][宮]483 根所入。

第：[乙]2309 八而。

二：[宮]、二十二[另]1543 竟，[宮]2034 十八卷，[甲]2035 陰無常，[甲]1786 絞，[甲]2249 云中有，[甲]2250 云堅牢，[甲]2266 塵等之，[甲]2266 紙佛地，[甲]2290 次説下，[甲]2293 縛之劍，[明]2034，[明]2034 日，[明]2149 紙後秦，[三][宮]2060 年辛亥，[三][甲]1102，[三]2149 卷三百，[宋]1435 誦，[乙]1724，[乙]2207 千五百，[元][明][甲]901 盤食并，[元]474 陰知，[元]574 百千萬，[元]1566，[原]、後[甲]2290 次説下，[元]1581 者。

法：[甲][乙]2393 品入。

凡：[宋][元]、九[宮]1483 百二十。

方：[甲]1719 等尚昧。

非：[宮]2122 不護。

互：[甲]2274 句義非。

共：[三]1545 部皆。

後：[甲][丙]、後五[乙]2218 分，[甲]2266 品加行，[甲]2266 泰抄亦，[甲]2410 供養，[明][宮]738 末之世。

互：[甲]1735，[甲]1805 望二，[甲]1735 依，[甲]1736 識各緣，[甲]1828 諸餘軌，[甲]2266 染縛三，[明]1562 根說爲，[明]2131 相不同，[宋]157 逆成，[乙]2157 體，[乙]2249 形無間，[元][明]、牙[甲]893 印次右，[原]1828 現起位，[原]2408 處。

詰：[三]、吾[宮]2122 衆。

金：[宋][明][宮]2122 色顯州。

九：[甲]901，[甲]967 毘輪馱，[甲]2254 十七部，[甲]2266，[甲]2271 日傳燈，[甲]2323 三十，[甲]2395 年說法，[甲]2395 主莊王，[明]2149，[三][宮]2122 品方乃，[三]2154 年說法，[另]1548，[石]1509 有皆無，[宋][宮]2034 卷，[乙]2157 年說法，[乙]2408 月，[元][明]1397 南無鼻，[元][明]1397 颯婆，[原]1757 十劫來。

句：[三]1337 素上嚕。

可：[三][宮]1550 樂故不。

口：[甲]1816 種。

苦：[甲]1828 苦也又。

理：[甲]1733 事平等。

立：[宮]1546 欲，[宮]1559 果，[宮]2034 行經一，[甲][乙]1822 蘊無增，[甲][乙]2223 大誓願，[甲][乙]2309，[甲][乙]2309 趣生名，[甲]1816 句義所，[甲]1828 假我由，[甲]2087 年一大，[甲]2157 印聖無，[甲]2255 正法之，[甲]2261 正，[甲]2270 別句

前，[甲]2270 違不容，[甲]2391 佛先以，[明]1598 如預流，[三][宮]1562 蘊中已，[三][宮]1563 處全一，[三][宮]656 根德力，[聖]1452 學處後，[聖]268 神通，[聖]627 色青赤，[乙]2396 位修行，[原]、立[乙]1797 願也此，[原]1863 種名，[原]1872 緣爲因，[知]384 大神是。

兩：[原]1869 段一喻。

六：[宮]1799 麁第五，[宮]1604，[宮]2122 論至魏，[和]261 道一切，[甲]2035 終，[甲]2249 十六中，[甲][乙][丙]1246，[甲][乙]982，[甲][乙]2259 遁倫記，[甲]901 十，[甲]1000 阿囉，[甲]1717 記次阿，[甲]1718 文今但，[甲]1733 寄現，[甲]1733 種可知，[甲]1735 度萬行，[甲]1920 眷屬，[甲]2035，[甲]2035 卷終，[甲]2036，[甲]2039 年甲，[甲]2039 日爲烏，[甲]2053 百餘人，[甲]2186 句明外，[甲]2196 人大迦，[甲]2259 遁倫記，[甲]2266 末五，[甲]2266 十一紙，[甲]2266 紙左云，[甲]2266 終十七，[甲]2339 即是小，[甲]2395，[明]、－[甲]1000，[明]、引六[甲]1000 捨弭跢，[明][甲]901 觀世音，[明]948 吽引，[明]1552，[明]2060，[明]2110，[明]2110 失過患，[明]2110 釋，[明]2122 驗，[明]2122 驗出，[明]2131 日至四，[三]2149 首，[三][宮]、以下記數至三十各加一數[三][宮]402，[三][宮]2060，[三][宮][甲]901，[三][宮][聖][石]1509 道生死，[三][宮][聖]223 道生死，[三][宮]

[聖]223 神通力，[三][宮][聖]1545 謂七味，[三][宮][石]1509，[三][宮]263，[三][宮]278，[三][宮]278 者究竟，[三][宮]397，[三][宮]414，[三][宮]483，[三][宮]606，[三][宮]848，[三][宮]1471 者若所，[三][宮]1546，[三][宮]2034 年都雒，[三][宮]2059 竺僧輔，[三][宮]2060，[三][宮]2122 驗，[三][甲][乙]970 毘輸馱，[三]212 親出家，[三]221 情亦復，[三]278，[三]643 種諸梵，[三]1056，[三]1124 阿引訖，[三]1440 日應如，[三]2034 十卷阿，[三]2145 十僧劍，[三]2146 部一百，[三]2146 卷，[三]2154 經同本，[聖][甲]1733 初一偈，[聖][另]1435，[聖]223 道，[聖]223 道令離，[聖]223 道生死，[聖]223 道無分，[聖]223 道中生，[聖]1421，[聖]2157 卷闕本，[另]1721 道衆生，[石]、五釋第四十三品下訖第四十四品夾註[宋][元][宮]但宋本無下字1509，[石]1509 學人攝，[宋][宮]、五道往來往來六道[元][明][聖][石]1509 道往來，[宋][元][宮]2122，[乙]1796，[乙]2190 門且就，[乙]2249，[乙]2249 文同說，[乙]2261 說由五，[乙]2381 道說名，[元]2123，[元][明][甲]、甲本奧書曰、此中大法彈一品自第四首至第五半貞享三年七月二十九日訓點了淨嚴四十八載第六一卷元禄七甲戌年四月四日訓點了武城靈雲帥剏沙門淨嚴五十六載951，[元][明]658 塵，[元][明]1425，[元][明]1435 竟，[元]2154 種道經，

[原]、六[甲]1897 條在下，[原]1308 退，[原]1764 時變異，[原]2896 波羅蜜。

母：[甲][乙]1822 聲等婆。

年：[明][宮]397 時暫一。

七：[甲][乙]1000 蘇，[甲][知]1785 行半是，[甲]1736 無染名，[甲]1830 及佛地，[甲]2036 十而卒，[甲]2255 卷云釋，[明]1549，[明]2016，[明]2145，[三][宮]223，[三][宮]2034 年戊酉，[三]2103 年太歲，[聖][另]1458，[聖]278，[聖]1421 衣法，[宋]、十[元][明]2149 卷弘始，[宋][宮]2103 十，[宋][元][宮]2060 人，[乙]1100 曜陵逼，[乙]2192 云多，[乙]2396 失次有。

其：[聖][甲]1723 根利鈍，[乙]2397 部法各，[原]1856 事所謂。

千：[宮]2103 億重天。

且：[甲]2266 識得生，[乙]1816 地有。

去：[甲]1072 阿。

如：[甲]1000 寶。

三：[丙]897 股，[丁]2089 乘，[宮]2031 識有染，[宮]1442 百芯努，[宮]1509 世皆受，[宮]1545 地於欲，[宮]1595 障者，[宮]2034 千人，[宮]2103 千七百，[宮]2121，[宮]2122 驗出冥，[甲]、正[乙]1796 是空又，[甲]1960 界故三，[甲]2249 中明初，[甲][乙]1799 一正就，[甲]951 股金剛，[甲]1717 汎舉涅，[甲]1717 如文三，[甲]1813 云譬如，[甲]1813 云如佛，

[明]890 十四噎，[明]1299 日十一，[明]2034，[明]1537，[明]1545 受異熟，[明]1596，[明]1669，[明]2034 卷太學，[三][宮]、以下記數至八減一數[三][宮]402，[三][宮]、以下記數至七各減一數[三][宮]402 摩佉耶，[三][宮]、以下記數至十二各減一數[三][宮]402 那佉伽，[三][宮]1425 衆罪不，[三][宮]395 之亂令，[三][宮]443 莎呵，[三][宮]481，[三][宮]1458 日大衆，[三][宮]1581，[三][宮]2042，[三][聖]125，[三][乙]1092 布囉野，[三]201 日惡業，[三]203，[三]397 阿陀羅，[三]656，[三]982，[三]1332，[三]1332 莎呵，[三]1582 者慈心，[三]2034 部八十，[三]2146 經序注，[三]2146 卷，[三]2149，[三]2149 卷，[三]2153 經同卷，[三]2154 卷，[三]2154 卷宋沙，[三]2154 卷同帙，[三]2154 卷新編，[聖]1542 之，[聖][甲]1733 善財白，[聖]125，[聖]223 法何等，[聖]1595 第，[聖]1602 略開，[另]1721 句，[石]1509 品竟，[宋]、六[宮]2034 部合一，[宋][宮]397 之一，[宋][宮]1509 者不捨，[宋][明][乙]、－[元]1092，[宋][元][宮]、聲四[明]848 莎訶，[宋][元][宮]、四人[明]2060，[宋][元][宮]1545 識住空，[宋][元][宮]1435 日少舊，[宋][元][宮]1808 正見五，[宋][元][宮]2122，[宋][元]2122 此別六，[宋][元]2154 紙符秦，[乙]、以下記數至九乙本傚之972 婆誐嚩，[乙]1736 西山住，[乙]2215，[乙]2263 卷證第，

[乙]2263 終，[乙]2390 指之端，[乙]2397 相答一，[元][明][乙]1092 摩訶，[元][明]212，[元][明]2016，[元][明]2053 靈見質，[元][明]2154 卷，[元]26 竟，[原]1763 純陀自，[原]1861 合有一，[原]904 唵，[原]1212，[原]2196 句兩義，[原]2290 云未入，[原]2410 要。

他：[原]1159 方世界。

天：[甲]1735，[宋]2122 生部。

土：[甲]1821 此王，[明]1545 地苦法，[乙]2387 音，[乙]2408 印。

外：[甲]2217 境名外。

萬：[三][宮]2103 苦。

王：[宮][聖]224，[宮]721 十由旬，[宮]1453 緣作令，[宮]1461 部八緣，[宮]1546 亦如是，[宮]1547 百青鬼，[宮]2112 千元無，[宮]2121 問謂生，[甲]1828 爲我，[甲]2067 淹，[甲][乙]1929 三昧即，[甲]1253 護世吉，[甲]1735 約對面，[甲]1736 頂中，[甲]1965 逆子因，[甲]2128 割反，[明]2034 天使經，[明]2110 六十萬，[明]2149 事證經，[三]200 族使令，[三]1547 如是彼，[三]2106 侯寺僧，[另]1721 欲癡愛，[宋]2153 夢經一，[元]、第五[明]1435 事，[元][明]2153 法行經。

爲：[甲][乙]1821 人皆是，[甲][乙]1822 境是共，[甲]2183 本義略，[明]261 衰相勿，[聖]1421 四三二。

文：[甲]1851 住處衆。

吾：[丙]2120 身更增，[甲]1708 福應爲，[三][宮]263 弘意勤，[三][宮]

656 德行，[三][宮]1505 入我入，[三][宮]1546 從大威，[三][宮]1550 我見，[三][宮]2121 不中止，[三][宮]2122，[三]44 品定意，[聖]627 逆罪，[聖]1509 衆乃至，[宋][元][宮]2045 樂自娛，[宋][元][宮]2103 第一賦，[宋][元]606 事不污，[乙]2070 以三緣，[原]、二[甲]、五[乙]1724 子驚入，[知]741 使。

無：[甲]1828 分別故，[甲]2164 字，[明]1552 地，[三]198 恐怖慧，[三]1548 學法五，[聖]225 陰意不，[宋][元][宮]1548 知法五，[乙]2777 瘡。

午：[明]1459 咸同犯。

伍：[三]156 百深心，[三]2153 仙人經，[乙]1723 佛眼因。

悟：[博]262 神通又。

心：[乙]2263 皆無。

闍：[明]2123 羅大王。

也：[聖]1552 通各有。

一：[宮][聖][另]675 業應知，[甲]1960 種言得，[甲]952 或，[甲]1736 百牛欲，[甲]2167 卷，[甲]2214 故云理，[甲]2250 中前四，[三][宮]2121 卷，[三]202，[三]1530 波羅蜜。

已：[三][宮]1641 隨日仰。

亦：[甲][乙][丙]1833 有執受，[甲][乙]1822 因是因，[甲][乙]2296 破時不，[甲]1832 七不能，[甲]2261 色，[甲]2299，[三]1618 即五力，[乙]2249。

意：[甲][乙]1822 根行處，[三]

1563 識現在。

引：[宋][明][甲][乙]921 羯沙野，[原]、－[甲]923 發吒。

有：[甲]1831 姓差別，[甲]1833 共業故。

又：[甲]2217 復所聞，[甲]2273 如上。

餘：[宮]1509 年，[宮]2060。

玉：[宮]2103 豉貴，[甲]2036 局觀嘗，[甲]2036 石金光。

云：[甲]2261 千文迦。

正：[甲][乙]1736 問曰自，[甲]1736 六謂六，[甲]1816 種平等，[甲]2299 篇七聚，[甲]2301 部攝，[明]1440 爲護正，[明]1551 無間，[三][宮][聖]754 無所乏，[三]125 法者孝，[聖]2157 色雲現，[原]1776 道行雖，[原]2306 法屬實。

之：[甲]1724 人説後。

知：[宮]1646 味又智。

至：[甲]1735 對一依，[明]1272 由旬地，[三][宮]2122 千年，[三]2153 略翻廣，[另]1543 見三行。

諸：[甲]2269 塵或緣，[甲]1733 位相攝，[三]190 比丘等，[乙]1724 趣於諸。

子：[甲]1816 段中開，[乙]1816。

午

干：[宮]2122 關南獨。

乎：[甲]2274 名傍准。

年：[宮]2060 前取訖，[甲]2194 時前後。

千：[三]、于[宮]2103 室爾後。

手：[甲]2214 水大事。

五：[聖]2157 之。

子：[明]2154 時，[聖]、中[乙]1266 三遍共，[乙]2157 正月十。

伍

伐：[三]2122 總統六。

任：[甲]2052 師去儻。

仕：[明]2110 賢官成。

位：[宮]2053 陳列即，[甲][乙]1736 智出衆，[甲]1717 等者如，[甲]2068 誦法華，[三][宮]2103 法儔聖，[三]1591 便爲亡，[三]2125 自損損，[宋]、住[宮]619 次第嚴。

五：[宮]619 給，[宮]619 佛坐，[明]2149 振，[三][宮]2122 羅大王。

忰：[宋]、卒[宮]、仟[石]1509 等卑賤。

仟

五：[甲][丁]、仟一作忰下同夾註[甲][丁]2092 龍平北，[甲][丁]2092 龍。

忏

忏：[宋][元][宮]2103 聽。

干：[三][宮]2122。

汗：[宋]2122 旨遂。

許：[宮]2060 意又因。

計：[三][宮]2046 諸沙彌。

迂：[三][宮]2102 聖聽陳。

悟：[三]2103 俗或穢，[宋][元][宮][聖]1462 王意王，[元][明]2060

其。

誤：[宮]2112 高懷伏，[明][宮]322 意爲以，[三][宮]322 哉諸定。

汙：[丙]2777 物，[宋]1336 大，[乙][丙]2777 物心名。

武

成：[三][宮]2122 帝時沙，[三]2110 皇帝諱。

此：[明]2151 三年歲。

大：[宋][元]2153 周刊定。

帝：[明]2154 帝大明，[三]2153 代曇摩。

虎：[甲]2035 魄大如，[元]2103 窟山寺，[原]、－[甲]1304 狼惡獸。

滅：[甲]2035 法本内。

某：[甲]2082 爲太山。

舞：[三][乙]1092 印左手。

姚：[丙]2286 皇帝遣。

弋：[甲]2296。

玉：[甲]2039 州都督。

侮

撫：[宮]2102 聖人之。

悔：[三][宮]1521 堅執懈，[三][宮]2122 如經犯，[三]2110 晋太。

武：[三]2149 所被爰，[宋]1340 防非侍。

瑪

鄔：[甲]951 瑟膩灑，[明][甲]951 波索迦，[明][甲]951 跋計始，[明][甲]951 瑟膩灑。

塢：[明][甲]951。

舞

墲：[宋][元]310 聲流雞。

帶：[三]2121。

飛：[乙]2092 花叢宋。

海：[三]848 過去未。

化：[三][宮]671 之身建。

融：[甲]2168 禪師注。

舜：[甲][乙]2391。

無：[甲][乙]1072 可反那，[三]1069 納婆，[三]2125 詠遍五，[宋][宮]848 伎。

五：[原]、五[甲]2006 臺。

儛：[聖]26 倡妓及，[聖]170 未曾作。

音：[甲]895 聲或諸。

轉：[三]1123 八供養。

廡

蕪：[明][宮]2123 庭絶車。

憮

撫：[宋][宮]2103 然而笑。

儛

舞：[甲]864 菩薩妙。

鵡

鵝：[元]26 分別。

兀

都：[聖]200 無有手。

杌：[三]125。

亢：[宮]1998 軒中且。

瓦：[甲]2128。

刓：[元][明]125 其手足。

無：[石]1509 然不動。

杌：[三][宮]657 樹似，[三][宮]2102 然寂，[元][明]、瓦[宮]2123 之切酷，[元][明]125 之或言，[元][明]203 後還生，[元][明]2045 之切酷。

刖：[三][宮]2123 其手足，[三]2145，[元][明]、無[聖]1425 其手足。

勿

白：[三]1424 相並入。

不：[甲]2039 詳忠告，[三]220 相捨離，[三][宮]895 與外道，[三][宮]1458 施人應，[三][宮]2122 以施人。

初：[明]1579 彼自謂，[三][宮]1545 果與因。

忽：[甲]2087 反支國，[宋]2122 彰言死。

而：[甲]2250 自母等，[甲][乙]1822 我昔，[明]1563 因與果，[三][乙]895 以讚歎，[乙]1816 實而非，[乙]1830 我昧。

吠：[甲][乙][丙]908 捨野弱。

弗：[明]333 生瞋汝，[明]682 懷疑。

復：[明]624 致愁今。

忽：[宮]2121 恩舊，[甲]1795 然，[甲]1804 略不行，[明]1559，[明]2103 驚某甲，[明]2122 怪先行，[三]220 彼聞此，[三]220 我起惡，[三][宮]1442 於我子，[三][宮]342 得孝順，[三]212 懷懈慢，[三]1331 與惡人，[聖]210 汚可離，[聖]613 覆藏若，

[宋][宮]328 用愚所，[宋]1331 生不信，[元][明]220 彼聞此，[元][明]220 害法者。

幻：[明]1450 此㤞。

局：[甲]1922 斷見。

句：[甲]1156 著無名，[甲]2300 伽羅是，[甲]2392 著當，[聖]210 生。

恐：[甲]1870 彼執爲。

力：[宮]2121 足，[甲]1361 生起謂。

沒：[甲]2075 生坐禪，[明]2076 交涉師。

莫：[三][宮][聖]613 放，[三][宮]1451 令親往，[三]125，[聖]613 忘失若。

朋：[宋][宮]790 友從事。

切：[明]894 爲嚴身。

人：[元]262 貪。

若：[三][宮]1443 共雜亂，[三]125 起利養。

設：[三]125 有狐疑。

無：[三][宮]721 放，[三][宮]2059 妄説説，[三]118 由斯路，[石]1509 以見怨。

物：[宮]895 令人發，[和]293 生是意，[甲][乙]894 以香水，[甲][乙]897，[甲]2748 不能咀，[明][宮]1595 執爲我，[明]1092 生怖畏，[明]1336 頭華，[三][宮]1563 令斯捨，[三][宮][另]1451 聽我且，[三][宮]231 頭華，[三][宮]1459 措口，[三][宮]1464 陀分陀，[三][宮]1562 馬，[三][宮]1595 執爲我，[三][聖]99 聲而大，[三]1 頭花分，[三]187 頭花波，[三]1441 有虫淨，[宋]1011 有，[宋]1092 懈怠放。

心：[三][甲][乙][丙]930 懷。

易：[乙]1723 爾故作。

應：[三][宮]1458 臥若患。

愚：[三][宮]493 愛。

自：[甲]1782。

戉

成：[元]2154。

代：[三][宮]2102 宋景之。

庚：[明]1096。

戌：[甲]2129 以此逆。

戊：[明]2151，[宋][元]2154 寅至開。

朲

杭：[甲]1918 雖復知，[原]1695 等二無。

机：[宮]495 命，[宮]1551 長。

機：[明]1646 若人不。

掘：[宋][宮]1670 無手。

瓦：[三][宮]1428 木頭上。

兀：[宮]513 喟然悲，[宋][宮][聖]223 荊。

刖：[三]152 其手足。

矼

砨：[宋][宮]2103 巨石。

物

把：[乙]2391 勿頭華。

寶：[明]201 不可爲，[明]1450 而，[三][宮]1435 得波夜。

財：[宮][聖]376 諸，[三][宮]1484 利養名，[三]205 子又幼，[乙]1723。

藏：[三][宮]1425 若淨人。

草：[元][明][聖][另][石]1509 寶物幻。

勑：[宋][宮]2060 常飯千。

初：[宮]610 有本有，[宮]2102 之合用，[甲][乙][丁]2244 害其味，[甲]1333，[甲]2270 相義分，[明]1578 世間共，[三][宮]616，[三][宮]671 生即有，[三]2121 不相侵，[聖]1733 信故七，[另]1721 之宗，[宋][宮]1509。

床：[三][宮]1476 一色名。

擔：[甲]2787 重不擧。

刧：[甲]2792 受三物。

得：[三][宮]479。

德：[明]723。

等：[明]1435 答言我，[三][宮]1435。

法：[宮]223 安立衆，[甲]1881 即成菩，[甲]2012 迦，[三][宮]1581 即此，[三][宮]下同 1581 無彼物。

飯：[宋][明][甲]1077 若有重。

費：[宮]1670 自汝物。

分：[三][宮][聖]1581 而不捨。

佛：[甲]1735 樂皆由，[甲]1795 像衆生，[甲]2255 唯，[明]100 最爲難，[明]272 解義，[明]651 無有相，[明]1461 眼所至，[明]2154 法非法，[乙][丁]2092。

服：[明]1425，[明]1451 乃至極，[聖]2157 各賜師。

富：[另]1428 無限嚴。

根：[三]1579。

功：[甲]1705，[甲]2204 云云。

害：[三]193。

好：[宮]1462 阿育王。

許：[三][宮][聖]1442 答言一。

華：[宮]721 具足，[三][宮]272。

幻：[甲]1782 大乘如。

悔：[聖]1421 正自迷。

拘：[甲]1705 謂第十，[甲]1781，[甲]1782 名法身，[甲]2130 梨譯曰，[三][宮]617 制，[三][宮]2102 於都盡，[聖]2157 夷國得。

句：[乙][丙]2003 不見一。

具：[三][宮]1435 亦，[三][宮]1458 應爲。

利：[三][宮][石]1509。

劣：[甲][乙]2249 品類分。

魅：[三][宮]2040 鳴聚居。

牟：[三]360 頭華分。

牧：[宮][甲][丙]2087 至此西，[甲]1736 二。

內：[甲][乙]2263 道入蘊。

切：[宮]1598 種種勝，[三][宮]1566 體一刹，[三][宮]2102。

人：[三][宮]2060 外晚遊，[三]2106 此，[聖]189 而以花，[石]1509 無益今。

仍：[宋]2149 房書序。

汝：[宋][宮]1428 與之無。

若：[三][宮]1428 乃至一。

牲：[三][宮]、性[聖]1421 今悉施。

施：[甲]1925 也法，[三][宮]1425 屬現前，[三][宮]2123，[聖]1452 時六十。

時：[明]1450 貪不息。

事：[三][宮]2122 尋即破。

獸：[甲][乙]2207 形體特。

碎：[明]1470 皆當。

他：[甲]1929 菩。

桶：[甲]2339 極是微。

外：[明]1442 師首見。

無：[甲]1736 實有故。

勿：[甲]2837 令妄想，[明][宮]397 頭華波，[三][宮]785 不准，[三][宮]1451 頭華，[三][聖]190 頭花分，[三][聖]310 頭華芬，[三]190 頭華波，[三]190 頭華分，[三]2103 論事迹，[聖]157 頭華分，[聖]231 頭華，[聖]1462，[聖]1462 叫聲答，[宋][宮]2123 令，[宋][元][宮]1462 人者父，[原]1308 服業。

愃：[甲]2036 也三乘。

相：[甲][乙]2207 無相默，[甲]2266 既名爲，[甲]2271 假他，[原]2271。

揚：[甲]1700 能破之。

養：[乙]2408 等准。

也：[三][宮]1458 僧有。

衣：[三][宮]1435 語已命。

抑：[三]、物異人異初申異人[宮][聖]1552 異人。

益：[三][宮]1451 答言，[原]1818 之事此。

由：[宋]2103 表三空。

有：[三]99 於是得。

於：[甲]897 大衆然，[三][宮]2122 施後來。

約：[原]1771 淨土答。

者：[甲]1763，[甲]1763 今亦以，[三][宮]1425 應乞物，[乙]1900 縱廣一。

珍：[三]161 更相貢。

質：[原]、假[甲]2250 及鏡依。

衆：[三][宮]1425 善攝眷。

灼：[甲][乙]、燭[甲]2254 二帶熱。

子：[博]262 象馬車。

惣：[聖]190 悉皆分，[原]1872 具理而。

總：[宮]630 不達也，[甲][乙]2387 者謂於，[甲][乙]1816，[甲]970 惡口猛，[甲]1717 所，[甲]1718 之功乃，[甲]2249 隨分布，[甲]2255 空有竝，[甲]2266 執分別，[甲]2393 在瓶水，[甲]2782 此諸有，[明]322 無可戀，[明]2131 持志在，[三]1056 有四種，[聖][甲]1733 故三四，[宋][宮]1509 及聖人，[乙]2227 加持關，[乙]2408，[乙]2408 標也，[原]2408 之體。

悟

得：[三][宮]2121 道，[三][聖]639 無上大。

度：[三][宮]1509。

怗：[甲]1775 解在。

晦：[三]2060 非任而。

笯：[宋]、寙[元][明]152 曰彼買。

解：[甲][乙]1929 三轉凡，[甲][乙]2288 可云立，[甲][知]1785，[甲]2068 之僧，[三]1485 法緣成，[聖][另]1721 之由，[另]1721 即成菩。

覺：[甲]1828 窳瑜伽，[三]、掊[宮]374 之如人。

括：[甲]1775 之焉前。

酩：[博]262 莫復與。

慢：[元][明]1486 解疾得。

捨：[甲]1863 四記失，[乙]1816 無貪嗔。

識：[三][宮]2104 也。

釋：[三]、慢[宮]2121 群臣百。

說：[甲]2261 法門雖。

巳：[三][宮]1507 即達。

蘇：[元][明]664 即起舉。

恬：[甲]2036 契佛心。

同：[甲]2255 等者案。

脫：[宮]754 各各修，[三]100 都無諸。

謂：[知]2082 儀同云。

梧：[明]1450，[宋][元]2061 不吟數。

愰：[三][宮]2103 浮游三。

晤：[明][宮]2108 義在擊，[明]2060 晝藏夜，[三][宮]2060 時心莫，[三]2154 言相對，[宋]1092 解於何，[宋][元][宮]2103 許以自，[宋][元]2154 者流濫，[宋]945 如雞。

誤：[明]2016 行解相，[三][宮]2029 者，[宋]、忤[元][明]2122 久而，[元][明]2060 非吾師。

窳：[宮]534 會得免，[宮]614，

[宮]2040 得無上，[甲]1778 者悟，[甲][乙]2087 便苦心，[明][甲]1177 聖力品，[明]476 已夢中，[明]999 即啼哭，[明]1450 菩薩爾，[明]2063 後七日，[明]2151 心神喜，[三]1 無餘智，[三]76 念曰當，[三][宮]2058 舉聲大，[三][宮]2058 者罪我，[三][宮][聖]294 我，[三][宮][聖]425 化，[三][宮][聖]1579 或於眞，[三][宮]263 不肯尋，[三][宮]268 愁憂恐，[三][宮]380 則心歡，[三][宮]613 令得解，[三][宮]639 十六不，[三][宮]669 遍視衆，[三][宮]671，[三][宮]749 則心歡，[三][宮]1548 說法默，[三][宮]1552，[三][宮]2058，[三][宮]2121 失，[三][宮]2121 曰分國，[三][宮]2122 則心歡，[三][聖]125 勿著於，[三][聖]291 諸不覺，[三]101 不復得，[三]125 大用愁，[三]153 常安我，[三]161，[三]185 即時自，[三]185 驚乃知，[三]187 中心驚，[三]194 無有境，[三]196 世尊又，[三]201 仰，[三]212 如服，[三]212 是謂入，[三]212 者如彼，[三]245，[三]375 故七爲，[三]375 亦無覺，[三]375 之如人，[三]397 時與若，[三]1331 阿難即，[三]1345 心我所，[聖]125 是時，[聖]291 悉使覺，[聖]380 無生勝，[聖]754 時大，[宋][宮][聖][另]310 菩提，[宋][宮]656 乃應如，[宋][宮]817，[宋][元][宮]664，[宋][元]2061 而尚學，[宋]145 愚者，[宋]309 皆由前，[宋]309 菩薩爾，[乙]1822 答也如，[元][明]187，[元][明]189 心自念，[元]

[明]415 及夢，[元][明]992，[元][明]1509 則還，[元]2053 之或可。

寤：[三][宮]380 已振衣，[聖]234 故與諸，[宋][元][聖]、寤[明]125 王意耳。

醒：[宋]、覺[元][明]157 一。

性：[甲]2017 清淨性，[甲]2270 比量比，[甲]2270 故如汝。

修：[原]1890 善財一。

宣：[甲]2261 請錯綜。

言：[甲]、悟[甲]1782 更。

怡：[宋][元]2103 云漸究。

詣：[聖]2157 三學坐。

憶：[甲]1969 念見如。

語：[甲]1721 群生靈，[甲][乙]1821 解謂達，[甲]1723，[甲]1724 人爲漸，[甲]1816 答爲謀，[甲]1816 且隨鄙，[甲]1839 皆悉是，[甲]1929 分明名，[甲]2036 即，[甲]2214 示，[甲]2261 唯識性，[甲]2261 無我名，[甲]2266 五者彼，[甲]2777，[明]2060 如常，[三]154 其意當，[三]2151 云何不，[聖]278 諸衆生，[乙][丙]876 眞實，[乙]1816 具足顯，[乙]2376 眼見沙，[原]2248 通大小，[原]902 百千無，[原]1818 不須復，[原]1854 如實而。

增：[甲][乙]2254 天故名。

證：[甲]2195 解四結，[甲]2195 義能叶，[甲]2313 機所謂。

知：[甲]2426 吾非但。

諸：[甲]2262 法眞理。

悞

惱：[原]、忤[甲]2196。

忤：[明][宮]2103 之慾伏。

悟：[聖][知]1441 者爲。

誤：[三]152 中之耳。

務

費：[三]2103 至於。

貴：[三][宮]317 來神卑。

豪：[元][明][宮]614 貴處七。

矜：[明][和]293 自事各，[三][宮]2102 戀所留，[三][宮]2102 之情寧，[三]192 施以財，[三]2110 耕孔子。

救：[三][聖]1440 事。

晳：[三][宮]2060 賓主咨。

墓：[元][明]309 魄太子。

慕：[元][明]810 求道慧，[元][明]810 求追逐。

事：[三][宮]2060 形。

婺：[甲]2276 州雲黃。

霧：[明]2103 靄四民。

行：[三][宮]2060 盡。

預：[三]、與[聖]210 慮莫知，[三][宮]1650 造橋梁。

豫：[宮]814 生於戲，[三][宮]493 世俗故，[三][宮]2122 章僞稱，[三]2110 令周備，[三]2145 難遭之，[元][明]152 好小禮，[元][明]721 樂不生。

晤

晧：[宋]2060 駁。

悟：[宮]2060 語吾，[甲][乙]2393

一切如，[三][宮]2053 英秀日，[三]
[宮]2059 齊人家，[三][宮]2060 清遠
以，[乙]2157。

語：[三][宮]2059 言相對，[三]
[宮]2060 成章衆。

隖

烏：[甲]973。

隝：[三][宮]1545 陀衍那。

婺

婆：[三][宮]882 引沙。

務：[宮]2122 州人少，[甲]2006
州東陽。

塢

鴣：[甲]2128 猛反集。

樗：[三][宮]1453 間。

嘔：[明]880 字門一。

沃：[甲]1000 俱黎。

鄔：[明]1005。

隝：[明][甲]989 波難陀，[明]
[甲]下同 989 此哩二，[三][宮]1545
波離等。

塢：[甲]2038。

邑：[甲]1909 偷劫盜。

誤

錯：[三][宮]1458 害父母。

該：[甲]2039 丙午立。

悍：[三][宮]2102 矣論又。

護：[三][宮]665。

理：[甲]2263 歟但依。

録：[聖]2157。

沒：[原]1796 之者一。

沒：[三][宮]403 一切衆。

謬：[丙]2190 不失是，[甲]2271
說因言，[甲][乙]2250 矣然慈，[甲]
1913 觀者輒，[三][宮]394 聲音嘶，
[三][宮]416 言，[三]2154 或，[原]1744
矣有餘。

勸：[宮][甲]2008 他人自。

捨：[三]2043。

設：[宮]2123 聲七深，[宮]351 失
之短，[甲]1816 犯三業，[甲]2274 法
自，[三]、悟[宮][聖]1425 忘不受，[三]
[宮][聖]225 有恚，[三][宮]376 受學
者，[三][宮]1559 殺餘人，[三][宮]
1562 等無或，[聖]279 起捨衆，[聖]
2157 非欲指，[乙]2249 作十二，[元]
[明]2016 學中論。

攝：[甲]2271 也。

失：[原]、[甲]1744 所以然。

說：[甲]2128 也，[三][宮]1547 彼
客比，[聖]1425 害中人，[聖]1425 說
心狂。

談：[甲]2261。

忤：[明]155 其意，[三][聖]190 人
下賤，[三]2104 即奏云，[三]2106 犯
者衆。

悟：[宮]2112，[甲]2261 令學者，
[甲]2261 也者辨，[三][宮]2044 哉昔
隴，[聖]2157 經水喻，[另]1721 故云
自。

悞：[宮]262 服毒藥，[三][宮]
[聖]1442 等自手，[三][宮]309 復，
[三][宮]544 亂意，[三]99 聽沙，[元]

[明]2154 也。

寤：[三][宮]2122 不時還。

信：[三]361 傾邪准。

渝：[甲]2073 眾中益。

語：[甲]2130 也，[明]2154，[聖]1425 害後人。

寤

覺：[宮]374，[甲]1799 如蓮華，[三][宮]397 而得菩，[三][聖]26，[三][聖]26 如是，[三][聖]26 語默皆，[三][聖]26 者妹便，[三][知]26 語默皆，[三]26，[三]26 不聞此，[三]26 告曰，[三]26 起語長，[三]26 語魔王，[三]26 則知寤，[三]153 時諸惡，[聖]26 語默皆。

開：[三]631 不別深。

瘦：[元][明]26。

寐：[甲]1816 所作勇，[三]1 語默攝，[三]186 起，[三]212 成諸道，[三]212 心意潔，[三]1331 顛倒見。

寱：[宋][元]、夢[明]184 對曰向。

夢：[宮]1546 已不忘，[三][宮]263，[三]154 甥得。

寢：[元][明]2058 而責之。

審：[宮]2060 寐然於。

寤：[宋][宮]、[元]310 已互相。

悟：[宮]2040 及鞁，[宮]309 於無餘，[宮]374 尋自思，[宮]448 佛，[宮]1507，[宮]1591 之，[宮]2121 憶念夢，[宮]2122 而責之，[甲]1828 勤修觀，[甲]2082 家人奉，[明]212 法我爲，[明]316 寶雲聞，[明]2076，

[明][甲]1177 入諸佛，[明][甲]下同1177 入是時，[明][甲]下同 1177 入諸佛，[明][甲]下同 1177 聖力第，[明][甲]下同 1177 心鏡瑩，[明]205 識無常，[明]2102 之道何，[明]2105 諸大德，[三]、－[聖]125，[三]193，[三]203 還以鑰，[三]212 故謂覺，[三]2122 憂愁啼，[三][宮]、晤[甲]2053 令，[三][宮]244，[三][宮]279 十方剎，[三][宮]309，[三][宮]309 欲使香，[三][宮]310 者，[三][宮]656 如汝所，[三][宮]2122 此，[三][宮]2122 道者亦，[三][宮]2122 心澄靜，[三][宮][另]281 呪願達，[三][宮]285 之開之，[三][宮]288 覺道，[三][宮]294 一切知，[三][宮]300 法自在，[三][宮]309 大智之，[三][宮]309 漏盡意，[三][宮]309 唯有如，[三][宮]309 終不隨，[三][宮]323 人然後，[三][宮]338 一切世，[三][宮]374 已心生，[三][宮]403，[三][宮]425 懈廢，[三][宮]433 眾生善，[三][宮]534 醉醒婦，[三][宮]541 兄者，[三][宮]656 爾時世，[三][宮]749 還爲比，[三][宮]1505 是恚得，[三][宮]1507 處以爲，[三][宮]1579 少事少，[三][宮]2043 便欲捉，[三][宮]2045 眼得清，[三][宮]2060 方知夢，[三][宮]2103 三空將，[三][宮]2121，[三][宮]2121 得羅漢，[三][宮]2121 即以瓔，[三][宮]2121 願滅其，[三][宮]2121 曰四人，[三][宮]2121 之爲說，[三][宮]2122，[三][宮]2122 彼有情，[三][宮]2122 此可笑，[三][宮]

2122 從佛得，[三][宮]2122 大乘，[三][宮]2122 大乘四，[三][宮]2122 道，[三][宮]2122 道惰之，[三][宮]2122 而登之，[三][宮]2122 法七念，[三][宮]2122 法應乃，[三][宮]2122 非常，[三][宮]2122 非常成，[三][宮]2122 分身也，[三][宮]2122 高非，[三][宮]2122 跪而謝，[三][宮]2122 還生悔，[三][宮]2122 恨不見，[三][宮]2122 宏遠上，[三][宮]2122 後還都，[三][宮]2122 悔其本，[三][宮]2122 即起，[三][宮]2122 即作沙，[三][宮]2122 解三事，[三][宮]2122 盡誠懺，[三][宮]2122 競共出，[三][宮]2122 絶離三，[三][宮]2122 開棺棺，[三][宮]2122 剋責即，[三][宮]2122 理必藉，[三][宮]2122 連建福，[三][宮]2122 六塵輕，[三][宮]2122 命終者，[三][宮]2122 念知前，[三][宮]2122 其非凡，[三][宮]2122 騎頸，[三][宮]2122 清，[三][宮]2122 什亦神，[三][宮]2122 神英，[三][宮]2122 生歡喜，[三][宮]2122 生老病，[三][宮]2122 失兒具，[三][宮]2122 是地獄，[三][宮]2122 寺僧並，[三][宮]2122 問比丘，[三][宮]2122 無爲之，[三][宮]2122 怡神淨，[三][宮]2122 圓覺所，[三][宮]2122 眞理心，[三][宮]2122 指事而，[三][宮]2122 尊者占，[三][宮]2122 昨之迎，[三][宮]下同 656 乎爲音，[三][宮]下同 656 無師一，[三][宮]下同 2122 其心令，[三][宮]下同 2122 無上菩，[三]100 作是念，[三]125 曰甚善，[三]152 曰分國，[三]152 之，[三]186 老病死，[三]190 發出家，[三]193 佛，[三]193 我無種，[三]194 彼衆生，[三]196 意解便，[三]201 善哉大，[三]210 明，[三]212，[三]212 抱愚投，[三]212 不開，[三]212 法，[三]212 後學三，[三]212 將諸，[三]212 靡不解，[三]212 卿一人，[三]212 染著世，[三]212 愼莫，[三]212 一切諸，[三]212 則常歡，[三]212 之士告，[三]291 其有行，[三]374 之心云，[三]375 已，[三]2122 旦而自，[三]2145 復多矣，[三]下同 656 深法要，[三]下同 310 者亦是，[聖]125，[聖]125 坐臥經，[聖]225 即起坐，[聖]225 之也，[聖]663 已至，[聖]664 心大愁，[聖]1549 法善諷，[聖]1549 故曰阿，[聖]1579 正知住，[宋][宮]、懷[元][明]2122 胎至四，[宋][宮][聖]383 而作是，[宋][宮]309 當念，[宋][宮]389 煩惱毒，[宋][宮]2122 心大愁，[宋][明][宮]221 須菩提，[宋][聖]125 起於亂，[宋][元][宮]448 佛南無，[宋][元][宮]448 者，[元][明]309 便成無，[元][明]375 既醒，[元][明][宮]309 乃知妄，[元][明][宮]309 亦復如，[元][明]125 猶如今，[元][明]155，[元][明]212，[元][明]212 祭祀神，[元][明]212 是故説，[元][明]309，[元][明]309 疑結數，[元][明]310 安隱妙，[元][明]310 於不，[元][明]329，[元][明]485 於愚癡，[元][明]785，[元][明]下同 309 力善超。

窳：[宋]187 已遍體。

語：[三][宮]425 衆生。

窬

悟：[三][宮]2122 遂舉兵。

霧

覆：[三][宮]721。

霽：[原]2001 容懷月。

露：[甲]2036 合西舍，[三][宮]2123 半層生，[三][宮]2123 勢不久。

霈：[明]2103 四境甘。

窮：[三][宮]2103 滌望北。

務：[三][宮]2059 而皆不。

鶩：[明][宮]2123 託，[明]2122 託白淨。

雲：[三][宮]2122 昏三，[原]2006 起高山。

鶩

鶩：[宋][宮]263 周旋詰，[宋][宮]2060 義。

鶩

鶩：[三][宮]2103 扮鄉訪。

鶩：[宮]2102 一異競。

霧：[三][宮]2122 託迅。

鶩：[三]682 生殺輪。

鶩：[宋][明]2125 獨。

X

夕

多：[宮]2060 出住寺，[甲]2266
即可還。

漢：[三]2110 夢金人。

久：[甲]2036 作何行，[三][宮]
2122 蘇活説，[元]2060 又放赤，[元]
2122 因覺爲。

名：[宮]2104 不寐爲，[明]2145
歸悠。

明：[宮]2060 三塗苦。

暮：[甲]2035 矢豺狼。

且：[甲]2217 初分中。

勺：[三][宮]345 饍無鄙。

時：[三][宮]2059 門人莫。

昔：[聖]1428 不絕彼。

歇：[宮]2059 放光照。

夜：[聖]211 持佛法。

兮

号：[聖]2157 流。

號：[甲]1924 凝湛，[三]1336 卑
柔卑，[乙]877 兮若。

乎：[三][宮]2103。

嵇：[宋][元]951 反上聽。

焉：[三][宮]2034 而夷泊。

中：[甲][丙]、中兮[丙]2120。

子：[三][宮]386 摩跋多，[三]992
利社羅，[宋][宮]下同 397 阿兮阿。

西

北：[宮]2040 方所以，[甲]2087，
[三][宮]2122 山鑿巖，[三][聖]1 方所
以。

並：[甲]2035 並屬梵。

東：[甲]893 面一所，[甲]901 三
指一，[甲]1736 岸有其，[甲]2255 晋
天竺，[三][宮]440 北方住，[三][甲]
[乙]2087 二十餘，[宋][元]2153 晋惠
帝，[元][明]2154 賓，[原]2412 也妙
觀。

而：[甲]2266 不恒有，[聖]2157
行漸屆。

後：[甲]2037 秦弘始。

即：[甲]2266 明道。

兩：[宮]2025 序章終，[甲][丙]
2286 國取此，[甲][乙]2250 國受戒，
[甲]2035，[甲]2217 方諸菩，[甲]2250
北洲唯，[甲]2299，[乙]1239 面爲門。

嶺：[三][宮]2053 名。

面：[丁]2244 目亦云，[甲]2035 但能從，[甲][乙]2207 銀牛口，[甲]893，[三]、而[宮]、惡[甲]2044。

迺：[三][宮]2059 適成都。

南：[甲][乙]908 而，[三][宮]、西南[甲]2053 行千餘，[三][宮]397 方海中，[三][宮]2040，[乙]2092 陽門內。

栖：[元][明]2103 賢寺設。

四：[宮]1451 國法也，[宮]2122 方海中，[甲]2068 海而別，[甲]2128 典千典，[甲]2400 觀紅北，[明]2123 壁到已，[明]2146 方諸聖，[三][宮]848 向通達，[三][宮]2122 大女國，[三][宮]2122 僧令婢，[三][聖][甲][乙]953 印曼，[三]99，[三]187 面而行，[三]2112 夷，[三]2154 十里中，[聖]2157 崇福寺，[聖]2157 明寺撰，[乙][丙]973 面外去，[乙]2394 方故東，[元]719 方，[元]2088 番。

先：[三][宮]1464。

凶：[三]21 一人言。

血：[聖]2157 來徒眾。

要：[宮]2122 方俗人。

一：[三][宮][甲]2053 下是佛。

酉：[甲]2128 方日狄，[甲]2128 北入波，[乙]2263 院修之。

雨：[甲]1065。

曰：[明]2154 晉沙。

正：[甲]2035 向而化，[乙]2261 明意者。

州：[甲][乙][丁]2092 刺史隴，[明]2076 盧山雙。

住：[原]2196 神足力。

宗：[明]228。

吸

及：[元]331 諸滋味。

汲：[三]152 水。

歙：[三][宮]1505 煙。

翕：[元][明][乙]1092 集一切。

噏：[三][宮]、翕[石]1509 鐵如真，[三][宮]1506 煙彼於。

拆

空：[元][明]153 虛我之。

希

不：[宮]2103 留。

布：[福]279 有，[宮]1425 織者非，[甲]1030 於佛菩，[甲]1782 床訶令，[三][宮]309 現智，[三][宮]1549 有漏是，[三][宮]2027，[三][宮]2102 者命寧，[三][宮]2122 張永王，[三]1 現則名，[三]194 現覺悟，[三]194 相，[宋]186 言屢中，[宋]2149 邪徑捷，[元]2123，[原]1776 於後故，[中]440 佛南無。

怖：[甲]1778 望故名，[三][宮]1631 淨，[聖]1522 中天竺。

常：[明]152 聞比丘，[三]、希聞希間[宮]263 聞講説。

當：[三]153 滿所願。

等：[宮]1425 行與我。

非：[元]2016 有。

顧：[三][宮]2103 垂照覽。

悕：[聖]272 望心。

教：[宮]1605 法若於。

恬：[宮]1523 求大乘，[明][宮]2029 法經。

求：[三][宮]638 望便墮。

甚：[甲][乙]2309 奇甚爲，[元][明]299 希有。

未：[明]340 求是修。

俙：[明]1442 其父聞，[元][明][甲]901 帝十五。

悕：[宮]278 望恭敬，[宮]278 望逮得，[宮]278 望自然，[甲]1736 冀隨其，[甲]1828，[明]316 有，[明]318 冀不懷，[三]152 心欲其，[三]220 正法不，[三]2145 不，[聖]278 望欲性。

晞：[宮]309 望成福，[宮]309 望五垢。

睎：[宋][元]2063 顏之士。

稀：[宮]1428，[明]316 有一一，[明][宮]2087 請益方，[明]316 求，[明]316 望常當，[明]316 有，[明]316 有法律，[明]316 有勝慧，[明]843 有不思，[明]843 有世尊，[明]843 有事而，[三][宮]、布[聖]397 潤枯竭，[三][宮]2085 曠止有。

曦：[明]2016 光隨孔。

喜：[甲]1912 走狗。

肴：[甲]1816 改決。

漪：[元][明]2123。

者：[聖]371 有事何。

昔

百：[宮]310 有佛號。

背：[甲]1736 以初十，[元]1451

有六王。

本：[甲][乙]1822 集，[甲]2195 名雖說，[三][宮]263 至于今。

曾：[甲][乙]2263 發大心。

楷：[三][宮][甲][乙]2087 竹園居。

到：[明]187 兜率宮。

等：[甲]2053 仲由興。

第：[宋]2146 爲鹿王。

而：[三][宮]2122。

介：[聖]190 日以諸。

梵：[原]1774。

共：[三][宮][聖]383 於過去，[三][宮]2060 習故有，[聖][另]1442 日曾，[原]2408 皆。

古：[三][宮]2104 稱菩提。

皆：[宮]1452 時苾芻，[甲]1782 由虛妄，[明]2087 摩臘婆，[乙]2092 有商人。

今：[三]674 未曾見。

舊：[丁]2244 烏場或。

苦：[宮]、若[聖]2042 慇懃勸，[宮]322 之有非，[甲]2261 時界外，[宋]1559 福非福，[原]2339 空無我。

普：[宮]656 行施度，[宮]2040 至今起，[明][宮]279 於一，[三]278 不生卉。

日：[三]203 施鉢因。

若：[三]99 有時釋，[元]2060 竺道生。

岜：[甲]2036 萬里沙。

世：[三][宮][甲][乙]2087 多此說。

釋：[另]1721 未實滅。

首：[甲]1781 貧里，[三]26 善逝如。

宿：[三]154 飢渴見，[元][明]26 然之或，[元][明]26 燃之或。

夕：[甲]2036 夢爲勇，[甲]2036 夢相責。

悉：[明]293 救彼令，[三][宮]2043 見佛來。

惜：[明]327 捨身數。

先：[三]1339 於王舍。

寫：[三][宮]2122 之心哉。

眼：[元][明]375 所不見。

以：[明]293。

亦：[明]、明註曰亦字南藏作昔字 1545 聞佛曾。

音：[宮]2059 與師，[宮]2060 疑乃以，[宮]2087 劫初人，[甲]1723 權有四，[明]2102 有，[明]2110 行者登，[聖]2060，[元]497 在閻浮，[元]639 時我子。

有：[甲]1735 理無二，[原]2339。

又：[三][宮]374 時在毘。

者：[丙]2381 蓮華臺，[甲]2255 爲此緣，[甲]2299 外道具，[甲]2299 爲，[三][宮]313 求菩薩，[三][甲]1332 國王，[三]190 獲得如，[宋]2112 怪焉今。

諸：[宋][明][宮]414 四流。

著：[三][宮]2103 綱繆。

自：[三]190 觀看生，[宋]1339 來未有。

枂

枂：[甲]1733 衆生性，[三]187 諸定差。

折：[聖]416 還令，[宋]2153 佛經一。

析

拆：[甲][乙]1822 至說乃，[乙]852 開，[乙]1822 自在名。

剌：[宮]653。

斷：[三][宮]、折[聖]376 石說過。

拊：[元][明]2103 事寂寥。

斤：[宋]1 修途所。

片：[甲]893 復上有，[三][宮]2122 理琳今。

祈：[宮]2122 悔前所，[和]293 一切佛，[三][甲][乙][丙]930 願遍數。

散：[三]192 乖理本。

誓：[三][宮]263 此誼。

泝：[三][宮]1647 不流不。

所：[元]1579 麁物乃。

柝：[宮]下同 1571 未，[甲]1805 故先，[明]613 何者是，[明]1562 數成多，[三]2145 之中而，[宋][宮]2060 新奇抗。

欣：[三][甲][乙][丙]930 慕現前。

薪：[三]1 杵。

研：[明]2059 至明清。

折：[宮]2103 色心或，[宮][聖][知]1579 諸行別，[宮]387 有壞密，[宮]413 如微塵，[宮]1484 骨爲筆，[宮]2059 文求理，[宮]2060 玄滯後，[宮]2060 疑伏每，[甲]1751 巧拙有，

[甲]1795 汝識於，[甲]1836，[甲]2129 皆形聲，[甲][乙]1822 顯非實，[甲][乙]1822 出，[甲][乙]1822 各各別，[甲][乙]1822 漸，[甲][乙]1822 如波，[甲]1239 身猶如，[甲]1239 碎頭破，[甲]1805 如指諸，[甲]1871 為十類，[甲]1912，[甲]1918 法，[甲]1918 法道品，[甲]1918 體拙巧，[甲]1922 悉如上，[甲]2006 之邪諸，[甲]2014 誰無念，[甲]2087 石然後，[甲]2087 微言提，[甲]2087 詳其優，[甲]2129 上府文，[甲]2266 故是法，[甲]2296，[明]261 與人，[明]1564 之以中，[三][宮][聖]231 菩薩摩，[三][宮]513 一髮以，[三][宮]1545 石而斷，[三][宮]2034 佛經一，[三][宮]2102，[三][宮]2122 谷內棳，[三][宮]2122 於智慧，[三][宮]2123 滅又起，[三]220 所以室，[三]2145 傷玷缺，[三]2154 護所集，[三]2154 字，[聖]99 破棄於，[聖]1562 為下中，[聖]1579 言五者，[聖]1602 麁物乃，[宋]1579，[宋][宮]1453 爲，[宋][宮]2102，[宋][元]、拆[宮]下同 1579 諸色至，[宋][元][宮]2102，[宋][元][宮]2102 三破論，[宋][元][宮]2123，[宋]1509 不可得，[宋]2103 秋蟬靈，[宋]2103 疑論唐，[宋]2112 辯之夫，[宋]2145 振發義，[宋]2149 疑略二，[乙]1822 制伏令，[元][明][甲]2125 開十物。

磔：[甲]893 皆須濕。

斫：[甲]1239 頭作七。

盻
　盻：[宋][宮]、盼[元][明]2103 之嗣絶。
　影：[宮]2103。

窊
　多：[宮]2060 于鍾皁。

侎
　恌：[宮]2102 未，[聖]26 屬辭句。
　稀：[甲]1969 識心文，[明]2076 似曲才，[宋][元][宮]2122 如夢。

郗
　絺：[三]190 那摩訶，[三][宮]669，[三][宮]1546 羅往長，[三]190 羅邊摩，[三]190 羅村陀，[三]190 羅房門，[三]190 羅摩訶，[元][明]1509 羅拘。
　都：[三][宮]2122 恢。
　郄：[三]2122 國之故。
　稀：[元][明]1509 那阿。

恓
　悽：[明]2131 惶奔赴。
　栖：[宋]、栖[宮]2122 惶失據。

唏
　啼：[三]1336 泜阿勿。
　希：[甲]1238 梨，[三]1336 泥唏泥。
　晞：[三]1336 咩唏隸。

息

鼻：[宮]397 本無有。

不：[乙]1821 求故不。

出：[和]293 及以出。

除：[三][宮]2123。

怠：[宮]1488 失身命，[甲][乙]1909 乘智，[明]220 攝大慈，[明]220 求諸善，[明]265 佛於是，[三][宮]606，[三][宮]1509 是名精，[三][宮]2121 自致，[三][宮]2123 其長者，[三]220 求諸善，[聖]1451 未證得，[元][明]1509 故具足，[元][明]1509 故舍利，[元]1462 已起追。

恩：[宮]263 非，[宮]2102 駕本夫，[甲]1783 攀緣謂，[三][宮]2060 難顧鳩，[宋][元][宮]2040 愛終日。

伏：[三][宮]1435 還使一。

慧：[元][明]310 所行清。

寂：[甲][乙]867 災法取，[甲][乙]867 災增益，[甲]2228 災增益。

加：[三][宮][甲]2053 平復。

見：[三][宮]629 沙門持，[乙]1821 求非見。

具：[甲]2281。

慮：[三][宮]1562 爲。

滅：[甲][乙]1866 以是義。

目：[三]2145。

鳥：[明]305 智故取，[聖]1425 心定時。

氣：[三][宮]581 絕火滅。

憩：[甲]2128 也戰國。

塞：[聖]211 中庭如。

身：[元][明][宮]614 念止中。

食：[明][和]261 不安恒。

識：[宮]606 順而出。

思：[甲][乙]1821 求，[甲]2128 之也説，[明]1425，[宋]1563 故立動，[宋]1542 心勇悍。

悉：[宮]286 閉在三，[甲][乙]867 若常用，[甲][乙]1222，[甲]1239 香三稱，[明][甲]1260 香，[明]312 除一切，[明]414，[明]722 除塵垢，[明]896，[三][甲][乙]972 香若作，[三][甲]1080 香等和，[三]101 不，[三]953 諸天法，[三]956 香，[三]1374 熏陸，[宋][元]950 災等三，[宋][元]1096 香，[宋][元]1181 香熏之，[宋][元]1202 香零陵。

瘜：[三]374 肉八如，[元][明]125 肉後轉。

相：[甲][乙]2207。

想：[明]1545 第二之，[聖]311，[宋][元]、明註曰息南藏作想 1521 覺觀相。

消：[甲]1736 相疏聖，[三]1414 滅又若。

懈：[三]202 佛告阿。

心：[甲]、自心[乙]2397 煩惱隨。

姓：[三][宮]2122 每禱祀。

意：[明]2154 三藏安，[三][宮]1478 思念經，[元][明]1579 一切事。

胤：[三][宮]2122 者皆往。

止：[三][聖]125 住復從。

志：[三][宮]2121 行不覺。

衆：[三]、悉[宮]2122 天王來。

子：[三][聖]211。

自：[宮]2034 恚經一，[宮]513 奔突走，[宮]1563 地，[宮]2108 驚象王，[甲][乙]1225 相捻禪，[甲]1733 心謂一，[甲]1851，[甲]2412，[明]293 熱光，[三]99 法一切，[三]99 住受縛，[三][宮]1579 語言自，[三][宮]221 知意與，[三][宮]278 滅住大，[三][宮]606 守意求，[三][宮]656 意不復，[三][宮]656 意成道，[三][宮]1548，[三][宮]1579 遣，[三][宮]2034 知身偈，[三]125，[三]212 怨者自，[三]953 忿怒生，[聖]1 滅，[聖]125 覺知有，[聖]210 心非剔，[聖]1464 調達亦，[宋][宮]1509 除食患，[宋]1546 時知息，[元][明][宮]834，[元][明]212 怨滅怨，[元]1488 譬如飢，[知]266 斯礙遠，[知]384 在胞胎。

奚

何：[甲]1775 爲。

紇：[乙]2391 哩字。

鷄：[三][聖]、羅[宮]294。

灸：[知]26 米何犁。

爽：[三][宮]2103 感將吼。

兮：[三][宮]397 摩跋多，[三][宮]397 周迦國。

溪：[甲]2036 斯歌虞。

矣：[三][宮]2103 可與言，[三]474 但身見。

魚：[甲]2244 敬反。

爰：[三]2145 所取明。

子：[宋][宮]、尼[元][明]397 曼多龍。

怖

布：[明]832 如是語。

怖：[宮]397 求得彼，[宮]648 欲善，[宮]1611 寂樂故，[甲][丁][戊]2187 取一湌，[甲]1512 聞佛，[甲]1804 心何以，[明]1536 求欣求，[明]1336 彌，[明]1522 望供養，[三][宮]、希[聖]1443 者應告，[三][宮]675，[三][宮]721 彼處如，[三][宮]1536 求已滅，[三][宮]1674 佛說應，[聖]663 帝三曼，[聖]1581 望求，[聖]1733 取美名，[另]1543 望若欲，[宋][元]1628 他決定。

怰：[明]、怖[宮]2121 深自僥。

説：[乙]1723 也。

望：[三][宮]1579 名怖望。

希：[宮]451 福德斷，[宮][聖]660 求，[宮]263 望，[宮]323 求堅，[宮]325 望智勝，[宮]459 望皆從，[宮]482 望出世，[宮]534 望天福，[宮]564 求以，[宮]618 望說阿，[宮]618 望無量，[宮]618 望則於，[宮]660 望九者，[甲]1733 法心前，[甲]1733 求義證，[甲]1733 生天者，[甲]1733 同出世，[甲]1733 心大法，[甲]1733 願無師，[甲]2157 望經一，[明][聖]221 望者所，[明]221 望，[明]397 望阿修，[三]187 求無息，[三][宮]310 望故離，[三][宮]476 求雖復，[三][宮]485 望欲入，[三][宮]573 求正覺，[三][宮]586 望功德，[三][宮]587 望功德，[三][宮][博]262 望又不，[三][宮][別]397，[三][宮][別]397 受生常，[三][宮][別]397 餘乘故，

[三][宮][聖]660 求利養，[三][宮][聖]397 望觀如，[三][宮][聖]425 望猶，[三][宮][聖]626 望作是，[三][宮][聖]639 果修諸，[三][宮][西]665 求事悉，[三][宮][知]266 望譬如，[三][宮]310 望，[三][宮]314 求樂心，[三][宮]347 妙法欲，[三][宮]397 求識者，[三][宮]397 望聲離，[三][宮]398 望是寶，[三][宮]410 望同所，[三][宮]423 望一切，[三][宮]425 望之業，[三][宮]433 望無有，[三][宮]443 望如來，[三][宮]478 望心，[三][宮]566 望非動，[三][宮]618 有見已，[三][宮]626 望無所，[三][宮]639，[三][宮]657，[三][宮]665 求速得，[三][宮]679 望方便，[三][宮]1523 求，[三][宮]1546 有想若，[三][宮]下同341 望無所，[三][宮]下同 403 望福所，[三][宮]下同 425 求是曰，[三][宮]下同 624 望以法，[三][宮]下同 626 望故以，[三][宮]下同 660 求出世，[三][宮]下同 660 求故七，[三][宮]下同 678 望清淨，[三][聖]627 望則應，[三]99 望好衣，[三]157 求，[三]157 望於發，[三]163 勝法召，[三]187 求勝樂，[三]203 仰白老，[三]210 望欲解，[三]212 望衣被，[三]264 取，[三]311 望而不，[三]311 望於上，[三]311 欲佛法，[三]1341 望，[三]1341 望六法，[三]1341 望無有，[三]2145 感之誠，[三]2149 望經，[聖]310 望菩提，[聖][甲]1723，[聖]1494 臣佐當，[宋][明][聖]1017 如來甘，[宋][明]187 速下生，[宋][元][宮]

1581 望清淨，[元][明][宮]614 望，[元][明]658 望心自，[原]1858，[知]418 望施人，[知]下同 1581 望故以。

稀：[明]316 求名聞，[明]316 望求佛，[明]721 天如。

忻：[甲]1958 趣入若。

行：[元][明]421 望於一。

異：[宮]1515 求。

有：[聖]1494 取者解。

屖

摩：[三][宮]721 挐洲次。

晞

怖：[三][宮]2122 酸疼更。

晞：[甲]2128 同虘依，[甲]2128 意道言，[三][宮]2103 齡永苟，[三]17 坐六面，[宋][宮]2059 字玄宗。

稀：[宋][宮]2058 唯有善。

羲：[乙]2092。

睎：[甲]2128 下稀依，[三][宮]1562。

悉

半：[三][宮]657 現此諸。

悲：[聖]222 越度一。

必：[三][宮]1451 當除殄。

遍：[乙]1822 發聲又。

不：[宮]397 發勇猛，[三][聖][宮]528 令滿其。

長：[三][宮]2122 應得道。

臣：[另]1442 皆見嫉。

垂：[三]157 以莊嚴。

達：[乙]865 地成就。

得：[明][乙]994 滿足，[明]278 清淨一，[三][宮]411 銷滅，[聖]222 將護內，[乙]867 退散。

都：[三]1339 以雜色，[三][宮][聖]376 非其境，[三]1339 由此門。

惡：[宮]1545 名爲有，[甲]1805 人用智，[明]921 地願諸，[三]153 捨身命。

而：[三][宮]292 共曲躬。

法：[三]1582 覺知優。

縛：[原]2412 寧此言。

各：[三][宮]、彼[別]397 生慈心。

光：[聖]291 見於衆。

還：[明]1450 遭苦難。

忽：[三][宮]638 現他方。

化：[三]1532 令得阿。

患：[甲]2281，[三]361 各自然，[三][宮]2060 爲心計，[聖]613 見四大，[宋]310 亦等矣，[知]1579 寂滅當。

毀：[三][宮]2034 滅。

恚：[甲]1828 尋思以，[甲]1828 與苦憂，[甲]1870 使，[三][宮]2121 去長者，[元][明]196，[元][明]224 不捨去。

惠：[丙]1184 地應須，[乙]2408 皆云是。

即：[明]190 得自。

皆：[甲][乙]1866 亦如是，[三]264 能知，[三][宮]724 具犯之，[三][宮]1458 使周遍，[三]171 發無上，[聖]371 空名名，[乙]1871 於，[乙]1909 捨，[乙]2396 具一人。

盡：[甲]1841，[甲]2218 以金剛，[三][宮]1425 令集，[三][聖]1440。

來：[甲]1816 論第三，[聖]125 縛之共。

毛：[聖]292 感諸國。

沒：[明][甲]1175 地捺。

迷：[宮]672 空無自，[甲]2217 能起用，[三]、遂[宮]2103 敬信單，[三][宮][聖]2060 略璋弧，[三][宮]299 遭苦，[三][宮]606 不自覺，[三][宮]721 沒於道，[三][宮]2041 生誹謗，[三]631 甚矣言，[三]985 地悉地，[三]1009 他二合，[聖]361 道故有，[聖]1595 應同歸，[宋][宮]2123 欲避。

米：[聖]376 已究竟。

愍：[元]363 捨三塗。

名：[宮][聖]376 爲，[三][宮]376 爲菩薩。

能：[三]374。

怒：[明]2131 生恐，[三]721 如怨家。

平：[三][宮]657 等是人，[三][宮]657 等相是。

普：[乙]1736 能容受。

其：[三]153 破壞譬，[三]1339 得見。

起：[三][宮]639 平等莫。

遣：[三]1 無亂衆。

切：[明]278 遠離衆。

磬：[甲]1854 無不盡。

然：[宮][聖]425 使聞音。

惹：[甲]2135 也。

忍：[宋][元]1007 皆除滅，[元]

[明]589 爲閑靜。

　若：[宮]1648 見此諸。

　薩：[丙][丁]865 體。

　瑟：[三][甲]989 吒二合。

　善：[三][宮]397 修習十，[宋]895
地者以。

　攝：[知]1785 屬冬分。

　甚：[甲]2223 能了知。

　時：[甲]1229 不暫捨。

　使：[聖]1425 令集乃。

　示：[三][宮]278 現一切。

　是：[三][宮]1581 名共。

　受：[宋][元]690 皆供養。

　述：[甲][乙]1822，[宋][宮]624
欲聞佛。

　私：[三]375 陀大河。

　娑：[甲]1120 怛哩，[甲]1120 覩
二。

　所：[聖][石]1509 不得。

　忘：[宮]278 能壞散，[聖]279 明
徹。

　爲：[明]376 消滅復，[三][宮]322
知足哉。

　委：[宮]2122 以衣鉢，[甲]1782
外化德。

　未：[東][宮]、亦[元][明]721 有
火人。

　嘷：[宮]397 多若若。

　聞：[三]176 如獼猴。

　昔：[明]279 開示等，[明]423 供
養以。

　息：[甲]901 滅無餘，[明]1330 香
蛇，[明][丙][丙]1214，[明][丙]1202，

[明][丙]1202 香三時，[明][丁]1199
香，[明][甲]901 香盤次，[明][甲][乙]
[丙]1214 香及白，[明][甲]893，[明]
[甲]893 香而燒，[明][甲]901，[明]
[甲]901 香，[明][甲]901 香即得，[明]
[甲]901 香誦呪，[明][甲]901 香一
千，[明][甲]901 香汁和，[明][甲]1227
香丸一，[明][甲]1228 香燒向，[明]
[甲]1229 香度之，[明][甲]1229 香於
山，[明][乙]983 香燒，[明][乙]1008
香和酥，[明][乙]1092 香燒焯，[明]
[乙]1100，[明][乙]1110 香，[明][乙]
1244 香白檀，[明][乙]1254 香和酥，
[明][乙]1260 香以胡，[明][乙]1261
香爲丸，[明][乙]1276 香誦根，[明]
890 香用赤，[明]997 香或於，[明]1005
董陸白，[明]1005 香和白，[明]1005
香摩尼，[明]1006 香及白，[明]1007
香白芥，[明]1033 香搵三，[明]1217
香發，[明]1217 香酥隨，[明]1257 香
用燕，[明]1272 香及五，[三][宮][甲]
901 香也薰，[三][宮]1562 可轉，[三]
[甲]1227 香，[三]999 香及白，[三]
1005 香一千，[三]1007 香又接，[宋]
[明]1191 香作丸，[乙]953 香作丸。

　想：[三][宮]888 無上菩。

　曉：[三][宮]278 了知。

　心：[甲]2299 之更思，[三]153 生
懊惱。

　信：[三]418 諷誦此。

　業：[聖]225 得一切。

　已：[三][宮]397 滿心意。

　亦：[甲][乙][丙]1866 如是各，

[三][宮]227 憂毒各，[三][宮]588 俱寂以，[三][宮]657 如是目，[三][宮]664 皆迴向，[三][宮]1484，[三][宮]1581 不施與，[聖]222 不可得，[原]1898 縫合有。

義：[甲]2299 檀也又。

應：[宮]263 觀其心，[甲]1816 預解難，[聖]222 空不可。

憂：[宮]263 爲除屏。

欲：[三][聖]291 志求法。

爰：[三][宮]2122 能行動。

暫：[甲]902 得。

則：[三][甲]1080 得成就。

知：[甲]1816 覺是人。

至：[聖]224 常在佛。

志：[宮]、心[聖]1579 能安忍，[宮]415 祈無上，[甲][乙]1816 求菩提，[甲]1287 與焉吾，[甲]2400 癡好鬪，[甲]2895 誠慚愧，[明]1450 奈，[三][宮]425 永寂是，[三][宮]636 意大歡，[三][宮][聖]278 樂無厭，[三][宮][聖]318 行，[三][宮][聖]397 樂無，[三][宮][知]598 不狐疑，[三][宮]263 當悦意，[三][宮]263 在道慧，[三][宮]310 大乘四，[三][宮]318 求道所，[三][宮]534 欲發狂，[三][宮]606 更患厭，[三][宮]816 願同一，[三][宮]1549 欲行頭，[三][宮]1648 退散其，[三][聖]190 意氣，[三]26 淨妙我，[三]264 願如來，[聖]397 如金剛，[聖]291 空無自，[聖]425 和同王，[宋][宮]318 佛，[宋][明]1128 獲利樂，[元]222 皆寂然，[原]1796 孕反係。

忠：[甲]1736 守護故。

紫：[三][宮]385。

自：[三][宮]2040 充足世。

總：[甲]1724 能受。

坐：[三][宮]2121，[宋]、若[宮]626 說是諸。

浙

術：[甲][乙]2194 東沙門。

析：[甲]2035 擇說文。

浙：[甲]1969 之所無，[三]2145 河下。

渓

狹：[甲]1925 谷中及。

惜

措：[三][宮]2053 顧斯法。

錯：[三]2103 永棄一。

積：[三][宮]2121 財不施。

憍：[甲]1828 掉舉隨。

嗟：[三][宮]2059 焉既而。

借：[甲][乙][丙]2003 也無汝，[三][宮]2102 君可，[原]2299 事縁悟。

苦：[三][宮]1425。

恪：[宮]310 身命以，[宮]1548 詭，[三]99 從怖生，[三]193 善法者，[元][明][宮]338 嫉於經。

愍：[三]374。

憫：[三]375 者如。

怒：[宮]461 不望其。

慳：[三][宮]2121。

情：[丙]1246 或時自，[宮]2102 神。

貪：[三]、貪惜[宮]2121 衣食，
[三][宮]2122 瞋嫌佛。

昔：[甲][乙]894 本願真，[明]665
身命流，[聖]125 所有如，[元]2016 身
命。

悉：[元][明]2122 垂淚而。

憎：[宮]415 身。

憎：[聖]310 於軀命。

重：[元][明]362 坐之思。

晢

晢：[宋][宮]2122 端正流。

睎

睎：[三][宮]2103 僧深慧。

稀

怖：[三]、惟[宮]721 常愛語，
[三][宮]721 不念無。

抄：[甲]893 寫所。

絺：[甲]1828 羅也摩。

授：[甲]2081 經數百。

希：[宮]721 之處無，[宮]2060 還
是東，[三][宮]847 有甚為，[三][宮]
397 疎諸行，[三][宮]721 物而生，[聖]
201 疏，[聖]643 稠得所，[元][明]397
少衰二。

俙：[宋][元]2061 西去迨。

桸：[宋][元][聖]、[明][宮]1462
老。

煬

煬：[明]883 酤，[明]882 帝引切，
[明]885 迦囉十。

犀

羼：[甲]2053 那唐言。

群：[三][宮]2122，[宋][元][宮]
2103 首相右。

嵠

溪：[三][宮]313 谷亦無，[三][宮]
410 谷，[三][宮]410 澗溝壑。

溪

漢：[三][宮]2103 館自稱。

峻：[聖]272。

山：[宮]2121 河江海。

石：[明]2103。

婬：[三][宮]263。

苑：[三]2110 覆船龍。

熙

極：[宮]2053。

尼：[明]2040 連河，[明]2041 連
河天。

希：[三]1083 怡微笑。

嬉：[宋][宮]1509 怡，[宋][宮]
1509 怡而笑。

嘻：[甲]2128 敬止也。

憘：[三]、嬉[聖]1 怡而笑，[三]
201 怡而作。

興：[聖]291 隆巍巍。

姬：[甲]2039 也甲寅。

熙

暉：[甲]1080 怡微笑。

監：[甲]2068 十。

嬉：[三][宮][聖]664 怡為欲。

照：[甲][乙]2394 商估色，[甲]2274 似。

熙

希：[宋][宮][甲]895。

睎：[東][宮]721 怡含笑。

嬉：[聖]663 怡爲欲。

醯：[聖]397 奢摩。

僖

傅：[甲]2036 子興言。

喜：[明]2131 所以不。

磎

蹊：[明]2087 徑餘流，[三][宮]2121 逕要路。

嵠：[聖]190 谷迎將。

嘻

嬉：[三][甲]1173 戲印禪，[三]1331 利毘利。

喜：[三]1341 鉢提。

憘：[三]1336 攬婆波。

嗡

哈：[三][甲]901，[聖]292 普詣安。

吸：[三]984 人，[三]984 食部多，[聖]211 佛光刺。

翁：[明]261 糞穢塵。

寯

雋：[宋][元][宮]2122 有男子。

膝

髀：[三]1102 二脛。

脚：[宋][元][宮]1432 著地合，[原]923 上誦。

脛：[三]187 十六或。

拘：[甲][乙]2396 絺羅經。

勝：[甲]1828 慧下明，[聖]953 去瓦礫，[聖]1425 悶絕。

膝：[甲]2128 也或作。

藤：[三][宮]2043 汝當遂。

騰：[三]2103 竺法蘭，[三]2149 竺。

味：[甲]2089 飛雪迷。

腰：[乙]2391 次右股。

臆：[原][乙]868 上次以。

瘜

肉息肉[宋][宮]、悉由[元][明]1579 肉未生。

息：[宮]、臭[甲][乙]1799 肉，[三][宮]2122 肉至七。

嬉

怖：[三]203。

善：[乙]2223 愛密供。

熙：[元][明]1509 怡縱逸。

熙：[三][宮][聖]627 遊若坐。

喜：[甲]868 等名影，[甲]1921 戲快樂，[明]1450 戲作是，[三][宮]271 殺，[三][宮]721 戲，[三][宮]721 戲若歌，[三][宮]1462 樂男子，[三][宮]1579 戲嚴身，[三][甲]1101 微笑憐，[三]190 樂行於，[宋][宮]268 戲愚，

[宋][元][宮]721，[乙]1171 戲印速，
[元][明]821 自樂故，[元][明]2103 修
政不。

   憘：[聖]190。

   欣：[三][宮]703 戲原野。

   娛：[三][宮]721 樂其地。

熹

   患：[三][宮]656。

   喜：[宮]657 見城即，[甲]2223
寶日幢。

錫

   賜：[明]524 勳庸而，[明]2060
豐美乃，[三][宮]1615 賚群臣，[三]
[宮]2060 之費蓋。

   洋：[三][宮]1559 赤鐵汁。

   陽：[三][宮]2102 力傾山，[三]
[宮]2102 六國之。

   銀：[甲]2128 鉱之間。

   杖：[宮][聖]613 威儀。

義

   犠：[三][宮]2103 農之政。

   曦：[甲]1733 陽令聰，[明]2103
帝高陽，[三][宮]2102 和之長，[三]
[宮]2103，[三][宮]2103 和迭駕，[三]
[宮]2103 和爭暉，[三][宮]2103 騰望
舒，[三][宮]2104 光已沒，[三]2103 之
影藥。

   犠：[三]2110 治國太，[三][宮]
2103 之，[三][宮]2103 寶吉祥，[三]
[宮]2103 比肩炎，[三][宮]2103 皇已
來，[三][宮]2103 因之而，[三]2103

迺神八，[宋][宮]、曦[元][明]2103 麗
天矇，[宋][宮]2103 吉祥菩，[宋][元]
[宮]2103 吉祥菩，[宋][元][宮]2103
爲三皇，[元][明]2109 氏始畫。

   義：[甲]1736 得之以，[甲]2035
寂志因。

谿

   谷：[三][宮]2122 洗器流。

   溪：[三][宮]721。

   溪：[三]152 黿曰。

醯

   醜：[甲][乙]2250 其衣染。

   訶：[三][宮][甲][丙]2087 河東
南。

   醯：[乙]2087 掣。

   彌：[宮]664 利毘遮。

   徙：[甲]901 上音利。

曦

   曦：[明]、儀[宮]2102 霜戈拂。

   曦：[三][宮]2122 爆聲烈。

巇

   巇：[三][宮]2103 微我諒。

犠

   義：[明][宮]2112 神農黄，[三]、
義[甲]2087 出震之，[三][宮]2040 農
軒，[三]2088 爲始曁，[宋][元][宮]
2109 元年甲。

   犠：[三]2063 杓之聲。

席

場：[甲]1792 之事至。

唱：[三][宮]2060 於是扶。

床：[三]174 可坐果。

帶：[甲]1782 問教初，[宋][宮]281 以綵，[宋][明][宮]901 席下敷，[乙]1709 經猶。

廗：[宮]1435，[甲][乙]1736 即曰邪，[甲]2130 亦可作，[聖]1442 薦等爲。

電：[宮]2123 卷。

廣：[宮]2103 親承金，[宋]187 大地。

虎：[三]2060 之始搖。

麘：[甲]1921 被鹿皮。

褥：[三]374。

蓆：[宮]2122 數重夜，[明]556 中裏者，[明]2103 五，[三][宮]1425 法者佛，[三][宮]1453 肘量之，[三][宮]1462 下至草，[三][宮]1462 隱囊，[三][宮]2103 草屨葛，[三][宮]2121 雕文刻，[三][宮]2121 食飲泉，[三][宮]2121 以水果，[三]26 斂洗足，[三]152 執三，[三]211，[宋][元][宮]1425 當應日，[宋][元][宮]1462 諸大德，[宋][元][宮]2121 有大鬼，[元][明]2122 不須人。

序：[聖]1471，[另]1442 安大水。

坐：[三][宮]496 佛尋坐。

座：[三][宮]1451 於佛前，[三]196 對曰未。

習

背：[三]99 捨長夜。

曾：[宮]1550 已觀非，[甲]1709，[元][明]433 貪欲不。

昌：[宋][元]、唱[宮]1482 歡樂非。

觸：[三][宮]638 從習。

道：[三][宮]1543 斷因見。

得：[甲]2266 定因定。

縛：[三][宮]671 種種生。

故：[三][宮]671 多生羅。

好：[三]2110 文雅義。

集：[煌]262 一切，[福]375 菩提之，[膚]375 如是三，[宮]279，[宮][聖]397 緣衆生，[宮]374 不修無，[宮]374如是修，[宮]416身，[甲]1717 三藏佛，[甲]1925 諸善法，[甲][乙]1866 所得，[甲]1089，[甲]1717 道法後，[甲]1742 梵行法，[甲]2036 亦至既，[甲]2211 身口意，[明]1435 諦多，[明][元]810 諸行斷，[明]26 滅味患，[明]194 更不復，[明]221 盡道法，[明]221 盡道四，[明]222 盡道四，[明]222 亦復空，[明]414 證滅修，[明]627 師子步，[明]819 盡道，[明]1425 盡道四，[明]1440 證滅修，[明]1443，[明]1464 盡道時，[明]1521 何事故，[明]1550 滅道斷，[明]1557 起見，[明]2121 滅道安，[明]2122 仙尼寺，[三]245 無量功，[三][宮]1632 滅道三，[三][宮][聖]1552 比智，[三][宮]263 佛慧，[三][宮]461 起又，[三][宮]494 滅得道，[三][宮]588 而有，

[三][宮]657，[三][宮]657 佛法得，[三][宮]657 善根故，[三][宮]665 皆除法，[三][宮]670 莊嚴誘，[三][宮]708 盡道譬，[三][宮]1484 因相似，[三][宮]1501 小，[三][宮]1507 諦，[三][宮]1521，[三][宮]1543 思惟色，[三][宮]1595 從初地，[三][宮]1646 滅道無，[三][宮]2053，[三][宮]2123 灰鹽等，[三][宮]2123 衆邪見，[三][宮]下同 453 盡道，[三][宮]下同 461 一切，[三][聖]125 諦彼云，[三][聖]125 是，[三]26 知苦滅，[三]60 盡道無，[三]100 斷於生，[三]100 滅道此，[三]113 是，[三]123 諦苦盡，[三]125 之，[三]140 盡道時，[三]156 有方便，[三]194 盡道現，[三]196 三曰爲，[三]202 讀誦修，[三]202 盡道心，[三]202 滅道，[三]212 盡道四，[三]263 盡道由，[三]309 證清爲，[三]374，[三]374 能淨衆，[三]374 無，[三]1301 盡道譬，[三]1579 親愛而，[聖]125，[聖]125 法而自，[聖]125 我爾，[聖]125 之法皆，[聖]278 五欲遠，[聖]311 行慈心，[聖]375 六波羅，[聖]663 菩提之，[聖]663 善，[聖]下同 375 大，[聖]下同 375 世間第，[宋]、下同 375 外道若，[宋][宮]279 增長圓，[宋][宮]657 忍，[宋][宮]1501 不欲暫，[宋][明][宮]374 道離煩，[宋][元]311 迦葉若，[宋][元][宮]279，[宋][元][宮]279 於道及，[宋][元][宮]653 阿耨多，[宋][元][宮]1579 念，[宋][元][宮]1579 如先得，

[宋][元][宮][聖]1585 種種勝，[宋][元][宮]657 當行如，[宋][元][宮]657 具足佛，[宋][元][宮]1579 對治謂，[宋][元][宮]2040 一切善，[宋][元]125 觀苦盡，[宋][元]1484 而捨七，[宋]1 神通智，[宋]374 二法一，[宋]374 故得如，[宋]374 善，[宋]374 聖道是，[宋]下同 374 之是人，[宋]下同 374 諸善方，[元]、[明][聖]125 生盡生，[元][明]26，[元][明]26 共合爲，[元][明]26 滅道彼，[元][明]26 滅道成，[元][明]26 滅味患，[元][明]26 知，[元][明]75 苦盡苦，[元][明]82 苦盡苦，[元][明]125 盡道盡，[元][明]125 盡道是，[元][明]221 諦及道，[元][明]221 亦善於，[元][明]309 盡，[元][明]360 滅音聲，[元][明]468 滅七使，[元][明]569 盡，[元][明]614 盡道法，[元][明]656 盡道亦，[元][明][聖]99 盡道亦，[元][明][聖]125 此色，[元][明][聖]125 此色滅，[元][明][聖]125 諦當，[元][明][聖]125 諦義，[元][明][聖]125 盡道盡，[元][明][聖]125 盡道是，[元][明][聖]125 盡道悉，[元][明][聖]125 苦盡，[元][明][聖]1582 無我，[元][明]1，[元][明]1 諦盡諦，[元][明]6 滅行得，[元][明]13 諦盡，[元][明]22 盡諦道，[元][明]26 不，[元][明]26 苦滅，[元][明]26 苦滅苦，[元][明]26 苦趣苦，[元][明]26 滅，[元][明]26 滅道大，[元][明]26 滅道得，[元][明]26 滅道優，[元][明]26 滅道尊，[元][明]26 生苦苦，[元][明]26

是色，[元][明]26 是習，[元][明]26 知，[元][明]26 知此苦，[元][明]26 知苦滅，[元][明]26 知滅知，[元][明]26 知食滅，[元][明]31 有從，[元][明]46 盡道何，[元][明]76 生上士，[元][明]99 盡道斷，[元][明]99 苦寂滅，[元][明]99 滅道，[元][明]99 滅道聖，[元][明]100，[元][明]100 及滅道，[元][明]100 滅道亦，[元][明]100 是苦滅，[元][明]100 知習，[元][明]101，[元][明]109 盡爲，[元][明]113 是爲盡，[元][明]114 爲是盡，[元][明]125 不知盡，[元][明]125 諦如實，[元][明]125 盡道，[元][明]125 盡道諦，[元][明]125 盡道爾，[元][明]125 盡道普，[元][明]125 盡道是，[元][明]125 苦盡苦，[元][明]125 之法皆，[元][明]133 盡道，[元][明]144，[元][明]145，[元][明]154 盡道於，[元][明]155，[元][明]194，[元][明]196 不復疑，[元][明]197 諦，[元][明]198 盡，[元][明]203 實滅實，[元][明]211 勤修經，[元][明]212 記習，[元][明]212 盡，[元][明]212 盡道眞，[元][明]221 慧盡慧，[元][明]221 亦無，[元][明]221 義知盡，[元][明]278 盡道十，[元][明]285 諦盡諦，[元][明]309，[元][明]309 暢本解，[元][明]309 諦不，[元][明]309 盡道諦，[元][明]309 色著苦，[元][明]309 亦，[元][明]309 義盡道，[元][明]309 音盡音，[元][明]309 衆生説，[元][明]342 諦不，[元][明]384 盡道亦，[元][明]397 故不自，

[元][明]397 難得度，[元][明]398 而修道，[元][明]403 盡道不，[元][明]403 盡道所，[元][明]425 生自，[元][明]481 盡道以，[元][明]496 盡道即，[元][明]565 不造盡，[元][明]585 不造盡，[元][明]598 盡道者，[元][明]598 義證於，[元][明]606 盡道四，[元][明]614 四種煩，[元][明]656 盡道慧，[元][明]656 音法門，[元][明]681 乃至法，[元][明]730 阿那含，[元][明]741 諦三曰，[元][明]754，[元][明]1301 諦盡諦，[元][明]1435 盡道如，[元][明]1505 盡道如，[元][明]1508 三爲知，[元][明]1509 盡道斷，[元][明]1547 諦答曰，[元][明]1581 滅道善，[元][明]2040 盡道盡，[元][明]2040 盡道眼，[元][明]2042 而生猶，[元][明]2121 盡道遠，[元][明]2121 滅道弗，[元][明]2122 而生猶，[元][明]2123 而生猶，[元][明]2145 諦賢聖，[元][明]下同 585 諦斯，[元][明]下同 602 知盡行，[元]寂[明]26 苦滅苦，[原]1764 總以結。

皆：[三]682 賴耶所，[三]202 効佛日，[三]212 邪見非，[元][明]626 住於。

解：[甲]2262 三云問。

進：[三]2063 道爲業，[知]1785 善法即。

盡：[三][宮]1557 斷邪邪。

淨：[三]374 習戒已。

苦：[元][明]1549 諦問行。

老：[甲]2035 惑。

理：[甲][乙]2397 如，[乙]2263 也故，[原]2339 性勢力。

禮：[三]186。

令：[三]192 習樂世。

啓：[宋][宮]222 亦復如。

善：[甲]2217 者問從。

什：[甲]2255 受學愛。

生：[原]2263 根極成。

説：[乙]2263 也設菩。

思：[乙]2263 之。

四：[三][宮]1543 諦思惟。

所：[宮]398 行於無。

外：[甲]1736 熏爲縁。

妄：[甲]2305 何不引。

息：[明]99 定覺分，[明]618 安般念。

謟：[聖]125 吾欲於。

襲：[明]193 父位，[三]2154 白衣時，[元][明]626 其後便，[元][明]2121 此死死。

行：[三][宮]532 菩薩行，[聖]1581 忍辱不，[元][明]660 圓滿云。

修：[甲]2250 學已，[甲]2266 二習修，[明]278 平等，[三]1593 上。

學：[甲]1960 小乘，[三][宮]1581 樂因具。

尋：[甲]、審[乙]2263 之如尋，[甲][乙]2254 久，[三]292 善友爲。

以：[三][宮]374 善法資。

異：[宋]1585 而。

義：[甲]1851 如上辨。

有：[三][宮]221 守行般。

羽：[原]2208 足論破。

障：[宮]1581 斷，[甲][乙]2288 顯此一，[聖]272。

者：[宮]1605 已。

執：[甲][己]1958 心者。

旨：[明]2076 禪師一。

智：[宮]294 出生，[宮]398 化五，[甲][乙]2391，[甲]1816 雖復發，[甲]2261 名重，[明][和]261 事，[三]1559 氣滅盡，[三]157 慧種種，[三]1341 慧，[原]1849 淨。

種：[甲]1863 以爲因。

衆：[三]26 滅道成。

諸：[宮]425 好樂功。

資：[甲]1873 故方離。

自：[三][宮]、白[聖][另]1451 讀或云。

遵：[甲]1811 學亦兩。

蓆

席：[三][宮]1452 次鳴，[三][宮]263 及屋室，[三][宮]1421 曬臥具，[三][宮]1435 從，[三][宮]2122 捐除睡，[三][宮]2122 扇蓬戸，[三]374 不坐象。

覡

巫：[甲]1912 女師曰。

隰

濕：[三][宮]1545 縛。

隟：[三][宮]2122 中有。

檓

薉：[甲][乙]2309 有部考，[乙]

1822。

要：[甲]1736。

謵

謂：[甲]2128 非也謵。

襲

捕：[三][宮]1425 時舍衞。
龔：[明][甲]2131 平陽武。
龍：[丙]2163，[丙]2163 禪，[甲]2035 而不使，[甲]2087 伽藍，[聖]2157 冠，[聖]2157 蘭若之。
龗：[三][宮]2060 送柩還。
習：[聖]211 代爲王。

洗

彼：[甲]2084 曰汝持。
波：[明]1007 浴時取。
池：[明]192。
法：[甲]2230 去毛等，[三]2060 理越公。
浣：[宮]1458 染衣并，[甲]1804 手至衣，[明]、洒[宮]1435 浴，[明]1299 頭造宅，[三][宮]1442 衣水中，[三][宮]1455 衣者波，[三][宮]1470 淨是爲，[三][宮]2060 器之水，[三]2060 濯，[元][明]1442 便起瞋。
濟：[明]2123 拔得爲。
澆：[宮][另]1435 鉢水中，[宮]1435 手，[明]24 其鼻者，[明]607 手麁身，[三][宮][聖]1428 半身，[三][宮]1428 處泥應，[三][宮]1442 身水末，[三][宮]1470 手使淨，[三]607 者骨骨，[聖]189 鉢漱口。

淨：[三][宮][石]1509 此身不，[三]2125 其塼木。
酒：[宮]618 心靜亂，[明]721 浴。
沐：[三]100 浴。
泥：[甲][乙][丙]1098 三。
栖：[宮]2103 心滌。
清：[明]2076 淨威儀。
洒：[宮]、灑[聖]1454 鉢水除，[宮]633 除貪欲，[宮]1458 足爲供，[宮]1476 足坐問，[宮]356 置其平，[宮]386 佛告阿，[宮]401 一切垢，[宮]410 除，[宮]425 除心垢，[宮]458 浴還作，[宮]620 心觀，[宮]649 除若濁，[宮]683 瘡便可，[宮]770 垢如水，[宮]824 已清淨，[宮]901 手面訖，[宮]901 手面已，[宮]901 浴其身，[宮]901 浴入於，[宮]901 浴著新，[宮]1421 手捉，[宮]1422 鉢汁不，[宮]1437 時以指，[宮]1442 或以牛，[宮]1442 手濾水，[宮]1442 手足嚼，[宮]1442 浴冠，[宮]1442 浴之具，[宮]1458 去塵土，[宮]1458 時見寶，[宮]1458 浴及諸，[宮]1458 浴室，[宮]1458 浴洗浴，[宮]1458 足塗油，[宮]1462，[宮]1462 板鉢，[宮]1465，[宮]1470，[宮]1470 令淨十，[宮]1471 鉢有五，[宮]1545，[宮]1545 浴時彼，[宮]2103 令與肉，[宮]2103 意識之，[宮]下同 1435 著衣著，[宮]下同 1442 鉢，[宮]下同 1495 手若洗，[宮]下同 1496 手自衣，[宮]下同 1545 手足住，[宮]下同 1545 浴一未，[明]721 除三惡，[明][宮]901 浴著新，[明][乙]1092，[明][乙]1092 浴，

[明][乙]1092 浴著淨，[明][乙]1092 浴著新，[明][乙]1092 之則得，[明][乙]下同 1092，[明][乙]下同 1092 浴身即，[明]12 足，[明]721 除一切，[明]721 沐清池，[明]721 以放逸，[明]721 浴速，[明]721 治無所，[明]1092 眼或眞，[明]1092 浴眞言，[明]2087 改著新，[明]2087 香水香，[明]2087 於是奏，[三]649，[三][宮]1458 令淨曬，[三][宮]263 之感，[三][宮]281，[三][宮]745 浴而便，[三][宮]901，[三][宮]901 手漱口，[三][宮]901 浴，[三][宮]1421 煩勞以，[三][宮]1421 猶故不，[三][宮]1462 浴以，[三][宮]1476 著，[三][宮]下同 746 浴冀得，[三][宮]下同 1442 者可於，[三][宮]下同 1462，[三][聖]361，[三]362 除心，[三]651，[三]901 浴著新，[三]1093 大小便，[三]1335 浴著鮮，[三]2149 浴衆僧，[宋][宮]1442 又觸雨，[宋][元]、灑[明]184 浴身形，[宋][元]、灑[明]245 三界迷，[宋][元]、灑[明]1458 床脚極，[宋][元][宮]1462 浴衣國，[宋][元][宮]、灑[明]565 淨，[宋][元][宮]、灑[明]282 口時心，[宋][元][宮]、灑[明]1442 鉢，[宋][元][宮]、灑[明]1442 淨，[宋][元][宮]、灑[明]1442 手滌鉢，[宋][元][宮]、灑[明]1442 足而進，[宋][元][宮]、灑[明]下同 1442 手足至，[宋][元][宮]1462 浴以油，[宋][元][宮]410 浴，[宋][元][宮]683 浴衆僧，[宋][元][宮]901 浴著新，[宋][元][宮]1442 我，[宋][元]

[宮]1458 手淨濾，[宋][元][宮]1462 或作染，[宋][元][宮]1462 浴是名，[宋][元][宮]1462 浴是時，[宋][元][宮]1545 浴思所，[宋][元][宮]下同 1462 除已依，[宋]180 兒手應，[宋]1332 浴妙香。

灑：[宮]817 除惡，[三]、洒[宮]1442 手，[三]、洒[宮]1442 手足即，[三]、洒[宮]1442 浴歆嗽，[三]、洒[宮]1442 濯手足，[三]、洒[宮]1459 手洗鉢，[原]2409 其。

沈：[宮]1799 垢由前，[三]193 清淨池，[乙][丙]1210 長病而，[乙]2207 從車展，[原]1780 空觀名，[原]2196 沒。

盛：[宋][元]、洒[宮]901 手面一。

泗：[明]2087 殘宿不。

淘：[三][宮]2121 却赤蟲。

脫：[原]1899 足香水。

先：[甲]1722 破諸計。

行：[另]1428 亦如是。

堯：[三][宮]745 身得，[三][宮]1435 時不便。

污：[宮]1435 不應驅。

浴：[明]1463 若一有，[三][宮]1435 是諸比，[三][宮]1451 處遂，[三][宮]1451 衣後於，[三][宮]1509 是時俱，[三][宮]2121 燒香散。

沅：[甲][乙][丁]2092 湘江漢。

澡：[三]26，[三]152 浴，[三]201 浴不如，[三]408 浴著淨，[三]洒[宮]408 浴著淨。

汁：[宮]1425 足。

枭

泉：[甲]904 陀誐哩。

徔

被：[聖]2157 從父僧。

從：[甲]1723 革不違。

從：[宮]810 女天王，[宮]2122 至扶風，[甲]853 瞞界麼，[甲]1912，[甲]1705 向雪山，[甲]2299 置他方，[甲]2792 善四柔，[三][宮]2053 多，[三][宮]2060 化然以，[三][宮]2122 苦至苦，[三]2034 郡國豪，[聖]1425 佛告諸，[聖]2034 至武定，[聖]2060 物，[聖]2157 於玉華，[宋][明][宮]2122 倚欲去，[宋][元]1425 處坐一，[宋]1356 十九惡，[元]2061 倚間如，[元]345 置。

後：[明]2060 迹終。

籦：[元]901 十四。

徒：[丙]1184 阿，[宮]2122 去四獸，[甲]、隸[甲]1069 者隸虎，[甲]2039 至登屋，[甲][乙]901 跋麼，[甲]1069 隸娑嚩，[甲]2087 家焉或，[甲]2087 烏居不，[甲]2087 展轉方，[明]754 陀，[明]2087 多河地，[明]2103 靡亡本，[三][宮]2105 馬邑，[宋][宮]2103 馬，[宋][元]2087 居此，[宋]901 哩跋折，[宋]2060 于許州，[宋]2103 石蓋，[乙]2092 千人天，[乙]2207 多河舊，[元]2061 寓新平，[元][明]2040 繩時舍，[元][明][宮]、訶徒[甲][乙]901 跋去音，[元]2061 居廣陵，[元]2122 住在中。

莛：[宋]1045 陀禰伕。

喜

愛：[甲]1823 近行，[三][宮]443 果報亦。

悲：[甲]1067 喜善哉，[甲]2084 喜交集。

表：[甲]2249 根。

差：[原]1829 別初。

嗔：[甲]2006。

慈：[聖]200 心時有。

當：[三][宮]263 分別。

得：[三]197 婬他妻。

而：[三]125 奉行爾。

奉：[甲]2196 行如文。

富：[三][宮]721 樂第一。

觀：[三]、歡[宮]425 是持戒。

好：[石]1509 或有喜，[乙]1909 殺眾生。

歡：[明]201 悅菩薩，[明]354 悅如是，[三][宮]1435 踊躍集，[三]125 悅正使，[聖]200 樂求索。

患：[和]261 不能動，[甲]2362 足，[三][宮]729 死爲。

恚：[甲]1816，[聖]157 五欲諸。

惠：[三][宮]657。

慧：[甲]2897 如來身，[三][宮]657 故菩薩，[三]1582 施三者。

或：[元][明][甲]901 歌憙笑，[原]1776 生。

即：[三]196。

加：[元][明]2060 勇即遣。

嘉：[宮]2122 悅旦，[甲]2084 譽

常願，[甲][乙]1796 慶也遲，[甲]1796 慶，[甲]1937 迴向發，[甲]2401 會爲時，[三][流]360 樂尊，[三][宮]2060 滿懷以，[三][宮]2122 奉以製，[三][宮]2122 之間，[三]152 其志甚，[聖]2157 懼感懷，[聖]224 者，[聖]341 笑菩薩，[聖]2157 尚讀所，[宋]1092 順諸，[乙]2087 增君，[乙]2376，[元][明][聖]199 教，[元][明]202 言願除。

盡：[聖]1509 心最上。

竟：[聖][另]1543 喜無無。

敬：[宮][聖]627 見菩薩，[宮]627 見菩。

覺：[三]、[宮]374。

苦：[宮][聖]1548 不苦不，[宮]1548 捨行念，[三][宮]2122 論，[三][宮]1521 滅涅槃，[三]125 樂想是。

惱：[元][明]310 損害而。

拍：[原]904 印加持。

菩：[三]987 利利夷，[宋]26 謂於我。

普：[三][宮]443 光如來。

七：[乙]2263 根爲依。

起：[甲]2204 心若則，[甲]2266 言說如，[明]220 迴。

器：[丙]1076 禪悦食。

前：[宮]1810 問此事。

然：[三][宮]565 恒隨而，[三]116 除愚癡。

汝：[三][聖]99 示我所。

善：[宮]310 樂城到，[宮]1451 忽然隱，[宮]1545 無量等，[宮][聖][另]

310，[宮]228 功德如，[宮]263 所説，[宮]310，[宮]425 悦覺意，[宮]426 隨壽長，[宮]460 悦樂法，[宮]619 心不見，[宮]848，[宮]1509，[宮]1598 皆由等，[宮]2042 不加，[甲]1830 俱，[甲][丙][丁]1141 無畏，[甲][乙]2223 舊云，[甲][乙][丙]2163 此法教，[甲]1731 一世界，[甲]2130，[甲]2266 受亦爾，[甲]2266 猶無況，[甲]2269 樂法爾，[甲]2425 猶如己，[明]397 或有見，[明]1452 樂我，[明]1509，[明]2122 唐，[三]220 事是大，[三]2042 覆自慚，[三][宮]1563 與輕安，[三][宮]2122 慣鬧故，[三][宮]585，[三][宮]721 處如彼，[三][宮]1509 迦須那，[三][宮]1579 或立三，[三][宮]2122，[三][宮]2122 見城搖，[三][聖]224 師也當，[三][聖]361 實當念，[三]125 行德無，[三]125 言談少，[三]159 捨供養，[三]198 念，[三]361 憎嫉恚，[三]397 三昧捨，[三]397 心不，[三]619 心乘華，[三]721，[三]1546 心令此，[三]1582 行時斷，[三]1646 出他過，[三]1646 則能捨，[聖]125 惠施所，[聖]397 不害他，[聖]1509 聞惡不，[聖]1537 俱行心，[聖]1548 根不善，[另]1435 心舉掌，[宋][元]99 覺知樂，[宋]99 悦呵責，[宋]196 適念欲，[宋]440 佛，[乙]2250 觀義是，[元][明][聖]158 如來稱，[元][明]26 年少沐，[元][明]639 方便離，[元][明]1562 故輕安，[原]1721 之。

壽：[聖]953 者安像。

書：[三][宮]425 是三昧。

王：[三]2123 但於今。

微：[三]310 笑誰於。

希：[三][宮]1605 樂愛是。

僖：[宋][元]98 已。

嘻：[三][宮]2122。

嬉：[明]162 戲遊觀，[明]639 戲如來，[三][宮][內]、畫[丁]866 戲等復，[三][宮]354 戲，[三][宮]607 姤，[三][宮]721 戲以自，[三][宮]2122 語笑即，[聖]1462，[乙]1796 遊而自，[元][明][乙]、[丙]1056 戲菩薩，[元][明]639 戲亦不，[原]904 戲內供。

熹：[聖]1547 不欲而。

憘：[聖]190 樂其殿，[聖]222。

憙：[宮]263 若，[甲]2191 見隨類，[三]190 如是妙，[聖]190 樂看此，[聖]190 之心亦，[聖]190 著諸，[聖]26，[聖]26 爲食自，[聖]26 行惡法，[聖]26 晝不喧，[聖]190，[聖]190 此是上，[聖]190 等苦若，[聖]190 端正媒，[聖]190 端正興，[聖]190 而住，[聖]190 如是醜，[聖]190 心情斷，[聖]190 形容端，[聖]190 嚴，[聖]190 以見老，[聖]190 玉女赤，[聖]190 樂而口，[聖]190 樂況有，[聖]190 眾人樂，[聖]211 食鴈肉，[聖]222 護故何，[聖]1509 染著是，[宋][聖]190 來者隨，[醒]26，[知]26 不自觀。

戲：[明]1450 隨時得。

心：[三]125 即有悦。

欣：[甲]2879 合掌一，[三]、忻[宮]606 則知心，[三][宮]2040 即然

可，[三][宮]374 慶如是，[三][宮]560 傾側即，[三][宮]586 悦無可，[三][宮]827 欲往，[三][宮]1464 無量不，[三][宮]1520 合掌一，[三][宮]2040 我所覓，[三]202 慶然不，[另]1428 信樂受，[石]1509 故笑有，[元][明]658 樂。

信：[三]、憘[宮]2121 伏龍王。

行：[乙]2249。

言：[宮]722。

一：[明]1546 隨。

怡：[三][宮]1488。

意：[丙][丁]866，[宮]694 願與大，[甲][乙]1822 樂勝解，[甲]2266，[明]316 讚聲遍，[三]1549 無瞋恚，[三][宮]403 於識知，[三]1648 以喜故，[聖]26 足可還，[宋][宮]221 順敬然，[元][明]585 而以慧。

勇：[三][宮][知]1579 悦四於。

憂：[三][宮]1548 樂。

有：[宮]1509 轉此恒。

右：[甲][乙]1822 旋吉祥。

娛：[明]1450 受樂便，[三][宮]721 受樂往，[三]945 得未曾，[聖]200 受樂持。

悦：[三][宮]381 以自勸，[三][宮]395 因致名，[三][宮]1521 如辟支，[三][宮]1577 面，[三][聖]125 心，[三]26 而自娛，[三]194 心善德，[三]200，[聖]310。

樂：[甲][乙]2223 義而生，[甲]1775 國來遊，[別]397 同止是，[三][宮][聖]625 唯願世，[三][宮][石]1509 飲食七，[三][宮]351，[三][宮]411 隨

其所，[三][宮]1425，[三][宮]1509 因緣是，[三][宮]1690，[三][宮]2042，[三][宮]2121 盲聾得，[三][聖]125 遊志，[三][聖]157，[三][聖]157 彼中人，[三][聖]190，[三]26 不諍，[三]187，[聖]1，[聖]158 迴向阿，[聖]1442，[聖]1788 見梨車，[元][明]157 世界，[原]2241 之事故。

在：[聖]210 能不貪。

贊：[甲]2067 興善寺。

責：[聖]190 言已。

之：[甲]1718 心有二。

知：[三]、吉[宮]455 足天。

智：[三]1 修。

㝵

屄：[三][宮]790，[三][宮]2121 及鉢。

銑

乃：[宋]、刻[元][明]、銳[宮]2060 鏤。

屣

展：[明]、跋[聖]1425，[明]1421 以是白，[三][宮]2122 以擲，[三][宮]729 船車橋，[聖][另]1428 囊針，[元][明]212 價。

履：[甲]1912 以，[三]26 一切除，[聖]1421，[聖]1670 王語那，[宋][元]212 者說法，[乙][丙]2092 庶士豪。

筵：[宋][宮]1435 曲杖諸。

徙：[聖][另]1428。

㝵：[宮]374 造扇，[聖]1425 此

間一，[聖]1428 偏露右，[聖]1428 向上，[聖]1435 針筒在，[另]下同 1428 擔世尊。

躧：[元]、[明]2103 摳。

蹤：[聖]376 徹蓋竹。

縱：[三][宮]310 鉢儞十。

憘

嘉：[宮]2053 慶又告。

喜：[宮]618 悅。

憙

嘉：[宮]2059 放救生，[聖]1859 爲慰也。

善：[三][宮]586 見我，[三][宮]1646 處不憙，[聖]26 施人飲。

悉：[宮]310 捨無惜。

嬉：[元][明]658。

喜：[燉]262 見彼佛，[燉]262 見身現，[甲]1823 盜他物，[明]316 一切魔，[明]316 樂是名，[三]25 七寶所，[三][聖]157 爲殺害，[三]25 端，[三]25 色，[三]25 所謂優，[三]157 便可發，[三]157 妙寶衣，[三]190，[三]190 端正世，[三]190 行檀，[三]263 見，[聖]26 不，[聖]26 好法若，[聖]26 伎樂，[聖]26 樂復次，[聖]125 來相試，[聖]125 三昧護，[聖]190 見於此，[聖]190 樂入於，[宋][元]2103 大僧正，[乙][丙][丁][戊]下同 2187 就第。

言：[明]、喜[明]2103。

意：[三][宮]1562 愛潤。

嘻
　晞：[三]2103 陽前飛。
　瞦：[甲]2128 陽虛且。

譩
　溪：[原]2216 聞有說。

璽
　繭：[宋]2122 及令禪。
　瑤：[三]2151 永初年。
　異：[乙]2207 義依別。

躧
　屣：[三]2110。

亡
　上：[甲]2128 聲上音。

系
　繼：[三]1 其宮。
　糸：[甲][丙]、丙本冠註曰糸略出教王皆作係 862 曰囉，[甲][乙][丙]2087 鼠皆齧，[甲][乙]2087 系斷，[甲][乙]2254 要者要，[甲]867 系金剛，[甲]2035 談莊子，[甲]2128，[甲]2128 帝聲也，[甲]2128 晶世聲，[甲]2128 也從糸，[甲]2128 音覓作，[聖][另]1451 斷佛言。
　絲：[和]293 嚕迦系，[三][宮]1509 相，[三][宮]2059 作，[三]152 髮孰能，[三]201 用以懸，[三]1341 團轉未。
　兮：[明]、呬[甲]1225。
　莫：[宮]下同 1451 齊即。

係：[甲]2053 妄起多。
繫：[元][明]2060 象或，[元][明]2121 斷聲震。

呬
　弗：[甲]2358 定學翻。
　紇：[甲]1040。
　哩：[三]985 呬里呬。
　囉：[宮]665，[甲]1007，[三][宮]310 多鉢馱，[宋][元]1101 唎蘇蘇。
　三：[甲]、呬三[乙]966 阿。
　哂：[宮]891。
　四：[丙]1201 摩畔馱，[甲][乙]894 那咩唵，[甲]2261 子未生，[三][宮]411 隸二十。
　枳：[甲][乙][丙]1306 頗。

盻
　盻：[宮]1799 雄毅心，[甲][乙]1929 群怖不，[宋][元][宮]、盼[明]672 欣然大。
　盼：[明]2123，[宋][宮]1442 老母曰。
　肹：[明]2103，[三][宮]2103。
　舒：[三]2102 鮒異形。

哇
　叱：[三][宮]625 自樂安。
　哩：[丙]2397。
　噬：[宋][宮]、蜇[元][明]2121 螫五拔。
　姪：[甲]971 他唵。
　至：[聖]2157 里制吒。
　窒：[聖][另]1458 里迦。

係

挕：[三][宮]1421 頭爲好。

擊：[甲]1969 童蒙焉。

計：[甲]952 修呪法。

繼：[三][宮]1559 無，[三]156 國位月，[三]2122，[三]2122 病癩而，[元][明]2060 踵安公。

你：[甲]2135 麼。

儞：[乙]1211 曳二合。

醯：[乙]867 係。

系：[明]890 曳二合。

呬：[甲]、呬[乙]1069 誐。

繫：[東]下同 643 念念佛，[宮]530 戀之心，[甲]2207，[明]397 念之處，[明]1551 縛，[明]2122 念歸依，[三][東]下同 643 念在前，[三][宮][聖]376 念明，[三][聖]643 心正念，[三]294 念在前，[三]2121 縛將還，[元][明]、住[宮]656 意在目，[元][明]839 念思惟，[元][明]1043 一處稱，[元][明][聖]278 屬一切，[元][明]99 念明，[元][明]99 念明相，[元][明]360 念我國，[元][明]384 意在明，[元][明]397 縛身，[元][明]397 念思惟，[元][明]397 念諸，[元][明]397 念專住，[元][明]397 念坐禪，[元][明]589 著亦無，[元][明]656，[元][明]下同 656 意明想。

像：[宮]2034 世常於。

伊：[甲]952。

餘：[三][宮]2122 佛泥洹。

囑：[聖]1421 念所聞。

作：[宋]309 意盡爲。

郤

初：[甲][乙]2261 起尋求。

釳

鈍：[宮]848 嘌二合。

鈒

錄：[三][宮]2108 其人百。

細

編：[宋][宮][乙]、佃[甲]2087 民不謹。

塵：[乙]1736 無。

紬：[三][宮]1690 五子殺，[三]1335 茶。

稠：[甲]1782 密不白。

初：[元][明]2016 窮旨趣。

麁：[甲]、經[甲]2335 分言之。

底：[乙]867 細六。

鈿：[原]1239 金甲龍。

縛：[三]1683 引。

紺：[元][明]1342 琉璃蓋。

綑：[甲]1816 牢。

脚：[聖]221 軟劫波。

妙：[甲][乙]2434 義也甚，[甲]2196 祕密藏。

納：[甲]1733 法智次，[甲]2339 意識諸，[乙]2244，[乙]2244 乃至極。

紐：[三][宮]1425 結無罪，[三][宮]2103 者肩隨，[三][宮]2108 經，[三][宮]2121 依品云，[三]1336 多佉岐，[聖]1354 毘，[元][明]984 羅迦毘。

泊：[乙]2174 明二三。

詮：[原]2317 次。

人：[三]129 民復有。

薩：[三]982。

散：[三]1043 安。

色：[甲]2250 色皆實。

深：[甲]1736 云諸聲。

填：[元][明][乙]1092 飾塗治。

網：[甲]2339 皆已除，[三][乙]1092 那鉢底，[三]193 明珠，[宋][宮][聖]272 草，[宋][元][宮]1548 網覆小，[元][明][宮][聖][另]310 雨能潤。

微：[三][宮]1548 智，[乙]2263 妙殊勝。

習：[甲]2036 長黑瘦。

相：[甲]2290 著即人。

寅：[三]192 小星。

隱：[甲]2263 由何知。

雨：[明]278 澤然後。

約：[甲]2266 意識住。

重：[三][宮]1548 軟滑若。

舃

瀉：[三]2088，[元][明]1579 鹵田不。

隙

陳：[另]1442 得在酒。

過：[三][宮]2122 影之命。

際：[乙]1821 而不。

詰：[三]2122 之所侵。

隣：[三][宮]2122 塵而得。

郤：[宮]221 佛告，[三][宮][石]、－[聖]1509 而墮地，[聖]1428 閻浮提，[宋][宮]2122，[宋]190 身被甲。

潝

氣：[三]101 出沸大。

熮

愡：[甲]2128 說文深。

戲

處：[宮]721 歌舞娛。

高：[三]、虞[宮]2103 廣浮長。

虧：[三][宮]381 攝權方。

行：[三][宮]721 衆蓮華。

遊：[三][宮]721 行所近。

瀉

寫：[宋][元]1314。

繫

寶：[乙]2393 珠此輪。

捕：[三][宮]581 著獄酷。

慚：[知]1579 等諸。

縺：[三][宮]2122 縛現在。

斷：[明][宮]1545 者定彼。

繁：[甲]1828 不述為，[甲][乙]2259 多何以，[甲]2250 亦云無，[三][宮]2122 疑霧卷。

縛：[甲][乙]1822 此事未，[三][宮]1545 白白繫，[三][宮]1546，[三]152 腰登樹。

擊：[宮]866 其頭，[甲][乙][丙]973 大法鼓，[甲]1999 馬家家，[甲]2035 汝俱碎，[甲]2255 者玉篇，[甲]2266 便生擊，[甲]2266 發生生，[明]665 縛，[明]1509 心一處，[三][宮]2060 之年登，[三][宮]310 人眼，[三]

[宮]657 我頭上，[三][宮]1563 名，[三][宮]2122 蒙遜因，[三]99 一鼓，[三]375 惡罵善，[三]556 船，[三]2122 賊以金，[聖][甲]1763 揚也寶，[宋][宮]1545 相害，[宋]1056，[乙][丁]2244 揵搥一，[乙]1171 帛，[乙]2192 壽量之，[元]2016 緣法界，[元][明][宮]374 惡罵善，[元][明]1509 惡人不，[原]、擊[甲]2006 出窟後，[原]973，[原]1774 大。

擊：[三][宮]1505 首破樂，[三][甲]1227 之皆大。

計：[甲]1799 顛倒相，[三][宮]1644 錄取其，[三][宮]2112 妄以爲，[三][聖]99 念明想。

髻：[三]264 珠之本。

繼：[甲]1333，[三]212 後嗣彼，[三]991 念受持，[三][宮]309 著心思，[三][宮]2121 縛因，[宋][宮][甲]895 心一念，[宋][宮]895 縛及以，[宋][甲]1333 小，[宋][元][宮]2121 以五縛。

漸：[宮]1543，[三][宮]384。

結：[三]1545 乃至諸，[三][宮]1425 縛自解。

禁：[宮]1509 閉。

開：[原]、暫[原]1829。

類：[聖]1544 耶答應。

拏：[聖]953 縛之施。

嚚：[三]198。

牽：[聖]1425 象近此。

善：[聖][另]1541。

攝：[甲]2263 言超三，[三][宮]1602 十住最。

數：[聖]613 念在於。

歙：[乙]2309 宗人之。

系：[甲]1724。

係：[宮]659 心，[宮]397 念不如，[甲]2006 駒伏鼠，[三][宮]633 念其相，[三][宮]2121，[三]203 象多集，[聖][知]1581 心供養，[聖]1509 在緣，[宋][宮]2121 頸狀似，[宋][明][宮]、計[元]403 在欲若。

賢：[聖]1547 者拘絺。

業：[甲]1816 果得。

有：[元][明]1542 受想行。

獄：[三][聖]199 須出如。

暫：[甲]1811 念小乘，[甲]1833 時離繫。

繫：[甲]1912 者絆也，[三][宮][聖]1579 若於。

轉：[聖]613 念成阿。

戲

處：[宋][元][宮]1443 笑者波。

鼓：[聖]1428 笑時衆。

觀：[明]1450 時增長。

悔：[三]1543 蓋答曰。

穢：[聖]26 佛弟子。

虧：[明][宮]309 云何爲，[三][宮]309，[三][宮]637 耳，[三]198 隨苦，[宋][宮]2102，[元][明]658 動，[原]895 犯罪漸。

我：[元]190 者其四。

喜：[明]1450 種種飲，[三][宮]2121 來惱人。

戲：[甲][乙]2391 嬉樂薩。

狹

陿：[三][宮][聖]1602 小執受，[三][宮]721 流河次。

校：[甲]1728 舊釋三。

陜

陋：[三][宮]2060。

狹：[宮]1558 諸聖不，[甲]1828 如小城，[三][宮]1425 道巷中，[三]2122 以化生。

峽

夾：[元][明]2123 山欲生。

陜：[三][宮]2059 遣使徵。

狹

護：[宋][宮]、行護[元][明]387 心法門。

夾：[德][聖]26 塵勞，[聖]26 塵，[聖]1462 小齊何，[另]1509 谷中大。

尖：[三][宮][聖]1451 下寬中。

狡：[甲][乙]2194 凡夫二，[甲][乙]2194 臨崖西，[甲]1737 至闊略，[甲]1737 自在。

絞：[甲]1828 死者出。

陋：[甲]1736 門故雜，[三]1340 乃至如，[三]1340 不識小，[三]1340 若是方。

論：[甲][乙]1822 論如。

窮：[宮]1435 陋邊鄙。

陜：[三][宮]327 劣正等，[三][甲]901 懸諸幡，[宋][元]、使[聖]1462。

使：[甲]1512，[另]1509 乃至來。

俠：[甲]1775 劣之想。

陜：[宮]408 劣亦復，[宮]675 劣一向，[甲]1804 而見微，[聖]272 不長不，[宋]189 更廣門。

峽：[聖]1421 小不得，[聖]1421 作，[元][明]2088。

陿：[甲][乙]1822 准頌，[三]375，[三][宮]278 劣樂於，[三][宮]278 及中無，[三][宮]397 去來無，[三][宮]415 劣辯才，[三][宮]690 北廣假，[三][宮]703 憂愁慘，[三]135 瞿耶尼，[三]152 而釋義，[三]153 劣者雖，[三]262 長亦不，[三]264 劣不信。

挾：[甲]1835 今從名，[甲]1828 利養互，[甲]2261 既是同，[聖]1462 劣故不，[乙]2261 帶親附。

陿

匧：[甲]2128 也小也。

愜：[明]2131 用心不。

俠：[三]、夾[聖]1509 小不受。

狹：[三][宮]1656 劣。

狹：[宮]2122，[宮]2122 一至於，[三][宮]1558 故應成，[三][宮]1558 慧通行，[三]2122 劣也。

硤

峽：[三][宮]2060 僧法隱。

逃

避：[宮]2060 入京朝，[甲]2301 邇時人，[宋][宮]2103 瞻足賢。

段：[甲][乙]2778 慨。

逝：[明]2102 驗。

退：[聖]2157。

霞：[宮]2041 相，[三][宮]2059 王庾又，[三][宮]2060 造禪定，[三][宮]2103 靈風緬，[宋][宮]2060，[宋][宮]2060 晚住定，[宋][宮]2060 于時隆，[宋][元][宮]2103 哀纏臣，[宋][元][宮]2122 方知兆。

遜：[三]2034 袁彥伯。

疑：[三][宮]2125 途若不。

瑕

班：[聖][另]342。

斑：[聖]125 穢見阿。

頒：[宮]310 音不輕。

塵：[乙]950。

癡：[宮]606 即自了。

玼：[三][宮]278 穢。

鍜：[三]203 約其頭。

過：[宋]1331。

穢：[聖]285 疵。

叚：[甲]2128 釁愆過。

假：[宮]1452 隙七界，[三][宮]222，[三][宮]2060 謬自貞，[宋][元][宮]2122 正其骨。

痕：[宮]598 穢故諸，[三]152 穢令崇，[三]187 疵何用，[三]187 疵十五，[三]1529 疵故二，[宋][宮]389，[宋][元]187 汝施無，[乙]1723 疵至佛。

厩：[宋][宮]598 如應無。

淚：[三]203 出若是。

取：[宋][元]212 穢見彼。

暇：[和]1665 玷，[甲]1969 成就上，[三][宮]2060 余聞往，[聖]425 穢常，[元]589 穢又問。

殷：[三][宮]263 猥不識。

暇

假：[甲]2089 療治經，[乙]2261 令覺對，[元]1 得見聽。

駕：[甲]1929 還國七。

瑕：[甲]2381 亦許不，[乙]1796 之身。

暇：[三][宮][聖]411 傍。

暇：[宋]2154 有暇。

綴：[聖]2157 若闕者。

暇

暇：[明]2131 郗超千，[元][明]159 中如戲。

轄

鎋：[三][宮][丙][丁]848 令不敗。

霞

覆：[宮]2122 寺在南，[三][宮]2041 起廣被。

露：[宮]2111 之表發，[明]2053 之映靈。

霓：[三][宮]2123 幡同錦。

遐：[明]2122 舉即亦。

瑕：[三][宮]414 翳閣浮。

雲：[明]293 夕電種。

震：[明]2103 暉間旛。

黠

黠：[宮]222，[宮]1998 過冷地，[宮]760，[甲]1924 慧之，[甲]2087 反斯國，[甲]2266，[三]13 苦黠，[聖][另]675 慧人智，[聖]224 慧學其，[聖]1536 通達審，[聖]下同 272 慧有罪，[元][明]793 不敢，[元]221 十二因。

慧：[三][宮]350 不念我，[三][宮]598 已滅生。

默：[甲]1921 慧菩薩，[甲]2068 澹之字，[三]22 除去，[聖]380，[宋][宮]588 等類是，[知]266 之行則。

然：[宋][宮]644 慧三昧。

鐯

鐯：[明][和]293 深固堅，[三][宮]279。

閗

攞：[三][宮]402 伽三阿，[三][宮]402 婆婆二。

下

百：[宮]2122 座不應。

半：[三]220 圓，[乙]1723 至戲笑。

卑：[三]2087 濕稼穡。

背：[乙]2391 有。

必：[三]、不[宮]2122 有金。

庇：[甲]2128 卑至反。

不：[丁]1831，[宮]504 空閑一，[宮]1428 在本，[宮]1505 是眾生，

[甲]1828 分別持，[甲]2067 之旨如，[甲]2068 火然之，[甲]2299 説等覺，[甲][乙]1816 會釋，[甲][乙]2328 文餘義，[甲][乙]2778 能成就，[甲]952 淨步多，[甲]1512 經言通，[甲]1735 化次二，[甲]1736 異難令，[甲]1816 解欲得，[甲]1816 具顯，[甲]1816 尋，[甲]1828 現就正，[甲]2035 生不可，[甲]2052 褥而眠，[甲]2255 爲，[甲]2261 女如，[甲]2266 必要由，[甲]2266 爾，[甲]2266 可又一，[甲]2266 然故一，[甲]2266 自在文，[甲]2299 墮二邊，[明]58 隨時雨，[明]375，[明]387 色密語，[明]1476 可悔若，[明]1563 爲麀，[明][宮]1599 負處七，[明]237 願樂人，[明]246 忍觀一，[明]524 類而生，[明]1441 盡應次，[明]1566 相續隨，[明]1579 至，[明]1635 劣，[明]2154 二百三，[三][宮]613 至腹，[三][宮]620 熱水脈，[三][宮]1459 明恭敬，[三][宮]1584 登高是，[三][宮]1606 趣故以，[三][宮]1613 生敬重，[三][甲]901 別記次，[三]194，[三]212 密內共，[三]303 入諸法，[聖][甲]1763 不過，[聖][甲]1763 改爲性，[聖]1441，[聖]1458 文云佛，[聖]1562 甚深故，[聖]1723，[聖]1763 爲福上，[另]1543 分中誰，[另]1453 二，[宋]、行[元][明][宮]638 亦不轉，[宋][元][宮][另]1442 安支物，[宋][元]1462 從三昧，[宋][元]1462 餘人佛，[乙]2092 俗之所，[乙]2250 口二仰，[乙]2261 隨增然，[乙]2394，[乙]2795 打水開，

[乙]2795 離頭者，[元][明][宮]660 勇，[元]1546 法不善，[知]741 過無。

出：[三][宮]2121 生賤貧，[三]171 墮地地。

初：[甲]1736 賢如地。

此：[甲]1828 第一品，[乙]1723 第二。

次：[甲]1733 二類出。

道：[明]2076 三。

地：[甲]2039 鬼神皆，[明][宮]534 有佛群。

等：[甲]1733 並同淨，[甲]1736 出不答，[甲]1912 判漏無，[乙]2408 云云。

底：[三]170 有相輪。

第：[甲]2195 文得，[明]1544 三靜慮。

丁：[甲]2128 涑厚反，[甲]2390 分嚩臍，[明]1545 地沒生。

對：[甲]2195 玄贊。

而：[原]1776。

二：[甲]1736 結上三。

法：[宋][元][宮]1552 苦。

反：[明]1440 戒作沙。

方：[宋]440 四。

敷：[原]2416 可解其。

高：[聖]1427 著內衣。

後：[甲]1828 明正見，[甲]1736 通妨辨，[三]2149 一百二，[乙]1736 引二經，[原]2301 別云云。

穢：[三]375 汁想而。

降：[三]1331 供養大。

解：[甲]1816 佛別答，[甲]2262

會違有，[三][宮]285 聖慧而。

今：[乙]2263 解無違，[原]1776 明其因，[原]2196 明過。

竟：[宮]1435，[三][宮]433。

敬：[三][宮]544 五者博。

九：[三][宮]612 孔處屎。

可：[宮]1559 天謂四，[甲]1735 知第三，[甲]1816 釋有因，[甲]2006 良工兮，[甲]2249 品苦法。

來：[甲]1717 明理妙，[三]125。

六：[甲][乙]1822 半行頌，[甲]2128 苦角反，[甲]2266 末二十，[原]1776 弊文皆。

尨：[三]1426 若過分。

末：[原]、末[甲]2006 梢正法。

木：[聖]1421 夜爲蚊。

乃：[明]264 至阿，[三]1442，[聖]1427 至聚落。

貧：[乙]1909 賤護。

品：[甲][乙]1822 兩頌第，[甲][乙]1822 文云於，[乙]1709 云此地。

七：[甲]1736 依聖道，[三]721。

起：[甲]2255 一念心。

千：[三][宮]2122 結集中。

去：[原]1744 即屬正。

人：[甲]2035 答南山，[三][宮][聖][另]285 此經如，[三][宮]397 於，[三][宮]2060 才學通，[三]152 歡德王，[三]212 相事舉。

入：[甲]1987。

奘：[甲]1813，[甲]1813 品二雛。

軟：[聖]1552 下至。

若：[明]1441 白減與，[三]987

氣慈心。

三：[甲]1736 會通言，[宋][聖][甲]、下念誦儀軌附細註[明][乙]953。

山：[三]193。

上：[丁]1263 節餘並，[甲]1733 無功用，[甲]2195 三無色，[甲]2339，[甲][丙]2120 轉念助，[甲][乙]1822 地定，[甲][乙]1822 經部異，[甲][乙]1822 生名後，[甲][乙]1822 問答分，[甲][乙]1822 一行頌，[甲][乙]1822 諸，[甲][乙]1929 分結七，[甲][乙]2254 無尋無，[甲]1065 似不空，[甲]1268 手把歡，[甲]1700，[甲]1823 七等至，[甲]2120 七相同，[甲]2249 有五異，[甲]2261 界第八，[甲]2290 雖談之，[甲]2290 總名法，[甲]2339 是單，[明][宮]670，[明]1199 真言首，[明]1562 處中，[明]2154 新附此，[三]、惠[聖][另]790 下仁和，[三][宮][聖]1435 座比丘，[三][宮]272 殊勝諸，[三][宮]721，[三][宮]721 地獄以，[三][宮]1425 有癩瘡，[三][宮]1459 座，[三][宮]1523 相釋漸，[三][宮]1545 染已盡，[三][宮]1546 好山，[三][宮]1546 中結斷，[三][宮]1547 賤弊惡，[三][宮]1808 依，[三][宮]2049 擊鼓宣，[三][宮]2102 不恤孤，[三][聖]157 有妙寶，[三]1 有石牛，[三]198 正真定，[三]873 端身勿，[三]1007 作摩，[三]1440 各異處，[三]1562 故不立，[聖]1440，[宋][元][宮]1428 燒死屍，[乙]2408 句説，[乙]1909 火起如，[元][明]1582 得，[元][明]2122 寶

衣奉，[原]、上[甲][乙]1822 過其，[原]852，[原]2196 雙觀不，[原]2271 諸句相，[原]2339 名爲二，[原]2339 引本。

少：[甲]2195 分。

生：[三][聖]125 是時修。

十：[甲]1782 八變中，[甲][乙][丙]922 七位，[甲][乙]2250 方界一，[甲][乙]2261 六天處，[甲]1735 有十八，[甲]2250 云聖人，[甲]2266 至皆大，[甲]2339 者欲顯，[三]2145 經出阿，[宋][元]1458。

示：[甲]2087 禮求婚。

事：[甲]2068 官，[明]2076 是始覺。

手：[甲]1232 舒掌向，[甲]2390 相重定。

四：[宮]278 中有八，[甲]2386 全在然。

所：[宮]2122 常。

土：[甲]1732 於染行。

萬：[三][宮]2121 物如斯，[三]1132 至一百，[宋][元]2103 輦停躇。

王：[宮]2034 之用還，[三][宮][聖]272 三十三，[三]23 忉利天。

爲：[乙]2249 餘師不。

文：[甲][乙]1816 當述，[乙]2263 可有一，[原]1776 用之轉。

午：[三]2103 時四方。

西：[宮]400 方過於。

夏：[乙]2092 實半天。

小：[甲]1963 阿彌陀。

行：[甲]1830，[三][宮]342 人間

不。

言：[甲]1736 次第顯。

耶：[三][宮][聖]1460 行淨意。

也：[甲]2128。

一：[甲]1709 品心如，[甲]1795 皆頓出，[甲]1805 殿不定，[甲]2250 狹南洲，[甲]2266 顯揚，[甲]2266 七中約，[甲]2266 若不遍，[甲]2266 通二，[甲]2269 處鬼人，[甲]2335，[明]2131，[宋][元]1604 者求自。

亦：[宋][元]2154 云廣說，[乙]1723 明藥及，[元]895 者即。

印：[甲]2214 更問上，[甲]2262 立彼三，[乙]2404 也六。

有：[三][宮]397，[三][宮]397 身雖。

又：[元][明]2060 勅於鄴。

餘：[乙]1724 六成不，[元][宮]1435。

欲：[乙]2263 界之人。

約：[甲]1736 大小乘。

者：[宮]1703 徵，[甲]1705 三，[甲]1736，[甲]1744 第二別，[原]、[甲]1744 上辨行。

正：[宮]618 餘種悉，[甲]2128 言薄伽。

枝：[三]196 佛欲令。

止：[三][宮]2122 山龍。

至：[三][宮]2122 心承事。

志：[博]262 劣忍于。

中：[甲][乙]2390 有嗚字，[甲]1828 不論故，[甲]1912，[甲]1912 廣如初，[甲]2128，[甲]2266 無，[甲]

2266 又阿羅，[明]359 信解衆，[明]549 照時所，[三][宮]1509 禪淨坐，[三][宮]2104 有一老，[三][宮]2122 時得全，[宋]847 佛所是，[宋]2112 元釋云，[乙]1796，[乙]2263，[乙]2396 即生卑，[元][明]553。

子：[甲]1735 圓融，[三]192 執髮還。

夏

邊：[聖]1509。

厦：[明]2060 屋非散，[三]194 堂高廣。

身：[聖]1421 故失衣。

歲：[宮]1425 故敷具。

下：[宮]1912 內不畢，[甲][乙]2309 至日稍。

玄：[甲]2250 耳此譯。

憂：[宮]1546 昆因陀，[宮]2060 分常行，[甲]1718 日所以，[三][宮]1648 熱人冷，[三][宮]606 當還獄，[三][宮]823 比丘并，[聖]125 坐亦，[聖]1459 隨情用，[宋][元]、應[宮]1435 安居是，[宋]62 行今已，[宋]2145，[乙]2215 時天暴。

嚇

吠：[三]78 佛佛即。

呷：[三]190 汗流人。

赫：[聖]190 呼欲令。

哄：[宮]2040 有如是。

嚼：[甲]1828 時以尾。

熱：[三]1 於。

鏄

鏄：[宮]2123 孔亦得。

仙

變：[三]2110 化佛者。

此：[甲]2035 骨法若，[宋][明]1191 人之身。

佛：[甲]2401 衆四十，[甲]2409 印，[甲][乙]1822 涅槃後，[甲]1782 處聽法，[甲]1963 兩足尊，[甲]2261 瞋怒呪，[甲]2299 光院以，[乙]2394 印然五，[原][甲]1980 兩足尊。

供：[宮]2102 養命猶，[元]2122 聖修梵。

化：[三]201，[聖]278 或稱勝，[聖]2157 毫首題。

佳：[宮]721 人瞋故。

例：[宮]2053 驥之遐。

遷：[宮]2060 城山即，[明]238 人，[明]2016 法。

人：[宮]310 龍神咸。

如：[甲]974 衆今日。

山：[丙]2003 仗，[丙]2120 立木，[宮]402 善步莫，[宮]2112 闕之名，[甲]1802 西阿處，[甲]2164 大，[明]220 王周匝，[明]1442 渠或採，[三][宮][聖]397 佉羅擔，[三][宮]440 佛南無，[三]440 餘本山，[聖]190 人所說，[聖]425 人居在，[宋]、僊[元]279 降旨大，[元][明]158 火，[原]1308 二合婆，[原]1898。

神：[三][宮]2122 道故里。

他：[宮]2040 人辭別。

位：[聖][另]310 聖子。

先：[和]293 人大威，[甲]867 藥，[明]2103 明延期，[三][宮]1562 如前説，[三][宮]2104 生撰南，[聖]2157 仙時。

僊：[甲]1789 人者有，[明]7 人住處，[明]1636 尊刹那，[明][乙]1092 人印，[明][乙]下同 1092 恭敬伴，[明]99 人持此，[明]1114 衆歸命，[明]1579 詞闍三。

心：[聖]410 轉於梵。

依：[宮]2102。

征：[宮][聖]1425 彌尼刹，[宮]2103，[三][聖]26 宿一小。

諸：[元][明][甲]1313 美妙。

住：[甲]2217 人非身。

自：[明]2154 等譯出。

仚

企：[三][宮]397 九罈帝，[元][明][別]397，[元][明][別]397 隸磨蹉，[元][明]689 耶修，[原]1249 莎婆訶。

先

本：[三]、令[宮]2040 無。

必：[三]1 知此義。

並：[乙]2157 載恐未。

充：[宮]2122 冬至一，[三][宮]329 飽不知，[三][甲]1228 爲侍者。

初：[甲]1733 標何以，[甲]1733 舉佛果，[甲]1735，[甲]1735 標教悔，[甲]1736，[甲]1736 引論證，[甲]1736 約眞實，[甲]1799 所計心，[乙]1736 雙標二。

此：[甲]2068 經有幾，[三]100 與我師。

大：[三]2103 覺語從。

當：[元][明]1 滅度我。

定：[三]1646 水無波。

而：[甲]1719 覩聖主。

法：[元][明]1571。

梵：[甲]2250 世因緣，[明]2123 世之時，[乙]1796 尼諸。

夫：[甲]2204 可知此，[乙]2263 定障者。

告：[甲]1268 令見本。

古：[三][宮]268 昔諸佛。

故：[三][宮][聖]1421。

光：[丙]2120 踐，[宮]649 過去世，[宮]1912 明起誓，[宮]397 佛，[宮]414 於大眾，[宮]460 瑞而雨，[宮]731 就乎而，[宮]1425，[宮]1428 不知不，[宮]1428 敷不好，[宮]1472 欲出當，[宮]1562 建立天，[宮]1571 所破我，[宮]2060 靈瑞呼，[宮]2060 是五月，[甲]1718 明入室，[甲]1733 授菩薩，[甲]2255 遍滿，[甲][乙][丁][戊][己]2089 寺僧靈，[甲][乙]2254 望，[甲][乙]2394 顯加本，[甲]1201 想訶字，[甲]1201 莊嚴，[甲]1719，[甲]1719 明文無，[甲]1719 破古為，[甲]1719 五句酬，[甲]1735 相，[甲]1735 修，[甲]1735 兆，[甲]1813 潔故須，[甲]1813 揚顯發，[甲]1816 明見淨，[甲]1830 緣俗智，[甲]1851 明之，[甲]2087 瑞即以，[甲]2089 寺沙門，[甲]2250 一切有，[甲]2259 舉說置，[甲]2259 學見跡，[甲]2261 於真俗，[甲]2263 耀高山，[甲]2266 陳故言，[甲]2266 許意成，[甲]2290 明染淨，[甲]2339 照，[甲]2391 月輪中，[甲]2400 出行者，[甲]2401 以白色，[甲]2778 明乘，[明][甲][乙]994，[明]293 王爾時，[明]901 舒左手，[三]、[宮]1646，[三]1096 所出者，[三][宮]1545 生諸天，[三][宮][甲]2053 滅攀戀，[三][宮]310 所現微，[三][宮]415 導，[三][宮]1471 欲出戶，[三][宮]1489 相大雨，[三][宮]1578 顯，[三][宮]2059，[三][宮]2059 道護，[三][宮]2102 歸逝者，[三][宮]2104 敷帝德，[三][宮]2122 盛今萎，[三]643 隨毛孔，[三]1579 益天，[三]2059 疊獻等，[聖]、先亦[三]183 先，[聖]1723 伏斷故，[聖]1763 冥以遠，[聖]1763 同其事，[聖]231 笑曾無，[聖]279 出現，[聖]291 照諸菩，[聖]310 道遠離，[聖]953，[聖]953 以千三，[聖]1421 得二鉢，[聖]1425 不語外，[聖]1425 與欲默，[聖]1435 拭前頭，[聖]1440 世罪業，[聖]1458 犯人或，[聖]1509 現此相，[聖]1549，[聖]1595 已滅盡，[聖]2042 佛涅槃，[聖]2157，[聖]2157 身已，[聖]2157 寺，[聖]2157 寺是也，[聖]2157 寺譯婆，[聖]2157 天二年，[聖]2157 譯故免，[聖]2157 有懸記，[另]1442 生一女，[另]1721 悟之能，[宋]、須[明][宮][西]665 誦之，[宋][宮]2060 告又嘗，[宋][宮]2103 帝鼎湖，[宋][宮]2123 照一切，[宋][元][宮]1545 現愛多，[宋]

[元][宮]2108 崇孝敬，[宋][元]1566 觀煩惱，[宋]152 知佛偈，[宋]157 令無量，[宋]468 花上又，[宋]649 在家時，[宋]2059 時亦在，[乙]1821 薪等色，[元][宮]、廣[明]2059 明三世，[元][明][乙]1008 譬喻量，[元][明]2149 智以貞，[元]2061 開荒雪，[元]2063 受不得，[原]2292 明內外，[原]2292 明。

華：[三][甲]1227 廣設供。

喚：[宮]1425 喚羅睺。

吉：[乙]1822 兆也王。

即：[明]165 入池內。

幾：[甲]2300。

既：[甲]2195 起造立，[明]2110 無文何。

加：[乙]2263 行力漸。

見：[甲]2266，[甲]1823 捨者據，[明]1200 說塗香，[宋]1662 當如是。

交：[三]、失[宮]2122 光三日。

澆：[甲][乙]1225 想已身。

皆：[三]159 與其子。

究：[元]2016 德云剖。

決：[三][宮]657 定立誓。

考：[三]2063 少為國。

老：[甲]1999 師亦乃。

立：[甲][乙]2394 作阿。

米：[三][甲][乙][丙]1076 和。

明：[甲]1911 歷教判。

尼：[甲]1735 標形相。

齊：[甲]2006 號。

乞：[宮]2059 捨三指，[三][宮]1421 已差教。

遷：[三][宮]1462 提坐蹬。

前：[甲]1795 後約行，[甲]1805 後反前，[甲][乙]957 説，[甲][乙]1821，[甲][乙]1821 後生，[甲][乙]1821 退姓非，[甲][乙]1822 後應互，[甲][乙]1822 未起故，[甲][乙]2263 生三緣，[甲][乙]2328 後者本，[甲]1719 標次引，[甲]1783 樂是善，[甲]1830 説今，[甲]1863 後若，[甲]2214 次觀字，[甲]2217 已說文，[甲]2219 說名色，[甲]2223，[甲]2262 上下在，[甲]2262 作，[甲]2263 後文可，[甲]2263 後耶答，[甲]2263 捨違下，[甲]2266 後此意，[甲]2339 後時分，[甲]2362 三不同，[明]1442 世因緣，[明]1653 已說緣，[明]2087 辱便興，[三][宮]1435 住比丘，[三][宮]1491 功德百，[三][宮]1509 說不，[三][宮]2059 障始，[聖][另]1435 來道便，[另]1721 頌也初，[乙]1823 後言正，[乙]1796 業更受，[乙]2263 此，[乙]2263 後所舉，[乙]2263 後有三，[乙]2263 後者頓，[乙]2263 量已成，[乙]2263 六行斷，[乙]2263 業，[原]1781 因後果。

靑：[甲]2263 境作。

去：[甲][乙]2219 世時障。

繞：[甲]909。

善：[三]99 所供養。

上：[三][宮]1488 所說得，[三][聖]375 說三種，[三][聖]375 所說何，[三]375，[三]375 說梵行，[三]375 説若人，[三]375 說有，[三]375 說正法，[三]375 所，[三]375 所說者，[三]375 所言如，[聖]1428 為，[聖]375 不

説衆，[宋][元]374 所説，[元][明]375 說菩薩。

生：[宮]671 有化而，[甲]2036 之，[明]1165 供養，[明]1541 耳識後，[三]1562 時已生，[三][宮]710 名不移，[三][宮][知]741 死墮須，[三][宮]2122 地獄盡，[宋][元]1562 義無別，[乙]2263 依，[元][明]1507 受善來，[元][明]1509 無佛塔，[元][明]1570 已有定，[元]1169 誦大明。

失：[甲][乙]1821，[甲]1821 已至於，[甲]2266 有漏道，[三][宮]1425 受持故，[聖]225 是時世，[聖]1509 答而汝，[宋]270 然後次，[宋]1435 請比丘，[元]614 因緣中，[原]1776 告示彌，[原]2271 也已上。

師：[三][宮]2060 範以貞。

時：[三][宮]2053 有，[乙]2263 因緣也。

是：[甲]2300 破初，[三]1546 說以是，[聖]1579 所說貪。

順：[甲][乙]1822 於此方。

所：[石]1509 說佛教。

索：[三]205 奉佛供。

亡：[甲]1736。

微：[甲]2195 科以懲。

無：[宮]635 順不有，[宮]674 識託身，[宮]741 解無我，[宮]1425 檢校如，[宮]1461 是比丘，[宮]1571 若居見，[甲]1736 學位見，[甲][乙]1709 學位見，[甲]1512 問於與，[甲]1700 妄覆，[甲]1828 明後解，[甲]1828 於遍計，[甲]1830 牒計非，[甲]2017 禮

佛四，[甲]2195 坐答彼，[甲]2266 聞，[甲]2266 用六行，[甲]2299 妨佛化，[甲]2362 不修行，[三][宮][聖]1458 所，[三][宮]1421 不，[三][宮]1432 使管事，[三][宮]1470 數隨時，[三][宮]1562 取涅槃，[三][宮]1571 常後乃，[三][宮]2102 本禮俗，[三]848 造作歸，[三]1562 學位中，[三]1566 所見物，[三]2121 王言城，[聖]1440 應量，[聖]1451 數其欲，[聖]1452 欲香油，[另]1442 我舍食，[宋][宮][聖]639 罪而不，[宋][宮]656 寤豈不，[乙]1821 加行位，[元][明]220 喜憂沒，[原]2339 先生後。

悉：[三][宮]741 了此意，[聖][甲]1733 入定如。

洗：[甲]1080 浴三寶，[甲]1784 用淨三，[甲]2392 面上勿，[三]、洒[宮]1435 衣綵曬，[聖]1421 浣舒張。

仙：[甲]2017 宗皆是，[三]99 尼有一，[三][宮]1546 苦行。

鮮：[三][宮]2122 淨今穢。

現：[三]1191 在曼拏。

也：[甲]1763。

一：[甲]1733 舉佛所。

已：[甲][乙]1822 離欲超。

亦：[原]、元[甲]1861 非墮入。

欲：[三]1426 作何事，[聖]1437 作何事。

元：[宮]279 發阿耨，[明]2110 莫大之，[明]2149 來不譯，[三][宮]1458 施一人，[三]2125 云同袖，[宋][元]2110 齊錄尚。

源：[三][宮]266 破壞愛。

云：[乙]2408 所聞。

造：[甲]2299 製耶若。

占：[三][宮]1435 取如是。

者：[甲][乙]1822 即列名，[甲]1782 應方便，[甲]2195 雖發大，[甲]2195 嘆二深，[甲]2410 立奉被，[乙]2263 所，[乙]2394 在外而。

之：[甲]、之前[甲]2195 所修行。

知：[元][明]1646 心。

志：[三]2110 初爲晋。

中：[三][宮][另]1435。

衆：[三][宮]2122。

呪：[三]1157 須志心。

走：[另]1435 行說如。

尊：[三]2110 於六。

僊

倦：[聖]2157。

仙：[甲]1717 有呪得，[甲]1973。

遟

遲：[乙]2092 所殺榮。

律：[宮]2034。

周：[宮]2034 等。

嬐

僉：[元][明][乙]1092 然一面。

鮮

罕：[三][宮]2122 有。

衡：[宋][宮]、蘅[元][明]222 華諸妙。

會：[三]、尟[宮]2060 會清柔。

皆：[宮]598 潔言行。

解：[丁]2244 之者希，[宮]399 潔護犯，[宮]484 淨五眼，[宮]2122 妙寶蓮，[甲]1973 能盡之，[甲]1792 懷仁孝，[甲]2128 好也善，[別]397 明故常，[明]2122 卑慕容，[三][宮]1462 白而以，[聖][另]285 明之法，[聖]1421 文諸比，[宋][聖]、尟[元][明]210，[元]451 白梵行。

淨：[宮]1521 潔心淨。

碎：[宋][宮]796 肉可得。

先：[三]2066 入律典。

尟：[三][宮]1562 少故佛，[三][宮][聖]278 有欲求，[三][宮][知]266 愚冥人，[三][宮]2060 承都，[三][宮]2121 能該，[三][宮]2121 有何可，[三]187 少林泉，[宋][元][宮][西]665 智慧，[元][明]658 少則言。

祥：[明]2122。

詳：[元]99 潔。

悅：[三]375 恐怖之。

纖

讖：[甲]2129 也謂其。

纖

懺：[原]1776 治名爲。

讖：[三][宮]2059，[聖]1582 悔諸罪。

銛：[元][明]24 利悉若，[元][明]24 利一一，[元][明]25 利各各，[元][明]25 利其牙，[元][明]25 利鐵刺，[元][明]25 利雜。

攦：[聖]278 長手指。

織：[宮]2060 慧次等。

鱻

鮮：[三]198 明法。

弦

愬：[宋][宮]、[元][明]2059 縣亮年。

箭：[乙]2092 而倒即。

絃：[宮]1646 若急若，[宮]1912 入弄後，[甲]2266 管等俱，[明]1104 歌出微，[明]1119 勢眞言，[明]2122 並以妙，[三][宮]461，[三][宮]2060 何以知，[三][宮]263 箏笛吹，[三][宮]414，[三][宮]414 音雷震，[三][宮]639，[三][宮]1646 聲或言，[三][宮]2040 不害其，[三][宮]2040 琴王有，[三][宮]2059 於鍾子，[三][宮]2060，[三][宮]2060 歌，[三][宮]2060 管詠美，[三][宮]2103 恢心委，[三][宮]2122 而滅並，[三][宮]2122 歌於館，[三]201 歌往至，[三]2087 奏管經，[宋][宮]2103 管之寥，[宋][明][宮]2122 以自急，[元][明][宮]2103 綺靡酒。

咸

成：[丙]2381 爲自，[宮][聖]397 供三世，[宮]666 謂不淨，[宮]2060 開心隨，[宮]2060 誦行之，[宮]2060 誦在心，[宮]2060 同，[宮]2060 云，[宮]2123 共，[甲][乙]2223 爲塵，[甲]1816 以無有，[甲]2120 續千官，[甲]2434

證法界，[明][宮]2112 虛設令，[明]1000 證菩提，[明]1680 欣悦，[三][宮]2060 誦，[三][宮]2060 習門風，[三][宮]2102 序資通，[三]263 至佛道，[聖]1452 應共食，[聖]324 爲人説，[聖]425 生寶樹，[聖]1723 益佛創，[另]1442 隨喜捨，[宋][元][宮]2060 陽造佛，[宋]244 恭敬諸，[乙]2244 會少長，[乙]2250 注等飾，[元]2016 收邪正，[元]395，[原]907 於悉地，[原]2196 聖若離。

答：[三][宮]2121。

感：[丙]2120 霈然之，[丙]2120 戴欣荷，[宮]618 乘至願，[甲]、緘[戊][己]2089 默無對，[甲]1717 然故使，[甲]1735 悉開示，[甲]1209 忿怒，[甲]1512 去來化，[甲]1709 悉，[甲]1969 寸，[甲]2119 欣大賴，[甲]2299 同一類，[甲]2395 見之機，[明]291 悉照靡，[明]2063 歎服焉，[明]2087 無所得，[明]2104 發神瑞，[明]2110 見沙門，[三]167 惶露上，[三][宮]285 致一切，[三][宮]2060，[三][宮]2060 悲枕，[聖]1723 欣喩七，[聖]2034 令滿足，[聖]2060 萃皆，[另]279 來共邀，[宋][宮]2121 喜亦説，[宋][明]2122 蒙充足，[宋]847 以清淨，[乙]2194 池天，[元][明]2103 因宿忿，[原]2199。

或：[甲][乙]1822，[明]665 爲上首，[明]2103 飛錫，[三][宮]1451，[三][宮]2122 言無能，[三]201 云善説，[三]202，[乙]1821，[乙]2092 共恥之，[元][明][甲]951 心息伏。

緘：[甲]、盛[乙]2254 封建卒，[三][宮][聖][另]1451 在櫃。

減：[宮]1609 使速，[宮][丁]1958 洞達身，[和]293 增戀慕，[甲]2087 稱，[甲]1719，[甲]1723，[甲]1728 謂觀，[甲]1782 迫迮二，[甲]1828 燒，[甲]1828 字也施，[甲]1830 備名極，[甲]1924 是眞心，[甲]2217 集説聽，[甲]2290 損煩惱，[三][宮]2034 二，[三]13 五心意，[三]1336 損眠欲，[三]2154 十萬偈，[聖]291 斯菩，[聖]1723 達由此，[聖]1723 悉即在，[另]1451 賜增養，[原]1700 時方有。

皆：[甲]1000 獲無上，[三][宮]2122 共戴仰，[聖]99 作是念。

滅：[甲]、咸[甲]1782，[元][明][宮]462 稱讚故，[原]2196 一僧祇。

普：[三]1082 生愛敬。

啓：[明]310 受言教，[三][宮][聖]425 受立四，[三][宮]403 發道意，[三][宮]459 受六度，[三][宮]481 受亦然，[三][宮]627 受經典。

盛：[宮]2060 充時，[甲]2348 講次弘，[三][宮]627 聖或，[三]2088 屬礫迦，[聖]425 用禮節，[另]1451 來問疾。

式：[三][宮]2059 仰。

歲：[原]1774 時下生。

威：[甲]2119 英跨千，[三]263 興，[聖]1442，[聖]2157 十萬偈。

我：[元][明]1375 蒙授記。

銜：[宋][宮]、街[元][明]377 哀唁咽。

戰：[原]2408○。

咨：[三][宮]2121 嗟王爲。

成：[甲]2274 法師此。

眩

眩：[元][明]224 存乎邇。

涎

誕：[甲]2290 湮器腹。

進：[甲]2128 俗字也。

涕：[三][宮]1548 唾膿血。

羨：[三][宮]2122 髑髏腦。

延：[甲]2217 唾大小，[聖][另]1548 瘥身冷。

唌：[聖]1428 出似乳，[宋][元][宮]1506 唾增長。

舷

弦：[宋][宮]1435，[元][明]2125 管令人。

絃

戾：[聖]99 有。

舞：[宋][宮]329 歌供養。

弦：[宮]1998 須得鸞，[和]293 歌悦，[和]293 其音既，[甲]2128 黃帝使，[甲]2266 管聲也，[明]2087 清雅帷，[明][宮]2102 歌亦皆，[明]187 歌舞俳，[明]784 緩何如，[明]2087 歌，[明]2087 歌祭祀，[三]1340 生爲從，[三][宮]310 歌鼓吹，[三][宮]1443 緝爲歌，[三][宮][聖]278 音聲既，[三][宮]263 歌讚佛，[三][宮]384 琴及一，[三][宮]721 歌遊戲，[三][宮]721 衆寶鼓，[三][宮]847 其音若，[三][宮]2122 管歌讚，[三][聖]99 説偈，[三][聖]643 歌聲萬，[三]1 歌，[三]1 鼓之並，[三]26 急爲有，[三]184 歌之聲，[三]945 一，[聖]1585 管，[聖]375 聲亦不，[聖]2157 歌百戲，[宋][宮]1425 急時得，[宋][元][宮]1670 無柱無，[宋][元][宮]1451 歌香花，[宋]1451 歌恒遞，[元][明][宮]2122 而競落，[元][明]2125 歌隨情，[元][明]2154 爲善凡。

　　援：[三][宮]1425 夜當內。

　　茲：[宮]618 管諧。

閑

　　礙：[宋][宮]、問[明]309 業四辯。

　　闇：[三][宮]1514 智若明，[三]2122 室經日。

　　閉：[宮]1804 及寺中，[宮]2108 綽身，[三][宮][聖][另]1451 如是六，[三][宮]2060，[三]1169 尼，[宋][宮]622 思。

　　洞：[丙]2081 三藏五。

　　都：[三][宮]2122 雅謂。

　　對：[甲]2006 云早晨。

　　關：[宮]2060 邪正經，[三][宮]2045 又石室，[三][宮]2102 雅俗。

　　闈：[宋][宮]、潤[元][明]2103 遨遊於。

　　寂：[三][宮]650 靜相。

　　間：[丙]2092 雅本自，[宮]309 罪四十，[宮]2045 顛倒之，[甲]1848 房思，[甲]1963 時即念，[甲]1969 而示

嘉，[甲]1969 之，[甲]1828，[甲]1828 處蚊虻，[甲]1828 觀察尋，[甲]1828 居下明，[甲]1848 處謂，[甲]1848 居等者，[甲]1969 寂寞之，[甲]1969 事化紫，[甲]1969 思往事，[甲]1969 暇朝暮，[甲]1969 暇且盡，[甲]1969 宇而感，[甲]1973 抹過死，[甲]2017 處捨諸，[甲]2230 而不見，[甲]2230 雅即而，[明]212 靜安樂，[明]1428 告諸比，[明]125，[明]212 靜處慎，[明]212 暇逃走，[明]220 兵法善，[明]263 不復，[明]263 不懷懅，[明]263 靜不可，[明]263 居，[明]263 居欲棄，[明]485 處，[明]682 地欲造，[明]1602 或居林，[明]2059 今在剡，[明]2060 立，[明]2103 放之流，[明]2103 曠彼奈，[明]2103 堂呼爲，[明]2103 虛，[明]2103 逸每思，[明]2103 昨製序，[明]2154 居經，[三][宮]309 處，[三][宮]2122 處小，[三]656 言說度，[聖]125 靜，[另]1442 三藏無，[乙]1823 蓋縉紳。

　　簡：[宋][宮]2060 邪信明。

　　靜：[乙]2263 可。

　　開：[甲]2392，[三][宮]1650 宴之處，[聖]125 近四日，[聖]125 正應敬，[宋]2122 今古詳。

　　困：[甲]2053 於著述。

　　闊：[原]、閲[甲]2006。

　　林：[三][宮][聖]639 獲是利。

　　闖：[甲]1775 境而遠。

　　冉：[乙][丁]2244 反玉也。

　　通：[三]2152 曉今古。

聞：[聖]1442 三藏今，[乙]2157 善通梵。

問：[明]327，[三]2125 此不同。

閒：[丙]2092 未，[甲]1969 發願散，[甲]1969 捨諸亂，[明][甲]901 靜處當，[明]125 靜之處，[明]263 居，[明]263 居而行，[明]1217 舍中隨，[明]2060 澹等懷，[明]2060 房攝靜，[明]2060 披翫而，[明]2103，[明]2103 晨遊心，[明]2103 合度如，[明]2103 居寺起，[明]2103 居以永，[明]2103 林中虎，[明]2103 邃易，[明]2103 逸相學，[明]2103 自釋，[乙][丙][丁]2092 養生自。

閻：[甲]1969 浮急景。

闞：[甲][乙]1796 反殊勝。

知：[三]143 禮儀唯。

閞

聞：[三][宮]2122，[宋][宮]2108 者有執。

閑：[宮]2078 見虎又，[宮]263 居解暢，[宮]2008 恬，[宮]2053 居寺等，[甲][乙][丙]973 處各畫，[甲]1717 靜處，[甲]1931 居靜處，[甲]2036 呪術能，[明]2059 厴心傳，[三][宮]2123 處小便。

嗛

嫌：[宮]2060 乎雖盛。

嫌

稱：[聖]440 眼佛南。

惡：[宮]1425 多求況。

婦：[三]、謙[宮]2122 夫故常。

呵：[三][宮]1425 責。

譏：[三][宮]、謙[聖]1425 云何沙，[三][宮]1425 此非出，[三][宮][聖]1425 云何沙。

兼：[宮]617 人。

惱：[聖]1582 得時知。

謙：[甲][乙][丙]2381 戒，[甲]2748，[明]2122 有比丘，[聖]1462 不得奪，[聖]1462 故楊枝，[宋]1525 是故如。

慊：[三]100 恨之心，[三]190 恨，[石]1509 恨汝應，[宋][元]220，[宋][元]220 恨心後。

笑：[另]1428 沙門釋。

願：[三][宮]2102 於。

銜

衝：[聖]1454 有百針。

釘：[宮]1509。

官：[三][宮]2060 並不依。

含：[宮]2121 良藥，[宮]2123。

唧：[甲]1806 食若風，[乙]1822 子不，[元][明]310 之至多。

嘢：[宮]2078 一顆米，[明][乙]1276 蛇將來，[三]152 泣身命，[三]152 賊寇，[宋][宮]1428 去著餘，[宋][元][宮]721 勝光明，[宋][元][宮]2122 袈，[宋]279 諸。

御：[宮]1547，[宮]2121 當折兩，[三]2110 手板逆。

賢

寶：[丙]917 十，[明]261 瓶出無，[明]411 瓶除貧，[明]887 瓶及香，[三]190 車太子，[三][宮]890 瓶滿盛，[三]190 車其車，[乙]2390 摩。

長：[三][宮]2034 者手力，[三][宮]534 者明。

嗔：[甲]1709 次有十。

貫：[聖]2060 代興有。

貴：[元][明]643 以。

堅：[甲][乙][丙]2381 誓師子，[甲]1708 心釋，[甲]1733 陂城，[甲]1851，[甲]2073 或云，[三][宮][聖]425 如來所，[三][宮]425 其佛光，[另]1451 首爲我，[原]2196 寶自在。

見：[和]293 身一一，[甲]2249 外道并。

緊：[甲][乙]2207 那羅等，[乙][丁]2244 質迦或，[乙]2408 捺。

覺：[三][宮]606 七反生。

覽：[甲]2053 見聞弘，[甲]2053 其。

攬：[三][宮][福]370 光神足，[三][宮]2122 光神足，[三][宮]2123 光神足。

忍：[原]2339 位故立。

善：[三][宮]425 月辯無，[三][宮]2102 之流必。

聖：[三][宮]2034 善住天，[三]76 所歎億，[三]100 道，[宋][明][宮]2122 者何故。

失：[乙]2215 大菩提。

實：[甲]2269 四善根。

是：[三][宮]398 聖。

隨：[三]193 良調善。

天：[明]166 奉詔譯，[明]705 奉詔譯。

贊：[甲]2035 贊德。

現：[甲][乙]2397 色身亦，[甲]2898 劫千佛，[乙]2396 色身之，[原]2416 三昧勝。

焉：[甲]1969 作詩寄。

眼：[甲][丙]2081 修。

醫：[三][宮]、聖[知]598 眾所奉，[三]310 療治眾，[元][明][宮]425。

於：[三][宮]810 聖法律。

愚：[三][宮][甲][乙]2087 智畢萃。

歟：[乙]2391。

遇：[三][宮]384 聖。

樂：[明][甲]1216 寂靜究。

贊：[甲]2290 位等何。

哲：[乙]2263 未決。

質：[甲]2261 善，[元][明]6 聖慈智。

資：[元][明]761 財成。

尊：[甲]2207 者阿難，[元][明]26 者大目。

鹹

醋：[三][甲]951 淡勿欲。

鹽：[明]374 淡六味。

諴

諴：[三][宮]2111 感神者。

嚕

 衞：[甲]893 界角隨。

 銜：[明]321 稻穀養。

癇

 病：[甲]1736 消瘦是。

 閑：[甲]1335 鬼日月。

鵰

 鵰：[甲]1912 鷙。

 鵰：[宋][元][宮]2103 皛而生。

陖

 嶮：[宮]352。

勘

 勘：[甲]1805，[明]1562，[聖]2157 此亦璠。

 堪：[三][宮]2121 能效命。

 妙：[宮]815 及緣覺。

 少：[三][宮]598 聞。

 甚：[宮]2122。

 斯：[甲]952 福人，[元][宮]374 乏或。

 鮮：[明]186，[明]186 今會大，[明]186 少不可，[明]451 少不修，[明]1435 少，[三]、斯[宮]2060 具不，[三][宮]451 少作如，[三]375 少亦願，[三]1440 少若有。

 尠：[明][乙]1092 福有情，[明]721 味智慧，[明]2087 少從此。

跌

 踐：[三]212 形體不。

 洗：[甲]1030 足而往。

 銑：[宮]、洗字洗音[甲]1912 左右等。

險

 除：[甲][乙]1822 業是惡，[聖][另]1442 路無人，[聖][另]1459 處恐。

 際：[三][宮]1660 岸佛子。

 儉：[三][宮]1646 有國多，[乙]2157 下勅道，[元][明]2060 人來問。

 檢：[甲]、瞼[宮]1912 道衆惡，[宋][元][宮]1453 畜門徒。

 臨：[甲]1733 危將墜。

 岨：[三]152 遂。

 隃：[甲]2160 若夷不。

 谿：[博]、嶮[敦]262 谷。

 譣：[明]2145 詖之邊，[三]2145。

 嶮：[宮]1912 惡人執，[宮]374 路路，[宮]1537 徑涉邊，[宮]1912 如王事，[甲]1356 棘道中，[甲]1921 道至珍，[甲]2008 峻啓迪，[三]993 艱難非，[三][宮]263 谷不得，[三]152 還家見，[三]192 故，[三]1341 惡相根，[聖][另]410 或，[聖]100 難之，[另]410 道，[宋]、峽[元][明]2088 葱，[宋][宮]321 忽然躄，[宋][元]1548 若身，[乙][丙]2092 路得無，[乙]1723 谷其苗。

 隒：[三][宮]2060 過半已，[三][宮]2060 乃見譪。

 嶮：[聖]1436 惡道，[宋][元]2122 難諸惡。

 驗：[明][甲][乙]1260，[乙][丙]

2092 之，[乙]2157。

峪：[甲]2879 路賊盜。

宅：[三][甲][乙][丙]1202 恐懼之。

嶮

撿：[和]293 斷岸周。

峻：[三][宮]2122 中多妖。

臨：[三]1 危救厄。

險：[敦]262 道相續，[煌]262 路其中，[宮]278 谷救無，[宮]322 然義，[宮]618 岸，[宮]618 是皆退，[明]190 道行顛，[明]642 道已還，[三][宮]397，[三][宮]1548 等若不，[三][宮]263 常懷毒，[三][宮]308 自見己，[三][宮]380 路免諸，[三][宮]380 難路，[三][宮]411 阻多難，[三][宮]639 地微寂，[三][宮]670，[三]1，[三]22，[三]120 難諸恐，[三]152 而，[三]152 乏，[三]375 涅槃平，[三]945 是則名，[聖]99 怖道慧，[聖]99 惡相殺，[知]1581 處恐怖。

獮

彌：[聖]375 猴猪羊。

獮：[宮]1545 猴子不，[甲]2128 猴也説，[聖]375 猴白鴿。

顯

見：[乙]1821 立解脱。

幰

幔：[聖]1442 帳於此，[聖]1443 帳於。

慢：[三]220。

軒：[宮]276 蓋天妙，[三][宮]276 蓋天妙，[三]下同、花[宮]276 蓋天妙。

幰：[宋][元]220 蓋寶幢。

蘚

鮮：[宋][元]2088 現佛河。

獫

犾：[三][宮]2041 之鄉無。

顯

必：[甲]2312 然皆如。

辨：[甲]1735 佛菩提。

辯：[甲]1799 無，[甲]1929 圓教從。

標：[甲]2269 三結釋。

表：[甲][乙][丙]1866 上諸義。

別：[甲]2273。

昞：[三][宮]2102 然表裏。

財：[甲]2261 道是常。

瞋：[甲]1828 故苦下。

成：[甲]1823 一頌請。

出：[宮][聖]223 示分別，[三][宮][聖]223 示分別。

但：[甲][乙]1822 不欲忍。

道：[甲]2035 三乘九。

得：[甲]1851 一生因。

頂：[甲]1978 神。

頓：[甲]、顯[甲]1876 出法身，[甲]2290 教如斯，[甲]2434 出生醍。

煩：[明]1585 故餘互，[宋]1597

示離一。

　分：[甲]2053 別斷常。

　高：[甲][乙]2228 山王頂。

　歸：[甲]2339 一開方。

　貴：[三][宮]2058 終。

　果：[甲][乙]1822 現見諸。

　好：[三][宮]1606 清淨力。

　即：[聖][甲]1733 是遠近。

　記：[甲]2195 人法俱。

　簡：[宮]1458 非錯誤，[原]2339。

　見：[聖]1733 九門救，[原]1840 其因隨。

　界：[甲]2281 九實一。

　開：[明]293 示出世。

　類：[宮]1562 心願如，[甲]1829 變爲餘，[甲][乙]1822 如多境，[甲][乙]2186 萬法，[甲]1736 例然故，[甲]1816 心，[甲]1828，[甲]1830 無生滅，[甲]1863 述，[甲]2217 是同意，[甲]2253，[甲]2434 理，[三][宮]1545 捨義定，[乙]2263 假說。

　離：[甲][乙]1929 出也若，[甲]1733 自過六，[甲]1813 外，[甲]1887 無量故，[三][宮][聖]1562 正見如，[聖][甲]1733 化事故。

　理：[甲][乙]1866 等準，[甲][乙]1866 耳此上。

　禮：[甲]2263 相。

　裂：[甲]1733 十門三。

　領：[甲]1736 其當。

　六：[甲]2274 飛。

　履：[三][宮][知]384 行羅列。

　略：[甲]2290 亦如亦。

　滿：[三][宮]318 十方端。

　明：[甲]1715 第三雙，[甲]1733 勝進行，[甲]1733 所見分，[甲][乙][丙]1866 無性也，[甲][乙]1821 別緣修，[甲]1733 至極迴，[甲]1736 非，[甲]2195 領，[甲]2273 自共量，[聖][甲]1733 無盡故，[聖]1721 無三，[聖]1721 者，[原]、[甲]1744 所得深，[原]1744，[原]1829 現，[原]1834，[原]2271，[原]2339 增即順。

　破：[乙]1723 體。

　其：[甲][聖]1723 數多。

　起：[聖]1595 故眞實。

　強：[甲]2263 耶是以。

　聲：[原]2271 論則是。

　勝：[甲]2290 前諸乘。

　示：[甲]2274 於持業。

　是：[甲]2204 有般若。

　釋：[甲][乙]1822 順教也，[甲]1736 文意四。

　順：[甲]2305 眞如眞，[乙]2261 示如意，[乙]2263 此。

　說：[甲][乙]1821 與此論，[甲]1733，[乙]1821 與此論。

　頌：[宮]1544 經中佛，[甲]1708 正位後，[甲]1830 皆唯問，[甲]2195 土相乎，[乙]1821 彼色，[原]2262 一刹那。

　歟：[乙]1816 法及修，[乙]2263 德。

　題：[甲]2266 何故不，[甲]2035 其頓悟，[甲]2204 略儀分，[甲]2204 宗體綱，[甲]2254 此類，[甲]2299 標

一部，[原]2248 名入懺。

體：[三][宮]1571 應本有。

頭：[宮]1559 色隣虛，[甲]1273 權實相，[甲]1887 示一乘，[甲]2219 名，[三]、－[甲][乙]1069 指甲二，[三][宮]2049 擊論義，[三][宮]2122 處令人，[三][宮]2122 相，[三]1424 數雖多，[三]2040 園中波，[聖]425 發慕樂，[另]1442 敵之處，[宋]、頤[元][明]992 利反，[原]1764 仙造僧，[原]1828 亦。

爲：[明]1562 彼壽言。

謂：[甲]1733 歎眞。

賢：[甲]2130 經。

現：[丙]1866，[和]261 求者千，[甲]1828 利鈍別，[甲][乙][丙]1866 無盡問，[甲][乙][丙]1866 緣起勝，[甲][乙]1866 應身業，[甲]1722 故以，[甲]1733，[甲]1733 佛光明，[甲]1733 故不起，[甲]1733 皆名法，[甲]1924 現諸佛，[甲]2259 眞如名，[甲]2274 比量差，[甲]2779 聲即，[甲]2814 故言取，[明][和]261 人身婆，[明]565 分衞又，[三][宮][聖]278 在是去，[三][宮][聖]613 前骨人，[三][宮]2122 亦不施，[三][宮]2122 在前，[聖][甲]1733 前決定，[聖][甲]1733 法門故。

須：[宮]1545 三界各，[甲][乙]1822 過九人，[甲][乙]1822 隨眠，[甲]2259 其火大，[明]1523 菩提時。

續：[三]1647 是故。

演：[乙]1816 即是此。

耶：[甲][乙]2309 過未無。

以：[明]2145 發事類。

隱：[甲]1735 有一有。

隱：[甲]1881 俱顯隱，[甲]2018 微毫若，[甲]2299 名法身，[元][明]2060 常樂。

影：[甲]2196 之，[甲]2217 幻法義，[甲]2270 論之説，[三]1598 現此心，[宋][元]279 現山上，[原]2196 云文有，[原]2262 依於質，[原]2196 聖文，[原]2196 釋云二，[原]2196 意云，[原]2196 意云若，[原]2196 意云謂，[原]2196 云凡，[原]2339 惠遠入。

穎：[元][明][宮]1437 集出。

映：[甲][乙][丙]1866 互現重。

於：[甲]2250 無記。

歟：[甲]2313 者所破。

欲：[甲]2217 受之可，[聖]1788 引彼一。

喻：[甲]2219。

預：[甲][乙]2254 釋出殺。

緣：[甲]1828 性故者。

願：[宮]481 發忻，[甲][乙]1822 生處，[甲]864 相金剛，[甲]1733 心作業，[甲]1813 意謂先，[甲]1961 求者希，[甲]2227 受生不，[甲]2266 不共唯，[甲]2266 得眞如，[甲]2399 也依此，[明]1514 多差別，[明]1562 佛說法，[三][宮]637 是，[聖]1512 現有，[聖]1733 此，[宋]2154 三昧經，[元][明]702 示佛法，[原]1744 佛與二，[原]2408 也故。

彰：[甲][乙]2317 無表此，[甲]2305 故名內。

證：[甲]1710 一切空，[甲]2214 顯。

知：[乙]1821 男女。

終：[乙]2263 問答中。

自：[甲]1863 具自無。

限

隄：[甲]1820 也。

度：[三]22。

法：[聖]200 令諸。

服：[三]1440 王法勝。

幅：[三]309 天眼菩。

根：[宮]681 量及以，[和]293 不失時，[三]670 分譬，[三][宮]606 不至究，[宋][明][宮]672 量二乘，[宋][明][乙]1092 草三寸。

恨：[宮][宮]445 淨如來，[宮]477 雅典以，[宮]624 其功德，[甲]1112 復過一，[明]193，[三][宮]1559 類境，[三][宮][聖]1549 非不有，[三][宮]263 忍無數，[三][宮]309 共相敬，[三][宮]398 講諸法，[三][宮]587 心拔我，[三][宮]2060 終京室，[三]2060 年，[聖]291 所入之，[元]221 之苦是，[知]598 叡智無。

階：[三]1336 功勳。

局：[甲]2285 顯論歟。

據：[甲]、就[乙]2249 起威儀。

閫：[聖]1441 邊受食，[聖]1441 等所出。

浪：[甲]1719 且云可。

量：[宮]659 無盡善。

難：[元][明][宮]1428 得飽足。

薩：[明]1523 量諸成。

說：[甲]2195 有性歟。

隨：[聖]1440 者。

通：[甲][乙]2263 無新種。

唯：[乙]2263 身業歟。

現：[甲]2262 作用成，[明]627 喻其有。

眼：[宮]329 不詣佛，[三]1558 非彼，[宋]、明[元][明]158 月光花。

厭：[三][宮]403 長遠無。

垠：[三]2102 之實親。

隱：[宮]2060 未及旋，[甲]1813 心樂心，[三][宮]285 德藏。

有：[甲]2281。

緣：[乙]2263 眞如亦。

陷

搜：[明]2102 求皆如。

莧

莞：[三][宮]2059 劉勰製。

哯

哯：[三]1336 坭梨。

陷

蹈：[甲][乙]2194 八大國，[明]201 墮，[三][宮]1425 火坑，[三]23，[三]360 下四寸，[三]1340 塵成二。

阽：[甲]2120 垂露於。

隊：[三][宮]2060 收登城。

埳：[明]1529 如被劫，[三][宮]389 如被劫，[三][宮]1425 若阿波，[三]1529 故復。

埫：[宋]152 人不能，[宋]206 入地中。

陌：[原]1771 上鉢住。

泥：[三]945。

踏：[三]201 人不鬥。

滔：[甲]1728 一，[三]945 溺云。

隱：[宮]1545 彼故行，[三][宮]2104 顧斯陳。

墜：[宮]395 墮故爲。

現

比：[甲]2274 量自教。

出：[甲][乙][丙]1172 十萬億，[三][宮]1435 時比丘，[三]1043 寶蓮華，[聖]125。

次：[乙]2263 在苦果。

達：[宋]、見[元][明]212 嬰兒能。

但：[甲]2274 因彼明。

得：[三]2030 人身於。

獨：[明]278 稱我最。

覩：[三]211，[三][宮]399 已自在，[三][宮]381 之悉現，[三][宮]585 於上方，[三][宮]2121 我夫心，[聖]643 人遠望。

而：[甲][乙]1929 爲説法，[三][宮]374 涅槃現。

法：[甲]1736 身雨爲。

反：[甲]2263 他受用，[三]212。

浮：[甲]2311 影心法。

根：[甲]2266 眼能持。

靚：[聖]606 外陽。

觀：[丙]2397 自在故，[宮]309 神足爲，[甲]1828 後云相，[甲]1830 所緣論，[甲]2313 隨時不，[甲][乙]1822 也隨一，[甲][乙]1821 門故説，[甲][乙]1822 照轉故，[甲]1709 理，[甲]1735 無依著，[甲]1736 量也現，[甲]1781 身實相，[甲]1863 無，[甲]1928 言良，[甲]1965 之時或，[甲]2214 意生八，[甲]2219 於法界，[甲]2266，[甲]2266 故故名，[甲]2266 時非眞，[甲]2400 智身可，[三][宮]847 將，[乙]2215 離於心，[乙]2263 香味者，[乙]2396，[乙]2397 身中三，[原]、觀[乙]1744 有中觀，[原]2202 法界云，[原]2408 之，[原]2412 無量壽，[原]2416 三昧觀。

規：[明]2034 剃頭有，[三][宮]2121 殺阿育。

化：[甲]1709 塵沙身，[明][甲][乙]950 爲帝釋，[三]196 度人。

即：[三][宮][聖]1552 在化主。

既：[甲]1828 獲財寶，[甲]2266 説已生，[三][宮]1451 有村城，[乙]2397 闕八識，[原]2271 違本立。

記：[聖]1563 生如是。

假：[原]2263。

見：[宮]2111 前而不，[宮][聖]310 一切諸，[宮][聖]278 照法界，[宮][聖]1428，[宮][石]1558，[宮]263，[宮]263 天上世，[宮]279，[宮]279 三世一，[宮]310 生，[宮]310 作四魔，[宮]598 是爲菩，[宮]657 神力隨，[宮]721 種，[宮]816 所以者，[宮]882 證三昧，[宮]901 形或夢，[宮]1458 瞋恚相，[宮]1509 佛從無，[宮]1509 在何以，[宮]

1549 在造當，[宮]1552 法，[宮]1558 見，[宮]2048 世如意，[和]293 其，[和]293 神通變，[和]293 天龍乾，[和]293 爪髮筋，[和]293 諸三，[甲]1735 第三善，[甲]1735 無有邊，[甲]2281 行註釋，[甲]2339 故第四，[甲][乙]950 於實事，[甲][乙]1822 在八支，[甲][乙]2263 文誰人，[甲][乙]2309 天色，[甲][乙]2309 天壽八，[甲]867，[甲]1125 生證得，[甲]1728 一毛孔，[甲]1733 説法之，[甲]1735 半身兜，[甲]1735 在等佛，[甲]1736，[甲]1742 佛如雲，[甲]1775 故讖之，[甲]1775 我及衆，[甲]1775 肇曰顯，[甲]1775 衆華遍，[甲]1816 行正起，[甲]1851 色像色，[甲]2006 成舌，[甲]2035，[甲]2035 在也大，[甲]2053 了者表，[甲]2125 行願諸，[甲]2195 文何難，[甲]2195 行，[甲]2195 行品次，[甲]2305 行流布，[甲]2393 或作火，[明]220 物類能，[明]293 以佛威，[明]312 但爲成，[明]372 其身神，[明]1015 在亦不，[明]1450，[明]2016 佛身恐，[明][宮]下同 603 色爲却，[明][和]293 諸王勸，[明][甲]1177，[明][甲]1177 在前，[明][甲]1177 在一切，[明]152 女爲之，[明]154 奇雅爾，[明]222 一切，[明]279 一切國，[明]307 在前三，[明]598 無，[明]657，[明]672 諸衆生，[明]682 衆色像，[明]1425 狗騙，[明]1450，[明]1450 時佛世，[明]1450 於世利，[明]2076 又云佛，[明]2121 在，[明]2122 神通教，[明]2122 慾心發，

[明]2122 自亦致，[明]2123 此影像，[三]21 後世寶，[三]150 世不得，[三]264，[三]397 是事已，[三]664 一生補，[三]1099 其，[三]1348 在隨心，[三]2110 周鑒娠，[三][宮]、－[石]1509 受須菩，[三][宮]393 威靈，[三][宮]476 金色佛，[三][宮]1559 前起九，[三][宮][甲]2053 在咀麗，[三][宮][聖][別]397 在身得，[三][宮][聖]292 化在如，[三][宮][聖]310 瑞，[三][宮]221 般若波，[三][宮]223 十，[三][宮]263 妙音菩，[三][宮]270 劫燒或，[三][宮]278，[三][宮]310 前能得，[三][宮]310 證阿羅，[三][宮]384 如有力，[三][宮]397 象像事，[三][宮]415 菩薩摩，[三][宮]443 在隨心，[三][宮]461 其身年，[三][宮]481 鏡中有，[三][宮]481 在者咸，[三][宮]534 稽首稟，[三][宮]598 無能知，[三][宮]613 無量百，[三][宮]618 火然，[三][宮]627 斯須超，[三][宮]632 爾時，[三][宮]653 知有所，[三][宮]656 其刹土，[三][宮]656 身盡彼，[三][宮]656 無央數，[三][宮]656 云何，[三][宮]672 無有外，[三][宮]676 可得，[三][宮]681，[三][宮]696 世當受，[三][宮]708 從是得，[三][宮]721 猶如日，[三][宮]732 在事，[三][宮]810 十方無，[三][宮]816，[三][宮]885，[三][宮]1425 似有世，[三][宮]1462 如，[三][宮]1509 在病，[三][宮]1509 在他心，[三][宮]1526 佛言舍，[三][宮]1546 己身法，[三][宮]1546 菩薩若，[三][宮]1552，[三][宮]

1562 於如是，[三][宮]1596 在言説，
[三][宮]2034，[三][宮]2042 法海欲，
[三][宮]2053 佛法當，[三][宮]2059 斯
證因，[三][宮]2060 前弟子，[三][宮]
2060 有縁耳，[三][宮]2060 於，[三]
[宮]2060 在藏經，[三][宮]2102 而，
[三][宮]2102 在不，[三][宮]2103 髻
中眞，[三][宮]2103 前幽顯，[三][宮]
2103 生穢土，[三][宮]2111 不疲而，
[三][宮]2111 在不見，[三][宮]2111 在
之無，[三][宮]2112 之徵災，[三][宮]
2121 還現帝，[三][宮]2121 槃特威，
[三][宮]2121 時飮，[三][宮]2122，[三]
[宮]2122 五色光，[三][宮]2122 形於
沈，[三][宮]2122 在内供，[三][聖]291
告詔猶，[三][聖]310 金容告，[三]1 至
槃頭，[三]32 在世賢，[三]58 法應當，
[三]76 在十方，[三]170 不知所，[三]
186 瑞應三，[三]189 過七日，[三]192
素身，[三]192 於今，[三]193 者吾出，
[三]201 供養，[三]202 世，[三]212 身
未死，[三]263，[三]374 未摧伏，[三]
375 善男子，[三]956 夜三日，[三]1117
在常説，[三]1126 在未來，[三]1301
有儍一，[三]1331 惱如是，[三]1349
在十方，[三]1366 在及與，[三]1585
證現量，[三]1629 別轉故，[三]2087
雙足示，[三]2088 于城北，[三]2103
在爰及，[三]2110 身，[三]2110 在遮
智，[三]2122 星殞如，[三]2145 天下
於，[三]2151 千輻輪，[三]2154 前報，
[聖]1544 在一餘，[聖][另]285，[聖]
[另]302 其前亦，[聖]1 還至天，[聖]

99 身口密，[聖]224 法盡於，[聖]224
身及諸，[聖]272 種種相，[聖]278，
[聖]310 身諸漏，[聖]310 他方刹，[聖]
376 老病死，[聖]425 瑞威神，[聖]425
在不可，[聖]425 在之事，[聖]663 其
身至，[聖]1428 身相不，[聖]1465 身
入滅，[聖]1509，[聖]1721 也有人，
[聖]1763 爲佛眼，[聖]1763 在有果，
[聖]1763 在有也，[石]1668 諸境界，
[石]2125 行要，[宋]220 眼識界，[宋]
[宮]656 花敷何，[宋][宮][聖]284 在
事是，[宋][宮]310 與無量，[宋][宮]
626 在佛悉，[宋][宮]656 若干法，[宋]
[宮]656 釋身隱，[宋][宮]657，[宋][宮]
2122 此受苦，[宋][明][宮]2122 神足
變，[宋][元][宮]1552 法果施，[宋][元]
[宮]657 佛相今，[宋][元][宮]1421 在
僧應，[宋][元][宮]1559，[宋][元][宮]
1646 知事中，[宋][元][宮]2122 衰，
[宋][元][宮]2122 在果欲，[宋][元]190
於世號，[宋][元]2106 邪見相，[宋]
[元]2122 在因所，[宋]310 號曰然，
[宋]374 身有疾，[宋]1185，[宋]1340
不現義，[宋]1425 前僧何，[宋]1596
行，[宋]2110 身吾不，[乙]897 時或
於，[乙][丙]2092 眞，[乙]1069，[乙]
1171 身一一，[乙]1724 在諸佛，[乙]
1736 等出現，[乙]2263 文不許，[乙]
2263 文靜慮，[乙]2879 其人前，[元]
2016 本來是，[元]2016 眞如亦，[元]
[明][宮]310 其色行，[元][明][宮]310
一切諸，[元][明]196 正諦皆，[元][明]
309 皆，[元][明]329 所知審，[元][明]

425 道猶月，[元][明]598 得叡達，[元][明]621 即八方，[元][明]624，[元][明]624 於諦道，[元][明]624 諸法不，[元][明]656 衆生受，[元][明]658 變化善，[元][明]658 王身得，[元][明]661 三者眉，[元][明]666，[元][明]702 知及能，[元][明]839 者此人，[元][明]1509 不妨閑，[元][明]1549 在也若，[元][明]2060 即解，[元][明]2122 第七夢，[元][明]2122 因果此，[原]、[甲]1744 陰壞謂，[原]1981 眞容菩，[原]917 好相若，[原]1796 驗不，[原]1818 下論文，[原]1863 轉依非，[知]1579 觀位清，[知]1587 鏡中亦。

降：[三][宮][聖]268 身在地。

今：[三][宮]223 世功德。

觀：[明][宮]398 諸佛是。

殊：[宋]、境[元]1603 染。

境：[甲]1795 爲定實，[甲]2195 行果故，[明]657 在，[三][宮]1558 極聚散。

就：[甲][乙]1822 明除前。

離：[聖][甲]1733 無相行。

理：[甲]1733 本無故，[甲][乙]1822 互爲，[甲][乙]1822 起一切，[甲][乙]1822 在前時，[甲]1733 故是故，[甲]1733 智業用，[甲]1736 實，[甲]1771 滿金器，[甲]1816 問後如，[甲]1830 起即簡，[甲]2266 故，[甲]2266 顯離外，[甲]2269 觀諸大，[甲]2274 無失云，[甲]2299 教釋義，[甲]2339 實三十，[甲]2412，[三][宮]1558 前餘業，[聖]1602 觀是故，[聖]1763 若如此，[乙]1092 若欲調，[乙]1736 量此即，[乙]2263 觀人得，[原]1700 無授記，[原]1872 全收事，[原]2339 不顯雖，[原]2339 既是通。

量：[甲]2018 量而堅。

滿：[甲]853 種種形。

門：[宮][聖]294 速行法。

名：[三][宮]1598 不現此。

明：[三][宮]1546 過去世，[三][宮]1546 欲界身，[宋]、顯[元][明][聖]643 觀眼心，[元][明]1579 世希求。

能：[甲]2274 量又。

破：[明]397 時難可。

前：[元][明]1544 觀欲色。

勤：[三]278 如來常。

親：[宮]1799 親證眞，[甲][乙]1821 嚴身非，[甲]1828 種無始，[明][宮]433 住其前，[三]212，[原]1089 一法速。

去：[宮]1558 苦，[三][宮][聖]224。

瑞：[甲][乙]1736 相既。

善：[宮]532 安隱。

沈：[丙]1832 重相二。

生：[丙]2812 事不應，[乙]1204 使者名，[乙]2263 是則如，[乙]2390 而現具。

施：[甲]1782 慈悲訓，[元][明]221 與人使。

時：[三]203 高大如。

示：[三][宮][聖]292 在露精，[三]193 其，[三]375 涅槃現。

世：[三][宮]278。

是：[明]1442 樂及受。

視：[宮]、神[知]598 諦無，[宮][聖][石]1509 語言，[宮]263 何故愚，[宮]895 奮迅神，[宮]1530 爲欲摧，[宮]1592 智者，[甲][乙]856 三昧耶，[甲]1717 病品去，[甲]1718 毒亦云，[甲]1781 之如佛，[明]367 廣長舌，[明]402 己所得，[明]624 盲人悉，[明]1003 者與金，[明]2121 之遥試，[明]2122 神光基，[三][宮]263 小乘一，[三][宮]281 道法至，[三][宮]399 一，[三][宮]657 如世，[三][宮]1457 窓中，[三]152 之曰吾，[三]201 親，[聖]1579 起言未，[聖][另]281 衆經入，[聖]278 安隱，[聖]397，[聖]1428 身得，[宋][宮]443 如來南，[宋]53 苦陰因，[宋]2061 其鉢中，[乙]857 三昧耶，[原]1979 外道比。

殊：[三]278 各不同。

説：[甲]1863 無皆悉，[甲]2035 二者，[甲]2195 歟答設，[甲]2207 無説此，[甲]2266 非，[甲]2266 者意云，[乙]2396 非謂内，[原][甲]1833 果由因。

思：[宋]、見[元][明]210 道解疑。

斯：[三]222 神足三。

隨：[甲]1851 助名伴，[三][宮]302 一切界。

歲：[甲]1705 比丘。

所：[甲]1792 生七世。

脱：[甲]2195 身皆當。

外：[甲]1834 境起許。

頑：[三][聖]201 作逼。

謂：[甲]1816 在。

繋：[明]1544 在前設。

賢：[甲]2214 色身三，[甲]2223 色身也，[乙]872 色身等。

顯：[宮][甲]1884 等殊故，[甲]1733 説法之，[甲]1928 十，[甲]2266 説波羅，[甲]2434，[甲][乙][丙]1866 無盡義，[甲][乙]1796 也，[甲][乙]1866 未必一，[甲]1733 一盧舍，[甲]1736 染若變，[甲]2073 等慨先，[甲]2073 經四卷，[甲]2073 義寺請，[三][宮][石]1509 示法故，[三][宮]813，[三][宮]1509 示現，[三][宮]1523 示調順，[三][宮]1545 一切皆，[三][宮]1546 己義故，[三][宮]2060 皆此類，[三][聖]1579 發善思，[三][聖]1579 如是一，[三]375 示所以，[聖][甲]1733 不無義，[聖][甲]1733 能治廣，[聖][甲]1733 山中物，[聖][甲][下同 1733 無相初，[聖]211 其智，[石]1668 前，[石][高]1668 説，[石][高]1668 中有故，[石]1668 於千器，[乙]1871 此所説，[乙]2263 望有性，[原]、[甲]1744 之時名，[原]2290 了經當。

限：[甲]2339 教亦無。

睍：[聖]790 於上誰。

相：[甲]1816 在我從，[三][宮]2123 別愚人。

想：[明]1605 安立見，[三][宮]292 道法無，[宋][宮]285 一切行，[宋]1562 所證境。

新：[聖]1851 觀斷結。

行：[甲]1775 聲聞辟，[甲]2266

又，[聖]、現[聖]1733 者行相。

言：[甲]2266 菩薩者。

眼：[甲]2266 非，[甲]2305 識生是。

耶：[聖]1723 聰明識。

業：[甲]1733 報不差。

一：[宋][元]2060。

意：[元][明][聖]、規[宮]754 欲施設。

有：[三][宮]349 在成慧。

於：[明]193 先世行。

歇：[甲]2262 行時復。

語：[宋][宮]292 感動現。

願：[甲]1729 也用此，[明]1336 得願陀，[元]783 在不住。

雲：[甲]1512 現已還。

在：[三]100 於西面，[三][乙]1092 其前，[乙]1821 身內除。

照：[三][宮][聖]278 一切受。

證：[甲][乙][丙]1172 三摩。

至：[甲]2250 觀流。

終：[三]185 受。

種：[甲]2266 又復不。

珠：[原]904 妙女形。

諸：[明]1563 險難，[聖]1602 比至教。

自：[宮]263 在十方。

作：[三][宮]408 於婆羅。

晛

現：[三][宮]443 如來南。

羨

美：[宋]、著[元][明]425 是曰忍。

獻

告：[丁]2244 則。

巘：[甲]2183 有序。

羨

美：[宮]2102 矣雖復。

羨：[甲]2039 之山下。

泳：[宋][宮]、洧[元][明]2122 慧定計。

綫

縫：[三][宮]1428 續若縫。

縷：[三]2110 楊侯。

線：[三][宮]、綖[聖]1428 貫，[三][宮][聖]、綖[另]1428 下至，[三][宮]1428 編若帶，[乙]1069 麁如銅。

線

繪：[三][宮]1451 結好鬘。

綿：[宮]1459，[三][宮]2059 極令細，[聖]2157 州振響，[宋][元][宮]2122 焉時，[宋]999 下，[乙]2092 物目，[元][明][乙]1092 索外畔。

紹：[乙][丙]1098 跋尾多。

綾：[明]1459 便得勝，[三][宮]386 種種色。

綖：[宮]374，[甲]1335 繫於樹，[甲]1717 等，[三][宮][聖]1425 安紐作，[三][宮][聖]1425 拂，[三][宮][聖]1425 經義知，[三][宮][聖]1425 經中廣，[三][宮]385 丸緒，[三][宮]821 若

自取，[三][宮]1425 纒已復，[三][宮]1425 經，[三][宮]1425 經惡邪，[三][宮]1425 經中，[三][宮]1425 經中廣，[三][宮]1435 囊中乃，[三][宮]1435 一針一，[三][聖]375，[三][聖]1582 一，[三][乙]、縛[甲]1028，[聖]1425 經中廣，[聖]1425 者有縫，[聖]1428 貫穿故，[聖]1428 貫花教，[聖]1428 居，[宋][明][宮]1452 而縫絡，[宋][元]1583 亦如是，[宋][元]1101 拼其界，[原]1183 長一。

緣：[甲]1203 色旗。

雜：[甲]1736 華色雖。

縣

聚：[三][宮]585 邑燕處。

懸：[甲]1718 乏力，[甲][乙]973 幡四，[甲][乙]2087，[甲]1721 爲邑內，[甲]1736，[甲]2035 准出桐，[甲]2053 開國公，[甲]2087 而不郡，[三][宮]2122 泉村人，[三][宮]2122 已衣鉢，[三][宮]2122 以，[三][宮]2122 遠而無，[三]2122 置塔中，[聖]1354 官不能，[宋][元]2149 繒燒香，[宋]2061 泉院釋，[宋]2145 忽得移，[乙][丙]2092 虛爲渡。

憲

寶：[甲]2183。

慮：[明]322 教之要。

獻：[三][宮]2122。

巘：[甲]2183。

愚：[甲]1709 故遷居，[聖]2157 誠表陳，[聖]2157 誠奉宣。

霰

覆：[甲]2176 譯。

露：[甲]2168 譯。

獻

斷：[甲]2277 記云此，[甲]2277 二記也。

獲：[三][宮]2121 財致不。

敬：[三]2108 君變俗。

庶：[三]2109 方欲興。

戲：[甲]1782 婬逸及，[甲]853 華勢滿，[乙]2157 致變經。

憲：[丙]2120，[三][宮]2102 刻意而。

嚴：[宋][明][宮][知]414 座已訖。

巘：[甲]2400 蕩引，[甲]2400 第引虎，[宋][元][明]882 提引吽。

猒：[原]2216 妙軍持。

養：[甲]1000 於其八，[三]1257。

雨：[元][明]1161 甘露不。

獻：[明][甲]11000，[三]982 挲。

相

阿：[明]1544 續此有。

安：[三]1301 不占別。

柏：[甲]1828 樹佛在。

報：[聖][甲]1733 之喜。

標：[原]、明[甲]1781 權智不。

別：[甲]2266 總數行，[元]2016 分起見。

不：[甲][乙]1709 甚深二。

財：[元][明]26 已受比。

常：[三][宮]1552 續心，[三]885 轉。

唱：[三][宮]2034 録。

稱：[甲]1805 喪德九。

成：[乙]1736 即約此。

抽：[乙]2391 捻風天。

初：[宮]263 請命若，[甲]1512 者正釋，[甲]1719 是總舉，[甲]2249 於彼天，[宋][元]1646，[元]1579 又諸菩。

處：[三]603 令從是。

幢：[甲]、憧[乙][丙]1098 失唎二。

粗：[三]2108 爲論之。

旦：[宋]206 衆好光。

但：[宋]、－[元][明]2110 問君當。

道：[明]2076 上。

得：[宮]1432 了應如。

地：[宮][聖][石]1509 須菩提，[甲]2255 等等者，[宋][元]447 佛南無。

等：[甲][乙]2263，[甲]2263 五根所。

調：[甲]2254 練捨下，[原]2271。

頂：[甲]966 儀毛孔。

定：[三][宮]2122。

段：[乙]2263，[乙]2263。

對：[甲]2312 對而説。

頓：[乙]2249 息都不。

二：[甲]2274 各各自。

法：[甲]952 不，[甲]1881 具，[甲]2312 但是學，[甲]2314 故淨，[甲]2371 宛然名，[三][宮]385，[三][宮]1581 各五種，[三]245 法亦如，

[聖]586 無所增，[石]1509 善人中，[元][石]1509 性空故，[原]1089 行者諦，[原]1760 炳然念。

翻：[甲]1805 前曲分。

非：[三][宮]632 雙亦非。

福：[甲]2036 利須髮。

剛：[甲]2266 心斷文。

格：[甲]1781 量佛告。

根：[宮]1525 等厭，[宮]1545 應勝解，[宮]385 不可量，[宮]397 及知諸，[宮]567，[宮]721 生大怖，[宮]1451，[宮]1509 滅故亦，[宮]1544 應無明，[宮]1548，[宮]1552 別復次，[宮]1552 應使，[宮]1558 現前寧，[宮]1592 身依故，[宮]1598 取故其，[宮]1622 續轉時，[宮]1632 不明了，[宮]2042，[甲]1804 本通依，[甲][乙]1822 衆生不，[甲]1733 非青見，[甲]1733 於中先，[甲]1830 相分等，[甲]2261 利鈍，[甲]2262 應云云，[甲]2266 第六依，[甲]2266 釋曰以，[甲]2299 作義迦，[明][宮]1563 差別由，[明]310 聲舍利，[明]1341 無缺無，[明]1579 意趣云，[明]2110 人感檀，[明]2131 或廣，[明]2154 涉故爲，[三][宮]309 連，[三][宮]1545 問云何，[三][宮]1562 不律儀，[三][宮]278 鼻得愛，[三][宮]285 豪劣周，[三][宮]402 義，[三][宮]618 彼成曼，[三][宮]627 寂定志，[三][宮]1428 共諍言，[三][宮]1506 故信首，[三][宮]1545，[三][宮]1546 差別如，[三][宮]1559 境謂色，[三][宮]1559 應知除，[三][宮]

1563 貪等加，[三][宮]1571 無別故，[三][宮]1584 何以故，[三][宮]1592 故及，[三][宮]1594 修，[三][宮]1608 應如是，[三][宮]1646 不生名，[三][宮]1646 差別故，[三][宮]1646 當亦是，[三][宮]1646 故色可，[三][宮]1646 應，[三][宮]2059 不可不，[三][聖]285，[三][乙]1092 復爲世，[三]154 危熟身，[三]397 不熟熟，[三]1435 食故作，[三]1545 緣等者，[三]1571 生如，[聖][另]1543 耶答曰，[聖][另]1543 應彼非，[聖][另]1543 應除苦，[聖][另]1548 是名女，[聖]26 貌憶本，[聖]225 爲得諸，[聖]440 丹根佛，[聖]1441，[聖]1509 以是故，[聖]1548 應一不，[另]1543 無願相，[石]1509 出此，[石]1509 貌知是，[宋]1545 應法如，[宋][明][宮]1509 者，[宋][明][石][宮]1509 是故不，[宋][元][宮]276 眼對絕，[宋][元][宮]1550 應答此，[宋][元]1435 也故作，[宋]285 應思惟，[宋]1562 依經主，[乙][丙]2394，[乙]2249 即不爾，[乙]2394，[元]589 而自莊，[元]670 性智慧，[元]2016 如，[元][明]310 現前亦，[元][明]1018 故三十，[元][明][宮]717 滅沒差，[元][明]616 己心安，[元][明]672 境不生，[元][明]1336 不具，[元][明]1494 無所有，[元][明]1530 決定和，[元][明]1546 分別名，[元][明]1549，[元][明]1562 攝者謂，[元][明]1579 蒙諸如，[元][明]2016 金體不，[元][明]2016 如佛所，[元]1563，[元]1579 續不滅，[元]1579 續而，[元]2016 而能隨，[原][甲]1781 目爲其，[原]1851 如何前，[原]2425 同時相，[知]1579 攝道理。

恭：[三][宮]1435。

共：[三]375，[聖]211 娛樂何。

垢：[宮]310 其性極。

故：[甲][乙][丙]1866 也問若，[甲][乙]2263 以爲喻，[甲]1828 不爲縛，[甲]2299，[甲]2412 也又現，[明]223，[明]1616 墮斷見，[三][甲]1195 敬禮無，[乙]1822 第五五，[原]1818 也又緣。

觀：[甲]2305 待名之，[知]1579 待道理。

光：[聖]643 現時十。

國：[三]100 大臣。

海：[三][宮]426 滅我當。

好：[三][宮]263 八十具。

和：[甲]1886 合方能，[元][明]1585 合故空。

恒：[原]2262。

華：[原]2299 玄贊釋。

化：[甲]2250 是時大，[元][明]658 善知一。

或：[甲]2266 別或總。

即：[甲]1733 無色次，[甲]1863 種生故，[三][宮]2121，[乙]1736 舉況以。

極：[甲][乙]1822 能緣聖。

偈：[元][明][甲]893。

際：[宮]279，[三][宮]1509 中不見。

加：[元]1579 一發勤。

間：[宮]389 如是當，[原]2196 思惟解。

見：[丁]1830 實唯現，[明]、如[宮]677，[明]1450 此事白，[明]2106 識直入，[明]2121 比。

教：[甲]1736 疏，[甲]2314。

結：[三][宮]402 和好如。

解：[甲]2263 名，[乙]2263 何有四。

戒：[乙][丙]2778 同無漏。

界：[甲]1816 後。

境：[乙]2263 歟將根。

俱：[甲]2277 之由也，[三][宮]1522 放菩薩，[元][明]1567 二俱無。

捐：[三]、捐[宮]263 棄。

眷：[宮]1602 屬。

可：[甲]2271 符順今。

空：[宋][元][明]1509 作是言，[元]、一[聖]223 空非常。

苦：[三][宮]1581 所謂行。

稇：[甲]2039 載元惡。

類：[甲]2263 餘六種，[三][宮]716 勝異由，[乙]2263。

理：[宮]231 與法，[甲]2263 明破他，[甲]2312 皆融互。

力：[三][宮][聖]1451 欲移住。

利：[明]1541 應，[元]1602 違因。

量：[石]1509 無。

林：[三]193 樹皆動。

貌：[甲]1924 不，[三][宮]338，[三][宮]630 貌，[三][宮]1650 現，[三][聖]157 端正讀。

門：[甲][乙]1822 在故無，[甲]

2281 之門也，[明]2016 不，[宋][元]1455 應者皆。

迷：[原]1844 心體令。

名：[甲]2801 安受苦。

明：[宮]377 自此當，[宮]721 類如是，[甲]2214，[甲][乙]1736 常住三，[甲][乙]1909 佛南無，[甲][乙]2261 亦無無，[甲]1763 了者，[甲]1775，[甲]1775 之報，[甲]1781 說，[甲]2186 教一受，[甲]2217 也文，[甲]2232 云福智，[甲]2266 二，[甲]2266 之如下，[甲]2339 能現心，[明][甲]1177 普現一，[明]1545 暗昧順，[明]2121 昉著世，[三][宮]673 功德威，[三][宮]403 入徑路，[三][宮]1425 照無有，[三][宮]2059 暉然通，[三][宮]2060 宛具須，[三][宮]2121 又見小，[三]202 昉然無，[三]211，[三]212 欲來詭，[三]286 故說復，[三]1012 及種性，[三]2060 德延入，[聖]1488 得是相，[聖]1522 無願而，[宋][元][宮]447 佛南無，[宋]157 有，[乙]1816 似勝此，[乙]1821 有爲應，[乙]2390 中多羅，[乙]2393 遊戲神，[元][明][宮]377，[原]2248 彼就法。

目：[聖][另]310 度生死。

內：[甲]1041 又。

能：[宮]1509 緣相者，[甲][乙]2263 違有何，[明]1545 應行爲。

捻：[原]923 蘗如寶。

念：[甲]2075 野鹿喩。

起：[甲]1736 融爲法，[宋][宮][聖]223。

前：[宮][甲]1912 體眞及。

切：[宮]279 無相是，[宮]464 所謂無，[宮]1509 無有，[明]930，[三][宮]761 無有高，[三][宮]1596 應知此，[三][乙]1092 理，[聖]1509 所謂。

親：[甲]1983。

取：[宮]1515 不可取。

人：[宮]1509 不可，[元][明]2016 不改善。

日：[宋]1451 憂如我。

如：[甲]1735 續無變，[三][宮]2060 迎引。

瑞：[三][宮]2121 皆王功。

若：[宮]1509 是爲。

善：[三]1 共和合。

捨：[甲]2255 以是諸。

攝：[甲]2339 益二別。

身：[甲][乙]1709 及土如。

神：[宋][宮]285 不有合。

生：[甲][乙]1822 續無窮，[甲]2006 爲，[明]2121 捆，[三][宮]421。

時：[三][宮]618 近邊住，[三][宮]1443 汝若見，[三][宮]1546 唯佛境，[聖]1547 似修道。

識：[甲]2814 皆屬七。

始：[乙]2263 善。

示：[乙]1736 次對難。

事：[三][宮]2104 非駁立。

視：[明]894 也。

飾：[甲]1911 好輪王。

數：[原]2416 之答五。

衰：[甲]2309 先現一。

雙：[甲]2017 扶成其，[甲]2290

融二而。

順：[甲]1828 建立六。

説：[明]1622 應及生。

四：[甲]1828 滅相對。

所：[甲]2269 應中推，[明]154 遇輒爲，[乙]1092 離有情。

太：[甲][乙]1822 至如無。

特：[乙]2397 行法修。

體：[甲]2266 故，[甲]2266 應一切。

同：[甲][乙]2263，[聖][甲]1763 各一人，[宋][元]1425 待汝差。

頭：[原]920 指下呪。

脱：[宮]721 我今總。

王：[甲]、寶[甲]2434 建立。

爲：[甲][乙]1816 生忍處，[甲][乙]2261 不得表，[乙]2254 緣引生。

物：[甲]2312 所以。

細：[甲]2196 諸相或。

相：[甲]1733 麁説是，[甲]2217 女想。

箱：[東][宮]、廂[元][明]721 作勢一。

廂：[甲][乙]901，[甲][乙]901 各竪四，[甲]901 各別安，[明][甲][乙]901 繩內次，[明][甲]901 布以綠，[三][宮]1435 入庭中，[三]2123 其三者。

湘：[三][宮]2122 縣少信。

箱：[三][宮]354 唱聲説。

詳：[三][宮]721 共入彼。

想：[另]613 愼，[丙]1823 故亦名，[丙]2777 乎，[博]262，[博]262 又復，[德]26 應，[丁]2777 無，[煌]1654

行識蘊，[宮]796 四者墮，[宮][聖][另]1522 故，[宮][聖]425，[宮][聖]425 願度三，[宮][聖]1562 異如人，[宮][聖]1602，[宮]221 無願三，[宮]221 亦不見，[宮]223 無憶念，[宮]224 三者無，[宮]301 還得，[宮]306 具足莊，[宮]374 融，[宮]374 如，[宮]425 神足弟，[宮]478，[宮]481 成自然，[宮]502 佛説此，[宮]616 喜何事，[宮]617 心無罣，[宮]618，[宮]618 繫念無，[宮]618 憶念，[宮]632 亦非不，[宮]657，[宮]659 而，[宮]670 所相，[宮]675 思，[宮]1435 看比坐，[宮]1435 無作當，[宮]1505 似女人，[宮]1509 外觀色，[宮]1536 精勤勇，[宮]1539 是眼觸，[宮]1546 有相，[宮]1552 滿足，[宮]1562 今當辯，[甲]、相[甲]1781 若隨相，[甲]、相[甲]1782 可知病，[甲]、相[甲]1851 有體無，[甲]、想[原]1700 也，[甲]1828 九於他，[甲]1832 定故此，[甲]2186 也當作，[甲]2290 二通達，[甲][丙][丁]1141 義右手，[甲][乙]2227 然後觀，[甲][乙][丙]2381 起如此，[甲][乙]1225 當清淨，[甲][乙]1796 煩惱也，[甲][乙]1796 也阿，[甲][乙]1821 處染起，[甲][乙]1821 麁動難，[甲][乙]1822，[甲][乙]1822 故論，[甲][乙]1822 既唯決，[甲][乙]1822 無樂之，[甲][乙]1929 背捨，[甲][乙]2192 譬如壯，[甲][乙]2223 一切如，[甲][乙]2249 天，[甲][乙]2249 天幾根，[甲][乙]2390 如弓絃，[甲][乙]2391 召諸尊，[甲][乙]2397 超百六，

[甲][乙]2397 唯假名，[甲][乙]2434 即，[甲]850 碧頗梨，[甲]1028，[甲]1112 已以手，[甲]1268 及，[甲]1705 見花使，[甲]1705 忍證因，[甲]1709 而，[甲]1709 忍者智，[甲]1709 思惟修，[甲]1709 應之想，[甲]1709 者智所，[甲]1733 妄取，[甲]1735 非嚴非，[甲]1735 以攝善，[甲]1736，[甲]1775 心，[甲]1775 心愛著，[甲]1778 法微故，[甲]1778 生三明，[甲]1778 謂此人，[甲]1781 無所入，[甲]1782 二破著，[甲]1782 平等欲，[甲]1782 異如人，[甲]1782 應行布，[甲]1789 性即法，[甲]1811 說戒，[甲]1816，[甲]1816 方生邪，[甲]1816 故彼執，[甲]1816 故此釋，[甲]1816 故論云，[甲]1816 忍觀二，[甲]1821 瞋恚蓋，[甲]1821 異者，[甲]1828，[甲]1828 等俱時，[甲]1828 等者於，[甲]1828 離遷動，[甲]1828 乃至無，[甲]1828 取法，[甲]1828 爲，[甲]1828 謂於彼，[甲]1830 應故，[甲]1832 等四我，[甲]1841 能爲逼，[甲]1851 故能令，[甲]1863 異説言，[甲]1886，[甲]1912 應諸行，[甲]1918 念處今，[甲]1920，[甲]1921 息出，[甲]1924 心，[甲]1924 之有有，[甲]1929 行識亦，[甲]1958 亦得生，[甲]1965 念不稱，[甲]1969 力所持，[甲]1973 心，[甲]2075 即是眞，[甲]2075 涼冷觀，[甲]2157 大雲經，[甲]2186 定非非，[甲]2214 顛倒故，[甲]2214 者謂觀，[甲]2259 應，[甲]2263 者聊，[甲]2263 不盡之，[甲]2263 以

爲想，[甲]2266 等持依，[甲]2266 等
爲依，[甲]2266 定如見，[甲]2266 故
第二，[甲]2266 惠三問，[甲]2266 既
滅除，[甲]2266 界定謂，[甲]2266 界
故正，[甲]2266 入緣第，[甲]2266 似
云亦，[甲]2266 無尋伺，[甲]2266 於
諸事，[甲]2266 與意業，[甲]2270 名
似比，[甲]2299 二所依，[甲]2299 菩
薩室，[甲]2305 雖，[甲]2305 無體即，
[甲]2313 明了妙，[甲]2339 天及五，
[甲]2400 以殺之，[甲]2748 心及緣，
[甲]2777 惠藏如，[甲]2801 自在遊，
[甲]2870，[別]397 不，[別]397 不廢
善，[明]261，[明]887 求成就，[明]
1646 續入無，[明][宮]374 於非色，
[明][宮]603，[明][宮]656 乃應果，[明]
[宮]1646，[明][甲]1000 在己身，[明]
26 亦不味，[明]99 三，[明]220 乃至
如，[明]225 休止相，[明]239 亦無所，
[明]257 無所生，[明]1459 若分明，
[明]1509 義有一，[明]1540，[明]1545
謂，[明]1551 中不，[明]1562 定應可，
[明]1563 作意異，[明]1602 空一切，
[明]1602 作意相，[明]1603，[明]2153
思念如，[三]1 生是非，[三]26 正念
正，[三]186 起毒垢，[三]212 不起時，
[三]267 是名爲，[三]267 則爲動，[三]
761，[三]1539 是眼觸，[三][宮]、一
[石]1509 故不可，[三][宮]、[聖]285
去於有，[三][宮]、[聖]278 知一切，
[三][宮]、想皆悉寂滅[元][明]376 常
住不，[三][宮]221 行故所，[三][宮]
223 故得阿，[三][宮]225，[三][宮]

268，[三][宮]305 又於他，[三][宮]
397，[三][宮]478 求唯名，[三][宮]565
字假使，[三][宮]606，[三][宮]619 莫
念是，[三][宮]671 亦復非，[三][宮]
814 無聲無，[三][宮]1458 覆蓋故，
[三][宮]1522 心生悔，[三][宮]1544 定
出定，[三][宮]1545 問此説，[三][宮]
1545 現前謂，[三][宮]1546 觀外色，
[三][宮]1546 解脫問，[三][宮]1546 如
一法，[三][宮]1592 別故知，[三][宮]
1597 光影影，[三][宮]1602 應知何，
[三][宮]1606 作，[三][宮]1646 故一
切，[三][宮]1646 皆由飲，[三][宮][久]
1488 觀諸衆，[三][宮][別]397 者受
聲，[三][宮][聖]1562 説爲車，[三][宮]
[聖]1602，[三][宮][聖][另]310 入
非取，[三][宮][聖][石]1509 斷，[三]
[宮][聖][知]1579 是文若，[三][宮][聖]
[知]1579 義當知，[三][宮][聖]224 見
牧牛，[三][宮][聖]225 莫作異，[三]
[宮][聖]268，[三][宮][聖]271 行識亦，
[三][宮][聖]272 入非想，[三][宮][聖]
285，[三][宮][聖]285 著其戒，[三][宮]
[聖]294 爲計樂，[三][宮][聖]294 於
邪法，[三][宮][聖]310，[三][宮][聖]
425 而無所，[三][宮][聖]476 故則無，
[三][宮][聖]481 曉了其，[三][宮][聖]
481 於三昧，[三][宮][聖]606 著外四，
[三][宮][聖]639 得於不，[三][宮][聖]
1488 不惜身，[三][宮][聖]1549 得諸
顛，[三][宮][聖]1549 然，[三][宮][聖]
1552，[三][宮][聖]1562 必待有，[三]
[宮][聖]1562 多故行，[三][宮][聖]

1579 施設言，[三][宮][聖]1585 既滅除，[三][宮][石]1509，[三][宮][知]384 知滅方，[三][宮][知]1579 此，[三][宮]221，[三][宮]221 若念五，[三][宮]221 以諸見，[三][宮]222 著諸佛，[三][宮]263，[三][宮]266 者使其，[三][宮]267 是名具，[三][宮]271 戲論，[三][宮]275 以我，[三][宮]278 非眞相，[三][宮]286 滅一，[三][宮]292，[三][宮]309 不可究，[三][宮]309 從無明，[三][宮]309 無願亦，[三][宮]310 而取彼，[三][宮]310 貌觀念，[三][宮]314 語我言，[三][宮]341 著非不，[三][宮]342 願，[三][宮]374 常生知，[三][宮]376 是故不，[三][宮]381 爲一，[三][宮]382 無思無，[三][宮]385 皆到無，[三][宮]397 處行調，[三][宮]397 還入空，[三][宮]398 無有念，[三][宮]398 知瞋恨，[三][宮]403，[三][宮]414 復次阿，[三][宮]425 在於一，[三][宮]443 國如來，[三][宮]459 清淨蠲，[三][宮]462 故菩，[三][宮]479 善思，[三][宮]481 解一切，[三][宮]481 悉無所，[三][宮]532 視是爲，[三][宮]564 法如炎，[三][宮]585，[三][宮]587 爲欲令，[三][宮]587 亦非法，[三][宮]588 施與則，[三][宮]607 識相爲，[三][宮]618，[三][宮]618，[三][宮]618 次第起，[三][宮]618 行如前，[三][宮]627 謂是我，[三][宮]635 亦不與，[三][宮]637 非想處，[三][宮]653，[三][宮]656 是謂菩，[三][宮]656 是謂有，[三][宮]656 行云何，[三][宮]656 智力度，[三]

[宮]656 諸法因，[三][宮]669 執六無，[三][宮]671 分別以，[三][宮]671 言，[三][宮]672 縛隨見，[三][宮]721 非於生，[三][宮]721 知是想，[三][宮]813，[三][宮]813 合會不，[三][宮]813 以故離，[三][宮]814 是見於，[三][宮]866 著，[三][宮]885 三，[三][宮]889 善界即，[三][宮]895 分品第，[三][宮]1421 動手相，[三][宮]1421 欲覺欲，[三][宮]1425 是，[三][宮]1425 越比尼，[三][宮]1428 日時若，[三][宮]1462 非出息，[三][宮]1488 初中後，[三][宮]1488 是故次，[三][宮]1505 恚修妬，[三][宮]1505 婬恚，[三][宮]1506 復次惡，[三][宮]1506 應彼護，[三][宮]1509 復次若，[三][宮]1509 觀是離，[三][宮]1509 名爲，[三][宮]1509 受名，[三][宮]1509 行識乃，[三][宮]1509 有言從，[三][宮]1509 中説此，[三][宮]1515 故無我，[三][宮]1521 不廣不，[三][宮]1521 三十六，[三][宮]1521 鎖，[三][宮]1522 出相皆，[三][宮]1522 決定救，[三][宮]1522 入是菩，[三][宮]1523 執性空，[三][宮]1525 等四大，[三][宮]1537 施設名，[三][宮]1543 三昧滅，[三][宮]1543 攝竟共，[三][宮]1543 施設説，[三][宮]1544 如無常，[三][宮]1545 而由勝，[三][宮]1545 修所，[三][宮]1546，[三][宮]1546 所以者，[三][宮]1547 者恚相，[三][宮]1548 定無願，[三][宮]1548 如狀貌，[三][宮]1548 以外，[三][宮]

1549 彼，[三][宮]1549 多痛生，[三][宮]1549 亦微妙，[三][宮]1549 知想心，[三][宮]1550 或，[三][宮]1550 少境界，[三][宮]1550 亦六及，[三][宮]1552 非非想，[三][宮]1552 是行，[三][宮]1552 陰相今，[三][宮]1562 可取，[三][宮]1577 菩，[三][宮]1578 無言境，[三][宮]1579，[三][宮]1579 恒無間，[三][宮]1579 虛空勝，[三][宮]1579 應當了，[三][宮]1579 者說無，[三][宮]1581 過惡者，[三][宮]1581 於一切，[三][宮]1594 既滅除，[三][宮]1595，[三][宮]1595 生性，[三][宮]1602 縛，[三][宮]1602 餘靜慮，[三][宮]1604 二利何，[三][宮]1610 等諸義，[三][宮]1611 等彼如，[三][宮]1634 以先要，[三][宮]1646 等不離，[三][宮]1646 等汝言，[三][宮]1646 而取他，[三][宮]1646 故不說，[三][宮]1646 故假名，[三][宮]1646 如刺，[三][宮]1646 猶如盲，[三][宮]1648，[三][宮]1648 謂顛倒，[三][宮]2031 心不相，[三][宮]2034 及諸境，[三][宮]2040 三昧即，[三][宮]2042，[三][宮]2060 外除形，[三][宮]2102，[三][宮]2102 期於，[三][宮]2103，[三][宮]2103 龍柯瞻，[三][宮]2121，[三][宮]2121 坐則，[三][宮]2122 事中住，[三][宮]2122 守護念，[三][宮]下同 761 非非相，[三][宮]下同 1536 故如理，[三][宮]下同 1646 若不爾，[三][宮]以下[三][宮][別]混用 397 我及我，[三][宮]以下混用 627 亦無有，[三][宮]有[聖]

[另]675，[三][甲][乙][丙][丁]848 然後觀，[三][聖]99，[三][聖]99 正念正，[三][聖]125 盡形壽，[三][聖]125 以思，[三][聖]157 聲，[三][聖]375 是人能，[三][聖]643 不見諸，[三][聖]1582 是故，[三][乙]1092 復爲成，[三]26 度相福，[三]26 亦不味，[三]92 至有想，[三]97 陰無所，[三]99 爾時世，[三]99 隨生愛，[三]101 觀止盡，[三]145 滅度之，[三]153 者今當，[三]158 爲求微，[三]186 念垢其，[三]186 念飲食，[三]194 頭面禮，[三]194 耶不作，[三]199 三昧，[三]201，[三]201 耶尸利，[三]220 甘露界，[三]220 空，[三]220 空觀一，[三]220 入無邊，[三]220 應作是，[三]223 脹相，[三]225 愚占文，[三]277 利故遍，[三]311 常有大，[三]311 或於佛，[三]360 破然含，[三]375 而實非，[三]375 如世人，[三]618 行義今，[三]643，[三]643 極令明，[三]643 樂，[三]895 境界不，[三]945 天中諸，[三]1340，[三]1341 何以故，[三]1341 如來今，[三]1341 有五種，[三]1345 如是，[三]1440，[三]1441 還得，[三]1485 不起二，[三]1485 天遍淨，[三]1485 住於緣，[三]1509 生滅相，[三]1532 隨，[三]1549 像問爲，[三]1603 攝故，[三]2145 嬰佩永，[三]2149，[三]2149 思塵論，[三]2149 文僧崖，[三]下同 375 而實無，[三]下同 656 自成佛，[聖]26 標唯行，[聖]397 無說無，[聖]1582 憍慢之，[聖][甲]1733 可化衆，[聖][甲]1733 顯無

思，[聖][另]410 禪定莊，[聖][另]310 已成就，[聖][另]1548 應行，[聖]99 超絕生，[聖]99 慰勞慰，[聖]125，[聖]125 應者是，[聖]125 願於欲，[聖]157 定，[聖]157 立是故，[聖]221 及眾生，[聖]221 念當離，[聖]221 無，[聖]222，[聖]222 亦無所，[聖]223 惡魔來，[聖]223 空故，[聖]223 若初禪，[聖]224 行具足，[聖]225 好嚴佛，[聖]225 夢中與，[聖]225 之，[聖]227 當，[聖]272 見外色，[聖]272 應聞如，[聖]278 彼人得，[聖]278 佛子譬，[聖]311，[聖]376 故，[聖]397，[聖]397 二心二，[聖]397 觀已，[聖]397 菩提之，[聖]425 願無所，[聖]475 好除一，[聖]480 如來乃，[聖]613 見閻浮，[聖]613 有智慧，[聖]1509，[聖]1509 不破世，[聖]1509 非趣非，[聖]1509 苦，[聖]1509 爲非十，[聖]1509 無，[聖]1509 行布施，[聖]1509 修，[聖]1509 憶念亦，[聖]1539 無相，[聖]1544 三摩地，[聖]1549 應念心，[聖]1552 分別是，[聖]1552 應觸緣，[聖]1552 應六謂，[聖]1579 境轉是，[聖]1579 奢，[聖]1579 思惟諸，[聖]1579 應想外，[聖]1581 應義，[聖]1582 不名眞，[聖]1582 眞實，[聖]1595 想數起，[聖]1733 上下種，[聖]2034 大雲經，[聖]2157 經，[聖]2157 應相可，[另]1451，[另]1509 男相，[另]1509 應法名，[另]1585 離故如，[另]1721 貌爲，[石]1509 復次須，[宋]375 萬五千，[宋]1694 連生爲，[宋][宮][聖]425 而自檢，[宋][宮]

[乙]866 惱害離，[宋][宮]221 念須菩，[宋][宮]221 施者欲，[宋][宮]357 離心意，[宋][宮]384，[宋][宮]384 不可窮，[宋][宮]385 願分別，[宋][宮]624 無願之，[宋][宮]656 不願法，[宋][宮]741 無願是，[宋][宮]817 所著，[宋][宮]895，[宋][宮]2102，[宋][宮]2122 者答曰，[宋][宮]2123 緣第二，[宋][明][宮]2122 化，[宋][元][宮]1545 聖慧，[宋][元][宮]1579 若具一，[宋][元][宮][金]、明註曰相疏本作想 1666 念念不，[宋][元][宮][聖]613 長短，[宋][元][宮]269 好示光，[宋][元][宮]876 好運清，[宋][元][宮]2121 前捉父，[宋][元]384，[宋][元]603 連生爲，[宋][元]908，[宋][元]939 好具足，[宋][元]1075 能滅諸，[宋][元]1101 爪甲纖，[宋][元]1341 及不順，[宋]99，[宋]374 善男子，[宋]384 願觀了，[宋]951 心，[宋]1341 十詐善，[宋]1559 思惟謂，[宋]2040 化則妙，[宋]2122 是則名，[乙]1796 是故住，[乙][丙]922 害疾起，[乙][丙]2777 故彰阿，[乙][丙]2777 生此三，[乙][丙]2778 六無，[乙]1796 次至此，[乙]1816 一親善，[乙]1816 應聞思，[乙]1821 攝意根，[乙]1821 者此下，[乙]1822 伏治四，[乙]1822 故彼得，[乙]1909 願一切，[乙]2254 而，[乙]2261，[乙]2263 方能，[乙]2263 觀二乘，[乙]2263 論同性，[乙]2263 無量想，[乙]2296 流歸本，[乙]2296 悉名戲，[乙]2376 作分別，[乙]2394 此，[乙]2394 之形餘，

[乙]2408 故歟，[元][明]、[聖]223 無色，[元][明]1509 起結使，[元][明]2016 差別轉，[元][明][宮]374 名爲衆，[元][明][宮]310 念猶如，[元][明][宮]374，[元][明][宮]374 欲令比，[元][明][宮]670，[元][明][宮]1509 十想三，[元][明][宮]1559 於外觀，[元][明][別]397 想境界，[元][明][聖][石]1509 無色，[元][明][聖]224 當持得，[元][明][聖]272 名不共，[元][明][聖]425 報加於，[元][明][聖]下同 643 觀九相，[元][明][石]1509 八念等，[元][明][石]1509 乃至一，[元][明][知]418 空，[元][明]26 標唯行，[元][明]26 所標度，[元][明]26 所標離，[元][明]97 爲障十，[元][明]272 故發菩，[元][明]273 譬彼虛，[元][明]462 故世尊，[元][明]586 不起非，[元][明]657，[元][明]658 除內，[元][明]658 如虛空，[元][明]1341 行不名，[元][明]1505 應，[元][明]1509 中當廣，[元][明]1548 心向彼，[元][明]2103 間，[元][明]2145 梵本一，[元][明]下同 1509 義，[元]474，[元]1075 漸具如，[元]1509 不淨者，[元]1566 爲隨順，[原]、[甲]1744 無四，[原]2271 天闇冥，[原]1112 菩薩法，[原]1700 展轉趣，[原]1776 煩惱所，[原]1829 者即計，[原]1851 心三者，[原]2317 知總名，[知]418，[知]598 識而，[知]598 無願人，[知]1579 心住何，[知]1579 應作意，[知]2082。

像：[高]1668 門就此，[和]293，

[三]186 貌難得，[三]211，[三]1331 類使一，[宋][元][宮]2040 貌難得。

心：[宮]384 連，[三][宮]374 何以故，[元][明]1646 問曰若。

星：[聖]1440 但於明。

行：[明]1559 續譬如，[三][宮]、打[聖]341 知本，[原]2263 隨於見。

形：[三][宮]410 若有病。

性：[宮]672 如虛空，[甲][乙]2317 宗，[甲][乙]2263 故，[甲][乙]2309 以有無，[甲]1733 義謂後，[甲]1736 於，[甲]1742 如本無，[甲]2075 如虛空，[甲]2262 一體有，[甲]2266 非共相，[甲]2274 差別，[甲]2274 已乖因，[甲]次同 2277 者法自，[明]220 空共相，[明][宮]1581，[明]220 亦離自，[明]670 如是大，[明]1610 者謂如，[三][宮]223 空故世，[三][宮]223 異無爲，[三][宮]286 無相無，[三][宮]586 不可垢，[三][宮]618 功德及，[三][宮]1598 我，[三]220 若各異，[三]278 究竟三，[三]671，[石]1509 空無所，[石]1509 空中起，[乙]973 更無異，[乙]2192，[乙]2376 一切行，[元]、明註曰相南藏作性 279 菩薩如，[元][明]580 豈非如，[原][甲]1851 前體中，[原]973 入五智，[原]1722 論云諸，[原]1840，[原]2271 已乖因，[原]2306 無明所。

姓：[明]220 空共相。

修：[聖]1546 續入無。

押：[乙]2391 又是弓。

言：[聖]1548 已若樹。

顏：[聖]231 貌端圓。

眼：[宋]657 名爲非。

耶：[明]220 設固隨。

也：[甲]1929 八明入。

夜：[三]193 又神毘。

業：[三][聖]643 果報。

以：[甲]2281 違後二。

亦：[甲]2266。

抑：[三]2103。

異：[宮]1545 異故不，[三][宮]398。

意：[甲]2263 等於迷。

義：[甲]2801 二依本。

因：[甲]1928 三法唯，[三]375 作故有，[宋][元]788 差別諸。

陰：[三]1564 念念滅。

應：[甲]1821 違者答，[聖]1541 應行云。

用：[甲][乙]867 若欲爲，[甲]2017 性是相，[甲]2261 有別以，[三][宮]1509 佛知一，[乙]1202 和作飯，[元][明]2016 分別者，[元]1579 故三寶。

有：[甲][知]1785 強弱名，[甲]1763 實，[甲]1816 故則知，[甲]2309 執手熱，[明]1545 勢用強，[明]1558 續常能，[三][宮]1563，[三][宮]1541 法。

於：[煌]1654 餘處而，[甲]、一[乙]2219 佛日等，[甲][乙]、相[甲]1796 如如，[甲][乙]1822 時但名，[甲][乙]2390 青蓮，[甲]1268 者成，[甲]2119 逢朕自，[甲]2239 彼亦有，[甲]

2837 名聞利，[三]2103 師則師，[聖]1509 是中，[另]1721 名，[乙]2261 想法中，[知]1785 貌下五。

餘：[三][宮]2060 州隆化。

語：[甲]1863 鉾楯又。

豫：[明]220 至菩薩。

緣：[原]2263。

願：[宮]1543 盡未知，[三][宮][聖][另]1543 相。

云：[甲]2281 者敵者。

雜：[宮]1559 雜能持，[三]2122 亂。

則：[三][宮]790 赴。

輒：[明]1458 翻亦得。

者：[宮]657 即是假，[宮]676，[宮]721 則起長，[三][甲]972 二手大，[三]193，[聖][甲]1733，[宋]765 二。

正：[甲]2266 智相者。

之：[乙]2092 承當在，[原]1201 中而現。

知：[宮]672，[甲]1736 見道中。

直：[乙]2391 口授。

執：[原]1818 障令得。

指：[甲]2257 生非生，[甲]2396 言，[甲]2400 以掌面，[明]1119 鉤如鎖，[明]1254 背，[三][乙]、相[乙]1092 去一寸，[三]901 拄二小，[三]1080 著二中，[三]1124 合，[乙]2296 的説五，[乙]2385 壓右即，[乙]2391 實，[元][明]1530 成所作，[元][明]901 掩，[原]1205 合即配。

至：[三][宮]2109 衞削迹。

智：[甲]2219 之住處，[甲][乙]

2223 也分別，[甲]1733，[甲]1822 定
名，[甲]2212 大也嚩，[甲]2814 何，
[甲]2814 所引境。

終：[宮][甲]1884 成義以。

種：[甲]1733 初金剛，[明][宮]
374 義何等，[石]1509 所謂無，[宋]
220 應作意，[原]1840。

主：[明]2149 助弘通。

柱：[乙]914 拄以頭。

著：[甲]2396 恒樂諸。

狀：[聖]466 無貌無。

自：[宮]1509 別相等，[宮]1546
應故云，[甲]1924 體證眞，[三]193
捨，[乙]1736 謂言彼。

字：[甲]1709 是修。

宗：[甲]2218 意判異，[甲]2274
若不爾。

總：[甲]2266 念處是，[三][宮]
377 欲攝取，[原]1821 雜念住。

祖：[宮]400 云何菩，[三][宮]
2122 考不許。

罪：[三]1488 勤勸衆。

作：[宮]420 行者我，[宮]2121，
[甲]1921。

香

百：[甲]1335 以十色，[聖]1509
澤香天。

不：[甲]1735 故名奪。

春：[甲]1735 風之。

地：[三]486 表。

燈：[三]246 散花廣。

俄：[三]2104 起。

芳：[三]152。

高：[甲]2217 象釋相。

光：[宮]278 燈雲，[宮]445 如來
東。

果：[三][宮]393 泉水周。

合：[丙]973 如是等，[甲][乙]
2393 供養諸。

花：[甲]973 上持誦。

華：[甲]1103 印第四，[三][宮]
[久]1486 若能不，[三][宮]263 實各
各，[三][宮]657 塗香衣，[三]23 香也
柔。

昏：[宮]1483 三布施，[甲]1973
夜坐未。

皆：[宮]901 種種供，[宋][元]
1285 誦此陀。

戒：[三]212 香莫不。

看：[宮]1435。

口：[三]2122 不合閉。

裏：[聖]371 或執。

蓮：[三][宮]721。

美：[三][宮]263 芬馥假。

品：[丙]1056 莊嚴身。

普：[宮]278 熏香百，[宮]309 如
風等，[甲]1828 爲一切，[甲]2195 香，
[乙]2394 華等普。

奇：[三][宮]2060。

耆：[宮]628 氣爲風。

臍：[乙]2408 上。

錢：[三][宮]2122。

如：[甲]1782 象故名。

若：[宋]、若香[元]1057 誦我身。

色：[明]1587 等不成。

善：[甲]1828 等。

舌：[甲][乙]1822 味，[石]1509 味觸法。

身：[三][宮]1548 床褥臥，[原]1089。

甚：[三][宮]2122 異黃遷。

生：[三]26 陰已至。

聲：[三][宮]266 聞十方，[三][宮]1646 細故不，[宋]152 熏十方。

事：[甲]1736 等，[甲]2400 花。

樹：[宋]1057 果子於。

水：[三]1339 熏陸海，[原]2409 龍腦欝。

吞：[三]1648 入味入。

委：[宮]2060 柴千計。

未：[宮]2123 味又日。

馨：[宮]1462 答，[三][宮]2122 煙京師。

杏：[甲]2401 尊辰爲，[三][宮]1453 湯定非，[乙]2393 華散臺，[原]1091 木末已。

雪：[三]125 象之力，[三]374 山中微，[三]643 山百千。

熏：[三][宮]480 華塗末，[元][明]698 馥安置。

言：[聖][另]285 守護禁。

杳：[甲]2067 然未期，[明]2103 然災無，[乙][丁]2244 冥。

意：[三]116 佛言若。

音：[宮]310，[宮]1509 度，[甲]2073 樂從西，[甲]1736 味觸其，[明]278 莊，[三][宮][另]285 逮得五，[三][宮]456 華優曇，[三]26 愛樂色，[三]201，[宋][宮]309 教而得，[宋][宮]639 而說法，[乙]1909 佛南無，[元]、－[明]1559 候反六。

月：[明]1646 而來又。

樂：[甲]2243 音神則。

者：[甲][乙]897 取水陸，[三][宮]263，[三][宮]263 而於山，[三][宮]461，[三]1257 誦人自，[聖]211，[宋][元][宮]721 昔所未，[宋]1103 宜即誦，[元]721 流。

之：[宮]529 味。

智：[宮]263，[宋]489 中不愛，[元][明]2121 光明一。

中：[宮]272 味中隨。

重：[宮]2060 流氣難。

鄉

邦：[三][宮]2060。

遍：[宮]659 村國邑。

東：[甲]1912。

卿：[甲][乙][丙]1210 大興，[宋][元][宮]2121 邦父母，[宋][元]2151 公正，[宋]2060 犲狼之。

響：[甲]2787 滄。

州：[明]2076 郡不用。

萉

廂：[元][明][宮]309 時彼典。

箱：[宋][宮]、廂[元][明]690 南。

廂

厠：[甲]850 曲中。

廟：[三][宮]2122 宇破壞。

相：[宮]721 之骨復，[宮]901 菩薩右，[宮]901 侍者菩，[宮]2122 其三監，[甲]2409 私云般，[明][宮]1588，[明]1588 不照餘，[三]、身[宮]2122 而立令，[三]、䄄[宮][聖]397 而引，[三][宮]、䄄[聖]354 寬博多，[三][宮]721 處坐如，[三][宮]901 畫觀世，[三][宮]901 懸神王，[三]190 出火右，[三]831 右膝著，[三]1588 能成則，[宋][宮]901 皆畫作，[宋][宮]901 三面當，[宋][宮]901 上一菩，[宋][宮]901 上有二，[宋][宮]901 又有二，[宋]901 近像髀，[宋]901 菩薩通，[宋]901 三面似，[宋]901 侍菩薩，[宋]1180 畫觀世，[元]1070 三面作。

䄄：[宮]721 亦無麁，[宮]下同 721 有四叢，[宮]下同 721 則是青，[甲]1007 刈取，[聖]272 令護步，[聖][另]310 化作七，[聖]211 當安兒，[聖]272 大國土，[聖]272 王，[東]721 左廂，[宋]、䄄[宮]833 右膝著，[宋][宮]721 彼舌一，[宋][元][宮]721 風殺二，[宋]190 而行。

箱：[宮]721 見有文，[宮]721 去至右，[宮]721 則是青，[宮]1461 別住，[三][宮]1525 直去不，[三][宮]1565 未是全，[三][宮]1565 語故如，[三][宋]、相[元][明]24 二名一，[聖]823 右，[宋]、相[宮]721 於顯現，[宋]、䄄[宮]721 銀。

序：[原]2897 西廂。

湘

相：[明]2103 州昭潭，[明]2122 府直省。

鄉

卿：[甲]2266 所引諸。
御：[甲]2183 殿。

箱

㮆：[三][宮]1428 盛爾時。
筋：[甲]2215 槃龍相。
稅：[三]1442 中。
廂：[和]293 慈愍普，[甲]1792 萬斛秋，[明][和]293 上妙栴，[三]193 喜護屋，[三]1336 七枚大，[宋][元]1608 過是何，[宋]279 智慧方，[元][明]25 二一搏，[元][明]25 其中人，[元][明]689，[元][明]691 人面亦。

襄

懄：[三][宮]2122 陽人少。
曩：[宋][元]297 麼悉底。
喪：[原]1851 於三界。
衰：[甲][乙]、襄禍褻[丙]2163 禍雨，[三][宮]2104 平無不，[宋]2122，[原]1311 厄得延。

瓌

環：[明]2122。

穰

孃：[甲]2128 丘方反。
禳：[甲]2039 隣國之。

攘：[宋][宮]、榬[元][明]2122 直棟遂。

纏

繺：[甲]2128 者音蘇。

瓬

瓬：[明]1451。

瓺：[元][明]375 器悉空。

缸：[三][宮]2122 器悉空。

瓶：[甲][乙]901 形其瓬，[三][宮]1452 盛餘日，[三][甲][乙]901 水西門。

瓮：[三]201 亦。

瓬：[元]201。

庠

禪：[聖]26 序善著。

祥：[宮][聖]278 序其心，[宮]721 序歌舞，[甲]1721 序名不，[聖]278 序其心，[聖]1462 序當。

翔：[宮]1425 序如似。

詳：[宮]1463 序安心，[明]、祥[聖]1452 舉足蹈，[明]220，[明]1521 雅，[明][聖]190 慰喻瞿，[明]25 而行諸，[明]26 而過我，[明]26 庠，[明]190，[明]190 而入護，[明]190 而向毘，[明]190 而行如，[明]190 而行無，[明]190 而行一，[明]190 而學問，[明]190 而至毘，[明]190 而至向，[明]190 而至心，[明]190 而坐時，[明]190 還至菩，[明]190 漸漸，[明]190 漸至一，[明]190 覺起而，[明]190 面向菩，[明]190 摩，[明]190 如住，[明]190 審諦次，[明]190 徒步，[明]190 行至頻，[明]190 徐步向，[明]190 序進止，[明]190 序如，[明]190 序視地，[明]190 直視一，[明]190 最勝最，[明]192 師子步，[明]192 序而就，[明]220 審如龍，[明]312 而坐入，[明]613 足下蓮，[明]1342 步無，[明]1545 來入城，[明]2041 序路逢，[明]2122 而學問，[明]2122 漸，[明]2122 面，[明]2122 直進不，[明]2122 矚盼處，[三][宮]、祥[聖]1452 而坐告，[三][宮]426，[三][宮]443 步行如，[三][宮][石]1509 下足足，[三][宮]277 徐步雨，[三][宮]408 步水，[三][宮]443 牛王如，[三][宮]443 如來南，[三][宮]647 徐步猶，[三][宮]673 而去向，[三][宮]1425 審來去，[三][宮]1425 序發歡，[三][宮]1488 序三業，[三][宮]1547 徐有長，[三][宮]2040，[三][宮]2060 威儀合，[三][宮]2121 序心生，[三][宮]2123，[三][宮]2123 直進不，[三][聖]643，[三][聖]643 徐步至，[三]26 而過我，[三]190 漸至向，[三]198 行能解，[三]201 步如象，[三]202 審持戒，[三]205 序謂是，[聖]200 發誓願，[聖]200 序心生，[聖]310 正智而，[聖]1428 閣下，[聖]下同 425 序安隱，[另]1442 序如離，[宋][宮]403 序，[宋][宮]721 序言則，[宋][宮]2121 序，[宋][明][宮]2040 序即馬，[宋][聖]200，[宋][元][宮]1463 序諸根，[宋][元]

1435 從憍薩，[元]190，[元][明]、翔[宮]671 而直進。

序：[甲]2128 夏曰序。

佯：[三]192 步顯真。

洋：[聖]1547 序笑如。

痒：[明][聖]379 而出説。

癢：[三][宮]356 思想。

祥

報：[三][宮]2122 拾遺。

襌：[原]1744 王。

稱：[三][甲]951 財寶自，[原]、稱[甲]1782。

符：[宮]2122 記。

何：[元]2122 感故匪。

荷：[原]、荷[甲]1782。

禍：[甲]1216 種種不。

利：[甲]1929 太子相，[三]1331 之福無。

明：[三]184。

薔：[三][乙]1008 薇。

請：[三][宮]2060 瑞以沃。

神：[甲]1030 等皆不，[元][明]889。

庠：[三][宮]622 序，[三]375 無所觸，[宋][宮]381 順行其，[元][明]231 徐步視，[元][明]310 遊步時。

翔：[三][宮]2122 鳴二十。

詳：[宮]299 而起即，[宮]2059 記彭城，[宮]2122 其可，[甲][乙]2309 更釋其，[甲]1828 審第三，[甲]2266 可解於，[明][甲]997 足不履，[明]1092，[三][宮]1579 處設座，[三][宮]585 尋

後將，[三][宮]657 從彼來，[三][宮]657 而起告，[三][宮]2060 評紀正，[三][宮]2108 道等，[三]154，[三]192 師子步，[三]222 心若大，[三]1043 徐數從，[三]1435 語若上，[三]2110 慎辭令，[三]2154，[三]2154 譯，[宋][元][宮]2060 潛思玄，[宋]848 生死受，[宋]2045 之應，[元][宮]2122 記，[元][明][乙]848 在於，[元][明]309 無有卒，[原]1825 若謂者。

佯：[宋][宮]、詳[元][明]、祥[聖]625 徐進趣。

翔

朝：[三]152 以爲國。

朔：[宮]234 公於南，[明]2034 公於南，[三]2154 公於南。

詳：[甲]2073 集洲渚，[明]2060。

詳

辯：[三][宮]476 説諸法。

常：[宮]263 觸嬈之。

詞：[宮]、諦[聖]1579 眼見色。

諦：[三][宮][聖]224 人有，[宋][宮]292 何謂爲，[元][明][宮]323 爲如來。

諜：[宋]、講[元][明]2145 譯人之。

定：[甲][乙]2387 觀身如。

斷：[三]2110 其。

許：[宮]1424 集，[甲][乙]2277 一分云，[甲]2067 撰，[甲]2266 且如此，[甲]2266 曰意説，[甲]2266 者五緣，

[甲]2270 此過，[原]1819 也。

決：[甲]2400。

誆：[三][宮]310 在家多。

伻：[宮]2060 矣近覽。

評：[宮]2060，[甲][乙]1822，[甲][乙]1822 此解不，[甲][乙]1822 此釋未，[甲][乙]1822 兩，[甲][乙]2250 優婆，[甲]974 其句無，[聖]2157 整文偈，[乙]1833 曰如是，[乙]1822 論無記，[乙]2250 疏取人。

群：[甲]1973 審遠公，[明]2149 嚴可委，[乙]2218 其所蹄。

殊：[三][宮]2103 驗靈。

訴：[乙]1909 聖賢裁。

庠：[宮]1521 默，[和]293 而出，[和]293 令我載，[明]、祥[和]293 諦視正，[明]190 漸至向，[明]293 諸根調，[明][甲]1177 熙怡微，[明][甲]1177 性定起，[明]190 而行入，[明]321 而，[明]1488，[三]221，[三]264 而坐普，[三][宮]、詳序祥敍[聖][另]285 序而不，[三][宮]425 序不，[三][宮]477 序深妙，[三][宮]606 歌舞不，[三][宮]690，[三][宮]1421 身無傾，[三][宮]1442 曾所未，[三][宮]1442 而坐時，[三][宮]1442 就坐，[三][宮]1442 審諦牟，[三][宮]1459 審防護，[三][宮]1459 審就師，[三][宮]1464 被僧，[三][宮]1464 不犯他，[三][宮]1579 而起，[三][宮]1648 而起，[三][宮]2121，[三][宮]2121 序如似，[三]99，[三]100 序來詣，[三]186 序愍念，[三]186 因是使，[三]187 序向迦，[三]192 而諦步，[三]193 雅，[三]193 以次第，[三]200 序威儀，[三]200 序執持，[三]202 序入波，[三]375 執持衣，[三]643，[三]643 序分身，[三]2123 勿令傷，[聖]354 審深心，[宋][元]1，[宋][元]190 徐步，[宋][元][宮]1442 審徐徐，[宋][元][宮]415 雅入善，[宋][元][宮]1442 審諦牟，[宋][元][宮]1442 審時實，[宋][元][宮]1442 坐已告，[宋][元][宮]2040 我今便，[宋][元][宮]2040 序猶，[宋][元][聖]190 用心右，[宋][元]2040，[乙]1909，[元][明]221 不失威，[元][明]374 爾時純，[元][明]186，[元][明]200 序而行，[元][明]223 序常念，[元][明]231 不搖至，[元][明]310 從精舍，[元][明]310 從三昧，[元][明]310 直視心，[元][明]374 執，[元]374 無所。

祥：[博]262 而起告，[宮][聖]278 審言音，[宮]263，[宮]598 行無缺，[宮]801 而坐正，[宮]1425 往到其，[宮]1435，[宮]1523，[宮]2123 於茲矣，[和]293 具足威，[甲]913 不得卒，[甲]1909 行佛南，[明][甲]964 變禍但，[明]401 柔和發，[明]402 而，[明]2154 何者若，[三][宮]332，[三][宮]425 幢佛在，[三][宮]425 得聞棄，[三]184 譯，[聖]291 而下則，[石]2125 鳥喻月，[宋][宮]、庠[元]415 徐步詣，[宋][宮][聖]、庠[元][明]278，[宋][宮]1473 行不失，[宋][元][宮]222 憙在閑，[宋]1191 而坐世，[宋]2106 示存感，[乙][丙]2092 觀，[原]2425 而不輕。

翔：[三][宮]2103 觀之已，[三]2125 集寺有，[元]2122 於茲矣。

行：[甲]、祥[甲]2167 集。

羊：[甲]1007 健平。

佯：[元][明]721 打戲弄。

洋：[三][宮]2104 即。

痒：[聖]1425，[宋][元][宮]377 而，[元][明]1509 一心舉。

譯：[甲][乙]1822 前之二，[甲]2217 其意今，[甲]2299 之論文，[三]2149，[聖]2157 各寫二，[宋]2153 出，[乙]2173，[元][明]2034。

議：[明]1453。

擇：[宋][元][宮]、譯[明]1549 人不解。

諍：[元][明]2103。

證：[乙]1822 多教。

祥：[宋][元][宮]2040 事可，[乙]2263 曰下皆。

享

惇：[三]、亨[宮]2060 強捍僧。

亨：[宋][元]2061 初命二，[宋][元]2061 四年也，[宋]2145 願以元。

饗：[明]2034 宴不聽，[三][宮]2103 壽不遙，[三]2103。

响

響：[甲][乙][丙]2092 羽觴流。

想

成：[宋][明][甲][乙]921 妙高山。

除：[宋][元]1552 入作出。

從：[明]887 金剛薩。

當：[甲]1969 極樂國。

頂：[三]1087 禮一。

惡：[三][宮]1611。

法：[三]、－[宮]1435 受婬欲。

根：[甲][乙]1822 故名苦，[三]、相[宮]671 非因亦，[三][宮][聖]1617 門者也，[三][宮]222 則不信。

故：[聖]1464 苦樂亦。

觀：[甲][乙]2390 安水輪，[甲]2393 已身同，[三][甲]955 身爲諸，[三]1169 微妙字，[乙]2391 已入無。

柜：[宮]848 置本初。

患：[宮]279 所持故。

即：[宮]887 安布。

見：[甲]1202 身如俱，[三]1552 倒，[石]1509 著淨佛。

就：[乙]1796。

量：[三][宮]371 大地六。

明：[甲]2266 行識名，[原][甲]1781 欲令其。

惱：[甲]1781 以之生。

念：[明]1549 知心念，[聖][石]1509 分別故。

起：[宮]398 等所。

切：[丙][丁]866 隨形相。

情：[甲]2081 身中。

實：[三][宮]268 云何以。

視：[三][宮]263 諸菩薩，[聖]279 之以爲。

思：[甲]1828 四心前，[甲]2400，[明]1548 觸思惟，[三][宮][聖]1579 者謂諸，[宋]811 念皆能，[元][明]1579 行識及。

所：[三][宮]、相[知]384 著。

妄：[明]945。

惟：[三][宮]606 悉和順，[三]98 十四爲。

畏：[原]2410 怖。

謂：[元][明]1579。

息：[原]2339 生。

悉：[甲]2339 定。

細：[甲]、相[甲]1851 應緣集。

相：[敦]365，[敦]365 名第十，[宮]598 無願無，[宮]1547 定滅盡，[宮][聖]1646 以色等，[宮][知]598 及界女，[宮]309 何以故，[宮]309 願其，[宮]309 諸法無，[宮]353 住如人，[宮]374 猶不審，[宮]399 曉了無，[宮]419 已分別，[宮]481 無言教，[宮]598 見不諦，[宮]616 故雖見，[宮]618，[宮]618 修行覺，[宮]670 現彼非，[宮]761 是名菩，[宮]839 生如夢，[宮]885 四寶莊，[宮]1435 平之可，[宮]1439 受，[宮]1459 疑，[宮]1549 是謂穢，[宮]1552，[宮]1558 及，[宮]1562 定有説，[宮]1566，[宮]1592 云何復，[宮]1646 若起即，[宮]2108 不惑，[甲]、想[甲]1782 界想初，[甲]、想[甲]1851 非想心，[甲]1709 發二輕，[甲]1816 是不共，[甲]1918 尚非初，[甲]1926 行復次，[甲]2266 定彼於，[甲]2266 之心何，[甲][乙][丙]2394 念誦善，[甲][乙]1709 應也跋，[甲][乙]1821 易，[甲][乙]1822，[甲][乙]1822 滅盡，[甲][乙]1822 心可，[甲][乙]1822 不同也，[甲][乙]1822 觀外色，[甲][乙]1822 觀也

境，[甲][乙]1822 也論，[甲][乙]1822 也正理，[甲][乙]1822 諸阿羅，[甲][乙]1830 等應立，[甲][乙]1929 別想，[甲][乙]1929 四念處，[甲][乙]1929 性念處，[甲][乙]2250 名數，[甲][乙]2263 觀然未，[甲][乙]2263 見，[甲][乙]下同 1929，[甲][乙]下同 1929 四念，[甲][乙]下同 1929 體法入，[甲]853 天，[甲]894 自身如，[甲]895 或即吟，[甲]913 靈塔成，[甲]921 金剛焔，[甲]923 成七，[甲]923 眞言，[甲]973 本色所，[甲]973 顛倒當，[甲]1007 佛於，[甲]1030 知諸魔，[甲]1065 有或一，[甲]1119 諸聖，[甲]1239 其聲，[甲]1700 中言，[甲]1709，[甲]1709 念住正，[甲]1710 皆不能，[甲]1733 此中，[甲]1733 見顛倒，[甲]1733 見中同，[甲]1733 謂自謙，[甲]1763 心中行，[甲]1775 以，[甲]1781 及衆生，[甲]1782 定安寂，[甲]1782 有八非，[甲]1782 至無住，[甲]1799 常住爾，[甲]1816，[甲]1816 但是凡，[甲]1816 定欲界，[甲]1816 對，[甲]1816 非相字，[甲]1816 故，[甲]1816 名非無，[甲]1816 若取現，[甲]1816 疑，[甲]1816 以辨，[甲]1816 以取我，[甲]1816 者取，[甲]1821 名謂二，[甲]1828，[甲]1828 故如加，[甲]1828 過患前，[甲]1828 如文第，[甲]1828 爲對治，[甲]1828 心定不，[甲]1828 心定及，[甲]1828 一忿，[甲]1828 者即計，[甲]1828 者入見，[甲]1830 等如前，[甲]1830 定此即，[甲]1833 須陀

洹，[甲]1836 定，[甲]1841 餘法，
[甲]1847 應故，[甲]1851 當分相，[甲]
1851 地修道，[甲]1851 趣求名，[甲]
1851 生此五，[甲]1851 位中名，[甲]
1851 亦無作，[甲]1851 應在意，[甲]
1851 自性故，[甲]1921 生是心，[甲]
1922 故釋論，[甲]1925 男想女，[甲]
1925 三昧則，[甲]1929 與顛倒，[甲]
1958 然智，[甲]1961，[甲]1964 熾然
設，[甲]2003 料不是，[甲]2036 於，
[甲]2037 怨伐允，[甲]2219 竟不可，
[甲]2259 思所依，[甲]2263，[甲]2263
大悲不，[甲]2263 定等云，[甲]2263
體非，[甲]2263 者，[甲]2266，[甲]
2266 等疏主，[甲]2266 定，[甲]2266
定從滅，[甲]2266 故文義，[甲]2266
是，[甲]2266 天耶答，[甲]2266 位其
中，[甲]2266 無想二，[甲]2266 現行
故，[甲]2266 心心所，[甲]2266 言説
是，[甲]2266 有，[甲]2266 者異熟，
[甲]2299 也若言，[甲]2312 必然遠，
[甲]2339 佛性二，[甲]2362 於身發，
[甲]2371 法性俱，[甲]2371 權教執，
[甲]2371 宛然常，[甲]2397 定，[甲]
2792 遍觀此，[甲]2792 五失，[甲]2801
三明未，[金]1666 云何能，[別]397，
[別]397 故當知，[明]、[甲]1177 因緣
是，[明]278，[明]310 應如倡，[明]
1542 蘊及相，[明]1562，[明]1602 餘
有，[明][宮]670 生者彼，[明][宮]672
所相，[明][甲]997 敬愛，[明][甲]1177
大菩薩，[明][聖][另]342 無願平，[明]
[聖]222 某行無，[明][聖]222 三昧無，

[明][聖]222 無願懷，[明][聖]222 無
願異，[明][乙]1260，[明]194，[明]210
是爲知，[明]221 何以故，[明]222 不
行痛，[明]222 不與無，[明]222 之變，
[明]224 亦無願，[明]228 智慧信，
[明]293 深入如，[明]316 施，[明]345
不願聲，[明]345 不願之，[明]585 無
願，[明]649 縛於其，[明]656 無，[明]
672 生爲智，[明]843 如理修，[明]1459
疑應知，[明]1463 闡陀比，[明]1536
思説爲，[明]1536 行識及，[明]1545
而説乃，[明]1547 問曰彼，[明]1562
不應固，[明]1579 施設，[明]1591 自，
[明]2103 思弘利，[三]、一[宮]1649
從無色，[三]100 水火風，[三]125 了
悉空，[三]192 流淚長，[三]212 自觀，
[三]220，[三]220 念無所，[三]220 尚
無，[三]220 謂爲布，[三]220 有爲實，
[三]657 是諸衆，[三]945 妄想受，
[三]2103 可得直，[三][宮]288 土而
現，[三][宮]309 願亦不，[三][宮]323，
[三][宮]341 故，[三][宮]357 聞如來，
[三][宮]398，[三][宮]403 不願之，
[三][宮]462 故不爲，[三][宮]637 知
者是，[三][宮]653 即爲是，[三][宮]
761 見外色，[三][宮]901 已取前，[三]
[宮]1435 隨心受，[三][宮]1522 堅固
自，[三][宮]1545 不必如，[三][宮]
1545 大德説，[三][宮]1546 觀不入，
[三][宮]1546 或少分，[三][宮]1563
是名爲，[三][宮]1571 施，[三][宮]
1579 相續發，[三][宮]1579 相亦名，
[三][宮]1579 亦三一，[三][宮]1646

是中亦，[三][宮]1655 自知能，[三][宮][森]286 皆如實，[三][宮][聖]224 三昧向，[三][宮][聖]480 無願而，[三][宮][聖][另]410 毀，[三][宮][聖][另]1552 者隨信，[三][宮][聖][石]1509 忍欲樂，[三][宮][聖][知]1579 定，[三][宮][聖][知]1579 無所，[三][宮][聖]223 以空度，[三][宮][聖]225 本無所，[三][宮][聖]268，[三][宮][聖]272 故言無，[三][宮][聖]285 去於自，[三][宮][聖]318 不願斯，[三][宮][聖]341 不分別，[三][宮][聖]341 一切戲，[三][宮][聖]397 非，[三][宮][聖]410 心能住，[三][宮][聖]476 爲，[三][宮][聖]481 亦非一，[三][宮][聖]481 猶如小，[三][宮][聖]606 如，[三][宮][聖]627 攬執諸，[三][宮][聖]1509 以空度，[三][宮][聖]1547 盡知行，[三][宮][聖]1549 無相如，[三][宮][聖]1562 等緣有，[三][宮][聖]1579 法記別，[三][宮][知]266 了之爲，[三][宮]223 無法以，[三][宮]233 慧，[三][宮]263 無願海，[三][宮]268 於一切，[三][宮]271 名見如，[三][宮]271 無異，[三][宮]274 之業諸，[三][宮]279 三昧一，[三][宮]286 麁，[三][宮]292 爲眞諦，[三][宮]294 若有衆，[三][宮]309，[三][宮]309 不住在，[三][宮]309 法除去，[三][宮]309 深體無，[三][宮]309 以度衆，[三][宮]309 於聖無，[三][宮]309 願拔濟，[三][宮]309 願禪，[三][宮]309 知滅復，[三][宮]310 故不懈，[三][宮]310 故非法，[三][宮]310 外

觀色，[三][宮]310 我命速，[三][宮]323 於我無，[三][宮]351 治一切，[三][宮]374 而實非，[三][宮]374 無有眞，[三][宮]374 應滅世，[三][宮]374 於諸衆，[三][宮]376，[三][宮]381 印句無，[三][宮]382 是名爲，[三][宮]382 著名之，[三][宮]384 願時會，[三][宮]397，[三][宮]397 大智慧，[三][宮]397 惡病皆，[三][宮]397 滅寂靜，[三][宮]397 無決定，[三][宮]397 亦莫念，[三][宮]398 其本際，[三][宮]401 報故耳，[三][宮]403 立無願，[三][宮]403 願唯覩，[三][宮]403 願謂等，[三][宮]403 願以此，[三][宮]403 在於無，[三][宮]410 及智慧，[三][宮]421，[三][宮]425 報是曰，[三][宮]425 處是曰，[三][宮]425 是曰忍，[三][宮]425 無願至，[三][宮]426，[三][宮]459 際無有，[三][宮]461 不願之，[三][宮]461 三者供，[三][宮]477 可窮説，[三][宮]481 者本無，[三][宮]585 如是住，[三][宮]585 諸法無，[三][宮]588 所以者，[三][宮]588 行意分，[三][宮]598 數名本，[三][宮]602 隨止得，[三][宮]603 令從殺，[三][宮]606 分別想，[三][宮]606 若斯悉，[三][宮]606 無願之，[三][宮]613 成已復，[三][宮]613 亦名分，[三][宮]618 修行善，[三][宮]618 已成就，[三][宮]624 已，[三][宮]627 報，[三][宮]627 莫造畢，[三][宮]632 法悉逮，[三][宮]635 而離念，[三][宮]635 願都無，[三][宮]635 願解苦，[三][宮]637 不，[三][宮]639 隨形好，

184 無願我，[三]190 一切諸，[三]194，
[三]194 除去悕，[三]198 空法本，[三]
201 今以小，[三]201 行喻若，[三]212
故說此，[三]212 空定是，[三]212 入
無，[三]212 無願觀，[三]212 願忍煖，
[三]212 願一一，[三]212 著，[三]223，
[三]245 信恒河，[三]267，[三]291 念，
[三]311 者驚畏，[三]375 不善思，[三]
375 無無常，[三]397 句無諍，[三]399，
[三]399 行則，[三]399 之行亦，[三]
410 依止果，[三]418 離十方，[三]606
是身如，[三]643 境界未，[三]682 名
及分，[三]682 心習氣，[三]1152 此
菩薩，[三]1339 而作令，[三]1341，
[三]1343 智入無，[三]1435 還更發，
[三]1440 七煩惱，[三]1505 雜，[三]
1562 言顯是，[三]1582 是名性，[三]
1582 一者衆，[三]1646 入滅，[三]
2145，[三]2154 經一卷，[聖]26 二者
念，[聖]223 行識如，[聖]224 無願無，
[聖]278，[聖]1562 雖有餘，[聖]1579
謂彼長，[聖]1602 非非，[聖]1788 贊
曰合，[聖][甲]、想[甲]1851，[聖][甲]
1733 故也具，[聖][甲]1763 心名淺，
[聖][另]342 與無，[聖][另]310 非用
非，[聖][另]1442 如是忍，[聖][知]
1441 衆僧一，[聖]1 無復老，[聖]26
入初禪，[聖]26 亦不味，[聖]125 念
意，[聖]125 所，[聖]125 由如應，[聖]
125 云何大，[聖]125 尊顏欲，[聖]190
此義真，[聖]211 自致得，[聖]222 亦
無無，[聖]222 願諸解，[聖]223 當來
與，[聖]223 行識識，[聖]224 波羅蜜，

[聖]224 莫得作，[聖]224 無願計，[聖]
224 亦入於，[聖]224 知不久，[聖]225
想也何，[聖]234 不，[聖]268 皆如幻，
[聖]268 所謂色，[聖]271 正智心，[聖]
278 明淨智，[聖]279，[聖]285 猶，
[聖]291 躝除，[聖]303 無思無，[聖]
375 異說言，[聖]376，[聖]376 而彼
魔，[聖]376 入諸長，[聖]376 衆，[聖]
379 不，[聖]379 故生諸，[聖]379 及
丈夫，[聖]397，[聖]397 大德汝，[聖]
416，[聖]475 入於，[聖]481 當來現，
[聖]481 求食盡，[聖]586 諸邪見，
[聖]613 持用支，[聖]627 不起不，[聖]
643 者，[聖]1421 取籌今，[聖]1425
其至須，[聖]1425 永滅煩，[聖]1443，
[聖]1458 疑是先，[聖]1464 諸鹿食，
[聖]1509 不作佛，[聖]1509 分別和，
[聖]1509 分別覺，[聖]1509 分別應，
[聖]1509 分別諸，[聖]1509 苦行，
[聖]1509 如兒，[聖]1509 若在兩，
[聖]1509 妄見謂，[聖]1509 行識亦，
[聖]1509 行者如，[聖]1509 智力慧，
[聖]1509 轉故云，[聖]1523 莫作，
[聖]1537 等，[聖]1546 如，[聖]1546
若起樂，[聖]1547 嫉中慳，[聖]1548
定，[聖]1549，[聖]1552 緣，[聖]1562
若爾於，[聖]1563 應如受，[聖]1579
非，[聖]1582 雖得了，[聖]1582 無爲
者，[聖]1602 定或復，[聖]1646 勝非
勝，[聖]1763 者說計，[聖]1788 梯悕
得，[聖]1851 覆心在，[聖]2042 魔即
入，[另]675 非非想，[另]1428 不暫
取，[另]1428 是犯不，[另]1458 無不

與，[另]1509 非，[另]1548 觸思惟，[石]1509 譬如除，[石]1509 小大無，[宋]220 顛倒執，[宋]374 而實無，[宋][宮]、[聖]1509 樂想，[宋][宮]671 大慧云，[宋][宮][聖]383 牽挽無，[宋][宮][聖]1509 及弟子，[宋][宮][聖]1617 定及滅，[宋][宮]268，[宋][宮]374 異説言，[宋][宮]381，[宋][宮]397 無受斷，[宋][宮]585 忍辱不，[宋][宮]1509 不知是，[宋][宮]2034 經一卷，[宋][聖]1509 若能知，[宋][元]220 有爲有，[宋][元]1510 則不名，[宋][元][宮]613 其，[宋][元][宮]671 種子熏，[宋][元][宮]1545，[宋][元][宮]1579 界，[宋][元][聖]26 亦不昧，[宋][元]375 以是義，[宋][元]603 是爲苦，[宋][元]1582 作善友，[宋]1 思惟無，[宋]26 心定，[宋]125 無想三，[宋]375 常生知，[宋]384 成，[宋]810，[宋]1161 明利猶，[宋]1341 雖生實，[宋]1559 不明了，[宋]1694 怨是爲，[宋]1982 中是，[宋]2154 連有二，[宋][元]220 無不擇，[乙]1796 即成非，[乙]2218，[乙][丙]2777 隨心而，[乙][丙]2810 十六無，[乙]850 如經，[乙]913 同乳水，[乙]1723，[乙]1723 濁起妬，[乙]1724 非無，[乙]1724 解將爲，[乙]1736 都，[乙]1796 故不得，[乙]1796 也想義，[乙]1821 思，[乙]1821 者或，[乙]1822，[乙]2192，[乙]2215 念我法，[乙]2261，[乙]2263 依地，[乙]2263 應我所，[乙]2376 則喜於，[乙]2394，[乙]2397 一，[元]945

常住爾，[元][明]267 能令悉，[元][明]658 心爲先，[元][明]1579 尋思生，[元][明][宮]292 願四諦，[元][明][宮]614 心生愛，[元][明][宮]639，[元][明][宮]670 計，[元][明][宮]671 分別能，[元][明][聖]381 亦如是，[元][明][聖]224 願識無，[元][明][聖]278 普令衆，[元][明][聖]626 無有願，[元][明]158 困者令，[元][明]212 恒觀五，[元][明]221 法有爲，[元][明]221 亦無，[元][明]309，[元][明]309 法出，[元][明]309 解不起，[元][明]310 外觀諸，[元][明]310 因縁，[元][明]384 法門八，[元][明]425 不願脱，[元][明]425 度無極，[元][明]425 願解無，[元][明]425 願心無，[元][明]566 離一切，[元][明]585 念故諸，[元][明]585 行爲上，[元][明]588 度諸想，[元][明]624 清淨行，[元][明]624 無有，[元][明]626 故諸法，[元][明]626 是故諸，[元][明]626 無願無，[元][明]627 復聞空，[元][明]627 復聞聲，[元][明]656，[元][明]656 度無極，[元][明]658 無實皆，[元][明]676 謂之有，[元][明]810 分別無，[元][明]1342 亦無無，[元][明]1440 經宿亦，[元][明]1552 自，[元][明]1562 皆超越，[元][明]1579 受事到，[元][明]1584 定入無，[元][明]2016 生八萬，[元][明]下同 624 忍，[元][明]下同 624 無所求，[元]223 行識空，[元]376 菩薩摩，[元]1435 二者重，[原]、[甲]1744 觀，[原]1112 拍摧諸，[原][甲]1851，[原][甲]2266 貫諸法，[原]

1212 即知法，[原]1700 説故不，[原]1700 也，[原]1700 因還得，[原]1796 故，[原]1796 及心殊，[原]1796 綱是三，[原]1851 彼見空，[原]1851 無四離，[原]1862 令俱生，[原]1869 忘想不，[原]1960 都滅唯，[原]2196 乃至十，[原]2196 三威儀，[原]2219 既空，[原]2431 若有感，[知]266 陰若寂，[知]384，[知]598 不可盡，[知]598 離想，[知]598 念起婬，[知]1579 處思惟，[知]1579 名攀受，[知]1579 四軛蠲，[知]1581 即時往相[明]342 不無。

像：[甲]952 一由旬，[宋]365。

心：[三][宮]1646 分別言，[宋]125，[宋]1521 求多。

須：[甲]1089 往彼山。

意：[三][宮]468 亦得言，[宋]220 行識蘊。

憶：[三][宮]1648 無想性。

應：[宮]1571 妄立一，[甲]1816 是，[宋]220 亦不修。

由：[三][宮]1548 善取法。

有：[宮]616 非。

於：[甲][知]1785 受求指。

緣：[三]100 不愛作。

在：[乙]1736 流水。

哲：[元][明]2108 殊塗一。

者：[宋]374 輕而不。

執：[甲]1736 即云見。

志：[三]、思[宮]585 念無所。

惣：[甲]2262 言似者。

總：[甲]1816 願作佛，[甲]1830 地唯八，[甲][乙]1822 遍，[甲][乙]

1822 等經部，[甲][乙]1822 心見倒，[甲][乙]1822 樂住故，[甲]1816 不，[甲]1816 次下雙，[甲]1816 者，[甲]1828 名無，[甲]1828 無，[甲]1828 義爲二，[甲]1830 非非想，[甲]2262 迷諦，[甲]2266 相念處，[三]309 持受決，[聖][甲]1763 結聖行，[乙]1822 想說於，[乙]1833 不起説，[乙]2263 蘊，[原]1833 聲，[原]2408 送彼。

飼

飽：[甲]2036 他方。

飼：[三][宮]2103 母釋迦。

饗

饗：[宋][元]2061 代病入。

響：[宋][宮]2103 仙聖互，[宋][宮]2103 於清夜。

饗

鄉：[乙]2207 注云漢。

享：[三]945 佛菩薩。

響：[三][宮]2060 然又，[三][宮]2102 莫悟冥，[三][宮]2122 之事廢，[宋][宮]、饗[元][明]2103 神物奔。

響

鼓：[三][宮]1572 世間相。

聲：[三][宮]813。

鄉：[甲][乙]2089 寺僧道。

享：[元][明]、響餼音氣[宮]263 餼猶如。

想：[明]266 口言無。

饗：[三]2103 戒行精，[元][明]

2060 以今，[元][明]2108 戒行精。

饗：[甲]2128 非字體，[宋][宮]、享[元][明]2103 餘慶四。

嚮：[宮][聖]1463 喻如銅，[宮][聖]1523，[宮][聖]425 神足弟，[宮][聖]425 審其佛，[宮]309 是時座，[宮]397 復有二，[甲]1112，[甲]1728 不實能，[甲]1924 十方五，[甲]2196 化如水，[甲]2217 應如樂，[甲]2837 若言是，[甲]2870 受想行，[久]1486 愚夫愛，[別]397 相非畢，[三][宮][聖]222 離，[三][宮][聖]271，[三][宮]607 自身觀，[三][宮]2060 敷等十，[三][宮]2060 然，[三][宮]2121 咸皆稱，[三]186 書六十，[三]193，[三]2145 附前規，[三]2145 應感，[聖]125 言語往，[聖]190 諸人睡，[聖]222 又如鏡，[聖]278 己心亦，[聖]278 忍菩薩，[聖]278 一切世，[聖][另]302 聲菩薩，[聖][石]1509 如，[聖][石]1509 如影如，[聖][中]223 化隨順，[聖]125，[聖]125 便生此，[聖]125 而作是，[聖]125 歡喜踊，[聖]125 爔然大，[聖]125 乃徹此，[聖]125 清徹聲，[聖]125 統領閻，[聖]125 亦無人，[聖]125 音盡當，[聖]125 之，[聖]125 之聲歡，[聖]125 之所致，[聖]190 遍色界，[聖]190 徹弄諸，[聖]190 熾燃略，[聖]190 出聲而，[聖]190 聲，[聖]190 聲射即，[聖]190 喧鬧以，[聖]190 猶如猛，[聖]190 中出種，[聖]199，[聖]211 應，[聖]211 卒來卒，[聖]221 如熱時，[聖]221 也須菩，[聖]222 皆悉自，[聖]222 水，

[聖]222 現影如，[聖]223 出於諸，[聖]223 幻化不，[聖]223 如，[聖]223 如焰如，[聖]223 聲實不，[聖]223 影佛所，[聖]224 不釋提，[聖]234 所有如，[聖]272 如影如，[聖]278，[聖]278 了一切，[聖]278 菩薩，[聖]278 如化菩，[聖]278 如鏡中，[聖]278 如旋，[聖]278 無主知，[聖]278 亦如夢，[聖]288 耳觀於，[聖]291 言，[聖]291 一切悉，[聖]294，[聖]318 如幻法，[聖]341 覺如芭，[聖]421 聲平等，[聖]425 入第七，[聖]425 是曰智，[聖]475 如空，[聖]476，[聖]613 是，[聖]627 自，[聖]639 如光影，[聖]639 聲出於，[聖]1428 震動烟，[聖]1440 相與爲，[聖]1549 是人音，[聖]1549 應聲連，[聖]1733 忍菩薩，[聖]2157 僧徒咸，[聖]下同 291 不興二，[聖]下同 291 而無處，[聖]下同 292 文辭是，[聖]下同 651 曼殊尸，[聖]下同 1509 如幻，[石]1509 如天伎，[石]1509 誰讚誰，[石]下同 1509 者若深，[宋][宮]1509 之間蕩，[宋][宮]2103 應眞人，[宋][聖]125 亦無相，[宋][元][宮]1523 彰其諸，[宋][元][宮]1526 滿足眾，[宋][元][聖]310 所，[宋]186，[宋]2145 於此世，[乙]866 如旋火，[元]2122 赴所，[原]1819 宣吐妙，[原]1840 若息還，[知]266，[知]384，[知]384 即，[知]384 解了諸，[知]384 所將眷，[知]384 有甜有，[知]384 眾相悉，[知]598，[知]598 故曰，[知]598 甚柔軟，[知]598 應假使，[知]下同 266 等

因興。

音：[甲]1961 皆説苦。

樂：[明]1636 聞已尋，[聖]190 安靜清。

向

阿：[宋]1429 大德悔。

白：[宮]901 我道之，[宮]1432 説言長，[宮]1552 涅槃得，[甲]1733 已發心，[甲]2120 諸佛庶，[甲]2304 牛車故，[明]183 佛叉手，[明]227 佛白佛，[明]1523 人罪過，[明]2123 夫我欲，[明]2123 佛樹神，[三][宮]2121 穀賊今，[三]193 佛，[三]200 佛至心，[三]202 王自陳，[三]1428 同意比，[聖]1463 餘比丘，[元]、－[宮]2060 呪諸衣，[元][明]193 目連叉，[元]621。

百：[原]1205 草華和。

彼：[三][聖]643 無異。

伯：[乙]2207 云孔雀。

常：[三][宮]403 淨是相。

稱：[三][聖]125 小比丘。

初：[甲]1717 釋也第。

此：[三][宮]1428 因縁具。

伺：[宮]2121 禮婿殺，[聖]1723 下而刺。

當：[甲]1103 下垂眞。

得：[三][宮][聖][知]1579 求三現，[聖][甲]1733 果位通。

等：[宮]1537 及住四。

而：[甲]2271 若立，[甲][乙]2390 立之如，[甲]1782 學空而，[甲]1828

來下指，[甲]2281 師可問，[三]397 立誦如，[宋][宮]、－[元][明]2102，[宋]192 告我隨，[宋]1581 住於，[原]、[甲]1744 計現五，[原][甲]1851 無青。

赴：[三][宮]721 望救望。

高：[甲]1733 菩提不。

功：[宋][明]353 向記説。

固：[三][宮]1425 當出門。

還：[三]1532 彼世去。

害：[三][宮]606，[三][聖]1 心心不。

何：[甲]1512，[甲]1736，[甲]1736 故四何，[甲]1736 問後引，[甲]1813，[甲]2082 云國事，[甲]2266 狀，[聖]222 者須菩，[宋]671 所説時，[乙]1816 説心住。

河：[甲]1733 者觀内。

荷：[三][宮]2122 衆善法。

回：[宮]1998，[甲][乙]2391 外睿行，[三][宮]2060 風漸潤。

迴：[甲]1733 無所迴，[甲]1799 位十一，[宋][元][宮]1599 不生五。

即：[明]1450 外人導。

間：[乙]1821 中。

簡：[甲]1717 決位故。

見：[乙]2249 婆沙論。

竭：[宋][元][宮]2060 請沙門。

戒：[明]2110 十行俱。

井：[甲]2255 等空是。

敬：[三][宮]1442 説伽。

屝：[明]1435 法者應。

迴：[甲]2196 施衆生。

迴：[宋][元][宮]、迴[明]292 玄
之。

局：[甲]2339 限不融，[原]2208
不應理。

句：[宮]1562 所説，[宮][聖]324
道意在，[宮]729 生，[甲]2035 曉盛
明，[甲][乙]2391 云補陀，[甲]1112 隨
順説，[甲]1512 非法不，[甲]1719 於
昔對，[甲]1735，[甲]1805 明制除，
[甲]2036 正即無，[甲]2266 若超果，
[甲]2792 作呵不，[明]675 答相隨，
[明]1562 是有爲，[明]1594 無障轉，
[明]2145 語文無，[明]2146 拜經晋，
[三][宮]222 不，[三][宮]1648 欲者依，
[三]1428 説彼聞，[三]1517 義若彼，
[宋][元]656 於道門，[宋]2145 説竟
説，[元][明]158 音，[元][明]283 一慧
入，[元]901 外相叉，[元]2122 所樂
方。

看：[三]、向者[聖]125 沙門神。
可：[宮]532 行六。
空：[元][明]602 凡四十。
況：[乙]1796 輕於此。
兩：[三][宮]2122 船中貴。
論：[甲]1828 前先説。
面：[宮]2122 下水界，[甲]893 東
臥於，[甲][乙]901 各安二，[甲][乙]
2387 東者謂，[甲]2035 上啄兩，[明]
1336 灑之即，[三][流]360 恭敬合，
[三][宮]500 乎吾欲，[三][宮]2034 拜
經大，[三][乙]1092 西以諸，[三]64 著
衣叉，[乙][丙]2777 佛説其，[乙]1069
西應習。

閔：[宮]2122 大慈普。
內：[宮]1433 共作三，[宮]1435
長老，[宋][元]2122 腹心合。
啓：[宮]2008 別駕言。
前：[甲]1705 明頂上。
切：[甲]1512 非法故，[甲]2273
遮，[三][宮]1692 修崇德，[聖]120 快
樂爾。

求：[甲]2266 無上大。
趣：[明]1548 餓鬼業。
却：[明]2076 鼻孔道。
日：[元][明]157 如來出。
入：[三][宮]1470 聚落得。
上：[三][宮]2042 有瘡捉，[聖]
[石]1509。

尚：[博]262 所説眼，[甲]1912 已
斥成，[甲]1735 無何能，[甲]1736 不
生未，[甲]2036 什麼處，[甲]2036 暑
發大，[甲]2037 勒愛子，[甲]2250 所
謂是，[甲]2305 無，[明]1559 非撥故，
[明]南藏 66，[三][宮]1442 未善審，
[三][宮]2060 汲郡洪，[三][宮]2102 麀
苟，[三][宮]2121 大，[三]2063 不衰
終，[三]2103 淺未能，[三]2108 非謂
禮，[石]1668 法入十，[元]、明註曰
向南藏作尚 1521 他説即，[元][明]
[宮]2112 有萬里。

施：[乙]1736 衆生者，[原]923 一
切。

始：[三]125 八歲去。
屬：[宮]221 之所問，[宮]338 者
説法，[三][宮][聖]626 之所問，[三]
[宮]626 所説，[三][聖]26。

巳：[甲][乙]1246 下二頭。

四：[甲]1709 一切，[三][宮]2102 方篤其，[元]2145 爾爲，[原]2303 海之義。

隨：[三]157 其所求。

所：[元][明]1340。

他：[宮]1425 物十一。

同：[宮]1635 詣，[甲][乙]1822 之中斷，[甲]1733 凡小故，[甲]1958 善六迴，[甲]2362 制作名，[明][甲]1177 大會衆，[明]2131 父母禮，[三][宮]656 無上正，[三][宮]732 意便當，[三][宮]1641 分因約，[宋][明][宮][另]、何[元]1435 火，[宋][元]2059 之二三。

聞：[甲]2305。

問：[宮]1483，[甲]1733 於道路，[甲][乙]1821 命終往，[甲][乙]1822，[甲]1724 據實三，[甲]1816 説，[甲]1828 頌第二，[甲]1828 一，[甲]2286，[甲]2366 指非奇，[聖][甲]1733 前大衆，[宋][宮]2103 隅斯須，[乙]1822 涅槃至，[原]、問[甲]2006 長安又。

無：[宋][元]1550。

饗：[三]184 飲食王。

響：[三][宮]1505 鏡中像。

嚮：[三][宮]1428 若杙若，[三][宮]1428 亦如是，[宋][元]2061 化憲宗。

心：[甲]1754 已經開。

行：[甲][乙]1929 第。

詣：[三]26 佛具陳。

音：[原]2721 缺之黄。

用：[乙]2263 也如初。

於：[甲]2129 八轉聲，[三][宮]683 如來者，[三][宮]1489 一切至。

與：[聖]200 説於是。

欲：[聖]99 於離欲。

在：[三][宮]2122 彼房衆，[三][宮]2123 床上禮。

證：[三]1331 無上正。

至：[甲]1821 細展轉，[甲]2410 因也普，[明]2103 南背北。

自：[宮]901 掌屈之，[甲]1267 於世，[甲]1705 別斷界，[甲]2036 氏召宰，[三][宮]587 下皆同，[三]656 性，[原]1205 心三遍。

巷

港：[甲]2128 胡絲反。

溝：[三][宮]1425 陌邊宿。

街：[聖]1733 僧祇衆。

卷：[宋][元][宮]2104 爲雅論。

路：[聖]189 側云何。

菴：[宮]397 次名雜，[宮]1425 舍外除。

象

布：[三]171 施者。

慧：[宮]657 菩。

獲：[甲]1733 猴及。

急：[明]217 可厭生。

家：[甲]、衆[乙]2261 二象不，[宋][元][宮]1521 相身大。

力：[三][宮]278 摧散一。

鹿：[三][宮]2121 馬。

馬：[甲]1816 小即驢，[甲]2879 鳳凰及，[三][宮]2053 之奔馳，[三]212 口出恒，[宋]99 奮迅去，[乙]2391 鼻山形，[乙]2396 乘行菩。

蒙：[三][宮]2102 弘接聖，[三]2103 心了世，[聖]2034 二年出，[宋]2053。

鳥：[宮]225 觀，[宮]288，[宮]810 頂吼如，[三]1 呪或支，[聖]1425 鳴，[另]1428 皮馬皮，[宋][聖]125 不眴，[宋]2088 堅也頂。

色：[三]、豫[宮]2122 鷲鴨鳥。

上：[三][宮]263 馬車乘。

豕：[三]186 鬼形。

獸：[宮]1421 猶如。

兔：[甲]2434 馬將度。

爲：[三]721 等雖有，[三][宮]2121 王洗尾，[聖][另]、寫[宮]1442 之酒置，[元]25 身馬身。

鳥：[三]1 力能飛，[三]186 在紫金，[聖]1 善調隨。

相：[甲]1736 對差別。

像：[宮][甲]2008 一一音，[宮]279 如須彌，[宮]332 金車馳，[宮]1799 二百五，[宮]2008 皆現世，[宮]2103 之所莫，[甲]1775 不可爲，[甲]2036 先尚，[甲][乙][丙][丁]2092 十軀閣，[甲][乙]1796 槌形也，[甲][乙]1909 佛南無，[甲][乙]2296 深而莫，[甲]1268 牙四名，[甲]1708 四跡成，[甲]1717 等者立，[甲]1717 若作，[甲]1735 也即菩，[甲]1775 也，[甲]1775 應物故，[甲]1922 慧日亦，[甲]

2006 合而含，[甲]2006 言前獨，[甲]2053 顯可徵，[甲]2053 之能擬，[甲]2239 雲遂，[明]2060 函之北，[明]2076 足下野，[明][甲]1177 唯見清，[明]210 以招苦，[明]312 而不，[明]312 境界普，[明]613，[明]2060 故也願，[明]2060 末，[明]2060 忘若忘，[明]2106，[明]2108 豈稽首，[明]2110 福田器，[明]2110 於福田，[三]2103 昔宋，[三][宮]309 亦無音，[三][宮]2102 法，[三][宮]2108 之所，[三][宮][聖]1462 山法師，[三][宮][聖][石]1509 夜來恐，[三][宮][聖]1549 彼，[三][宮][聖]1549 造，[三][宮]224 本無所，[三][宮]334 身好潔，[三][宮]401 三昧正，[三][宮]419，[三][宮]419 拔陂菩，[三][宮]440 佛南，[三][宮]445 步樓世，[三][宮]496 七寶合，[三][宮]496 曰無恚，[三][宮]557 被服謂，[三][宮]606，[三][宮]620 化爲獼，[三][宮]656，[三][宮]656 如有，[三][宮]1425，[三][宮]1505 即上三，[三][宮]1505 身更苦，[三][宮]1505 香爲首，[三][宮]1505 作，[三][宮]1548，[三][宮]1596 實不有，[三][宮]1598 等又未，[三][宮]2029 法故正，[三][宮]2053 季允膺，[三][宮]2053 聞者嗟，[三][宮]2053 元資一，[三][宮]2060，[三][宮]2060 初瓦官，[三][宮]2060 大生怪，[三][宮]2060 而弘演，[三][宮]2060 而有，[三][宮]2060 冠尾圓，[三][宮]2060 罕遇也，[三][宮]2060 教之棟，[三][宮]2060 厥相

猶，[三][宮]2060 尚取依，[三][宮]2060 少時還，[三][宮]2060 設煥乎，[三][宮]2060 實假冥，[三][宮]2060 鮮，[三][宮]2060 象等具，[三][宮]2060 夜臺圖，[三][宮]2060 運攸憑，[三][宮]2103，[三][宮]2103 而俱，[三][宮]2103 福田器，[三][宮]2103 假名言，[三][宮]2103 內見衆，[三][宮]2103 琴瑟玄，[三][宮]2103 賢發蒙，[三][宮]2104，[三][宮]2104 皆毀滅，[三][宮]2108 所立因，[三][宮]2108 外之遺，[三][宮]2108 義軼，[三][宮]2109 非十翼，[三][宮]2109 皆有天，[三][宮]2121 正，[三][宮]2122 仙人於，[三][宮]2122 也投擲，[三][宮]2123 無言感，[三][宮]下同 708 非故彼，[三][甲]1227 其華色，[三][聖]190 光，[三]152 矣吾等，[三]190 蓮時諸，[三]192 天后降，[三]264 運之機，[三]300 如，[三]310 顯現如，[三]474 而爲神，[三]2088 傳云象，[三]2088 者，[三]2110 殿陵倒，[三]2110 法莊嚴，[三]2122 毀經焚，[三]2122 設，[三]2145 軌請以，[三]2145 教之中，[三]2145 其所遊，[三]2145 外可以，[三]2145 於形器，[聖]1 丘陵溝，[聖][另]285 紫金床，[宋][宮]2060 二年隋，[宋][宮]2060 非，[宋][宮]2060 之初皇，[宋][宮]2103 皆一防，[宋][元][宮]448 如來，[宋][元][宮]2103 教東流，[宋][元]2103 智曉江，[宋][元]2110 寺四事，[宋]2145 天樂若，[元][明]99 類執杖，[元][明]187 兵機權，[元][明]681，[元][明]1432，[元][明]2060 西梵言，[原]1858 風，[原]1858 者耽。

寫：[宮]2040 食三名，[宮]2121 王七化，[甲]1733 寶座菩，[三][宮][聖]1462 山與大。

焉：[三]211，[原]1744 王視觀。

雁：[三][宮]1425，[宋][元][宮]2045 中來身。

鴈：[三][宮]1428 行而去。

欲：[三]2125 雖復親。

豫：[元][明]221 法若有。

眞：[宋]、像眞[元][明]1597 實無所。

之：[三]202 令去象。

豸：[明]982 壽蝦。

衆：[甲]2261 多象名，[甲]2266 等，[甲]2270 傳告萬，[甲]2400 乃至諸，[明]1636，[明]1215，[三][宮]606 遊跡如。

著：[三]25 耳者答。

篆：[甲]2128 計長數。

項

臂：[甲][乙][丙]1098 上常佩。

擔：[三][宮][石]1509 汝去女。

頂：[丙]1277 上青十，[宮][聖][另][石]1509 及斷齒，[宮]276 日光旋，[宮]616 睡則，[宮]721 腹莊嚴，[宮]901 柳柏竹，[甲]、頂次[乙]2394 以，[甲]1861 有圓光，[甲]2348 等二十，[甲][乙][丙]2092 東南有，[甲][乙]901 上經一，[甲][乙]1002 上則

便，[甲]1181 上擁護，[甲]1781 受隨
諸，[甲]1786 蜂王等，[甲]1969 光明
境，[甲]2128 也小曰，[甲]2400，[甲]
2400 後垂記，[明]873 額又頂，[明]
1450 悲號懊，[三]、項佩頂珮[聖]643
佩赤眞，[三][宮][甲][乙]901 上經一，
[三][宮][久]1486 如大山，[三][宮]
[聖]613 光光有，[三][宮]286，[三]
[宮]339 相猶如，[三][宮]425，[三]
[宮]606 頸脇脊，[三][宮]1647 生王
復，[三][宮]2121 入足出，[三][宮]
2122 骨頤骨，[三][宮]2122 及以手，
[三][宮]2122 猶如纖，[三][宮]2123 及
斷齒，[三][甲]1227，[三][聖]643 八
萬四，[三][聖]643 光生王，[三][聖]
643 上有，[三][乙]1092 上見諸，[三]
[乙]1092 上以金，[三][乙]1092 上則
得，[三][乙]1133 後直舒，[三]26 彼
時王，[三]361 中光明，[三]643 金光
化，[三]991 上及灑，[三]1006 病手
病，[三]1234 上，[三]1300 上有𪗋，
[三]1336，[三]1457 稱名與，[三]2122
上有雙，[三]2125 下通風，[三]2151
有日月，[三]下同 361 中光明，[聖]
2042 魔，[聖][另]1435 有圓光，[聖]
[另]1458 耳鼻及，[聖]1442 按使低，
[聖]1579 脊各一，[宋][宮]703 手足
如，[宋][宮]901 若二日，[宋][明]2122
諸出家，[宋][元][宮]2122 及斷齒，
[宋][元][甲]1264 上散印，[宋][元]25
背脇腳，[宋]186 頸二十，[乙]973 壇
上，[乙]2390 爲上分，[乙]2408 胎，
[乙]2408 上字，[元][明]310 後七處，

[元][明][宮]310 巾七，[元][明][宮]
1545 是爲，[元][明][甲][乙]901 其病
即，[元][明][聖]125 頸轉生，[元][明]
[乙]1092，[元][明]152 中肩上，[元]
[明]310 巾及，[元][明]757 背露現。

額：[甲]2401 也一。

縛：[三][聖][另]、頭[宮]1435 言
汝比。

漬：[宮]2103 籍喪師，[聖]、頸
[乙]953 灌。

頸：[宮]2043 乃至優，[甲][乙]
901 下著寶，[甲]893，[甲]894 中是
爲，[甲]1248 下，[三][宮]1435 棄無
人，[三][宮]1435 毛下者，[三][宮]
1509 脊舉身，[乙]895 安於四。

頸：[明][和]293 七處平，[明][和]
293 行王女，[三][宮]606 大頭廣，[三]
[宮]1425 長且曲，[三][宮]1425 諸野
干，[三][聖]99 後者攀，[三]26 是謂
尊，[三]125，[三]150 鼻能自，[三]186
而多頭，[三]202 上小，[三]202 鴈便
飛，[元][明]26 制樂野，[元][明]125
往詣。

酒：[三]152 醉眾事。

頃：[甲]1906 故時雖，[甲][乙]
1822 雙因先，[甲]1828 至色究，[三]
[宮]1499 善心一，[三][宮]1547 於彼
上，[三][宮]2121 梵志躬，[宋][元][宮]
2121 梵志蒙，[乙]2218 皆悉現。

頭：[甲]1736 胸鼻而，[三][宮]
1521 上兩腋，[三][乙]1092 三面作，
[三]26 額耳牙，[知]2082 瘡而去。

頑：[三][宮]221 很之名，[三][宮]

221 很自用。

須：[三]2125 平直十。

項：[明]2060，[宋][元]38 頸妙好。

以：[三][宮]2103 姦心頻。

願：[甲]1828 本等分。

像

傍：[甲][乙]2309 生類。

法：[原]2310 流行從。

佛：[三][宮]2060 其相還，[三]643 令坐見，[原]862。

家：[三]220 諸蘊令。

鏡：[甲]2250 者準此，[元][明]2016。

臘：[三]2154 經見長。

類：[三]433 其人所。

蒙：[宮]1673 復聞智，[宋]2060 法信有。

鳥：[宮]309 爲是畜。

僧：[甲]1771 衆僧之，[甲]1804 中布設，[甲]2167 影一鋪，[甲]2381 法之中，[三]1341 名和合，[聖]1421 行婬後。

傷：[三][宮]630 故佛出。

身：[三][宮]638 化成男。

生：[甲]2305 若相若。

石：[甲]1717 自現譬。

似：[聖]125 熟或有。

塔：[三][宮]1430 在下房，[聖][宮]1429 在下房。

壇：[甲]2400 上直觀。

王：[三][宮]1421 執杖而。

席：[三][宮]2060 檀龕。

現：[明]1530 非合離。

相：[甲]1969 法相甚，[甲][乙]1751 無邊尊，[甲]1735 八樹，[甲]1736 入身十，[甲]1736 現識處，[甲]1775 非明，[甲]1973 重重此，[明]201 不及佛，[三][宮]672，[三][甲][乙]1022，[聖]211 悲喜悚。

象：[德]26 寶斷受，[宮]384 類，[宮]681 現從其，[宮]694 身而爲，[宮]2122 意者義，[宮]2122 正之記，[甲][宮]1799，[甲]864 大力金，[甲]951 名香象，[甲]996 則知一，[甲]1728 之爾，[甲]1733 而有幻，[甲]1736 之所以，[甲]1799 近見，[甲]1799 一切沈，[甲]1881 璨，[甲]2006 重陽九，[甲]2012 無音聲，[甲]2087 化之跡，[甲]2879 佛，[別]397 相故見，[明]1513 次後之，[明]2076 歷然曰，[明][甲]893 乳，[明][聖]190 興，[明]291，[明]415 輦分明，[明]1266 不得，[明]2016，[明]2053 顯覆載，[明]2102 相濟大，[明]2103 末崇振，[明]2103 天任地，[明]2154 功德經，[三]191 像乃復，[三][宮]649 入，[三][宮][甲]2053 德聖種，[三][宮][聖]397 王菩，[三][宮]263 迦葉江，[三][宮]425 手菩華，[三][宮]443 如來南，[三][宮]444 佛南無，[三][宮]445 世界集，[三][宮]618 於未形，[三][宮]1428 金寶莊，[三][宮]1472 運皆僧，[三][宮]1644 鳥獸花，[三][宮]2053 降靈山，[三][宮]2103 體叡春，[三][宮]2103 猶恐九，[三][宮]

2104 表又非，[三][宮]2104 易疑沈，[三]202 彼時象，[三]212 法不可，[三]279，[三]2088 寶莊或，[三]2103 置於許，[三]2145 於無形，[三]2149 正誘訓，[聖]310，[聖][甲]1733 門中示，[聖][另]1428 金若比，[聖][另]1463 皆得爲，[聖]211 乃知至，[聖]211 自然報，[聖]224 來言是，[聖]291，[聖]292，[聖]302 師子高，[聖]545 而來集，[聖]613 行者，[聖]643，[聖]643 以爲莊，[聖]649 若汝何，[聖]1464，[聖]1470 不得背，[聖]1595 爲令有，[聖]1733 者以喻，[聖]下同 224，[宋]99 念像，[宋][宮]1509 骨及其，[宋][元][宮]2040 思議而，[宋][元][宮]225，[宋][元][宮]1656 及生滅，[宋]1092，[宋]1092 諜利誦，[宋]1092 生相鮮，[乙]1736 猶，[乙]2394 也一切，[元][明][宮]618 待感而，[元][明][聖]272 菩薩大，[元][明]440 佛南無，[元][明]2102 斯歸故，[元][明]2103 常住非，[元][明]2103 應物有，[元][明]2110 一，[元][明]下同 2102 所擬清，[元]2060 以表意，[元]2122 舍利時，[原]1091 及訶利，[知]26 定，[知]567 乎答曰。

邪：[甲]1778。

形：[三][宮]269，[三][宮]342 貌好醜，[聖]222 爲菩薩，[原]922 燈燃四。

顏：[三][宮]2122 如斯渾。

依：[甲][乙]2309 深蜜三。

儀：[宮]2103 故，[宮]2103 其來永，[甲]2120 已，[甲]2262 意表菩，[三][宮]2122 其像。

影：[甲]2249 色即是，[甲][丁]1141 處一時，[三][宮]1594，[三][宮]1598 光影谷。

應：[三][宮]1611 現。

有：[三][宮]606 色形。

預：[三][宮]1521 於我，[宋][元][宮]310 合掌恭。

緣：[甲][乙]2215 故，[甲][乙][丙]1202 神應，[甲][乙]2223 故一切，[甲]2119 綵幡及，[甲]2266 相故又，[甲]2270 三支妄，[三]2122 何忽云，[聖]2157 身五十。

幀：[三]1097 法及成。

衆：[三][宮]2060 晉川，[三]285 業積功。

嚮

扃：[三]1 無。

屬：[三][知]26 之所説。

郷：[甲]2089 義俗姓，[三][宮]2060 華俗而。

享：[三][宮]2060 高位籌。

饗：[宮]2103 位用敷，[甲]1287，[三][宮]2112 諸自然。

響：[甲][乙]1822 等應成，[甲]1733 如來二，[甲]2230 釋迦耳，[甲]2787 聲以異，[明]1428 彼嚮無，[明]2059 僧猛法，[明]2076，[三]、種嚮[石]1509 出於，[三]、類[聖]125 無若干，[三][宮]223 如影如，[三][宮]262 意八名，[三][宮]299 四大，[三][宮]

624 知其心，[三][宮]1597 喻云何，[三][宮]2060 寺，[三][宮][甲]2053，[三][宮][聖]292 等，[三][宮][聖]292 幻化夢，[三][宮][聖]2060，[三][宮]223 如影如，[三][宮]285 無所想，[三][宮]292 現法音，[三][宮]299 放此清，[三][宮]425，[三][宮]425 悉空興，[三][宮]477 野馬芭，[三][宮]606 但可有，[三][宮]606 呼者即，[三][宮]606 野馬忽，[三][宮]1451 失歌聲，[三][宮]1451 遠聞流，[三][宮]1509 趣影趣，[三][宮]1509 如焰如，[三][宮]1509 是嚮，[三][宮]1579 譬如世，[三][宮]1579 應光影，[三][宮]1596 譬若實，[三][宮]1597 水月變，[三][宮]2045 暗呃，[三][宮]2053 踊躍歡，[三][宮]2059，[三][宮]2059 清靡四，[三][宮]2060，[三][宮]2060 而共嗟，[三][宮]2060 風馳應，[三][宮]2060 彌天，[三][宮]2060 斯厚澤，[三][宮]2060 寺釋僧，[三][宮]2060 相續不，[三][宮]2102 之實亦，[三][宮]2104，[三][宮]2108 如其不，[三][宮]2111 隨聲而，[三][宮]2112 革狼顧，[三][宮]2112 謂縱堅，[三][宮]2121 若師子，[三][宮]2121 震國去，[三][宮]2122 言嚮，[三][宮]下同 2045 應，[三][知]418 亦，[三]125 應我今，[三]149 比丘女，[三]190，[三]193，[三]193 聲鼓，[三]193 應，[三]193 震天地，[三]194 辯才善，[三]198，[三]206 之報不，[三]223 如影如，[三]474 夢幻水，[三]620 貢高，[三]632 遠離於，[三]833，[三]1336 嚮

影，[三]1509 影焰化，[三]1982 遍虛空，[三]2053 彝倫郁，[三]2060 同心脣，[三]2110 烈雷震，[三]2145 集，[三]2145 劫數雖，[三]下同 2103 自徵不，[宋][宮]2103 明南面，[宋][宮]2103 聽朝咸，[宋][元]2061 慕京師，[乙]1736 其跡靡，[乙]1736 忍三引，[乙]1909 佛南無，[乙]2296 冥冥寂，[元][明]276 八種微，[元][明]722 壞劫報，[元][明]1509 化隨順，[元][明]2145 報成生，[原]1819 也一得。

向：[三][宮][聖]627，[三][宮]1428 牖光明，[元][明]1509 明鏡。

音：[三][宮]、響[甲]2053 寺。

逍

消：[宋]、捎[元][明]205 之風吹。

消

除：[甲]1085 滅一切，[明]1153 滅由書。

斷：[三][宮]1646 邪見問。

伏：[明]1579 變至中。

割：[三][宮]309 除三想。

濟：[原]1840 故。

淨：[三]1644 盡無復。

滅：[三]1331 亡無敢。

誚：[宋][宮]、肖[元][明]329 者會欲。

清：[宮][聖]425 除罪礜，[宮]425 除令體，[聖]310 唯除有，[聖]613 滅眾像，[宋]285 著意并。

稍：[甲]1778 轉內行，[三][宮]

760 滅諸菩，[三][宮]1478 衰微所，[三]150 飯食未，[三]192 除熾然，[聖][另]790 費與分，[乙]2263 練果報。

燒：[三][宮]278 盡菩提。

燒：[三][宮]2040 盡當於。

少：[三]、省[聖]643 諸煩惱。

哨：[甲]2036 殺得盡。

深：[甲]2255 也通也。

濕：[三][宮]384 盡永無。

鎖：[明]2103 而葉散，[三][宮]1584 生諸病，[三][宮]1592 滅作一，[三][宮]1597 衆毒，[三]192 嬴。

通：[甲]1828。

息：[三][甲]1253 除一切。

悉：[三]1332 除四者。

鍛：[乙]2309 練意欲。

逍：[甲]2035，[三][宮]2122 散自安。

痟：[明]985 瘦病遍，[三]374，[三]985 瘦病遍，[元][明]2121 瘦過是，[元][明]2123 或身臭。

銷：[宮]513 除，[宮][聖]279 滅無量，[宮][聖]279 歇貪愛，[宮][聖]279 要穿其，[宮]279，[宮]279 竭悉無，[宮]279 竭諸愛，[宮]279 滅，[和]293 除世間，[和]293 滅一切，[甲]1997 進云此，[甲][乙]1214 滅行者，[甲][乙]1799 殞今入，[甲]1040 滅，[甲]1735 等二令，[甲]1929，[明][宮]279 滅世間，[明][和]261 滅佛告，[明][和]261 滅若離，[明][甲][乙]1225，[明][聖]231 滅諸佛，[明]292 化五陰，[明]293 除身心，[明]387 氷舍利，[明]

387 氷雪是，[明]387 除衆生，[明]387 服唯是，[明]1579 化除諸，[明]下同 811 螢，[三]、[宮]657 滅菩薩，[三]1 竭又地，[三]125 化無便，[三][內]930，[三][宮]、清[聖]354 化離辛，[三][宮]385 雪若不，[三][宮]541 索產業，[三][宮][聖]1442 散崇高，[三][宮][另]1451 除國界，[三][宮][乙]848 除功德，[三][宮]278 竭貪愛，[三][宮]354 洋猶如，[三][宮]374 錬治轉，[三][宮]383 毀在生，[三][宮]411 其心狂，[三][宮]416 錬冶熾，[三][宮]581 而火滅，[三][宮]618，[三][宮]742 國患世，[三][宮]743 風吹亦，[三][宮]1421 藥酥油，[三][宮]1435 滅盡，[三][宮]1442 除曾所，[三][宮]1443 亡父母，[三][宮]1451 滅王對，[三][宮]1458，[三][宮]1562 金石而，[三][宮]1577 伏老病，[三][宮]1666 業障善，[三][宮]2060，[三][宮]2060 障，[三][宮]2121 除衆僧，[三][宮]2122 瘦皺減，[三][甲]1333 除無復，[三]1 盡當，[三]1 滅使緣，[三]1 滅戲論，[三]1 散人，[三]119，[三]125 盡唯有，[三]125 滅聞，[三]135 伏所以，[三]152 滅皆信，[三]185 索，[三]187 歇，[三]192，[三]209 伏魔怨，[三]374 融之時，[三]374 則名爲，[三]1058 滅身，[三]1096 滅若誦，[三]1300 滅牧馬，[三]1982 融一念，[三]下同 374 除一切，[三]下同 374 一切龍，[另]310 盡骨盡，[宋]374 唯除一，[宋][元]374 滅如，[宋][元]1069 滅智者，[宋]374 融成金，[宋]374 與不，[宋]374 者，[乙]1100 除水火，[乙]1785 文出瞋，[元][明]55 銅。

蕭：[三][宮]2060 散映徹。

肖：[甲]2792。

指：[乙]2263 此文云。

住：[甲]2339 要從身。

宵

霄：[甲]2035 情話擲，[明]1674 覩明月，[明]2103 幽念悲，[三][宮]1817 中良，[三][宮]2060 忽見天，[三][宮]2060 落照侵，[三][宮]2102 堂莫登，[三][宮]2122 獨處空，[三]2154 燭斯繼，[聖]1452，[宋]2061 梵唄響，[宋][元][宮]2122 屢，[宋][元]2060 迹怠心，[原]2101 漢下瞰。

有：[另]279 地震動。

智：[甲]2250 向腹而。

梟

鴞：[宮]2040 鷲異類，[宮]2102 見暴起。

鶹：[宮]563 蛇蚖蝦。

鳥：[宮]1425 烏鵲鳴，[宮]2102 蟒之虛。

梟：[宋]26 其首若。

騍：[聖][另]1543。

鴉：[三][宮]2109 之嗜腐。

痟

病：[三][宮]244 乃至宿。

消：[博]262 疥癲癰，[三][宮]724 疥癲癰，[三][宮]1537 及餘種，[三]

[宮]2122 鬼魅所，[三][聖]1354 渴鬼或，[三]982 遍身疼，[宋][宮]1435 盡病。

綃

絹：[三][甲]950 穀，[宋][丁]、絲[宮]848 穀爲裙，[宋][宮]848 穀衣自，[乙]1796，[原]2216 穀也身。

紗：[甲]、銷[乙]850 穀衣自。

霄

宵：[宮]2060 禮懺欲，[宮]2060 哉，[明]2122，[三][宮]2053 晉后翹，[三][宮]2053 月繼西，[三][宮]2060 法，[三][宮]2060 法集，[三][宮]2060 法集實，[三][宮]2060 門人側，[三][宮]2060 思擇統，[三][宮]2060 蚤蝨流，[三][宮]2060 征間，[三][宮]2060 至旦驚，[三][宮]2102 絕望舒，[三][宮]2103 薰風動，[三][宮]2122，[三][宮]2122 乎，[三][宮]2123 乎，[三]2103 暢微言，[三]2145 夢固，[三]2145 勤仰思，[宋][元][宮]2060 大如十，[宋][元][宮]2060 飲德欽，[宋][元]2103 隱書無。

銷

措：[宋][明][宮]、消[元]2103 遂。

鑛：[甲]1795 始有若。

拼：[三]、標[宮]721 其身體。

鋪：[宋]2122 五道縛。

鎖：[三]1033 內縛風。

消：[甲]2068 衰顏色，[甲][乙][丁]1145 滅常得，[甲]1786，[甲]1795

之冰湯，[甲]1799 滅者三，[明]293 滅無諸，[明]310 滅，[明]424 滅我即，[明][甲][乙]1225 爲我友，[明][甲]915 滅，[明][聖][乙][丁]1266 滅其所，[明]244 除，[明]244 除諸障，[明]293 滅諸，[明]293 釋善男，[明]310 供養，[明]310 亡是故，[明]1053 除，[明]1450 散崇高，[明]2106 或二求，[明]2122 燭，[明]2153 伏毒害，[明]下同 1443 盡或令，[三]159 除，[三]279 滅若有，[三]279 滅一切，[三][宮][久]1488 滅時到，[三][宮][聖]411 滅，[三][宮]300 滅即於，[三][宮]310 滅我及，[三][宮]402 滅，[三][宮]402 滅故一，[三][宮]411 滅於當，[三][宮]456 化百味，[三][宮]639 諸苦名，[三][宮]1442 散但有，[三][宮]1458 散浴洗，[三][宮]2059 散，[三][宮]2103 痾還年，[三][宮]2104，[三][宮]2121 無有餘，[三][聖]下同 291 滅覆蔽，[三][乙]1092 滅若欲，[三][乙]1145 滅身心，[三]155 除須大，[三]155 然諸欲，[三]279 滅爾時，[三]293 滅，[三]1051 滅若日，[三]1396 滅，[三]2112 聲疊足，[三]下同 411 流諸河，[聖]1723 爛，[聖]411 滅無量，[聖]411 釋輕冰，[聖]425 盡是曰，[宋][明]1081，[宋][元][宮][聖]376，[宋][元][宮]729 銅入口，[宋][元][甲]1080 諸罪當，[宋][元][甲]1163 滅是故，[宋][元]293 除一切，[宋][元]1264 除即於，[乙]994 滅一切，[元][明]2122 滅由斯，[元][明]1442 散崇高，[元][明]2122 融。

痹：[三]1439 盡病癲。

肖：[甲]1718 文，[明]261 除身心。

洋：[三][宮]1509 銅如三。

鎭：[宋]2087 聲緘口。

蕭

炳：[甲]1846。

蕃：[甲]2068 偏崇重。

蕭：[三][宮]2102 若窺，[三][宮]2103，[三][宮]2122 哉，[三]2063 然寡欲，[宋][宮]2103 然頓遣，[宋][元][宮]1571。

蕭：[宋][明][宮]2122 喪服要，[宋][元]2122，[宋][元]2149 勵，[宋]2122 宣慈撰。

鴞

鴞：[甲]1912 類也故。

烏：[元][明]2060 飛。

簫

琴：[聖]、簫瑟琴瑟簫[另]1435。

蕭：[宮]1566 環信根，[三]2110，[三][宮]、－[另]1435。

水：[三]190 鳥所謂，[元]2122 火雖微。

隨：[明]449 好以爲。

太：[甲]2039 子孝恭。

外：[宮]1546 種子法。

文：[三]2153 異。

習：[甲]1736 鏡義兼。

細：[三][宮]1584 於色界。

下：[甲]1799 無識勸，[甲]2195 乘對佛。

相：[原]2196 相小相。

心：[元][明]1546。

一：[甲]1881 法中含，[甲]2362 乘機已，[三][宮]425。

以：[宋]1509 大自休，[乙]2296。

因：[甲]2195 行也論。

應：[明]316。

于：[甲]1929 法輪爲。

於：[甲]2217 驗也故。

曰：[甲]2128 小珠也。

中：[甲]1724 乘法自，[甲]2386 指無名，[明]2110 劫，[三]201 浮木孔，[聖]2157 乘録中，[乙]1723 劫賛。

曉

告：[三][宮]721 示諸天。

能：[明]398 於衆生。

時：[宮]398 了斷除。

曉

得：[元][明]2016 差別智。

覩：[三][宮]263 了知。

僥：[明]2154 聲明尤。

教：[甲][乙]2390 阿闍，[乙]2390。

解：[三][宮]403。

了：[三][宮]1435 時著衣。

流：[宮]741 三達智。

明：[甲]2073 此法，[三][宮]425 了思惟。

巧：[三][宮]1611 畫身。

燒：[甲]1782 香三塗，[聖]419 竟便癉。

時：[三][宮][聖]425 見佛得，[三][宮]606 了非常，[元]2145 所諍不。

隋：[甲]2196 云明作。

統：[三]196 三世衆。

晩：[甲]2196 四十劫，[三]2110 闕名僧，[聖]1421 今。

我：[甲]952 時即證。

洗：[三][宮]2122 悟。

曉：[元][明]31 斷有流。

邀：[三][宮]403 遇稽首。

遠：[甲]2006 水和明。

祇：[明]2076 在目前。

晝：[三]2088 爲衆説。

篠

勁：[三][宮][甲][乙]2087 被山滿。

條：[乙]2157。

孝

存：[聖]1 敬爲首。

等：[聖]383 戀情。

供：[三]2125 養父母。

好：[三]203 所。

教：[甲]1921 志情尚，[三][宮]2102 首記注。

考：[宮]2078 靜之世，[宮]2104 各各自，[甲]2128 經云謹，[明]2034 王隗元。

拷：[三]362 治勤苦。

老：[宮]321 是故得，[甲]2261 子

述義，[三][宮]2103 者不食，[乙]1269
家生產，[原]2001 牸牛汝。

李：[三][宮]2104 道獲其，[宋]
[宮]2034 文子改，[宋][元][宮]2104
經曰有，[元]2110 矩。

前：[宮]687 養。

事：[元][明]362 其。

索：[三][宮]2059 而韜光。

效：[三][宮]2122 寺事沙。

有：[聖]1670 父母信。

者：[明]2104 在心由，[三]2110
略十八，[三]2122 寔建國，[聖]224
於佛，[元]2059 武深加。

肖

背：[甲]2217 生死向。

骨：[丁]2244 以。

肯：[宮]263 志。

少：[宮]656 人本無。

消：[三]1332 謬得爲，[聖]125
之妻在，[聖]790 亦不。

宵：[三][宮]2103 形二氣，[三]
[宮]2103 形於八。

霄：[三][宮]2108 形二氣。

銷：[和]261 滅爾時。

有：[宮]2122。

効

勅：[丙]2120 但晝夜，[丙]2163
天下本。

初：[三]1007 相又汝。

反：[三]209 觀六界。

倣：[甲][乙]2397 此故。

放：[宮]632 起菩薩，[甲]2394
此，[聖]225 立是時，[聖]225 我用
是。

觀：[三]209 不淨反。

劾：[三][宮]2060 方便雪，[三]
[宮]2102 咸託老。

後：[甲]1736 學亞夫。

降：[三]2110 祉屬此。

交：[石]2125。

郊：[宮]2112 征戰之。

敏：[聖]627 彼童子。

施：[聖]1509 他供養。

校：[三]154 進，[聖]606 者治罪。

效：[三]206 我化爲，[聖]99 彼
龍象。

倣：[三]、效[聖]99 彼合泥。

斅：[三][宮]227 薩陀波，[三]215
彼擇。

學：[宋]、教[甲]1080 驗唯佛。

欲：[甲]2217 彼行因。

做：[聖]1425 如來。

咲

吠：[原][乙]1796 至火自。

根：[甲]904 菩薩。

喚：[甲]923 作威怒，[原]1744
之爲。

哭：[乙]1821 等。

嘆：[甲]2261。

笑：[甲]2035 語不傷，[甲]2276
論及因，[甲]2036 一咲，[三][宮]2122
言咄婢，[乙]1246 或坐或，[乙]1723
又若入，[乙]2370 賤慢爲。

嘯：[甲]2035 可得。

校

拔：[甲]1816。

拔：[宮]2122 如實不，[聖]1456 努證梵。

板：[丙]2003 正頗完。

博：[宮][聖]514 飾金縷。

放：[宮]425 飾無有。

扶：[甲]1723 量罪福。

格：[甲]1733 量正理。

技：[甲]1792 量實。

檢：[甲]1912 校塞著。

交：[甲]1733 量可知，[三][宮]2058，[三]1 飾絡用，[三]1 飾以七，[聖]125 飾在上，[宋][元]1 飾以七，[宋][元]2102 若瞋怒，[宋]1 飾，[宋]1 飾以七，[宋]1 飾由此。

狡：[甲]、校[甲]1782 勘上下，[宋]2087 獵中原。

絞：[三][宮]221 其色上，[聖]1721 即是萬，[宋]1 飾以七。

鉸：[博]262 於諸塔。

挍：[聖]125 飾，[宋][明]156 委付國。

玫：[聖]278 飾百萬。

教：[三][宮]2041 之普曜，[聖]1428 定陶，[宋][元][宮]1579 量於他，[宋][元][宮]2122 一月六。

較：[甲]1969 之一合，[明][甲]1173 量世間，[宋][宮]321 於殿中，[元]2016 緣想一。

覺：[宮]1522 量智義。

枚：[甲]、狡[乙]2194 具妙慧。

攝：[原]2339 界外機。

侍：[乙]2120 右僕射。

授：[丙]2164 請來先，[甲]、校[甲]1782 量神通，[甲]1733 量地智，[宋][元]2110 正典自。

文：[甲]2196 飾光網，[明]403 飾中不。

挾：[甲]1921 周匝欄。

挾：[甲]1805 量初總。

嚴：[三][宮]657，[聖]211 施設幢，[聖]1721。

衣：[三]21 計取其。

枝：[三][宮]624 別七心。

哮

哮：[宮]659 生旃陀。

號：[宮]1465 吼動地。

乳：[甲]1728 諸羌散。

庨：[元][明]2103 谿俯窺。

笑

艾：[三][宮]720。

斌：[三][宮]2105 對。

答：[甲]2035 曰入涅。

喚：[宮]1425 入家內，[宮]2122，[三][宮]653 舍利弗，[三][宮]1463 而坐雖，[三][宮]2121 謂黑曲。

哭：[宮]2122，[明]2123 而，[三]204 之愚癡。

美：[三][宮]1478 不避禁。

難：[三]1428 言守籠。

弄：[三]1341 毀辱彼。

遂：[三]2110 而憶之。

嘆：[宮]2103 歌申，[三][宮]2121 恨我治，[三]2026，[聖]1509。

歎：[宮]721 等聲邪，[三][宮]637，[三]2060 而皇甫。

喜：[三][宮]2060 一無。

咲：[東]643 諸佛笑，[甲][乙]1821 或因嫁，[甲]1715 下有兩，[甲]1718 者對治，[聖][另][石]1509 亂心當，[聖][另]1509 散亂心，[聖]223 如諸佛，[聖]1428 者波逸，[聖]1509，[聖]1509 須菩提，[另]1428 治，[宋]2122 而怪之，[醍]26 尊者阿，[乙]1199 形。

唉：[和]1665 爲四菩，[甲]2400 契故共。

語：[三]125 亦不起。

效

倣：[三][宮]1425 佛衣量。

放：[甲]、倣[乙]2296。

教：[三][宮]1425 人乘象。

効：[三]152 其實。

斆：[三]、效如來佛[聖]1427 如來衣，[三][宮]1425 而食之。

斅：[三][宮]2122 之尋得，[三][宮]2059 太公用。

倣

倣：[甲][乙][丙]862 此誦前。

唊

笑：[明][和]261 遠離噸，[宋][宮]、笑[元][明]483 一切人，[乙]

2192 印。

嗽

嗽：[原]、口敕[甲]1744 吼之時。

嘯

出：[明]293 和雅音。

肅：[三][宮]2102。

笑：[明]310 是十地。

斆

斅：[原]1936 講習此。

劾：[甲]1932 世人瓦。

效：[甲]1728 何也答，[三][宮]、効[聖]1425 如。

些

縒：[宋][元]1057 摩些。

此：[宋][元]2061 者按文。

楔

篳：[甲]2882 或取人。

撅：[三][宮][聖]1458 牢者無。

屑：[甲]2006。

梋：[三][宮]1548 出大。

歇

次：[宋][元][聖]、冷[明]125 而。

喝：[甲][乙]2309 折。

噏：[三]985，[三]985 囉歇。

竭：[明]2016 且如世，[三]152 諸患自。

散：[明]1450 即與美。

翕：[甲][乙]1822 故俱舍。

瞖

瞖：[三][宮]下同 1451 羅鉢。

蝎

薑：[三]375 及十六，[三][宮]2040 及十六。

竭：[三][宮]2040 國，[元][明]1339 帝座羅。

渴：[甲]1796。

虫：[元][明]658 不能。

蠍：[宮]1537 惡觸及，[宮]1537 那伽藥，[明]1451 所生今，[明]190 晝日寂，[三]2154 王經一，[三][宮]1579 諸惡毒，[三][宮][聖]1579 蚰蜒百，[三][宮]1442 等此中，[三][宮]1451 等來入，[三][宮]1458 蜈蚣等，[三][宮]1521 黿龜，[三][宮]2102 國世，[三]220 盜賊唯，[三]220 欲來害，[三]1080 守宮蜘，[三]1301 低頭舉，[三]1534 青蠅蚊，[元][明]1300 一日一，[元][明][乙]1092 螫者以。

蠍：[甲]2249 國法勝。

蠍

薑：[三]1331 之中若。

蠱：[宋]374 螫命終。

蛆：[另]1428 蜈蚣百。

螫：[三][宮]2122 中愚癡。

蝎：[敦][燉]262 氣毒煙，[宮]1428 蜈蚣蚰，[宮]2123 等以生，[甲]1071 蜈蚣，[甲]1718 觸則螫，[三][宮]1525 等雖殺，[三][宮]451 之所侵，[三][宮]1428 蜈蚣諸，[三][宮]1428 中來汝，[三][宮]1579 觸悉能，[三][宮]2122 等以生，[三][宮]2122 毒陀羅，[三][宮]2122 少穀細，[三][宮]2122 蜈蚣蚰，[三][宮]2122 仙人子，[三]156 百足之，[三]1525，[三]2154 王經一，[宋][元]982 等螫時，[宋][元]2125 等毒全。

邪

不：[宮]286 定正。

怖：[甲]2337 者即是。

恥：[三][宮]636。

道：[三][宮]674 者調令。

都：[明]310 徑。

闍：[聖]189 迦葉各。

法：[宮]721 見。

邗：[宋][元]2061 溝故呼。

即：[宮]730 道故佛，[元][明]1598 遍計性。

極：[乙]2397 見通達。

奸：[三][宮]1545 穢事。

見：[聖]125 戒盜。

矯：[三]118 正歸則。

聚：[三]186 癡墮。

郎：[宮]2122 嬖使絕。

聊：[三][宮]1655 亂相。

烈：[甲]2087 正兼信。

亂：[三][宮]630 而生受。

麥：[明]12 見邊見。

明：[三]192 師。

魔：[三]1331 魅鬼恒。

那：[宮]492 善如佛，[甲]1742 威力於，[甲]1795 明，[三][宮]2122

薩嘍怛，[三]1681 鹿王，[聖]1763 今
以解，[元]2060 歸正遊，[原]、那[甲]
1828 工業者。

難：[甲]893 故應作，[甲]893 來
應自。

取：[甲]1736 見取少，[甲]1782
故，[三][宮]1488 財物任，[三][宮]
1523 行相差，[三][宮]1548，[三][宮]
2121 嫉妬邪，[三]1629 證法有，[聖]、
耶[另]1509 名爲清，[聖]1541 見疑
相，[聖]222 見十惡，[聖]225 反覆往，
[聖]1509。

散：[甲]1828 和合方。

刹：[明]323 吏民亦。

蛇：[甲]、地[甲]2212 執不可，
[甲]2412 者四，[明]210 毒害不，[三]
211 毒害不。

身：[三][宮]672 行中楞。

勝：[宮]1530。

聖：[三][宮]1546 答曰先，[三]
193 徑路。

師：[聖][另]790 友蔑聖。

斯：[元][明]328 匿起住。

巳：[三]2123 無雙噓。

所：[聖]425，[聖]1548 定人不。

他：[宮][聖]1552 姪，[三][宮]476
論惡見。

聽：[聖][另]790 僞之友。

斜：[三][宮]606 出不順。

妄：[三][宮]2123 不肯延。

望：[三][宮]、[聖]425 想等見。

唯：[三]43 眼見世。

我：[三]1488 見修十。

物：[宋]、愚[元][明]2110 後歡
聖。

小：[甲]1813 法令失。

衰：[明][乙]1092 見傲誕。

斜：[明]174 父，[三]1 二者得，
[三][宮]2060 仄殊非，[三][乙]1092
低頭半，[三]185，[三]982 瘮病鬼，
[三]2123 昐歌笑，[三]2123 曲，[三]
2123 走七態，[元][明][乙]1092 低頭
半，[元][明][乙]1092 低頭左，[元]
[明]1092 申微豎。

邪：[明]212 部是故。

瑘：[三][宮]2122 王奐仕，[三]
[宮]2122 諸葛覆，[三]2122 孝王。

雅：[三]2145 翫神趣，[三]2149
論均三，[聖]2157 疑三學，[宋][宮]、
推[元][明]736 步廣視，[元]1593 覺觀
正。

耶：[宮]1598 智或聲，[宮][聖]
1585 命等彼，[宮][聖]1585 行障謂，
[宮]222 師子座，[宮]329 好於女，[宮]
653 諸比丘，[宮]1425 世八法，[宮]
1428 教破壞，[宮]1435 行事，[宮]1543
見盡諦，[宮]1545 聲顯成，[宮]1591，
[宮]1804 正，[宮]1912，[宮]2102 去
正是，[宮]2122 迷慳貪，[宮]2122 徒
結信，[甲]、[乙]1724，[甲]、瞻[甲]
1007 視少低，[甲]1709 如依唯，[甲]
1718 斷善根，[甲]1721 見坑二，[甲]
1727 二以四，[甲]1751 答既不，[甲]
1751 答名能，[甲]1789 佛言建，[甲]
1830 命等述，[甲]1900 求事鈔，[甲]
1929 因緣生，[甲]2266 智若彼，[甲]

[乙][丁]1830 宗謬義，[甲][乙]1775，[甲][乙]1822 順正，[甲][乙]1866 若言雖，[甲][乙]2261 者然集，[甲]862 歸正發，[甲]1008 見異道，[甲]1092 見衆生，[甲]1238 師不問，[甲]1708 見八生，[甲]1708 師教後，[甲]1717 僻失真，[甲]1717 是諸佛，[甲]1718 輝將，[甲]1718 計，[甲]1718 人法三，[甲]1718 説，[甲]1719 見熾盛，[甲]1719 見嚴王，[甲]1728 當知鬼，[甲]1733 行，[甲]1751，[甲]1751 答彼明，[甲]1751 有，[甲]1763 道厭苦，[甲]1781 又令了，[甲]1782，[甲]1782 道可見，[甲]1782 名爲不，[甲]1782 命明正，[甲]1782 所不能，[甲]1782 顯八正，[甲]1782 心重法，[甲]1785 或時更，[甲]1789 然慧者，[甲]1816 道不能，[甲]1816 慢説亦，[甲]1828 以見戒，[甲]1832 由此色，[甲]2053 祠諸不，[甲]2120 捨執稽，[甲]2250 三歸及，[甲]2261 教非是，[甲]2261 解空理，[甲]2261 行則可，[甲]2266 見及邊，[甲]2401 之名，[甲]2434 論不可，[甲]2792 命自活，[甲]2792 正者當，[甲]下同 1789 一切異，[甲]下同 1928 此乃責，[甲]下同 1928 時大宋，[金]1666 見若出，[久]485 徑當作，[明]312 爲諸賢，[明]882，[明]2131 答不然，[明][宮]896 謂彼真，[明][甲]1177 聲聞緣，[明]11，[明]165，[明]165 時主兵，[明]312 作是念，[明]782 佛，[明]882，[明]1450 世尊告，[明]1544 答應作，[明]1544 精進相，[明]1646 道而得，[明]2076 僧云請，[明]2076 師云十，[三]10 作是念，[三]85，[三]159 大劫中，[三]159 我今現，[三]882 薩怛鑁，[三]882 實義生，[三]882 印契如，[三]882 又復行，[三]1517 頌答言，[三]2151，[三][宮]1435 佛言有，[三][宮]1515 莫能沮，[三][宮]1540 勝解云，[三][宮]1544 思惟相，[三][宮]1545，[三][宮]1559 如分別，[三][宮]1562 而但撥，[三][宮]1571 謂一切，[三][宮]1641 彌是，[三][宮]2122 王茂弘，[三][宮]224 拔致天，[三][宮]310，[三][宮]1425 娑羅林，[三][宮]1435，[三][宮]1435 答有若，[三][宮]1458 除初後，[三][宮]1462 貪後句，[三][宮]1480 多聞四，[三][宮]1543 行，[三][宮]1545 等彼，[三][宮]1546，[三][宮]1546 答曰他，[三][宮]1546 答曰諸，[三][宮]1546 復次可，[三][宮]1546 乃至廣，[三][宮]1546 是一意，[三][宮]1547 成就若，[三][宮]1549 欲使六，[三][宮]1552 若有者，[三][宮]1557 結爲何，[三][宮]1558 頌曰，[三][宮]1558 以於八，[三][宮]1562 逆，[三][宮]1562 讚具色，[三][宮]1563 是業資，[三][宮]1579 增上慢，[三][宮]1660 夜，[三][宮]2060 答曰此，[三][宮]2060 恨功，[三][宮]2103 山敬法，[三][宮]2122，[三][宮]2122 旦來如，[三][宮]2122 筏陀，[三][宮]2122 佛告文，[三][宮]2122 那尼迦，[三][宮]2122 聲，[三][宮]2122 心中，

智名正，[乙]1796 二，[乙]1816 小是
故，[元][明]310 論相雜，[元][明]375
曲見，[元][明][宮]614 若，[元][明]
[宮]1545 答今破，[元]下同 400 謂於
蘊，[原]1212 阿蜜哩。

爺：[明]2076 阿邪。

亦：[元][明]616 見愛著。

有：[甲]1709 錯故五，[宋][宮]
397 見三者。

緣：[三][宮]1548 見緣。

正：[宮]1646 定者必，[三]2122
著。

之：[宮]425 心是曰。

指：[乙]1723 亂各。

智：[甲]1721 智光明。

諸：[明][宮]351 衆生結。

協

劦：[三][宮]1464 犎子反。

慢：[甲][乙]2309 心便謗。

惕：[宮]2034 靈帝子。

狹：[三][宮]285。

挾：[三][宮]635 懷權辯，[元][明]
403 恨心所，[元][明]403 恨荷負。

憎：[乙]2207。

叶：[甲]2006 全。

挾

俠：[宋][元][宮]785 地著左。

恊

惄：[聖]、脇[甲]1721 之在栝。

挾

拔：[三]721 其指若。

便：[宮]619 小不，[甲]2192 之。

采：[三][宮]645 集人在。

策：[三][宮]2103 群有而。

扶：[甲]1728 船遂得，[甲]2087
轂馬軍。

夾：[甲]2128 反字苑，[三][宮]
523 山欲生，[三][宮]1462 或以手，
[三]190 置倚枕，[三]202 道兩邊，[三]
2110 道種槐，[三]2145 紵像記，[三]
2154 創譯沙，[宋][宮]419 其鼻不，
[元][明]1 岸兩邊。

俠：[宮]2103 藏姦器，[宋][元]
[宮]2103 中軍。

篋：[乙]2296 共譯之。

乳：[原]2292 更無異。

陝：[石]2125 進止。

使：[聖]、俠[宮]664 本業緣。

授：[甲]2290 量同白。

俠：[宮]403 癡冥知，[宮]1425 篋
持飯，[宮]2122 勢，[宮]2122 子四人，
[三]192 長路側，[三]192 路迎，[聖]
1425 衣，[宋]、夾[元][明]1，[宋][明]、
夾[元]205 左右時，[宋][元][宮]1425
腋下佛，[宋]100 怨憎心，[宋]185 住
佛。

俠：[三]、使[宮]2034 門兩傍，
[宋][宮]、夾[明]742 道欄楯。

狹：[甲]、[甲]、搜[甲]1816 眞，
[甲]2281 以之爲，[甲]1816 故隨三，
[甲]1900 如麥疏，[三][宮]2122 右袂
便，[宋][宮]2122 婦於後，[宋][宮]

2122 挽。

校：[乙]2425 其。

愶：[宮][聖]425 怯弱敬，[三]152
之群魚，[宋]185 水瓶持。

脇：[宮]、愶[聖]1464 阿難飛。

抰：[宮]1451 利刀詣。

掖：[明]2076 告寂壽。

扠：[三]2109 策而來。

執：[三][宮][另]281 持應器。

帙：[三][宮]2060 西。

脇

腳：[聖]1428 著床隨。

肋：[三][宮]223 髀，[三][宮]223
骨脊骨，[三][宮]310 有二十，[三][宮]
2122 作一大。

面：[宋]125 臥以其。

氣：[三][宮]1545。

胎：[甲][乙]1822。

膝：[明]1428 著地犯。

愶：[宋][元]、拹[明]2087 而歸
既。

憍：[三][宮]1421 言汝若，[三]
[宮]2103 而。

胸：[三][宮][聖]225 臆行神。

脅

頂：[三]23 上與無。

賀：[甲]2128 反顧野。

勝：[三][宮]425 佛。

憍：[三][宮]1478 語欲得，[三]
[宮]2041 不能得，[三][宮]2102，[三]
190 菩提樹，[三]192 於菩薩，[三]2087
菩薩於。

偕

偝：[宋]1694 三界欲。

皆：[甲]2897 老者少，[三]187 來
優多，[宋][宮]、階[元][明]2121 十。

階：[甲]2348。

潛：[宋][宮]2102 滅之。

斜

邪：[甲]1080 豎頭，[三]、耶[甲]
1007 射入，[三][宮]、耶[聖]425 是曰
精，[三][宮]、耶[聖]1428 屈，[三][宮]
[甲]901 豎頭相，[三][宮][甲]901 豎
頭正，[三][宮][聖][另]1451 出若有，
[三][宮]263 無所不，[三][宮]309 復
有容，[三][宮]403 傾普悉，[三][宮]
1428 眼或瞋，[三][宮]1547 彼時世，
[三][宮]2122 視耳語，[三][甲]951 磔
豎伸，[三][聖]375 角輕重，[三]1，[三]
374，[三]374 角輕重，[聖]663 戾，
[宋][宮]901 垂右腳，[宋][甲]1080 伸
頭相，[宋][元][甲]1080 豎，[宋]901
直以右，[宋]1006 顧。

叙：[甲]2266 彼計云。

耶：[另]1721。

針：[明][宮]721 風卑波，[三][宮]
2060，[宋][元][宮][乙]2087 通至于，
[知]2082 貫大小。

猲

猖：[甲]2128 也考聲。

攜

護：[三]186 持應鉢。

雋：[元]2060 子弟。

俊：[甲]2181，[三][宮]2103 儔巷。

儁：[宮]2059。

憣

恊：[宋]、挾[元][明][宮]585 結恨。

脇：[宋][宮]593 無有自，[宋][元][宮]1548。

脅：[聖]639 無義頑。

憎：[三]152 覺身可。

頡

頓：[三]985 里陀耶。

鞋

履：[三][宮]2060 經今。

頓

頓：[甲]1805 也今下。

諧

陛：[聖]2157 上報不。

該：[三][宮]2122 暢見器。

皆：[甲]2017 妙旨答，[宋]、啫[宮]2059 無聲之。

揩：[宮]1471 法則以。

譜：[甲][乙]2194 會彼趣。

偕：[三]212。

謝：[宮]2060 四始咸。

詣：[甲]2193 佛所者。

讚：[三]2110 一同首。

諸：[甲]2128 反尚書，[甲]2128 買反文，[三][宮]811 別離廣。

鞍

鞋：[三][宮]2122 經三。

纈

紇：[甲]1120 哩二。

頡：[明][乙]1110 哩二合。

寫

傳：[甲]2274 之人誤。

富：[三][宮][聖]富寫提婆 1462 寫提。

羅：[元][明][聖]100 最爲第。

憑：[甲]2409 大藥叉。

述：[甲]1969 鄙懷以。

瀉：[三]375 瓶水置。

象：[甲]2402 復，[明][甲][丙]1277 甲蜂二。

瀉：[宮]2060 曲泉野，[甲][乙]1822 藥痢豈，[明]663 置池，[明]2060 此懸河，[明][乙]1092 水時諸，[明]411 無遺受，[明]1418 於鏡上，[明]1451 水竟時，[明]1451 藥三衣，[明]2060 瓶非喻，[三]664 置池中，[三][宮]263 斯人目，[三][宮]1507，[三][宮]2060 河傾響，[三][宮]2060 泉流，[三][宮]2060 水之聞，[三][宮]2123 置口中，[三]1336 孔中乃，[三]1644 置器中，[乙]2263 瓶不暗，[元][明]374 水置之，[元][明]402 藥四百，[元][明]1202 著淨處，[元][明]1332 孔中乃。

焉：[原]2196。

雁：[宮]1462 村已經。

野：[丙]982 娑嚩。

與：[甲]2084 取現前，[乙]1201 修眞言。

御：[甲]2195 本云。

泄

池：[知]1579 精或復。

此：[甲]、洩[乙]1724 過不絕，[甲]1724。

舌：[宋][元]、手[明]194 具足滿。

世：[宋]1459 染心量。

洩：[明][和]293 樞密奉，[三][宮]1650 急追將，[三][宮]1562，[元][明]945 佛密因。

袥

袥：[甲]2128 上必袂。

卸

却：[三][宮]2121 五。

脫：[明]2076 却衣師。

洩

復：[宮]2103 糞之。

泄：[三]、曳[宮]1421 衣鉢。

曳：[原]1251。

喊

訶：[三][宮]2121 言活。

戒：[明]204 言汝是。

屑

寶：[三][宮]410 散彼地。

草：[三][宮]1425 末瓶誤。

油：[三][宮]2059 以布纏。

貟

負：[宮]1804 豈不悲，[甲]下同 1744 山河攝。

員：[原]、[甲]1744。

械

核：[宮]278 所繫入，[宮]384 鐵鎖軵。

解：[宋][宮]1509 外更求。

戒：[宋]2059。

滅：[明][宮]738 心意猶，[石]1509 更求解。

試：[宋]、計[元][明]、拭[宮]2103 欲來侵。

我：[甲][乙]2391 之印布。

於：[三][宮]817 膝上無。

紲

縷：[明]2110 可恥之。

絏：[明]2060 放免來。

渫

歃：[三]2145 血而不。

媟

渫：[聖]1442 語而爲。

緤：[宋][宮]、楲[元][明]2123。

褻：[宋]192 隱陋忘。

榭

樹：[宋][宮]310 珍奇寶。

謝：[三][宮]2103 竟言不。

楲

訬：[明][甲]2131 出楲是。

楔:[三][宮]671 出楬誆,[三][宮]1646 出,[三][宮]1646 出楬,[三]154 機關解。

屧

孿:[宮]變[聖]1421 諸。
履:[甲]1227 柝輪鍼。

薤

悲:[聖][甲]953 蘿蔔鉢。
苣:[宋]2145 到其年。

邂

懈:[三][宮]322 彼要者。

澥

濯:[三]212 浣家出。

懈

哺:[甲]1089 慢心。
慚:[明]1636 退之心。
瞋:[元][明][知]418 何以故。
怠:[元][明][聖]224 心不迷。
解:[燉]262 息,[宮]270,[宮]425 自致正,[宮]811 道,[宮]1548 不緩,[甲]2067 學得初,[明]99 怠,[明]228 怠乃至,[明]310 怠邪見,[明]1529 怠睡眠,[三][宮]288 息十方,[三][宮]544 休,[三][宮]630 者,[三]1543 四十六,[聖][宮]626 無復念,[聖][石]1509,[聖]211 意猶復,[聖]224 惰過出,[另]1721 倦即常,[宋][宮]520 已佛念,[宋][元]1579 廢,[元]1425 至八日。

倦:[聖]627 倦九有。
懶:[明]1341 怠被他,[三][宮]1536 惰由斯。
能:[宮]283 慢,[三][宮]606 止修行。
墊:[元][明][聖]、墪[宮]425 中將護。
性:[三][宮]309 亦然修。
應:[宮]761 入城邑,[宮]1509 退是故。

謝

被:[甲]2337。
對:[甲]2053 曰我今。
悔:[原]、-[原]1201。
誨:[三][宮]2060 至旦語。
盡:[明]1636 法即滅。
敬:[宮]810 文殊師。
流:[乙]1736 過去現。
請:[丙]2120 以聞不。
讓:[明]2060 岳以後。
時:[甲]1512 以其不。
識:[三]202 來意今。
說:[三]2145 求錢意。
謂:[宮]2103 於是五。
翔:[甲]2131 信翩以。
榭:[宋][元]1662 棄糞土。
喻:[元][明]754 之令其。
誅:[三][宮]2103 過朱門。
狀:[三]2060 聞。
酢:[宋][元][宮][聖][另]1442 以手支。